Mark Childress

Der Bruchpilot

MARK CHILDRESS

Der Bruchpilot

ROMAN

Deutsch von Rudolf Hermstein

Goldmann Verlag

Die amerikanische Originalausgabe
erschien unter dem Titel »Gone for Good«
bei Alfred A. Knopf, New York

Umwelthinweis:
Dieses Buch und der Schutzumschlag wurden auf
chlorfrei gebleichtem Papier gedruckt.
Die Einschrumpffolie (zum Schutz vor Verschmutzung)
ist aus umweltschonender und recyclingfähiger PE-Folie.

Der Goldmann Verlag
ist ein Unternehmen der Verlagsgruppe Bertelsmann

1. Auflage

Satz: Uhl + Massopust, Aalen
Druck und Bindung: Wiener Verlag
Printed in Austria
ISBN 3-442-30770-8

Für Hoke und Charles,
meine Komplizen

Ein Abenteuer ist ein schiefgegangener Plan

– RICHARD EVELYN BIRD

Alles ist erfüllt von Göttlichem

– THALES

1
Superman denkt an seine Verpflichtungen
1972

Superman kam auf die Bühne geschlendert, in seinen Sandalen, den alten, löchrigen Jeans und dem zerschlissenen himmelblauen Jeanshemd. Unsicher grinsend blinzelte er in das grelle Licht, wie ein Bühnenarbeiter, der durch den falschen Vorhang gegangen ist und sich auf einmal zehntausend Menschen gegenübersieht, die ihm stehend zujubeln. Superman Willis war berühmt, sein Hemd ebenfalls. Er trug es schon seit Jahren, bei jedem Konzert, auf jedem Plattencover. Es gehörte zu seinem Image, so unverwüstlich wie die Tintenflecke unter der Brusttasche.

Seine Fans dachten, er habe garantiert einen ganzen Schrank voller himmelblauer Hemden, alle gleich zerschlissen und fleckig, aber er hatte nur das eine. Er zog es nie aus, außer wenn seine Frau ihn zwang, es zu waschen, und dann lungerte er mit nacktem Oberkörper im Wäscheraum herum, bis es trocken war.

Nach einem Konzert in Milwaukee bot ihm einmal ein schmachtendes junges Mädchen hundert Dollar für das Hemd. »Tut mir leid, Schätzchen«, sagte er, »Superman hat keine Power ohne dieses Hemd«, doch als er sah, wie enttäuscht das kleine reiche Mädchen war, setzte er sein charmantestes Lächeln auf. »Aber paß mal auf, vielleicht kommen wir mit den Jeans hier ins Geschäft.«

Er war Teil der Folk-Rock-Welle, die Amerika in den Jahren nach den Beatles überflutete, als der Rock-and-Roll sich allmählich totlief und die Leute anfingen, Platten der poetischen Barden zu kaufen, von Leuten wie Jackson Browne, Jim Croce, James Taylor, Joni Mitchell – und Superman Willis. Seinen großen Durchbruch hatte er 1969 in Monterey gehabt. Seit drei Jahren war er jetzt ganz oben. Die Single »Superman's Revenge« wurde vier Millionen mal verkauft, ein Superhit, der ihm dreimal Platin einbrachte. »When Time Stands Still« bekam den Grammy für den *Song of the Year. Newsweek* brachte sein Gesicht auf dem Titelblatt, mit dem Schriftzug »Der neue Super-Poet des Pop« auf der Wange.

Sein Spitzname ging auf »Superman's Revenge« zurück – nicht sein bester Song, aber bis jetzt sein größter Hit. Die Fans hatten damit angefangen, sie hatten zwischen den Zugaben »Super-man!« gerufen. Der Name blieb haften. Die Redakteure der Unterhaltungsseiten konnten nicht widerstehen, Schlagzeilen wie »SUPERMAN HEBT AB IM AUSVERKAUFTEN COLISEUM« zu schreiben.

Er kaufte sich eine Villa in Encino und eine zweimotorige, sechssitzige Beechcraft Baron B58P. Er machte den Pilotenschein und flog von da an zu seinen Konzerten, hoch über Amerika.

Anfangs genoß er es, berühmt zu sein, genoß das Geld und den Applaus, die Drogen, die Mädchen und den Spaß. Nach einer Weile war es immer wieder der gleiche Spaß, und dann wurde es das Gegenteil von Spaß. Ein Menschenleben reicht nur für eine bestimmte Menge Drogen und nur für eine bestimmte Anzahl Mädchen – zumindest theoretisch, und diese Theorie hatte Superman jetzt schon eine ganze Zeitlang auf ihren Wahrheitsgehalt getestet. High war er in letzter Zeit nur noch, wenn er allein durch die Lüfte flog.

Er flog etwa nach einer Stadt wie El Paso, fuhr in einer Limousine in die City, ging in seinem himmelblauen Hemd und mit seiner Zwölfsaiten-Gibson um den Hals auf die Bühne und sang seine zweiundzwanzig Songs. Hinterher überreichte ihm der Veranstalter eine Papiertüte mit zehn- oder zwölftausend Dollar in bar. Dann stieg er wieder in die Limousine, zündete sich eine Marihuana-Zigarette an und schwebte auf der Rückfahrt zum Flughafen auf einer Wolke, die so groß war wie sein Kopf.

Eigentlich hieß er Ben Willis, aber er war nicht mehr Ben – er war Superman, sogar vor sich selbst, wenn er allein war. Konnte er etwa nicht fliegen? War er nicht überzeugt, an manchen Abenden, wenn die Show gut lief, daß er mit bloßen Händen

Geschosse abwehren konnte? An solchen Abenden fühlte er sich unverwundbar.

Heute war kein solcher Abend. Superman war ohne Unterbrechung sechs Monate auf Tour gewesen, getragen von der Welle seiner Popularität. Er war ausgebrannt. Seine Songs klangen gekünstelt und unfertig. Er sang sie mit etwa einem Zehntel der Energie, die es ihn gekostet hatte, sie zu schreiben. Er betrog seine Zuhörer, und die merkten es nicht einmal. Sie tanzten in den Gängen und sangen bei den Hits mit, als ob er da oben die Show seines Lebens ablieferte. Sie verwandelten die verdunkelte Arena in eine Milchstraße aus Flämmchen, und jedes der Feuerzeuge sprach von der Begeisterung eines Menschen.

Der einzige, der im El Paso Civic Auditorium nicht auf seine Kosten kam, war der Mann im Scheinwerferkegel auf der Bühne.

Er hätte das schönste Leben, dachte er, wenn er jetzt einfach verschwinden könnte – das Geld behalten, die Karriere an den Nagel hängen, sich von all den Menschen zurückziehen: den Fans, der Band, den Produzenten und Agenten, Promotern, Roadies, Groupies und Gaffern. Seiner Frau.

Er wußte, es war ein Gemeinplatz, daß jemand, der nach so vielen Jahren harter Arbeit plötzlich ganz groß herausgekommen ist, auf einmal nur noch den einen Wunsch hat, Dodge City so schnell wie möglich den Rücken zu kehren. Aber das Leben als Star war eben durchaus nicht so, wie er es sich vorgestellt hatte.

Als er anfing, war er Ben Willis gewesen, eine Solonummer. Jeder Tag brachte mindestens einen privaten Augenblick der Freude, einen glitzernden Moment, in dem er innehielt und über sein zunehmendes Glück nachdachte. Jetzt, nachdem er so viele Jahre hart gearbeitet hatte, wurden diese Momente immer rarer. Er war Superman, mit einem Troß von dreiunddreißig Leuten – ständig von vielen Menschen umringt, nie auch nur einen Augenblick allein, außer, wenn er mit seinem Flugzeug unterwegs war. Aber sogar dann mußte er, kaum daß er sich so richtig allein und zufrieden fühlte, an die Busladung von Verpflichtungen denken, die tief unter ihm dem nächsten Gig entgegenrollte.

In dem Bus saß auch seine Frau Alexa. Ihre Angst vorm Fliegen war für ihn einer der Hauptgründe gewesen, den Pilotenschein zu machen. Alexa war eine schöne Frau, eine blonde Schönheitskönigin aus Louisiana, die sich, um ihm zu gefallen, in ein Hippiemädchen verwandelt hatte. Sie war nicht gerade eine Intelligenzbestie, aber sie war groß und anmutig und ungeheuer blond. Alle sagten, sie seien ein phantastisch aussehendes Paar, und meinten damit, daß Alexa phantastisch aussah und Superman besser aussah, wenn er neben ihr stand. Sie war fast während seines ganzen mühsamen Aufstiegs an seiner Seite gewesen und hielt es deshalb für ihre Pflicht (und ihren verdienten Lohn), auch an jedem Augenblick seines Ruhms teilzuhaben. Sie fuhr ihm bei jeder Tournee in jede Stadt nach, war immer da, sah ihm immer von einem Platz unmittelbar vor dem Lautsprecherturm beim Singen zu. Nur selten entließ sie ihn aus ihrem Blickfeld.

Alexa trug Perlen aus Poona und eine Janis-Joplin-Brille mit winzigen Gläsern. Sie hatte die Angewohnheit, in einem fort ernst zu nicken, wenn man sprach, so als stimmte sie jedem einzelnen Wort zu. Hin und wieder regte Superman vorsichtig an, sie könne doch zu Hause in Louisiana bleiben, sich eine Weile um Ben Junior kümmern, ihre Mutter entlasten. Dann fing sie zu weinen an – er liebe sie in Wirklichkeit gar nicht, denn wenn er sie lieb hätte, würde er mit ihr im Bus fahren, anstatt zu fliegen, wo er doch wisse, wie sehr sie sich davor fürchte, und so weiter und so fort, nörgel, nörgel, hu, hu, bis tief in die Nacht hinein.

Er wußte, das war nur eine ihrer Theaternummern, und nicht einmal die beste. Unter der sensiblen Hippie-Oberfläche würde Alexa immer Doris Marie French bleiben, die einstige Miss Southwest Louisiana, eine Frau von ungestilltem Ehrgeiz und ausgeprägter Eifersucht. Sie war überzeugt, wenn sie Superman auch nur einen Moment aus den Augen ließ, würde er sich eines der knackigen jungen Dinger am Bühneneingang greifen. Und sie hatte recht.

Die Baron durchbrach in zehntausend Fuß ein dünnes Wolkenvlies. Ein feuriger Sonnenuntergang und mächtig aufgetürmte Haufenwolken verwandelten den ganzen Westhimmel in eine riesige leuchtende Anschlagtafel, ein Werbeplakat für die Natur. Superman schaltete das Funkgerät ein. »Phoenix Center, hier Baron vier neun vier Alpha Delta.«

Ein Schwall atmosphärischer Störungen war die einzige Antwort.

Das Krachen und Zischen kündete von einer gewaltigen Gewitterfront genau vor ihm im Westen, in dem bedrohlichen Dunkel hinter dem Vorhang aus rotsamtenem Licht.

Superman probierte die niedrigen Frequenzen durch, aber er redete ins Leere. In dieser gottverlassenen Ecke von New Mexico war anscheinend niemand da.

Der erste dünn aufzuckende Blitz ließ ihn von den Instrumenten aufblicken. Er drückte den Joint aus, straffte die Schultern und füllte seine Lunge mit der Luft ernster Entschlossenheit. Bei schlechtem Wetter zu fliegen war alles andere als lustig. Ein paarmal schon war er auf einer Landebahn bei irgendeinem Kaff runtergegangen und hatte ein Stadion voller Fans enttäuscht, um nicht durch eine Wetterfront fliegen zu müssen. Er hielt sich für einen guten Piloten, aber tief drinnen war er von seiner Unverwundbarkeit nicht absolut überzeugt. Zwanzig Minuten in einem schweren Gewitter können einen schon nachdenklich machen.

Der Flugservice in El Paso hatte nichts von schlechtem Wetter auf der Route nach Phoenix gesagt. Oder vielleicht doch, und er hatte nicht hingehört. Er hatte es eilig gehabt, wegzukommen. Ein Mädchen wartete in Phoenix auf ihn. Sie war Bedienung im Coffeeshop des Airport Hilton. Becky. Rotes Haar. Ein Mund wie geschmolzene Lava.

»Phoenix Center, Baron vier neun vier Alpha Delta ...«

Ein Blitz spreizte seine Spinnenhand am Himmel. Fluggeschwindigkeit hundertfünfundachtzig Knoten. In fünf Minuten würde Superman von dieser turmhohen Finsternis verschluckt werden und sich inmitten von Blitzen und peitschendem Regen von Turbulenzen durchrütteln lassen. Langsam ging er tiefer, um einen Blick auf das Land unten zu werfen.

Diese Gegend New Mexicos war öd und leer, weit und breit keine Straße, kein Licht. Er angelte sich eine Karte aus der Tasche hinter seinem Sitz und strich sie auf dem Instrumentenbrett glatt.

Durch die Belüftungsschlitze kam plötzlich kühlere Luft herein. Frischer Regengeruch.

Er konnte umdrehen und sich von dem Unwetter nach El Paso zurücktreiben lassen. Oder versuchen, sich in westlicher Richtung nach Phoenix durchzuschlagen. Er konnte hundert Meilen nach Norden fliegen und bei der Kleinstadt Sanderson landen, wo es der Karte zufolge eine unbeleuchtete, tausend Meter lange Landebahn gab. Oder er konnte in südwestlicher Richtung über die mexikanische Grenze fliegen, auf den klareren Flecken Dunkelheit zu, und versuchen, die Gewitterfront zu umgehen.

Er dachte an Alexa in dem Bus, die jetzt sicher ängstlich zu den Wolken hinaufschaute. Sie redete ständig von Buddy Holly und dem Big Bopper und Patsy Cline, die alle auf dem Gipfel ihres Ruhms zugrunde gegangen waren. Sie hatte ständig Alpträume über Superman und sein Flugzeug, die sie ihm in allen Einzelheiten erzählte – als wüßte sie nicht, daß so etwas Unglück bringt.

Er drehte nach Süden ab, nach Mexiko hinein. Er hoffte, er würde nicht gezwungen sein, dort zu landen, er hatte keinen Paß dabei, hatte nie das Bedürfnis verspürt, die guten alten Vereinigten Staaten zu verlassen. Aber er hatte die Einnahmen der letzten drei Abende, vierzigtausend Dollar, in einem Säckchen unter dem Sitz, und das würde wohl reichen, um ihn aus jeder mißlichen Lage zu befreien …

Außer vielleicht aus diesem Unwetter. Eine größere Sache. Die Blitze erhellten eine gewaltige Front von Gewittertürmen, die bis zu fündundzwanzig-, dreißigtausend Fuß hoch sein mußten. Er flog lange Zeit nach Süden, immer am Ostrand der Gewitterwand entlang, auf der Suche nach einer Stelle, wo er durchschlüpfen könnte. Das VOR-Signal wurde schwach. Es war beschämend, in ruhiger Luft zu fliegen, fast ohne das geringste Holpern oder Rütteln, während auf seiner Steuerbordseite Urgewalten den Himmel aufwühlten.

Zum ersten Mal seit langer Zeit wußte niemand außer ihm selbst, wo er sich befand.

Seine Stimmung stieg wie die aufquellenden Gewitterwolken. *Flying south to Mexico, flying away from you …* Er spürte ein Kribbeln im Nacken. Ein Song bahnte sich an, oder irgendein bedeutendes Ereignis. Er kannte dieses Gefühl aus seinen ersten Jahren auf Tour: So fühlt es sich an, wenn man einem Abenteuer entgegengeht.

Hin und wieder glitt ein Lichternest unter seinen Flügeln vorbei, irgendein abgelegenes Dorf. Er stellte überrascht fest, daß es auch in Mexiko elektrischen Strom gab. Er hatte noch nie darüber nachgedacht, aber wenn, dann hätte er sich vorgestellt, daß die da alle in Pueblos aus Lehm wohnten und als Beleuchtung höchstens Kerzen oder so etwas hatten.

Er flog über einen hohen Gebirgskamm in ein Tal, in dem sich die Lichter einer ziemlich großen Stadt ausbreiteten – und da, hallo, am oberen Rand der Scheibe, bläulich glimmend, etwa fünf Meilen vor ihm, eine hübsche kleine Landebahn, extra für ihn beleuchtet. Er ging auf 122.8 und schaltete das Mikro ein. »Hi, Mexiko, hier Baron vier neun vier Alpha Delta, wie geht's so bei euch da unten? Ende.«

Im Funkgerät eine Knisterstimme, die irgend etwas auf spanisch sagte. Superman verstand kein Wort. »Okay, ich hab zwar nichts verstanden, aber ich komm jetzt runter. Ende.«

Fahrwerk ausfahren, drei Fahrwerksanzeigen grün, Landeklappen leicht ausfahren. Er flog eine Kurve und begann den Landeanflug, erfühlte den richtigen Anflugwinkel, so wie Mr. Pawley es ihm beigebracht hatte. Er spürte förmlich Mr. Pawleys fleischige Hand auf seiner Schulter, Propeller steil stellen, den Schubhebel langsam zurücknehmen, nicht springen lassen, Fluggeschwindigkeit halten, sachte mit dem Schubhebel, braver Junge ...

Das Hauptfahrwerk setzte mit einem kräftigen Rums auf. Eine gute Landung. Er wollte sich schon gratulieren, als das Bugrad noch einmal hochsprang.

Er rang es nieder. Die ebene Rollbahn, die er aus der Luft gesehen hatte, war in Wirklichkeit eine Ansammlung von Rinnen und Schlaglöchern. Irgendwie kam Superman schlitternd zum Halten, drei Meter vor dem Ende der Piste.

Er sank auf dem Sitz in sich zusammen und preßte das letzte bißchen Luft aus seinen Lungen.

Ein kleiner brauner Mann stand in der Tür einer Wellblechhütte und schaute zu ihm herüber.

Superman winkte ihm zu, um zu zeigen, daß die halsbrecherische Landung ihn nicht aus der Fassung gebracht hatte. Den Schlaglöchern ausweichend, rollte er auf eine Zapfsäule hinter der Hütte zu. Er stellte das Gemisch mager und schaltete die Motoren ab. Die Stille dröhnte in seinen Ohren.

Er stieß die Tür auf und stieg auf die Tragfläche hinunter.

Dem Lächeln des braunen Mannes fehlten zwei Zähne. Er ließ einen Wortschwall los, von dem Superman nicht das geringste verstand.

»Hey, freut mich, Sie kennenzulernen!« Superman sprang hinunter, um ihm die Hand zu schütteln. »Sprechen Sie Englisch?«

Der Mann lachte und nickte und hielt wieder einen kleinen Vortrag auf spanisch.

»Also ich bin Superman.« Er schlug sich mit beiden Händen auf die Brust. »Ich. Superman.« Wenn die hier Strom hatten, mußte es auch Radios und Popmusik geben.

»Superman«, sagte der Mann, »hahahahaha.«

»Nein, echt. Ich bin's. Superman Willis. Im Radio. Sie wissen schon, Radio? Ra-di-o.« Er machte mit den Händen Zeichen für Radio, für Hören, für Radiohören. Seine Begabung für Scharaden hatte sich schon immer in Grenzen gehalten.

»Superman«, krähte der Mann, aber es klang komisch, so ähnlich wie »Su-pedde-man«, und er breitete die Arme aus wie der Comic-Superman im Flug. Superman sah ein, daß er auf diese Art nicht weiterkam. Er brauchte nur Flugbenzin und mußte herausbekommen, wo er war. Er war schon vor einer ganzen Weile über den Rand seiner Karte hinausgeflogen.

Er zeigte auf die Zapfsäule und dann auf das Flugzeug. Wunderbarerweise begriff der Mann. Während das Benzin lief, standen sie am Ende der Tragfläche und grinsten einander an.

»Wo bin ich hier eigentlich?«

Der Mann nickte: Ja, ja.

»Okay. Wir sind hier.« Er zeigte auf den Boden. »Wir. Hier.« Er zuckte die Achseln und hob die Hände, um seine Ratlosigkeit anzudeuten. »Wo bin ich hier?«

Der Mann grinste und zeigte auf ein Schild mit der Aufschrift »Bienvenidos«.

»Bienvenidos? Nie gehört. Kenn ich nicht. Spielt aber auch

keine Rolle – hören Sie zu, Mann, ich will zurück nach Amerika. Verstehen Sie, Amerika? Da lang, stimmt's?« Er wedelte mit der Hand. »Nach Norden, stimmt's? El Nordo?«

Der Mann nickte und plapperte unverständliches Zeug.

»Schweres Unwetter zwischen hier und New Mexico«, sagte Superman und machte Donner- und Windgeräusche. Der Mann war begeistert und imitierte seinerseits ein Gewitter.

Superman winkte ab und ging ein Stück in die Wiese, um ein bißchen mexikanische Luft zu schnappen und in aller Ruhe zu pinkeln, wovon er schon die letzten zwei Stunden geträumt hatte.

Es wäre nett, irgendwann noch mal hier runterzufliegen. Anscheinend ein umgänglicher Menschenschlag hier. Und man kam auch ohne Spanisch zurecht, man konnte sich verständigen. Die Abendluft war angenehm kühl und duftete nach irgendwelchen Blumen, die im Dunkeln blühten.

Er zog den Reißverschluß hoch und ging zurück. Der kleine Mann hängte gerade die Zapfpistole ein. Im Fenster der Säule stand 242. Superman nahm drei Hundertdollarscheine aus seiner Brieftasche.

Der Mann steckte das Geld rasch in die Tasche, als könnte Superman es sich anders überlegen und es zurückverlangen.

»Nein, stimmt so, der Rest ist für Sie.« Er ging in die Hocke, um das Fahrwerk zu kontrollieren. »Bruder, ich sag dir, das war ein lieblicher Anblick, die Lichter an eurer Rollbahn, egal, wo ich hier bin.«

Sie gaben sich wieder die Hand. Er klopfte dem Mann auf die Schulter und kletterte ins Cockpit.

Er mußte sich noch zwei Joints für den Rückflug drehen. Er wußte nicht recht, ob er das vor den Augen des anderen tun sollte, riskierte es dann aber doch, weil dem Mann zwei Zähne fehlten und das meiste Marihuana sowieso aus Mexiko kam. Er kramte die Blechdose aus seinem Pilotenkoffer hervor und nahm den Stoff und das Zigarettenpapier heraus.

Der Mann riß die Augen auf. Er kakelte irgend etwas und rannte auf die Hütte zu.

Einen Moment lang geriet Superman in Panik – jetzt ruft er die Federales an! –, aber gleich darauf tauchte der Mann wieder auf, schwenkte einen Joint und redete wie ein Wasserfall. Aus seinen Gesten wurde Superman klar, daß er seinen braunen Joint gegen einen weißen aus der Blechbüchse eintauschen wollte. Ganz im Geiste internationaler Kiffer-Solidarität willigte Superman ein.

»Superman, *marijuana*«, grinste der Mann.

Superman fand es amüsant, daß das Wort für Marihuana im Spanischen dasselbe war wie im Englischen. Sie tauschten die Joints aus und schüttelten sich zum fünften oder sechsten Mal die Hand. »Goodbye, goodbye, adios«, sagte Superman. »Ich muß los.« Er verriegelte die Tür. Ja, wink zum Abschied, goodbye, goodbye, tritt von dem Propeller zurück, kleiner brauner lächelnder Mann, sonst wirst du in Scheiben geschnitten wie eine kleine braune Tomate.

Die Motoren wimmerten und liefen stotternd an, aber aus dem Stottern wurde schon bald ein hübsch gleichmäßiges Dröhnen. Er klemmte sich den Joint zwischen die Zähne, löste die Bremse und hielt beide Daumen hoch für den windgepeitschten Mann, dem das Hemd bis zum Gesicht flatterte, während er sich duckte. Das Flugzeug zitterte und holperte über die Buckelpiste.

Superman ließ zuerst den einen Motor hochlaufen, dann den anderen: Er testete sie, ließ sie aufjaulen und spürte jenes charakteristische Vibrieren, das ihm sagte, daß alles in Ordnung war. Mit Genugtuung hörte er, daß die Motoren das mexikanische Benzin schluckten, ohne erneut ins Husten oder Stottern zu geraten.

Er stand am Ende der Rollbahn, rauchte den Joint und ging in der schwachen Cockpitbeleuchtung die Checkliste durch. Guter Stoff, dieser Joint. Richtig süß.

Wie gut das Zeug wirklich war, merkte er erst, als er die Motoren auf höchste Drehzahl brachte, rüttelnd die Rollbahn entlangdonnerte und genau in dem Moment abhob, als in seinem Gehirn eine gewaltige Explosion stattfand.

Er mußte fürchterlich husten, Sterne tanzten vor seinen Augen.

Er konnte gerade noch verhindern, daß das Flugzeug eine Rolle machte. Irgendwie zog er die Maschine hoch, und dann stieg er und stieg, bis sein Körper wieder ins Flugzeug zurückkehrte, sein Kopf sich wieder auf die Schultern senkte und die Augen in ihre Höhlen zurückrollten.

Heilige Mutter Gottes, war das Zeug stark. Er schaute zurück und sah die schrumpfenden Lichter der Landebahn und einen kleinen Lichtfleck von der Hütte, wo der kleine Mann sich jetzt wahrscheinlich den Joint aus seiner Blechbüchse anzündete. Wenn er normalerweise *das da* rauchte, stand ihm eine herbe Enttäuschung bevor.

Superman war so mit der Wirkung des Joints beschäftigt, daß er vergaß, die Kurve nach Norden zu fliegen. Als es ihm wieder einfiel und er auf den Kompaß schaute, stellte sich heraus, daß er die Kurve doch geflogen war und es nur vergessen hatte.

Mann. Er war zu bekifft, um zu fliegen. Er leckte seine Finger an und drückte den Joint aus.

Schon bald flog er konstant in achttausend Fuß Höhe und hielt genau nördlichen Kurs. Er schaltete den Autopiloten ein, lehnte sich zurück und betrachtete den tiefen, samtenen Himmel voller Sterne. Das Gewitter mußte während seines Zwischenaufenthalts in Bienvenidos weitergezogen sein. Er legte Jimi Hendrix in den Achtspur-Recorder ein und überließ sich den Klängen der Gitarre.

Er empfand es als etwas ungeheuer Klares, Reines, Jimi zuzuhören, während er so zwischen den Sternen und der dunklen, stillen Erde dahinschwebte. Unter den Tragflächen zogen schwach funkelnde Städte und die schwarzglänzenden Spiegel von Seen vorbei.

Er flog und flog. Einmal nickte er für eine Sekunde ein und fuhr erschrocken hoch. Das durfte nicht passieren. Er machte die Lüftungsschlitze ganz auf. Mr. Pawley: »Der Autopilot ist kein Ersatz für den Piloten.«

Er aß einen Schokoriegel aus seinem Pilotenkoffer, schmatzte genüßlich auf dem klebrig-zähen Zeug herum. Der eine schmeckte so gut, daß er noch einen aß, und dann zündete er sich den Joint wieder an. Hendrix spielte und spielte, wickelte sich in die Melodie ein, entrollte sich wieder, drehte sich wie ein Kreisel, schüttelte sich und war frei.

Manchmal bildete sich Superman ein, er sei ziemlich gut als Rock-Star – ein naheliegender Gedanke, wenn einem Tausende zujubelten, an vier Abenden pro Woche –, aber ein bis zwei Stunden in Gesellschaft von Jimi Hendrix rückten seine Perspektive immer wieder zurecht. Für Superman war das Verfertigen von Songs harte, aufreibende, einsame Arbeit. Er schwitzte und strich Verse aus, griff auf Verworfenes zurück und setzte es wieder ein, änderte alles von Grund auf und kehrte zu seiner ersten Idee zurück, schmiß alles weg und fing wieder von vorne an. Hendrix dagegen nahm einfach seine Axt zur Hand, stöpselte sich ein und legte los. Was dabei herauskam, war reines Gefühl in musikalischer Gestalt.

Superman war erst vierunddreißig – zu jung, um schon in einer Sackgasse zu stecken, um jeden neuen Tag als eine einzige Kette von Verpflichtungen zu sehen, vor denen ihm graute und die er irgendwie hinter sich bringen mußte. Vielleicht hatte er zu lange gebraucht, um berühmt zu werden. Als es dann endlich passierte, von einem Tag auf den anderen, hatte er sich schon so lange danach gesehnt, daß er es nicht mehr richtig genießen konnte.

Der Reiz des Abenteuers, den er auf dem Flug nach Süden verspürt hatte, verblaßte bereits wieder. Eine rasche Zwischenlandung zum Auftanken, und schon flog er wieder stracks nach Norden, zurück in ein Leben, das ihn anödete. Warum konnte er nicht sein wie Jimi Hendrix, wild und frei? Wo waren, in ihm selbst, die Grenzen, die ihn hinderten, sich an den großen Verstärker anzuschließen und einfach zu spielen, mit solcher Schönheit und so vollkommenem Schmerz?

Vielleicht hatte sich Jimi auch so gefühlt. Vielleicht war er am Morgen aufgestanden, hatte sich gekratzt und Kaffee gemacht und sich genauso unwichtig gefühlt wie jeder andere. Vielleicht war er deshalb in dem schäbigen Hotel gestorben, mit der Nadel im Arm.

Vielleicht wäre Jimi, hätte er ein Flugzeug gehabt und den Pilotenschein gemacht, auf und davon geflogen, bevor das passierte. Vielleicht wäre er irgendwohin geflüchtet, wo er sein Leben hätte retten können.

Manche von uns sind Jimi Hendrix, andere nicht.

Superman griff tief in sein Hemd, um sich an einer juckenden Stelle zu kratzen. Er dachte an den Abend, als er John Lennon die Hand gegeben hatte, hinter der Bühne bei einem Badfinger-Konzert im Madison Square Garden. John Lennon war der größte Star, und der am unglücklichsten wirkende Mensch der Welt. Alles Leben war aus ihm herausgesaugt worden. Irgend etwas war an diesem Bild völlig verkehrt. Superman begann, seinen eigenen Ehrgeiz in Frage zu stellen. Warum sollte irgend jemand ein Star werden wollen, wenn es auch im günstigsten Fall *so* endete?

Andererseits, wäre Superman kein Star geworden, wäre er jetzt vermutlich tot oder bettelarm. Sein Ehrgeiz hatte ihn auf dem Weg nach oben aus so manchem dunklen Loch geholt.

Jeden Moment mußte er jetzt die unsichtbare Grenze nach Amerika überfliegen. Amerika, das Land der Freien – und der Unfreien.

Wäre er wirklich ein freier Mensch, würde er abdrehen und nach Jamaica fliegen, oder nach Afrika, oder zurück nach Bienvenidos. Irgendwohin, nur weit weg. Eine Pause einlegen. Sich ein neues Leben aufbauen. Und all den Leuten, die auf ihn warteten, sagen, daß sie eben noch ein bißchen länger warten müßten.

Es war ein schockierender Gedanke, daß er einfach so aus seinem Leben wegfliegen konnte. Alexa verlassen und keine Spur von Reue empfinden, keine Spur von schlechtem Gewissen haben. Vor langer Zeit einmal hatte er sie wirklich geliebt, aber in den letzten Jahren hatte er nach Mitteln und Wegen gesucht, sie loszuwerden. Er glaubte nicht, daß sie ihm wirklich fehlen würde.

Ben Junior würde er vermissen, oder zumindest die Idee von Ben Junior. Sie kannten einander nicht besonders gut. Ben Junior hatte das Pech gehabt, etwa zu der Zeit auf die Welt zu kommen, als Superman anfing, nur noch für seine Karriere zu leben, so daß die ganze Vater-Sohn-Geschichte ausfiel.

Sonst gab es niemanden. Seine Eltern waren tot, ebenso Kirby Cook, sein bester Schulfreund. Und auch Tante Tolly, die ihn immer mit »Were You There When That Great Ship Went Down?« in den Schlaf gesungen hatte. Auf alle anderen konnte er gut verzichten.

Hendrix begann zum dreiundachtzigsten Mal mit »The Star Spangled Banner«. Superman warf ihn aus und schob die Everly Brothers hinein – ein unwürdiger Ersatz natürlich, aber die übrigen Kassetten waren außer Reichweite gerutscht.

Die Erde lag unter dicken Wolken. Der Mond versteckte sich irgendwo über Supermans Schulter.

»Phoenix Center, hier Baron vier neun vier Alpha Delta, bitte kommen.«

Er ließ die Taste los. Ein tiefes, gleichmäßiges Summen.

Er probierte es mit der Notfrequenz 121,5 MHz. »Phoenix, El Paso, hallo, ist da jemand, Baron vier neun vier Alpha Delta. Meldet euch bitte.«

Er hörte ein schwaches atmosphärisches Knistern. Versuchte es noch einmal. Niemand da.

Während er die Frequenzen abwärts durchprobierte, fiel sein Blick zufällig auf das Zifferblatt seiner Uhr.

Er blinzelte und sah noch mal hin. Die Uhr zeigte 4:45.

Das hätte bedeutet, daß er seit dem Start auf der mexikanischen Rollbahn – tja, rund acht Stunden geflogen war.

Der Anzeige nach war der Tank noch zu drei Vierteln voll.

Mann. Er schloß die Augen und sprach innerlich ein Dankgebet. Die Uhr mußte kaputt sein.

Er machte die Augen auf. Der große Sekundenzeiger lief normal.

Er klopfte auf das Glas, hielt sich die Uhr ans Ohr. Wie John Cameron Swayzes Uhr: tickt noch.

Sehr merkwürdig.

»Dreeeeeam, dream dream dream«, sangen die Everly Brothers. Superman warf die Kassette aus und fluchte laut.

Wenn seine Armbanduhr richtig ging, zeigte die Benzinuhr falsch an. Nach acht Stunden konnte er höchstens noch – wieviel? – achtzig Liter im Tank haben.

Oder noch nicht einmal.

Und er mußte irgendwo über dem Upper Midwest sein. Minnesota vielleicht. Wisconsin.

Er kämpfte gegen die aufsteigende Panik an. Er dachte an den Moment, als er eingenickt war. Bestimmt war es nur ein Augenblick gewesen.

Vielleicht hatte er doch länger geschlafen. Das war wirklich erstaunlicher Stoff gewesen in dem Joint von dem Mexikaner.

Er war jetzt hellwach. Instinktiv drehte er an der Abstimmung des Funkgeräts. Offenbar hatte jeder einzelne Funker in den gesamten USA seine Kopfhörer weggelegt und Feierabend gemacht.

Irgendeine Information meldete sich in seinem Hinterkopf, etwas, was Mr. Pawley gesagt hatte. Bei einem Defekt eines Anzeigeinstruments... Ein Reset machen. Ein Kippschalter. Aber wo?

Hinter dem Instrumentenbrett. Hinter den Hydraulikinstrumenten, genau da. Er tastete mit dem Finger danach, betätigte den Schalter. Die Instrumentenbeleuchtung ging aus.

Einen endlosen Augenblick lang flog Superman in dieser überwältigenden Dunkelheit, völlig allein im Universum. Er glaubte nicht an Gott, aber er hatte ein ziemlich klares Bild davon vor Augen, wie Gott aussehen konnte, wenn man an ihn glaubte.

Er sprach ein Stoßgebet und kippte den Schalter zurück. Die Instrumente gingen flackernd wieder an.

»Jawohl, Sir«, sagte er, »danke, Sir.« Der Zeiger der Benzinuhr begann aus der Nullstellung zu klettern – und blieb stehen. Vierzig Liter, wenn's hochkam.

Er starrte die zitternde Nadel an, versuchte sie zu hypnotisieren – aber sein Blick wurde unwiderstehlich zu den anderen Instrumenten gezogen, die sich ebenfalls neu einstellten. Der Kompaß zum Beispiel: der elektronische Kreiselkompaß Haynes Magellan F-45, der letzte Schrei in der Luftfahrttechnik. Diese sündhaft teure rote Nadel schwang nach Norden, an der Stelle vorbei, wo sie die ganze Nacht gestanden hatte, und drehte sich weiter über Osten hinweg, bis sie genau nach Süden zeigte.

Und dort blieb sie.

Allmählich dämmerte ihm, wie prekär seine Lage war. Von einem Ort irgendwo in Mexiko aus war er acht Stunden nach Süden geflogen, mit einer Geschwindigkeit von hundertfünfundachtzig Knoten.

Damit war er jetzt irgendwo über – der Karibik? Mittelamerika? Vorausgesetzt, der Kompaß zeigte jetzt richtig an und er war die ganze Zeit genau nach Süden geflogen, also nicht nach Südost oder Südwest – dann mußte er über dem Ozean sein, Atlantik oder Pazifik, je nachdem.

Er schlug mit der Faust gegen das Fenster. Der Schmerz in der Hand rüttelte ihn auf, er versuchte, sich zusammenzunehmen. Wutausbrüche nützen dir gar nichts, Ben Willis, mahnte eine überhebliche Stimme. Selbst schuld, wenn du dich mit einem Steuerknüppel in der Hand volldröhnst und einpennst. In einem richtigen Flugzeug, wohlgemerkt, nicht in Disneyland. Und du, Ben Willis, bist eben doch nicht Superman. Du kannst genauso schnell und tief fallen wie jeder andere Mensch.

Aber gut. Tief durchatmen. Noch fällt keiner. Du fliegst in großer Höhe mit einem einwandfrei funktionierenden Flugzeug und hast Zeit genug, dir einen Landeplatz zu suchen.

Sein erster Gedanke war, tiefer zu gehen, bis unter die Wolken, und nachzusehen, wo er sich befand. Aber als er den Steuerknüppel anfaßte, stand plötzlich ein bedrohliches Bild vor ihm: grüne mittelamerikanische Berge, die ihre Gipfel in die Wolken steckten, weil sie ihn in Augenschein nehmen wollten.

Doch wohl besser, den Sonnenaufgang abzuwarten. Er suchte den Horizont nach den charakteristischen Anzeichen für eine Belebung der Leere ab.

Vielleicht sollte er doch kehrtmachen und nach Norden fliegen. Aber er war so durcheinander, daß er nicht wußte, welches seiner Instrumente ihn anlog.

Wenn man sich im Wald verläuft – er dachte an die Pfadfinder, an den Gruppenführer Mr. Jones, einen hochgewachsenen, traurigen Mann –, wenn man sich im Wald verläuft, geht man geradeaus, bis man auf einen Bach oder einen Weg stößt, und der führt einen zurück in die Zivilisation. Aber dieser Tip war wertlos in sechstausend Fuß Höhe mit einer dicken Wolkenschicht unter dem Flugzeug.

Er drosselte die Geschwindigkeit, um Benzin zu sparen, und blätterte das Pilotenhandbuch durch.

Seitenlang fanden sich da Ratschläge, wie man solche Situationen vermeidet. Aber wenn du alle diese Rotlichter überfahren hast, Kumpel, dann bist du auf dich allein gestellt.

Er warf das Handbuch in die Ecke. Jeder Idiot wußte, was in

dieser Lage zu tun war – Landeplatz suchen, Kraftstoff besorgen, telefonieren, Karte kaufen. Und dann heimfliegen.

Er war in Phoenix neun Stunden überfällig. Wann würden sie anfangen, nach dem Wrack zu suchen? Ob sie Alexa schon benachrichtigt hatten? Ungefähr zwanzig Minuten lang würde sie zu nichts zu gebrauchen sein, in Tränen aufgelöst. Dann würde sie sich zusammenreißen und auf der Stelle zum Anwalt fahren, um das Geld in die Hände zu kriegen.

Er schaute aus dem Backbordfenster in die sternlose Nacht. Von einem Lidschlag zum nächsten verwandelte sich die Schwärze in ein dunkles Blau. Die Sonne ließ ihren winzigen Spiegel vom fernsten Rand der Erde blinken.

Also flog er doch nach Süden.

Insgeheim mußte er sich das gewünscht haben. Er war seines Lebens überdrüssig geworden. Irgendwo tief drinnen sehnte er sich nach einem Abenteuer. Die Schaltungen des Flugzeugs hatten diesen Wunsch registriert und ihn dorthin gebracht, wo er jetzt war.

Die Himmelskuppel hob sich, verblaßte. Die Sonne spiegelte sich auf der Tragfläche. Eine flaumige Wolkendecke dehnte sich endlos in allen Richtungen und verbarg die Erde unter sich. Ihm war, als sei er im Himmel, nur noch höher. Und dabei war er nicht einmal mehr bekifft.

Das war eine Geschichte, die er eines Tages Ben Junior erzählen mußte.

Er sah keine Berggipfel, nur eine kompakte Wolkenmatratze, die sich in der Sonne rosa färbte. Höchste Zeit nachzusehen, was darunter lag.

Er fuhr das Fahrwerk aus, um die Aerodynamik zu verschlechtern, und ging tiefer, bis die Tragflächen in den dünnen Schleier dicht über der Wolkendecke eintauchten. Das Flugzeug versank in dem Federbett. Feuchtwarme Luft strömte durch die Lüftungsschlitze herein.

Die Tragflächen federten, die Maschine bebte. Er drückte die Nase nach unten, blind in der wirbelnden Luft, und als er die Wolkendecke durchstieß, merkte er, viel zu spät, daß der Höhenmesser falscher anzeigte als jedes andere Instrument der Baron. Er war in sechshundert Fuß Höhe geflogen, nicht sechstausend.

Die Wolkendecke war in Wirklichkeit eine Nebelbank dicht über dem Meer.

Bevor er das richtig registrierte, bevor er den Knüppel zurückreißen konnte, berührte das Flugzeug schon den Kamm einer Welle.

Ein knirschender Schlag erschütterte den Rumpf – das Wasser riß bei den hundertfünfundzwanzig Knoten das Fahrwerk ab wie Teile eines Modellflugzeugs. Die Maschine ächzte und taumelte wieder nach oben.

Superman hatte alle Hände voll zu tun, um die Tragflächen auszurichten und wieder über den Nebel zu kommen. Eine irre Symphonie schrillte in seinen Ohren: nackte Angst, aber auch Erleichterung darüber, daß ihm das über dem Meer passiert war! Hätte er die Erde berührt, wären jetzt nur noch verkohlte Reste von ihm übrig.

Er schoß durch einen neblig verschwommenen goldenen Lichtfleck hinaus in strahlend klare Luft: der schönste Anblick seines Lebens. Eine Insel, direkt vor ihm. Grüne, zum Meer abfallende Dschungelberge, ein weißer Sandstrand. Zerklüftete kleine Felseninseln tüpfelten das Meer vor der Küste.

Er stieß den Schubhebel vor und ging höher, um eine Schleife zu fliegen und sich einen Überblick zu verschaffen.

Wenn man ein paar Räder an seinem Flugzeug hätte, könnte man auf diesem schmalen weißen Strand landen. Ja, wenn.

Superman konnte fliegen, aber er konnte nicht landen.

Die Brandung lief in leuchtend weißen Linien auf den Strand zu. Zwei Berge von gleicher kegelförmiger Gestalt hatten die Arme um einen schmalen Streifen Sandstrand gelegt. Die Luft flimmerte von blauem tropischem Licht.

Er konnte weiterfliegen. Auf der anderen Seite der Meerenge war Festland, oder eine viel größere Insel. Vielleicht hatte er noch genug Benzin, um eine Stadt mit einer Rollbahn zu finden.

Aber was nützt die schönste Rollbahn einem Piloten ohne Räder?

Keine Menschenseele an dem Strand. Oder Moment mal – ja, vielleicht waren da doch Menschen, unter den Bäumen? Winkten sie?

Nein. Das war Treibholz oder so etwas, ein Schatten.

Ohne darüber nachgedacht zu haben, wußte Superman plötzlich, daß er die Baron auf das Wasser runterbringen würde, genau hier. Er wußte nicht, wo er war, aber es war ein schönes Fleckchen Erde. Das Wasser mußte hier so weich sein wie irgendwo sonst. Vielleicht waren doch Leute da oben im Schatten der Bäume. Vielleicht würden sie, falls sich die Maschine überschlug, hinausschwimmen und ihn zu retten versuchen.

Als er begriff, daß er sterben würde, begann sich sein Gemüt vor Reue zu verdüstern.

Er wünschte, er hätte nicht so häßliche Sachen über Alexa gedacht.

Er wünschte, er hätte den Joint von dem Mexikaner nicht geraucht.

Er wünschte, eine Platte von ihm hätte es einmal bis auf Platz eins geschafft, aber dieser groteske australische Singvogel Helen Reddy hatte sich mit »Delta Dawn« neunzehn Wochen hintereinander an der Spitze der Charts behauptet und ihm seine einzige wirkliche Chance vermasselt.

Er wünschte, er hätte Ben Junior wenigstens ein bißchen kennengelernt.

Er wünschte sich so vieles, was er nicht hatte. Fallschirm. Rettungsring. Räder.

Er kreiste über dem Strand und stellte sich vor, wie schön sich der feine heiße Sand an seinem Rücken anfühlen, wie die Sonne auf seine Augenlider brennen würde.

Er tastete zwischen seinen Füßen nach der Kassette. Jimi, mein Junge, wir gehen da gemeinsam rein. »The Star Spangled Banner«, okay. Er drehte voll auf. Er zündete den letzten Zoll von dem umwerfenden mexikanischen Kraut an. Dank dir, Mexikaner, und Gratulation. Du hast mit deiner Freundlichkeit Superman umgebracht. Du hast ihm die tödliche Dosis Kryptonit gegeben.

Er wünschte, er hätte lange genug gelebt, um zur Legende zu werden, wie Jimi. Er hatte ein paar Leute unterhalten, mehr nicht – hatte niemandes Leben verändert. Die bloße Tatsache, daß man stirbt, macht einen noch nicht zur Legende.

Aber es würde eine heiße Story sein, wenigstens für ein paar

Tage. Sie würden seine Spur zurückverfolgen bis zu dem Mexikaner. Irgend jemand würde vielleicht ein Buch über sein Verschwinden schreiben, so wie die vielen Bücher über Amelia Earhart. Der Gedanke verschaffte ihm eine eigenartige Genugtuung.

Er zog die Maschine in einer Kurve steil nach unten, bis die eine Tragfläche auf die Insel zeigte. Er mußte das restliche Benzin ablassen, bevor er runterging, aber das hatte keine Eile. Er konnte noch eine Weile hier kreisen. Vielleicht kam jemand an den Strand, um zuzusehen, wie er abstürzte.

Er steckte die Finger in die Ritze im Sitz, und unter Staubflocken und klebrigen Münzen fand er einen Filzstift. Sein Verstand bewegte sich jetzt in klaren, stetigen Wellen, rhythmisch und zielbewußt wie die auf den Strand laufende Brandung. Keine Panik. Keine Reue mehr.

Er brauchte was zum Schreiben, etwas, womit er beweisen konnte, wer er war.

Er hob den Zipfel seines Hemdes an und versuchte, einen Streifen abzureißen. Der himmelblaue Baumwollstoff war fest. Auch nach so vielen Jahren war es noch das beste Hemd, das ein Mann je besessen hat.

Er nahm den Zipfel zwischen die Zähne, dachte *paß auf, daß du dir keinen Zahn ausbrichst*, und überlegte dann mit einem bitteren inneren Lächeln, daß ein abgebrochener Zahn kein so großes Malheur ist, wenn man tot ist. Es gelang ihm, ein handgroßes Stück von dem Stoff abzureißen; er glättete es auf dem Knie und schrieb hastig eine Mitteilung. Die Tinte verlief stellenweise und färbte bis auf die Jeans durch.

In der Tasche hinter dem Kopilotensitz fand er eine Jack-Daniel's-Flasche, in der noch zwei Fingerbreit Whisky waren. Er schraubte sie auf und trank sie aus. Die süße heiße Explosion verbreitete sich angenehm in seinen Adern.

Aus seinem Pilotenkoffer kramte er die Polaroid-Kamera hervor, in die er schon einen Film eingelegt hatte, für Betty in Phoenix. Er richtete sie durch das Backbordfenster auf den Strand, drückte auf den Auslöser, packte die braune Papierlasche und zog das Bild heraus.

Jetzt hielt er die Kamera auf Armlänge von sich weg und richtete sie auf sich selbst. Er zwang sich zu einem Lächeln und löste mit dem Daumen aus.

Während er weiter über dem Strand kreiste, sah er auf seine Armbanduhr. Als volle sechzig Sekunden um waren, zog er das von Chemikalien schmierige Papier von den Bildern ab.

Gar nicht übel. Die Aufnahme von der Insel war gestochen scharf. Die von Superman war verschwommen, aber man sah, daß er es war. Nettes Lächeln.

Es war keine Zeit, den Lack mit dem Schwämmchen zu verteilen. Er mußte Polaroid vertrauen. Er schob die zusammengerollten Fotos und den Fetzen von seinem blauen Hemd durch den Flaschenhals und schraubte die Kappe fest zu.

Er packte den Griff der Notentriegelung und riß so heftig daran, daß er sich fast die Schulter ausrenkte. Der Lukendeckel sprang auf und fiel ab.

Der Wind fuhr in die Kabine und warf ihn auf seinem Sitz seitwärts. Staubkörner und Abfallteilchen wurden im Cockpit aufgewirbelt und dann plötzlich hinausgesaugt. Warmer Wind blähte sein Hemd und ließ die Knöpfe einen nach dem anderen abspringen, so daß die Schöße ihn peitschten und ihm ins Gesicht flogen. Jimi Hendrix ging im Tosen des Windes unter.

Superman packte die Flasche am Hals und warf sie im hohen Bogen hinaus in den großen blauen Ozean. Er meinte, sie fliegen zu sehen, bis sie mit einem winzigen Platschen nicht weit vom Strand ins Wasser fiel.

Er zog sich mit einem Ruck das Hemd über den Kopf. Der Wind riß es ihm aus den Händen und blähte es auf. Wie durch Zauberei richtete das Hemd sich auf und fing an zu tanzen.

Ein paar gespenstisch lange Sekunden tanzte es wie ein Geist in einem Luftwirbel über dem Passagiersitz, schwebte dann über seinen Schoß hinweg und wurde hinausgerissen.

Ein Omen, ohne Zweifel. Superman hat keine Power ohne sein Hemd.

Er hob die Tragfläche an und flog langsam über die Bucht, über die Schwärme der Inselchen, große Wale mit gezackten Felsrücken. Zwei Berge von gleicher kegelförmiger Gestalt standen Wache an beiden Enden des Strandes, mit der Insel nur durch schmale Finger aus palmenbeschattetem Sand verbunden. Wenn Superman auf dem Wasser landete und bewußtlos wurde, würde er ertrinken. Versuchte er, im letzten Moment aus dem Flugzeug zu springen, würde der Aufprall ihn töten.

Also blieb er besser in der Maschine.

Er entriegelte den Kraftstoffnotablaß. Aus irgendeinem Grund dachte er an das Abendmahl in seiner Kindheit, ein Silbertablett, auf dem vierzig winzige Gläschen mit Welch's Traubensaft standen, die klirrten, während eine alte Dame das Tablett in der Bank weiterreichte. Solches tut, sooft ihr's trinkt, zu meinem Gedächtnis ... War das vielleicht der Auftakt dazu, daß sein ganzes Leben noch einmal vor seinem inneren Auge ablief?

Er legte den Schalter um. Zischend floß Benzin aus und besprühte die Wellen. Dämpfe breiteten sich im Cockpit aus.

Der Geruch versetzte ihn zurück an die Sinclair-Tankstelle, irgendwo im tiefen Süden von Alabama. Ein grüner Dinosaurier drehte sich auf einer Stange. Benzindämpfe stiegen ihm duftend in die Nase. Sein Vater lächelte ihm zu.

Er flog wieder aufs Meer hinaus. Er hatte vor, tief und langsam anzufliegen, die Motoren abzuschalten und im seichten Wasser nicht weit vom Strand eine Bauchlandung zu machen, ohne sich zu überschlagen, seitlich aufzukommen, mit einer Flügelspitze einzutauchen oder in eine Welle zu rasen. Er hatte nur einen Versuch.

Natürlich war das nur so eine Idee. Er wußte nicht, ob es funktionieren würde. Er wünschte, Mr. Pawley wäre da. Er hätte ihm ein paar wichtige Fragen stellen müssen.

Er umflog die größte der Felseninseln und flog direkt auf den Strand zu, zehn Fuß über den Wellenkämmen. Die Motoren husteten, röchelten nach Kraftstoff.

Ohne es vorher gewußt zu haben, begann er zu heulen wie ein Hund. Er schnallte sich los und stützte sich heulend auf ein Knie.

Jählings überkam ihn ein übermächtiger Drang, die Maschine zu verlassen, aber zu spät – durch die Cockpitscheibe sah er nur noch Wasser und darüber den Strand und einen herrlichen Kokospalmenhain. Er sah Ben Juniors strahlendes Lächeln. Sein letzter Gedanke, bevor die Maschine auf dem Wasser aufschlug, war *Mein Gott, was für ein schöner Platz zum Sterben.*

2

Superman Junior

Ich war elf, als mein Vater starb. Er war ein glamouröser Fremder, der am Geburtstag und zu Weihnachten vorbeischaute und ansonsten nur in der Fernsehtruhe im Wohnzimmer von Granny French lebte. Mein liebster Traum war, daß er mich mitnahm, wenn er das nächste Mal in der Stadt war.

Am Abend des vierzehnten Juli fand im Bürgerzentrum in Opelousas das Sommerfest des Klaviers statt. Ich wollte »The Impossible Dream« spielen. Ich hatte mir das Stück selbst ausgesucht und wochenlang geübt. Granny French meinte, ich hätte bessere Chancen, den ersten Preis zu bekommen, wenn ich einen der Hits meines Vaters sang und spielte, also »When Time Stands Still« oder »Superman's Revenge«, aber ich wollte es aus eigener Kraft schaffen.

Heute weiß ich, daß die Kids der Huey-P.-Long-Grundschule beeindruckt gewesen sein müssen, weil ich Superman Willis' Sohn war, aber wie alle Kinder wären sie lieber gestorben, als sich irgend etwas anmerken zu lassen. Keiner wollte sich bei einem Kind einschmeicheln, bloß weil dessen Vater berühmt war. Statt dessen ignorierten sie mich.

Ich war es nicht gewöhnt, ignoriert zu werden. Ich hatte von jeher ziemlich nahe am Mittelpunkt des Universums gelebt, und es war ein schwerer Schlag für mich, daß ich nur irgendein Planet war, der auf seiner einsamen Bahn kreiste. Irgendwie hatte sich bei mir die Idee festgesetzt, daß ich, wenn ich den ersten Preis in dem Klavierwettbewerb errang, endlich ein paar Freunde in dieser blöden Stadt finden würde. Die Leute würden begreifen, daß ich jemand war, der Beachtung verdiente, ein intelligenter, begabter Junge, nicht bloß eine schemenhafte Randfigur. Ich haßte Opelousas, ich haßte Louisiana, haßte Granny French dafür, daß sie mich dorthin mitgenommen, und meine Mutter dafür, daß sie mich zu ihr geschickt hatte. Ich wollte zurück nach Encino und in dem großen Haus mit dem Swimmingpool wohnen. In Encino gab es ein Hausmädchen namens Rita, die mich immer gebadet hatte. Sie wusch mich da unten, bis mein Ding hart wurde und sich aufrichtete. Das war schön, und verwirrend. In Louisiana gab es niemanden wie Rita. Nur Granny French und einen Haufen doofer Kinder, die wie jaulende Banjos redeten.

Ich übte »The Impossible Dream« jeden Tag mehrere Stunden. Eines Nachmittags kam Mrs. Delacroix den weiten Weg von der anderen Straßenseite herüber und fragte Granny French, ob ich nicht mal was anderes spielen könnte.

»Der Junge will seine Sache gut machen, Louise«, sagte Granny. »Übung macht den Meister.«

»Aber das treibt mich zum Wahnsinn«, sagte Mrs. Delacroix. »Sie wissen, daß ich nichts sagen würde, wenn es nicht so wäre.«

»Na gut, ich bitte ihn, das Fenster zu schließen«, sagte Granny, »aber ich möchte schon betonen, daß ich die ganzen Jahre kein Wort über den Zustand Ihrer Azaleen verloren habe.«

Mrs. Delacroix lief rot an, sagte »Also wirklich!« und lief zurück über die Straße, um sich ihre Azaleen anzusehen.

»Spiel du ruhig weiter deinen Song, Benjamin«, sagte Granny. »Die Frau hat kein Ohr für Musik.«

Von da an übte ich bei geschlossenen Fenstern, schwitzte in der Julihitze für meine Kunst und meine gesellschaftliche Anerkennung. Ich stellte mir vor, wie ich in dem hellen Licht mitten auf der Bühne sitzen und das Publikum mit der Inbrunst meiner linken und der gekonnten Phrasierung meiner rechten Hand in Erstaunen setzen würde. »Der geborene Musiker«, würden sie sagen und einander anstoßen. »Das ist der Sohn von Superman Willis, wissen Sie.«

The dream, the impossible dream …

Als der große Tag gekommen war, verbrachte ich eine volle Stunde im Bad. Meiner Erinnerung nach war es das erste Mal, daß mir mein Aussehen wichtig war. Ich badete ausgiebig, bürstete mir die Zehen, putzte mir viermal die Zähne. Ich brachte meine Tolle mit Grannys Haarspray zur Raison und überschüttete mich mit dem Old-Spice-Aftershave, das mein Vater zu Weihnachten im Medizinschränkchen vergessen hatte.

Ich betrachtete mein Gesicht in dem beschlagenen Spiegel. Granny French fand, es sei ein Glück, daß ich nach meiner Mutter käme, denn Mutter sei eine Schönheit, mein Vater dagegen eher von der unscheinbaren Sorte. Ich hatte die blonden Haare meiner Mutter und die hellbraunen Augen meines Vaters. Aber besonders schön war ich bestimmt nicht. Eher auch einer von der unscheinbaren Sorte.

Ich wollte nicht aussehen wie meine Mutter. Ich haßte sie. Ich fand es nicht in Ordnung, daß Eltern ihr Kind wegschicken, damit es mit einer alten Frau in einem übelriechenden alten Haus in einer heißen, blöden Stadt lebt. Ich dachte, das bedeute, daß sie mich nicht wollten. (Ich hatte recht.)

»Du hast eine schöne Seele, Benny, eine sehr positive Seele«, sagte Mom und sah mich so ernst an, daß mir unbehaglich wurde. »Dein Dad und ich finden es nicht gut, wenn du mit den Jungs im Bus rumhängst. Du solltest von positiver Energie umgeben sein.«

»Ich will mit euch mit«, sagte ich. »Oder zurück nach Encino.«

»Ich verstehe, daß du dich da in einem Konflikt befindest. Das ist ganz normal. Ich finde, du solltest mit ein paar Freunden darüber reden und schauen, ob du eine Lösung findest, ja?« Sie sah mich an, und ihre grünen Augen leuchteten.

»Ich hab keine Freunde«, sagte ich.

»Dann solltest du losgehen und dir welche suchen, hm? Es ist traurig, wenn man elf ist und keine Freunde hat.«

»In Louisiana gibt's bloß Idioten und blöde Bauern«, sagte ich.

Sie schenkte mir ein strahlendes Lächeln. Mom war Miss Southwest Louisiana gewesen, bevor sie meinen Vater geheiratet hatte und ein Hippie geworden war. »Du hast ja recht, Schatz«, sagte sie, »aber wenn ich's überlebt habe, kannst du das auch.«

Weihnachten darauf bat ich meinen Vater, mich auf seine Tournee mitzunehmen. »Frag deine Mutter«, sagte er.

»Hab ich schon. Sie hat gesagt, ich soll dich fragen.«

»So?« Er zuckte die Achseln. »Was soll ich machen? Das ist mein Job, Sohnemann, ich muß einfach immer unterwegs sein. Und dein Job ist es, in die Schule zu gehen und was zu lernen.«

Und dabei blieb es. Sie zuckten die Achseln und schoben mich zu Granny French ab. Ich war ganz allein für mein Glück zuständig, also war ich unglücklich. Es hatte keinen Zweck, sich zu wünschen, daß sie plötzlich doch anfangen würden, sich um mich zu kümmern. Jetzt kam es nur darauf an, daß ich »The Impossible Dream« besser spielte, als es jemals gespielt worden war, und anfing, mir ein eigenes Leben aufzubauen.

To beat the unbeatable foe …

Die Luft war frisch nach einer Stunde im dampfigen Bad. Ich zog ein makellos gebügeltes weißes Hemd, schwarze Hosen, schwarze Sonntagsschuhe und eine rotgestreifte Krawatte an. Dabei achtete ich sorgsam darauf, meine Frisur nicht kaputtzumachen – zum erstenmal seit Wochen standen mir die Haare nicht zu Berge.

Als ich dann endlich so gut aussah, wie ich einmal aussehen würde, wenn ich älter war und nicht mehr wie ein Kind aussah, ging ich ins Wohnzimmer und setzte mich auf den Klavierhocker. Mit geschlossenen Augen malte ich mir ein Spotlight aus, eine Bühne. Ich nickte dem atemlosen Publikum in dem dunklen Saal zu, setzte mich am Flügel zurecht, ließ die tiefen Tasten grummeln und hob die rechte Hand, um den Eröffnungsakkord anzuschlagen.

Mein kleiner Finger rutschte vom Fis ab, und es wurde ein schwächliches F daraus.

Ich brach ab.

Und wenn mir das heute abend passiert? Ich spürte förmlich Miss Dalrymples spitzen Schuh, der mir jedesmal einen empfindlichen Tritt ans Schienbein versetzte, wenn ich im Unterricht einen falschen Ton spielte. Für Fehler bei einem öffentlichen Auftritt hatte sie mehr Verständnis. »Wenn du dich verspielst«, sagte sie, »atme tief durch und spiel weiter. Egal, was passiert, hör nicht auf zu spielen.«

Ich hob die Hände und fing noch einmal an. Diesmal klang der erste Akkord voll, triumphal. Vor mir sah ich die Noten, die ich auswendig gelernt hatte. Meine Finger spielten die Noten in meinem Kopf.

Ich entfachte ein Feuer unter der Melodie, baute langsam die schweren, hämmernden Akkorde auf dem Höhepunkt des Refrains auf. Ich meisterte die vertrackte Modulation zwischen den Strophen, ohne auch nur einen Ton wegzulassen. Und dann saß ich da und staunte, was meine Hände gelernt hatten. Ich lehnte mich zurück und sah ihnen zu.

Als ich durch war, errötete ich vor Stolz. Ich verbeugte mich vor meinem imaginären Publikum. Beifall umbrandete mich. Ein Telefon klingelte.

Ich hörte ein seltsames Geräusch aus der Küche.

Ich ging an die Tür. Ich sehe noch vor mir, wie Granny French sich mit dem Telefonhörer am Ohr an den Geschirrschrank lehnen mußte. Sie war ganz grau im Gesicht, so als würde ihr durch diese verdrehte Schnur das Leben ausgesaugt, hinein in die Wand.

»Um Gottes willen«, flüsterte sie.

Mir wurde kalt im Bauch.

Granny drehte sich um und sah mich in der Tür stehen. Ihre Augen weiteten sich. Sie zischte zu mir herüber, scheuchte mich weg.

Ich blieb dicht hinter der Tür stehen und lauschte.

»Die werden ihn schon finden, Doris, natürlich finden sie ihn«, sagte sie, »ein Mensch kann sich doch nicht einfach in Luft auflösen.«

Lange Zeit sprach Granny kein Wort. Dann sagte sie: »Ja, natürlich, wir kommen. Ich frage Harvey Loomis, ob er uns nach New Orleans fährt. Wir rufen vom Bahnhof aus an. Ich hab dich lieb, Doris«, sagte sie mit schwacher Stimme. »Du mußt jetzt stark sein.«

Es wurde so still, daß ich dachte, sie hätte aufgelegt. Bestimmt würde sie gleich hereinkommen und mir sagen, daß alles ein Irrtum war, oder ein Scherz, alles in bester Ordnung.

Ich spähte um den Türpfosten. Granny hustete – ein kurzes, scharfes Geräusch. »Ich finde es ein bißchen voreilig, jetzt schon an Anwälte zu denken, Doris. Jedenfalls solange wir nichts Genaues wissen.«

Ich ging langsam zum Klavier zurück. Ich wollte nicht darüber nachdenken, was passiert sein mochte. Ich beschloß, mein Stück noch einmal zu spielen. Mit der Linken ließ ich das tiefe G und D grummeln. Gerade hob ich die Hand, um den ersten Akkord anzuschlagen, als Granny aus der Küche rief: »Benjamin! Mein Gott, ich telefoniere!«

Ich nahm den Fuß vom Pedal, um den Nachklang zu ersticken. »Entschuldige«, flüsterte ich.

Es mußte eine sehr schlechte Nachricht sein. Noch nie hatte Granny French eine Redewendung gebraucht, die auch nur entfernt an einen Fluch erinnerte. Ich wußte, wenn ich über das nachdachte, was ich gerade gehört hatte, würde ich feststellen, daß ich schon wußte, was passiert war. Aber ich wollte es gar nicht wissen.

Dann stand sie plötzlich in der Tür, mit einem komischen, gezwungenen Lächeln. Er jagte mir Angst ein, dieser Blick. Ich glaube, sie weinte innerlich und wollte nicht, daß ich es merkte.

»Sehr gut, du bist schon angezogen«, sagte sie. »Wir müssen unsere Pläne ändern. Wir fahren heute abend nach Kalifornien.«

»Heute abend? Nach dem Wettbewerb?«

»Nein. Wir brechen sofort auf. Der Zug geht um halb zehn, von New Orleans. Such deine Sachen zusammen, was zum Anziehen. Zieh das da aus, damit es nicht verknittert. Ich bitte Mr. Loomis, daß er uns fährt.«

Mich packte die Wut. »Soll das heißen, ich kann gar nicht auftreten?«

»Ja. Und jetzt tu, was man dir sagt.«

Ich sprang vom Klavierhocker auf. »Das ist gemein! Den ganzen Sommer hab ich geübt! Hast du mich vorhin nicht gehört? Ich hab's so gut gespielt wie noch nie.«

»Es ist was mit deinem Vater«, sagte Granny. »Sein Flugzeug ist verschollen. Wir müssen damit rechnen, daß er tot ist. Kannst du nicht wenigstens ein einziges Mal nicht nur an dich selbst denken?«

Ich habe mein ganzes Leben gebraucht, um die Schmach dieses Augenblicks zu verwinden.

Hätte sie gewußt, wie sehr mich das verletzen würde – es tut heute noch weh, wenn ich daran denke –, dann hätte Granny das niemals zu mir gesagt. Ich weiß, wie gern sie mich hatte, aber der Schock der schlechten Nachricht und meine freche Antwort bewirkten wohl, daß ihr ausnahmsweise einmal der Kragen platzte. Wahrscheinlich hatte sie die Worte schon vergessen, kaum daß sie ausgesprochen waren. Aber ich vergaß sie nicht. Jahrelang habe ich danach kein Klavier mehr angerührt, nicht mehr gesungen, überhaupt nicht musiziert. Wenn ich an den Tod meines Vaters denke, ist das stärkste Gefühl immer noch diese dunkle, brennende Scham.

Ich wußte, daß er tot war, noch bevor Granny aufgelegt hatte. Ich wußte es, als ich mich ans Klavier setzte, um das Stück noch einmal zu spielen. In diesen ersten gefühllosen Augenblicken des Wissens konnte ich nur an eins denken: Ich würde am Abend nicht »The Impossible Dream« auf dem Klavierfest spielen. Ich würde keinen Preis bekommen. Ich würde nie ein Star werden wie mein Vater. Ich würde nie Freunde haben. Mein Vater, der mich nie geliebt, sich nie um mich gekümmert hatte, ließ mich allein. Mein Vater war tot, ich würde nicht spielen, und dafür haßte ich ihn.

Ich weinte nicht. Den nächsten Tag verbrachte ich in einem stumpfsinnigen Dämmerzustand. Ich haßte ihn und mich gleichermaßen, wie ich so zusammengesunken in der hintersten Ecke von Mr. Loomis' Chrysler hockte und dann in dem Schlafwagenabteil, in dem Granny French und ich bis nach Los Angeles fuhren. Ein Jahr lang hatte ich gebetet, irgend etwas solle geschehen, damit ich nach Encino zurück konnte, und jetzt war mein Gebet erhört worden.

Diese sechsunddreißig Stunden im Zug waren der bis dahin längste Teil meines Lebens, und trotzdem habe ich keinen Schimmer, was wir geredet, was wir getan, wann wir gegessen haben. Ich erinnere mich an keine einzige Aussicht, die draußen vor dem Fenster vorbeizog. Ich weiß nur noch, daß ein Schwarzer uns ein Telegramm ins Abteil brachte; ich wollte es sehen, weil ich noch nie ein Telegramm in der Hand gehabt hatte, aber Granny las es bloß und steckte es in ihre Handtasche.

Als der Zug in die Union Station einfuhr, stand meine Mutter weinend auf dem Bahnsteig. Granny French fing auch zu weinen an, sobald sie sie erblickte. Die beiden trafen am Fuß der Treppe zusammen. »O Gott, jetzt habe ich keinen Mann mehr«, jammerte meine Mutter und sank Granny in die Arme.

Etwas Gutes und Unschuldiges in mir ging kaputt, als ich meine Mutter so zusammenbrechen sah. Sie war immer so schön gewesen. Jetzt, in ihrer Trauer, sah sie schrecklich aus.

Mich bemerkte sie gar nicht. Ich trug meinen Koffer ans Ende des Bahnsteigs, blieb stehen und schaute auf die zertretenen Kaugummis und Zigarettenkippen hinab. Am liebsten wäre ich wieder in den Zug eingestiegen und bis ans andere Ende der Welt gefahren.

Ein Mann kam auf mich zu. Er hatte buschiges rotes Haar und einen Bart und die am stärksten behaarte Brust, die ich je gesehen hatte. Die Haare quollen aus dem Ausschnitt seines T-Shirts heraus. Ich sah mich selbst in seiner spiegelnden Sonnenbrille. »Hi, Kurzer«, sagte er, »ich bin ein Freund von deinem Vater. Du bist Superman Junior, stimmt's?«

»Ja.«

»Ich bin Jimbo. Paß auf – kümmer dich gar nicht um die beiden Frauen, die müssen einfach heulen in solchen Zeiten, ich weiß auch nicht, das sind wohl die Hormone«, sagte er. »Ganz unter uns, ich glaube nicht, daß dein alter Herr tot ist. Der ist irgendwo hingeflogen. Er kommt wieder. Also komm, fahren wir zu euch nach Hause, ja?«

Meine Mutter kam, an Granny French gelehnt, die Treppe herunter.

»Na los, Mann«, sagte Jimbo, »ich muß deiner Mutter helfen.«

Ich folgte ihm benommen und versuchte mir einen Reim auf das zu machen, was er gesagt hatte. Ob das wahr sein konnte? Aber warum weinte meine Mutter dann? Granny French hatte gesagt, das Flugzeug meines Vaters sei abgestürzt, und sie hätten es nicht gefunden. Der Mann hatte offenbar andere Informationen. Er legte den Arm um meine Mutter. Sie lehnte sich an ihn. Wer war dieser Mann?

Als ich am nächsten Morgen aufstand, räkelte er sich im Arbeitszimmer meines Vaters im Erdgeschoß auf dem Sofa und hatte Vaters blauen Bademantel mit den Smiley-Gesichtern an. »Morgen, kleiner Mann.«

Ich war noch ganz verschlafen, gähnte, rieb mir die Augen. Ich kann niemanden leiden, bevor ich nicht richtig wach bin. »Wo ist meine Mutter?« fragte ich ihn.

»Schläft noch. Sie hat eine schlimme Nacht hinter sich.«

Es paßte mir nicht, daß dieser Mann den Bademantel meines Vaters trug. »Wo ist Granny French?«

»Weiß ich nicht, schläft auch noch, nehm ich an«, sagte er. »Wir sind also unter uns Männern. Allerdings ist da noch die reizende Rita. Mm, *mm*.« Er verdrehte die Augen zur Küche hin und grinste.

Auf einmal wurde mir das alles zuviel. Dieser Mensch hatte meine Mutter getröstet, und jetzt trug er den Bademantel meines Vaters und sprach mit diesem Mardergrinsen im Gesicht von Rita. »Verschwinden Sie aus unserem Haus!« schrie ich ihn an.

Vor Verblüffung bekam er lauter Falten im Gesicht. »Nun mal langsam, mein Bester. Was hab ich dir denn getan?«

»Das ist *unser* Haus«, sagte ich. »Wer hat Ihnen erlaubt, hier zu wohnen?«

»Deine alte Dame«, sagte er. »Ich glaub nicht, daß sie dich da um Erlaubnis fragen muß, du kleiner Klugscheißer.«

»Sie gehen jetzt auf der Stelle, oder ich sag's meinem Daddy, wenn er heimkommt.«

»Der kommt nicht mehr heim. Der ist mausetot.«

»Das ist nicht wahr!« schrie ich. »Er lebt, und wenn er wiederkommt, dann wird er – wird er Ihnen *den Arsch versohlen*.« Ich rannte die Treppe hinauf, warf mich aufs Bett und weinte, bis keine Tränen mehr kamen.

Von diesem Tag an wurde so manches anders, aber eine Tatsache blieb bestehen: Mein Vater war am Donnerstag, dem 14. Juli 1972, um 23.04 Uhr auf dem El Paso Regional Airport gestartet und dann vom Antlitz der Erde verschwunden.

Meine Mutter und Granny French hielten mich größtenteils von dem Medienrummel fern. Als mein Vater verschwand, war er auf dem besten Weg, ein richtiger Star zu werden – er hatte sechs Single-Hits, zwei goldene Schallplatten und einen Grammy und besaß eine treue Fangemeinde unter den College-Studenten. Als die Suche nach ihm eingestellt wurde, war Superman Willis bereits Legende. In Kirchen wurden Bittgottesdienste abgehalten. DJs im Rundfunk berichteten stündlich. Die Air National Guard veranstaltete die größte Suchaktion ihrer Geschichte. Man hätte sich kaum mehr Mühe gegeben, wenn der Herr Jesus Christus persönlich mit seinem Flugzeug auf dem Gebiet von New Mexico abgestürzt wäre.

Als ein kleiner Flugplatz bei Monterrey, Mexiko, meldete, daß am 14. Juli eine Beechcraft Baron dort zum Auftanken zwischengelandet sei, beteiligten sich vier Nationen an der Suche nach meinem Vater.

Sie fanden ihn nicht. Nach sechs Wochen wurde die Suche eingestellt.

Ich fragte meine Mutter: »Heißt das, daß er tot ist?«

»Ich möchte nicht, daß du jemals die Hoffnung aufgibst, Benny«, sagte sie. »Im Geiste wird er immer bei uns sein.«

»Aber wenn sie nicht mehr nach ihm suchen, müssen sie doch denken, daß er tot ist.«

Von ihren Nervenpillen hatte Mama einen glasigen, irgendwie verträumten Blick. Sie sah einen beim Reden nicht richtig an. »Ich sag dir was, Benny. Am Freitag gibt es eine Art Gottesdienst. Eine Gedenkveranstaltung für deinen Dad. Würdest du gern mitgehen?«

»Du meinst, eine Beerdigung?«

»Nein, eine Beerdigung findet statt, wenn jemand gestorben ist. Das ist eher eine Feier. Wir wollen deinen Dad feiern, weißt du, von ihm Abschied nehmen, ganz gleich, wo er jetzt ist.«

»Wird Jimbo auch dort sein?«

»Ja, natürlich«, sagte sie ein bißchen gereizt. »Jimbo war auch ein Freund von Daddy.«

»Dann will ich nicht mit«, sagte ich.

»Wenn du groß bist, wird dir das leid tun.«

»Nein, wird es nicht.«

»Und außerdem wirst du dir wünschen, du wärst ein bißchen netter zu deiner Mutter gewesen.«

»Werd ich nicht.«

»Sei nicht so unausstehlich. Sei doch ein netter Junge. Dann hätten wir's beide viel leichter. Ich war so ein braves Kind, frag Granny.« Während sie das sagte, drehte sie sich einen Joint. Sie rauchte immer Joints, wenn Granny ins Bett gegangen war, oder auf der Fahrt zum Supermarkt. Hinterher lief sie dann kichernd herum und sprühte Lysol.

»Vielleicht komm ich doch mit«, sagte ich.

Sie beugte sich mit dem Joint zwischen den Lippen zu der Kerze vor, und ihr Haar schimmerte in dem weichen Licht. Sie war sehr schön. Sie nahm einen Zug und hielt den Atem an. »Es liegt ganz bei dir«, sagte sie und blies den Rauch durch die Nase aus.

Sie hielt mir den Joint hin, gab ihn aus Gewohnheit weiter, so wie sie und ihre Freunde es auf Partys machten. Als ihr klar wurde, was sie da tat, mußte sie lachen und bekam einen Hustenanfall.

»Entschuldigung«, sagte sie. »Manchmal vergesse ich, daß du noch ein Kind bist.«

Dieser Augenblick faßte gewissermaßen mein ganzes Leben bis zu diesem Zeitpunkt zusammen. Meine Eltern behandelten mich wie einen ihrer Freunde, einen kleinen, bedürftigen Freund, der vorbeigeschaut hatte und nicht wieder gegangen war. Sie konnten mich durchaus gut leiden, aber sie suchten immer nach Mitteln und Wegen, mich loszuwerden, damit sie mit ihrem eigenen Leben weitermachen konnten. Jetzt hatte Mom nicht mehr die Ausrede, daß sie meinen Vater auf seinen Tourneen begleiten müsse, und auch Granny French machte ihr die Hölle heiß. »Verstehst du denn nicht, das Kind hat seinen Vater verloren!« hörte ich eines Abends ihre Stimme durch den Schacht der Klimaanlage, den ich als Abhöranlage benutzte. »Du solltest zu Hause bleiben und dich um ihn kümmern, statt dich mit deinen windigen Bekannten herumzutreiben. Stell dir doch mal vor, dir passiert was, was Gott verhüten möge. Dann wäre das Kind Waise.«

»Jetzt hör doch mal auf mit dieser Schwarzseherei, Mutter. Benny geht's gut. Er kommt besser damit klar als ich.«

»Eine Schande ist das. Du solltest Trauer tragen, statt auf Partys zu gehen.«

»Bin ich vielleicht Scarlett O'Hara oder was? Ich bin noch nicht mal Witwe. Sie haben ihn noch nicht mal für tot erklärt.«

»Das klingt, als ob du es gar nicht erwarten kannst«, sagte Granny.

»Also, wenn du unbedingt die Wahrheit hören willst: Ja, ich kann's kaum erwarten. Und, was ist daran so schlimm? Diese Warterei treibt mich zum Wahnsinn. Ich meine, wenn er mich verlassen hätte, okay. Damit könnte ich klarkommen. Oder wenn wir es sicher wüßten, könnten wir eine Totenfeier machen. Aber das, das ist – gar nichts! Du hast ja keine Ahnung, was ich durchmache. Es ist wirklich nicht leicht für mich.«

»Ich bitte dich. Du hast dir doch einen Dreck aus Ben Willis gemacht«, sagte Granny. »Du hast dich herumgetrieben in der Nacht, in der er gestorben ist, und jetzt läßt du diesen – diesen Menschen hier unter deinem Dach leben!«

Ich drückte die Wange an das Gitter. Kalte Luft blies mir ins Ohr.

»Ich *hab* mich nicht ›rumgetrieben‹«, sagte Mom mit schneidender Stimme. »Wie kannst du es wagen, hier in meinem Haus zu sitzen und mir solche Sachen an den Kopf zu werfen!«

»Na schön. Morgen fahre ich heim. Meinetwegen zieh den Jungen alleine groß. Ist es das, was du willst?«

Ein langes Schweigen, dann sagte Mom: »Ich wüßte gar nicht, wie das geht.«

»Genau das meine ich. Ich geb dir nicht die Schuld, Doris. Manche Frauen sind einfach nicht zur Mutter geboren.«

»Ich heiße Alexa. Wann gewöhnst du dir endlich an, mich bei meinem richtigen Namen zu nennen?«

»Dein Name ist Doris. Ich hab ihn dir selbst gegeben.«

»Na gut, Mama, laß gut sein, du hast gewonnen. Ich bleibe jetzt öfter zu Hause, ich versprech's. Bitte geh nicht. Ich brauche deine Hilfe.«

»Und ob du die brauchst«, sagte Granny.

Wir fuhren in einer langen schwarzen Limousine zu dem Gedenkgottesdienst, ich und Mom und Jimbo und neun von ihren Freunden. Ich durfte vorn beim Fahrer sitzen. Als Granny sah, was im hinteren Teil abging, stieg sie aus und fuhr mit Onkel Earl mit, der aus Fresno gekommen war.

Zwischen den Vordersitzen und dem Fond war eine dicke Glasscheibe, aber der Fahrer und ich konnten trotzdem den Partylärm von hinten hören. Die spielten laute Musik – die Rolling Stones, glaube ich – und brüllten vor Lachen.

Der Fahrer, ein älterer Mann, wandte sich mir zu und sagte: »Die machen richtig einen drauf, was?«

Ich wußte nicht, wie man sich auf der Fahrt zu einem Gedenkgottesdienst benehmen mußte, aber daß man sich nicht so benehmen durfte wie meine Mutter und ihre Freunde, war ziemlich klar. Ich gab mir Mühe, die Familienehre zu retten, saß während der ganzen Fahrt mit angemessen ernster Miene da und sah unverwandt nach vorn.

Die Sonne ging hinter dem Wipfel einer Palme unter, als wir in die Hollywood Bowl fuhren. Hunderte von Menschen wuselten auf dem Parkplatz am Eingang herum. Manche hatten lange Haare und Schlaghosen und komische Brillen und Glasperlen, aber die meisten waren ganz normale Leute.

»Das ist vielleicht ein Volk, was?« sagte der Fahrer zu mir. »Ich wette, die Hälfte von denen hat vier Wochen nicht mehr gebadet. Sollen sie doch nach Rußland gehen, wenn es ihnen hier nicht paßt.«

Ich schaute aus dem Fenster. »Da fahren wir hin?«

»Ich fahr da hin, wo man's mir gesagt hat.« Er steuerte auf ein Tor zu, auf dem NUR BACKSTAGE-KARTEN stand.

Der Wachmann winkte uns durch. Wir fuhren in einen Teil des Parkplatzes, der mit Fässern und Seilen abgesperrt war; schwarze Limousinen standen um ein großes weißes Zelt herum, das auf dem Asphalt aufgeschlagen war, wie für einen Zirkus.

Der Fahrer stieg aus und öffnete die Tür. Ein Schwall süßlichen Geruchs kam heraus, gefolgt von meiner Mutter mit ihrem großen Schlapphut, der mondänen Sonnenbrille und dem winzigen schwarzen Fummel, in dem sie ungefähr drei Meter lange Beine hatte. Sie sah phantastisch aus, wie sie so auf ihren hohen Absätzen dahinstöckelte, eine Hand auf dem Hut, um ihn am Wegfliegen zu hindern.

Als sie die vielen Menschen in das Amphitheater strömen sah, erhellte ein strahlendes Lächeln ihr Gesicht. »Einfach irre«, sagte sie, »schau, Benny, schau dir diese vielen Menschen an. Das alles ist für deinen Vater. Macht dich das nicht stolz?«

Stolz war ich eigentlich nicht, nur verwirrt, erstaunt. Ich hatte gedacht, die Feier würde in einem stillen, dunklen Raum mit Kerzen und Kirchenmusik stattfinden.

Eine Frau mit einem Klemmbrett und einem Funksprechgerät kam aufgeregt auf uns zu. »Alexa, Sie sind spät dran«, sagte sie. »Da drin treten sich die VIPs schon gegenseitig auf die Füße.«

»Cool«, sagte Mom. »Wer ist alles da?«

»Okay«, sagte die Frau, »aber kommen Sie, ich erzähl's Ihnen unterwegs. Wir haben Crosby, Stills und Young – Nash ist noch nicht da, und Joan Baez ...«

»Joan Baez?« Meine Mutter rümpfte die Nase.

»Ich weiß, ich weiß, aber sie hat darauf bestanden.« Die Frau las im Gehen weiter von ihrer Liste ab. »Ike und Tina Turner – sie hat sich in einer Garderobe eingeschlossen, sie und Ike haben Zoff –, außerdem Joni Mitchell, Wavy Gravy, John Sebastian, die Four Tops – besser gesagt drei von den vieren – und Andy Warhol ...«

»Wer?« fragte Mom.

Die Frau blickte über den Rand des Klemmbretts. »Andy Warhol, Sie wissen schon. Der Maler. Campbell's Suppendose?«

»Ach ja«, sagte Mom. »Singt der, oder was?«

»Nein, das ist nur die Gästeliste. Es gibt noch eine Liste, von denen, die auftreten werden. Möchten Sie die auch sehen?«

»Nein, schon gut«, sagte Mom. »Ich würde es lieber – einfach geschehen lassen, wissen Sie.«

»Wavy Gravy«, sagte Jimbo. »Wahnsinn.«

Granny French und Onkel Earl holten uns ein, als wir uns dem Zelteingang näherten, dem Geruch von Sandelholz und Zigarren, der Sitarmusik, den lauten Unterhaltungen. Mir kam das vor wie eine Gala-Version der Partys meiner Eltern – teure Teppiche, Blumen überall, fünf Currysorten auf den Büffet-Tischen, mit Wein zirkulierende Kellner und eine Sechs-Mann-Band, die in der Ecke vor sich hin rockte.

Jimbo sagte: »Lex, was trinkst du?«

Mom runzelte die Stirn. »Jimbo, du mußt mir heute ein bißchen Freiraum lassen. Ich bin hier die Witwe, verstehst du? Geh mir von der Pelle.«

Jimbo machte einen verkniffenen Mund. Beleidigt trottete er davon und setzte sich an die Bar. Mich machte das glücklich.

Granny French zeigte sogar unverhohlene Schadenfreude.

»Sieh dir den Kerl da drüben an, Doris. Hättest du es für möglich gehalten, daß ein Mann in einem gelben Anzug zur Beerdigung geht?«

»Das ist keine Beerdigung, Mutter. Es ist ein Bekenntnis zum Leben.«

»Es ist eine Freak-Show, ja, genau. Schau dir das Mädchen an, das er dabei hat – mein Gott, man sieht ja richtig ihre Brüste unter diesem Fähnchen.«

Mutter berührte mich an der Schulter. »Komm, Benny, wir müssen ein paar Leute begrüßen.«

Die nächste Stunde behielt Mom mich immer nahe bei sich. Die Frauen umarmten sie und weinten. Die Männer schauten feierlich drein und schüttelten mir ernst die Hand. Neil Young zeigte mir ein hübsches Zauberkunststück mit einer Münze und einer Armbanduhr. Joan Baez schenkte mir ein echtes Armband, das angeblich irgend etwas symbolisierte – sie sagte es mir, aber ich habe es vergessen. Alle sagten, ich sei meinem Vater wie aus dem Gesicht geschnitten.

Mir fiel ein seltsamer Mann auf, der sich durchs Gewühl schlängelte und Fotos mit einer dieser neuen Polaroid-Kameras machte, die einem das fertige Bild in die Hand spuckten. Seine Haut war überirdisch weiß, weißer als bei jedem anderen Menschen, den ich bis dahin gesehen hatte, und er hatte seidiges, silbergelbes Haar. Als er an mir vorbeistrich, nahm ich einen merkwürdigen Geruch wahr, wie in einem modrigen alten Haus.

Er blieb stehen, als ob er gespürt hätte, daß ich nach ihm schnupperte, drehte sich um und musterte mich durch seine Hornbrille. »Wow, was für ein schönes, ausdrucksvolles Gesicht. Darf ich ein Bild von dir machen?«

Ich stand neben einer riesigen Silberplatte mit Brownies. Ich hatte schon drei davon gegessen und gerade das vierte in den Mund gesteckt. »Ich hab Brownies im Mund«, sagte ich, aber es klang wie *chabbwaunisimund*.

»Was hast du gesagt?« Er hob die Kamera ans Auge und betrachtete mich durch den Sucher.

Ich schluckte. »Ich hab Brownies im Mund.«

Er lächelte. Seine Zähne waren genauso gelb wie seine Haare. »Wie heißt du?«

»Ben Willis, Junior«, sagte ich.

»Ach, wirklich?« Er machte das Foto. Das Blitzbirnchen flammte auf und blendete mich einen Moment. Die Kamera summte und streckte das Bild heraus, wie eine Zunge. »Bist du tatsächlich Supermans Lenden entsprungen?«

Ich sagte, ja, ich glaubte schon.

»Also ich seh das ja so, daß er sich auf geniale Weise aus dem Staub gemacht hat. Hast du diese Möglichkeit schon mal erwogen?« Ohne Vorwarnung hob er die Kamera und drückte noch einmal ab. Paff! Helle Sternchen flogen an den Rändern meiner Augen vorbei. »›An einen jung verstorbenen Athleten?‹ Man soll aufhören, wenn's am schönsten ist? Bewunderst du nicht die Kreativität dieses Abgangs?«

»Ich weiß nicht«, sagte ich und blinzelte wegen der Sterne in meinen Augen.

»Superman kann fliegen«, sagte er und hielt mir das Bild hin. »Da, willst du's sehen?«

Ich sah aus wie ein Blödmann.

Er steckte das Foto in die Tasche. Dann kritzelte er etwas auf die Vorderseite des zweiten und gab es mir.

Da stand »Brownies Mmund«, darunter sein Name.

Er lächelte und verschwand im Gewühl.

Etliche Jahre später, auf dem Höhepunkt der Warhol-Hausse, verkaufte ich »Brownies Mmund« bei Sotheby's für achtundvierzigtausend Dollar. Von dem Geld kaufte ich mir einen roten Sportwagen. Offenbar war es das einzige erhaltene Warhol-Foto von einem Kind. Das andere, das er in die Tasche gesteckt hatte, ist nie aufgetaucht.

Die Party in dem Zelt ging weiter, bis wir E-Gitarren und verstärkten Rock and Roll hörten. Ein Beifallssturm drang aus der Hollywood Bowl herüber.

Meine Mutter suchte mich. »Komm, es geht los.«

Wir gingen mit den anderen Partygästen über den Parkplatz und durch einen dunklen Tunnel in die Arena. Es war ein Schock, aus der Dunkelheit in das gleißende Licht und das Getöse der Band hinauszutreten. Tausende von Menschen winkten mit erhobenen Armen, während Crosby, Stills, Nash und Young den berühmtesten Song meines Vaters sangen.

When he's up in the sky, do you know how he feels
Not a bird, not a plane, just a man of ideals
Watching people go bad in their usual way
And he can't save 'em all, and he's had a bad day
And his boss is a creep, and his girl is a tease
And he feels like he's got antisocial disease.

Ich war nie in einem Konzert meines Vaters gewesen – hatte ihn nie bei einem Auftritt gesehen, außer im Fernsehen und einmal bei einer Probe in West Covina. Ich war überwältigt von der Menge der Zuschauer – zehntausend Menschen, stand am nächsten Tag in den Zeitungen. Mir kam es vor wie zehn Millionen.

Die Klemmbrett-Frau bugsierte uns durch einen schmalen, mit Seilen abgesperrten Korridor auf das Podium, das sich von der Bühne nach links erstreckte. Um uns herum sangen alle den Refrain mit:

You better run – it's time for
Superman's revenge
Superman's revenge
Superman's revenge …

Das war Jahre vor der Video-Revolution. Das einzige handfeste Zeugnis jenes Abends ist eine blecherne Vierspur-Aufzeichnung, die im Lauf der Jahre so stark geschönt und digitalisiert wurde, daß man darauf kaum noch den Donner all der mitsingenden Menschen hört. Aber ich fühlte ihn durch meine Schuhsohlen. Zum erstenmal wurde mir bewußt, wie viele Menschen meinen Vater liebten.

Ich empfand ehrfürchtige Scheu, vermischt mit meiner anhaltenden Scham und einem seltsamen Schwindelgefühl. Ich wiegte mich mit der sich wiegenden Menge, den hell blinkenden Lichtern und dem Typ auf der Bühne, der auf seine Drums eindrosch. Der Song endete in einem ohrenbetäubenden Jubelgeschrei, bei dem es mich kalt überlief.

Meine Mutter sagte etwas, was ich nicht verstand. Sie packte meine Hand und zog mich zum Bühnenrand. Die Leute traten zurück, um uns Platz zu machen. Zu spät dämmerte mir, was sie vorhatte. Im nächsten Moment standen wir auf der Bühne in diesem heißen Lichtdunst, und Graham Nash stellte uns den Zuschauern vor.

Der Jubel verebbte.

Ich hörte kaum, was sie sagte – ich war zu sehr damit beschäftigt, in fassungslosem Staunen die zehn Millionen Leute anzusehen, die alle mich ansahen –, aber auf dem Band ist alles festgehalten, jedes Wort. So manchen Abend bin ich zusammengezuckt und habe die Äußerungen meiner Mutter mit dem schnellen Vorlauf übersprungen.

Trotz meiner Benommenheit wurde mir allmählich klar, daß wir schon unheimlich lange da draußen standen. »... und Ben hat immer gesagt: ›Ich finde, wir sollten Frieden haben, weißt du, ich meine, verdammt noch mal, warum können wir nicht Frieden haben?‹ Vietnam ist eine einzige Pleite. Ich meine, Vietnam, das hat doch keinem von uns was gebracht, oder? Also, der Frieden dagegen, der bringt's richtig, wißt ihr. Wenn man ihn läßt. Er dringt in unsere Seelen ein und bringt uns Erleichterung, und dafür ist Ben immer eingetreten ...« Und so weiter und so fort.

Das Publikum stand in respektvollem Schweigen, aber ich sah bis in die zehnte Reihe, daß so mancher feuchte Augen bekommen hatte. Ich drückte ihre Hand: *Laß uns doch bitte von hier weggehen.*

»Und deshalb, na ja, es ist alles so – überwältigend. So viele Menschen sind heute abend hierhergekommen, um ihn zu feiern, und ich lasse euch gleich weitermachen, aber ich bin noch nicht ganz fertig.« Trotz Rückkopplungsgeräuschen und Bandrauschen hört man, wie ein Seufzer der Enttäuschung durchs Publikum geht. »Ich wollte nur sagen, daß ihr die wunderbarsten, tollsten Menschen auf der Welt seid, weil ihr heute hierher gekommen seid, um ihn zu verabschieden. Wohin er auch entschwunden sein mag. Ich weiß nicht, wo er ist. Wißt ihr es? Ich habe ihn seit Wochen nicht mehr gesehen.« Sie machte eine kurze Pause, nervöses Gemurmel draußen im Dunkeln. »Wenn irgend jemand weiß, wo er ist, würdet ihr ihn bitten, mich anzurufen? Ich schwöre bei Gott, es ist so schlimm, daß ich schreien könnte. Er ist ein solches Arschloch. Ihr wißt nicht, was er mir angetan hat. Er hat mir das Schlimmste angetan, was jemals ein Mensch einem anderen angetan hat, und er weiß, was ich meine, aber ich werde nie verraten, was es war, denn ich bin ein besserer Mensch als er. Ich habe ihm immer gesagt, er soll nicht fliegen. Angefleht habe ich ihn, buchstäblich. Aber er hat nie auf mich gehört. Er war *immer* ein egoistischer Scheißkerl.«

An dieser Stelle kam Jimbo mit einem gequälten Lächeln über die Bühne gerannt und winkte der Menge zu. Er legte die Arme um meine Mutter und mich und führte uns in die Kulissen. Ein Aufschrei des Mitgefühls verabschiedete uns.

Ich wand mich unter Jimbos Arm heraus.

»Alexa, Schatz, was ist mit dir, alles in Ordnung?«

»Natürlich, Jimbo, mein Gott! War das peinlich! Warum bist du einfach so auf die Bühne gelaufen? Ich war fast fertig.«

Die Umstehenden starrten uns an, als ob sich Mom die Schuhe ausgezogen und über die Ohren gehängt hätte.

Draußen auf der Bühne sang Helen Reddy »When Time Stands Still«.

Jimbo trat nervös von einem Fuß auf den anderen. »Na ja, du warst so – ich weiß nicht, irgendwie hast du kein Ende gefunden, Babe«, sagte er. »Ich hab mir gedacht, ich muß dich retten.«

»Du mich retten? Soll das ein Witz sein?« brauste sie auf. »Geh mir aus den Augen!«

»Ach, komm schon, Alexa, beruhige dich.« Er wollte sie besänftigen, ihr die Schulter streicheln oder so etwas, aber Mom drehte sich weg und versetzte ihm einen so harten Schlag in die Magengrube, daß er »Uff« machte und seine verspiegelte Sonnenbrille herunterfiel.

Das war für mich so ziemlich das Lustigste, was ich je erlebt hatte. Ich fing an zu lachen und konnte nicht mehr aufhören. Jimbo packte mich am Arm und fauchte mich an, ich solle still sein, aber ich mußte nur noch mehr lachen.

Granny French drängte sich durch die Menschen, die uns umringten. »Alles in Ordnung mit dir, Doris?«

»Ja, Mutter. Warum, zum Teufel, fragt ihr mich das alle?«

»Benjamin, sei still«, sagte Granny, »das ist nicht lustig.«

Das gab mir den Rest. Ich mußte so laut lachen, daß mir der Bauch weh tat. Ich mußte mich auf eine Lautsprecherbox setzen, um mir die Augen zu wischen und wieder zu Atem zu kommen.

Ich schaute auf und sah, daß alle mich anstarrten.

»Was ist denn mit ihm?« fragte Granny. »Schau dir seine Augen an. Benjamin, bist du krank?«

»Ach was«, sagte meine Mutter. »Benny, hast du von den Brownies auf der silbernen Platte gegessen?«

»Ja.« Ich kämpfte gegen ein Kichern an, das wie eine Luftblase in meiner Brust aufstieg. »Die waren gut.«

»Wieviele hast du gegessen?«

»Vier«, sagte ich. »Vierundvierzig. Vierhundertvierundvierzig.«

Sie schnaubte. »Keine Sorge, Mutter, der ist bloß high.«

»Er ist *was*?«

»Das waren Hasch-Brownies«, sagte sie. Granny French begriff immer noch nicht. »Haschisch, Mutter. Er ist zugedröhnt bis unter die Schädeldecke.«

Granny richtete sich auf, bis sie größer war als alle anderen. »Benjamin, komm mit«, sagte sie, »wir fahren ins Krankenhaus.«

»Bitte beruhige dich«, sagte Mom. »Das vergeht wieder.«

»Sag du mir nicht, ich soll mich beruhigen, du – du – ach, ich weiß nicht, was du bist! Nichtswürdig! Daß ich so was großgezogen habe! Einem Kind Drogen geben! Earl, wo bist du? Earl? Komm, Benjamin.«

Noch nach all den Jahren spüre ich Grannys eisernen Griff an meiner Schulter. Sie schob mich durch das Gedränge, vorbei an den Roadies mit den umgehängten Ausweisen, vorbei an dem weißen Zelt, zu Onkel Earls Buick LeSabre.

Fast eine Stunde lang fuhren wir auf der Suche nach einem Krankenhaus in Beverly Hills herum, aber alle Gebäude, die wie Krankenhäuser aussahen, entpuppten sich als Villen von Filmstars. Ich sagte immer wieder, mir gehe es gut und man brauche mir nicht den Magen auszupumpen – ich wußte nicht genau, was das war, aber es klang ziemlich unangenehm. Zwischendurch mußte ich immer wieder mal daran denken, wie Jimbo »Uff!« gemacht hatte, und dann bekam ich wieder einen Kicheranfall.

Als wir endlich das Cedars-Sinai gefunden hatten, war

Granny French so in Fahrt, daß die Schwester in der Notaufnahme sie auf eine Trage legen wollte. Granny erklärte, ihr fehle überhaupt nichts, danke, vielmehr sei ich derjenige, der die giftigen Opium-Brownies gegessen hätte. Die Schwester mußte grinsen und rief noch zwei andere Schwestern herbei, damit sie einen Blick auf mich werfen konnten.

Die fanden das auch lustig. Granny ließ sie eine Minute dastehen und lachen, aber dann fuhr sie dazwischen wie ein Hund in eine Schar weißer Hühner. Als die Federn sich legten, eilte ein Arzt herbei, um mich zu untersuchen. Er meinte, in ein, zwei Stunden würde ich wieder in Ordnung sein, und erbot sich, Granny French ein Beruhigungsmittel zu verschreiben.

Sie packte mich an der Hand und zog mich hinaus, unter erbosten Bemerkungen über Kalifornien und die rauschgiftsüchtigen Einfaltspinsel, die hier lebten. »Sogar die Ärzte!« rief sie. »Ich bring dich fort von hier, Benjamin. Das ist keine Umgebung für ein Kind. Wir fahren heim.«

Onkel Earl fuhr uns nach Encino. Granny French packte unsere Sachen. Ich wurde schlagartig nüchtern bei der Aussicht, nach Opelousas zurück zu müssen. Granny erstickte meinen aufkommenden Protest mit einem einzigen mörderischen Blick. Rita winkte uns von der Veranda nach.

Wir saßen im Zug nach Osten, bevor meine Mutter aus der Hollywood Bowl zurück war. Ich ahnte nicht, daß ich sie acht Jahre lang nicht mehr sehen würde.

Moms kleine Ansprache auf der Bühne war das erste Zittern eines Erdbebens, das sie völlig aus der Bahn warf. Der Zusammenbruch ereignete sich stufenweise: eine Vibration hier, ein vereinzelter Ausrutscher dort, ein plötzliches Schlingern in eine unerwartete Richtung. Ihre Reaktion auf unsere überstürzte Abreise bestand darin, daß sie mit dem Auto nach Las Vegas fuhr und sich im Schnellverfahren mit Jimbo trauen ließ. Wir erfuhren das aus der *New Orleans Times-Picayune*, als wir aus dem Zug stiegen. Die Kolumnisten machten sich nach Kräften über sie lustig: Damals fand man Geisteskrankheit noch amüsant. Am folgenden Wochenende fuhren sie und Jimbo wieder nach Las Vegas und ließen sich scheiden.

Sie schickte uns eine Postkarte aus dem Desert Inn:

LIEBE MUTTER, LIEBER BEN,
UNS GEHT ES GUT. EUCH HOFFENTLICH AUCH.
ICH HAB IN LETZTER ZEIT NUR RAVIOLI AUS DER DOSE GEGESSEN.
WOLLTE, IHR WÄRT HIER. – HERZLICHST, ALEXA.

»Deine Mutter hat sie nicht mehr alle«, sagte Granny French.

Im September räumte Jimbo mit einer von meiner Mutter unterzeichneten Vollmacht sämtliche Bankkonten ab und machte sich mit gut achthunderttausend Dollar in bar aus dem Staub. Mom schnitt sich die Pulsadern auf, stellte sich dabei aber so dumm an, daß sie in einer Privatklinik landete, der Casa San Jacinto in den Bergen bei Santa Barbara.

Alle diese Nachrichten kamen per Telefon. Ich blieb auf meinem Zimmer und regte mich nicht groß darüber auf.

Ich fand keine Freunde in Opelousas. Ich ging in die Schule, kam nach Hause, blieb auf meinem Zimmer und bastelte Modellflugzeuge. Ich schnüffelte oft Klebstoff, um das Schwindelgefühl wieder zu erleben, das ich in der Hollywood Bowl verspürt hatte, aber ich bekam immer nur Kopfschmerzen davon.

3
Das Jenseits

Superman öffnete die Augen in eine kopfstehende Welt. Er lag der Länge nach auf dem Rücken. Blut sickerte ihm aus dem Mund. Die Sonne brannte auf eine Seite seines Gesichts. Da er ja tot war, überraschte es ihn, daß er Blut schmeckte und die heiße Sonne spürte und auch das erdrückende Gewicht des Flugzeugrumpfes auf seinem Becken und seinen Oberschenkeln.

Trotz des Tosens der Brandung hörte er einen Vogel singen – es war ein eigenartiges Lied, irgendwie vertraut.

Huu-huu-huu –
Huuhuu?

Das mußte der Vogel sein, der einen im Himmel begrüßt. Superman wunderte sich, daß man ihn durch die Himmelspforte gelassen hatte, ohne Einspruch von seiten der Geschäftsführung.

Eine Frau kam über den Sand auf ihn zu. Sie trug eine riesige Sonnenbrille und ein weißes Tuch auf dem sandfarbenen Haar – sieh sich einer diese herrlichen Hüften in dem schwarzen Badeanzug an, die da so reif und wohlgerundet über den Strand schwingen, ohne jede Hast, denn Superman liegt ja tot unter dem zischenden Wrack seiner Maschine. Noch mit zermanschtem Gesicht und auf die Zunge tropfendem Blut spürte Superman die alte, freundliche Lockung der Natur. Er war über alle Maßen entzückt, daß er sogar im Himmel noch einen Ständer kriegen konnte.

Sie beugte sich über ihn. »Sind Sie tot? Hallo!«

Er verstand nicht, wieso sie eine Antwort von ihm erwartete, aber er versuchte es. Er öffnete den Mund. Es kamen keine richtigen Worte heraus.

Sie schob die Sonnenbrille hoch, um genauer hinzusehen. »Ich hab denen ja gesagt, daß Sie nicht tot sind.«

Superman kannte diese Stimme von irgendwoher. Wie der Gesang des Vogels in der Kokospalme schien sie lieb und vertraut, leichter als Luft.

»Bleiben Sie so liegen«, sagte sie. »Und verbluten Sie mir ja nicht, verstanden? Ich hole Hilfe.«

Superman wollte die Hand bewegen, die Frau anflehen, bei ihm zu bleiben, aber sie drehte sich auf dem Absatz um und entfernte sich hüftenschwingend mit wippendem Po. Blut rauschte plötzlich durch Supermans ganzen Unterleib, gefolgt von einem gewaltigen Ansturm von Schmerz, der brüllend aus dem Sand aufstieg und seine Arme um ihn schloß.

Die Frau schaute sich um. Durch den rasenden Schmerz hörte er ganz deutlich ihre glockenhelle Stimme: »Sie sind aber auch nicht ohne.«

Und da wußte Superman, daß er wirklich tot war. Er erkannte die Stimme. Eine solche Stimme gab es kein zweites Mal auf Erden.

Er konnte gerade noch denken, Mein Gott, was für ein Glück! Daß er die Bruchlandung gerade in dem Teil des Jenseits gemacht hatte, in dem *sie* war, oder daß er zumindest noch diese berauschende Halluzination hatte, bevor er endgültig starb!

Dann schlug der Schmerz seine Klauen in ihn und zog ihn hinab.

Tage oder Wochen war er woanders. Er wirbelte durch Regionen der Dunkelheit und der Hitze, durch qualvolle Träume, Ketten bunter Lichtblitze. Er träumte, daß er starb, in einem Land, in dem die Luft grün war und nach Jasmin roch. Diener trugen ihn in einer Sänfte durch Gärten, die so schön waren, daß ihm die Tränen kamen. Er betrachtete alles wie durch einen feinen weißen Vorhang. Als er den Arm ausstreckte, um den Vorhang zu teilen, stellte er fest, daß hinter jeder seidigen Schicht abermals eine war.

Er hockte in einer Whiskyflasche, trieb mit einer gemächlichen Strömung dahin, verfing sich in der knorrigen Wurzel einer Mangrove, bekam einen Bewuchs aus Entenmuscheln und einen Bart aus Seegras.

Dann sah er seine alte Großmutter auf der Veranda des Hauses in Blakelee, Alabama, mit einer Riesenflinte an der Schulter. Sie zielte sorgfältig auf eine Klapperschlange, die sich neben den Stufen ringelte, bereit, sie in Stücke zu schießen.

Ein Mann schwebte durch den Wald und sang *»The hills are aliiiive ... with the sound of muuuuusic ...«*

Superman schlug die Augen auf und stellte fest, daß er sich in einem heißen, stickigen Raum mit Wänden aus dicken Bambusrohren und einer Decke aus Palmstroh befand. Die Sonne stach durch Löcher in den Wänden und fiel in unregelmäßigen heißen Flecken auf seine Schultern. Aus irgendeinem Grund konnte er seine Arme und Beine nicht bewegen. Tröpfelnder Schweiß juckte und kitzelte ihn an den Seiten. Sein Mund war völlig ausgetrocknet, die Lippen gesprungen. Er wollte nach Wasser rufen, fiel aber vor Anstrengung in Ohnmacht.

Im nächsten Traum kam eine alte Frau in einem quietschenden Rollstuhl in sein Zimmer gefahren. Sie saß da und sah zu, wie er schwitzte und schlief.

Dieser Traum kehrte noch mehrmals wieder. Es war ihm unmöglich, den Kopf zu drehen, um ihr Gesicht zu sehen, aber er hörte sie: eine gesummte Melodie, das leise Rascheln umgewendeter Buchseiten, das Kratzen eines Bleistifts auf Papier. Dann wieder war sie still, und nur das gelegentliche Knarren ihres Rollstuhls verriet ihm, daß sie da war.

Superman schwebte, umfangen von dunkler, feuchter Hitze.

Als er das nächste Mal in dem Bambusraum aufwachte, überzeugte ihn ein Pochen in seinem Körper, daß er noch am Leben war: ein dumpfer Trommelschlag des Schmerzes, als würde eine Zwergenschar um ihn herumstehen und mit Gummihämmern auf all seine verletzten Stellen einschlagen.

Der Schmerz erfüllte ihn mit Freude. Er lebte! Jemand hatte ihn gerettet!

Jeder Gegenstand in dem Raum war überdeutlich, hyperreal, so wie wenn man von einem langen halluzinogenen Trip runterkommt. Strahlen reinen Lichts strömten durch die Spalten der

Bambuswände und ließen Staubkörnchen in der Luft wie winzige Edelsteine aufleuchten. Irgendwo hinter der Wand krachte der Ozean auf Felsen, mit einem Donnern, das den Boden erzittern ließ und sich mit einem weißen Rauschen entfernte.

Superman schloß die Augen, nahm alle Kraft zusammen und wollte den Arm heben, um sich an der untersten Rippe zu kratzen. Der Arm schlug mit einem Plink! wie von Stein auf Stein an seine Körperseite.

Ein Geräusch, wie man es gemeinhin nicht von seinen Gliedmaßen erwartet.

Er holte tief Luft und hob den Kopf, um nachzusehen.

Mit der oberen Hälfte lag er auf einem schmalen Feldbett. Die Arme waren in Beton eingegossen. Vom Nabel bis zu den Knien steckte er in einem pilzförmigen Betonblock von knapp einem Meter Durchmesser – einer Art überdimensionaler Windel mit einem Sockel. Die nackten Waden hingen auf der anderen Seite heraus. Die Oberfläche des Blocks war mit Handabdrücken und versteinerten Lumpen übersät. Irgend jemand hatte ihn in dieses Ding eingebaut oder das Ding um ihn herumgebaut, um seine Knochen zu fixieren.

Er kam sich vor wie ein Mann, der in einem Zauberkunststück zersägt werden soll. Der Raum hatte weder Fenster noch Türen. Die Vorstellung, daß er im Paradies bruchgelandet war, wich allmählich dem Gedanken, daß er sich in einem tropischen Gefängnis befand.

Der Schmerz stieß auf ihn herab, der Durst würgte ihn. Er brachte ein rasselndes Stöhnen hervor.

Ein riesiger schwarzer Hund kam bellend unter dem Bett hervorgeschossen. Superman prallte zurück, aber er konnte nicht weg. Sein Betonarm glitt vom Bett und fiel rumms! auf den Boden. Der Höllenhund kam dicht an sein Gesicht heran und bellte noch lauter, besprühte seine Wange mit Speichel, ließ das blendende Weiße seiner Augen sehen.

Unvorstellbar, daß Superman die Bruchlandung überlebt haben sollte, nur um von einem Hund erledigt zu werden.

Unter Aufbietung aller Kräfte versuchte er, den Arm zu heben – wenn es ihm gelang, ihn in Schwingung zu versetzen, konnte er dem Hund den Kopf zertrümmern. Aber er lag schon sehr lange auf diesem Feldbett. Sein Oberarm war weich wie Pudding.

Der Hund bellte noch lauter, als von draußen Rufe ertönten.

Ein Teil der Wand glitt zur Seite, und Licht flutete in den Raum. *»Hai! Hai! Halay ha-lay ha-lay!«* Braunhäutige Kinder kamen hereingerannt, schwenkten die Arme und schrien den Hund an. *»Vai puta! Vai puta, perro! Ha-lay!«* Zwei Jungen und ein Mädchen, magere Kinder mit großen Augen. Sie schnitten furchterregende Grimassen, während sie den Hund hinausjagten.

Unter der Tür blieben sie stehen und drehten sich zu dem Spektakel von Superman in seiner Betonwindel um. »Mi-da«, sagte das Mädchen in verwundertem Ton. Die Jungen kicherten und äugten an ihr vorbei.

Superman schleifte seine Hand über den Boden. »Wasser«, sagte er mit gurgelnder Stimme.

»Doña! Doña!« Sie kreischten und rannten davon, als hätte ein Monster gesprochen.

Superman ließ sich erschöpft zurücksinken.

Huu-huu-huu –

Huuhuu?

Wieder dieser Paradiesvogel. Verflixt, was war das für ein Lied? Es war ein Song, den es wirklich gab. Eine Gitarrenlinie: CCC – FF – GGG – FF…

Er horchte angestrengt, hörte aber statt dessen das Geräusch aus seinem Traum, das Quietschen eines Rollstuhls. Gummiräder rumpelten auf eine Rampe, rollten über lose Planken. Die Bambuswand glitt zur Seite.

In dem blendenden Licht warf ein großer Strohhut seinen Schatten auf ein Gesicht, das man nie vergessen würde: hohe, stolze Backenknochen, durchdringende haselnußbraune Augen, auffallend weiße Wimpern. Eine gelassene, klassische Überheblichkeit, die sie aus ihrer Jugend haben mußte, als sie nicht nur hübsch, sondern schön gewesen war. Sie war rank und schlank, mit knubbeligen Ellbogen und Knien. Sie trug ein weißes Männerhemd, weite Khakihosen, bestickte japanische Schuhe mit feuerspeienden Drachen auf den Zehen. Sie wirkte angespannt, von ihrem verkniffenen kleinen Lächeln bis zu ihrer geraden

Haltung in dem Stuhl. Arme und Brust waren dunkel gebräunt und sommersprossig, aber ihr Gesicht war rosa, im Schatten des Hutes, die Fältchen so weich, daß sie unter einem leichten Fingerdruck verschwunden wären. Sie mochte sechzig Jahre alt sein, oder auch achtzig.

Der Mann hinter dem Rollstuhl war ebenfalls alt – klein und gebückt, mit kräftigen Schultern und muskulösen Armen. Er war Indio, sein Gesicht teilnahmslos flach und abweisend, wie das einer dieser Maya-Statuen im *National Geographic*.

Die alte Dame murmelte etwas.

Der alte Indio trat hinter Superman, und im nächsten Moment war das Geräusch von Wasser zu hören, das in ein Gefäß gegossen wird. Alle Frische und Leichtigkeit und Hoffnung der Welt lagen in diesem Geräusch.

Der alte Mann trat an das Bett. Superman hob den Kopf und trank aus einer randvollen Kokosnußschale.

Würde man jeden Morgen in dem Wissen aufwachen, daß Wasser so gut schmecken kann, man würde mit einem Freudenschrei aus dem Bett springen.

»*Guidado, no le des demasiado*«, sagte die Frau. Die Kokosnuß wurde weggenommen. »Wir wollen Sie ja nicht ertränken.«

Superman krächzte: »Sie sprechen Englisch?«

»Natürlich, in bin Amerikanerin. Tut mir leid, daß Gyp Sie erschreckt hat – sie ist ein ganz lieber Hund, wenn man sie erst mal kennt. Sie hat Sie Tag und Nacht bewacht.«

»Wie lange – bin ich schon hier?«

»Über einen Monat.« Sie rollte näher ans Bett heran. »Allmächtiger, war das ein Absturz. Ich hab ja schon so manchen Crash miterlebt, aber das war so ziemlich der schlimmste. Was hatten Sie eigentlich vor? Wollten Sie auf der Leeseite einer Welle aufsetzen? Wer hat Ihnen denn erzählt, daß man auf der Leeseite einer Welle landen kann? Haben Sie nicht gesehen, daß Sie direkt daneben einen schönen langen Strand hatten, auf dem Sie hätten landen können?«

»Wasser«, krächzte er.

Sie nickte. Der alte Mann trat heran. Gierig trank Superman, so viel er konnte, bevor das Gefäß wieder entschwand.

»Es ist sicher unhöflich von mir, Sie zu kritisieren«, fuhr sie fort, »aber ich habe es zufällig beobachtet und mich gefragt, wer Ihnen diese Idee in den Kopf gesetzt hat.«

Superman hielt es für eine reife Leistung, eine Landung mit einem Flugzeug ohne Fahrwerk überlebt zu haben und darüber zu diskutieren, aber im Augenblick war ihm nicht danach, mit der alten Dame darüber zu diskutieren. Er wußte, da war etwas Wichtiges, was er sie fragen mußte, aber sein umwölktes Bewußtsein kriegte es nicht zu fassen, und so begnügte er sich mit der naheliegenden Frage: »Wo bin ich hier?«

Sie lächelte sanft. »Wohin wollten Sie denn?«

»Phoenix.«

»Das ist weit weg von hier. Wer war Ihr Navigator?«

Superman schüttelte den Kopf. »Ich war allein. Ich hatte – Probleme mit den Instrumenten. Wahrscheinlich bin ich vom Kurs abgekommen.«

»Was sind Sie von Beruf? Flieger doch sicher nicht?«

»Ich bin Sänger.«

»Davon leben Sie?«

»Ja.«

»Schön, dann werden Sie mal ganz schnell gesund, damit Sie uns was vorsingen können.«

Superman schaute verstohlen auf den Betonblock. »Wer hat mir das angetan?«

»Das war Pito«, sagte sie mit einer eleganten kleinen Geste. Der alte Indio verbeugte sich. »Er ist ein Naturtalent in solchen Dingen. Gips wäre natürlich besser gewesen, aber wir mußten improvisieren. Ist es sehr unbequem?«

»Mein Arm«, sagte er. »Könnten Sie – ihn bitten, daß er meinen Arm hochlegt?«

Sie übersetzte. Pito legte den Betonarm auf das Feldbett.

»Was ist mit meinem Gesicht? Es tut weh beim Sprechen.«

»Da konnten wir nicht viel tun«, sagte die Dame. »Wir konnten ja nicht Ihren ganzen Kopf einbetonieren. Sie haben sich sämtliche Knochen gebrochen. Ich weiß zwar nicht, wie Sie vorher ausgesehen haben, aber jetzt sehen Sie anders aus. Sie heißen Benjamin?«

»Ben«, sagte er.

»Mich nennt man Emily. Ich glaube, wir sollten Freunde werden. Wir haben einiges gemeinsam. Ben, wo befanden Sie sich, als Sie zum letzten Mal Ihre Position durchgaben?«

»Ich weiß nicht. Ich hatte mich verflogen.«

»Wo dachten Sie, daß Sie seien?«

»Über Mexiko …?«

»Na ja, schön. Jetzt müssen Sie sich ausruhen. Pito, *la tintura…*«

Pito hielt eine Phiole an Supermans Lippen. Ein süßer, zu Kopf steigender Geruch von Blumen: Ylang-Ylang, Jasmin und andere, die er nicht erkannte, auf einer Grundlage aus reinem Alkohol. Wunderschöner blumenduftender Mondschein. Superman trank ihn.

Pito steckte die Phiole weg.

»Ach, bitte«, sagte Superman. »Ich hab ein Problem.«

»Ja?«

»Sie haben meine Kehrseite in Beton eingegossen. Was ist, wenn ich – mal muß?«

»Das ist ja das Geniale an Pitos Konstruktion. Pito, *traiga la manguera, el caballero quiere bañarse.*«

Pito brachte einen Gartenschlauch, den er in ein Loch an der Oberseite des Betonblocks steckte. Er zwinkerte Superman zu und ging wieder hinaus.

»Was macht er? Er wird doch nicht …« Draußen quietschte ein Wasserhahn. Der Schlauch zuckte auf dem Boden. Wasser schoß mit hohem Druck in den Block und tauchte seine unteren Regionen in beißende Kälte. Er stieß einen Schrei aus, und der schwarze Hund kam bellend wieder ins Haus gelaufen.

Emily schnippte mit den Fingern. Der Hund senkte den Kopf und legte sich hin.

Das Wasser lief durch ein Rohr im Boden ab.

»Das muß doch sehr angenehm sein«, sagte sie. »Es ist schrecklich heiß heute, sogar für diese Gegend.«

Superman fragte sich, ob er Wahnsinnigen in die Hände gefallen war. »Bitte sagen Sie mir, wo zum Teufel ich hier bin.«

»Das kann ich nicht, Ben. Wenn ich es Ihnen sage, dürfen Sie nie wieder hier weg.« Das sagte sie ohne den geringsten Anflug eines Lächelns.

»Was sagen Sie da?«

»Die Insel ist Privatbesitz. Ungeladene Gäste werden gebeten, sie zu verlassen. Sobald Sie wieder reisefähig sind, bringen wir Sie von hier weg und zurück in die Außenwelt. Stellen Sie einfach nicht zu viele Fragen, und es geht Ihnen gut.« Sie tätschelte den Betonblock. »Wenigstens können Sie nicht herumlaufen und Ihre Nase überall hineinstecken.«

»In – welchem Ozean sind wir? Atlantik oder Pazifik?«

»Ach ja, wir hatten uns ja verflogen, nicht wahr? Im Ernst, Ben. Keine Fragen. Wenn Sie weg wollen, müssen Sie auf meine Hilfe vertrauen. Aber ich kann Ihnen nur helfen, wenn Sie nichts wissen. Natürlich kann es sein, daß es Ihnen hier gefällt und Sie bleiben möchten. Das ist schon vorgekommen. Es wäre nett, einen Sänger hier zu haben. Kennen Sie ›Moonlight in Vermont‹?«

»Was ist aus meinem Flugzeug geworden?«

Sie schüttelte den Kopf. »Da ist leider was schiefgelaufen. Die Einheimischen sind wunderbare Menschen, aber wenn man etwas herumliegen läßt, denken sie, man braucht es nicht mehr. Sie haben die Teile weggekarrt, noch bevor Pito Sie darunter herausgezogen hatte. Aber er hat die meisten Ihrer Sachen gerettet. Ich habe mir Ihren Kompaß angesehen. Ein wunderschönes Instrument.«

»Ja, funktioniert auch wunderbar«, sagte Superman. »Ich hab gedacht, ich bin unterwegs nach Phoenix.« Der Blumengeschmack hielt sich auf seiner Zunge, und jetzt wanderten seine Gedanken auf angenehmste Weise durch die schwüle Luft. »Was war das, was Sie mir da gegeben haben?«

»Ein Schlaftrunk. Nektar und Rindentee. Pitos Rezept.«

»Hören Sie, Sie können nicht einfach – Sie müssen …« Er blinzelte und lächelte. »Wow, ganz schön stark, was?« Die Luft in dem Raum begann schimmernd zu wabern.

Emily legte ihm die Hand auf den Arm. »Schlafen Sie«, befahl sie.

Er schloß die Augen und sank in das Traumland zurück, in dem er sich aufgehalten hatte.

Der Vogel sang, während Superman schlief. Der Rest des Gesangs ergänzte sich von allein. Als er erwachte, stand die Sonne tief am Himmel. Es mußte sehr spät sein – oder sehr früh. Er erkannte den Song und mußte laut auflachen.

Whoo hoo hoo
Hoo hoo?
Whoo hoo hoo
Hoo hoo!
Ah Louie Lou-ay
Oh baby
Gonna make her mine – uh uh
Yeah yeah yeah yeah!

An einem Ort, wo einem eine alte Dame und ihr indianischer Medizinmann den Arsch in einen Betonlaib verpackten und einen mit Blumennektar sedierten, war es eigentlich nicht verwunderlich, daß ein Vogel die ersten vier Takte von »Louie Louie« sang. Die Melodielinie der Leadgitarre.

Superman hatte es noch nicht ins Paradies geschafft. Aber auch auf Erden war er wohl nicht mehr ganz derselbe.

Plötzlich fiel ihm ein, was er zu fragen vergessen hatte. Aus seiner Freude wurde Ärger. Sein Schrei veranlaßte den Hund zu wütendem Gebell außen an der Bambuswand. Er schalt ihn einen gottverdammten Drecksköter und befahl ihm, die Schnauze zu halten.

Die Bambuswand wurde zur Seite geschoben. Superman brüllte: »Holen Sie sie her, aber dalli!« Der alte Indio schluckte und trat den Rückzug an. Offenbar verstand er doch Englisch, wenn man nur laut genug sprach.

Nach zwei Minuten kam der Rollstuhl den Weg heraufgequietscht. Superman versuchte, sich auf den Ellbogen aufzustützen, um sie anzusehen, fand aber nicht die Kraft dazu.

Ihr Haar zerzaust. Ein bestickter Kimono über einem zerknitterten rotgestreiften Schlafanzug. »Was ist denn mit Ihnen los?«

»Was haben Sie mit dem Geld gemacht?« herrschte Superman sie an. »Ich hatte einen Haufen Geld in dem Flugzeug. Wo ist es?«

»Sie undankbarer Mensch – was bilden Sie sich eigentlich ein? Ist Ihnen klar, daß es fünf Uhr früh ist? Wo soll es schon sein? Im Safe, bei mir in meinem Haus.«

Das war nicht die Antwort, die er erwartet hatte. Beschämt

stotterte er: »Oh – na ja, verflucht, warum haben Sie mir das nicht gesagt?«

»Vielleicht deshalb, weil es mir mehr darum ging, Ihnen das Leben zu retten. Sie wissen das offenbar nicht so recht zu schätzen. Sie denken wohl, wir sind *alle* Diebe.« Sie schickte Pito mit drei Worten fort. »Ich wußte, es würde Ärger geben, Sie hierher zu bringen. Aber ich hatte ja keine Wahl, oder? Ich hätte Sie sterben lassen können. Und das ist jetzt der Dank.«

»Aber ich mußte das doch denken. Sie sagten, die Leute hätten mein Flugzeug auseinandergenommen. Von dem Geld haben Sie nichts gesagt.«

»Sie müßten nur *zuhören*, statt voreilige Schlüsse zu ziehen. Ich habe Ihnen erzählt, daß Pito einige Ihrer Papiere und ein paar von den Instrumenten retten konnte, eine Gitarre und eben das Säckchen mit dem vielen Geld. Die Gitarre ist kaputt. Er hat versucht, sie zu reparieren.«

»Also, es tut mir leid, es ist nur – Sie haben mir immer noch nicht gesagt, wo ich hier bin und wer Sie sind und ...«

»Das sind alles Dinge, die Sie nicht zu wissen brauchen.«

»Ich muß hier weg«, sagte er. »Ich hab einen Sohn, und eine Frau, und eine Karriere ... Ich hab Freunde. Sie werden nach mir suchen.«

»Sie würden sich wundern, wie schnell die Sie vergessen.«

»Sie können mich hier nicht festhalten. Ich bin berühmt, verstehen Sie?« Er hatte diese Karte nicht ausspielen wollen, aber jetzt lag sie auf dem Tisch.

Sie sah ihn kalt an. »Ich habe noch nie von Ihnen gehört.«

Er blies sich ein bißchen auf. »Ich bin Ben Willis. Man nennt mich Superman. Ich habe sechs Goldene Schallplatten! Die werden nicht aufhören, nach mir zu suchen.«

»Irgendwann doch.«

Ihre Bestimmtheit machte ihn nachdenklich.

»Aber wahrscheinlich sind Sie bis dahin längst weg hier«, sagte sie, »wenn ich's mir überlege.«

Pito erschien mit einem Tablett, mit dampfenden Krügen voll Kaffee und Milch und zwei Kokosnußhälften.

»Am Strand, nach der Bruchlandung«, sagte Superman, »hab ich Marilyn Monroe gesehen.«

Emily probierte ihren Kaffee. Ein Lächeln kräuselte ihre Augenwinkel. »Ach ja?«

»Sie hat mich gefragt, ob ich tot bin. Und sie hat gesagt, ich sei nicht ohne.«

Pito reichte ihm eine Kokosnußschale mit Milchkaffee. Superman drehte den Kopf, um den Trinkhalm zu erreichen, und trank einen Schluck: heiß und dunkel, mit einem Aroma wie gebrannte Schokolade.

»Ein erstaunlicher Traum«, sagte Emily.

»Das war kein Traum«, sagte Superman.

»Sie heißt Daisy. Ich hab nicht viele Marilyn-Monroe-Filme gesehen, aber alle sagen, die Ähnlichkeit sei geradezu unheimlich.«

Er dachte einen Moment lang darüber nach. Er überlegte hin und her. »Das war keine Ähnlichkeit. Sie ist es. Sie ist nicht mehr blond. Ich hab ihre Stimme gehört. Und ich konnte sie mir gründlich ansehen.«

Emily lachte leichthin. »Sie sind nicht der erste, der das denkt.«

Sie ist eine schlechte Lügnerin, dachte er – vor allem so früh am Morgen, noch mit den Knittern vom Kopfkissen im Gesicht.

»Das soll ich also nicht wissen«, sagte er leise. »Sie *ist* es. Sie ist nicht tot. Sie ist hier.«

»Ach, Ben, das ist doch albern.« Ihr Lächeln wirkte gezwungen. »Sie haben einen ordentlichen Schlag auf den Kopf gekriegt.«

»Wie ist das möglich, wie ist sie hierhergekommen? Sie ist doch tot. Sie ist beerdigt worden und so.«

»Na sehen Sie, es ist unmöglich.« Sie raffte ihren Kimono am Hals zusammen. »Sie sollten heute wirklich versuchen, etwas zu essen. Sie sind stark abgemagert.«

»Ich weiß, was ich gesehen habe«, beharrte er.

Sie hob zwei Finger. Der alte Mann trat hinter ihren Rollstuhl. »Wir werden Ihnen ein paar Früchte zerdrücken, ich glaube, das müßten Sie vertragen«, sagte sie im Hinausrollen. »Wenn es nicht regnet, machen wir nachher das Haus auf, damit Sie ein bißchen frische Luft bekommen.«

Superman ließ sich verwundert zurücksinken. Er hatte sich in

Marilyn Monroe verliebt, als sie in »Manche mögen's heiß« hüftenschwingend durch den Schlafwagen getänzelt war. An dem Tag, an dem sie starb, war er von Birmingham nach Gadsden gefahren, um in einer Bar namens Cattle Drive aufzutreten. Er hörte es im Radio. Der Sender spielte »Diamonds Are A Girl's Best Friend« und machte dann mit seinem normalen Programm weiter. Ben hielt an einer Kneipe, betrank sich, war den ganzen Tag deprimiert, versäumte seinen Auftritt. Sie hatte Selbstmord begangen, in einem Bungalow. Die Haushälterin fand sie nackt auf dem Bett liegend. Schlaftabletten, sagte der Leichenbeschauer. Ein Jammer! Superman stellte sich vor, daß jeder Mann in Amerika den ganzen Tag damit zubrachte, seinem geheimen Traum nachzutrauern – dem Traum, daß er, Mr. Joe Durchschnittsmann, eines Tages die Chance bekommen würde, mit Marilyn Monroe zu schlafen.

Und jetzt war sie hier, auf dieser Insel. Quicklebendig. Er wußte, daß es die Wahrheit war, weil die alte Dame immer die Augen niederschlug, wenn sie log.

Er lächelte vor sich hin. Er hatte sich einen interessanten Ort für seine Notlandung ausgesucht.

4
Ich nix comprendo

Jeden Abend regnete es stärker, als es jemals geregnet hatte.

Wenn es am Morgen schön war, schob Pito immer die Bambuswand zur Seite, um die Dschungelluft hereinzulassen. Große eichenähnliche Bäume warfen ihre Blüten ab, ein weicher Regen rieselnder roter Trompeten. Kolibris schwirrten herbei und steckten ihre Zunge in die Blüten, bevor sie zu Boden fielen.

Miss Emilys Anwesen war von einer hohen, rosa getünchten Mauer umgeben. Der Dschungel schwappte über die Mauerkrone wie ein grüner Fluß über einen Damm. Innerhalb der Mauer war die Vegetation zu üppigen Gärten gezähmt – riesige Heliconia-, Bougainvillea- und Strelitzien-Büsche. Superman lag in einer von mehreren Bambushütten, die über den steilen Hang verstreut waren. Am Abend konnte er hören, wie Pito und die braunen Menschen in ihren Hütten kochten und lachten. Ein Gewirr von Rampen und Stegen, das mehrere Sturzbäche überspannte, verband alle Gebäude miteinander.

Auf einem Vorsprung weiter unten stand, versteckt zwischen üppigen Palmen und gigantischen Zungenfarnen, ein Bauwerk, das Superman für sich das Große Haus nannte, obwohl er es noch nicht aus der Nähe gesehen hatte. Aus dem Gefängnis seines Betonpilzes erblickte er nur manchmal durch Lücken in der Vegetation ein rotes Ziegeldach. Dank seiner vorgeschobenen Lage hatte man vom Großen Haus aus sicherlich einen schönen Blick übers Meer.

Emily mußte eine wohlhabende alte Dame sein. Als Supermans Kiefer geheilt war, brachte man ihm die herrlichsten Speisen auf Noritake-Porzellan, flankiert von glänzenden Silbergefäßen und makellosen Leinenservietten. Jede Mahlzeit war eine Offenbarung: köstliche dicke Muscheln auf schwarzen Bohnen und gebratenen Ananasscheiben, über Kaffeeholz gegrillter Hummer mit Bananen und Safranreis, in Bananenblättern gebackene Tamales, aufgebrochen und dampfend. Noch nie im Leben hatte er solche Sachen gegessen. Er genoß jeden Bissen, der ihm gereicht wurde.

Dienstmädchen, Gärtner, Handlanger machten sich den ganzen Tag auf dem Gelände zu schaffen. Die Kinder rechten die Rasenflächen, kehrten die Wege, scheuchten die Pfauen in ihre Käfige. Es mußte Unsummen gekostet haben, dem Urwald dieses kleine Paradies abzuringen, den Lauf der Bäche mit Teichen und Wasserfällen zu bereichern, Zitronenbäume zu pflanzen, Laubengänge aus leuchtenden Bougainvillea- und Hibiskuszweigen zu schaffen und die neun Palmenarten zu ziehen, die Superman von seinem Liegeplatz aus zählte. Den Swimmingpool hatte er noch nicht gesehen, aber er hatte das Plätschern und Planschen gehört.

Die alte Dame kam jetzt nicht mehr, um bei ihm zu sitzen. Offenbar hatte sie ihm den Weckruf um fünf Uhr morgens ernstlich übelgenommen. Nur einmal kam sie noch und zeigte ihm sein Geldsäckchen. Sie gab ihm eine Messingglocke und überließ ihn den Leuten, die kein Englisch sprachen.

Pito, der alte Indio, übernahm die Frühschicht, seine stumpfgesichtige Tochter Catalina die Abende. Sie verständigten sich untereinander in einer Sprache, die wie Vogelgezwitscher klang. Auf ein Läuten von Supermans Glocke kam unfehlbar jemand herbeigelaufen. Sie brachten ihm Kräutertee, Fruchtsaft und Blütentrank. Sie füllten zehnmal am Tag seinen Eiskübel auf und massierten ihm die schmerzenden Schultern und Füße, sooft er sich dazu durchrang, sie darum zu bitten.

Catalina blieb nach dem Abendessen noch bei ihm. Sie saß draußen vor dem Haus auf einem Stuhl mit geflochtener Lehne und hörte traurige *musica romantica* aus ihrem Transistorradio. (Ein alter Mann, der auf spanisch ein klagendes Lied sang, eine klimpernde Gitarre.) Bei den anderen Bedienten zeigte Superman auf das, was er wollte, und sagte *»gracias«*, aber mit Catalina konnte er durch die offene Tür stundenlang philosophische Gespräche führen. Er sprach auf englisch, sie hörte auf spanisch zu. Keiner verstand ein Wort von dem, was der andere sagte, aber sie wurden Freunde.

Später, als er etwas Proleten-Spanisch gelernt hatte, stellte er verblüfft fest, daß Catalina ihn die vielen Wochen hindurch auf die charmanteste, lebhafteste Art beleidigt hatte, Abend für Abend. Zunächst machte ihm jedoch dieser zweisprachige, kulturübergreifende *Mind-meld*-Dialog viel Freude. Wenn man weiß, daß der andere einen nicht versteht, kann man unbesorgt sagen, was einem gerade in den Sinn kommt.

»Ich möchte wissen, was die in diesem Augenblick machen.« Er kratzte sich sein Stoppelkinn. »Meinst du, daß mich irgend jemand schon wirklich vermißt? Oder heißt die Devise: Na ja, schön, er ist weg, zu dumm, her mit dem nächsten?«

Catalinas sanfte Stimme übertönte die Radiomusik. *»No sé porque tú me dices estas cosas«*, sagte sie. *»No me importa, entiende?«* (Ich weiß nicht, warum du mir das alles erzählst. Es interessiert mich nicht, kapiert?)

»Mann, bevor es mich hierher verschlagen hat, war ich da total drin. Ich hatte ein Leben wie es sich die meisten erträumen. Aber ich war einfach – gelangweilt, verstehst du? Ich saß in der Falle. Ich hab oft gedacht, wie cool es wäre, einfach alles sausenzulassen. Davon hab ich ständig phantasiert, kannst du dir das vorstellen? Ich hatte alles, was ich mir jemals gewünscht hatte, und es hat mich *gelangweilt*. Ich hab so viel gehabt, Catalina, so viele gute Sachen. Aber ich war so sehr mit meinem Kopf-Trip beschäftigt, daß ich nicht gewußt hab, welche davon wichtig waren.«

»No me importa nada lo que digas.« (Interessiert mich kein bißchen, was du da erzählst.)

»Ich geb's ja zu, ich war ein ziemlich mieser Vater, aber das kann ich ändern. Ich muß nicht den Rest meines Lebens unterwegs sein. Geld hab ich doch reichlich, oder? Mein Gott. Ich hab nicht mal Zeit genug, das auszugeben, was ich verdiene.«

»Tienes cara de mono.« (Du hast eine Affenvisage.)

»An dem Abend, bevor ich hierhergekommen bin«, sagte er,

»hab ich zum erstenmal daran gedacht, meine Frau zu verlassen. Ich hab nur daran *gedacht*, Mann, und im nächsten Moment spielen meine Instrumente verrückt, verstehst du, und ich flieg auf den gottverdammten Äquator zu. Ich weiß nicht, ob das Zufall war oder ob ich es nicht irgendwie vielleicht doch gewollt habe – eine *self-fulfilling prophecy* oder so was, verstehst du. Man sollte sich wirklich genau überlegen, was man sich wünscht …«

Der Mann im Radio schwang sich zu einem hohen Vibrato auf und sank dann wieder herab, wie das Ende einer Nacht.

»Die denken alle, ich bin tot«, sagte er. »Ich kann's gar nicht erwarten, was die für Gesichter machen, wenn ich auf einmal zur Tür reinkomme.«

»Naturalmente si su madre era una putana, su hijo será un hijo de puta«, kam die Antwort. (Wenn deine Mutter eine Hure war, dann bist du logischerweise ein Hurensohn.)

Er erzählte Catalina, wie er in ganz Alabama und Mississippi aufgewachsen war, hinten auf dem Ford-Pickup seines Vaters, immer auf Achse, immer unterwegs zu einem anderen Ort. Jeder in Amerika verdiente am Zweiten Weltkrieg, mit Ausnahme von John Ray Willis. Er hatte Plattfüße, schlechte Augen, null Ehrgeiz. Er fällte Bäume, strich Häuser an, schachtete Abflußgräben aus, kehrte Fußböden, fuhr Brot aus, fütterte Schweine, fuhr Müll weg. Er betrank sich ständig, vergaß, zur Arbeit zu gehen – und dann war es wieder mal Zeit, alles in den Wagen zu packen und weiterzufahren.

Vorne war kein Platz für Ben, neben Mama und Daddy und seinen zwei Schwestern. Er saß hinten im pfeifenden Wind, bei den Matratzen. Meist gefiel es ihm, wie der Wind ihm die Wörter von den Lippen schnappte, während er sie aussprach. Es war schön, über sich die Sterne dahinziehen zu sehen. Aber manchmal regnete es, und einmal wurde es so kalt, daß sich der Regen in seinem Haar in Eis verwandelte. Er trommelte mit den Fäusten auf das Dach der Fahrerkabine. Sein Vater ging nicht mal vom Gas.

Sein Vater war kein schlechter Mensch, nur rastlos. Seine Mutter war in Ordnung, aber sie konnte sich nie gegen seinen Vater durchsetzen. Sie gab sich damit zufrieden, in dem Wagen mitzufahren und sich anzuhören, wieviel besser und schöner es in der nächsten Stadt sein würde.

»Das ist der Grund, warum ich mein Leben lang so hart gearbeitet habe, daß ich nicht mal meinen eigenen Sohn kenne«, erzählte er Catalina. »Ich war entschlossen, tausendmal besser zu sein als mein alter Herr, um jeden Preis.«

Er erzählte ihr, wie überrascht er gewesen war, als er seine Stimme entdeckte, mit sechzehn. Er hatte die Schule abgebrochen und lebte in einem Wohnwagenpark in Bay Minette mit einem hausbackenen Mädchen namens Myra Ratcliff zusammen. Er machte sich schon Sorgen, daß er genau wie sein Vater werden würde – er hatte scheinbar keinerlei Talent, und der Mensch braucht Talent, dachte er, um die schwierigen Zeiten zu überstehen. Tagsüber arbeitete er in einem Autoersatzteillager. In der Nacht fuhr er einen Bierwagen von Pabst Blue Ribbon, zusammen mit einem dicken Jungen namens Smiley Wooster. Ganz gleich, wie hoch oder tief man im Nachtleben von Mobile rangierte, irgendwo begegnete man Smiley und Ben ganz sicher – in den vornehmen Etablissements, im Holiday Inn und in Wintzell's Oyster House, in der Bowlingbahn gegenüber der Second Baptist Church und in Spelunken wie der Midnite Lounge und der Slap-N-Go-Bar, wo ein biederer Baptist nie mit seiner Frau hingegangen wäre.

Eines Abends waren sie in einem Schuppen namens Flor-A-Bama. Smiley schäkerte wie gewohnt mit dem Barmädchen, während Ben Bierkästen über eine Rampe in einen Kühlraum karrte. Auf einem kleinen Podium am Ende des Raums bemühten sich vier ältliche Hillbilly-Boys nach Kräften, Hank Williams' »Lovesick Blues« zu verhackstücken.

Nun hatte Ben aber Hank Williams von jeher geliebt. Er stellte Hank auf eine Stufe mit Marilyn Monroe – auch er war für ihn ein höheres, ein geradezu überirdisches Wesen. Vor allem aber stand er auf den »Lovesick Blues« mit seiner schönen Jodelmelodie. Aber was diese Jungs mit diesem Song anstellten, war kaum auszuhalten. Man hatte den Eindruck, daß es ihnen völlig egal war, ob jemand zuhörte oder nicht.

Das Lokal war voller Leute, ein paar versuchten sogar, nach dem Gedudel zu tanzen. Ben hatte in anderen Schuppen schon schlechtere Musik gehört, aber das hier ging ihm auf eine neue, provozierende Art auf die Nerven. Irgendwie wußte er, daß er es besser machen konnte. Geräuschvoll setzte er seine Karre ab und ging zur Bühne, um sich die Sache aus der Nähe anzusehen.

Offenbar war ihm am Gesicht abzulesen, was er dachte. Die Musiker brachen ab und sahen ihn an. Der rothaarige Sänger räusperte sich. »Können wir was für dich tun?«

»Das kann man auch besser singen«, sagte Ben.

»Ach ja?« sagte der Sänger. »Wer bist du überhaupt?«

»Ben Willis.«

»Und du denkst, du kannst das besser singen wie ich?«

»Schon möglich.«

Der Mann lief rot an, dunkler rot als sein Haar. »Dann komm doch einfach rauf und probier's.« Er beugte sich zum Mikrofon vor. »Leute, hier ist ein junger Typ, der sagt, er kann singen. Wollt ihr ihn hören?«

Niemand achtete auf ihn. Die Leute redeten lauter, um den Raum zu füllen, den vorher der Krach der Band eingenommen hatte. Die tanzenden Pärchen drückten sich eng umschlungen in den dunklen Ecken herum.

Ben spürte Smileys Blick auf sich ruhen. Er hatte immer nur unter der Dusche gesungen, und jetzt würde er sich blamieren, aber so ist es eben, wenn man sechzehn ist – man stellt auf einmal fest, daß man groß ist, nachdem man sein Leben lang klein gewesen ist, und streckt sich nach all den Möglichkeiten dieser neuerworbenen Größe. Ben besprach sich kurz mit der Band, gab den Takt an und sang den »Lovesick Blues«.

Er stellte sich in seinem Pabst-Hemd einfach hin und sang den Song. Alle Gespräche verstummten, die Leute standen auf und hörten zu. Es war wie in einem Elvis-Film.

Oh, I love to hear it when she calls me sweet Da-ha-haddy
Such a beautiful dream

Am Ende klatschten alle wie wild, pfiffen, riefen »Yeah, Boy! Weiter so!«

In diesem Augenblick wußte Ben, was er mit seinem Leben anfangen würde.

Er drehte sich um und bedankte sich bei dem Sänger, der genauso klatschte wie alle anderen. Sein Gesicht war so hochrot, daß man einen Schlaganfall befürchten mußte. Er stieg wieder aufs Podium. »Das war phantastisch«, sagte er und drückte Ben die Hand, ein bißchen fester, als nötig gewesen wäre.

Ben sah in den Augen des Mannes die Demütigung flackern. Er zog sich zurück, plötzlich beschämt über das, was er getan hatte.

Der Mann hatte mit seiner Singerei niemandem weh getan. Er hatte die Gäste des Flor-A-Bama gut unterhalten; er stand da oben, um sein Geld zu verdienen, wenn auch nur mit minimalem Einsatz. Aber von nun an würden die Gäste jedesmal, wenn er aufstand, um zu singen, an den Jungen von dem Bierwagen denken, der eines Tages aufgekreuzt war und ihn an die Wand gesungen hatte.

Wenn man jemanden verletzt hat, kann man das nie wieder gutmachen. Es bleibt einem nur eins: Man verschwindet so rasch wie möglich und macht sich darauf gefaßt, daß man den Vorfall sein Leben lang bereuen wird.

Ben bedankte sich bei den Musikern, ging an dem gebrochenen Mann vorbei und drängelte sich durch die Zuschauer zum Hinterausgang des Lokals. Viele klopften ihm auf die Schulter.

Smiley sagte auf der Rückfahrt nach Mobile ungefähr fünfundsechzigmal »Der Wahnsinn!«.

In den seitdem vergangenen Jahren hatte Ben ständig darauf gewartet, daß dieser Moment ihn einholen würde. Bis jetzt war das nicht geschehen. Sein Leben stand unter einem guten Stern. Er hatte immer genau dann Glück, wenn er es brauchte, so als wäre seine Karriere vorgezeichnet, als würde sie von irgendeinem gut organisierten geheimen Hauptquartier aus gesteuert. Er fing an, in Schuppen wie dem Flor-A-Bama zu singen, stieg zu Gaststätten und besseren Lokalen in größeren Städten auf, überschritt hier und da einmal eine Staatsgrenze und begann, die Leiter Sprosse für Sprosse hinaufzuklettern, vom Barsänger über Auftritte im Vorprogramm zur Hauptattraktion. Alles ohne allzu große Mühe – nur harte Arbeit Jahr für Jahr und Hunderttausende von Meilen im Bus.

Dann kam Monterey. Ehe er wußte, wie ihm geschah, hatte er einen Sensationserfolg: Er kam unter die Top 40, war ein Hitmaker, ein Star. Er wurde berühmt, und dann geriet die ganze

Sache außer Kontrolle. Aus allen Richtungen kamen Menschen auf ihn zu. Jeder wollte etwas von ihm. Er ertappte sich manchmal dabei, daß er seitwärts lief, um nicht abzuheben.

Dann wurde er Superman und lernte fliegen.

»Und, wohin hat mich das alles gebracht?« sagte er zu Catalina. »Wenn das hier nicht das Ende der Welt ist, kann man es zumindest von hier aus sehen.«

»Tal vez te mueras mientras estés durmiendo«, sagte sie. (Vielleicht stirbst du im Schlaf.)

Er bedauerte es, wenn sie das Radio ausmachte und zu ihm kam, um das Moskitonetz rings um sein Lager festzustecken. Sie drehte die Lampe herunter und stellte sie so, daß er sie erreichen konnte. »Okai, *buena' noches*«, sagte sie, und Superman sagte *»buena' noches«*.

Der Louie-Louie-Vogel sang in der Tageshitze und überließ die Nacht den unheimlicheren Vögeln, den Fledermäusen und Käfern und sonstigen Kreaturen, die im Dunkeln die Büsche aufrauschen ließen und gegen die Decke flatterten. Von den Affen mußten manche so groß sein wie Hunde, jedenfalls hörte es sich so an, wenn sie durch die Baumwipfel krachten und Zweige abrissen. Andere kamen in wuseligen Gruppen von dreißig oder vierzig, die schwatzten, sich balgten und wie Regen durch die Bäume rauschten. Unbekannte Tiere stießen gespenstische kleine Schreie aus, wie verletzte Kinder, und es gab fuchsähnliche Kreaturen, die bellten und lachten.

Mitten in der Nacht weckte ihn das Weinen einer Frau draußen vor seiner Hütte. Sie schluchzte herzzerreißend, erst laut, dann immer leiser in einem Decrescendo des Leids.

Einen Moment lang Stille, als müßte sie Atem holen, dann wieder verzweifeltes Schluchzen.

Superman läutete seine Glocke so ungestüm, daß der kleine Klöppel wegflog und über den Boden schlitterte.

Die Frau weinte, als müßte ihr das Herz brechen. Sie hatte sich heiser geweint, so als hätte ihr Geliebter sie verlassen.

Einen schrecklichen Augenblick lang stellte er sich vor, es sei Alexa, die um ihn weinte.

Er knallte die Glocke an die Wand, *bam!* Mit großer Anstrengung hob er seinen Betonarm, versetzte ihn in Schwingungen und stieß den Eiskübel um. Auf das Gepolter hin fing Gyp zu bellen an.

Die Bambustür ging auf. Pito stand da mit seiner Laterne und sah auch nicht verschlafener aus als sonst. *»Señor?«*

»Na was denn, Mann, da draußen ist eine verzweifelte Frau! Irgendwer tut ihr weh! Wollen Sie nicht was dagegen unternehmen?«

Pito runzelte seine ziegelrote Stirn. Er nickte und ging rückwärts hinaus. Im nächsten Moment kam er mit einem Gartenschlauch wieder.

»Nein, bleiben Sie mir bloß damit vom Leibe! Es geht nicht um mich, es geht um die Frau da draußen! Hören Sie das denn nicht?«

Pito zuckte die Achseln und wollte wieder gehen.

Durch die Tür kam ein markerschütternder Klagelaut.

»Da!«

Auf Supermans Schrei hin blieb der alte Indio wie angewurzelt stehen. Er hielt ein Ohr zur Tür hin: dieses Geräusch?

»Ja! Das! Wollen Sie sie einfach so weinen lassen?«

Die Flächen von Pitos Gesicht glätteten sich zu einem Lächeln. *»Madretriste«*, sagte er.

»Madre ... Ich versteh nicht. Ich nix comprendo.«

Pito ging zur Tür. Er streckte die Arme aus, die Handflächen wie in Anbetung nach oben gedreht. Er pfiff einen Ton, der hoch anfing und dann immer tiefer wurde.

Die Frau antwortete mit erneutem Schluchzen.

Pito pfiff noch einmal.

Jähes Flügelschlagen – ein smaragdgrüner Vogel kam aus der Dunkelheit angeflattert und setzte sich dem Alten aufs Handgelenk.

»Wow.« Superman blinzelte.

Die Augen des Vogels waren glänzend schwarz. Der Schnabel sah aus wie eine schwarze Kralle, durchzogen von einem leuchtend roten Streifen. Die Rumpffedern schillerten giftgrün. Der fächerförmige Schwanz war rot, genauso leuchtend rot wie der Streifen auf dem Schnabel. Der Vogel war so prächtig, daß er fast lächerlich wirkte – wie ein Fabelwesen oder ein Phantasiehut. Er saß da und putzte sich die Schulterfedern.

Der alte Mann sagte etwas in der Sprache, in der er sich mit Catalina unterhielt, ein seltsames Gemisch aus Pieps- und Zwitschertönen. Der Vogel öffnete den Schnabel und sang den Gesang der weinenden Frau.

Man sah, daß der Vogel sang, aber es waren keine Tierlaute. Es klang wie eine Menschenstimme und war im höchsten Grade unheimlich.

»*Ah-vay*«, sagte der Alte. »*Se llama madretriste.*«

»Bringen Sie ihn her«, bedeutete ihm Superman. »Ich möchte ihn ansehen.«

Pito trat mit dem Vogel auf der Hand näher.

»Mein Gott, Vogel, was hast du denn? Wieso sitzt du denn da draußen und heulst so gottserbärmlich, hm? Du bist mir vielleicht ein trauriger Vogel.« Der Vogel legte den Kopf schief und musterte Superman mit seinem glasigen Auge, schüttelte sich dann und plusterte sein Gefieder auf. »Er mag mich wohl nicht«, sagte Superman.

Der alte Mann ging zur Tür und hob die Hand. Der Vogel gab ein häßliches Krächzen von sich und glitt in die Nacht hinaus.

Pito bückte sich nach dem Gartenschlauch.

»Nein, nein, danke«, wehrte Superman ab. »Kein Bedarf.«

Pito verbeugte sich und schob die Tür zu.

Der Vogel stimmte wieder seinen Trauergesang an, weinte auf einem Baum leise vor sich hin. Superman überlegte, wo er das gelernt haben mochte. Es war doch nicht natürlich, daß ein Vogel derart menschenähnliche, traurige Laute von sich gab.

Er wünschte, Pito würde ihm einen magischen Blütentrank bringen, damit er einschlafen könnte. Aber seine Glocke hatte er ja weggeworfen.

Es war immer viel zu heiß in der Hütte. Die Hitze setzte schon am frühen Morgen ein, nahm bis Mittag zu, hielt sich dann stundenlang und ließ erst lange nach Sonnenuntergang etwas nach. Er konnte nichts tun als daliegen, dem fernen Donner lauschen und beten, das Unwetter möge hierher ziehen.

Ein Moskito summte ihm ins Ohr.

Superman blies aus Leibeskräften einen Luftstrom über sein Gesicht. Der Moskito taumelte rückwärts, flog eine Schleife und tanzte auf und ab wie an einem unsichtbaren Faden. Superman blies und blies. Der Moskito drehte ab und startete erneut zum Angriff.

Aus der Sicht des Moskitos war Superman eine riesige Masse von nacktem weißem Fleisch, schutzlos, wohlriechend und einladend. Der Moskito suchte sich eine günstige Stelle, während der schwitzende Koloß sich drehte und wand und tückische Luftströme aussandte, um ihn zu vertreiben.

Normalerweise hätte ein einziger Schlag dem Spuk ein Ende gesetzt. Aber die Chancen waren hier ein wenig ausgeglichener: Superman hatte diese ungeschlachten zwanzig Kilo schweren Arme, und der Moskito hatte es sich in seinen kleinen Kopf gesetzt, von seinem Blut zu trinken.

Er flog außer Reichweite, landete auf Supermans Bauch dicht neben dem Nabel und senkte den Stachel in sein Fleisch.

Superman fand es empörend, daß dieses Biest sich *vor seinen Augen* an ihm labte.

Als er fertig war, leckte sich der Moskito die Lefzen und hob ab.

Superman holte weit aus, um Superkräfte zu sammeln, und schwang die Arme nach vorn wie ein Barrenturner. Die Betonklötze flogen auf und knallten genau an der Stelle des Universums zusammen, wo sich der Moskito gerade befand.

Lächelnd betrachtete Superman den verschmierten Blutfleck auf dem Beton. Sein eigenes Blut. Es war natürlich Notwehr gewesen, aber er kam sich trotzdem wie ein Mörder vor – und war sehr zufrieden mit sich.

Am nächsten Morgen war er völlig zerstochen, und feine Risse durchzogen seine Betonverbände. Am rechten Ellbogen war ein größeres Stück Beton abgebrochen. Er zeigte es Pito, als dieser den Gartenschlauch für die tägliche Demütigung hereinbrachte.

»Ich hab einen Moskito platt gemacht«, erklärte er.

Pito drückte mit beiden Händen auf den fleischigen Teil von Supermans Arm, oberhalb des Betons. Er ließ die Hände acht bis zehn Sekunden liegen und wiederholte die Prozedur dann am anderen Arm. Er steckte das Schlauchende in das Loch im Beton und ging wieder hinaus.

Superman wappnete sich. In letzter Zeit hatte er versucht, nicht mehr gegen die Eiseskälte des Wassers anzukämpfen, aber das Quietschen des Wasserhahns ließ ihn doch unwillkürlich schaudern.

»Au, au, au, au, Scheiße!« Er konnte sich nicht beherrschen. Seine Gonaden schrumpften zu Mottenkugeln zusammen. Warum mußten seine Genitalien die einzige eiskalte Stelle in diesem ganzen dampfenden Dschungel sein?

Normalerweise ließ Pito das Wasser nur laufen, bis Superman zu schreien aufhörte, dann drehte er es ab und kam, um seinen übrigen Körper mit einem Schwamm zu waschen. Heute ließ er das Wasser ewig laufen. Nach ein paar Minuten ließ der Schock nach, und das Wasser kam ihm angenehm kühl vor. Nach den Wochen im Beton hatte Superman überall dieses fürchterliche Jucken, über das man einfach mit niemandem diskutieren kann. Seine Schamgegend brannte die ganze Zeit wie Feuer; er lag schon so lange in dieser Betonwindel, daß sogar die plattgesichtige Catalina allmählich gut aussah. Das Wasser besänftigte immerhin das schlimmste Jucken. Vielleicht war es besser, wenn Pito das Wasser ständig laufen ließ.

Er wand sich, damit das Wasser auch die Engstellen erreichte. Er hätte sonstwas dafür gegeben, aus diesem Beton herauszukommen und ans Meer hinunterzulaufen, das ihn Tag und Nacht mit seinem Rauschen folterte. Er würde sich hineinstürzen, sich treiben lassen und herumplanschen und schwimmen, bis jede Faser seines Körpers verschrumpelt wäre, und sich dann flach auf dem Rücken im Sand ausstrecken und sich von der Sonne die Falten ausbügeln lassen.

Und dann würde er *sie* suchen. Er wußte, sie war irgendwo außerhalb der rosa Mauer. Er mußte sie auf jeden Fall wiedersehen. Manchmal meinte er, daß der Wind ganz leicht nach Lavendel roch.

Und danach würde er sich nach Hause durchschlagen.

Ein Knirschen auf dem Kiesweg, Gummiräder, die auf die Rampe rollten. »Morgen, Morgen«, rief Emily. Zum erstenmal hörte er einen schwachen New Yorker Akzent heraus.

Er drehte den Kopf. »Ich dachte, Sie wären abgehauen und hätten mich vergessen.«

»Schön wär's.« Sie sah frisch und adrett aus in ihrer Khakihose und dem blaugestreiften Hemd.

»Sie haben mir immer noch nicht gesagt, wo ich bin.«

»Ach du meine Güte, fühlen Sie sich noch immer ungerecht behandelt?«

»Eigentlich nicht«, gab er zu. »Ein schönes Fleckchen haben Sie hier. Der Hummer gestern abend war phantastisch. Aber es wird wirklich Zeit für die Heimreise.«

Der Wasserhahn quietschte. Wasser lief durch den Fußboden ab.

»Pito hat mir gesagt, Ihnen sei ein Mißgeschick mit Ihrem Betongips passiert.«

»Ich hab mich mit einem Moskito angelegt«, sagte er. »Es war knapp, aber ich hab gewonnen.«

»Wir werden ihn abnehmen müssen. Ich hoffe nur, es ist nicht zu früh.« Sie packte die Räder und fuhr mit dem Rollstuhl durch die Tür. Pito kam mit einem Meißel und einem kleinen Vorschlaghammer herein.

»Moment.« Superman versuchte, sich aufzusetzen. »Ich hab da noch gebrochene Knochen drin. Der wird doch wohl nicht mit dem Hammer auf mich einschlagen.«

»Ist es Ihnen lieber, wir lassen den zerbrochenen Beton dran?« fragte Emily. »Sie können ihn natürlich auch selbst abschlagen und dabei zugleich die Moskito-Population dezimieren. Na, was meinen Sie? Es ist Ihre Entscheidung.«

Superman runzelte die Stirn. »Sagen Sie ihm, er soll vorsichtig sein.«

Sie sagte es ihm, auf spanisch. Pito stapelte neben dem Feldbett ein paar Hohlziegel aufeinander, legte Supermans Arm quer darüber und nahm Hammer und Meißel. *Pink! Pink! Pink!* Die ersten vorsichtigen Schläge.

Superman verkrampfte sich, spürte aber nichts.

»Was war denn heute nacht eigentlich los?« erkundigte sich Emily.

»Mein Gott, dieser Vogel, haben Sie den schon mal gehört? Na ja, Sie kennen ihn natürlich. Aber ich hab so was meiner Lebtag noch nicht gehört. Ich hätte schwören können, da weint eine Frau.«

»Das ist eine *madretriste*. Das bedeutet ›traurige Mutter‹.«

»Traurig hat das weiß Gott geklungen. Mich hat's richtig überlaufen. Wie hat er das dem Vogel beigebracht?«

»Hat er gar nicht. Es ist ein wildlebender Vogel. Er singt so.«

»Nein, der Vogel war zahm. Pito hat ihn gerufen. Und er ist ihm auf die Hand geflogen.«

Pito setzte seinen Meißel an einem Spalt an, schlug mit dem Hammer darauf, und – *pink! pink!*

»*Madretristes* gehen in Gefangenschaft ein.« Emily spielte mit ihrem silbernen Elefantenfuß-Armband. »Er ist zu Pito gekommen, weil er ihm vertraut hat. Pito kommt aus einem uralten Stamm. Er weiß sehr viel.«

»Zum Beispiel ...«

»Zum Beispiel, wie man mit den Vögeln spricht.«

Superman sah sie nur an.

»Ich hab's zuerst selber nicht glauben wollen. Ich dachte, es sei ein Trick, aber er spricht wirklich mit ihnen. Mit allen Kreaturen.«

Superman mußte lächeln. »Und worüber reden sie?«

»Über die Sonne, übers Wetter. Dinge, die sie gemeinsam haben.«

»Soll das heißen, sie antworten ihm auch?«

»Es ist kein Gespräch im herkömmlichen Sinne«, sagte sie. »Weniger ein Gedankenaustausch als ein Austausch von – Gefühlen. Manchmal warnen sie ihn, wenn ein schweres Unwetter im Anzug ist.«

»Also, das ist ja alles sehr interessant, aber ich glaube, er nimmt Sie auf den Arm.« Superman behielt die Meißelspitze im Auge, die sich durch den Beton grub, auf seinen Arm zu.

»Sie können hier noch viel lernen, Ben«, sagte sie. »Anfangs ist es mir genauso ergangen wie Ihnen. Wir sind Amerikaner, man hat uns von Geburt an beigebracht, allem aus dem Weg zu gehen, was auch nur entfernt übersinnlich ist – bis auf Halloween und den Weihnachtsmann natürlich, ganz zu schweigen von der Geschichte mit Jesus. Die natürlich mindestens genauso unwahrscheinlich ist wie der Gedanke, daß wir lernen könnten, die Sprache der Vögel zu verstehen. Falls wir lange genug still sein können, um zu hören, was sie sagen.«

»Wie lange sind Sie schon hier?« fragte Superman.

»Achtundzwanzig Jahre.«

Der Hammer ging daneben. Ein Betonsplitter sprang ab und streifte Supermans Kinn. Der alte Mann murmelte eine Entschuldigung. Er hatte eine V-förmige Rinne vom Ellbogen bis zum Handgelenk ausgemeißelt, unter der schon die Mullbinde zum Vorschein kam, mit der der Arm umwickelt war. Er setzte den Meißel noch einmal an und klopfte mit dem Hammer darauf. Der Betonpanzer spaltete sich wie ein Stück Brennholz, und die Teile krachten zu Boden.

Supermans Arm schwebte der Schwerkraft spottend von dem Hohlziegelblock in die Höhe. Seine Hand stieg immer höher, bis sie über seinem Kopf schwebte.

Sanft drückte Pito den Arm auf das Feldbett herunter. Als er sich umdrehte, um nach der Schere zu greifen, stieg der Arm wieder in die Höhe.

»Ich mache nichts. Er ist wie schwerelos.«

»Ihre Muskeln haben sich an das Gewicht des Betons gewöhnt«, sagte Emily.

Sein Arm fühlte sich leichter an als ein Luftballon. Wäre er nicht am Rumpf angewachsen gewesen, dann wäre er bis an die Decke geschwebt.

Pito hielt ihn mit dem Knie fest und fing an, den Mullverband aufzuschneiden. Superman war entsetzt, als die Haut zum Vorschein kam – sie war eingetrocknet, verkrustet, ledrig wie Echsenhaut. »O Gott«, rief er, »sieht ja wie abgestorben aus.«

»Das ist nur die Haut«, sagte Emily. »Die werden Sie bald abwerfen. Können Sie den Arm bewegen?«

»Ich weiß nicht – ich kann's ja mal probieren.« Der Anblick des Arms entnervte ihn. Das sollte ein Teil seines Körpers sein? Wie mochten erst die Teile weiter unten aussehen, die in Beton eingesargt waren?

Pito ließ los. Der Arm stieg in die Höhe.

Superman starrte seine Hand an und versuchte mit großer Willensanstrengung, seinen Kopf zu berühren.

Der Ellbogen war ein bißchen eingerostet, das Handgelenk hatte außen einen Höcker, der vorher nicht dagewesen war, aber der Arm ließ sich bewegen. Superman faßte sich an den Nacken, um zu verhindern, daß die Hand wieder entschwebte.

»Als ich aufwachte und sah, was Sie mit mir angestellt hatten«, sagte er, »dachte ich, das könnten nur Verrückte gemacht haben. Aber in Anbetracht der Umstände haben Sie phantastische Arbeit geleistet.«

»Ich habe überhaupt nichts geleistet«, sagte sie. »Das ist alles Pitos Werk.«

»Pito. Saubere Arbeit, Mann. Mucho grazo.«

Der alte Mann nickte und trug die Hohlziegel auf die andere Seite des Feldbettes. Er kniete sich hin und fing an, den linken Arm freizumeißeln.

Emily sagte, die Brüche an den Handgelenken seien allem Anschein nach nicht so bedenklich gewesen – »wahrscheinlich haben Sie beim Aufprall die Hände nach vorn gestreckt, so daß die Knochen glatt durchgebrochen sind« –, aber sein Becken habe ihr große Sorgen gemacht.

»Mir auch«, sagte er. »Man legt ja schließlich großen Wert darauf, daß das Becken tut, wofür es da ist.«

Sie kräuselte die Lippen.

»Ich meine natürlich das Gehen«, sagte er versuchsweise. »Ich fände es furchtbar, in einem Rollst ...« Er brach ab. »Mein Maul ist so groß, damit man es besser stopfen kann.«

»Nein, nein, ich verstehe Sie schon.« Ihre Augen funkelten. »So alt bin ich noch nicht, daß ich vergessen hätte, was für ein wichtiger Knochen das Becken ist.« Sie lachte.

Emily war ganz in Ordnung, befand er, trotz ihrer kühlen Distanziertheit. Und noch dazu irgendwie sexy, für eine Frau ihres Alters. Er wünschte, er hätte sie gekannt, als sie jung war und ihrer beider Becken noch in Ordnung waren.

Pito zerbrach den Beton in vier Stücke und begann, den Mullverband aufzuschneiden. Supermans linker Arm stieg in die Höhe. Er war genauso schuppig wie der rechte. Und er war genauso leicht und funktionierte genauso gut.

Er wedelte mit den Händen wie ein Dirigent, genoß die Bewegungen, die plötzlich wiedererlangte Freiheit.

»Pito arbeitet an Ihrer Gitarre«, sagte Emily. »Wir können es nicht erwarten, Sie singen zu hören.«

Superman klopfte mit der flachen Hand auf den Betonpilz. »Und jetzt zum Hauptprogramm.«

»Ben, wir wollen unser Glück nicht versuchen. Das da müssen wir noch ein paar Tage dranlassen.«

»Nein. Runter damit. Jetzt gleich.«

»Wenn wir ihn zu früh abnehmen, müssen wir Sie bloß noch mal eingipsen. Können Sie sich nicht noch eine Woche gedulden?«

»Hören Sie, Lady, Sie haben mich gerettet, und ich werde Ihnen nie genug dafür danken können. Aber ich hab's satt, geduldig zu sein. Ich will raus aus dem Ding. Heute noch. Ich muß nach Hause.«

Emily runzelte die Stirn, sagte ein paar Worte auf spanisch.

Der alte Mann drückte mit seinen kühlen Händen auf Supermans Bauch, ließ die Fingerspitzen unter den Rand des Betonblocks gleiten, zu den Hüftknochen. Er untersuchte Supermans Knie, seine Waden.

Schließlich verkündete er sein Urteil. Emily übersetzte: »Ihr Körper besteht immer noch aus zu vielen Teilen.«

Superman ließ seine Hand herabschweben, seine Finger schlossen sich um den Stiel des Hammers. »Gehen Sie besser zur Seite.«

Er hatte vor, einmal kräftig auf das Betonkorsett einzuschlagen, ein bißchen Krach zu machen und ein bißchen Staub aufzuwirbeln – dann würden die beiden einsehen, daß es ihm ernst war, und Pito würde die Arbeit zu Ende bringen. Problematisch wurde es, als er versuchte, den Hammer hochzuheben.

Er konnte gar nicht so schwer sein, aber als Superman ihn mit seinem Gummiarm aufheben wollte, stellte er fest, daß er ungefähr drei Tonnen wiegen mußte.

Er ächzte und mühte sich. Pito und Emily besaßen soviel Anstand, nicht über ihn zu lachen. Sie sahen zu, wie er ins Schwitzen geriet, sich anstrengte, daß die Halssehnen hervortraten.

Er drehte den Oberkörper, um auch die andere Hand an den Hammerstiel zu bringen, *mit beiden Händen müßte das doch …* Aber nein. Der Hammer blieb, wo er war.

Erschöpft ließ er sich zurückfallen. Er konnte es nicht fassen. In der Nacht hatte er beide einbetonierte Arme geschwungen und diesen Moskito *eliminiert* – und jetzt vermochte er einen fünf Pfund schweren Hammer nicht zu heben!

Emily nahm den Hammer mit einer Hand und legte ihn Superman auf die Brust. »Pito hat Angst gehabt, Sie könnten sich verletzen. Probieren Sie mal. Nehmen Sie ihn.«

Er packte den Griff, hob ihn hoch, wedelte damit in der Luft herum. »Aber – was hat er …«

»Ben, es liegt wahrscheinlich nicht in Ihrer Natur, irgend jemanden zu respektieren«, sagte sie. »Aber Pito zu respektieren, werden Sie sicher noch lernen. Er sagt, Sie sollten noch warten.«

»Was, er hat den Hammer schwer gemacht, und jetzt ist er nicht mehr schwer? Was für ein Trick ist das? Nichts für ungut, Lady, aber Sie sind schon zu lange hier draußen im Dschungel. Sie fangen an, sich alles mögliche einzubilden.«

»Ich bilde mir schon alles mögliche ein, seit ich hier bin«, sagte sie. »Sie sind derjenige, der gerade erst anfängt.«

Er schwenkte den Hammer. »Holen Sie mich jetzt aus dem Ding raus, oder muß ich es selber machen?«

Ohne Vorwarnung wurde der Hammer wieder unglaublich schwer, reine, destillierte Schwerkraft, wie der dichteste Teil eines implodierten Sterns. Er fiel ihm aus der Hand, durchschlug den Fußboden und fiel auf die Erde darunter.

Pito besah sich das Loch im Fußboden.

Superman stieß einen Pfiff aus. »Wie macht er das?«

»Ich hab nicht die leiseste Ahnung.« Die alte Dame lächelte lieb. »Nur noch ein, zwei Wochen.«

Er stöhnte. »Eine Woche. Sie haben's versprochen.«

»Braver Junge.« Sie berührte sein Haar. »Ich wußte, Sie würden noch zur Vernunft kommen.«

5
Der unverbesserliche Optimist

O ja, es war schon verführerisch, dieses Leben in den Tropen. Papaya-Saft am Morgen, schwatzende Vögel, eine warme Brise, der unabänderliche Rhythmus von blauem Himmel und donnernder Brandung, Sonnenuntergängen und mondüberglänzten Nächten. Man konnte sich in all dem schon verlieren, dachte er: Man brauchte durchaus einen starken Willen, um nicht unter der schieren angenehmen Fremdartigkeit all dieser Dinge dahinzuschmelzen.

Die Pflichten seines früheren Lebens hatten sich in eine dunkle Ecke seines Bewußtseins zurückgezogen, Vogelscheuchen, die in der Ferne über den Zaun schauten. Alexa fehlte ihm mehr, als er gedacht hatte, und da sie ihm fehlte, glaubte er, sich aufs neue in sie zu verlieben – ja, er kam zu dem Schluß, daß er eigentlich nie aufgehört hatte, sie zu lieben. Ihre Ehe hatte nur unter dem Trara und den Ablenkungen seines Erfolges gelitten. Die Streitereien und die langen Perioden des Schweigens, die Kräche spätabends in Hotelzimmern verblaßten, bis nur noch die schönen Erinnerungen zurückblieben, glänzend wie pures Gold.

Er vermißte sein altes Leben, so wie man einen Freund vermißt, der gestorben ist: traurig, aber mit einem kleinen Lächeln. Er vermißte die elektrisierenden Abende, an denen die Energie des Publikums sich auf die Band übertrug und sie derart auflud, daß die Luft um sie herum in Flammen aufzugehen schien. Er vermißte die ausgeflippten Prominentenpartys in Hollywood, mit nackten Mädchen in Badewannen und Ravi Shankar und seiner Sitar-Musik, die Art Partys, durch die er immer mit einem großzügigen Lächeln schwebte, in dem Bewußtsein, daß er ein Star und seine Frau das bestaussehende Mädchen des Abends war. Manchmal weckten sie nach einer solchen Nacht Ben Junior aus seinem gesunden, zerknitterten Schlaf und trugen ihn in ihr Schlafzimmer, wo sie dann gemeinsam auf dem Bett saßen, Spaghetti aßen und einen Film im Nachtprogramm anschauten. Die Erinnerung an diese Stunden schmerzte am meisten, Stunden, in denen sie eine ganz normale Familie waren, glücklich vereint, und die Bettwäsche mit Carbonara-Soße bekleckerten.

Er versuchte sich vorzustellen, was sie jetzt wohl gerade tun mochten, kam aber nicht über ein paar verschwommene Schnappschüsse hinaus – ein Tag in Malibu, eine Autofahrt durch Yellowstone, der Grand Canyon, Disneyland: Ansichtskarten, die er gekauft hatte, Sehenswürdigkeiten, die er kaum gesehen hatte. Er konnte sich Ben Junior keinen Tag älter vorstellen als an dem Tag, als er ihn zum letzten Mal gesehen hatte.

Es paßte ihm nicht, daß er zu einem Zeitpunkt verschwunden war, als er so total seinem Ego gefrönt, die Bedürfnisse seiner Familie so vollständig vergessen hatte, daß er tatsächlich mit dem Gedanken spielen konnte, sie zu verlassen, ohne auch nur noch einmal zurückzuschauen. Er war so großspurig selbstverliebt gewesen, daß er glaubte, ohne sie auskommen zu können. Er hatte davon phantasiert, vor seinen Problemen wegzulaufen, und im nachhinein sah er jetzt, daß sein einziges wirkliches Problem er selbst war – und das hatte er mitgebracht.

Daran litt er. Irgendwie hatte er dieses Abenteuer selbst verschuldet. Sobald er wieder in die reale Welt zurückkehrte, würde er erst einmal gründlich aufräumen müssen. Aber davor fürchtete er sich nicht. Ein paar Sachen hatte er sich schon überlegt. Der Dschungel eignete sich hervorragend zum Nachdenken, weil es absolut nichts anderes zu tun gab.

Er brachte die Tage damit zu, Fetzchen abgestorbener Haut von seinen Armen abzuzupfen und sie auf einer Ecke seines Nachttisches auf ein Häufchen zu legen. Die Haut darunter war frisch und rosa, zart und unbehaart. Er rollte die Hautschuppen zu einer Kugel von der Größe einer Walnuß. Er trennte sich nur ungern von ihr – aber was konnte er mit so einem Ding anfangen? Am Schluß warf er sie zur Tür hinaus.

In der Nacht träumte er, daß die Hautkugel sich in einen grausigen, schuppigen, braunen Arm verwandelte, der auf ihn zugekrochen kam. Jemand schrie …

Zitternd erwachte er. Sein eigener Schrei? Er mußte unbedingt zusehen, daß er hier wegkam. Sein eigener toter Arm, der sich einen Hügel hinaufschleppte, um ihn zu packen! Er fühlte sich schwindlig und benommen, aus dem Gleichgewicht, so als wäre sein Gehirn nicht mehr ganz am richtigen Platz.

Gyp legte die Pfoten auf seinen Brustkorb und streckte ihm die Nase ins Gesicht.

»Pfui! Hau ab!« Er stieß sie weg. Winselnd schnupperte sie weiter an ihm. Mit der Handkante fuhr er ihr übers Rückgrat. Gyp sank zufrieden knurrend auf den Boden.

Von draußen kam Gesang herein.

Kein Vogel. Es war ein Mann, ein beschwipster, krakeelender Mann, der durch die Büsche brach, auf Supermans Hütte zu, und einen Song grölte.

Eine Melodie aus einem Musical. Rodgers und Hammerstein …?

Schwere Schritte auf der Veranda. Die Bambustür flog auf. Ein Mann in einem gerüschten gelben Bademantel sank mit weit ausgebreiteten Armen in die Knie und schmetterte mit strahlender Tenorstimme den Song:

I could say life is just a bowl of Jell-O

And appear more intelligent and smaaaart

Seine platinblonde Perücke kontrastierte mit seinem knappgestutzten grauen Schnurrbart. Der Bademantel war genau so eine gelbseidene Technicolor-Scheußlichkeit wie der, den Doris Day in »Bettgeflüster« getragen hatte. Darunter trug er ein weißes Nachthemd und schwarze Gummistiefel.

But I'm stuck like a dope with this thing called hope

And I can't get it out of my heaaaaaaart …

Er brach mitten im Wort ab, die Arme immer noch ausgebreitet. »Sagen Sie's, wenn Sie den schon kennen, dann höre ich auf.«

Superman mußte lachen. »Wer sind Sie denn?«

»Ich bin Frank.« Sein Händedruck war so männlich wie seine Stimme. Er hätte einen distinguierten alten Knaben abgegeben, aber als Frau war er nicht überzeugend. Seine Ähnlichkeit mit dem Schauspieler Douglas Fairbanks Jr. wurde durch den Bademantel, die blonde Perücke und den blutroten Lippenstift überdeckt. »Ich habe gehört, daß Sie hier oben allmählich durchdrehen, und hab mir gedacht, alles was der arme Junge braucht, ist ein Cocktail und ein bißchen Live-Unterhaltung. Hoffentlich haben Sie Eis da.«

»In dem Kübel«, sagte Superman. »Leben Sie hier?«

»Wenn man das Leben nennen will.« Aus dem Futter seines Bademantels zog er einen eleganten, verchromten Cocktail-Shaker, stromlinienförmig wie der Rumpf eines Boeing Flying Boat. »Ich störe Sie doch nicht, oder? Natürlich nicht. Wobei könnte ich Sie schon stören. Dieser Wilde hat Sie ja in Beton eingegossen.«

»Was haben Sie in dem Shaker?«

»Martinis«, sagte Frank, »mehr oder weniger. Man muß seine Phantasie spielen lassen.«

»Also her damit. Wo hatten die Sie die ganze Zeit versteckt?«

Frank tanzte mit dem Shaker einen Cha-Cha-Cha und trippelte zur Wand hinüber, um zwei Kokosnußschalen zu holen. »Frank darf mit den neuen Leuten nicht zusammenkommen, weil Frank ein so *ungewöhnlicher* Mensch ist. Finden Sie mich ungewöhnlich?«

»Würde ich schon sagen, ja.«

»Na ja, um so besser für mich«, sagte Frank. »Willkommen im Paradies.«

»Cheers.« Superman hob die Schale hoch und roch daran. Eisige Dämpfe stiegen ihm in die Nase. Die Flüssigkeit war eiskalt und feurig – purer Alkohol, wie das klare Zeug, mit dem man beim Abschlußball den Punsch versetzt. »Mann, ist das scharf. Was ist es wirklich?«

»Vertrauen Sie mir, es ist besser, wenn Sie's nicht erfahren.« Frank setzte sich auf Catalinas Stuhl mit der geflochtenen Lehne und hob einen Fuß hoch, um den Stiefel auszuziehen. »Was würde ich jetzt für einen Tanqueray pur mit zwei Oliven geben.«

»Sind Sie ein Freund von Emily?«

Frank winkte mit dem Gummistiefel ab. »Sie ist meine Freundin, und sie ist meine Emily«, sagte er. »Nach vierzig Jahren verschwimmen allmählich die Konturen. Sagen wir, wir dulden einander. Obwohl ich es schrecklich unzivilisiert finde, Sie hier ganz allein in Quarantäne zu halten wie ein krankes Tier.« Er warf den Stiefel in die Ecke und zog mit Hilfe der großen Zehe den anderen aus. »Wissen Sie, was ich glaube? Die haben Angst vor Ihnen.«

»Warum sollte irgend jemand Angst vor mir haben?«

»Wir bekommen nicht oft unverhofften Besuch. Sie kommen *von der anderen Seite*.«

»Wieso andere Seite, Frank? Wo, zum Teufel, sind wir hier?«

»O nein, Mr. Benjamin Willis, versuchen Sie nicht, mich reinzulegen.« Er drohte ihm mit dem Finger. »Sie kennen die Regeln. Meine Lippen sind versiegelt. Die würden mich umbringen, wenn ich es Ihnen sagen würde.«

»Warum denn das?«

»Wenn ich Ihnen auf das Warum antworte, muß ich Ihnen auch das Was sagen, und das darf ich nicht.«

Superman sagte auf gut Glück: »Sie hat Angst, daß ich nach Hause fahre und allen erzähle, daß ich Marilyn Monroe gesehen habe.«

»Sie haben sie *gesehen*?«

»Am Strand, nach meiner Notlandung. Sie hat gesagt, ich sei nicht ohne.«

»Also machen Sie, was Sie wollen, aber reden Sie sie nicht mit diesem Namen an. Sie verachtet ihn. Sie heißt Daisy.« Er hätschelte seine Platinperücke. »Die hat ihr gehört, wissen Sie. Sie hat sie am Tag ihrer Hochzeit mit Arthur Miller getragen.« »Sie kennen sie?« fragte Superman.

»Nein, ich hab sie ihr vom Kopf gerissen, als sie gerade wegschaute – natürlich kenne ich sie! Sie hat sie mir zum Geburtstag geschenkt.«

»Da komm ich nicht mit, Frank. Marilyn Monroe ist doch tot, oder? Sie hat sich mit einer Überdosis Seconal umgebracht. Sie ist in L. A. begraben.«

»Das habe ich auch gehört.«

»Was, zum Teufel, macht sie dann hier?«

»Urlaub, nehme ich an.«

»Sind Sie denn kein bißchen neugierig? Ich meine, die Frau ist doch ebenso berühmt wie tot. Joe DiMaggio läßt jeden Tag ein

Dutzend Rosen an ihrem Grab niederlegen, und dabei ist sie nicht mal drin!«

»Nehmen wir an, Sie beschließen, Ihr Leben zu ändern«, sagte Frank. »Sie wollen einfach aus einem Leben in ein anderes treten. Das geht. Allerdings ist es nicht leicht. Sie müssen bereit sein, alles aufzugeben.«

»Sie hat ihren eigenen Tod getürkt?« Superman erinnerte sich, daß er genau dieser Phantasie nachgehangen hatte, als er zum letzten Mal seine Maschine flog.

»Wenn Sie ein bißchen länger hier bleiben, Mr. Willis, werden Sie feststellen, daß es sich nicht auszahlt, neugierig zu sein. Das ist eine kleine Welt hier. Aber warum sind *Sie* hier?«

»Es war ein Unfall«, sagte Superman. »Ich hab mich verflogen.«

»Und sind doch angekommen«, sagte Frank.

»Und Sie, Frank?«

Frank sah ihn eine ganze Weile an. Dann schnippte er mit den Fingern.

I gotta be meeee
I gotta be – meeeeee!

Superman mußte lachen. Frank klatschte so ungestüm in die Hände, daß er den Martini über seinen Bademantel schüttete. »Ach, sehen Sie sich das an ...«

»Seien Sie still und schenken Sie sich noch einen ein«, sagte Superman. »Und denken Sie auch an mich.« Er hatte fast vergessen, wie schön es war, sich zu betrinken. Er hielt dem anderen seine Kokosnußschale hin.

Frank goß ihm ein.

»Ein toller Shaker. The Flying Boat, stimmt's? Darf ich?«

Frank reichte ihm den Shaker. »Sie kennen sich mit Flugzeugen aus. Ich bin beeindruckt.«

»Woher haben Sie den?«

»Aus einer Pan-American-Maschine«, sagte Frank. »Ist eine Ewigkeit her.«

»Geklaut?«

»Na ja, ich hab bei Pan Am gearbeitet.«

»Sie waren ...«

»Nein, keine Stewardeß. Ich war Navigator.«

Superman legte sein Kopfkissen doppelt. »Echt? Ein richtiger Navigator? Wo sind Sie geflogen?«

»Im Pazifikraum, meistens. San Francisco-Manila hin und zurück, das waren damals fünf Tage – man mußte es etappenweise machen, Honolulu, Midway, Wake Island und Guam. Außerdem haben wir eine Menge Erkundungsflüge gemacht. Die Pan Am war damals dabei, all diese neuen Inseln zu erschließen.«

Jetzt war Superman beeindruckt. Den legendär unerschrockenen Crews der Pan Am Pacific Clippers galt ein ganzes Kapitel in der *Geschichte der Amerikanischen Luftfahrt*. Er versuchte, sich Frank vorzustellen, ohne die Perücke, in der Uniform eines Pan-Am-Angestellten. »Mann, ihr wart doch richtige Pioniere. Das muß aufregend gewesen sein.«

»Manchmal ein bißchen zu aufregend. Der Ozean war groß, und die Inseln waren furchtbar klein.« Er trank einen großen Schluck. »Damals war mir nicht klar, daß das die gute alte Zeit war, aber das war es wohl.«

»Wann war das, in den dreißiger Jahren? Da gab's noch keine Instrumente, oder?«

»Wir hatten Funkpeilung, aber die Empfänger waren beschissen. Meistens haben wir's auf die alte Art gemacht – den Kopf zur Luke rausgestreckt und nach der Sonne geguckt.« Er lehnte sich zurück und schob zerstreut eine Locke hinters Ohr. »Die Weitbereichspeiler sind erst nach dem Krieg aufgekommen, und da war ich schon nicht mehr dabei.«

»Sie waren einer von diesen Teufelskerlen, und Sie haben das alles an den Nagel gehängt und sind hierhergekommen?«

»So ähnlich.«

»Aber wieso gerade hierher?«

»Das war nicht ganz mein freier Wille.«

»Emily?«

»Señorita Emilia«, sagte er.

In Supermans Kopf klickte etwas.

»Aber lassen Sie uns nicht von den alten Zeiten reden«, sagte Frank. »Dann werde ich bloß sentimental, und meine Wimperntusche verläuft ...« Er wurde nachdenklich, aber der Anblick seines Cocktails munterte ihn wieder auf. »Schön, jemanden zu haben, mit dem man reden kann. So wie manche hier sich aufführen, könnte man meinen, ich wäre eine vertrocknete alte Geranie.«

»Aber nein, Frank, Sie sind ein cooler Typ. Und Sie machen einen phantastischen Martini. Ist noch was drin?«

Frank stellte den Shaker auf den Kopf. Drei Tropfen. Leise sang er: *The party's ooooover ...*

»Sie wird mich nicht weglassen, stimmt's, Frank?«

Frank seufzte. »Das hat nicht sie zu entscheiden.«

»Wer dann?«

»Ah-ah-ah«, sagte er und drohte mit dem Finger.

»Weil ich zuviel gesehen habe«, sagte Superman, »will sie mich hierbehalten.«

»So richtig haben Sie die Insel doch noch gar nicht gesehen«, sagte Frank. »Vielleicht gefällt es Ihnen, und Sie bleiben freiwillig hier.«

»Das hat sie auch gesagt, aber ich bleib trotzdem nicht. Sie helfen mir doch, Frank?«

Frank bückte sich, um seine Stiefel aufzuheben. »Ich muß jetzt gehen.«

»Sagen Sie mir nur noch eins.«

Frank richtete sich auf. »Ja?«

»Antworten Sie mir ehrlich. Lügen Sie nicht. Ich merke es sowieso, wenn Sie lügen.«

Frank nahm die Perücke ab und fuhr sich durch seine verschwitzten Stoppelhaare. »Also gut.«

»Was ist das hier?«

»Das habe ich Ihnen schon gesagt, Mr. Willis. Es ist das Paradies. Der Himmel auf Erden. Shangri-La. Sie haben es gefunden. Sie sind hier. Sie können einer der Auserwählten sein.«

»Auserwählt wofür?«

»Stellen Sie sich's als einen sehr exklusiven Club vor. Nur geladene Gäste. Wenn Sie eingeladen werden, bekommen Sie einen angenehmen Wohnsitz, alle Unkosten werden übernommen, und Sie verschwinden vollständig.«

»Und wer wird eingeladen?«

»Das ist so eine Art Geheimnis.«

»Dann sind hier alle berühmt, wie – Daisy?«

»Niemand ist so berühmt wie Daisy. Manche von uns sind nicht ganz unbekannt oder eher berüchtigt – wie immer Sie es ausdrücken wollen. Lauter Leute, die einen Ort brauchten, an den sie sich flüchten konnten.«

»Wer ist noch hier?«

»Nein, jetzt muß ich wirklich gehen. Sie spekulieren darauf, daß der Alkohol doch noch meine Zunge löst. Vielleicht werde ich Ihnen das nie verzeihen.« Er stopfte den Saum seines Nachthemdes in die Stiefel.

»Morgen abend, selbe Zeit?« fragte Superman. »Ich seh zu, daß ich ein paar Oliven besorgen kann.«

Frank zuckte die Achseln. »Vielleicht habe ich was anderes vor.«

»Na ja, ich kann ja hier nicht weg.«

Frank legte den Finger an die Lippen – als hätte er nicht auf dem Weg hier herauf soviel Krach gemacht wie ein ganzer Broadway-Chor – und hastete in die Nacht hinaus.

Superman lag wach und zählte so oft zwei und zwei zusammen, bis er sicher war, daß die Lösung nur »vier« lauten konnte.

6
Ihr Geheimnis ist bei mir gut aufgehoben

Emily kam zur Enthüllung aus dem Großen Haus herauf. Pito hatte festgestellt, daß Supermans Körper jetzt die korrekte Anzahl von Teilen enthielt. Er kauerte sich mit Hammer und Meißel hin, um den Block aufzustemmen.

»Ich hab letzte Nacht Besuch gehabt«, sagte Superman.

Emily zuckte nicht mit der Wimper. »Mir war so, als hätte ich Frank herumtoben gehört. Ich hoffe nur, er hat Sie mit seinem Blödsinn nicht gelangweilt. Er ist ziemlich plemplem, wissen Sie. Sogar wenn er nüchtern ist, was neuerdings kaum noch vorkommt.«

»Ich fand ihn ganz vernünftig«, sagte Superman, »im Gegensatz zu seiner Aufmachung.«

»Hat er den rosa Bademantel getragen?«

»Er war gelb.«

»Der rosafarbene steht ihm besser«, sagte sie entschieden. »Hat er Ihnen vom Club der berühmten Verschwundenen erzählt, diesen ganzen Quatsch?«

»Ja, hat er.«

»Damit stellt er gern Neue auf die Probe. Wenn er jemals die Finger vom Alkohol lassen könnte, dann könnte meiner Meinung nach ein erfolgreicher Märchendichter aus ihm werden. So aber ist er nur ein alter Langweiler mit einer Perücke auf dem Kopf.«

»Ja, er hat mir erzählt, wo er die Perücke herhat.«

Pito hämmerte tapfer drauflos, um den Betonsattel vom Sockel abzuschlagen. Bei jedem Hieb lief ein Zittern durch Supermans Knochen.

Emily sagte: »Ich wollte, wir wären so interessant, wie Frank uns gern schildert. Das hier ist eine Art Refugium für Senioren. Für Menschen, die ihre Ruhe haben möchten. Das ist alles.«

»Warum vertrauen Sie mir eigentlich nicht?«

Ihre weißen Wimpern flatterten. »Wer sagt das?«

»Sie lügen mich an, seit ich aufgewacht bin.«

»Ich versuche nur, Ihnen zu helfen«, sagte sie. »Ich möchte, daß Sie gesund werden und von hier verschwinden. Das ist möglicherweise riskant, und ich will keinen Mist bauen. Hier ist es nicht wie anderswo. Man kann nicht einfach nach Belieben rein und raus.«

»Warum nicht?«

»Es gibt eine starke Macht auf dieser Insel. Wenn es sich herumspricht, daß Sie die Bruchlandung überlebt haben, kommen Sie hier nie mehr weg. So einfach ist das.«

»Wovon reden Sie?«

»Wir sind hier nur Gäste. Wir bekommen alles, was wir brauchen. Man erwartet keinerlei Gegenleistung von uns, außer daß wir hierbleiben und unsere Geheimnisse hüten. Absolute Verschwiegenheit ist nur dann garantiert, wenn man verhindert, daß irgend jemand die Insel verläßt. Verstehen Sie?«

»Nein.«

»Jetzt seien Sie mal ehrlich. Wenn das wirklich eine Berühmtheit war, die Sie am Strand gesehen haben, würden Sie dann nicht gern nach Hause fahren und der Welt davon berichten?«

»Doch, sicher. Und alle würden mich für verrückt halten.«

Sie lächelte. »Aber Sie sind doch selbst berühmt. Wir sind hier nicht völlig isoliert, wissen Sie, ab und zu kriegen wir eine Zeitung. Ich hab mich ein bißchen über Sie informiert. Sie sind ja ein richtiger Star. Glauben Sie nicht, daß die Menschen auf Sie hören würden?«

»Vielleicht«, sagte er. »Vielleicht würde ich auch nichts sagen.«

Sie richtete sich in ihrem Rollstuhl auf. »Was wäre die Voraussetzung dafür? Dafür, daß Sie nach Hause fahren und alles für sich behalten, was Sie hier gesehen haben?«

»Moment mal. Erst wollen Sie mir einreden, daß ich Halluzinationen habe. Und jetzt bieten Sie mir Schweigegeld an.«

»Dafür ist es zu spät«, sagte sie. »Sie wissen schon zu viel, und Sie sind, so leid es mir tut, nicht vertrauenswürdig.«

Pito führte den Schlag, der den Sattel abtrennte. Der Sockel brach zusammen, so daß Superman auf den Boden fiel. Ein Schmerz schrillte sein Rückgrat hoch wie ein wildes Trompetensolo. Sternchen tanzten vor seinen Augen.

Er schnappte nach Luft, bis die Dunkelheit verging. »Au.« Pito griff durch den Schutt nach ihm. Superman wehrte ihn ab. »Oh, au – Vorsicht, Mann –, warten Sie, ich mach das selber.«

»Espérese!« befahl Emily. »O nein, haben Sie sich wieder was gebrochen?«

Superman wälzte sich von einem Betonbrocken herunter, der ihn an einer sehr intimen Stelle gedrückt hatte. »Nein, ich – uff, so ist es besser.«

»Ich wußte, es war zu früh.« Sie wendete mit ihrem Rollstuhl.

Superman sah Kummer in den Augen des alten Indios. »Hey, Pito, ist schon okay. Echt. Mir geht's gut, helfen Sie mir wieder auf das Bett.« Er stemmte die Füße auf den Boden und richtete langsam seinen Körper auf, wodurch sich sein Becken aus einem Trümmerhaufen erhob.

Sein mittleres Drittel war braun und verschrumpelt und schälte sich, aber es war intakt: die Hüftknochen, das Schamhaar verfilzt wie ein alter Topfschwamm, die Geschlechtsteile in einem peinlich glänzenden Rotviolett. Er seufzte erleichtert. Eine FKK-Schönheitskonkurrenz hätte er nicht gewonnen, aber es war noch alles dran.

Pito half ihm auf das Feldbett. Superman drehte sich auf die Seite, wobei sein Hinterteil über die rauhe Leinwand rutschte, und das war so ungefähr das schönste Gefühl, das er je empfunden hatte. Hat durchaus auch etwas für sich, eine Verletzung, die einen zwingt, auf dem Rücken zu liegen, dachte er. Wie wenn man Jimi Hendrix hört, es zwingt einem eine neue Perspektive auf. Vor nicht allzu langer Zeit hatte er noch vor Tausenden jubelnder Menschen gestanden, und das hatte ihm gar nichts gebracht. Heute war er dagegen überglücklich, nur weil er den Hintern bewegen konnte.

Er zog die Shorts an, die Pito ihm brachte. Emily fuhr mit dem Rollstuhl unter die Tür. »Na, wie haben wir das gemacht?«

»Mann, das hat besch… weh getan – wirklich schlimm, eine Minute lang. Aber jetzt geht es. Ich glaube, ich probier mal, ob ich schon aufstehen kann.«

»Setzen Sie sich erst hin. Pito, *levántalo*.«

Pito packte ihn an den Handgelenken und richtete ihn so auf, daß er sich auf die Kante des Feldbetts setzen konnte.

An den Stellen, wo Knochenbrüche gewesen waren, fühlte sich sein Körper anders an. Sein Becken war wieder zu einem Stück verschmolzen, aber jetzt saß er in einem etwas anderen Winkel im Sattel.

»Wie ist es mit den Beinen, Ben? Glauben Sie, Sie könnten die Pedale eines Tretboots bedienen oder so etwas Ähnliches?«

»Probieren wir's mal.« Er packte den Tisch mit beiden Händen. »Sagen Sie ihm, er soll mich hochheben.«

Sie übersetzte. Pito packte zu und stellte ihn auf die Füße.

Superman schwankte und taumelte, mußte sich an der Schulter des alten Mannes festhalten. Er spreizte die Beine, trippelte ein wenig, hatte Mühe, sich aufrecht zu halten. »Na also«, freute er sich, »sieht doch gut aus…«

Er kippte nach der Seite, hielt sich am Bett fest und richtete sich langsam wieder auf, bis er alleine stand. Seine Beine fühlten sich an wie Stelzen auf dem Deck eines schlingernden Schiffes.

»Vorsicht«, warnte Emily.

Er wehrte Pito ab. Es konnte doch nicht so schwer sein, den linken Fuß vorzustellen und zu gehen. Er konzentrierte sich. Er steckte den Daumen zwischen die Zähne. Ein wunderbares Gefühl durchflutete ihn. Er kam sich wieder vor wie ein kleiner Junge – ein wackliges kleines Wesen, das jeden Moment auf die Nase fliegen konnte.

Er schob den Fuß ein paar Zentimeter vor, verlagerte das Gewicht, zog den anderen Fuß nach. Er verlor das Gleichgewicht. Das linke Bein klappte zusammen wie ein Bügelbrett. Er ließ sich wieder auf das Feldbett fallen. Eine ganze Minute lang sagte keiner etwas.

»Ich habe noch einen zweiten Rollstuhl«, sagte Emily.

»Nein. Danke. Es geht schon.« Er schüttelte den Kopf. »Wenn ich einen Gehstock hätte oder so etwas, wäre es vielleicht leichter.« Er ließ sich auf sein Kissen zurücksinken und kämpfte gegen die aufkommende Enttäuschung an. »Den Strand werde ich heute wohl noch nicht langlaufen.«

Emily rollte durch die Tür. »Lassen Sie sich Zeit. Unterhalb des Hauses ist eine heiße Quelle. Ich könnte mir vorstellen, daß Ihnen ein ausgiebiges Bad ganz angenehm wäre.«

Pito holte vier der jüngeren Gärtner. Mit nacktem Oberkörper, braun, kichernd, hoben sie Superman mitsamt seinem Feldbett hoch und trugen ihn in die blendende Sonne hinaus. Sie gingen über Zickzackwege und durch blühende Spaliere hindurch auf eine Waldlichtung. Hinter ihnen quietschte Emilys Rollstuhl.

Glatte schwarze Felsen umgaben ein Loch in der Erde, einen Weiher mit blubberndem Wasser, das so klar und dunkel war wie eine Pupille. Dampf stieg kräuselnd von der Oberfläche auf. Das Wasser summte und gluckerte. Riesenfarne nickten zwischen den Felsen, und stachlige blaue Blumen streckten ihre Zungen heraus. Oben im Blätterdach sang der Louie-Louie-Vogel seine vier Takte. Es war ein verzauberter Ort.

Die jungen Männer stellten das Feldbett neben der Quelle ab und verschwanden.

Emily schlenkerte ihre Drachenslipper ab, zog die Hosenbeine hoch und hängte die Füße ins Wasser.

Superman ließ sich mit einem wollüstigen Stöhnen hineingleiten. Gott ist groß, Gott ist gut, laßt uns ihm danken. Für dieses heiße Wasser. Es wog beinahe all die lange Zeit im Betonblock auf, dieses köstliche Aufwallen von Wärme und Erleichterung. Er setzte sich auf einen glatten, abgeplatteten Felsen und schlenkerte die Knie hin und her, um die Strömung an die richtigen Stellen zu bringen. »Frank hat gesagt, das hier sei das Paradies. Jetzt weiß ich, was er gemeint hat.«

»Schön, hm?« Sie legte die Fingerkuppen auf ihre Augenlider.

Er spielte mit den aufsteigenden Blasen. »Sie sind gegenüber den Fotos nicht sehr gealtert.«

Sie schlug die Augen auf. »Wie bitte?«

»Wir brauchen diese Spielchen nicht mehr zu spielen«, sagte er. »Ich weiß, wer Sie sind. Ich bin Ihnen auf die Schliche gekommen.«

»Ach du meine Güte.« Ihr Lächeln war nicht zu deuten. »Was hat Ihnen Frank erzählt?«

»Er hat es mir nicht gesagt. Sie haben sich selbst verraten. Nur ein Flieger würde die Bruchlandung eines anderen Fliegers kritisieren.«

Sie lächelte immer noch. Röte stieg ihr ins Gesicht. »Ich bin tatsächlich ziemlich oft geflogen, als ich jünger war.«

»Ich weiß«, sagte er betont gleichmütig. »Sie haben es mir selbst gesagt. Sie wissen, daß man nicht auf der Leeseite einer Welle landen kann.«

»Das war nicht sehr nett von mir. Ich entschuldige mich.«

»Nein. Wenn mir klar gewesen wäre, wer Sie sind, hätte ich Ihnen aufmerksamer zugehört. Sie haben ja selbst auch ein paar ziemlich berühmte Bruchlandungen fabriziert.«

»Worauf wollen Sie hinaus?« Er streckte die Zehen aus dem Wasser. »Ich bin Ihnen auf der Spur, Amelia.«

Ihre erstaunte Miene wirkte sehr echt. »Amelia?«

»Señorita Emilia. Als man das letzte Mal etwas von Ihnen hörte, flogen Sie, ja, wohin? Nach Howland Island, glaube ich. Nur sind Sie dort nie angekommen.«

Eine Zeitlang hörte man nur das Zischen der an die Oberfläche steigenden Blasen.

Superman sagte: »Ich möchte schrecklich gern wissen, wie es Sie hierher verschlagen hat.«

»Hat Ihnen Frank das gesagt?« fragte sie. »Frank leidet nämlich an Wahnvorstellungen.«

»Er sieht seinen Fotos gar nicht mehr ähnlich«, sagte Superman. »Er ist schneller gealtert als Sie, stimmt's? Frank Napier. Auch er war berühmt, ein berühmter Säufer, nicht wahr? Es muß jede Menge Witze über ihn gegeben haben. Über den Navigator, der nicht geradeaus fliegen konnte.«

»Ich habe von dem letzten Earhart-Flug gelesen«, sagte sie. »Ich kannte Amelia. Wir sind um die Wette geflogen, bei dem ersten Powder Puff Derby von Reno nach Chicago, 1929. Jede von uns elf hat mindestens eine Bruchlandung gemacht. Damals waren Bruchlandungen an der Tagesordnung. Ich wurde Sechste. Amelia hatte gemogelt und wurde Dritte. Sie war sehr ehrgeizig. Ich glaube nicht, daß Frank Napier den Howland-Flug vermasselt hat. Ich glaube, er hatte die Maschine auf Kurs, aber sie hat nicht auf ihn gehört und sich deshalb verflogen.«

Das kam alles sehr geläufig und kenntnisreich heraus, aber Superman ließ sich nicht täuschen. Es war ihm gelungen, dieses Puzzle zusammenzusetzen, seit Frank ihm die letzten Stücke in den Schoß gelegt hatte. Die Wahrheit war um so komplizierter und unglaubwürdiger geworden, je länger er darüber nachgedacht hatte.

Im nachhinein war die Ähnlichkeit unverkennbar. Und ihre ruhige Reaktion war genau das, was man von einer alten Publicity-Expertin wie Amelia Earhart erwarten würde.

»Haben Sie irgendwelche Bücher über sie?« fragte er. »Ich habe schon lange nichts mehr gelesen.«

»Ich seh mal nach. Jetzt habe ich erst mal schrumpelige Füße, aber Sie können sich ruhig noch eine Zeitlang einweichen.« Sie rief nach Pito.

»Keine Bange«, sagte Superman. »Ihr Geheimnis ist bei mir gut aufgehoben.«

Sie bückte sich nach ihren Schuhen. »Na, ich weiß nicht«, sagte sie, während der alte Mann sie fortschob.

7
Electra

Frank kam mit einem Krug Rotwein zur Hütte herauf. Keine Martinis diesmal, kein Gesang. Er trug einen weißen Pyjama und einen rosa Satin-Bademantel mit Rüschenbesatz. Amelia hatte recht, Rosa stand ihm besser.

»Eine nette Überraschung, Frank. Ich dachte, Sie hätten etwas anderes vor.«

»Da hab ich mich rauswinden können.« Frank hielt den Krug hoch. »*Cojones de Toro*. Direkt aus den Eiern des Stieres.«

»Ist der gut?«

»Damit können Sie den Lack von einem Auto abbeizen«, sagte er. »Beliefern die ganze Welt, die Winzer Guatemalas, wissen Sie. Er ist fürchterlich. Möchten Sie was davon?«

»Na und ob.« Superman hielt seine Kokosnußschale hin. Er fand es toll, aufrecht auf einem Stuhl sitzen zu können. Die Wand hatte er zurückgeschoben, um die Nachtgeräusche hereinzulassen. Catalina hatte ihm braune Baumwollshorts und ein sauberes weißes T-Shirt gebracht; er hatte sich angezogen und saß jetzt wie jeder andere auf einem Stuhl.

Mit Hilfe des knotigen Stocks, den Pito ihm gegeben hatte, lernte er wieder laufen. Sein Gang war eigenartig, eine Art beinewerfendes Damensattel-Manöver wie bei einer alten Schachtel in einem Western, aber mit dem Stock konnte er ganz gut die Balance halten. Den Schmerz in der Hüfte nahm er kaum wahr. In ein paar Tagen würde er den Stock wegwerfen und ohne jede Hilfe hier hinausspazieren.

Der Wein war gar nicht so schlecht. Superman hob die Schale

an den Mund. »Hey, zum Wohl, danke, daß Sie mir was abgeben.«

»Auf Ihre Befreiung aus dem üblen Giftpilz«, sagte Frank.

»Ich hätte nie gedacht, daß einem Sitzen so viel Spaß machen kann. Ich hab mir heut den Hintern gekratzt, und es war ein Genuß.«

Frank lächelte. »Es sind die einfachen Freuden, die das Leben lebenswert machen.«

Superman sagte: »Haben Sie mit Amelia gesprochen?«

Frank sah plötzlich aus wie ein Kaninchen im Scheinwerferlicht. Sein unruhiger Blick verriet, wie sehr er sich abmühte, eine passende Antwort zu finden.

»Schon gut, Frank, es ist alles ans Licht gekommen. Ich weiß, wer sie ist, und ich weiß, wer Sie sind. Hab's mir zusammengereimt. Wundert mich, daß sie es Ihnen nicht gesagt hat.«

»Sie spricht heute nicht mit mir.« Frank nippte an seinem Wein. »Sie ist außer sich, und jetzt weiß ich auch, warum. Ich hab geplaudert.«

»Es ist nicht Ihre Schuld. Ich hab's bereits gewußt.«

»Natürlich ist es meine Schuld«, sagte Frank. »Alles, was in den letzten vierzig Jahren passiert ist, war meine Schuld.«

»Das wollte ich Sie fragen. Wie Sie hierhergekommen sind. Ich kann mir denken, daß sie es mir nicht sagen würde, aber Sie schon, oder, Frank, alter Kumpel?«

»Von mir werden Sie die Wahrheit nicht hören«, sagte Frank. »Es gibt nur eine amtliche Version der Wahrheit, und das ist ihre.«

Superman sah zum Weinkrug hin. Solange noch Wein da war, konnte er Frank wohl am Reden halten. Frank war kein pöbelnder, krakeelender Trunkenbold; er lebte nach der Devise »Solange du nachschenkst, trinke ich«, ein Trinker, der sich noch soweit in der Hand hatte, daß er nach Hause fahren konnte. Das alles konnte man auf der Karte der Blutgefäße in seinem Gesicht lesen.

»Lassen Sie mich raten«, sagte Superman. »Sie wollten nach Howland Island, und Sie haben sich verfranzt.«

»Als wir die Standlinie erreicht hatten, wollte ich nach Süden abdrehen. Sie flog nach Norden. Sie sagte, ich sei ein Säufer und Taugenichts und hätte mich verflogen. Wohlgemerkt, Mr. Willis – von Neuguinea nach Howland waren es neunzehn Stunden nonstop, und ich hatte den schlimmsten Kater der Menschheitsgeschichte. Aber mein Kurs hat gestimmt. Sie hat meinen Rat mißachtet.«

»Ich glaube Ihnen, Frank.« Nichts lag Superman ferner, als jemanden zu kritisieren, weil er in leicht verändertem Bewußtseinszustand geflogen war. »Und wie ging's weiter?«

»Eine Zeitlang sind wir nur noch mit Benzindämpfen geflogen. Sie machte ein Korallenatoll aus, mit einer zauberhaften kleinen Lagune in der Mitte. Wir waren überglücklich. Die Motoren stotterten schon, wissen Sie, wir hatten wirklich keinen Tropfen mehr im Tank. Sie richtete die Maschine aus – Mr. Willis, es gab Leute, die sagten, Amelia sei gar keine so gute Pilotin, aber nie hat man eine schönere Landung gesehen. Sie parkte die Maschine in nur zwei Handbreit tiefem Wasser. Wir haben beim Aussteigen kaum nasse Füße gekriegt.«

Superman machte sich erneut bewußt, daß er vor den Augen der berühmtesten Fliegerin der Geschichte bruchgelandet war. Er zuckte zusammen: Wer hat Ihnen denn erzählt, daß man auf der Leeseite einer Welle landen kann?

»Wir saßen zwei Tage fest. Am zweiten Tag sahen wir spätnachmittags ein Schiff und schossen eine Leuchtrakete ab. Das Schiff war da, bevor wir merkten, daß es voller Japaner war. Das Atoll gehörte zu ihren äußeren Verteidigungsanlagen für einen geheimen U-Boot-Stützpunkt.«

»Die waren sicher nicht begeistert, Sie zu sehen.«

»Sie haben uns für Spione gehalten. Sie fanden einen Funksender auf der Insel und behaupteten, es sei unserer.«

»Ja, das ist eine der Theorien, das habe ich doch irgendwo gelesen. Daß Sie beide einen Spionageauftrag hatten und in Gefangenschaft gerieten.«

»Amelia liest ja diese Bücher. Ich nicht. Sie findet sie toll, und warum auch nicht? Sie ist immer die Heldin, die arme, vom Unglück verfolgte Pilotin, und ich bin der Navigator, der schuld daran war, daß wir uns verfranzt haben. Es ist einfach zu deprimierend.«

Superman schenkte Frank Wein nach. »Ich bewundere Sie

hemmungslos, Frank. Man mußte schon sehr viel Mumm haben, um damals so weit übers Wasser zu fliegen.«

»Was man wirklich brauchte, war eine Art Blödheit, wie sie heute nicht mehr vorkommt«, sagte Frank. »Bis auf die armen Kerle, die sie andauernd auf den Mond schießen. Sagen Sie mir doch mal, warum reißt sich einer darum, auf den Mond zu fliegen? Man sieht ihn doch von hier aus. Kommt er Ihnen wie ein erstrebenswertes Reiseziel vor?«

Superman hob den Blick. Der Mond war kalt, blau und sehr weit weg. »Wahrscheinlich aus demselben Grund, weshalb Sie versucht haben, um die Welt zu fliegen. Um hinterher sagen zu können, daß Sie es gemacht haben.«

»Ich persönlich hab's wegen dem Geld gemacht«, sagte Frank. »Und außerdem war unser Endziel Oakland. In Oakland war es damals viel schöner als auf dem Mond.«

»Aber Sie haben es nicht geschafft.«

»Sie haben uns nach Saipan gebracht. Wir hatten da ein hübsches kleines Haus. Vor der Tür standen die Wächter. Wir haben da ein Jahr gelebt – wir haben zugenommen, sie haben uns mit Büchern versorgt… Dann wurde unser Oberst nach Okinawa versetzt, und sie haben uns nach Tokio gebracht. Und dort haben sie uns dann jede Menge Fragen gestellt.«

»Zum Beispiel?«

Frank sah auf seine polierten Fingernägel. »Sie haben behauptet, wir sollten den Flugverkehr nach einigen Inseln vorbereiten. Sie wollten Details über die Anflugrouten und ähnliches.«

»Und die kannten Sie?«

»Ja, natürlich. Ich hatte als Pilot bei Pan Am viel gesehen, wissen Sie. Ich habe ihnen alles gesagt, was ich wußte. Ich wollte nicht mißhandelt werden.«

»Ich glaube nicht, daß es ein Verbrechen ist, Frank. Sie waren Kriegsgefangener.«

»Ach was, natürlich ist es ein Verbrechen, in Kriegszeiten den Feind zu unterstützen. Das ist Hochverrat, Mr. Willis. Dafür wurde mancher schon hingerichtet.«

»Aber in welcher Weise haben Sie den Japanern geholfen?«

»Ich habe ihre Karten korrigiert. Die Anflugrouten nach Lae und Guam und Wake Island und – Honolulu. Pearl Harbor. Später gab ich Englischunterricht für Offiziere, die Kriegsgefangene verhörten. Ich hab ihnen beigebracht, wie man unsere Jungs foltern konnte.« Seine Stimme klang hohl und alt. »Ich war ein guter Lehrer. Die meisten meiner Schüler mochten mich. Ich hatte ein eigenes Zimmer im Ginsha Hotel und bin mit der Straßenbahn zur Arbeit gefahren.«

Die Aufrichtigkeit des Mannes war bewundernswert, aber die Story ging Superman auf die Nerven. Er trank einen Schluck Wein. »Hat Amelia auch für sie gearbeitet?«

»Soviel ich weiß, hat man sie in Ruhe gelassen. Sie wußte auch nichts, womit sie etwas hätten anfangen können. Sie las Bücher und blieb auf ihrem Zimmer.«

»Frank, wenn die Japaner jemand so Berühmten gefangen hatten, warum haben sie das der Welt nicht mitgeteilt?«

»Dann hätten sie zugeben müssen, daß sie uns gefangengenommen hatten. Im Frieden, ein glatter Verstoß gegen die Genfer Konvention. Fünf Jahre lang haben sie es abgestritten. Sie durften nicht das Gesicht verlieren, indem sie zugaben, gelogen zu haben.«

»Wow.«

»Als die Bombenangriffe zunahmen, brachten sie uns aus Tokio weg, an einen Ort in den Bergen. Eine wunderschöne Gegend, überall diese herrlichen, duftenden Kiefern ... Wir dachten, sie hätten uns da hingebracht, um uns zu exekutieren. Aber sie gaben uns unser Flugzeug zurück und ließen uns ziehen.«

Draußen im Dschungel rief ein Vogel *duup! duup!* Superman fröstelte. »Einfach so«, sagte er. »Vielen Dank und Auf Wiedersehen.«

»Einfach so«, sagte Frank. »Sie haben mich ja danach gefragt.«

»Sicher, ich ...«

»Sie waren nicht dort. Sie wissen nicht, wie das war. Schenken Sie mir noch was nach.«

Superman gehorchte. Aus welchem Grund sollte jemand eine solche Geschichte über sich selbst erzählen, wenn sie nicht stimmte? Andererseits, *wenn* sie stimmte, wenn man tatsächlich ein Verräter war, den man für seinen Verrat nicht zur Rechenschaft gezogen hatte, warum sollte man dann einem Fremden davon erzählen? Dann hätte man die Geschichte doch lieber mit ins Grab genommen.

Frank konnte offenbar seine Gedanken lesen. »Ich erwarte nicht, daß Sie das *billigen*, Mr. Willis. Aber ich hab mir gedacht, Sie würden sich vielleicht Mühe geben, es zu *verstehen*. Wenn wir nicht kooperiert hätten, dann hätten sie uns umgebracht. Sie konnten uns nicht mit anderen Amerikanern zusammenbringen – wir waren zu berühmt, das Risiko konnten sie nicht eingehen. Sie ließen uns gehen, weil es zu viele Umstände machte, uns zu behalten, und sie wußten, daß wir nie reden würden, nach dem, was wir für sie getan hatten.« Frank umklammerte seine Knie. »Ich muß jetzt gehen. Ich trinke zuviel, wenn ich rede.«

»Warten Sie, Frank. Erzählen Sie mir noch den Rest.«

»Das ist schon alles. Wir hatten unsere Schuldigkeit für den Kaiser getan. Sie gaben uns unser Flugzeug zurück. Aber nach Hause konnten wir nicht – zu Hause waren wir tot. Schon seit acht Jahren.« Er breitete die Arme aus. »Irgendwie hat sie von dieser Insel hier erfahren. Also kamen wir hierher. Und wir sind immer noch da.«

»Warum kann sie nicht mehr laufen?«

»Eines Morgens, als wir ungefähr ein Jahr hier waren – na ja, sie kam nicht mehr aus dem Bett. Ich weiß nicht, vielleicht haben die Japaner ihr irgend etwas angetan. Eigentlich haben wir nie richtig darüber gesprochen.«

»Das ist ja eine irre Geschichte.« Superman schüttelte den Kopf. »Das Dumme ist nur, ich weiß nicht, ob ich auch nur ein Wort davon glauben kann.«

Frank schien darüber nachzudenken, während er sich die Stiefel anzog. »Können Sie laufen?«

»Klar, aber –«

»Es ist nicht weit. Kommen Sie mit.« Er band seinen Bademantel zu und ging die Rampe hinunter.

Superman rappelte sich auf und nahm seinen Gehstock. Frank hatte schon den halben Weg zur heißen Quelle zurückgelegt, als Superman die Veranda erreichte. »Frank, warten Sie. Ein alter Mann ist kein D-Zug.«

Frank wartete an einer Weggabelung und leuchtete mit seiner Taschenlampe einen kleinen Hügel an. »Hier durch.«

Superman blieb mit seinem Stock an einer Baumwurzel hängen, stolperte, fing sich wieder. Eine nächtliche Wanderung im Dschungel? Warum nicht? Tolle Idee. Der Lichtstrahl irrte zitternd ab. Superman schleppte sich hinter Frank durch ein hölzernes Tor in der Mauer.

Frank beleuchtete einen Pfad, der durch eine Hibiskushecke abwärts führte. Am Ende war eine schwarz gestrichene Tür.

Die Scharniere ächzten, als sei die Tür seit tausend Jahren nicht mehr geöffnet worden.

Franks Schritte hallten von den Wänden wider. Superman folgte ihm.

Die Lichter gingen an.

Sie waren in einer Höhle, die zu einem großen unterirdischen Raum erweitert worden war. Menschenhände hatten Erde geschaufelt, einen Betonfußboden gegossen, Industrielampen und ein stählernes Rolltor an der gegenüberliegenden Wand angebracht. Superman brauchte nicht zu raten, zu welchem Zweck man sich diesen Mühen unterzogen hatte: Die Höhle war gerade groß genug für die silberglänzende, stromlinienförmige, zweimotorige Lockheed Electra, die im Licht der Lampen schimmerte.

Das Flugzeug hatte Linien und Kurven wie ein Song, wie eine Frau, wie die schönste Lokomotive, die jemals ein Gleis entlanggefahren ist. Die glänzende Nase aus Edelstahl ragte weit vor. Die Motoren glichen großen, prallen Brüsten mit Propellern. Der elegante Rumpf hatte ein kleines rechteckiges Fenster an der Seite, und direkt über dem Cockpit war eine Antenne montiert. Das Flugzeug war nach vorn geneigt, als ob es darauf brannte, eine Rollbahn entlangzufahren und sich in die Luft zu erheben.

Supermans Stock fiel klappernd zu Boden. Er inspizierte das Lockheed-Logo mit Stern und Flügel auf der Zwillings-Schwanzflosse und die Nummer NR16020.

Er legte die flache Hand auf die kühle Außenhaut, ungefähr in der Mitte des Rumpfes. Er fuhr mit den Fingerspitzen über die hintere Tragflächenkante, schaute hinauf ins Cockpit mit seinen altmodischen Instrumenten, die wie Ausstellungsstücke in einem Museum glänzten. Über dem Instrumentenbrett war ein rechteckiger schwarzer Kasten montiert, der ihm bekannt vorkam.

Er ging näher heran. Es war sein eigener elektronischer Kreiselkompaß Haynes Magellan F-45, die neueste Errungenschaft der Luftfahrttechnik.

Sie waren dabei, die Maschine startklar zu machen.

8
Willkommen auf dem Vergnügungsdampfer

Frank verschloß die Tür. »Ich verdurste. Gehen wir einen trinken?«

»Gerne. Wohin?« Er folgte dem zitternden Strahl der Taschenlampe.

»Es gibt nur eine Möglichkeit.«

»Ich kann aber nicht weit gehen.«

»Wir gehen auch nicht zu Fuß.« Frank kletterte in einen ramponierten militärgrünen Jeep, der neben dem Rolltor stand. Superman überlegte, warum jemand sich die Mühe machte, einen Hangar in einem Berg anzulegen. Man konnte die Electra durch das Tor hinausschieben, aber was dann? Starten war unmöglich. Ringsherum ragte der Dschungel auf. Der Berg fiel steil zum Meer ab.

Überhaupt, wie um alles in der Welt hatten die das Flugzeug hierhergeschafft?

Frank ließ den Jeep an. Der Motor stotterte und brüllte dann ungedämpft los. Superman hievte sich auf den Beifahrersitz. Frank tastete auf dem Boden nach einer Plastiktüte, in der er seine Perücke verstaute. »Achten Sie auf tiefhängende Zweige«, sagte er, wobei er sich mit der Hand durch das kurzgeschnittene silberweiße Haar fuhr. »Es ist keine richtige Straße.«

»Sind Sie sicher, daß Sie noch fahren können, Frank? Wir haben einen ganzen Krug Wein geleert.«

»Keine Bange, ich bin einer der besten betrunkenen Fahrer der Welt.« Die Scheinwerfer beleuchteten eine undurchdringliche Dschungelwand. Frank legte den Gang ein und fuhr geradewegs auf diese grüne Mauer zu, in sie hinein und durch sie hindurch, und der Jeep holperte scheppernd und krachend den Berghang hinunter.

Superman griff nach dem Überrollbügel und hielt sich daran fest.

Irgendwie schaffte es Frank, allen Bäumen auszuweichen, die dick genug waren, um einen Jeep aufzuhalten. Die dünneren mähte er einfach nieder. Er fuhr ausschließlich im zweiten Gang. Die Straße existierte nur in seiner Vorstellung. Sie rumpelten durch ein Bachbett, durch ein Gewirr von Schlingpflanzen, einen Graben hinunter, über einen umgestürzten Baumstamm und über eine Felswand.

Frank fing an zu singen:

Whenever I feel afraid, I hold my head erect

And whistle a happy tune, so no one will suspect –

Superman duckte sich unter Ästen weg und rechnete jeden Moment damit, daß eine Achse brechen würde. Schemenhaft tauchte eine Straße auf, dann war sie wieder verschwunden, und sie rasten erneut steil bergab und brachen durch dichtes Unterholz. Vögel flatterten im Scheinwerferlicht auf.

Eine Ranke schlang sich um Supermans Hals und hätte ihn fast aus dem Jeep gerissen. »Mein Gott, Frank! Fahren Sie langsamer!«

Frank fuhr weiter wie der Teufel und sang dabei. Es ging immer weiter abwärts, der Jeep brach seitlich aus und schoß auf eine Straße hinaus – wieder keine richtige Straße, nur ein etwas breiterer Feldweg, aber wenigstens baumfrei. Frank schaltete hoch und gab Gas. Die Straße machte Spitzkehren, wand sich in schwindelerregenden S-Kurven und Schleifen talwärts.

Superman schrie in den Fahrtwind: »Wie haben Sie denn das Flugzeug da auf den Berg gebracht?«

»Damit hatte ich nichts zu tun«, sagte Frank. »Festhalten!«

Die Straße teilte sich plötzlich. Der Jeep schlingerte nach rechts, daß die Steine spritzten, und raste den Berg hinunter bis zu einer Stelle, wo sich der Dschungel lichtete. Durch die Bäume blinkten die Lichter kleiner Häuser.

Superman zupfte sich einen Käfer von den Zähnen. Es war schön, nicht mehr einbetoniert und nicht mehr in der Hütte zu sein und irgendwohin zu fahren.

Der Feldweg verbreiterte sich und wurde sandig. Frank schaltete herunter. Plötzlich fuhren sie im hellen Mondschein über einen breiten Strand.

Der große Ozean glitzerte und bewegte sich, reflektierte meilenweit das Mondlicht. Der Strand fiel etwa eine viertel Meile von der dunklen Masse des Dschungels zum Meer ab. Wenn Ebbe gewesen wäre, als Superman diesen Strand überflogen hatte, dann hätte er auch ohne Fahrwerk leicht auf ihm landen können. Er lehnte sich zurück, um den riesigen Sandbogen und die weiß leuchtenden Brandungslinien zu betrachten. Am anderen Ende des Strandes verstreute Lichter unter den Bäumen: Zivilisation.

Der Jeep zog eine lange Fahne Spritzwasser hinter sich her. Supermans Haar peitschte gegen seinen Schädel. Auf einmal tauchten Menschen im Scheinwerferlicht auf, sprangen zur Seite. Frank bog landeinwärts ab und fuhr direkt auf einen Hain von Kokospalmen zu, die kräftig genug waren, einen Jeep zu stoppen.

Irgendwie fuhr Frank zwischen zwei Stämmen durch, brachte den Jeep zum Stehen und ließ die Kupplung springen. Ein Ruck ging durch den Wagen.

Frank suchte unter dem Sitz nach seiner Perücke. »Lafayette, wir sind da!«

Superman strich sich die Blätter aus dem Haar. »Mann, dafür sollten Sie Eintritt verlangen.«

Von der anderen Seite des Palmenhains kam laute Musik, ein hämmernder Salsa-Rhythmus, Trompetenklänge.

Da dudl-di BUM – da BUM – da BUM

Da dudl-di BUM – da BUM – da BUM

Frank zupfte an seiner Perücke und betrachtete sich im Rückspiegel. »Was meinen Sie, wieso ist die vom Wind zerzaust, obwohl sie in einer Plastiktüte war?«

»Frank, was ist das hier?«

»La Discoteca Amor Y Mar Y Sol Y Blues«, sagte er, »was Liebe und Meer und Sonne und Blues bedeutet, in dieser Reihenfolge.« Er trug Lippenstift auf seine Unterlippe auf. »Wie sehe ich aus?«

»Das ist mit Worten nicht zu beschreiben«, sagte Superman.

»Oh, danke. Ich finde tatsächlich, daß ich besonders hübsch bin heute abend.«

Superman stieg mit Hilfe seines Stockes aus dem Jeep. Er fühlte sich wacklig nach der wilden Fahrt, aber die Partygeräusche belebten ihn. Vor sich sah er bunte Lichtergirlanden in den Bäumen, Menschen, die an Tischen saßen, tanzten, herumwimmelten.

Die Discoteca Amor Y Mar Y Sol Y Blues war eine Ansammlung von Hütten am oberen Rand des Strandes: eine Stehbar, Sperrholzbuden, Tische unter den Bäumen, eine Tanzfläche mit einer rotierenden Discokugel und laute Salsa-Musik aus vier großen Boxen:

Da dudl-di BUMM – da BUMM – da BUMM

Da dudl-di BUMM – da BUMM – da BUMM

Superman hatte sich vorgestellt, daß außer ihm nur noch Amelia und Frank, Marilyn Monroe, Pito und Catalina und eine Handvoll Diener auf der Insel wären. Nie hätte er sich träumen lassen, daß hier so viele Menschen lebten, tanzten, lachten, Bier tranken, gegrillte Hähnchen aßen, in Ecken herumstanden, auf den Strand hinauswanderten. Unter den vielen kupferfarbenen Gesichtern waren auch einige Gringos mit Dauerbräune, ein ganzer Tisch voll von ihnen in der Nähe des Grills: eine uralte Dame in einem langen weißen Kleid, ein Mann mit einer schwarzen Ray-Ban-Sonnenbrille, ein konventionell in Tweed gekleideter Mann und zwei Typen, offensichtlich Brüder, die ihm irgendwie bekannt vorkamen.

Alle Tanzenden schwitzten, ebenso die Trinkenden und die Bierflaschen, die sie in der Hand hielten. Kinder wuselten zwischen den Tischen herum und jagten häßliche kleine Köter. An einen Baum war ein handgemaltes Schild genagelt:

WILLKOMMEN AUF DEM

VERGNÜGUNGSDAMPFER

(früher »Glück und Unterhaltung«)

»Na, was soll's sein?« fragte Frank. »Glück oder Unterhaltung?«

»Sehen Sie sich bloß diese vielen Leute an!« sagte Superman.

»Lauter Geplagte, die sich nach Freiheit sehnen«, sagte Frank. »Die Einheimischen sind freundlich. Waten Sie einfach hinein, wenn Sie möchten. Aber ich kann Sie auch ringsum vorstellen.«

»Kommt *sie* auch hierher?«

»Daisy? Das bezweifle ich, sie ist nicht sehr gesellig«, sagte Frank, »aber man weiß nie, wen man hier alles trifft. Ich komme um vor Durst. Was nehmen Sie?«

»Haben die Cola mit Rum? Ich hole die Getränke.«

»Sagen Sie denen ›la cuenta de Frank‹. Ich nehme eine Cerveza. Schaffen Sie's?«

Superman machte sich auf den Weg zur Bar. Er wußte, daß Frank und Amelia mit ihm spielten, ihm nur gerade genug erzählten, um ihn zum Bleiben zu verlocken, aus welchen Gründen auch immer. Er würde sich nicht offen widersetzen. Er hatte vor, sie zu beschwatzen – und dann ab nach Hause. Vielleicht konnte ihm jemand von den Leuten hier helfen.

»Tritt näher, tritt näher, Bruder, komm herbei und laß dich erlösen!« rief ein Mann mit einer leuchtend grünen Feder, die er quer in seinen Pferdeschwanz gesteckt hatte. »Ein jeder, der hier eintritt, soll erlöst werden!«

»Amen, Bruder«, sagte Superman.

»Und Amen auch dir«, sagte der Mann. »Der Geruch der Sünde weht dir voraus wie ein billiges After-Shave. Wie heißt du?«

»Ben Willis. Und du?«

»Man nennt mich Rabbit. Was trinkst du, Ben Willis?«

»Noch nichts. Ich will zur …«

»Nicht so eilig! Versuche nicht, dich am alten Rabbit vorbeizudrücken, wenn er gerade dabei ist, deine Bekanntschaft zu machen! Wird dir unbehaglich zumute, wenn ich von unserm Herrn spreche, mein Sohn, ist es das? Vielleicht möchtest du mir sagen, warum.« Er war ein großer, kräftiger Mann, rotgesichtig, mit einem leuchtend goldenen Bart und einer Hand von der Größe einer Schinkenscheibe, die er jetzt Superman auf die Schulter legte, um ihn von der Bar wegzuschieben. »Was hast du ausgefressen, deine Frau geschlagen? Den Hund getreten? Die Portokasse mitgehen lassen? Was immer es ist, der Herr kann es heilen. Du mußt nur glauben!«

»Ich glaube, daß ich mir jetzt was zu trinken hole«, sagte Superman.

Rabbit trug einen Big-Smith-Overall ohne Hemd, um den gekräuselten goldenen Pelz auf seiner Brust besser zur Geltung zu bringen. Er drückte Superman gegen einen Tisch, dort, wo der Rauch vom Grill hinwehte. »Zähle nicht darauf, daß der Satan die Werke des Herrn tut«, polterte er. »Segle nicht nach Osten, wenn du nach Westen willst. Du bist neu in diesen Breiten, Freund – hast du schon jemanden zu deinem persönlichen spirituellen Berater gemacht?«

»Nein.«

»Nun, dann erlaube mir, mich selbst zu ernennen. Hast du etwas dagegen? Ab und zu braucht der Mensch einen spirituellen Rat.«

Superman hatte das Gefühl, daß sich dieses Gespräch nicht wirklich um den Herrn drehte. »Ich bin immer für Ratschläge offen«, sagte er.

»In diesem Fall«, sagte Rabbit, »rate ich dir, die Augen zu schließen und die Hand aufzuhalten.«

Superman tat, wie ihm geheißen. Er fühlte Fingerspitzen über seine Handfläche gleiten.

»Augen auf.«

Eine glänzend weiße Pille mit einem roten Punkt auf der einen und der Ziffer 9 auf der anderen Seite.

»Was ist das?«

»Die bringt dich nach Westen. Es sind fünfunddreißig Mikrogramm pures Glück, suspendiert in einer chemisch trägen Zuckerlösung. Red Dot Number Nine. Na, willst du?«

Superman lächelte. »Ich weiß nicht ...«

»Ach, komm schon – sei ein bißchen nett zu mir. Erzähl mir bloß nicht, daß du der einzige Rock-Star auf der Welt bist, der sich nicht gern chemisch regeneriert.«

»Du weißt, wer ich bin?«

»Jeder kennt Superman Willis. Du bist berühmt, mein Freund, sogar hier. Mach schon, nimm sie«, sagte er mit einem Nicken zu der Pille hin. »Die ist gut für dich.«

»Ich heb sie mir für später auf.« Superman steckte sie in die Tasche seines T-Shirts. »Ich wollte mir eine Cola mit Rum holen. Kann ich dir was mitbringen?«

»Ich habe alles, was ich brauche«, sagte Rabbit. »Aber geh nur, wenn du's nicht lassen kannst. Wenn du bereit bist, geh einfach durch die Tür. Ich empfange dich dann auf der anderen Seite.«

Superman lächelte und drückte sich an ihm vorbei. Das letzte Mal, als ihm jemand etwas gegeben und »Komm schon, nimm's« gesagt hatte, hatte es damit geendet, daß er neunzehn Stunden im Bett lag und sich an der Wand festhielt, weil die Wand das einzige war, von dem er wußte, daß es real war.

An der Bar gaben sechs einheimische Männer Getränke aus, rannten um die Wette zu den Kühlern, riefen der schnurrbärtigen, untersetzten Frau an der Kasse Bestellungen zu. Superman drängte sich an einem großen Kerl mit einem langärmeligen Tropenhemd vorbei, und die Barkeeper flitzten vorüber. Er trommelte mit den Fingern auf den klebrigen Tresen und inspizierte die Bildergalerie hinter der Kasse: gerahmte Porträts von Albert Einstein, Mao Tse-tung und einem alten, steifen *hombre*, bei dem es sich wahrscheinlich um den Großvater des Besitzers handelte. In die Decke war eine realistische Attrappe von einem Flugzeug in Originalgröße eingebaut; es war rosa angemalt, und aus dem Cockpit baumelten Plastik-Orangen und -Ananas. Vom Propeller hingen handgeschriebene Schilder herab, darunter auch eines in englischer Sprache: IN EIN PAAR STUNDEN SIND WIR FÜR SIE DA.

Superman war schon beschwipst und überlegte, wie er es anstellen konnte, sich vollends zu betrinken. Es war phantastisch, wieder auf den eigenen Beinen durch die Welt gehen zu können. Er blickte zur Seite, um festzustellen, was sein Nebenmann trank, und da sah er die Hand.

Eigentlich keine Hand. Eine Klaue. Verdorrte, fingerförmige Stöckchen umklammerten eine Bierflasche.

Der Mann wandte sich ihm zu.

Superman zuckte unwillkürlich zurück.

Er hatte schon öfter Verbrannte gesehen, aber noch nie einen, den es so schwer erwischt hatte. Nicht festzustellen, wie alt der Mann war oder wie er ausgesehen hatte, bevor er sich das Gesicht verbrannt hatte. Was für eine Feuersbrunst es auch gewesen sein mochte, in die er geraten war, er hatte sich jedenfalls nicht rechtzeitig in Sicherheit bringen können. Er war ein

Monster mit einer rotweißen Strickmütze auf dem Kopf. Seine Augen waren rosa und wimpernlos und hatten Größe und Form von Mandeln. Seine Nase war ein kleiner Höcker mit zwei Löchern darin. Lippen hatte er keine.

»Noch mal dasselbe!« rief er mit kräftiger, jugendlicher Stimme und knallte die Flasche auf die Theke. Er merkte, daß Superman ihn anstarrte. »Ich wette, Sie haben noch nie was so Entsetzliches gesehen wie mich.«

Mein Gott, das Monstrum konnte sprechen! Und sogar englisch! »Doch«, sagte er, »schon oft.«

»Wo? Sagen Sie mir, wo. ›The Blob‹ zählt nicht, das ist ein Film.«

Superman stotterte irgend etwas.

Die Mundwinkel bogen sich nach oben: ein Lächeln. »Schon gut, ich beiße nicht.«

Superman hielt ihm die Hand hin. »Hi, ich bin Ben.«

Die hautlose Hand schloß sich um seine. Es war Kraft in dem Händedruck. »Spike. Sie sind neu hier, stimmt's? Warten Sie, sind Sie – Ben? Der Bruchpilot?«

»Der bin ich. Anscheinend bin ich berühmt hier.«

»Nicht nur hier, Mann – Sie sind Superman Willis!«

Ben nickte.

»Absolut total oberaffengeil!« Spike ließ eine Reihe makelloser weißer Zähne sehen. »Ich bin ein Riesenfan von Ihnen, Mann, ich hab drei von Ihren Platten! Ich hab die über Sie reden hören, und ich hab gesagt ›He Leute, wißt ihr nicht, wer das ist? Das kann nur Superman *Willis* sein!‹«

»Freut mich, Sie kennenzulernen, Spike.«

»Mann, bin ich froh, daß ich Sie angesprochen habe«, sagte Spike. »Sie sehen ganz anders aus als auf Ihren Plattencovern. Vielleicht liegt das am Bart.«

Superman fuhr sich über seine Stoppeln. Sie mußten sich zu einem Bart ausgewachsen haben, während er nicht hingesehen hatte. »Ich nehm's als Kompliment.«

»Na klar, Mann, Sie sind der Größte. ›Superman's Revenge‹ ist einer der ganz großen Songs. Wann werden Sie uns was vorspielen?«

»Ich lade Sie zu einem Bier ein«, sagte Superman, »wenn Sie sich bei denen bemerkbar machen können.«

Spike hob einen Finger. Drei Barkeeper eilten herbei. »Ich mag kein Bier mehr«, sagte er. »Ich bestelle uns Cucarachas. Damit ein bißchen Stimmung in den Laden kommt.«

Die einzige Cucaracha, die Superman kannte, war die Kakerlake in dem alten Schlager, aber ihm war alles recht, was ihm über diesen peinlichen Moment hinweghelfen konnte. Das Gesicht des Mannes erschütterte ihn wirklich, und dabei war er so fröhlich, so liebenswürdig. Was Superman nicht geschafft hätte, wenn das *sein* Gesicht gewesen wäre.

Spike gab in fließendem Spanisch seine Bestellung auf. Superman verlangte noch ein Bier für Frank.

»Cucaracha«, sagte der Barkeeper und ließ seine Augenbrauen hüpfen wie Groucho Marx.

Spike wackelte mit den Stellen, wo seine Augenbrauen gewesen waren. »Cucaracha, *pura vida!*«

Eine Cucaracha, so stellte sich heraus, war eine schwärzliche Flüssigkeit, die wie Motorenöl aussah. Superman roch daran. »Was ist das?«

»Tequila, Wodka, Café Rica und ein Spritzer Benzin, glaube ich. Das Lieblingsgetränk aller Verbrannten auf der ganzen Welt.«

Der Barkeeper riß zwei Zündhölzer an und hielt die Flammen unter die bauchigen Gläser, die er gleichzeitig mit den Fingern drehte, um die Flüssigkeit zu erwärmen.

»Aufgepaßt«, sagte Spike, »Sie müssen es alles aufsaugen, bevor Ihr Strohhalm Feuer fängt.«

Der Mann gab jedem von ihnen einen Trinkhalm aus Papier und hielt über jedes der Gläser ein Zündholz. Eine wundersame, tiefblaue Flamme zuckte hoch und züngelte magisch über die Oberfläche des Getränks.

Spike rief »Los!«, steckte seinen Halm in die Flamme, beugte sich über das Glas und sog die brennende Flüssigkeit ein. Feuer glänzte in seinen Augen.

Superman tat es ihm gleich. Ein Hitzestoß fuhr ihm in den Hals – die Flamme schoß an dem Halm hoch und umflackerte seinen Mund. Er sog die letzten Reste vom Boden des Glases auf. Die Flamme tanzte eine letzte Runde und erstarb. Das Teufelszeug machte puff! in seinem Kopf.

»Wow!« Spike schlug mit der flachen Hand auf den Tresen.

Der Barkeeper sagte etwas.

Spike übersetzte: »Er will zweifünfzig.«

»Oh. Natürlich. Setzen Sie es auf Franks Culo.«

Der Barkeeper grinste.

»Sie haben ihm gesagt, er soll es auf Franks Arsch setzen«, sagte Spike. »Ich nehme an, Sie haben ›Rechnung‹ gemeint. *La cuenta de Frank.*«

Der Barkeeper nickte und verschwand.

»Unglaublich«, sagte Spike.

»Was, mein Spanisch?« Das Feuer in seinem Mund raubte Superman den Atem. Er schüttete kaltes Bier hinterher, um den Brand zu löschen.

»Nein, Mann – daß ich hier mit dem gottverdammten Superman sitze und einen trinke! Was machen Sie hier?«

»So eine Art Urlaub wider Willen.« Er stützte sich mit der Hüfte an der Bar ab. »Ich wollte, Sie könnten mir sagen, wo wir hier sind, Spike. Ich hab nicht die geringste Ahnung.«

»Nö, das ist streng verboten. Wir müssen dafür sorgen, daß Sie sauber bleiben, damit Sie abhauen können, falls Sie das wollen.«

Superman zuckte die Achseln. »Die Alte hat euch wohl alle an der Kandare.«

»Sie können von Glück sagen. Emily will Ihnen helfen, von hier zu verschwinden. Ich kenne Leute, die würden alles dafür geben, wenn sie hier weg könnten.«

»Was soll das heißen? Alle sagen mir, das hier ist das Paradies.«

»Alles ist wunderbar, bis der Tag kommt, an dem man nur an eins denken kann – weg«, sagte Spike. »Fragen Sie nicht zuviel. Vielleicht läßt er Sie ja sogar.« Er sah ihn mit glänzenden Augen an, ohne zu blinzeln.

»Wer ist ›er‹?«

»Niemand kriegt ihn zu sehen. Niemand weiß, wer er ist. Die Unsichtbarkeit verleiht ihm Macht.«

»Und er läßt mich hier nicht weg?«

»Hier hat man lebenslänglich. Das wußten wir vorher.«

»Aber wie stellt er das an? Und warum darf man nicht fort, wenn man will?«

»Er übt auf geheimnisvolle Weise seinen Einfluß aus.« Spike senkte die Stimme. »Weiß Emily, daß Sie hier unten sind? Ich dachte, Sie sollten ihr großes Geheimnis bleiben. Sie hat überall herumerzählt, Sie seien gestorben.«

»Frank hat mich hergefahren.«

»Nehmen Sie sich in acht vor Frank. Das heißt, wenn ich's mir recht überlege, nehmen Sie sich vor allen in acht.«

»Wie alt sind Sie, Spike?«

»Ich bin frei, weiß und einundzwanzig. Als ich noch Haare auf dem Kopf hatte, waren sie rot.«

»Möchten Sie darüber reden?«

»Was, meine Haare? Da gibt's nichts zu erzählen. Sie sind verbrannt.«

»Schon, aber –«

»Meine Mutter hat versucht, mich zu grillen, während ich schlief. Sie hat meine Matratze mit Feuerzeugbenzin getränkt. Dann hat sie die Dose weggestellt und ein Streichholz angezündet. Es gab eine Explosion. Sie ist gestorben, ich bin am Leben geblieben.« Seine Mundwinkel gingen nach oben.

»Mein Gott. Warum hat sie das getan?«

»Sie hat es mir nicht gesagt.« Spikes Augen funkelten. »Meine Mutter war ziemlich verkorkst.«

»Wie alt waren Sie da?«

»Zwölf.«

Superman schüttelte den Kopf. »Und wie lange sind Sie schon hier?«

»Ich war zwei Jahre im Krankenhaus und vier Jahre in der Reha. Dann bekam ich die Einladung vom Magier ... Das müßte jetzt knapp drei Jahre her sein.«

»Vom Magier?«

»Eines Tages bekam ich einen Brief in die Reha-Klinik. ›Sie kennen mich nicht, aber ich kenne Sie.‹ Er hatte von mir in den Zeitungen gelesen. Bot mir einen kostenlosen Urlaub in einer warmen Gegend mit einem schönen Strand an.«

»Und Sie sind einfach losgefahren?«

»Hätten Sie das vielleicht nicht getan? Einfacher Flugschein, erster Klasse? Ich wäre überall hingegangen, wo mich niemand kennt. Alle meine früheren Bekannten – Mann, die haben sich vielleicht verändert, nachdem ich getoastet worden war. Sie konnten mich nicht mehr ansehen, ohne diese traurigen Kuhgesichter zu machen, genau wie Sie vorhin.«

»Tut mir leid …«

»Schon gut, ich bin ein bißchen zu direkt. Hier sind die Leute an mich gewöhnt. Sie sind selber alle so daneben, daß ich gar nicht auffalle. Ich bin keiner von den Berühmten, wissen Sie – ab und zu holt er sich irgendeinen komischen Vogel, damit's nicht langweilig wird. Frank hat Ihnen sicher schon von den anderen erzählt. Haben Sie schon die Prinzessin kennengelernt?« Er nickte zu dem Gringo-Tisch hinüber, zu der antiken Figurine in dem fließenden weißen Kleid. Sie hatte sich nicht gerührt, seit Superman sie entdeckt hatte. Sie saß da und sah mit schräggelegtem Kopf den Tanzenden zu, mit einem stillen Lächeln im Gesicht. »Prinzessin Annie«, sagte Spike. »Anastasia. Ihr alter Herr war der letzte König von Rußland. Schon was Besonderes, das müssen Sie zugeben.«

»Ach, kommen Sie, Spike. Das ist doch ausgeschlossen – alle möglichen Frauen haben sich schon als Anastasia ausgegeben. Die ganze Familie wurde in einem Keller erschossen, ich hab mal ein Buch darüber gelesen. Und die Leichen haben sie in einen Brunnen geworfen.«

»Fragen Sie sie, sie wird es Ihnen sagen. Sie ist mit knapper Not entkommen. Zigeuner haben sie versteckt und hochgepäppelt. Sie war ihr Leben lang auf der Flucht. Der Typ neben ihr ist Danny Cooper. Der mit der Sonnenbrille. Schon mal von D. B. Cooper gehört?«

»Kommt mir irgendwie bekannt vor …«

»Hat einen Jet entführt und eine Viertelmillion Lösegeld kassiert, ist mit dem Fallschirm abgesprungen.«

»Ja, jetzt weiß ich's wieder. Er ist ungeschoren davongekommen, nicht wahr?«

»Nicht ganz. Die Scheine waren markiert, und bei dem Absprung hat er sich das Rückgrat gebrochen. Er und die Prinzessin spielen Backgammon, und sie gewinnt zwei von drei Spielen. Der Typ mit der Brille ist Mike Rockefeller. Er ist auf Dschungel-Halluzinogene ausgeflippt und hat sein Vermögen sausenlassen. Können Sie sich das vorstellen?«

Eine Cucaracha wurde vorbeigetragen, während Spike ihm noch andere Berühmtheiten zeigte – den ehemaligen König von Siam, einen abgesetzten Präsidenten von Uruguay, die ältliche Geliebte von Nikita Chruschtschow und die zwei Männer, die Superman bekannt vorgekommen waren – die Sherman Brothers, amerikanische Komiker der sechziger Jahre, deren Karriere beendet war, als einer von ihnen in einer Live-Sendung im Fernsehen eine unverzeihliche Obszönität äußerte.

»Haben Sie Hunger?« fragte Spike. »Sie müssen unbedingt den Typ kennenlernen, der die Hähnchen grillt.«

Der duftende blaue Rauchvorhang vor dem Grill teilte sich, und man sah einen untersetzten, kugelbäuchigen Mann, der mit langen Zangen hantierte. Flammen züngelten zwischen den brutzelnden Hähnchen hoch. Schwitzend drehte er das Geflügel um und goß aus einem Topf Flüssigkeit darüber, wenn das Feuer zu hoch aufloderte. Er hatte eine rote, mit Äderchen durchzogene Nase und ein Gesicht, das schon manchen Schlag abbekommen hatte. »He he, Spike!« rief er. »Wo hast du denn gesteckt? Ich hab drei Flaschen herrlichen Wein aus Santiago gehabt, Mann, und wir haben sie alle ohne dich ausgetrunken.«

»Hallo, Jimmy, wie sind die Hähnchen heute abend?«

»Wenn du's noch frischer willst, mußt du dir selber eins rupfen.« Ein Nicken zu Superman hin. »Na wie geht's, Kumpel?«

»Gut«, sagte er. »Die Hähnchen riechen spitze.«

»Stell dich hier herüber, Spike, damit ich dich fertig grillen kann«, sagte Jimmy. »Auf deiner anderen Seite bist du noch nicht ganz durch.«

»Ja ja, ha ha – Jimmy, das ist Superman Willis. Er ist zu Hause ein großer Star. Ich hab drei von seinen Platten.«

»Ach ja? Ein Sänger?« Eine dunkle Hand mit hervortretenden Knöcheln kam über die Theke. Superman schüttelte sie. »Freut mich, Sie kennenzulernen. Was sind Sie, Superman, ja, mal was Neues. Hören Sie zu, ich hab eine Idee, man könnte einen kleinen Club aufmachen, wissen Sie, mit einem angenehmen Ambiente. Live-Musik. So was in der Art, verstehen Sie? Bißchen Musik, paar Mädchen, bißchen Wein – nicht zuviel Klasse, aber Klasse. Haben Sie schon mal in so einem Laden gesungen?«

»Hört sich gut an«, sagte Superman. »Sagen Sie mir Bescheid.«

»Er sagt, er ist bloß auf der Durchreise, Jimmy. Er hat eben deine Hähnchen noch nicht probiert.«

»Was darf's denn sein, ein halbes, oder will jeder einen ganzen Vogel?«

»Für mich ein halbes«, sagte Spike.

»Hm, ich hab schon gegessen.« Kaum hatte er es gesagt, wußte Superman, daß er ins Fettnäpfchen getreten war.

»Sie sollten es wenigstens probieren«, sagte Spike.

»Wenn er kein Huhn mag«, sagte Jimmy und runzelte die Stirn, »dann zwing es ihm nicht auf.«

»Ein halbes«, sagt Superman. »Riecht wirklich gut.«

Jimmy sah ihn schräg an und halbierte ein ganzes Hähnchen mit einem Schlag seines Hackmessers.

Superman jonglierte seinen Teller und zwei Bier zu einem Tisch. »Ich weiß, ich hab ihn schon mal wo gesehen.«

»Jimmy Hoffa. Die Transportarbeiter-Gewerkschaft, Sie erinnern sich?«

»Der ist das – verdammt noch mal, Spike! Jimmy Hoffa grillt Hühner in Mittelamerika?«

»Er sagt, er findet das besser als seinen alten Job«, sagte Spike. »Seine Hähnchen sind phantastisch.«

Superman aß einen Bissen. Ingwer, Sojasoße, Zitrone, seltene chinesische Gewürze – köstlich.

Auf der Tanzfläche tanzten quirlige Mädchen in Röcken mit jungen Männern in weißen Hemden. Die Discokugeln sprenkelten ihr Haar mit Lichtpunkten.

Anastasia. D. B. Cooper. Michael Rockefeller. Stu und Lou Sherman. Amelia Earhart. Frank Napier. Marilyn Monroe. Der König von Siam. Der vielseitig begabte Jimmy Hoffa am Grill.

Berühmte Verschwundene und ein Sortiment alter Käuze. Irgend jemand hatte hier eine erstaunliche Sammlung aufgebaut. Irgend jemand – wie hatte Spike ihn genannt? Der Magier.

Es war alles zu merkwürdig, und Superman war noch nicht betrunken genug, um sich einen Reim darauf machen zu können.

Er holte noch etwas zu trinken. An der Bar schlürfte er noch eine Cucaracha, um die Dinge in Fluß zu halten. Auf dem Rückweg sah er Frank, der sich mit einem muskulösen jungen Indio unterhielt – schlanker, flacher Körper, Raubvogelgesicht, wie ein aztekischer Krieger. Der Junge gab sich nonchalant, war aber sichtlich fasziniert von Franks weißblondem Haar.

»He, Frank, hier ist Ihr Bier. Ich bin aufgehalten worden.«

»Schon gut.« Er gab das Bier seinem jungen Freund, der in einem Zug das halbe Glas hinunterstürzte. »Eine durstige Seele«, murmelte Frank. »Mr. Willis, sind Sie dabei, neue Freunde zu gewinnen?«

»Ich habe Spike kennengelernt«, berichtete er. »Und Jimmy Hoffa.«

»Haben Sie seine Hähnchen probiert?«

»Ja, super.«

Frank strahlte. »Ich hab ja gewußt, daß es Ihnen hier gefallen wird.« Der junge Indio befingerte den Rüschenbesatz des rosa Bademantels.

Da dudl-di BUMM – da BUMM – da BUMM

Da dudl-di BUMM – da BUMM – da BUMM

Es war noch dieselbe Nummer, die sie schon bei ihrer Ankunft gespielt hatten – oder hatten sie was anderes aufgelegt? Klang jedenfalls genauso. Superman staunte über die unerschöpfliche Energie der Tänzer. Es war so heiß, daß man meinte, die Kleider müßten ihnen vom Körper schmelzen. Vielleicht lag es daran, daß er so viel getrunken hatte, aber plötzlich verspürte er den übermächtigen Drang, diesem schwülen Tumult zu entrinnen und ein bißchen frische Luft zu schnappen.

»Viel Spaß noch, Frank.« Er nahm sein Bier, stützte sich auf seinen Stock und schlängelte sich auf wackligen Beinen durch eine Gruppe junger Männer, die mit verschränkten Armen dastanden und so taten, als beobachteten sie die Mädchen nicht. Er ließ die Lichter, die Musik und die Hitze hinter sich und ging zum Strand.

Eine samtige Brise wehte vom Wasser her landeinwärts. Der Sand war kühl unter den Füßen. Superman ließ sich unter einer Kokospalme nieder und streckte die Beine aus, erholte sich von der Anstrengung des aufrechten Ganges. O ja. Das tat gut.

Aus der Ferne wirkte die Discoteca Amor Y Mar Y Sol Y Blues wie ein kleines Dorf, dessen Einwohner ein rauschendes Fest feierten.

Superman wußte, daß es allmählich Zeit wurde, nach Hause zu fahren. Gerade jetzt, in diesem Moment, nach den Monaten als berühmter Toter, würde sein Wiederauftauchen seiner Karriere mit Sicherheit einen gewaltigen neuen Schub verleihen, aber der bloße Gedanke an das Wort *Karriere* hinterließ einen schalen Geschmack. Irgendwie war das nicht mehr wichtig, an diesem Strand, an diesem Ende der Welt. Unbegreiflich, daß er soviel darangesetzt hatte, berühmt zu werden. Er hätte all diese Zeit und Energie besser auf etwas Nützliches verwendet, beispielsweise darauf, seinen Sohn großzuziehen.

Sein Leben war eine rastlose Reise gewesen. Nie war er länger an einem Ort geblieben. Wie er da so im Sand saß, das Schwappen der Wellen hörte und den nie endenden Salsa-Rhythmus, während die Discokugel glitzernde Lichtpunkte auf die Schaumkronen setzte, überkam Superman die höchst seltsame Empfindung, daß er nicht mehr nach Hause fahren mußte. Er war schon da. Er war schon zu Hause.

Möglicherweise war er betrunken. (Möglicherweise!) Morgen beim Aufwachen würde vielleicht alles ganz anders aussehen. Aber für diese eine Nacht jedenfalls war er ein berühmter Verschollener, und das hier kam ihm vor wie der Ort, wo er hingehörte. Er hatte keine Termine, keine Verpflichtungen, keine Vergangenheit. Diese Menschen waren ihrer Berühmtheit entkommen. Sie lebten fernab der Lichter und der Kameras und des Zwanges, für die Öffentlichkeit eine Rolle zu spielen. Sie lebten eine Art neues Leben – oder vielleicht war es auch ein altes Leben, das sie hier gefunden hatten, eine Zeit, in der Musik und Donner die lautesten Geräusche auf der Welt waren.

Den ersten Abend in der Stadt, und schon wurde er sentimental.

Er hätte gern Alexa und Ben Junior nachgeholt. Seinen Sohn an diesem Strand großgezogen. Dem Jungen würde der Strand gefallen. Er wußte nicht viel von seinem Sohn, aber welcher Junge würde so einen Strand nicht toll finden? Er war vollkommen. Jede Welle machte einfach einer anderen Welle Platz. Der Mond ging am Ende einer glitzernden Straße unter.

Er rappelte sich auf und klopfte sich den Sand von den Shorts, und da fiel ihm die Pille in seiner Tasche wieder ein.

Er drehte sie in der Hand.

Er war betrunken, aber irgendwie war ihm das nicht genug, jetzt wollte er high sein, so war es nun einmal. Er war zu lange eingesperrt gewesen. Er wollte so frei sein, wie ein Mensch nur frei sein kann.

Er legte sich die Pille auf die Zunge und spülte sie mit dem letzten Schluck Bier hinunter. Mach mich frei, Babe, bitte.

»*Jetzt* hast du's getan!« Rabbit kam aus dem Gebüsch.

Superman fuhr zusammen. »Mein Gott!«

»*Jetzt* hast du die Tür aufgemacht und bist durchgegangen! Lasset die Engel singen und die Trompeten erschallen! Halleluja, Superman, du hast die erste Prüfung bestanden!«

»Wo hattest du diese Pille her?«

»Ich hab sie selbst gemacht. Keine Bange, ich bin gelernter Pharmazeut.«

»Werde ich es bereuen müssen?«

Rabbit sah auf die Uhr. »In etwa dreißig Sekunden wirst du der glücklichste Mann der Welt sein.«

»Warum, was bewirkt die Pille?«

Rabbit zeigte seine regelmäßigen weißen Zähne. »Es ist vor allem eine Stimmungssache. Mit interessanten Größenveränderungen. Aber du bleibst die ganze Zeit voll funktionstüchtig.«

»O mein Gott«, sagte Superman, »was habe ich getan!«

»Vorsicht, mein Sohn, sie *verstärkt* eine vorhandene Stimmung. Du solltest dich deshalb schleunigst in eine gute Stimmung versetzen und auch dabei bleiben.«

Superman sagte: »Ich geb mir Mühe.«

Plötzlich riß ihm jemand das Gehirn aus dem Schädel, tauchte es in eine eiskalte Lösung, drückte es aus wie einen Schwamm und setzte es ihm wieder ein.

Augenblicklich wurde alles schön und klar. Die Musik klang lieblich und glockenhell. Superman blähte sich auf wie ein Thanksgiving-Ballon bei Macy's, bis er riesig war und turmhoch über die winzigen Menschlein an der Bar aufragte, leichter als Luft, unvorstellbar glücklich.

Er schaute an sich herab.

Rabbit war ein klitzekleines Wesen, das ihm gerade bis an den Fußknöchel reichte.

»Zweiundzwanzig Sekunden«, piepste Rabbit. »Neuer Weltrekord. Hat man jemals deine Magensäure untersucht?«

Superman lächelte. »Mann, bist du klein!«

Spike ließ sich von seinem anderen Knöchel her vernehmen: »Was ist los mit ihm? Was hast du mit ihm gemacht, Rabbit?«

»Er hat es selbst getan.«

Spike sagte: »Da kommt Daisy. Nehmen Sie Haltung an.« Ein einziger Stoß mit dem Ellbogen ließ Superman auf seine normale Größe schrumpfen.

Sie trug ein weißes Kleid mit einer um die Taille geschlungenen goldenen Kordel. Das Kleid war vorne tief ausgeschnitten, und da waren sie, die vollkommensten aller greifbaren Brüste im Menschenreich, drückten sich gegen den durchscheinenden Stoff wie zwei fabelhafte Flugzeuge beim Start. Ein leuchtendrotes Kopftuch bedeckte ihr Haar. Sie trug dieselbe übergroße Jacky-Kennedy-Sonnenbrille wie damals am Strand, nur daß es jetzt Nacht war und sie durch eine sich öffnende Gasse zwischen den Tanzenden hindurch zur Bar schritt, wo Superman stand.

»Hallo, Rabbit.« Diese Flüsterstimme!

»Oh, meine schöne Daisy. Bitte leg dieses Kleid ab, es stört nur.«

»Träum weiter«, sagte sie leichthin. »Hi, Sie müssen Ben sein. Wir haben uns noch gar nicht richtig kennengelernt.«

Sie reichte ihm die Hand. Superman nahm sie und wollte etwas sagen. Er brachte keinen Ton heraus. Er wollte ihr dafür danken, daß sie ihm das Leben gerettet hatte. Er wollte ihr sagen, daß er sie bis in alle Ewigkeit liebte, so dankbar war er, am Leben zu sein und hier zu stehen und ihre Hand in der seinen zu halten. Er öffnete und schloß mehrmals den Mund.

Daisy schien diese Reaktion gewöhnt zu sein. Sie drückte seine Hand. »Schön, daß Sie nicht tot sind«, hauchte sie. »Kommen Sie doch bei Gelegenheit mal zu mir zum Lunch. Da können wir einander kennenlernen.«

Superman schluckte und nickte dann.

»Aber nehmen Sie sich erst diesen schrecklichen Bart ab.« Sie tätschelte ihm die Wange und entfernte sich, leichten Lavendelduft hinter sich herziehend.

Sie war real. Kein Traum. Die Lichter flackerten, als sie die Bar verließ.

Supermans Freude wurde übermächtig, ließ ihn wachsen, bis er mit dem Kopf an die Decke stieß.

Einander kennenlernen.

Ach, Liebste, ja. Ich möchte dich kennenlernen und kennenlernen, bis wir einander so gut kennen, daß wir nicht mehr laufen können.

Er schnupperte an seiner Hand: Lavendel.

Spike seufzte. »Mist, *mich* hat sie noch nie zum Lunch eingeladen.«

»Sie hat mir das Leben gerettet«, sagte Superman.

»Mir könnte sie es mit Sicherheit auch retten«, sagte Rabbit. »Wie fühlst du dich, mein Sohn?«

Die bloße Frage allein reichte aus, um Superman auf einen halben Meter schrumpfen zu lassen. Er reichte Rabbit nur noch bis ans Knie. Er schaute zu ihm auf. »Irgendwie klein.«

Rabbit richtete sein Grinsen auf zwei ungewöhnlich große, völlig gleich aussehende Mädchen, die vom Strand kamen und an ihnen vorbei zur Tanzfläche strebten. Superman rieb sich die Augen – ja, es waren zwei. Die eine trug einen roten Minirock und ein weißes Top, die andere ein rotes Top und einen weißen Rock. Sie glichen sich bis hin zu den Wellen in ihrem blonden Haar. Mit ihren Stupsnasen konnte man sie nicht direkt als klassische Schönheiten bezeichnen, aber zumindest aus diesem Blickwinkel sah es so aus, als könnte man sehr viel Spaß mit ihnen haben.

»Es sind zwei, seh ich das richtig?« fragte Superman.

»Die Zwillinge«, sagte Spike. »Sandy und Linda. Meine Zimmergenossinnen, und trotzdem kann ich sie immer noch nicht auseinanderhalten.«

»Wozu auch?« sagte Rabbit. »Sie sind doch völlig gleich.«

»Wir nennen immer die linke von beiden Sandy«, sagte Spike. »Das ist am einfachsten.«

Superman spürte, wie er wieder zu wachsen begann. Er hatte schon so lange nicht mehr zwei Paar kecke junge Brüste nebeneinander gesehen, daß er jetzt fürchtete, der alte Jolly Roger würde sich jeden Moment erheben und zur Begrüßung winken. Er fühlte sich wie ein Fünfzehnjähriger. Er wünschte sich ein Schulbuch, das er vor sich hinhalten konnte. »Und, was gibt's zu erzählen, Spike? Sind sie berühmt?«

»Nur lokal«, sagte Spike.

»Sie arbeiten als Team?«

»Das würde ich für möglich halten.«

Superman warf ihm einen Blick zu. »Bekommen Sie viele Mädchen, Spike?«

»Sie würden sich wundern. Die denken alle, sie tun mir einen Riesengefallen, wissen Sie, die alte Geschichte mit dem Opfer aus Mitleid, aber in Wirklichkeit wollen sie bloß wissen, wie es ist, es mit einem Kerl zu machen, der so aussieht wie ich. Es ist ein Mythos, wissen Sie – die Schöne und das Tier. Ich lehne mich einfach zurück und ernte die Früchte.« Sandy und Linda traten unter die Discolampen, Rabbit folgte ihnen schwerfällig.

Spike schnippte mit den Fingern. Sekunden später wurde Tequila gebracht. Superman leckte sich das Salz von der Hand, biß in eine Zitronenscheibe und kippte das Zeug. Es explodierte in der Mitte seiner Brust wie eine hübsche weiche Artilleriegranate.

Der Salsa wurde von einem langsamen Tanz abgelöst, einer tremolierenden Ballade. Die Tanzenden bewegten sich kaum noch, welkten einer in des anderen Armen dahin. Superman entdeckte Frank; er lehnte an einer Abfalltonne, und der Aztekenjunge murmelte ihm etwas ins Ohr. Oder knabberte er an seinem Ohr? Schwer zu sagen. Es war ziemlich dunkel da hinten.

Pito stand da wie ein Buddha, die Hände über dem Bauch gefaltet, und sah zu, wie Catalina an einem Tisch mit lauter unscheinbaren, dicken Mädchen schwatzte. Einer der Sherman-Brüder beugte sich hinab, um Anastasia etwas zuzuflüstern. Der Präsident von Uruguay spielte Backgammon mit Michael Rockefeller.

Superman bemerkte einen großen schwarzen Land-Cruiser mit dunkel getönten Scheiben, der mit laufendem Motor gegenüber der Tanzfläche stand. Er zeigte hin. »He, Spike, wer ist das?«

»Nein, nicht.« Spike packte ihn am Arm und drehte ihn um. »Nicht zu ihnen hinsehen. Schauen Sie mich an.«

»Wer ist das, die Polizei?«

»Nein, nicht die Polizei. Drehen Sie sich zu mir her. Nicht zu glauben, daß Frank Sie hierhergebracht hat. Jetzt haben sie Sie gesehen.«

»Spike«, sagte Superman mit einer Arroganz, die daher kam, daß er über einen Meter größer war, »wenn es nicht die Polizei ist, wo liegt dann das Problem?«

Spike lachte, aber nicht so, als ob er das lustig fände. »Die hat Ihnen ja wirklich kaum was erzählt.«

In diesem Moment tauchte Rabbit auf. »Das ist doch völlig in Ordnung. Aber du machst den Eindruck, als möchtest du ihm am liebsten alles erzählen.«

»Er hat ein Recht darauf. Er ist keiner von uns. Es hat ihn hierher verschlagen.«

»Genau«, sagte Superman.

»Und jetzt kommt er hier nie mehr weg. Dafür hat Frank gesorgt.«

»Was soll das heißen, ich komme nie mehr hier weg? Wer will mich daran hindern?«

»Ich jedenfalls nicht«, sagte Spike. »Rabbit, was hast du ihm denn gegeben?«

»Red Dot Number Nine. Eine Dosis. Er ist okay.«

Superman wankte und mußte sich an einer Säule festhalten.

Alle vier Türen des Land-Cruisers flogen auf.

Plötzlich tauchten die blonden Zwillinge auf, nichts als Lächeln und Hallo und Stupsnasen und blitzende weiße Zähne. »Mädels, das ist Superman«, sagte Spike. »Er muß unbedingt jetzt gleich ein Stück am Strand entlanggehen.«

»Hallo, Superman«, sagte das Mädchen links von ihm. »Wir sind Sandy und Linda.«

»Kommen Sie mit«, sagte das Mädchen zu seiner Rechten.

Sie faßten ihn beide unter. Sie bugsierten ihn durch das Gewühl, weg von der Tanzfläche, zum Strand hinüber. Superman schrumpfte und schrumpfte, bis er kaum noch mit den beiden Schritt halten konnte.

»Warum nennt man Sie Superman?« wollte die mit dem roten Rock wissen.

»Sind Sie wirklich der Mann aus Stahl?« fragte die andere.

Sie sahen einander an und platzten wie auf Kommando heraus.

»Ihr seid wirklich groß«, sagte er.

Da mußten sie noch mehr lachen. »Warum sehen Sie uns so an?«

»Als ob er einen Marsmenschen gesehen hätte.«

»Was hat Rabbit Ihnen gegeben?«

Superman fragte: »Finden Sie mich klein?«

»Nein«, sagten sie unisono. Die in dem roten Rock bückte sich, um ihn am Ellbogen zu berühren.

Superman wuchs in drei Sekunden um einen Meter. »Hi. Ich bin Ben.«

»Wir sind Sandy und Linda«, sagte eine von ihnen.

»Machen Sie das immer – ich meine, welche ist welche? Wie halten die anderen Sie auseinander?«

»Gar nicht.«

»Das ist ja das Schöne daran.«

»Wir sind völlig gleich.«

»Auch wenn wir's Ihnen sagten, Sie würden uns trotzdem verwechseln.«

»Okay. Okay. Also, welche ist Sandy?«

»Ich«, sagte das Mädchen zu seiner Linken.

»Nein, ist sie nicht, sie ist Linda«, sagte die andere. In ihrem Gelächter klang ein leises Klimpern oder Klirren mit, wie von einer Äolsharfe.

»Eine von Ihnen soll sich bitte mal da drüben hinstellen«, sagte Superman.

»Uns kann niemand auseinanderhalten. Wozu soll das auch gut sein? Wir haben unseren Spaß.«

»Haben Sie nicht auch gern Spaß, Superman?«

Was sollte er sagen? »Doch, klar.«

»Und welche Art Spaß mögen Sie besonders?«

Er kickte mit der Fußspitze in den Sand. »Wie alt seid ihr eigentlich?«

»Wie alt hätten Sie uns denn gern?«

»Wollt ihr mich verführen?« sagte er.

Hände begannen, an seinem T-Shirt auf- und abzustreichen, vier Hände auf einmal. »Ist Ihnen das unangenehm, Superman?«

»Wollen Sie nicht verführt werden?«

»Ich weiß nicht«, sagte er, und dabei dachte er: *Was, hast du den Verstand verloren? Natürlich willst du! Zwillinge! Blonde Zwillinge am Strand!*

Ohne selbst einen Finger gerührt zu haben, fand sich Superman auf dem Weg ins Land der Träume. Er spürte die seinen Körper durchdringende Hitze, die drei Monate, die er in dem Betonblock verbracht hatte, und die wilde Mischung von Alkohol und Drogen in seinem Blut. Die Begegnung mit Daisy hatte die Art von Ganzkörper-Erektion bei ihm bewirkt, die manchmal erst nach Wochen wieder verschwand. Sein Gehirn war in den Teil seines Körpers gerutscht, der keine Vorstellung von Zukunft oder Vergangenheit hatte, der nur mit dem Hier und Jetzt befaßt war, und was diesen Teil anging, waren Sandy und Linda perfekt.

Fünf Schritte zum Schatten hin, und schon fielen sie über ihn her, kletterten an ihm hoch wie an einem Baum. Er ließ seinen Stock fallen. Die eine nahm seinen Kopf zwischen die Hände und küßte ihn, leidenschaftlich. Die andere umarmte ihn von hinten und fing an, ihm das Ohr zu lecken.

Er fummelte und drückte mit gleicher Leidenschaft – so hoffte er zumindest, aber das war unmöglich. Es waren zwei gegen einen, und diese Mädchen waren heiß. Er kannte die Symptome. Schnelles Atmen, Tasten und Klammern, das Weiße in den Augen. Sie brauchten es noch dringender als er, und er hatte durchaus die Absicht, es ihnen zu geben. Aber erst mußte er sie in die Horizontale kriegen. Es sah so aus, als wollten sie alles im Stehen machen, und schon jetzt drohte seine Hüfte einzuknicken.

Er riß seinen Mund los. »Wartet – wartet – hier, wir können doch – au – suchen wir uns doch …«

»Nein, mach es uns hier, jetzt, überwältige uns!« rief Sandy.

»Wirf uns hin und nimm uns!«

»Mich zuerst!«

»Du willst immer die erste sein!«

»Kaputtes Bein«, keuchte er. »Ich muß – hier, hier rüber.« Er packte sie an den Händen, zog sie über den Sand. Er fürchtete schon, womöglich die Stimmung verdorben zu haben, aber in dem Moment, in dem er aus dem Mondschein in den Schatten trat, hingen sie schon wieder an ihm, stöhnten, ließen ihre Finger über seine Brust, über seinen Hosenboden gleiten. Gleichzeitig fielen alle drei in den Sand.

Superman spürte, wie sein Körper schwand, bis er nur noch ein winziges, zwischen den beiden eingeklemmtes Ding war. Wenn eine von ihnen sich auf ihn wälzte, war es um ihn geschehen. Seine Stimme war nur noch ein schwaches Quieken: »Sandy?«

»Linda«, flüsterte sie. »Geht's dir gut?« Sie berührte ihn am Arm. Schon dieser sanfte Druck drohte ihn im Sand zu begraben.

»Nicht bewegen«, sagte er. Langsam wuchs er wieder, bis er etwa zwei Drittel seiner normalen Größe erreicht hatte. Der Tequila sang ein Lied in seinem Kopf, das ganz anders klang als das Rauschen der Brandung. Sandy küßte ihn aufs Ohr. Linda küßte ihn auf die Schulter.

Sie bewegten sich wie verschiedene Teile ein und desselben Mädchens. Sie kicherten und flüsterten miteinander, küßten einen Pfad quer über seine Brust zu seinen Brustwarzen. Während sie vorher wild und stürmisch gewesen waren, kitzelten und neckten sie ihn jetzt und knabberten an ihm. Er lehnte sich zurück und ließ sich küssen, wo immer es den beiden einfiel. Mit jeder Hand umschloß er eine linke Brust.

Finger tasteten nach dem Knopf seiner Shorts – konnten ihn nicht finden –, glitten weiter nach unten und packten sein hartes Geschlechtsteil.

Superman begann sich auszudehnen. In kurzer Zeit wurde sein ganzer Körper riesengroß. Die Wipfel der Kokospalmen kitzelten ihn an den Schultern. Die Wellen überspülten seine Zehenspitzen. Unter ihm im Schatten waren diese armen, normal großen Zwillingsschwestern, die noch nicht ahnten, daß sie von einem Riesen herangenommen werden sollten.

Er knöpfte seine Shorts auf, zog den Reißverschluß nach

unten. O Gott, das Ding war zu groß, es würde sie umbringen. Sie lächelten es an, sagten, du meine Güte, sieh dir das an. Sandy nahm es in die Hand und richtete es auf den Mond aus – und dann wuchs auch sie, war schon bald eine Riesin, die ihr Bein über ihn schwang, sich auf ihn senkte, ihn verschlang.

Und dann wurde Linda groß, und ihre Brustwarze schwamm in seinem Mund, und sie waren drei Riesen, die mit ihren Stößen den Strand erschauern ließen, mit einem Getöse, das die Brandung übertönte. Sie rissen Bäume um und zermalmten Häuser und Brücken, während sie sich so im Sand wälzten.

Die Mädchen zischten ja ja, und er grunzte o Linda, o Sandy und andere Sachen, die in dem Moment plausibel erschienen. Er wühlte sich in den Sand und schnellte wieder hoch. Linda begann zu zittern und zu wimmern und bewegte sich schneller, preßte die Knie zusammen, stieß genau in dem Moment nach unten, in dem Superman sich aufbäumte.

Er spürte einen Knacks.

Scheiße.

Zum Aufhören war es zu spät. Sie lösten ein Erdbeben aus, das den Strand schwanken ließ, Kokosnüsse von den Bäumen schüttelte, alle Hunde bellen und jeden Frosch im Dschungel senkrecht in die Luft springen ließ. Die Vibrationen pflanzten sich rund um die Erde fort und kamen als reflektierte Wellen zurück.

Linda legte sich auf ihn. »Ooooooh«, gurrte sie.

»Ich glaub – ich hab mir – das Becken gebrochen«, stöhnte er.

Sandy drückte mit den Knien seine Seiten zusammen.

»Nein! Nicht! Au! Aufhören!« Er stieß sie weg. Er wollte nicht grob sein, aber sie taten ihm weh. Die Mädchen fielen rücklings in den Sand.

»Mistkerl.« Sandy warf eine Handvoll Sand nach ihm.

»Nein, ich bin – versteht doch – mein Gott, ich meine es ernst.« Er spuckte Sand. »Ich glaube, ich hab mich verletzt.«

Sandy richtete sich auf Hände und Knie auf und tastete nach ihren Kleidern. »Komm, Linda, gehen wir.«

»Rein, raus, danke, aus«, sagte Linda.

»Nein, jetzt begreift doch! Ich war – au, Scheiße – drei Monate eingegipst. Ich glaube, ich – hab mir wieder was gebrochen.«

Linda sah auf ihn hinab. »Das ist nicht dein Ernst.«

»Hier, leg deine Hand hierher – fühlst du es? Fühlt sich das nicht gebrochen an?«

»Nein, ich fühle nichts – oh, Sandy, wir haben ihm wehgetan!«

»O Gott!«

»Holt Frank her«, stöhnte er. »Er soll mit dem Jeep kommen.«

Sandy stieß einen Verzweiflungsschrei aus und rannte los.

»O Gott«, jammerte Linda, »hast du Schmerzen?«

Er hatte ungefähr sechsundneunzig Drinks gehabt und eine Pille geschluckt, die auf höchst unberechenbare Art seine Dimensionen veränderte, aber ja, doch, unter all dem, während ihm ihre Brüste noch ins Gesicht hingen und sein erster Orgasmus seit Monaten noch immer Funken sprühte – unter all dem war eine scharfe, lebhafte Empfindung, die man eigentlich nur als Schmerz bezeichnen konnte.

»Ja«, sagte er, »könntest du bitte – warte, nicht anfassen!«

»Ich kenn mich in Erster Hilfe aus«, sagte sie, während sie sich ihren Minirock anzog.

Er versuchte, sich auf den Ellbogen aufzustützen. »Faß mich nur bitte nicht an, ja?«

Sie wich zurück. Er war so geistesgegenwärtig, nach seinen Shorts zu tasten, aber er war nicht mehr fähig, sich auf die Seite zu rollen, um die Füße durchzustecken.

Geschlagen ließ er sich zurücksinken. Diesmal war er selbst schuld. Das erste Mal ausgegangen, und schon war er wieder Invalide.

Er hörte das Zischen erst einen Moment bevor die Welle auf ihn herunterkrachte.

Er schlug mit den Armen, schluckte Salzwasser. Die Welle zog ihn den halben Strand hinunter. Irgendwie gelang es ihm, sich im Sand festzukrallen und den Kopf hochzuhalten, so daß er nicht hinausgeschwemmt wurde.

Die Welle zog sich zurück, er hustete und spuckte.

Eine zweite Welle türmte sich auf und zischte und brach sich über ihm, aber diesmal war er auf der Hut. Er bohrte die Hände tief in den Sand und hielt sich fest, bis das Wasser ablief.

Der Mond schien ihm ins Gesicht. Das Tosen der See wurde so laut, daß er glaubte, doch noch ertrinken zu müssen, aber es war das Geräusch des Jeeps. Rufe ertönten, Menschen rannten über den Sand.

Rabbit packte ihn an den Füßen, Spike an den Armen. Sie hoben ihn auf wie einen Sack Reis und schleppten ihn den Strand hinauf.

»Alles in Ordnung, Mann?« Spike leuchtete ihm mit der Taschenlampe in die Augen.

Leute strömten aus der Discoteca, wollten wissen, was passiert war. Als Superman Spike endlich überreden konnte, die Taschenlampe auszuknipsen, waren sie schon von einer Menschenmenge umringt. Wasser aus den Lungen hustend, lag er auf dem Sand, und sein Schniepel klappte im Wind. Er sah Sandy und Linda. Pito und Catalina und ihre Freunde. Rabbit. Jimmy Hoffa. Mehrere Barkeeper. Frank und den Aztekenjungen.

Frank hielt sich mit einer Hand den Bademantel zu. »Aber aber, Mr. Willis! Haben Sie Ihre Hosen verloren?«

»Das ist Superman Willis, Leute.« Spike leuchtete ihm ins Gesicht, damit alle es sehen konnten. »Daheim ist er ein großer Star.«

Und dann wurde es um ihn herum schwarz.

9
Das Vertrackte daran

Sonnenlicht strömte durch die geöffnete Bambuswand, der heiße helle Vormittag war schon zur Hälfte um. Supermans Zunge war ein trockenes Stück Toast, das auf dem schmutzigen Boden seines Mundes lag. Der Dschungel hallte wider vom Vogelgezwitscher. Er konnte das Viehzeug nicht ausstehen. Diese Scheiß-Vögel! Wenn er eine Flinte gehabt hätte, er hätte sie alle abgeknallt.

Gyp hob den Kopf und stupste ihn mit ihrer feuchten Nase.

Er rülpste eine Tequila-Wolke aus. Das Blut hämmerte in seinen Schläfen:

Da dudl-di BUM – da BUM – da BUM

Eine wilde Nacht. Keine Ahnung, wie er heimgekommen war. Das letzte, woran er sich erinnerte, war, daß Spike, der Verbrannte, ihm in die Augen geleuchtet hatte.

Davor war allerdings ein feuriges Getränk gewesen, dann ein Land-Cruiser mit dunkel getönten Scheiben, die Zwillinge, die fröhlich auf ihm geritten waren, juchzend wie die Cheerleader bei einem Nackt-Rodeo. Diese Erinnerung entlockte ihm ein schwaches Lächeln.

Gyp winselte. Superman drehte sich auf die Seite, um sie zu tätscheln. Ein Muskel in seinem verlängerten Rücken jaulte auf wie eine gerissene Gitarrensaite. Schweiß tropfte ihm von der Nase.

In der Nacht war er überzeugt gewesen, sich wieder etwas gebrochen zu haben, aber jetzt befühlte er sich und stellte fest, daß sein Becken offenbar noch heil war. Vielleicht hatte er sich einen Muskel gezerrt. Vielleicht hatte das (zusammen mit der

Sauferei, den Drogen und den Zwillingen) ausgereicht, ihn am Strand flachzulegen.

Trommeln dröhnten in der dumpfen Höhle seines Kopfes. Sein Körper war an allen möglichen Stellen mit Sand überkrustet, auch dort, wo man keinen Sand vermutet hätte.

Auf dem Tisch stand ein Tablett mit Orangensaft, Eiswasser und *aspirina*. Er schüttete sich fünf Tabletten in den Mund, spülte sie mit Saft hinunter und griff dann zu dem Wasser. Tat gut, wie es ihm so aus den Mundwinkeln rann. Er trank den halben Krug aus und schüttete sich den Rest über den Kopf.

Das half.

Mit viel langsamem Bücken und Greifen gelang es ihm, seine abgeschnittenen Jeans anzuziehen und den Reißverschluß zuzumachen. Auf der Kommode neben dem Waschbecken lagen ein Handspiegel, ein Rasierapparat und Rasierseife. Der erste Spiegel, den er seit seiner Bruchlandung sah. Er ging näher heran.

Er zuckte zusammen, zwang sich, noch einmal hinzusehen. Seine Nase war nach links gekrümmt, die Backenknochen sichtbar abgeplattet – aber er war noch zu erkennen, unter dem Bart. Wie hatte Alexas Mutter ihn eingestuft? Einer von der unscheinbaren Sorte.

Er seifte sich das Gesicht ein und fing an, sich zu schaben. Dunkle Borsten schwammen in unansehnlichen Klumpen im Waschbecken.

Die Vögel zwitscherten und sangen.

»Maul halten!«

Gyp blickte auf und peitschte mit dem Schwanz den Fußboden.

»Du doch nicht.« Er schlurfte auf die Veranda hinaus, blinzelte in das grelle Licht. Bei jedem Schritt ließ der Muskel an seiner Rückseite schön grüßen.

Er mußte seinen Kater in der heißen Quelle ersäufen.

Gyp ging auf dem Weg voraus, schwanzwedelnd und lächelnd. Es war traurig, sich so mies zu fühlen, wenn die ganze Welt zwitscherte und pfiff und einen schwanzwedelnd begrüßte. Niemand hatte ihn gezwungen, die vielen Drinks in sich hineinzuschütten, und auch die Alice-im-Wunderland-Pille hatte er aus freien Stücken genommen. Niemand hatte ihn gezwungen, den Mondschein-Spaziergang mit den Zwillingen zu unternehmen, der ihm fast zum Verhängnis geworden wäre. Das alles hatte er freiwillig getan. Er hatte es gern getan. Wahrscheinlich hätte er es wieder getan, wenn sich die Gelegenheit dazu geboten hätte – allerdings vielleicht nicht alles auf einmal…

Von der anderen Seite der rosa Mauer kam ein Klackern wie von einer Achterbahn, dann ein Donnerknall, der die Vögel aus den Bäumen aufflattern ließ. Gyp hörte auf, die Büsche zu beschnüffeln, und trottete auf das Tor zu.

Am Ende des überwachsenen Weges stand die schwarze Tür offen. Sonnenlicht fiel hinein. Das Klackern war das Geräusch des stählernen Rolltors gewesen. Die Electra war weg.

Er stieß seinen Stock in der Mitte der Höhle auf den Fußboden. Das einzige, was noch auf das Flugzeug hinwies, war ein Fettfleck mit den Umrissen Floridas.

Gyp rannte auf die Lichtung hinaus, Superman folgte ihr.

Der alte Indio saß auf der Motorhaube des Jeeps und schaute zum Himmel hinauf. Er nahm keine Notiz von Gyps Jaulen. Auf der einen Seite stand ein Rollstuhl.

Superman schaute hoch.

Die Electra schwebte in der Luft. Zehn Meter über der Lichtung flog sie, ohne vorwärts zu kommen.

Verblüfft ging er einen Schritt zurück. Das mußte eine optische Täuschung sein. Er rieb sich die Augen, blinzelte, sah noch mal hin.

Das Flugzeug machte überhaupt kein Geräusch, das war der Grund, warum es so traumhaft wirkte, wie eine Halluzination, die nichts mit der Wirklichkeit zu tun hatte – aber das Flugzeug war wirklich da. Der Rumpf blitzte in der Sonne. Der Steuerbordflügel senkte sich, während die Maschine eine steile Kurve flog, und silberweißes Haar glänzte. Die Tragfläche hob sich wieder, kehrte in die Waagrechte zurück.

Gyp legte sich dem Indio zu Füßen, der ausdruckslos nach oben schaute. Superman ging in den Schatten zurück und hielt die Luft an, aus Angst, das leiseste Geräusch könnte das Karma oder Woodoo oder den hypnotischen Zauber stören, der ein tonnenschweres Flugzeug unbeweglich in der Luft hielt.

Er versuchte, das, was er mit eigenen Augen sah, in Einklang zu bringen mit der Tatsache, daß er eben dies unmöglich sehen konnte.

Das Flugzeug warf einen Schatten auf das Gras. Es stieg höher und stieß elegant wieder herab, lautlos, ohne voranzukommen.

Pito schien es mit seinem Blick in der Luft zu halten. Aber das war unmöglich. Der alte Mann verstand sich auf allerlei Hokuspokus, hatte clevere Tricks drauf mit weinenden Vögeln und extra schweren Hämmern, aber es konnte doch um Himmels willen niemand mit seinen *Augen* ein Flugzeug in die Luft heben.

Die Nase neigte sich nach unten. Die Klappen glitten zurück. Das Fahrwerk wurde ausgefahren und arretiert. Nur das ferne Tosen der Brandung war noch zu hören. Sachte, fast unmerklich, senkte sich das Flugzeug der Lichtung entgegen.

Gyp sprang auf und rannte im Kreis herum, wobei sie mit dem ganzen Hinterteil wedelte.

Die Electra drehte sich, während sie herabsank, so daß die Nase sich vom Hangar entfernte. Die Räder berührten den Boden.

Pito schob das Flugzeug und den Rollstuhl in den Hangar, als seien beide gleich schwer. Er wollte gerade die Luke öffnen, als er Superman sah. *»Buenos dias.«*

Superman nickte: Guten Morgen.

Pito kletterte in das Flugzeug. Gyp sprang ihm nach, wurde aber wieder weggescheucht. Aus der Luke drangen Stimmen.

Im nächsten Moment erschien der alte Mann mit Amelia auf den Armen. Er setzte sie in den Rollstuhl und machte sich daran, das Tor zu schließen.

»Ben, ich hatte gedacht, Sie würden erst Stunden später wieder auf den Beinen sein. Ich habe Sie und Frank heimkommen gehört, als ich meinen Morgenkaffee trank.«

Er zuckte die Achseln. »Eine kleine Sause.«

»Mich schaudert's. Haben Sie gefrühstückt?«

»Nein, ich – ich war zu sehr damit beschäftigt, Ihnen beim Fliegen zuzusehen.«

Sie fuhr mit dem Rollstuhl in den hinteren Teil des Hangars. »Ich hoffe, Sie nehmen es mir nicht übel, daß ich mir Ihren Kompaß ausgeborgt habe – er ist einfach genial. Ebenso der künstliche Horizont. Sollte die Welt jemals eine neue Religion brauchen, könnten wir wahrscheinlich die Elektroingenieure anbeten.«

Das Rolltor ging herunter, klackedi-klackedi-bumm!

Pito kippte den Rollstuhl, um ihn über die Stufe zu schieben. »Was haben Sie da oben gemacht?«

»Ich muß meine Flugstunden zusammenkriegen.«

Pito schob den Rollstuhl den hibiskusüberwachsenen Weg entlang.

Superman sagte: »Sie wissen schon, was ich meine.«

»Sie meinen, wie die Maschine ohne Motoren fliegen kann?« Sie blickte auf. »Sie müssen lernen, in Möglichkeiten zu denken, Ben. Sie sind total auf das fixiert, was Sie schon wissen.«

»Was ich weiß, ist, daß ich eben etwas Unmögliches gesehen habe.«

»Wie kann es unmöglich sein? Wenn Sie es doch gesehen haben, meine ich.«

Das war ein Argument. Er wußte keine Antwort.

Pito legte an dem Rollstuhl die Bremse ein und ging das Tor schließen.

»Ich kann nicht mehr richtig fliegen, mit den kaputten Beinen, die ich da habe – ich kann die Ruderpedale nicht mehr bedienen. Wir haben mit Handsteuerung experimentiert, aber Starts und Landungen sind zu kompliziert für zwei Hände.«

Das Große Haus schmiegte sich so in seinen Garten, daß man, auch wenn man dicht davorstand, nur Teile davon sah: eine Wand, ein Fenster, ein paar Terrakotta-Fliesen unter üppigen Palmen. Aus dem Schatten gelangte man in einen mit schwarzen Steinplatten gepflasterten Hof, in den ein ovaler, türkisfarbener Swimmingpool eingelassen war, der bis an die Abbruchkante des Felsens reichte.

Die Aussicht begann hier und reichte ins Unendliche: blauer Ozean, grüne Dschungelberge, weißer Strand. Auf dieser Terrasse zu stehen war wie fliegen, ohne den Boden zu verlassen. Der Ozean erstreckte sich bis zum Horizont, der vielleicht fünfzig, vielleicht aber auch fünfhundert Meilen entfernt war. Die weißen Wolken am Himmel zogen auf dem Meer Schatteninseln hinter sich her. Die gewaltigen Strömungen ließen die Brandungslinien unten am Strand winzig erscheinen.

Die Aussicht füllte Supermans Augen und ließ sein Herz höher schlagen, eine Aussicht, wie Gott sie gehabt haben mußte, als er die Welt entwarf: Hier wollen wir einen Berg hinstellen, dort sein genaues Gegenstück, dazwischen einen weißen Strand, und schließlich malen wir das Land in fünfundneunzig Grünschattierungen an und streuen ein paar riesige Felsen ins Meer.

Das Große Haus stand unterhalb des Gipfels des Nordberges. Hinter dem Strand, am Fuß des Südberges versteckt, glitzerte ein Blechdach unter Kokospalmen: die Discoteca.

Nach Osten zu trennte eine breite Meerenge die Insel von einem Festland, das mit nebelverhangenen grünen Bergen bedeckt war. An der schmalsten Stelle dieser Straße lag eine Art Dorf, eine Ansammlung von Hütten auf einer sandbedeckten Halbinsel, die wie ein Finger zur Insel her zeigte.

Amelia, hinter ihm: »Na, woran denken Sie?«

»Eine irre Aussicht.« Der Tisch war üppig gedeckt, mit Rühreiern und gebratenen Bananen, mit Papayas, Mangos und Ananas, einem Korb voller kleiner Hefebrötchen. Gyp setzte sich dicht neben ihn, um seinen Teller beobachten zu können. »Das ist alles für uns? Wo ist Frank?«

»Der erhebt sich nicht vor drei oder vier, je nachdem, in welche Art Katastrophe er in der Nacht verwickelt war.«

»Sie beide verstehen sich nicht.«

»Oh, ich liebe Frank, aber er liebt mich nicht.« Sie nippte an ihrem Kaffee. »Er gibt mir die Schuld an allem Pech, das er je gehabt hat.«

»Genau das gleiche sagt er von Ihnen.«

»Ach ja? Interessant. Wahrscheinlich kennen wir uns schon zu lange. Der Gesprächsstoff ist uns schon vor so ungefähr zwanzig Jahren ausgegangen. Hier, der Saft ist gut.«

»Wo hat Pito die Vogelrufe und die Tricks gelernt, die Flugzeug-Levitation und das alles?«

Amelia strich sich Butter auf ein Brötchen. »Sie sagen das, als handelte es sich um eine Zirkusnummer.«

»Wenn es das nicht ist, was dann?«

»Ich behaupte nicht, es zu wissen. Bei Pito ist es am stärksten. Aber es sind nicht die Menschen. Es ist der Ort. Er hat eine besondere Kraft. Jeder kann aus dem Brunnen trinken.«

»Also zapft Pito diese – diese Kraft oder was weiß ich an, um Sie in Ihrem Flugzeug herumzufliegen.«

»Ich fliege eigentlich nirgendwo hin«, sagte sie. »Ich will nur in Übung bleiben.«

»Wofür?«

»Ich brauche Ihre Hilfe, Ben. Helfen Sie mir nur bei dieser einen Sache. Wenn wir das hinter uns haben, schenke ich Ihnen das Flugzeug, und Sie können nach Hause fliegen. Wenn Sie das dann immer noch wollen.«

»Und wofür brauchen Sie mich?«

»Wenn ich noch jung und gesund wäre, würde ich Sie nicht brauchen.« Sie steckte eine Haarsträhne unter den Hut zurück. »Aber ich bin alt. Die Zeit läuft mir davon. Ich würde ja gern weiter auf einen richtigen Piloten warten, aber wie's aussieht, muß ich mit Ihnen vorliebnehmen.«

Er war gekränkt, das hatte sie beabsichtigt. »Was soll denn das nun wieder?«

»Ben, ich brauche einen Kopiloten.« Sie faltete ihre Serviette zusammen. »Seit Jahren höre ich mich um, warte, halte die Augen offen. Jedesmal, wenn ein Flugzeug in einer Entfernung von weniger als zweihundert Meilen vorbeiflog, hab ich es gespürt. Ich wußte, eines Tages würde jemand kommen – und dann stellte sich heraus, daß Sie es waren. Der Gitarrenspieler, der auf der Leeseite einer Welle landet. Aber so ist es nun mal, mein Pech, ich muß zusehen, wie ich damit klarkomme. Ich kann nicht mehr warten.«

»Wozu brauchen Sie einen Kopiloten? Wohin wollen Sie denn fliegen?«

Von einem Moment zum anderen fielen die Jahre von ihr ab. Sie schaute zu ihm auf, die Augen brennend vor Begeisterung. »Ich werde um die Welt fliegen.«

Die Verwandlung war unheimlich. Vor ihm saß die gutaussehende junge Fliegerin, die er von den Fotos kannte – diese unheimliche Ähnlichkeit mit Lindbergh! –, blitzende Augen, das Kinn stolz hochgereckt.

»Es ist Ihnen ernst«, sagte er.

»Da haben Sie verdammt recht.«

»Haben Sie das nicht schon probiert?«

»Ja, aber diesmal werde ich es zu Ende bringen. Ich war ein

paarmal nahe dran, aber irgend etwas hat mich immer aufgehalten, das Wetter, ein Motor, oder – etwas anderes. Ich hatte fast schon aufgegeben, als Sie daherkamen. Ich habe meine Pläne überprüft. Im April werde ich soweit sein. Und Sie werden mir helfen.« Sie griff nach seiner Hand. »Kommen Sie mit, Ben. Es wird das größte Abenteuer Ihres Lebens werden. Wenn wir es geschafft haben, können Sie in die Staaten zurückkehren und wieder berühmt sein, oder was immer Sie wollen. Bis April habe ich tausend Gallonen zusammen, damit kommen wir über den Südatlantik. Wir brauchen ziemlich genau vierzig Tage, um einmal um die Welt zu fliegen. Wir hüpfen zu den Azoren und überqueren mit den Frühlingspassaten Afrika. Sind Sie schon mal in Afrika geflogen?«

»Nein.«

»Phantastisch. Darf man sich nicht entgehen lassen. Man navigiert nach Elefantenfriedhöfen und Banyan-Bäumen.«

Superman mußte sich eingestehen, daß der Gedanke, mit Amelia Earhart um die Welt zu fliegen, einen interessanten Beigeschmack hatte: den Beigeschmack gigantischer Publicity. Ihre Ankunft würde die größte Sensation seit der Mondlandung sein. Er dachte an Barney, seinen PR-Mann bei A&M Records. Barney würde einen Ständer kriegen, vom Schlag getroffen werden und vor Glück sterben, alles zugleich.

»Warum bis April warten?« sagte er. »Warum nicht jetzt? Ich muß jetzt weg.«

»Wir haben nicht genug Kraftstoff.«

»Aber – Sie bräuchten doch gar nicht um die ganze Welt zu fliegen! Sie würden genauso viel Wirbel machen, wenn Sie nur von hier nach L. A. fliegen würden.«

»Warum tut man überhaupt etwas, Ben? Aus Spaß an der Freude! Wenn ich einfach aufkreuze und ›Hallo Amerika, da bin ich wieder‹ sage, meinen Sie, die würden mir dann glauben, daß ich es bin? Im Laufe der Jahre hat es eine ganze Reihe von Amelias gegeben. Aber wenn ich es wirklich tue, in meinem Flugzeug, in meinem Alter – also das ist dann was anderes. Dann müssen sie mir glauben. Es wird als Gerücht beginnen. Es wird mit jedem Zwischenstop zunehmen, überall auf der Welt. Wenn wir dann in die Staaten kommen, werden die Leute uns nie mehr vergessen.«

»Aber die haben Sie nicht vergessen. Sie sind immer noch berühmt.«

»Nur, weil ich verschwunden bin, verstehen Sie das nicht? Nicht dafür, wer ich war oder was ich getan habe. Ich halte es nicht aus, daß die ganze Welt denkt, ich hätte mich verfranzt und sei einfach ins Meer geplumpst. Sie sollen erfahren, wie es wirklich gewesen ist. Eine einzige Pressekonferenz, und die Sache hat sich. Ich werde ihnen die ganze Wahrheit erzählen, und dann – verschwinde ich.«

»Warum erzählen Sie sie mir nicht?« sagte er. »Die Wahrheit, meine ich.«

Da tat sie es.

Sie war die berühmteste Frau der Welt, mit Ausnahme von Eleanor Roosevelt, die Amelia ins Herz geschlossen hatte. Eleanor war ein liebes, unscheinbares altes Mädchen, das sich immer gerne mit gutaussehenden jungen Frauen umgab. Amelia genoß es, daß die First Lady sie bemutterte, und George Palmer Puttman war natürlich fasziniert. Seit Wochen hatte er versucht, öffentliche Gelder für den Flug um die Welt zu ergattern. Eine Notiz von Präsident Roosevelt würde ihr alle Türen öffnen.

Bei ihrem dritten Besuch im Weißen Haus kam Amelia aus den Privaträumen nach unten und fand zwei geschniegelte junge Männer in dunkelblauen Anzügen vor, die auf sie warteten. Sie sagten, der Präsident wolle sie um einen Gefallen bitten. Sie folgte den beiden zum Cabinet Room. Unter dem Bildnis eines grimmig dreinblickenden Andrew Jackson erklärten sie ihr, was der Präsident von ihr wollte.

Ihr Land brauche sie, sagten sie. Es sei eine patriotische Pflicht. Andrew Jackson starrte finster auf sie herab, als wollte er sie davor warnen, nein zu sagen. Sie sagte ja.

Sie führten sie ins Oval Office. Der Präsident grinste an seiner Zigarettenspitze vorbei. »Meine Liebe!« Eine wabernde blaue Rauchwolke hing über seinem Schreibtisch. »Bravo! Ich wußte, Sie würden uns helfen. Ich werde Sie für die Medal of Honor vorschlagen, sobald Sie zurück sind. Können Sie das Geheimnis für sich behalten?«

»Ich denke schon.«

»Braves Mädchen. Seien Sie vorsichtig und passen Sie auf, daß

Sie nicht verlorengehen –« Er machte eine Handbewegung und wandte sich wieder seiner Zeitung zu. Die Männer begleiteten sie hinaus.

Die Pennsylvania Avenue war voller Scheinwerfer und dröhnte von Tausenden von Autohupen. Amelia fühlte sich berühmt und bedeutend, während sie durch das Vordertor in die violette Abenddämmerung hinausging. Die Welt kam ihr weniger unschuldig vor als noch vor einer Stunde, und außerdem unendlich viel aufregender.

Der Plan war einfach. Amelia sollte sich über der Südsee verfliegen, und die Presse sollte es zur Sensation aufbauschen. Sie würde so tun, als sei ihr in der Nähe von Howland Island das Benzin ausgegangen, aber tatsächlich würde sie siebenhundert Meilen weiter nordwestlich, beim Mili Atoll, landen. Dort würde sie einen Vorrat an Lebensmitteln und Trinkwasser vorfinden sowie einen Funksender, anhand dessen man ihre Position feststellen konnte.

Die Navy sollte eine großangelegte Suchaktion für die zweitberühmteste Frau der Welt durchführen, und unter dem Deckmantel dieser Suchaktion wollte man die von den Japanern besetzten Inseln im südwestlichen Pazifik einer gründlichen Aufklärung aus der Luft und vom Meer her unterziehen. Sobald die Navy sich diese verbotenen Zonen gründlich angesehen hatte, würde sie Amelia und Frank zufällig auf ihrem Atoll entdecken.

Die Navy würde wichtige Erkenntnisse gewinnen, und Amelia würde eine spannende Geschichte zu erzählen haben, die den Verkauf ihrer Memoiren beflügeln würde.

Auf einmal standen ihr die Türen des offiziellen Washington offen. Karten, vertrauliche Wetterberichte, Genehmigungen flatterten ihr aus allen Abteilungen zu. Tonnenweise wurde Flugbenzin auf Navy-Schiffen an die Orte gebracht, wo sie zwischenlanden sollte. Hinter allen Beweisen bürokratischer Großzügigkeit sah Amelia die Schatten der jungen Männer in den blauen Anzügen. Sie waren immer da, wenn auch immer unsichtbar, und behielten sie im Auge, um zu sehen, ob sie ihren Teil der Vereinbarung einhalten würde.

Das schwierigste war, die Sache geheimzuhalten – vor George, der an allen Einzelheiten des Flugplans beteiligt war, vor Frank Napier, vor den Investoren, ihrer Mutter, ihrer Schwester und den vielen Reportern, die sie immer wieder fragten: *Was ist das Gefährlichste daran? Haben Sie Angst?* Sie durfte es ihnen nicht sagen, aber ja, sie hatte Angst.

Auf dem Flug um die halbe Welt kämpfte sie gegen die wachsende Überzeugung an, daß der Plan zum Scheitern verurteilt war. Allabendlich fabrizierte sie einen lustigen Bericht darüber, was sie an diesem Tag gedacht und erlebt hatte, und kabelte ihn an George, der die Artikel an die Presse weiterleitete.

Als sie Neuguinea erreichte, war sie entschlossen, die ganze Sache zu vergessen, wie ursprünglich geplant nach Howland zu fliegen und von dort nach Hause zurückzukehren. Wenn der Präsident fragte, würde sie ihm die Wahrheit sagen: Sie habe die Nerven verloren.

Am Abend vor dem Start stolperte Frank die Stufen des Papua Bay Hotel hinunter und ging auf eine neue Sauftour. Amelia saß in der Hotelbar und haderte mit ihrem Schicksal, das sie offenbar dazu verdammte, ihr Leben immer wieder in die Hände unzuverlässiger Männer zu legen.

Der Mann am Nebentisch sagte: »Gut, daß wir Frank nichts gesagt haben. Ich bin mir nicht sicher, ob wir auf ihn zählen könnten.«

Amelia blieb die Spucke weg. »Was machen Sie denn hier?«

Der Mann sah in seiner hellgrauen Baumwollhose und dem weißen Hemd genauso geschniegelt aus wie zu Hause in seinem marineblauen Anzug. »Gibt es was zu besprechen?« fragte er.

»Na und ob.«

Sie gingen eine schlammige Seitengasse hinunter. Ob ihr Bedenken gekommen seien, wollte er wissen. Jede Menge. Sie schüttete diesem Mann ihr Herz aus. Er hörte ihr schweigend zu und sagte dann etwas Unfaßbares:

»Sie können die Sache noch abblasen, und niemand wird Ihnen etwas verübeln. Wir wollten Ihnen diese Chance geben.«

»Nennen Sie mir einen einzigen Grund, warum ich die Sache zu Ende bringen sollte.«

»Sie kennen die Gründe«, sagte er. »Das Wetter ist gut. Es liegt ganz allein bei Ihnen.«

Sie dachte: *Das ist ein Test*. Vom anderen Ende der Welt aus will der Präsident mich testen. Er denkt, ich hab nicht den Mumm dazu.

»Okay«, sagte sie. »Ich mach's. Aber ziehen Sie Leine, bevor ich's mir anders überlege.«

Der junge Mann hastete davon.

Sie ging auf ihr Zimmer, zwang sich einzuschlafen. Um drei wurde sie geweckt, weil George ein Telegramm geschickt hatte. Wetterbedingte Verzögerungen hatten ihm mit seiner groß aufgezogenen Willkommen-daheim-Gala am vierten Juli einen Strich durch die Rechnung gemacht, und seitdem bombardierte er sie mit übellaunigen Telegrammen. Das neueste lautete: FALLS ANKUNFT OAKLAND VOR MONTAG IRGEND MÖGLICH BITTE ANTWORT SCHNELLSTENS VIA ITASCA GP. Geh zum Teufel, George, flüsterte sie. Ich fliege, so schnell ich kann. Feier mich gefälligst erst, wenn ich zurück bin.

Ein Mechaniker namens Skip fuhr sie zum Flugplatz. In der Stille vor Tagesanbruch hörte sie die Brecher am Ende der Startbahn.

Frank trudelte mit zwei Stunden Verspätung ein. Seine Augen waren leere schwarze Löcher. Er machte eine vorläufige Positionsberechnung, legte den Kopf auf den Tisch und verlor das Bewußtsein.

Der Morgen brach an, windstill, groggy, grau. Amelia machte mit der Crew des Hangars die letzte Inspektion. Sie rauchten Zigaretten und sprachen mit tonloser frühmorgendlicher Stimme. Sie hörte nichts, bis Skip die Luke schloß und sagte: »Alsdann, guten Flug.«

Die überladene Electra brauchte jeden Zentimeter der Rollbahn, fiel praktisch von deren Ende und sank so tief über das Meer, daß die Propeller Gischt von den Wellenkämmen verspritzten. Amelia betete die Maschine regelrecht in die Luft. Es dauerte neunzig Minuten, bis sie achttausend Fuß erreicht hatten.

Vier Stunden nach dem Start schickte ihr Frank endlich die erste Kurskorrektur herauf. Amelia nahm den Zettel von dem Draht ab, notierte sich die Position und ging auf einen Kurs 1,5 Grad nördlich der Linie: Ein Koppelkurs auf das Mili Atoll.

Die ganze Nacht hindurch schickte Frank sorgsam ausgearbeitete Kursberechnungen und Korrekturen. Die ganze Nacht zerknüllte Amelia sie und warf sie auf den Boden.

Gegen Morgen klangen die Funker auf Howland allmählich besorgt. Sie könnten sie hören, sagten sie, aber die Signale seien immer stärker gestört, und sie sende immer nur so kurz, daß eine Peilung unmöglich sei.

Sie schickte ihnen bruchstückhafte Funksprüche. Bei Sonnenaufgang kamen aufgeregte Funksprüche über alle Frequenzen, mit der dringenden Forderung, sie solle ihre Position durchgeben.

»Wir müssen über Ihnen sein, können Sie aber nicht sehen«, rief sie, drückte in kurzen Abständen die Taste und ließ sie wieder los, »Kann Sie nicht hören« und »Wir kreisen jetzt, aber der Sprit geht uns aus – noch eine halbe Stunde oder weniger«. Um es glaubwürdiger klingen zu lassen, legte sie echte Angst in ihre Stimme.

Frank schickte ihr einen Zettel herauf, auf dem stand: 1911 GMP erreichen Linie 157-337. Kursänderung 90 Grad S.

Amelia nahm die Sicherung aus dem Funkgerät und steckte sie in die Tasche. Sie schrieb eine Antwort: »Falsch, Frank. Wir sind S von Howland. Fliege N.«

Daraufhin kam er herübergeklettert. Er tobte und nannte sie eine alberne, krankhaft ehrgeizige Frau, die nicht einmal den Weg aus einer brennenden Scheune finden würde. Immer noch besser als ein lausiger, nichtsnutziger Trunkenbold, erwiderte sie, der schuld daran sei, daß sie sich verflogen hätten. Sie schrien sich eine Zeitlang an, und ihr tat es ungeheuer gut, all diese aufgestaute Angst herauszulassen und den Kopf freizubekommen für das, was ihnen als nächstes bevorstand.

»Das Funkgerät tut's nicht mehr, Frank.«

Angst erstickte seine Wut.

Genau in dem Moment, als der Backbord-Motor zu stottern anfing, sah Amelia den gezackten weißen Ring eines Atolls am oberen Rand ihrer Windschutzscheibe. Frank jubelte und pries den Herrgott und lotste sie zu einer makellosen Landung in die Lagune.

Er watete durch das Wasser, fiel auf die Knie, küßte die Korallen. Zum ersten Mal gestattete Amelia sich den Gedanken, daß doch noch alles gut werden könnte.

Sie suchte das Riff nach einer Palmengruppe ab. Die Männer in den blauen Anzügen hatten ihr ein Foto von einem weißen Riff gezeigt, auf dem mit Wachskreide eingezeichnete Pfeile auf eine Baumgruppe zeigten. Hier gab es keine Bäume. Vielleicht hatte ein Taifun sie fortgetragen. Vielleicht war es das falsche Atoll.

Frank blieb den ganzen Tag in der Nähe der Electra und feuerte Leuchtraketen ab, sooft er Möwen für Rettungsflugzeuge hielt. Amelia trottete über die blendenden Korallen und tat so, als suche sie eine Süßwasserquelle, während sie in Wirklichkeit nach einem Sender und einer Vorratskiste Ausschau hielt.

In der Nacht hielten sie abwechselnd Wache und versuchten zu schlafen. Amelia lag auf dem Boden der hinteren Kabine und sah sich durch das Fenster die Sterne an. Sie betete: O Gott, was hab ich getan? Bitte schick Hilfe.

Am nächsten Morgen setzte sie die Sicherung wieder in das Funkgerät ein, aber die Batterie war leer.

Dann wurde ihr Gebet erhört. Eine Ruderbarkasse voller japanischer Soldaten. Sie ließen Amelia und Frank stundenlang in der Sonne stehen, während sie jeden Zentimeter des Atolls absuchten. Endlich schleppten drei von ihnen eine Kiste an, die sie aus einem Korallenhaufen gezogen hatten. Eiserne Rationen. Konserven. Ein Funkgerät.

Von da an war es schlimm. Saipan, Tokio. Eine Zeitlang war Frank noch da, dann nicht mehr.

Sie erzählte ihm nie, was sie in dem weißen Raum am Ende des Ganges mit ihr gemacht hatten. Sie schnallten sie auf einen Tisch und schlugen sie mit Schlauchstücken: auf die Zehen, auf die Fingerspitzen, in die Kniekehlen, aufs Gesäß. In den Händen und Füßen hatte sie überhaupt kein Gefühl mehr. Sie war nahe daran, den Verstand zu verlieren. Die Schmerzen wurden ihr auf so subtile, so sorgfältig geplante Art verabreicht, daß man das ganze für das böse Gegenteil einer kunstgerechten Massage halten konnte.

Erst nachdem sie ihre Nerven im Rückgrat beschädigt hatten, sagte sie ihnen, was sie wissen wollten, erzählte sie ihnen die ganze Geschichte. Frank weiß nichts davon, sagte sie. Tun Sie ihm nichts.

Danach war es leichter. Sie wünschte, sie hätte es ihnen früher gesagt.

Sie überlebten den Krieg, die Bombardierung Tokios. Ein Mann kam in Amelias Zelle, ein rotgesichtiger alter Amerikaner in einem gelbbraunen Anzug und mit einem Strohhut auf dem Kopf. Der Freund eines Freundes, sagte er. Es sei Lösegeld gezahlt worden. Die Electra stehe in Yokohama bereit. »In die Staaten zurück können Sie nicht«, sagte er. »Es hätte wenig Sinn, Ihre Geschichte zu verbreiten, solange noch Krieg ist. Sie müssen noch eine Zeitlang verschwunden bleiben.« Er gab ihr eine Karte. Eine winzige Insel vor der Pazifikküste Mittelamerikas war darauf mit Kugelschreiber blau eingekreist.

Amelia stieß ihren Rollstuhl zurück. »Das ist lange her. Wir sind immer noch hier.«

»Sie haben Frank nie gesagt, warum Sie auf diesem Atoll gelandet sind? Hätte er es nicht verdient, es zu erfahren?«

»Ich hielt es für besser, ihn in dem Glauben zu lassen, es sei alles meine Schuld gewesen, was es ja auch war.« Sie schüttelte den Kopf. »Was soll's, ich bin gierig geworden. Geschah mir recht.«

»Gierig?«

»Es genügte mir nicht, die erste Frau zu sein, die um die Welt flog. Ich dachte, ich könnte die Welt auch noch retten. Natürlich haben sie mich benutzt. Ich sehnte mich danach, benutzt zu werden. Ich fand es himmlisch, berühmt zu sein. Ich wußte, das ganze würde eine interessante Episode für mein Buch abgeben. *Natürlich* haben sie uns fallengelassen, als die Japaner uns gefangennahmen – diese Möglichkeit hatten sie immer einkalkuliert, ich war nur zu naiv, um mir so etwas vorstellen zu können. Mein Gott, ich hatte es freiwillig gemacht. Ich wußte nicht, daß ich mich damit für mein ganzes Leben verpflichtet hatte.«

»Das tut mir leid«, sagte Superman.

»Sie haben uns auf diese Insel gesetzt und uns vergessen. Der Krieg ging zu Ende, aber für sie war es einfacher, uns hierzulassen.«

»Warum gerade hier?«

»Weil *er* hier war. Das war seine Insel. Es gibt nicht allzu viele Menschen, die eine Insel besitzen. Er hat den Japanern sehr viel Geld für mich bezahlt. Er hat mir das Leben gerettet. Damals war ich ihm dankbar.«

»Der Magier?«

Sie lächelte schwach. »So nennen ihn die Insulaner. Der Name geht auf eine alte Geschichte zurück, einen Riesen, der im Berg schläft – El Mago, der Magier. Er ist fast immer unsichtbar, aber alle tausend Jahre wacht er auf, um ein neues Kunststück zu vollbringen.«

»Sie wissen, wer er ist?«

»Natürlich. Ich kannte ihn von früher. Ich war die erste, die er hierherbrachte. Er war ein guter Mensch, ein begabter Mann – ich habe mit angesehen, wie dieser Mann verschwunden ist.« Sie richtete ihren Rollstuhl aus. »Er entwickelt sich immer mehr zum Scheusal. Er will die Insel für immer verändern. Die Einheimischen haben hier Jahrtausende lang glücklich gelebt, aber das ist ihm gleichgültig. Nie stellt sich ihm einer entgegen. Ich muß es probieren.«

»Ich würde Ihnen wirklich gern helfen, aber ich kann hier nicht noch bis April rumsitzen.«

Amelia runzelte die Stirn. »Aber das ist für Sie die einzige Möglichkeit, hier jemals wegzukommen.«

»Was heißt das?«

»Er weiß, daß Sie am Leben sind. Das war ein Geheimnis, bis Frank Sie ins Dorf mitgenommen hat. Ich hatte Sie gewarnt, aber Sie wollten nicht hören. Frank hat Sie dem ganz bewußt ausgesetzt, damit Sie hierbleiben müssen. Sie werden ein angenehmes Leben führen, aber nicht weg können. Diese Menschen langweilen sich, Ben, das sind lauter Gefangene hier, die geben sonst was dafür, daß sie einen neuen Spielgefährten bekommen. Ich hatte gehofft, Sie heimlich hier wegbringen zu können, aber das ist jetzt unmöglich. Wir müssen es riskieren.«

»Das hört sich an, als ob Sie Angst hätten.«

»Leuten, die es versuchen, passieren die seltsamsten Dinge«, sagte sie. »Ich habe lange darüber nachgedacht und glaube nicht, daß er versuchen wird, mich aufzuhalten. Wir haben nach meiner Ankunft hier ein Abkommen getroffen. Er hat mir mein

Flugzeug gelassen, mir sogar den Hangar gebaut. Dafür habe ich ihm versprochen, hierzubleiben, solange er die Insulaner gut behandelt und die Insel unangetastet läßt. Er hält sich nicht mehr daran. Also muß er mich fortlassen.«

»Aber wofür brauchen Sie dann mich? Lassen Sie sich doch von Pito mit seinen Gehirnwellen fliegen. Dann sparen Sie Benzin.«

»Machen Sie sich nicht lustig über mich, Ben. Ich habe Ihnen die Wahrheit gesagt. Ich kann die Maschine nicht alleine fliegen.«

Es war eine Tragödie, daß diese große alte Dame nicht durch irgendeinen unsichtbaren Magier auf einer tropischen Insel festgehalten wurde, sondern durch die Obsession mit dem einen großen Mißgeschick ihres Lebens. In einem Alter, in dem sie von Rechts wegen Biographen und Enkelkindern ihr Leben hätte erzählen sollen, war sie auf die Idee gekommen, noch einen letzten Flug zu unternehmen – als könnte sie, wenn sie ihren größten Fehler wiedergutmachte, ihre restlichen Jahre glücklicher verbringen.

Superman erhob sich mühsam von seinem Stuhl. »Sie sind eine erstaunliche Frau«, sagte er, »und ich bin stolz auf Ihre Bekanntschaft. Aber ich fürchte, Sie werden doch auf einen richtigen Piloten warten müssen.«

»Oh, bitte, ich hab doch nur ein bißchen gestichelt –«

»Gnädigste, das ist Ihre Reise, nicht meine. Wenn Sie jetzt aufbrechen, bin ich dabei. Ansonsten muß ich zu meinem Leben zurückkehren.«

Sie sah ihn ruhig an. »Dann gehen Sie eben zu Ihrem Leben zurück. Erwarten Sie nicht, daß ich Ihnen dabei helfe. Wenn Sie mich im Stich lassen, müssen Sie allein klarkommen.«

»Ich kann ja Frank fragen.«

Ihre Augen wurden eisig. »Na wunderbar. Fragen Sie Frank. Sie werden schon sehen, was Sie davon haben.«

»Also gut, vergessen wir das. Ich brauche keine Hilfe. Ich komm auch allein von dieser Insel weg.«

»Verstehen Sie denn nicht, daß ich Ihnen eine unglaubliche Chance biete? Würden Sie nicht gern mal was probieren, was Sie noch nie getan haben? Kennen Sie dieses Gefühl nicht?«

»O doch«, sagte er. Einmal war er in der Flor-A-Bama-Lounge einfach auf die Bühne gegangen und hatte seine ganze Seele in einen Song von Hank Williams gelegt. Seit damals war eigentlich alles in seinem Leben gut gelaufen, auf die eine oder andere Art.

»Wo bleibt Ihr Abenteuergeist?« sagte Amelia. »Sie sind noch jung. Als ich in Ihrem Alter war, gab es nichts, was ich nicht tun wollte.«

»So jung bin ich auch nicht mehr. Ich will nur einfach nach Hause.«

»Ich kann es ehrlich gesagt nicht glauben, daß Sie mir einen Korb geben«, sagte sie, »nach allem, was ich für Sie getan habe.«

»Ach, kommen Sie, das ist Ihrer nicht würdig. Ich kehre auf den Planeten Erde zurück. Vielleicht sollten Sie und Frank mitkommen. Sie sind einfach schon zu lange hier.«

»Wir brauchen Ihre Hilfe, Ben. Wir stecken in der Klemme. Gehen Sie nicht einfach weg.«

»Das ist nicht mein Kampf«, sagte er.

»Sie kämpfen nur für sich selbst?« brauste sie auf. »Ich hätte es wissen müssen. Wenn das wirklich Ihre Einstellung ist, können Sie meinetwegen zum Teufel gehen.«

Superman machte drei wacklige Schritte und sprang mit dem Kopf voran in den Weiher. Er stieß die Luft aus seiner Lunge aus. Er wedelte mit den Armen und ließ sich auf den Grund hinab, blieb dort, bis er dachte, es würde ihm die Brust zerreißen, dann stieß er sich ab und kam aus dem Wasser geschossen.

Amelia war weg. Ein Kolibri schwebte über dem Frühstückstisch und versuchte, Nektar aus einer roten Serviette zu saugen.

10
Die Straße der Prüfungen

Amelia war offensichtlich nicht in der Stimmung zu diskutieren oder zu verhandeln. Bis Superman wieder in seiner Hütte war, hatte Pito bereits seine vierzigtausend Dollar in einen Reissack gepackt, zusammen mit Kleidern, Kleinkram aus dem Flugzeug und der alten, ramponierten Gibson mit dem frisch geleimten Hals.

Superman freute sich, daß er die Gitarre wieder hatte, verspürte aber nicht die geringste Lust, sie zu spielen. Komisch, daß dieses Instrument einmal der Mittelpunkt seines Lebens gewesen war. »Sie wirft mich raus?«

Der alte Mann zuckte die Schultern.

»Ich weiß schon, du kannst nichts dafür. Kann ich wenigstens noch mal mit Frank sprechen? Dazu müßte mich allerdings jemand den Berg runterfahren.«

Pito zuckte wieder die Achseln.

»Ach, komm, alter Mann, du verstehst mehr Englisch, als du dir anmerken läßt.«

Pito zögerte. »Ist wahr«, sagte er. »Ich verstehen mehr.«

Superman mußte grinsen. »Du schlauer Fuchs.«

»La Doña will, du fliegen«, sagte Pito. »*Porque* du nicht fliegen?«

»Also, weißt du – die ganze Geschichte hier ist doch völlig daneben. Im Ernst. Aber ich muß zu Hause unbedingt wieder mal nach dem Rechten sehen. Ich hab viel zu lange hier rumgegammelt.«

»Rechten sehen«, sagte Pito. »Was bedeutet rechten sehen?«

»Na ja, nachsehen, ob alles in Ordnung ist. Kontrollieren.« Der alte Mann verstand immer noch nicht. »Ich will meinen Sohn wiedersehen.«

»Du müssen bleiben fliegen«, sagte Pito. »Besser du bleiben.«

»Ich komme gern mal wieder, aber wenn sie mich jetzt rauswirft, wäre ich wohl kaum erwünscht, hm?« Er hängte sich die Gitarre über die Schulter und streckte die Hand aus. »Pito. Danke, Mann. Du hast mir das Leben gerettet. Das werde ich dir nie vergessen. Wenn du je nach Amerika kommen solltest, mußt du unbedingt bei mir vorbeischauen.« Er griff in den Sack und holte ein Bündel Scheine heraus. »Hier. Die Hälfte ist für Amelia, für Kost und Logis. Der Rest ist für dich, für all die Mühe, die du dir gemacht hast.«

Pito starrte das Geld an wie etwas Ekliges, Krankes, Ansteckendes. Superman hielt es ihm eine Minute lang hin, dann ließ er es ihm vor die Füße fallen.

Der alte Mann nahm Supermans Hand in beide Hände. »Du müssen bleiben fliegen.«

»Ihr kommt schon klar.« Superman lächelte. »Du kannst doch selbst ziemlich gut fliegen.«

Sie standen da und sahen sich einen Moment lang an.

»Tja ...«

Pito zuckte die Achseln.

Polternd und klappernd trat Superman durch das Tor. Pito schloß es hinter ihm und legte den Riegel vor.

Einfach so. *Adios*. Ausgesperrt. Er hatte nicht gerade erwartet, daß eine Abordnung kommen, ihm einen Kranz um den Hals hängen und ihn anflehen würde zu bleiben, aber angesichts der Länge seines Aufenthalts hier war der Abschied doch ein bißchen abrupt.

Er hörte Gyp hinter dem Tor schnüffeln, nach ihm winseln.

Er humpelte durch den Wald zum Hangar und blieb eine Weile auf der Lichtung stehen. Er wurde von Minute zu Minute wütender.

Amelia war äußerst gastfreundlich gewesen, bis ihr klar wurde, daß er ihr nicht helfen würde. Da dem so war, warf sie ihn nun ohne Bedenken hinaus und schloß hinter ihm das Tor zu. Er bluffte, und sie ließ es darauf ankommen.

Ihr ganzes Gerede von dem mysteriösen Magier war absoluter Quatsch. Sie war nichts anderes als eine einstmals berühmte Frau, die darauf aus war, wieder berühmt zu werden, genauso publicitysüchtig wie in den dreißiger Jahren: Wie ihre Augen geleuchtet hatten, als sie sich die Schlagzeilen bei ihrer Rückkehr vorstellte! Das konnte sie natürlich nicht einfach zugeben. Also mußte sie sich diese Schauermärchen von einem geheimnisvollen Magier und starken Mächten ausdenken, die sie angeblich gegen ihren Willen hier festhielten.

Es war ein erstklassiges Gefängnis, sicher – das schönste Fleckchen Erde, das er je gesehen hatte, ein Leben, das er sich immer erträumt hatte –, aber weder die Schönheit noch Amelias Geschichten konnten ihn hier halten. Er hatte sich wie zu Hause gefühlt, aber das war eine Illusion. Zu Hause war er bei seiner Familie. Er hatte Pflichten, Verantwortung, sein Leben mußte weitergehen.

Es war vollbracht. Er war außerhalb der Mauer. Er konnte den ganzen Tag hier stehen und im eigenen Saft schmoren, aber das wäre noch lange keine Lösung für das sehr reale Problem gewesen, wie um alles in der Welt er von der Insel wegkommen sollte.

Er konnte abwarten, bis Frank vom Durst gepackt zu seinem Jeep herauskam, aber um diese Zeit war er noch nicht einmal aufgestanden. Er konnte den Jeep kurzschließen und ihn unten am Strand stehenlassen, aber Autos zu klauen war eigentlich nicht sein Stil. Hatte er nicht geprahlt, er könne auch ohne fremde Hilfe diese Insel verlassen? Den Mund zu voll zu nehmen war schon immer einer seiner Charakterfehler gewesen.

Er ging zu der Stelle, wo Frank in den Dschungel gefahren war. Die Schneise, die der Jeep geschlagen hatte, führte steil nach unten.

Das war eindeutig ein Dorf oder eine kleine Stadt, dort auf der gegenüberliegenden Seite der Meerenge. Wo es eine Stadt gab, da mußte es auch einen Weg aus der Stadt hinaus geben.

Superman schulterte den Reissack und begann den Abstieg.

Die Sonne brannte aus einer Höhe von etwa fünfzig Fuß herab. Superman schwang seinen Gehstock wie eine Machete, um sich einen Weg durch das Unterholz zu bahnen. Schweiß rann ihm aus allen Poren. Innerhalb von Sekunden brannte er ihm in den Augen, tropfte ihm in den Mund, floß ihm in kleinen Bächlein an den Seiten herab.

Aus der Ferne wirkte der Dschungel weich, grün und einladend, wie ein dickes, in zahllosen Grüntönen gefärbtes Kissen, in das man sich sinken lassen konnte. Aber war man erst einmal drin, hatte man es mit einem undurchdringlichen Gewirr von Schlingpflanzen, Büschen, spitzen Stöcken und klauenbesetzten Ranken zu tun, mit zähem Schlamm, so glitschig wie Wagenschmiere, Ästen, die hochschnellten und einem ins Gesicht schlugen, bissigen Käfern und Mücken, die einem in Ohren, Augen und Nase flogen. Superman rutschte immer wieder aus und hielt sich an Schlingpflanzen fest, um auf den Beinen zu bleiben. Dornen zerstachen ihm die Hände. Er fluchte, tobte, bereute seine Taten und stachelte sich trotzdem an, weiterzumachen.

Als sein mühseliger Abstieg schon fast eine Stunde gedauert hatte, riskierte er einen Blick zurück. Das glänzende Dach des Hangars war immer noch durch die Bäume zu sehen. Er hatte ganze zweihundert Meter zurückgelegt.

Er ging in die Hocke und stieß einen langen Seufzer aus. Wären seine Beine noch die alten gewesen, hätte er sicher schon die Hälfte der Strecke bis zum Strand zurückgelegt, aber seine wacklige Hüfte knickte immer wieder ein, so daß er unversehens auf dem Hintern landete.

Er begann ernstlich darüber nachzudenken, ob er seinen Stolz nicht doch besser vergessen sollte.

Er rappelte sich auf und stapfte weiter bergab. Er hatte sich schon immer etwas eingebildet auf seine Entschlossenheit bei der Überwindung von Hindernissen. So war er ein Star geworden: Er gab nie auf.

Nach einer Weile hatte er den Eindruck, daß er schon etwas schneller vorankam, denn jetzt setzte er die Füße an dem Steilhang quer auf, so daß sie ihm nicht wegrutschten, aber plötzlich saß er doch wieder im Dreck und schlitterte auf einen Baumstamm zu.

Schließlich gelangte er an einen kleinen Bach. Er fiel auf die Knie, steckte den Kopf ins Wasser und trank gierig. Das Wasser belebte ihn, und er schöpfte neue Hoffnung, die jedoch wieder verblaßte, als er zurückschaute und nach wie vor das Dach des Hangars glitzern sah. Er hatte anderthalb Stunden für eine Strecke gebraucht, die Franks Jeep in fünfzehn Sekunden zurückgelegt hatte.

In den Bäumen hob ein hohes Piepsen an. Die Äste begannen zu schwanken wie von unsichtbaren Händen geschüttelt. Dann sah er für einen Moment ein rotes Fell im Blätterdach: Affen!

Superman steckte die Füße mitsamt den Schuhen und Strümpfen in das herrlich kühle Wasser, lehnte sich zurück und sah zu, wie die Horde vorüberzog.

Freude und Freiheitstaumel lagen in ihren wilden Sprüngen von einem Baum zum nächsten. Sie flogen blindlings los und packten im letzten Moment mit einer Hand oder mit dem Schwanz zu. Eine Affenmutter lief mit ihrem Baby auf dem Rücken einen Ast entlang. Sie sprang ins Leere, landete behende und eilte hinter den anderen her.

In dreißig Sekunden war der ganze Spuk vorbei. Offenbar mußte man den Dschungel in luftiger Höhe durchqueren. Superman war das einzige Wesen, das versuchte, sich am Boden durchzuschlagen.

Das glaubte er zumindest, bis er eine unheimliche, weiche Berührung an seinem Bein spürte, hinuntersah und feststellte, daß eine Schlange, so dick wie ein Baumstamm, über seinen Fuß glitt.

Die Schlange war so lang, daß er weder ihren Kopf noch den Schwanz sah – nur den langen, hellgrünen Körper, der sich aus einem Busch über die Lichtung, über sein Bein und in einen anderen Busch hinein erstreckte. Er spürte nur ein leichtes Kitzeln auf der Haut und hatte nicht den geringsten Eindruck von Schwere.

Er wurde bleich. Alles Blut floß aus den oberen Teilen seines Körpers und sammelte sich an den Rückseiten seiner Beine.

Eine ganze Ewigkeit blieb er wie angewurzelt dort sitzen. Er atmete nicht. Er tat nichts, ja dachte nicht einmal daran, irgend etwas zu tun. Er wartete.

Er wartete, und die Schlange nahm kein Ende, so wie ein Güterzug, von dem man zwar weiß, daß er irgendwo einen letzten Wagen hat, der aber scheinbar trotzdem kein Ende nimmt.

Eine Feuerameise kroch in seinen Schuh und biß ihn dreimal, und er konnte rein gar nichts dagegen unternehmen.

Er mußte ab und zu atmen, sonst wäre er ohnmächtig geworden, und die Schlange hätte sich auf ihn gestürzt und ihn verschlungen, und das wäre dann Supermans unrühmliches Ende gewesen. Vielleicht wäre dann irgend jemandem eine besonders fette Schlange aufgefallen. Vielleicht aber auch nicht.

Weiße Pünktchen sausten vor seinen Augen vorbei. Langsam, so langsam, daß seine Brust von der Anstrengung schmerzte, ließ er die Luft aus den Lungen und atmete wieder.

Die weißen Pünktchen verschwanden.

Die Schlange verjüngte sich allmählich, wurde nach und nach schlanker. Die Schwanzspitze glitt aus dem Busch zu seiner Rechten, ringelte sich über seinen Fuß und verschwand in dem Busch zu seiner Linken.

Superman stand mühsam auf und übergab sich in den kristallklaren Bach.

Er wollte sich hinknien, um sich das Gesicht zu waschen, doch dann wurde ihm klar, daß die Schlange vielleicht gehört hatte, wie er sich übergab. Er wischte sich den Mund am Arm ab und stapfte weiter.

Da er jetzt wußte, welche Art von Dschungel dies war, kam er rascher voran. Er scherte sich nicht mehr darum, ob er ausglitt und fiel – auf dem Hosenboden überwand er die Steilstücke viel schneller. Jeder abgebrochene Ast in seinem Weg war eine Schlange. Jedes Rascheln war eine Schlange im Gebüsch.

Er sang »In-A-Gadda-Da-Vida« und machte überhaupt viel Lärm, um alle potentiellen Schlangen zu vertreiben. Er sagte sich immer wieder, daß Schlangen mehr Angst vor Menschen haben als umgekehrt, auch das ein längst vergessenes Stück Lebensweisheit, das er seiner Zeit bei den Pfadfindern verdankte. Er konnte sich kaum vorstellen, daß das stimmte, aber irgendwie tröstete es ihn trotzdem.

Irgend etwas klatschte ihm gegen den Hals. Er schrie auf und schlug es weg. Es wieselte durch die Blätter davon, bevor er es richtig sah – Eidechse? Spinne? Kleine Schlange? Die Gitarre knallte gegen einen Baumstamm.

Superman hörte jemanden atmen, ein pfeifendes, hysterisches Geräusch, und merkte dann, daß er es selbst war.

Ruhig jetzt. Reiß dich zusammen. Es war nur eine einzige Schlange, und die hat dir nichts getan. Laß dir Zeit, sonst fällst du noch hin und brichst dir das Becken. Dann sitzt du erst richtig in der Klemme, mit einem Knochenbruch hier draußen in diesem Dschungel.

Ein paar Wolken waren vor die Sonne gezogen, und ein leichtes Lüftchen wehte durchs Unterholz. Er überlegte, ob er noch mal einen Blick zurück riskieren sollte. Und wenn der Hangar immer noch zu sehen war? Sollte er dann aufgeben und umkehren?

Es gab nur eine Möglichkeit, das herauszufinden: Er drehte sich um und schaute hinauf.

Der Hangar war nirgends zu sehen. Superman hatte es ein ordentliches Stück bergab geschafft. Die donnernde Brandung war merklich lauter als noch vor einigen Minuten.

Er machte Fortschritte.

Er brach wieder auf. Keine Schlangen mehr, nicht eine einzige. Jeden Moment mußte sich jetzt dieses dschungelgrüne Gewirr lichten und auf die Straße zum Strand hinausführen.

Er hütete sich, schon zu triumphieren, aber er war froh, daß er lange genug im Dschungel durchgehalten hatte, um sich auf den bevorstehenden Erfolg freuen zu können. Eine Brise kam auf, herrlich kühl, und bewegte sich mit einem weißen Rauschen durch den Dschungel. Allmählich setzte sich wieder das Donnern der Brandung durch. Doch dieses wurde wiederum übertönt von einem anschwellenden Rascheln oder Prasseln, einem Geräusch wie ferner Applaus, oder als würden tausend Blatt Papier zerrissen oder als stellten eine Million Schlangen den Schwanz auf.

Jählings klatschten dicke, kalte Tropfen herab – und dann war er mittendrin in einem Bombardement stechend schmerzender, aus dem Himmel abgefeuerter Kugeltropfen.

Im Handumdrehen war er naß bis auf die Haut.

Es goß aus Kübeln, Fässern, Schleusen. Im donnernden Rauschen der Wassermassen konnte Superman sein eigenes Stöhnen nicht mehr hören. Er stellte sich unter einen Baum. Der Regen bog den Baum nach der Seite. Im Nu verwandelte sich jeder Graben, jede Vertiefung in dem Berghang in einen Wasserlauf, einen Sturzbach schäumenden braunen Wassers, der sich mit anderen reißenden Bächen vereinigte.

Gern wäre er den Hügel wieder hinaufgestiegen und hätte an das Tor gepocht, bis Pito ihm öffnen, ihn in seine gemütliche Hütte führen und ihm dann Handtücher und heißen Kaffee bringen würde. Aber er war schon zu weit unten, um an den Rückweg auch nur denken zu können.

Eine schlanke graue Schlange schwamm wie Quecksilber in dem herabtosenden Bach vorbei.

Supermans Mut sank. Er wollte aus dem Dschungel heraus.

Er brach durch Netze aus klettigen Schlingpflanzen, sondierte mit seinem Stock den Boden der Bäche, hastete über vulkanisches Gestein. Der Platzregen war so heftig, daß Superman sogar die Spur von Franks Jeep verlor. Das Wasser dröhnte ihm in den Ohren. An einem besonders steilen Stück verlor er den Halt und schlitterte rücklings den Berg hinunter, bis er gegen einen umgestürzten Baumstamm prallte.

Nur dieser Stamm bewahrte ihn davor, in einen wild schäumenden Sturzbach zu fallen und mitgerissen zu werden. Es war ein richtiger Fluß, nicht bloß eine vom Regen angeschwollene Rinne.

Es regnete stärker, als es je zuvor geregnet hatte, und von Sekunde zu Sekunde regnete es immer noch mehr.

Ein langes Rundholz schwamm in der Strömung vorbei, leicht wie ein Zahnstocher. Der Stamm würde am Strand unten sein, bevor Superman auch nur drei Meter schaffte.

Irgendwie war das ungerecht.

Irgendwie brachte ihn das auf eine Idee.

Der Fluß kennt den schnellsten Weg zum Meer. Warum nicht denselben Weg wählen? Wäre das nicht besser, als durch die triefnasse Botanik zu stolpern, bis es dunkel wurde und die Schlangen kamen, um zu verschlingen, was von ihm noch übrig war?

Es gibt im Leben eines Mannes Zeiten, in denen er sich zwischen zwei Möglichkeiten entscheiden muß. Die eine Möglichkeit ist intelligent, die andere dumm, und manchmal wird einer unwiderstehlich von der dummen Möglichkeit angezogen, weil er zu verwirrt ist, um den Unterschied zu begreifen.

Superman sah einen Palmwedel vorbeischießen und dachte: Nässer, als ich schon bin, kann ich nicht mehr werden. Und wenn ein Baumstamm und ein Palmwedel schwimmen können, dann kann ich das schon längst.

Er band sich den Reissack um den Hals, schob den Stock durch den Knoten und schnallte sich die Gibson mit dem Gurt auf die Brust. Sein Plan sah so aus, daß er sich gewissermaßen in einen Baumstamm verwandeln, sich ganz ruhig und gerade halten und einfach von der Strömung forttragen lassen würde.

Das erste Problem war, wie er in das Wasser kommen sollte. Er wäre am liebsten vom Ufer aus hineingewatet, aber die Schlucht war von beiden Seiten vier bis fünf Meter tief.

Der donnernde Regen und der Gedanke an weitere Schlangen und das mühsame Kraxeln waren einfach zuviel.

Er holte tief Luft, ging drei Schritte zurück, nahm Anlauf und sprang kopfüber hinein.

Er kam mit den Füßen voran auf. Ein eiskalter Würgegriff. Er bemühte sich, den Kopf aus dem Wasser zu heben, aber die Strömung wirbelte ihn herum, warf ihn gegen Felsen. Mach dich zum Baumstamm, befahl er sich selbst. Gerade. Schmal. Schwimmfähig.

Er tauchte mit dem Gesicht aus dem Wasser auf, schnappte nach Luft und versuchte, sich mit dem Kopf flußaufwärts gerade auszurichten. Inmitten des Sturzbachs gab es kein Auf- oder Abwärts, kein Gefühl dafür, wo man sich im Verhältnis zur Luft befand. Er war genauso machtlos wie ein Baumstamm oder ein Palmwedel, der einen Fluß hinuntergespült wurde.

Das war also der Preis des Stolzes: daß man ertrank. Irgend jemand (Mr. Jones bei den Pfadfindern?) hatte ihm einmal gesagt, Ertrinken sei die angenehmste Todesart, aber jetzt fragte er sich, wie jemand so etwas überhaupt wissen konnte.

Eines hatte er nicht berücksichtigt: Wenn Wasser sich den schnellsten Weg bergab zum Meer sucht, heißt das, daß es direkt nach unten fließt, über Wasserfälle und durch Stromschnellen. Ein Baumstamm erreicht nicht unbedingt das untere Ende eines Flusses, ohne zu Kleinholz zerlegt zu werden. Superman stieß sich an so vielen Felsen, daß er den Versuch aufgab, einen Baumstamm zu spielen, und sich statt dessen wie ein Fötus zusammenrollte, die Arme über dem Kopf, die Knie an die Brust gezogen. Nur die gewaltige Strömung verhinderte, daß er sich an den Felsen den Schädel zertrümmerte.

Mit schlegelnden Armen arbeitete er sich an die Oberfläche. Ein Strudel saugte ihn wieder hinunter. Er schlug sich den Kopf an.

Da verließ ihn die Zeit. Sie stieg einfach aus seinem Körper auf und hing vor ihm in der Luft, eine Uhr ohne Zeiger. Er büßte seinen Platz im Universum ein. Die Sterne griffen nach ihm und hoben ihn in ihr funkelndes Netz hinauf. Sie trugen ihn durch den Regen, an den Ort, wo die Dunkelheit begann.

Jemand hatte ihn an den Fußgelenken gepackt und zog ihn mit dem Gesicht nach unten über rauhen Sand. Jemand setzte ihm einen Fuß ins Kreuz und stellte sich dann auf seinen Brustkorb.

Er hustete und rülpste Wasser aus. »Runter«, keuchte er.

»Finden Sie den Strand im Regen nicht auch romantisch?« Ein melodisches Flüstern. Sie stieg von ihm herunter.

Er wälzte sich auf den Rücken. Regenwasser lief ihm von ihrem gelben Regenmantel ins Gesicht.

»Sie ...«

»Immer wieder finde ich Sie so«, sagte sie. »Falls Sie sich umbringen wollen, das geht auch einfacher.«

Superman machte eine Bestandsaufnahme seines Körpers. Jeder Teil meldete Blessuren, aber grundsätzliche Funktionstüchtigkeit. Der Regen tropfte von ihrem Gesicht auf seinen Bauch, und er konnte es nicht fassen, daß er hier war, daß sie über ihm stand und Regen auf ihn herabtropfen ließ.

»Ich hab mich im Dschungel verlaufen. Da war diese ... Mein Gott, diese Schlange, die muß dreißig Meter lang gewesen sein.«

Sie lächelte. »Welche Farbe?«

»Grün.«

»Ach, bloß eine Boa. Die tun Ihnen nichts. Sie sind ihnen zu groß. Ja, wenn Sie ein Pudel wären ...«

Superman machte den Reissack von seinem Handgelenk los. Sein Stock war weg, ebenso seine Gitarre.

Er hatte sein blaues Hemd verloren, sein Flugzeug und jetzt auch noch seine alte Freundin, die Gibson. Die drei materiellen Besitztümer, an denen ihm wirklich etwas gelegen hatte.

Was ist Superman ohne sein Hemd, sein Flugzeug, seine Gitarre?

Nur irgendein Mann, der im Regen am Strand sitzt und sich mit Marilyn Monroe unterhält. Was, genau betrachtet, ja eigentlich gar nicht so schlecht war.

Vielleicht würde er morgen die Heimreise antreten.

11
Flaschenpost

Ich sang gerade »Superman's Revenge«, als Granny French an die Tür klopfte. »Benjamin?«

»Was ist?«

»Kann ich reinkommen?«

»Ja.«

Sie machte die Tür auf und schreckte zurück. Mein Zimmer war eine Höhle, wie nur einsame Halbwüchsige sie sich bauen, voller baumelnder Modellflugzeuge und zusammengeknüllter Chipstüten, herumliegender Kleider, Schwarzlicht-Poster an der Wand und dem Geruch von Hormonen.

Ich war dabei, das Leitwerk an eine Messerschmitt ME-101 zu kleben. »Was ist denn, Granny? Ich hab zu tun.«

Sie blieb unter der Tür stehen. »Da ist ein Päckchen für dich gekommen. Ich hab's aufgemacht, als du in der Schule warst.«

Ich stellte die Musik leiser. Granny hatte eine Pappschachtel in den Händen, von der Packpapierfetzen und Bindfaden herabhingen. »Und, was ist es?«

»Es ist an die Adresse in Encino gegangen«, sagte sie. »Die jüdische Familie, die das Haus gekauft hat, war so freundlich und hat es uns nachgeschickt.« Sie wollte das Päckchen auf den Arbeitstisch legen, auf dem mein zerbrechliches Fahrwerk am Trocknen war. Ich konnte es ihr gerade noch aus der Hand nehmen.

Ein Geruch nach Meer stieg aus dem Karton auf. Zwischen zusammengeknülltem Zeitungspapier lag darin eine alte Whiskyflasche, mit Entenmuscheln und angetrocknetem Dreck überzogen.

Granny sagte: »Schau mal rein.«

Ein blauer Stoffetzen, verblaßte, auf die andere Seite durchgelaufene Buchstaben. Kleine, zittrige Buchstaben.

> 14.7.72 Bt schicken an Benj.
> Willis Jr 4587 Linda
> Vista Encino Calif.
> Lieber Ben Eins mußt du wissen ich
> liebe dich IMMER
> Herzl Grüße Dad PS Du solltest
> die Gegend hier sehen

Zwei zerknitterte Polaroidfotos, verblaßt und ausgebleicht wie alte Knochen. Auf dem ersten konnte man die Tragfläche eines Flugzeugs und in der Ferne eine Insel erkennen: zwei nebelverhangene, kegelförmige Berge und ein heller weißer Bogen, bei dem es sich um einen Strand handeln konnte.

Von dem zweiten Foto grinste mich das Gesicht meines Vaters an.

»Das ist er, oder?« sagte Granny. »Sieht ihm jedenfalls ähnlich.«

Mir drehte sich der Kopf. »Woher kommt das?«

»Es ist eine Nachricht von den Leuten dabei, die die Flasche gefunden haben«, sagte sie. »Die sind diesen Sommer mit einem Segelboot durch den Panamakanal gefahren. Sie haben die Flasche im Wasser schwimmen sehen. Man kommt sich vor wie in Robinson Crusoe.«

»Meinst du –«

»Das ist ein Stück von seinem Hemd«, sagte Granny. »Dieses Hemd würde ich immer und überall wiedererkennen. Zehn Jahre hab ich ihm in den Ohren gelegen, er soll dieses Hemd wechseln.«

»Heißt das – er lebt?«

»Also, Benjamin, sieh dir mal das Datum an. Das ist der Tag, an dem er verschwunden ist. Er muß es geschrieben haben, bevor er abgestürzt ist. Wenn er noch am Leben wäre, hätten wir inzwischen bestimmt etwas von ihm gehört.«

»Aber wir müssen es irgend jemandem sagen.« Ich wedelte

mit dem Bild. »Das muß doch die Gegend sein, wo er hingeflogen ist. Vielleicht kann er uns nicht anrufen. Aber er hat versucht, uns zu zeigen, wo er ist. Wir müssen ihn finden.«

Granny verbrachte fast den ganzen Tag am Telefon – sie sprach mit der Air National Guard und mit dem Büro von Senator Russell Long in Washington, D. C. Das FBI schickte einen Mann zu uns. Er legte die Whiskyflasche und den blauen Stofffetzen und die Polaroidfotos in einen Pappkarton und trug alles weg.

Monate vergingen, bevor ein UPS-Mann uns die Sachen in derselben Schachtel zurückbrachte, ohne Kommentar. »Das hat sich dann wohl erledigt«, sagte Granny. Aber sie wußte, wie wichtig es mir war zu wissen, daß mein Vater mich liebte und am Ende an mich gedacht hatte. Sie ließ die Polaroidfotos zusammen mit dem Fetzen von seinem Hemd einrahmen und schenkte sie mir zu Weihnachten. Ich hängte das Bild über meinem Bett auf.

PS Du solltest die Gegend hier sehen.

12
Der Fluß kennt den Weg zum Meer
1973

An diesem Nachmittag, an dem Superman kletterte, stürzte, durchnäßt wurde, in Ohnmacht fiel und diese schöne Frau liebte und immer noch einmal liebte, hatte er eine Idee, die Evolution der Haut betreffend. Ganz plötzlich wußte er, warum sich das derbe Fell unserer Vorfahren zu unserer weichen, empfindlichen, zunehmend unbehaarten Haut entwickelt, warum unser natürlicher Panzer sich in große, freiliegende Flächen von Nervenenden, das Gegenteil eines Panzers, verwandelt hat. Unsere Haut macht uns hilflos und schutzlos, läßt uns zittern und nach mehr verlangen. Sie schaudert beim leisesten Luftzug, zuckt schon bei der leichtesten Berührung einer Fingerspitze. Unsere Evolution zielt darauf ab, die Empfindung von glatter Haut, die sich an anderer reibt, ständig zu verbessern. Das bedeutet, daß die Haut unserer Kinder sensibler sein wird als unsere und die ihrer Kinder abermals sensibler und so weiter, bis unsere Ur-Ur-Ur-Urenkel derart zartfühlend sein werden, daß wir uns gar nicht vorstellen können, wie sie sich jemals werden lieben können. Wenn wir fühlen könnten, was sie schon bei einer schlichten Liebkosung fühlen werden, könnten unsere armen, primitiven Gehirne explodieren, unsere Neuronen in höchster Ekstase zerreißen.

So arbeiten wir weiter an der Vervollkommnung unserer Spezies. Wir geben uns diesem animalischen Gefühl hin, diesem Streicheln, dieser köstlichen Abwechslung zwischen Reibung und fehlender Reibung – diesem Prickeln am ganzen Körper, diesem Verlangen nach der nächsten Berührung. In einer Welt, die von Tag zu Tag härter wird, werden wir immer weicher, verletzlicher. Die urtümlichen Gefühle tragen den Sieg davon über unseren modernen Verstand und veranlassen uns, auf grünen Wiesen auszuruhen.

Man denke nur: In der Zukunft wird der Sex *besser* werden. Ob dann überhaupt noch Zeit sein wird, an irgend etwas anderes zu denken? In diesem Moment tun es überall auf der Welt Menschen auf die alte Art, wobei sie aber unzählige Verbesserungen und Variationen über das uralte Thema erarbeiten. Eines Tages werden wir vollkommene erotische Kreaturen sein, die perfekten Sex haben, und zwar ohne Unterlaß. Nur ein überlegenes Wesen konnte sich ein solches System ausdenken. Vielleicht war es diese unbewußte Verbindung, die Superman, als er das Kopfteil umklammerte und kräftiger in sie hineinstieß, zu dem Ausruf »O Gott!« trieb.

Sie war eine Athletin, eine Göttin, eine Despotin, ein Mädchen, alles zugleich und nacheinander. Sie tauchte über, hinter, unter ihm auf, so wandelbar und vollkommen eingestimmt, daß es sich nur um eine neuere, bessere Version der Spezies handeln konnte. Die Kurve ihres Haars floß auf ihre Schulter herab, führte zu ihrer Brust, ihrer Taille, alles wunderbar weich modelliert … Er ließ noch eine Breitseite reiner Lust los. Er vergaß, wer sie war. In seinem Bewußtsein war nur noch dieses rabiate Verlangen, jeden Zentimeter von ihr zu berühren, zu kosten, abzulecken, sich ihr unerbittlich aufzuerlegen.

Es hatte zwischen ihnen in der Luft gelegen, von dem Moment an, als sie am Strand von seinem Rücken herunterstieg. Er folgte ihr über den nassen Sand im Regen, humpelte hinter dem hell leuchtenden gelben Regenmantel her. Sie stiegen einen Pfad hinauf in den Dschungel.

Er sah ihr Haus nicht gleich. Es war ein Haus mit einer Tür, die sie freundlich aufschloß. Dann waren sie drinnen, und alles Ungesagte wurde verworfen. Er packte sie und küßte sie, umhüllte sie mit seinem nassen Körper. In der Küche sanken sie auf die Knie, während ihre Münder verschmolzen.

Durch eine Ritze im Fußboden sah er die Erde. Seine Zunge fand ihr Ohr. Sie rutschte unter ihm hervor, arbeitete sich hoch und war auf ihm. Sie nahm ihn in die weiche Zange ihrer Schenkel und hielt ihn fest.

»Mmm«, gurrte sie, »ich sollte dir öfter das Leben retten.«

Er grinste. »Jedenfalls kannst du es sehr gut.«

Sie stützte sich auf die Arme auf, und diese großen blassen Hügel richteten sich auf, heischten Aufmerksamkeit. Er vergrub sein Gesicht in dem duftenden warmen Tal zwischen ihnen und erkundete mit der Zunge ihr Brustbein, fuhr es in voller Länge nach. Er fuhr die Unterseite entlang, züngelte und knabberte die lange Kurve ihrer Brust bis zum glorreichen Gipfel hinauf, dem süßen, knubbeligen Nippel. Er verehrte ihn mit seinem ganzen Körper, stieß leise ekstatische Rufe aus, die ihr Fleisch vibrieren ließen und ihr ebenfalls Schreie entlockten. Seine Hände wanderten über ihre Haut. Der Regenmantel quietschte auf dem Fußboden. Superman lag mit ihr verklammert, Mund an der Brust, Säugling an der Mutter, ein Sünder vor Gott, der Laute tiefster Demut äußerte.

Plötzlich war sie vor ihm, schön, glänzend wie ein Büschel feuchten Farnkrauts. Er glitt unter ihr hoch und hinein.

Und was hätte er dann anderes tun können, als sich wieder hinaus- und wieder hineinzubegeben.

Und wieder hinein.

Hier nun schalteten sich die höheren Hirnregionen ab, und Supermans Bewußtsein wanderte hinaus über den Dschungel und beschäftigte sich mit Darwin, mit der Glätte von Haut, mit der Frau als Göttin, Jungfrau, Mutter und Hure, und mit einem Pelikan, den er am Strand gesehen hatte und der mit unfehlbarer Präzision einen Fisch aus einem Wellenkamm geholt hatte. Er atmete die Gerüche dieser Frau ein: Babypuder, Schweiß, Lavendel. Pilze. Die See. Er stieß unermüdlich nach oben, nahm sie in die Arme, fickte sie quer durch den Raum zum Bett, warf sie darauf und machte weiter, ohne auch nur einen Stoß auszulassen.

Aus einem Schrank hinter dem Bett sang Sinatra:

That sudden explosion when two tingles intermingle

Die weichen Trompeten sangen, wiegten sich. Superman trieb sie, ohne den Rhythmus zu unterbrechen, ans Kopfende hinauf, mein Gott, konnte es denn noch stärker regnen? Der Raum hatte keine Wände, nur Stellschirme. Der Regen trieb herein, durchnäßte das Bett. Die Sprungfedern quietschten.

Er hob den Kopf, atmete regennasse Luft ein. »O Gott!«

»Oh ja, hmhmhmhm –«

»Oh!«

»Komm –«

Und als er kam, ging die Schönheit und Kraft dieser Frau durch ihn hindurch wie ein zarter elektrischer Schlag. Ein gleißender Blitz fror für einen Moment die Welt ein. Superman explodierte, flog in fünf Millionen glitzernden Stückchen hinaus in die Dunkelheit des Alls.

Der Donnerschlag erschreckte sie beide. Sie mußten lachen und rollten sich über das nasse Laken, dicht aneinandergeklammert. Der Regen trommelte noch stärker. Sie leckte sich die Lippen und küßte ihn.

O Gott, dachte er, ich danke dir, Gott. Und ich danke dir, Darwin.

Eine Zeitlang lagen sie still da und atmeten nur. Der Regen spritzte durch den Wandschirm. Sie legte ihm die Hand auf den Schenkel. Das genügte, um ihn wieder hochzubringen, und schon waren sie wieder dabei, verschlangen einander. Diesmal war sie am Schluß oben und spielte mit zusammengepreßten Knien und geschlossenen Augen Hoppe-hoppe-Reiter. Sie war nicht ausgelassen wie Sandy und Linda, kein Bündel zitternden Verlangens wie Alexa – diese Daisy war leicht wie eine Blume, schwebte schwerelos über ihm. Als sie kam, war es ruhiger als beim ersten Mal, aber sie zitterte und zuckte und stieß kleine Glücksschreie aus.

Als es vorbei war, ließ sie sich neben ihn gleiten und schlang ihre Beine um seine.

Nach einer Weile flüsterte sie: »Ich bin ganz naß.«

»Was, schon wieder?«

»Nein, vom Regen. Komm, gehen wir hinein.« Sie wickelte sich in das Laken und kletterte vom Bett. Er schnappte sich seine Shorts und folgte ihr.

Er konnte keinen klaren Gedanken fassen. Wie viele Frauen hatte er in seinem Leben gehabt – Hunderte, Tausende –, wie oft hatte er es gemacht, aber noch nie hatte er es so gemacht, mit dieser unbändigen Leidenschaft, die aus ihm herausströmte wie ein Schwall geschmolzenen Silbers. Er nahm sie in die Arme. »Mein Gott, Daisy. Das war sagenhaft.« Seine Stimme klang zwei Töne tiefer als sonst.

Sie legte den Kopf in den Nacken, so daß seine Lippen ihren Hals streiften. »Freut mich, daß es dir gefallen hat.«

»Und dir?«

»Hm?« Sie griff nach einem Zigarettenpäckchen mit einem gedrungenen Vogel auf der Seite: Emu Filters.

Es war ihm peinlich, aber er wollte es unbedingt wissen. »War es – war es schön? Hat's dir gefallen?«

Sie zündete sich die Zigarette an und nahm einen tiefen Zug. »Auf einer Skala von eins bis zehn?«

»Na ja, ich muß nicht unbedingt –«

»Eine Sechs. Und das ist so nett gemeint wie möglich.«

»Sechs?« Er runzelte die Stirn.

»Vielleicht sechseinhalb. Du bist süß.« Sie klimperte mit den Augenlidern. »Du hast gefragt.«

»Hoffentlich gibst du mir Gelegenheit, meine Note noch aufzubessern.«

Sie zog sich zurück. »Warum grinst du?«

»Ich bin glücklich«, sagte er. »Ich grinse vor Glück.«

»Das ist nett. Sag weiter solche Sachen, und du kriegst eine Sieben.«

»Stufst du die Männer immer auf einer Skala von eins bis zehn ein?«

»Nur wenn sie diese blöde Frage stellen. ›Wie war's für dich?‹« Sie hielt ein Zündholz an den Gasbrenner unter dem Wassertopf. »Magst du eine Tasse Tee?«

»Nein, danke.«

»Die Engländer trinken immer Tee nach dem Sex, weißt du. Ein uralter Brauch.«

»Du bist keine Engländerin.«

»Nein, aber ich hab mit einigen Engländern geschlafen.« Sie kramte in der Besteckschublade. »Die sind eher verklemmt. Aber der Tee schmeckt mir.«

»Verlieben sich die Männer immer in dich, nachdem du …« Er machte eine Geste zum Bett hin.

»Nicht immer«, sagte sie nachdenklich, als müsse sie eine kleine persönliche Niederlage eingestehen. »Du verliebst dich doch nicht, oder?«

»Ich weiß nicht. Schon möglich.«

»Tu's nicht. Ich bin nicht auf der Suche nach Liebe. Liebe kann einen umbringen.«

»Manchmal überkommt sie einen, wenn man es am wenigsten erwartet.«

»Oh –« Dieses gehauchte Kichern. »Ein Romantiker.« Sie sah zu, wie die blaue Gasflamme am Boden des Wasserkessels hochzüngelte, und war in dem Moment kein bißchen Vamp, aber darum nur desto schöner: das haselnußbraune Haar wild zerzaust, die großen Veilchenaugen ohne Make-up. Sie war kein Filmstar, keine hochgestylte Technicolor-Vision, sondern eine echte Frau, superb derangiert, die sich ein Bettlaken an die Brust drückte.

Superman konnte kaum noch glauben, daß er das wirklich hatte tun dürfen. Nackt war diese Frau eine der schönsten Landschaften der Erde. Durch irgendein Wunder war ihm Zugang zu einer ihrer exotischsten Gegenden gewährt worden. Für einen Moment verwandelte er seinen ganzen Körper in eine Kamera und nahm innerlich ein Foto auf.

»Wir brauchen unbedingt ein paar Kekse«, sagte sie und bückte sich, um einen Unterschrank zu durchsuchen. »Magst du Makronen?« Ihr herzförmiges Hinterteil ragte vor ihm auf.

Er streckte die Arme aus und rutschte auf Knien über den Boden. Sie blickte mit einer Mischung aus Sympathie und Belustigung auf ihn hinunter.

Er sagte: »Mein Gott, bist du schön!« und vergrub sein Gesicht in dem Bettlaken.

Sie schnippte eine Ameise von einem Keks. »Ben, du mußt dich jetzt zusammenreißen.«

»Laß mich bei dir bleiben. Ich kann dich glücklich machen.« Das sagte er, ohne darüber nachzudenken.

»Ich kenne dich doch kaum.«

»Ich bin ein netter Kerl, ich schwöre es. Ich tu alles, was du willst.«

»Alles?«

»Ja.«

»Na gut, dann steh auf. Komm schon – auf, auf. So ist's brav.«

Er kam auf die Füße. Er mußte all seine Willenskraft aufbieten, um sie nicht wieder aufs Bett zu werfen.

»Ich hab Fledermäuse«, sagte sie.

»Wie bitte?«

Sie nickte ernst. »Ich weiß schon, die gelten als nützlich, weil sie Moskitos fressen, aber ich grusle mich vor ihnen. Du hast gesagt ›alles‹.«

Er sah sich in dem Zimmer um. »Wo sind sie?«

»Da oben.« Sie schaute zu einer Falltür in der Decke hinauf. »Jetzt schlafen sie. Sie schlafen bei Tage, weißt du.«

»Ja, hab ich gehört. Wie sind sie da reingekommen?«

»Woher soll ich das wissen?« sagte sie mit lauter werdender Stimme. »Denkst du, ich bin da rauf und hab sie interviewt?«

»Ich hätte nicht gedacht, daß du vor so was Angst hast«, sagte er.

»Und warum hättest du das nicht gedacht?«

»Du hast so cool reagiert, als ich dir von der Schlange erzählt habe.«

»Schlangen sind eine Sache. Fledermäuse gehören in eine ganz andere Kategorie.«

Als sie das Laken auseinanderschlug, um sich neu darin einzuwickeln, erhaschte Superman einen Blick auf ihren leckeren Nabel. Er mußte sich an einem Stuhl festhalten.

Sie drapierte sich das Laken über die Schulter. »Was ist los?«

»Wenn ich dich von den Fledermäusen befreie, versprichst du dann, dich in mich zu verlieben?«

»Bleiben wir lieber bei der Sache«, sagte sie und zog einen Stuhl über den Boden. »Der ist nicht hoch genug. Auf der Veranda steht eine Leiter.«

Der Wasserkessel pfiff. Superman holte die Leiter, während sie den Tee aufbrühte.

Er drückte die Falltür hoch. Modrige Luft wehte durch die Luke herab, und er nahm leichtes Flügelgeflatter wahr. Er stieg noch eine Stufe weiter hinauf. Der Dachboden wimmelte von Fledermäusen, Dutzende von ihnen flatterten herum, andere hingen als ausgetrocknete, faltige braune Säckchen wie Teebeutel von dem Blechdach herab und schaukelten leicht im Licht, das durch zwei kleine Giebelfenster kam.

Superman mußte sich erinnern, daß er ein erwachsener Mann war und keine Angst vor Fledermäusen hatte. »Da haben wir ja die Wurzel des Übels«, rief er, »der Fliegendraht an den Fenstern ist abgerissen. Das reinste Fledermaus-Hilton hier oben.«

»Du meine Güte, sind sie immer noch da, siehst du sie?«

»Und ob. Hast du Fliegendraht? Und einen Tacker?«

»Ich glaub schon.«

»Dann schlag ich vor, du suchst das Zeug, während ich das Volk hier vertreibe.«

»Mein Held!« sagte sie.

Mit Freuden hätte er diese Fledermäuse sogar gezähmt und ihnen beigebracht, in vierstimmigem Chorsatz »Amazing Grace« zu singen, wenn er Daisy damit wieder ins Bett gekriegt hätte.

Er schloß die Falltür hinter sich. Zuerst versuchte er, mit einem Handtuch nach ihnen zu schlagen, aber aufgeregtes Geflatter war alles, was er damit erreichte. Er wollte sie nicht umbringen, sondern nur diesen Raum für sie unbewohnbar machen. Was hassen Fledermäuse? Helles Licht. Laute Geräusche.

Geräusche.

Er klatschte in die Hände. Laut.

Die braunen Teebeutel bekamen Flügel. Er klatschte erneut. Jedes Klatschen riß die Fledermäuse aus ihrer Bahn, als seien sie von einer Schrotladung getroffen worden. Sie wirbelten in einem Strudel herum und versuchten, ins Freie zu gelangen.

Superman klatschte noch lauter. Die Fledertiere streiften mit den Flügeln seine Wangen, während sie zum Ausgang strömten. Er bückte sich tief, klatschte weiter und versuchte, nicht an die Tollwut zu denken, bei der man so rasend wird, daß einem der Schaum vor dem Mund steht und sie einen irgendwo einsperren müssen, bis man stirbt.

Ein Klopfen an der Falltür – »Was treibst du denn da oben?«

Er machte die Tür auf. »Fledermäuse finden Lärm abscheulich. Wissen die wenigsten.«

Sie reichte ihm einen Tacker und eine Rolle Fliegendraht hinauf. »Das ist wirklich nett von dir.«

»Stets gern zu Diensten.« Er scheuchte die Nachzügler mit einer gekonnten Flamenco-Fanfare hinaus. Die letzte Fledermaus flog in höchster Panik dreimal im Kreis, bevor sie die Öffnung fand und ins Freie flatterte.

Er balancierte auf dem von Fledermauskot glitschigen Balken bis zum Giebel, riß den kaputten Fliegendraht ab und tackerte eine neues Stück über die Öffnung. Er beeilte sich, schließlich stand unten Daisy und hatte nur ein Bettlaken an. Er machte das eine Fenster fertig und stapfte zum anderen hinüber.

Zu seiner Überraschung sah er draußen ein zweites Haus, eine ebenso einfache Hütte wie diese, nur etwa fünf, sechs Meter entfernt und hinter einem riesigen Heliconia-Bestand. Falls die Nachbarn zu Hause waren, mußten sie alles mit angehört haben.

Sinatras träge Stimme kam durch die Falltür herauf: *If you are among the very young – at heart ...*

Im Augenblick fühlte sich Superman tatsächlich sehr jung. Er tackerte den Fliegendraht an, klopfte sich den Staub von den Händen und ging zur Falltür. Ein Blick auf Daisy ließ ihn die Nachbarn vergessen. Sie hatte einen rosa Pullover und weiße Caprihosen angezogen.

»Sind sie wirklich alle weg?«

»Aber sicher. Man muß ihnen bloß zeigen, wer der Herr im Haus ist.« Er ließ sich durch das Loch herab.

Er trat auf der Leiter eine Stufe tiefer. Ihre Hand glitt an seinem Bein hinauf.

»Weitermachen«, sagte er. »Vielleicht findest du was, was dir gefällt.«

Sie zwickte ihn in den Oberschenkel, kicherte und wollte sich wegdrehen. Er sprang von der Leiter und zog sie an sich. Eine Frau zu küssen, das war normalerweise eine Beschäftigung für die Lippen, während man sich überlegte, wie man ihr die Sachen auszieht, was man als nächstes tun will, ob man sich etwas aufhebt oder sich gleich alles nimmt, was man ausführlich würdigen und was man zunächst eher ruppig behandeln soll, um später zurückkehren und besonders zärtlich damit umgehen zu können. Aber jetzt waren Supermans Verstand, Mund und Körper nur auf das eine bedacht – diese Frau zu küssen, bis hinab zu ihren kirschroten Zehennägeln.

Er rückte ihr auf den Leib, drückte sich flach gegen ihren Bauch, nur nicht zu zimperlich, nun, da er wußte, daß sie es gern hatte, wenn sie von einem Tier angefallen wurde, daß sie die Zunge in ihrem Ohr und seine schwellende Härte mochte, daß es ihr gefiel, wenn seine Hände ihren Rücken hinaufwanderten und den Pullover mitzogen. Lachend tat sie so, als wollte sie ihn abwehren. Er schob sie rückwärts auf die Schlafveranda und richtete es so ein, daß sie beide aufs Bett fielen.

»Nein – bitte nicht – warte«, sagte sie lachend, aber sie wollte nicht, daß er wartete.

Er riß ihr die Caprihose herunter und schleuderte sie weg. Er fummelte an seinem Reißverschluß, hatte Erfolg und war im nächsten Moment, halleluja, am Ziel seiner Wünsche. Sein Bauch rieb an ihrem weichen Pullover. Seine abgeschnittenen Jeans rutschten ihm über die Schienbeine. Es fing wieder an zu regnen.

Sie lächelte und streckte die Zunge heraus.

Er veränderte dieses Lächeln, fügte eine langsame Kurve ein, ein langes Seitwärtsgleiten, eine Variation im Rhythmus. Sie fuhr ihm mit den Nägeln den Rücken hinunter, zart, aber nicht harmlos.

Die Arbeit, die wir tun, die Arbeit, die wir tun – das ging ihm durch den Kopf, die schwere, schweißtreibende Arbeit, die wir tun müssen, um die Spezies zu verbessern. Er vergrub sein Gesicht an ihrem Hals, rieb sich bald da, bald dort an ihr, stupste sie, stieß sie und deckte sie zu, trieb sich selbst an den Rand eines riesigen dunklen Canyons. Wenn er dieses Bett verließ, würde er in diese Dunkelheit stürzen und für immer darin verschwinden.

Daisy glühte in den warmen Farben des Sonnenuntergangs. Superman klammerte sich an sie, als hinge sein Leben davon ab, er sagte *Ich liebe dich* und kostete das Gefühl aus bis an den Punkt, wo die Farben zerplatzten und verblaßten.

Oh, wie schön war das. Vor allem der Moment unmittelbar danach, als sie ausgestreckt übereinanderlagen und das Pochen in ihren Adern teilten.

Ich liebe dich. Tu mir nicht weh.

Die Stimme sprach in ihm ohne sein Zutun.

Er wußte noch, daß er vorgehabt hatte, irgendwohin zu fahren. Es hatte irgend etwas mit Ben Junior zu tun gehabt. Aber im Moment war diese ganze Seite seines Lebens unscharf, verschwommen.

Er war auf dem Weg nach Hause gewesen. Er hatte sich verirrt und war in einen Fluß gesprungen. Der Fluß hatte ihn an den Strand gespült. Daisy hatte ihn gefunden, ihn gerettet, ihn in ihr Haus mitgenommen und ihm eine ganz neue Art zu lieben gezeigt. Die dumme Entscheidung, die er getroffen hatte, hatte sich als ganz hervorragend entpuppt. Das war die Lektion für diesen Tag: Wenn du einen Fluß siehst, spring hinein. Der Fluß kennt den Weg zum Meer.

Jedesmal, wenn er zu wissen glaubte, was er wollte, zwang ihm diese Insel eine neue Perspektive auf.

»Geht's dir gut?« fragte sie. »Du siehst so ernst aus.«

Er hob sein Kinn auf ihre Schulter. »Ja.«

»Woran denkst du?«

»Du bist wunderbar«, sagte er.

»Das war es nicht.« Sie drückte ihm mit dem Finger die Nasenspitze platt. »Ich *bin* wunderbar, aber das war es nicht.«

Er packte ihren Finger und küßte ihn. Er küßte den Knöchel, dann alle Knöchel nacheinander.

»Die Jury ist zu einer Entscheidung gelangt«, sagte sie. »Willst du sie hören?«

»Ich weiß nicht. Soll ich?«

Sie drückte ihm die Hand. »Acht Komma fünf. Höchst beachtliche Steigerung in der zweiten Runde.«

»Ich möchte all den einfachen Menschen danken, die das möglich gemacht haben.« Superman küßte ihr Handgelenk, die Innenseite ihres Arms. Er war trunken von ihr und starb vor Durst nach ihr.

»Und jetzt würde ich gern eine glatte Zehn probieren.«

»Sachte, sachte –« Sie stieß ihn weg. »Die Preisrichter sind erschöpft.«

Er legte den Mund auf ihre Schulter, atmete ihren Geruch ein. Schläfrigkeit senkte sich auf beide wie ein unsichtbares Netz. Der Regen verlangsamte sich zu einem Tröpfeln. Insekten schwirrten durch die Bäume. Die Welt rührte sich und kam aus ihrem Unterstand hervor.

Superman sank auf das feuchte Kissen zurück. »Hier möchte ich auf ewig bleiben.« Seine Finger stahlen sich über ihren Bauch.

»He!« Sie hielt seine Hand fest. »Du hast genug gekriegt.«

»Niemals«, flüsterte er, »nie werde ich von dir genug haben.« Er wußte, daß es stimmte. Er war in etwas Größeres als einen Fluß gefallen. Er gähnte, schloß die Augen. Die Fähigkeit, sich zu bewegen, floß durch die Finger- und Zehenspitzen aus ihm heraus.

Das alles war viel zu schön, um wahr zu sein. Wieso war sie zur Stelle gewesen, als er an den Strand gespült wurde? Vielleicht war das ganze eine Art Fiebertraum – vielleicht war er doch in dem Fluß ums Leben gekommen, und sie war ein Engel, und er war jetzt endlich im Himmel.

Aber ihr Geschmack auf seinen Lippen war real, genauso real wie die seidige Wärme ihrer Haut. Er konnte sich nicht vorstellen, daß Engel tun würden, was sie den ganzen Nachmittag mit ihm gemacht hatte. Das wäre zu schön, sogar für den Himmel. Es würde sich herumsprechen. Die Himmelspforten würden gestürmt werden.

Er seufzte und schlief ein.

Das Haus war dunkel, als er erwachte. Er lag am Fuß des Bettes, in ein Laken verwickelt. Regenreste tropften von den Bäumen. Ein Vogel lachte, als hätte er den einzigen trockenen Platz im Dschungel gefunden.

Er tastete mit der Hand. »Daisy?«

…

Er stand auf, glitt auf dem nassen Fußboden aus. Er machte kleinere Schritte. »Daisy?« Er tappte durch das dunkle Haus. Er fühlte sich seltsam fehl am Platz in seinem Körper, so als hätte sich etwas für immer geändert, während er schlief.

Du mußt jetzt weg hier, drängte eine Stimme.

Nein, bleib, warte auf sie, schlaf mit ihr, liebe sie. So hast du dich noch nie bei einer Frau gefühlt.

Zieh dir die Hose an und mach, daß du wegkommst. Jetzt, wo sie nicht da ist. Sie ist die Sirene, und du mußt dich am Mast festbinden. Dreh den Kopf weg. Hör nicht auf den Gesang.

Bleib …

Die wollen dich hierbehalten. Sie ist in den Plan eingeweiht. Wenn du jetzt nicht gehst, schaffst du es vielleicht nie mehr.

Natürlich war das Liebe, was da durch die Ritzen im Fußboden aufstieg, oder jedenfalls etwas ebenso Schreckliches und Verzehrendes wie Liebe, und so etwas konnte Superman jetzt überhaupt nicht gebrauchen.

Verschwinde, solange du noch kannst. Fahr heim.

– aber hast du das gesehen, wie sie sich auf die Seite gedreht und mit der Hand nur ganz leicht ihr Gesicht berührt hat? Mein Gott, dafür könnte ich zwanzigmal sterben. Eine nackte Frau ist die reine Wohltat.

Nach einem Nachmittag im Bett kann man eine Frau nicht kennen, aber man kann dabei genug in Erfahrung bringen, um zu wissen, daß sie einen verschlingen, daß man auf Nimmerwiedersehen in ihr verschwinden würde. Jeder Atemzug wäre nur noch dazu da, sie anzubeten, sie einzuatmen, sie zu trinken. Sie würde zur Sucht werden, zum einzigen Lebenszweck.

Superman stellte sich vor, daß er für den Rest seines Lebens jeden Tag diese Frau lieben würde, morgens und abends. Würde er sich jemals langweilen oder unglücklich sein?

Vielleicht nicht. Aber Ben Junior würde immer da sein, in seinen Gedanken, und darauf warten, daß er heimkäme.

Er zog sich die feuchten Shorts an. Er suchte nach etwas zum Schreiben, um eine Nachricht zu hinterlassen, aber die Schreibtischschublade war leer, und überhaupt, was hätte er schon schreiben können? *Es war schön. Danke. Adieu.*

Er sammelte seine Habseligkeiten auf und ging hinaus. Im Fenster des anderen Hauses leuchtete ein Licht. Er ging um eine Pfütze herum zur Seite der Veranda, blieb außer Sicht hinter einer Hecke mit süßduftenden Blüten.

»Du mußt etwas essen«, sagte sie.

»Will aber spielen.« Eine gebrochene Stimme. Die Stimme eine Mannes, aber die Worte eines Kindes, ausgesprochen auf eine merkwürdige Art, die Superman unangenehm war. Ein Mann, der vorgab, ein Kind zu sein?…

»Schau, wie gut das ist. Schau, es sind Rosinen drin, und ich hab ganz viel Zucker hineingetan, so wie du's gern hast.«

»Spielen!«

»Nein, erst essen, dann spielen.«

Superman schlich sich an der Hauswand entlang.

Daisy stand am Fenster – wenn sie sich umdrehte, würde sie ihn sehen. Er hielt den Atem an und trat zurück.

Ein Löffel, in der Schwebe über einer Schüssel mit dampfendem Haferbrei. Ein dürrer alter Mann im Rollstuhl, in einem schlabbrigen weißen Schlafanzug, mit einem Tuch über den Schultern. Eine Boston-Red-Sox-Mütze beschattete sein Gesicht. Seine Zehen waren so verkrampft, daß Supermans Zehen sich solidarisch krümmten.

Der Mann schlug mit der Faust auf einen fahrbaren Tisch aus Kunststoff. Spielsteine sprangen von einem Damebrett. »Spielen!«

»Jetzt komm schon. Nur einen Bissen. Für mich.«

Unversehens schwang der Mann seine Hand. Die Schüssel segelte durch die Luft, krachte an die Wand und verstreute im hohen Bogen den Haferbrei.

»Ach, Mensch!«

»Will nicht!«

»Jack, du kotzt mich wirklich an«, sagte sie. In diesem Moment drehte sie sich um und sah Superman.

Er sah an ihr vorbei zu dem Mann hin, der sich langsam umdrehte. Das Licht wanderte allmählich über seine Schulter zu seinem Gesicht hinauf. Die Narbe reichte fast bis an seine Augenbraue, ein Stigma, das sein berühmtes Profil zu einer makabren Karikatur seiner selbst entstellte.

»Jetzt gleich spielen!« brüllte er.

Mit einem Blick sah Superman, wer der Mann war.

Taumelnd wich er von dem Fenster zurück, und dann lief er, so schnell ihn die Füße trugen. Daisy rief ihn beim Namen. Er rannte, ohne sich noch einmal umzuschauen.

13
Kopfsprung

Superman spähte in die Dunkelheit jenseits der geisterhaften Brecher. Das Meer leckte ihm die Zehen. Er konnte nicht glauben, was er mit eigenen Augen gesehen hatte. Nicht einmal hier am Strand, wo niemand es gehört hätte, brachte er es über sich, den Namen dieses Mannes auszusprechen.

Die ganze Welt wußte, daß dieser Mann tot war.

Aber nein, er war hier, in einer Hütte im Dschungel, und Daisy fütterte ihn mit dem Löffel. Es war ungeheuer logisch – und zugleich völlig irrsinnig.

Happy birthday, Mr. President …

Das Licht in der Hütte war trüb. Superman hatte das Gesicht nur einen Moment lang gesehen. Es mußte ein Irrtum sein, eine optische Täuschung, eine Vorspiegelung.

Der Tod dieses Mannes war eine geschichtliche Tatsache. Es dämmerte Superman, daß die Geschichte kein Puzzle aus säuberlich zusammenpassenden Teilen ist. Die Geschichte sagt, daß JFK unter einem ewigen Licht auf dem Arlington-Friedhof ruht. Marilyn Monroe starb mit dem Gesicht nach unten auf einem Bett in ihrem Bungalow in Holmby Hills. Amelia Earhart war 1937 bei einem Flugzeugabsturz irgendwo in der Nähe von Howland Island ums Leben gekommen. Anastasia und ihre Geschwister wurden, von Kugeln durchsiebt, in einen Brunnenschacht geworfen. Michael Rockefeller verschwand, als er in Neuguinea steinzeitliche Stämme erforschte. D. B. Cooper sprang mit dem Fallschirm aus einer 727 ab und ging in einer gottverlassenen Gegend des Staates Washington zugrunde. Jimmy Hoffa fuhr nach dem Lunch im Red Fox mit dem Auto weg und landete unter dem Giants-Stadion.

Bei dem, was wir zu wissen glauben, handelt es sich nur um Geschichten, die man uns erzählt hat. Sie müssen nicht unbedingt wahr sein.

Der Mond übergoß den Ozean mit kaltblauem Licht und beleuchtete die am Himmel treibenden Wolkentürme. Superman wanderte auf dem Sand weiter, benommen, verwirrt und ziemlich verzweifelt. Er umrundete den großen Felsen und sah zu seiner Überraschung einen uralten Mann neben einem Boot stehen.

Der Mann war so gebrechlich, daß er das Boot unmöglich selbst auf den Strand gezogen haben konnte. Er trug einen Filzhut, ein weißes Hemd und weite Hosen. Er war klapperdürr. Er stand mit der Leine in der Hand stocksteif da, als hätte er auf ihn gewartet.

»Guten Abend«, sagte Superman.

Der Mann nickte.

»Ich heiße Ben.«

»Harry.«

»Schönes Boot.« In Wirklichkeit war es ein lächerliches Boot: bullig, mit tiefem Kiel, vielleicht drei Meter lang, kürbisgelb mit grünen Streifen, albern bunt wie ein Zirkuswagen. Aber es war ein richtiges Boot mit einem 10-PS-Außenbordmotor und wirkte durchaus seetüchtig. »Wieviel wollen Sie für das Ding?«

»Nicht zu verkaufen«, sagte Harry mit wackelndem Kiefer.

»Kann ich es mieten?«

»Nö.«

»Ausleihen?«

»Für wie blöd halten Sie mich?«

»Okay. Ich geb Ihnen fünfhundert Dollar.«

Der Mann machte verächtliche *Pfft-sch-prrr*-Geräusche.

»Also, dann sagen Sie, wieviel Sie dafür haben wollen.«

»Es ist nicht zu verkaufen«, wiederholte Harry, »aber ich hab noch eins, genauso eins wie das.«

»Noch eins?« Superman drehte sich um. Tatsächlich hatte der Mann jetzt zwei Leinen in der Hand, und zwei völlig gleiche Boote schaukelten in der Brandung.

»Das andere können Sie haben«, sagte der Mann.

Superman mußte lächeln. »Wie haben Sie das gemacht?«

»Magie. Hokuspokus. Taschenspielerei.«

»Was sind Sie, ein Zauberer?«

»War ich mal, früher«, sagte Harry. »Jetzt bin ich pensioniert.«

Superman sah ihn verblüfft an. »Sie sind doch nicht etwa der Typ, dem die Insel gehört?«

»Nein.«

»Zauberer gibt's hier ja gerade genug.«

»Das liegt am Wasser«, sagte Harry. »Höhere Magie. Also, welches wollen Sie?«

»Ist mir gleich.«

»Halten Sie mal.« Er gab Superman ein nasses Seil in die Hand. »Machen Sie die Augen zu und zählen Sie von drei rückwärts. Aber nicht mogeln!«

Superman tat, wie ihm geheißen. Als er die Augen wieder aufmachte, war der Alte verschwunden, und mit ihm die beiden Boote. Das Seil in seiner Hand war ein Stück Seetang.

Er schmiß es hin und schaute in alle Richtungen. Der Strand lag verlassen da. Die nächsten Dschungelbäume waren hundert Meter entfernt. »Wo stecken Sie denn?« rief er ins Blaue hinein.

Er ging zurück hinter den hohen Lavafelsen, der wie ein großes Segelschiff seinen Bug den Wellen darbot. Superman schaute zur Spitze des Felsens hinaus, zu der Stelle, wo die Felsblöcke die Brandung teilten, und am äußersten Ende beugte sich eine Galionsfigur in die aufschäumende Gischt.

Der Mann hob die Arme und stürzte sich von dem Felsen.

Mit einem Schrei sprang Superman auf, stolperte, fluchte und scheuerte sich an den scharfen Lavakanten die Knie auf. Auf der anderen Seite sah er eine untersetzte Gestalt, die behende die Felswand heraufgeklettert kam, von Wasser dampfend, die Hand ausgestreckt. »Heil dir, mächtiger Neptun, Herrscher der Tiefe!« rief er mit dröhnender Stimme. »Entledige dich deiner Kleider, mein Sohn! Sieh den Brechern entgegen!«

»Bist du des Wahnsinns? Da unten sind doch jede Menge Klippen!« Superman schaute ängstlich über den Rand. »Willst du dir unbedingt den Hals brechen?«

Rabbit strich sich das klitschnasse Haar aus der Stirn. »Wer sich im Streben nach Freude den Hals bricht, den nenne ich einen glücklichen Mann! Das ist der direkte Weg ins Nirwana! Man springt nicht, wenn das Wasser niedrig ist; man wartet auf eine große Welle und springt hinein. Schau her, ich zeig's dir.« Vor Begeisterung glühend hastete er davon.

Er kletterte auf die vorderste Felsspitze, breitete die Arme aus, als wäre er eine griechische Göttergestalt und nicht nur irgendein muskulöser, behaarter Typ mit einem großen nackten weißen Hinterteil. Er begrüßte eine heranrauschende Woge mit einem Schrei und stürzte sich hinein, haarscharf an einer Klippe vorbei.

Mit einem Freudengeheul tauchte er aus dem Schaum wieder auf.

Im nächsten Moment kam er schon wieder keuchend die Felswand herauf. »Du mußt dich deinen Ängsten stellen, Superman! Schau deinem Schicksal ins Auge! Stürz dich kopfüber ins Nichts!«

»Nicht für alles Geld der Welt!« sagte Superman.

Rabbit schüttelte sich wie ein zottiger Hund. »So was nennt man ein Gefühlshoch, mein Freund.«

»Hör mal, vorhin war da so ein alter Knabe, ich hab dich für ihn gehalten – ich mein, er war direkt da unten –« Er merkte selbst, wie konfus das klang. »Rabbit, du mußt mir helfen. Ich brauche ein Boot.«

Rabbit zog die Träger seines Overalls durch die Schnallen. »Was für ein Boot?«

»Egal, irgendeins, das mich irgendwo hinbringt, wo es ein Telefon gibt. Ich muß hier weg. Diese Insel ist nichts für mich, ich bin schon ganz verdreht.« Sie kletterten zum Strand hinab. Superman fand die Tüte mit seinem Geld, wo er sie liegengelassen hatte.

»Paradieskoller, mein Sohn. Hab ich schon tausendmal gesehen. Ich hab was oben in meinem Haus, das könnte hinhauen. Red Dot Number Ten, neue, verbesserte Version. Ich hab an der Farbintensität gearbeitet, und –«

»Moment mal, Rabbit, ich lasse nicht gern eine Gelegenheit aus, mich zu amüsieren, aber was ich jetzt wirklich viel dringender brauche, ist ein Boot. Eins mit einem Außenbordmotor, verstehst du, keinen Ruderkahn. Einen netten amerikanischen Evinrude.«

»Akuter akzelerierender Koller, Spätstadium«, sagte Rabbit. »Der übermächtige Wunsch nach vertrauten amerikanischen Gegenständen. Der irrationale Glaube, daß all deine Probleme gelöst werden, wenn du nur hier weg und nach Hause kannst. Dissoziative Angstzustände gepaart mit klassischem Heimweh und unbewältigten Schuldgefühlen wegen der Handlungen, die zu deiner Anwesenheit hier geführt haben – ›Daheim ist es am schönsten‹. Wäre es damit treffend beschrieben?«

Nein, erwiderte Superman gefaßt, das sei nicht der springende Punkt, ihm gehe es eigentlich mehr darum, diese Meerenge zu überqueren, ganz gleich, was für ein Festland dort drüben liege. Und dieses Ziel, so nehme er an, sei am leichtesten dadurch zu erreichen, daß er sich ein richtiges Boot mit Außenbordmotor besorge, falls dergleichen hier irgendwo aufzutreiben sei.

»Mein Sohn, du bist doch nicht so spaßig, wie ich dich in Erinnerung habe«, sagte Rabbit. »Du hast so einen verkniffenen Zug um den Mund. Ich mach dir einen Vorschlag: Komm erst mal mit zu mir. Ich besorg dir ein Boot.«

»Das ist doch mal ein Wort! Ich zahle auch gut.«

Rabbit ging voran durch die brackige Lagune. »Verzeih mir die Frage, ich will dir nicht zu nahe treten, aber – man könnte wirklich meinen, du wärst hier schlecht behandelt worden, so versessen wie du drauf bist, von hier wegzukommen. Was ist passiert, hat Frank dich beim Duschen beobachtet?«

»Nein.«

»Ist die alte Dame sauer geworden und hat dich hinausgeworfen?«

»Woher weißt du das?«

»Das war nur eine Frage der Zeit«, sagte Rabbit. »Miss Emily wird langsam wunderlich – Stimmungsumschwünge, irrationale Verhaltensweisen. Das ist auch mit Medikation kaum in den Griff zu kriegen, aber sie nimmt ja nicht mal was. Jetzt brauchst du also eine angemessene Bleibe?«

»Du verstehst mich nicht. Nicht eine Nacht länger bleib ich auf der Insel. Ich muß sehen, daß ich hier wegkomme, verdammt noch mal.«

»Willst du darüber reden?«

Wie sich herausstellte, wollte Superman in der Tat darüber reden. Er erzählte, wie er sich im Dschungel verirrt hatte, von der Boa constrictor, der Sintflut, dem Fluß, dem uralten Zauberer, und von Daisy – nicht alles von ihr, aber immerhin so viel, daß Rabbit die Augenbrauen hochzog.

»Hast du etwa …?«

Superman nickte. »Ich weiß, ich versteh mich ja selber nicht, aber dann bin ich aufgewacht, weißt du, und sie war weg und – ich hab in die Hütte nebenan geschaut. Ich hab gesehen, wer da wohnt. Ich kann's … Es ist unmöglich, aber ich weiß, was ich gesehen habe.«

Rabbit tätschelte ihm die Schulter. »Keine Bange, für solche Fälle hast du ja deinen spirituellen Berater. Es war richtig, daß du zu mir gekommen bist.«

Der Dschungel lichtete sich, und vor ihnen tauchte ein weitläufiges, windschiefes, baufälliges Ungetüm von einem Haus auf, das aussah, als sei es von besoffenen Schrotthändlern gebaut worden.

»Und wo ist das Boot?«

Rabbit machte die Tür auf. »Es gehört nicht mir. Ich muß wen anrufen.«

»Du hast Telefon?«

»Ein Funksprechgerät. Komm rein, du läßt die Luft raus.«

Wenn es stimmt, daß ein Haus etwas vom Charakter seines Bewohners verrät, dann mußte in Rabbits Gehirn eine heillose Unordnung herrschen. Das Wohnzimmer war übersät mit Büchern, Papieren und Abfällen aller Art, und zwar nicht in einzelnen Haufen, sondern in wildem Durcheinander, so als hätte jemand darin gewütet und alles durch die Gegend geworfen.

»Willkommen in meinem Alptraum.« Rabbit watete durch einen Haufen Papier und stieß eine Tür auf, die in seine andere Gehirnhälfte führte: blitzblanke weiße Fliesen an den Wänden und auf Böden und Arbeitsplatten, eine ins Fenster eingebaute Klimaanlage, die kühle Luft hereinfächelte, ordentliche Regale mit Gläsern, Krügen, Bunsenbrennern, Instrumententabletts, Zentrifugen, Waagen, Mörsern und Stößeln, alles klinisch sauber und staubfrei. In einer Ecke war eine Sitzgruppe mit Stereoanlage, Couchtisch und La-Z-Boy-Sesseln.

»Geruhe, Platz zu nehmen, mein Sohn, und sieh die Platten durch. Ich muß mich erst mal abtrocknen, und dann schaun wir mal, ob ich wen erreiche.« Er verschwand durch eine dritte Tür.

Superman erhaschte einen Blick auf ein Bett, in ein gekacheltes Bad. Er hörte das Knistern atmosphärischer Störungen. Er ging in die Hocke und blätterte die Platten durch: Rachmaninow, Pygmäengesänge aus Afrika, Mahalia Jackson, Doris Day, der Everlasting Holiness Gospel Choir – und, hoppla, was haben wir denn hier? Ein ziemlich abgegriffenes Exemplar von *Ben Willis: Songs and Things*. Das erste Album. Auf dem Cover dieser sensible Poet mit dem dichten Haarschopf und der Gibson in der einen und einer gezeichneten Friedenstaube in der anderen Hand.

Superman drehte die Platte um und las die Widmung, die er durch seine Füllfeder ausgeschwitzt hatte: »Dieses Album ist für Alexa, die schönste Blume, die je im Garten eines Mannes gedieh. Für den Däumling Ben mit dem Zauberglanz in den Augen. Und auch für Hank Williams, der das Licht sah und den Preis dafür bezahlte.« Die prätentiöse Schuljungenprosa war ihm peinlich, doch über den »Däumling Ben« mußte er lächeln.

Die Platte trug die Kratzer und Flecken einer heißgeliebten LP. Die Stereoanlage war ein altes Telefunken-Gerät mit an der Seite eingehängten Boxen. Superman führte den Tonarm nach außen und legte ihn auf. Seine Stimme sprang aus den Boxen, so jung und quicklebendig, daß er förmlich zurückprallte.

Tell me, baby did you do the twist
Did you twist did you twist did you twist it like this
Tell me, baby did you do the thing
Did you rock did you swing like the rockin bird swings?
Wo Lolita
I'm a bona fide fool –
Dance me, baby, like you dance it in the school!

Damals hatte er sich um Ironie bemüht, aber jetzt klang »Statutory Romance« wie ein fetziger, mit drei Akkorden auskommender Rockabilly. Er merkte, daß er mit dem Fuß den Takt klopfte und sich im Rhythmus wiegte. Er hatte gar nicht mehr gewußt, welchen Biß seine Stimme einst gehabt hatte.

Rabbit erschien in einem frischen Overall, das Haar nach hinten gekämmt und zu einem Pferdeschwanz gebunden. Irgend etwas an ihm erinnerte an die alten Daguerreotypien von Konföderierten-Generälen: Er hatte etwas genauso Unerbittliches, Unbeugsames wie diese Männer und das gleiche fanatische Glitzern in den Augen. »Na, schwelgst du in Erinnerungen?«

»Mein erstes Album. Ich hab immer gehofft, mal einen kennenzulernen, der's gekauft hat.«

»Das wäre dann allerdings Spike. Ich hab's mir von ihm geborgt. Ganz munter, finde ich.«

Superman griff nach dem Tonarm – *bsssp!* und aus.

»Moment mal, das war ein Kompliment.«

»Nein, nein, es ist mir langsam auf die Nerven gegangen«, sagte Superman. »Was ist mit dem Boot?«

»In einer Stunde ist es am Strand. Inzwischen hab ich noch ein paar exzellente spirituelle Ratschläge für dich.« Er griff nach einem Rosenholzkästchen und entnahm ihm eine schlanke, selbstgedrehte Zigarette.

»Nein, danke, hör zu – ich hab eine lange Reise vor mir. Als ich das letzte Mal solches Zeug geraucht habe, hab ich mich furchtbar verfranzt.«

»Daß du mir immer meine Illusionen zerstören mußt! Weißt du denn nicht, daß der Herr ein erweitertes Bewußtsein lieb hat? Habe *ich* dich in der Discoteca vielleicht auf Abwege geführt?«

»Na und ob!« Er sah sich in dem Labor um. »Hast du das ganze Zeugs nur, um Drogen herzustellen?«

»Die Halluzinogene produziere ich nur zu meinem eigenen Vergnügen.« Rabbit zündete den Joint an und begann zu paffen. »Mein Hauptinteresse gilt der Synthese von Oxidationshemmern für auf Kohlenstoff aufgebaute Organismen. Ich habe viel mit psychoaktiven, hypnotischen und psychotropen Substanzen gearbeitet. Außerdem bin ich Doktor der Psychologie, und ich spiele gern mit Viren herum.«

»Ein kleines Genie, hm? Arbeitest du hier ganz alleine?«

Rabbit lächelte. »Ich habe Freunde.«

»Aber warum gerade hier? Bist du eigentlich berühmt, und ich erkenne dich nur nicht?«

»Ich bin hier, weil hier meine Arbeit ist. Und wie ist es mit dir, Superman, bist du wirklich nur aus Versehen hier, oder hat dich jemand geschickt?«

»Ich hab mich verflogen. Mußte notlanden.«

»Das ist deine Erinnerung? Daß du mit dem Flugzeug hierhergekommen bist?«

»Ich hab am Strand eine Bruchlandung gemacht.«

»Hmm.« Rabbit verschränkte die Arme. »Erzähl weiter.«

»Das war's schon. Und jetzt muß ich wieder nach Hause.«

»Warum?«

»Weil – ich hab eine Karriere, weißt du«, sagte er und wedelte mit der Plattenhülle. »Eine ganze Menge Leute sind von mir abhängig. Ich hab eine Familie – Menschen, die mir wichtig sind.«

»Zum Beispiel?«

»Na ja, meine Frau, und mein Kind. Aber was geht dich das eigentlich an?«

»Sachte, sachte –« Rabbit hob die Hände. »Da hat sich anscheinend viel Wut aufgestaut, mein Sohn. Kannst du mir sagen, wo die herkommt?«

Superman zog alles in allem Rabbit in seiner Rolle als Bote des Herrn vor. »Besorgst du mir jetzt ein Boot oder nicht? Wenn nämlich nicht –«

»Ich hab dir doch gesagt, es ist unterwegs. Weißt du, mein Sohn, du bist so was von mißtrauisch, daß man dich schon fast als paranoid bezeichnen muß, aber andererseits bist du auch total leichtgläubig. Ist dir klar, daß du die Pille, die ich dir in der Discoteca gegeben habe, geschluckt hast, ohne zu wissen, was drin war?«

»Na ja, schon – aber ich hab dich für einen netten Kerl gehalten, und Frank hat gesagt –«

»Frank. Was weißt du denn über Frank? Oder, wenn man's genau überlegt, über irgendeinen von uns? Du weißt nur, was wir dir erzählt haben. Also weißt du gar nichts.«

»Was soll denn das heißen?«

»Ich will dir den Kopf zurechtrücken«, sagte Rabbit. »Ich glaube, du bist in ein paar Punkten falsch informiert worden. Was ist dir sonst noch aufgefallen? Irgendwelche Nebenwirkungen, Blackouts, Halluzinationen? Komm schon, mir kannst du's doch sagen, ich bin Arzt.«

Superman dachte an die glänzende, über der Lichtung schwebende Electra, an den furchterregenden Anblick von Daisy und Jack, an den kleinen alten Mann, der bald da und bald verschwunden war. »Nein, nichts von alledem. Mir geht's prächtig.«

»Bist du sicher? Sag mir eins, Superman – weißt du eigentlich, wer die ist, bei der du gewohnt hast? Emily? Weißt du, wer sie ist?«

»Sie ist Amelia Earhart. Ich kenne die ganze Story.«

»Genau«, sagte Rabbit. »Du kennst die Story. Aber du hast keine Ahnung. Sie heißt Emily Lakenfield und stammt aus einer Fabrikantenfamilie im Staat New York. Sie war eins der ersten Mitglieder der Ninety Nines, ist bei Flugwettbewerben mit Amelia geflogen. Sie hat 1942 in Wyoming eine Bruchlandung gebaut und war anschließend gelähmt. Sie ist nie wieder ganz gesund geworden. Dann hat sie diese Fixierung auf Earhart entwickelt, die sie schon seit dreißig Jahren hier ausagiert. Sie ist nie drüber weggekommen, daß Amelia den ganzen Ruhm eingeheimst hat.«

»Ach, hör doch auf, Rabbit, ich hab das Flugzeug gesehen. Sie hat eine Lockheed Electra da oben, verdammt noch mal. Was willst du mir eigentlich einreden?«

»Aha, ein Flugzeug hast du also gesehen. Jeder kann Ziffern auf ein Flugzeug malen. Hast du dieses Flugzeug fliegen sehen?«

»Gewissermaßen. Ich meine, ja«, sagte Superman. »Pito – macht mit seinen Augen, daß es fliegt.«

»Ich fürchte, diese Halluzinationen werden noch ungefähr einen Monat lang wiederkehren. Die Formel muß noch leicht korrigiert werden.«

Superman spürte, wie seine Panik zunahm, als wäre ein schlanker, gefräßiger Wurm in seinen Körper eingedrungen, der ihn jetzt von innen her auffraß. Rabbit hatte ihm den Wurm eingepflanzt. Rabbit mußte verrückt sein, oder böse. Andernfalls hatte Superman allen Grund zur Panik. Sein verdrehter Realitätssinn drohte wieder das Innere nach außen zu kehren.

Es gibt im Leben eines Mannes Zeiten, in denen er sich zwischen einer intelligenten und einer dummen Möglichkeit entscheiden muß und zu spät merkt, welche Wahl er bereits getroffen hat. »Was war in der Pille drin, Rabbit? Was hast du mir da verabreicht?«

»Ich erwäge, es Sunbeam zu nennen. So eine Art mentaler Dosenöffner. Ich mußte deine Seele ein bißchen aufmachen, um hineinsehen zu können. Du bist hermetischer verschlossen als eine Dose Bohnen. Irgend etwas da drinnen nagt an dir, etwas, wovor du davongelaufen bist. Irgend etwas, wofür du dich wirklich schämst. Warum versuchst du nicht wenigstens mal, es rauszulassen?«

»Ich glaub, du willst mir einen Bonbon ans Hemd kleben, Rabbit. Am Ende behauptest du noch, Frank ist –«

»Frank Collins. Aus Oklahoma, einer von den Erdöl-Collins'. Frank war zwanzig Jahre Vorstandsvorsitzender, bevor er einen Sprung in der Schüssel gekriegt hat – eines Tages ist er in einem Fummel, wie ihn die Frauen auf Hawaii tragen, in eine Vorstandssitzung gegangen, wurde ein paarmal in öffentlichen Toiletten erwischt, so Sachen. Seine Familie hat ihn hierher abgeschoben. Er und Emily haben sich gut verstanden, sie war ohnehin auf der Suche nach einem Mann, der Franks Rolle spielen konnte, und sogar der Name hat gestimmt. Sie machen sich in schöner Eintracht was vor. Der Fachausdruck dafür lautet *folie à deux*.« Er zuckte die Achseln. »Wer noch?«

Superman wollte es nicht hören. Er wußte, es mußte kommen, und wollte nicht –

»Daisy. Soviel ich weiß, ist das ihr richtiger Name. Die Ähnlichkeit ist verblüffend, das läßt sich nicht bestreiten. Als sie hier ankam und sah, wieviel Spaß Emily und Frank hatten, hat sie es ihnen nachgemacht. Aber du hast sie ja gesehen – ich meine, du hast sie *gesehen*. Was meinst du?«

Superman atmete aus. »Sie ist es, glaub mir. Und der Mann in dem gelben Haus, den hat sie Jack genannt. Er sieht genau aus wie –«

»Jack Rutherford. Direktor bei der Hartford Insurance. Er ist von einer Harley gefallen und hat sich die Nuß angeknackst. Da haben auch des Königs Pferde und des Königs Mannen nichts mehr ausrichten können. Daisy kümmert sich rührend um ihn. Du hast doch nicht etwa gedacht, es ist – ah, nein, Superman, du weißt, daß das unmöglich ist. Deine Phantasie ist urlaubsreif.«

»Ich weiß, was ich gesehen habe«, sagte er trotzig.

»Unsere örtlichen Legenden«, sagte Rabbit. »Die haben es wirklich geschafft, dich einzuseifen, was? Paß auf, Daisy ist eine schöne Frau. Natürlich mußt du dich ein bißchen mit ihr befassen. Ist es da wirklich so wichtig, für wen sie sich ausgibt?«

»Aber Spike hat gesagt –«

»Der arme Spike. Hat er dir von seinem Unfall erzählt?«

»Ja, das mit seiner Mutter. Grauenhafte Geschichte.«

»Und noch dazu erstunken und erlogen. Spike war Portier in einer Propangasfabrik, die durch einen blöden Zufall in die Luft geflogen ist. Zweiundvierzig Tote. Er hat Glück gehabt, daß er's überlebt hat. Kein Wunder, daß er seitdem psychische Probleme hat.«

»Wenn das alles stimmt, warum sind die dann hier? Was *ist* das hier für ein Verein?«

»Stell's dir am besten als Refugium für umnachtete Reiche vor. Wir sind hier weitab von jeder Zivilisation, mein Junge. Jeder von diesen Patienten hat jemanden, dem es einen Haufen Geld wert ist, daß man nie mehr was von Cousin Jack hört.«

»Moment mal.«

»Und sie finden es toll, wenn ein Neuer ankommt, dann können sie mit seinem Gehirn herumspielen. Das sind funktionale Fälle, und so verschaffen sie sich ab und zu einen Kick.« Er lächelte. »Das gilt wahrscheinlich auch für mich. Aber ich hab alle Hände voll zu tun, den ganzen Laden zu schmeißen, und deshalb keine Zeit für Spielchen.«

»Ach, komm, du schmeißt den Laden hier?«

»Ich bin Psychiater, mein Lieber. Diese Menschen sind meine Patienten. Auf den ersten Blick mag es so aussehen, daß ich meine Sache nicht allzu gut mache. Aber glaub mir, jeder von denen war ein Nervenbündel. Hier geht's ihnen viel besser, hier funktionieren sie viel besser als in der anderen Welt, aufgrund dessen, was ich für sie im Hinblick auf Stimmungsaufhellung und Verhaltensmodifikation tun kann.«

»Aber du kannst Emily, wer immer sie wirklich ist, doch nicht schon dreißig Jahre in Behandlung haben.«

»Ich hab das hier übernommen, als David Washofsky 66 in Pension gegangen ist.«

»Aber wer ist dann dieser – Magier? Amelia – Emily sagt, er ist hier der Boß.«

»Das ist ihr Spitzname für mich. *El Mago*. Einfache Übertragung. Der Patient projiziert seine Autoritätsphantasien auf den Therapeuten.« Er lächelte. »Ich bin gewiß kein Magier, aber ich hab bei manchen von ihnen große Erfolge erzielt. Und nebenbei treibe ich noch aufregende Forschung. Wie ist das eigentlich mit dir, Superman. Hast du schon jemals eine Therapie gemacht?«

»Nö, ich doch nicht.«

»Warum nicht?«

»Ich war noch nie verrückt.«

»Und jetzt? Du wirkst völlig durcheinander.«

»Bin ich ja auch, verdammt.«

»Erzähl mir doch davon«, sagte Rabbit. »Von dieser Verwirrung. Hast du irgendeine Ahnung, woher die kommt?«

»Ich brauche mir nicht – hör zu, kannst du nicht mal eine andere Platte auflegen? Ich hab genug von diesem Spiel.«

»Es ist gar kein Spiel«, sagte Rabbit. »Wir reden über dein Leben.«

»Mein Leben?«

»Deine Familie hat dich hierhergeschickt, mein Sohn. Du hast durchgedreht. Okay? Eines Abends hast du bei Tisch zu heulen angefangen und gar nicht mehr aufhören können. Absolut verständlich, bei dem Streß, den du hattest. Also haben sie dich hierher zu mir geschickt, und ich meine, es wird allmählich Zeit, daß wir anfangen, an deiner Genesung zu arbeiten. Ich glaube, du hast sehr gute Chancen, wieder gesund zu werden.«

Superman stand auf. »Schönen Dank für die Verarschung, Rabbit. Ich muß jetzt gehen.«

»Halt, wo willst du denn hin?«

»Irgendwo auf dieser Insel gibt's ein Boot.«

Rabbit schaute mit einem nachsichtigen Lächeln auf. Die Deckenlampe verwandelte die Gläser seiner Brille in blendende Lichtscheiben. »Du kannst nicht weg, kapiert? Es ist verboten.«

»Na, dann paß mal gut auf.« Superman stürmte durch die Papierhaufen, aus dem Haus, in die schwere, feuchte Luft hinaus.

»Hey, Junge, komm zurück! Ich hab doch nur Spaß gemacht!«

Superman rannte den Pfad entlang. Er wurde erst langsamer, als er wieder den Strand erreichte.

Am Himmel zeigte sich das erste Morgengrauen.

Einen Moment lang hatte Superman in dem kalten weißen Raum gedacht, Rabbit müsse der Teufel sein – außer er sagte die Wahrheit, und Superman hatte irgendwie den Verstand verloren, ohne es zu merken. Wie logisch das alles klang, wenn Rabbit es beschrieb: ein tropisches Irrenhaus, bevölkert von lauter Verrückten, die sich für Berühmtheiten hielten.

Er zwang sich, ruhig und tief zu atmen. Seine Lebensgeister versammelten sich um ihn und bildeten einen kleinen Schutzwall.

Rabbit war nicht der Teufel, er war etwas viel Gefährlicheres: ein Naturwissenschaftler, der auf eigene Faust arbeitete. Superman schauderte bei dem Gedanken, daß ein hausgemachtes Halluzinogen immer noch in seinem Blutkreislauf lauerte. Er wußte nicht, ob er irgendeiner dieser wirbelnden Emotionen trauen konnte – jeder Gedanke in seinem Kopf konnte das Resultat einer chemischen Reaktion sein.

Er schleppte sich an dem großen Felsen vorbei, wo die Wellen auf Rabbits Absprungstelle krachten. Er wußte nicht weiter, machte kehrt, wurde nervös. Er fand die Mündung des Flusses nicht mehr. Und er fand die Straße nicht, die den Berg hinauf zum Großen Haus führte.

Verzweifelt wandte er sich den schwachen Lichtern der Discoteca zu, und im selben Moment sah er das kleine orange und grüne Boot, das am Strand vertäut auf ihn wartete.

14
Sein Naturbegriff

Das Boot tanzte auf der Brandung. Superman nahm das Paddel, um heil durch die Brecher zu kommen. Er mußte an Amelias Warnung denken: *Diese Menschen langweilen sich, Ben, das sind lauter Gefangene hier, die geben sonst was dafür, daß sie einen neuen Spielgefährten bekommen.* Wie nahe er dran gewesen war, den verschiedenen Versuchen, ihn einzuwickeln, zu erliegen: Emilys sanften Überredungskünsten, Franks Intrigen, den Tricks des alten Indios, Rabbits abenteuerlichen Lügenmärchen, die Superman an seinem Verstand zweifeln ließen … Als er so aufs Meer hinauspaddelte, wurde ihm klar, daß er immer noch in den wirren Strudel zurückgesogen werden konnte, falls er es sich gestattete, an Daisy zu denken. Sie war auf dieser Insel die einzige Kraft, die stark genug war, ihn zurückzuhalten. Er durfte nicht an sie denken.

Er paddelte mit einer Kraft und Entschlossenheit, die ihn an sein früheres Selbst, vor der Bruchlandung, erinnerte. Eines Tages würde er zurückkommen müssen, um festzustellen, welche Teile des Traums Wirklichkeit waren. Er zog den Choke heraus und riß an der Anlasserschnur. Der Motor fing an zu tuckern und blies ihm eine blaue Rauchwolke ins Gesicht.

Er steuerte durch die Dünung und schaute zum nördlichen Berg auf, wo Pito jetzt den Rasen rechte und mit den Vögeln sprach, Catalina feuchte Bettücher über die Hecken breitete, Gyp bellte, Amelia zum Frühstück im Pavillon rollte. Vielleicht schaute sie zufällig einmal herunter und sah, wie er entkam. Er schickte ihr einen Gruß, für alle Fälle. Danke für alles, Lady. Ich hoffe, Sie schaffen das mit Ihrem Flug.

Wir verlassen jetzt die verwunschene Zone. Bitte legen Sie Ihre Sitzgurte an.

Am Strand nickten die Kokospalmen mit den Wipfeln: *ja, ja, weiter so!* Der Himmel hatte das denkbar zarteste Rosa, wie das Blütenblatt einer Rose kurz bevor es abfällt. Das Wasser spiegelte den Himmel, und sogar der Sand war rosa – alles rosig und frisch und warm.

Er wünschte, er hätte Daisy noch ein einziges Mal geküßt, damit sie ihn nicht vergaß.

Er steuerte einen Kurs um den südlichen Berg herum. Seine Zehen quatschten in den Schuhen. Weiter weg vom Strand wurde das Grollen der Brandung allmählich vom Tuckern des Motors und dem Platschen der Wellen am Bootsrumpf übertönt. Die See war eine weite Fläche, belebt vom leichten Steigen und Fallen der Dünung.

R-Gespräch nach Encino, Kalifornien. Hallo, Ben Junior, ich bin's, Dad. Ich bin am Leben, wie geht's dir? Du wirst staunen, was ich dir für eine Geschichte zu erzählen hab, wenn ich heimkomme … Ist Mom da?

Die äußerste Spitze des Vorgebirges endete jäh in einer Felswand, die senkrecht in einen Friedhof großer Felsbrocken abfiel. Superman steuerte um die Klippen herum. Er fragte sich ja schon lange, an welchem Punkt der Erde er sich hier befinden mochte, und da die Sonne über dem Festland aufging, folgerte er, daß die Insel der Pazifikküste vorgelagert sein mußte. Das gebirgige Land auf der anderen Seite der Meerenge mußte Mittel- oder Südamerika sein, vielleicht Mexiko; er hatte nicht die geringste Ahnung, wie tief im Süden er sich befand. Womöglich war das überhaupt kein Festland, sondern nur eine größere Insel, und dann waren alle Berechnungen sinnlos. Wenn seine Theorie aber stimmte, konnte er mit seinem Boot an der Küste entlang nach Norden fahren und irgendwann die guten alten USA erreichen.

Er hoffte einen schnelleren Weg zu finden.

Er umschiffte das Vorgebirge. Gelbes Sonnenlicht kam über das Wasser getanzt. Acht Pelikane flogen in schräger Formation über ihn hinweg. Die Luft roch wie frischer Fisch.

Seine Laune besserte sich. Es machte ihm Spaß mit dem kleinen Boot draußen auf dem Wasser, unterwegs Richtung Heimat. Bevor er hierherkam, hätte er so etwas nie und nimmer zu schätzen gewußt. In seinem alten Leben hatte sich sein Naturbegriff darin erschöpft, im Fond einer Limousine zu sitzen und sich einen National-Geographic-Film anzuschauen.

Er erinnerte sich an den Moskito, der sich an seinem Bauch gelabt hatte, während er noch in den Betonpanzer eingeschlossen war. Er erinnerte sich, wie gut es ihm getan hatte, die Arme hochzuheben und das kleine Mistvieh zu zerquetschen. Schon lange hatte er sich nicht mehr so lebendig gefühlt wie damals. Die überwältigende Lebensfülle auf diesem Fleckchen Erde hatte ihm vor Augen geführt, was in seinem eigenen Leben alles gefehlt hatte, all die Wunder einer Welt, für die er stets blind gewesen war.

Jetzt begriff er, daß er die Zeit auf der Insel gebraucht hatte, um sich über alles das klarzuwerden. Wäre er nicht mit dem Flugzeug abgestürzt und gezwungen gewesen, eine Weile stillzuhalten, hätte er nie beobachtet, wie ein Kolibri versuchte, aus einer roten Serviette Nektar zu trinken. Er hätte nie die Zeit gefunden, dem Tanz der Schmetterlinge zuzusehen. Er hätte weder Amelia kennengelernt noch den alten Indio oder irgendeines der anderen exotischen Wesen auf der Insel. Er hätte sein Leben weitergelebt, ohne jemals den Gesang des Louie-Louie-Vogels zu hören oder mit einer Göttin zu schlafen.

Es würde schwer sein, diese Lektionen in der anderen Welt nicht wieder zu vergessen. Nur allzu gut konnte er sich den Trubel bei seiner Rückkehr vorstellen: Blitzlichtgewitter, durcheinanderschreiende Journalisten. Irgendwie würde er sich die Erinnerung an diesen Morgen auf dem seidigen Wasser bewahren müssen, an diese geruhsame Fahrt unter der gleißenden Sonne.

Er konnte sich nicht vorstellen, in sein Leben zurückzukehren, so wie es früher gewesen war, vom Hotel in die Limousine, zum Flughafen, in die Limousine, ins Stadion – ein dunkles, abgeschirmtes, ungelüftetes Dasein, bei all seinen glitzernden Reizen. Er war jetzt ein anderer Mensch. Er würde eine neue Lebensweise finden müssen. Er würde zu seiner Frau und seinem Sohn zurückkehren und sich den Rest seines Lebens wundern, wieso er sich jemals eingebildet hatte, ohne sie leben zu können.

Die Insel wandte dem Festland ein felsiges, abschreckendes Antlitz zu. Von hier aus konnte man sie für unbewohnt halten – kein Landeplatz, keine Bucht, in der man ein Boot zu Wasser bringen konnte, nichts, was darauf hinwies, daß es auf der anderen Seite einen herrlichen weißen Sandstrand gab. Ein perfektes Versteck.

Die Meerenge war breiter, als sie vom Gipfel des Berges aus gewirkt hatte. Superman blinzelte durch den Dunst zu dem Dorf auf der sandigen Halbinsel hinüber. Vertäute Boote saßen auf dem seichten Wasser wie Seevögel.

Das plumpe Boot pflügte durch die Dünung. Superman drückte den Gashebel. Der Hebel rührte sich nicht. Er drückte fester. Der Hebel brach mit einem *Ping!* ab.

Er starrte den Metallstumpf an.

Wie war das möglich? Er hatte längst nicht so fest gedrückt, daß der Hebel abbrechen konnte. Billiger Schrott, dieses Boot, wenngleich es von einem Hundertjährigen herbeigezaubert worden war.

Irgend etwas schlug mit einem dumpfen Knall an die Bordwand. Eine schlanker goldener Flüssigkeitsbogen stieg aus dem Benzintank in die Höhe.

Großer Gott. Jemand schoß auf ihn.

Benzin spritzte ihm an die Brust, auf die Arme, auf den glühendheißen Motor.

In einem klaren Moment sagte eine Stimme: Raus aus dem Boot!

Er arbeitete sich zum Bug vor, schürfte sich an der Ruderklampe das Bein auf, hechtete ins Wasser.

Er kam wieder hoch, schnappte nach Luft. Das Boot wendete und kam schnurstracks auf ihn zugefahren, *tucker tucker tucker*.

Er nahm all seine Superkräfte zusammen, knickte kopfüber nach unten ab und ruderte heftig mit den Beinen. Er spürte, wie der Propeller über ihn hinwegzischte, ein scharfer Wasserstrahl traf seine Beine.

Er tauchte im Kielwasser auf. Das Boot vollführte einen Halbkreis, um einen neuen Angriff auf ihn zu starten. Er überlegte, ob er wegschwimmen oder wieder tauchen sollte, als der Motor explodierte: ein dumpfes *Plopp! plopp!*, ein weißer Blitz, dann erreichte das Feuer den Tank, und dreißig Liter Benzin explodierten.

Eine dicke Feuerkugel blähte sich, füllte das ganze Boot und stieg als wirbelnde Säule schwarzgelber Verbrennung in die Höhe. Die Explosion hob das Boot aus dem Wasser und ließ es in zwei Hälften zerbrechen, die ins Wasser zurückfielen und versanken.

Der Feuerball löste sich in eine schwarze Rauchwolke auf. Ein heißer Luftstoß streifte Supermans Gesicht. Zwanzigdollarnoten regneten herab wie Konfetti.

Wassertretend hielt er sich an der Oberfläche.

Er hob das Bein aus dem Wasser, um nach der blutigen Schürfwunde zu sehen. Er wedelte mit der Hand im Wasser. Er konnte sich nicht erinnern, jemals gehört zu haben, daß es in diesen Gewässern Haie gab ...

Er suchte mit den Augen die Flanke des Berges ab, um vielleicht zu sehen, wer auf ihn geschossen hatte. Er hörte einen Chor von Stimmen: Du kannst hier nicht weg. Es ist verboten. Er läßt es nicht zu.

»Okay, du Scheißkerl«, schrie er, »zeig dich, du verdammter Feigling! Hier bin ich! Knall mich doch ab hier in dem Scheiß-Wasser!«

Er meinte zu hören, wie hinter ihm eine Kugel zischend ins Wasser fuhr, aber vielleicht war es auch nur eine Welle. Vom Festland war er noch viel zu weit weg. Er peilte die Insel an, legte den Kopf aufs Wasser und fing zu kraulen an, wühlte sich kraftvoll durch die Wellen. Es juckte ihn zwischen den Schulterblättern, an der Stelle, wo die Kugel ihn treffen würde.

Er schaute auf. Anscheinend war er noch kaum vorangekommen. Er senkte den Kopf wieder und kraulte weiter. Eine Viertelstunde schwamm er so schnell er konnte. Er merkte nicht, daß die Gezeitenströmung ihn schnell aus der Meerenge trug, hinaus aufs offene Meer. Als er endlich begriff, war er schon eine halbe Meile an der Insel vorbei.

Jetzt, da er ohnehin ertrinken würde, machten sie sich nicht mehr die Mühe, auf ihn zu schießen.

Er drehte sich auf den Rücken, um Luft zu holen. Etwas stupste ihn in die Seite, dicht unterhalb des Brustkorbs.

Er schnellte aus dem Wasser und legte einen Meter auf dem Rücken zurück wie ein Wasserläufer, bevor die Schwerkraft ihn wieder hinabzog.

Lieber Gott, bitte laß mich nicht im Maul eines Hais enden, ich will noch nicht sterben. Er schlug wie wild um sich und hielt nach der Flosse Ausschau.

Etwas stupste ihn in den Rücken.

»Oh, Scheiße!« Schwimmen war nicht schnell genug, er mußte sich aus dem Wasser erheben und darüberlaufen, und er versuchte es tatsächlich, sprang vorwärts mit all der Energie, die einem in äußerster Not zuwächst, aber es reichte nicht. Er stieß mit etwas Großem zusammen. Etwas rieb sich rauh an seinem Schenkel. Er fing an zu zittern, rief »Nein, bitte nicht«, schloß die Augen, wollte nichts sehen, zwing mich nicht hinzusehen, friß mich, aber zwing mich nicht hinzusehen.

Als er nach einer Ewigkeit immer noch lebte, schlug er die Augen auf und sah in ein großes, gelbes Auge.

Groß, goldgelb und so alt, daß sein starrer Blick den Schrei in seiner Kehle erstickte.

Der Kopf war ein heller, formloser Knubbel mit diesen unheimlichen goldenen Augen und einem urtümlichen, schnabelförmigen Maul. Ein massiger, länglicher Panzer, dunkel spinatgrün. Vier Flossen wie ausgebreitete Schwingen, die sacht im Wasser fächelten.

Es waren mehrere: Das Wasser war voll von ihnen, sie ließen sich treiben, beobachteten ihn.

Er streckte die Hand aus und berührte eine Flosse. Sie fühlte sich kühl an, nervenlos kühl und zu glatt für etwas, was so lebendig wirkte, und so weise.

Superman schlang beide Arme um den Panzer. Die Schildkröte senkte den Kopf und schwamm los, schleppte ihn neben sich her. Die anderen folgten, mühelos schwimmend mit gemächlich schlagenden Flossen.

Superman wußte, daß ihm ein Wunder geschah. Er klammerte sich an den Panzer und bedankte sich, still und inbrünstig, so wie sich eine Entenmuschel bedanken würde.

Eine Welle riß ihn los. Die Schildkröte wartete, bis er wieder an Bord war, und schwamm dann weiter.

In der Ferne schimmerte der Strand. Ein Mann stand dort, wartend.

Die Schildkröte ruderte stetig durch die Wellen, ohne zu ermüden oder langsamer zu werden. Wie auf ein Signal hin fielen die anderen zurück. Supermans Schildkröte ruderte weiter bis ins Flachwasser.

Superman ließ sich herabgleiten. Er tätschelte den Panzer. »Du bist die beste Schildkröte, die mir je begegnet ist.«

Eine Welle überspülte seinen Kopf. Als er wieder auf die Füße kam, war die Schildkröte verschwunden.

Von der nächsten Welle ließ er sich an den Strand tragen. Taumelnd stieg er aus dem Wasser und brach auf dem Sand in die Knie. Pito näherte sich mit seiner Gitarre und dem knotigen Gehstock. »Du zurückkommen«, sagte er.

Superman drehte sich herum. Die Sonne war heiß und schrecklich schön. »Ja«, sagte er, »ich zurückkommen.«

Pito klopfte ihm auf die Schulter. »Bald fliegen.«

15
Daheim ist es am schönsten

Amelia sah von einem Buch mit alten Landkarten auf. »Ich wußte, daß Sie zurückkommen.«

»Ich hab's mir nicht aussuchen können.« Superman ließ sich in einen Sessel fallen. »Irgend jemand hat mich aus dem Wasser gebombt.«

»Sehen Sie jetzt, was ich Ihnen die ganze Zeit klarmachen wollte?« Sie schlug das Buch zu. »Gut, daß Sie noch am Leben sind. Wir können die alte Mühle fliegen, Ben, ich weiß es einfach. Ich habe ein paar neue Berechnungen angestellt; wir können früher los, als ich dachte. Sie haben Dollars, wir können in Caracas Sprit kaufen –«

»Moment mal, Lady, ich glaube, das müssen wir erst noch besprechen.«

Sie verschränkte die Hände. »Besprechen?«

»Also erstens sind meine Dollars mit dem Boot untergegangen. Jetzt hab ich kein Geld mehr, kein Flugzeug, kein Boot, keine Möglichkeit, von hier wegzukommen. Wahrscheinlich bin ich selber schuld, weil ich hier im Niemandsland gelandet bin, aber heute wär ich um ein Haar draufgegangen. Ich möchte eine paar ehrliche Antworten von Ihnen. Ich hab Ihre Lügen satt.«

Ihr Gesicht drückte müden Gleichmut aus. »Ich hab Sie zunächst wirklich belogen, Ben. Ich habe Ihnen gesagt, was Sie unbedingt wissen mußten, und kein Wort mehr. Vielleicht war das ein Fehler, aber ich wollte Sie nur schützen. *Ich* habe jedenfalls nicht versucht, Sie umzubringen.«

»Also wo ist er? Wo wohnt er? Kommen Sie schon, bringen Sie mich zu ihm. Ich muß mit ihm reden.«

»Wenn er nicht geschäftlich unterwegs ist, lebt er völlig zurückgezogen. Sie würden nie an seinen Leibwächtern vorbeikommen. Das ist seine Residenz, dort oben auf dem Gipfel. Sehen Sie's, das weiße Dach?«

Superman schaute in die Richtung, in die sie zeigte, und sah eine in der Sonne glänzende Fläche auf dem Gipfel des südlichen Berges, hoch über der Discoteca. »Was macht er da oben so ganz alleine?«

»Man hört nur Gerüchte. Angeblich hat er große Pläne für die Insel. Es heißt, er will die Bäume fällen, den Berggipfel schleifen und etwas bauen, was, weiß ich nicht. Wahrscheinlich irgendein Denkmal zu Ehren seines Ichs. Aber natürlich kann er tun und lassen, was er will. Er hat zwei Dutzend bewaffnete Männer da oben, die für Ordnung sorgen.«

Superman erinnerte sich an die Muskelprotze in dem Land-Cruiser bei der Discoteca. »So dümmliche Riesenkerle in Tarnanzügen?«

Sie nickte.

»Also eine Privatarmee? Ist ja verrückt.«

»Die ganze Idee ist abscheulich. Manchmal denke ich, er wartet bloß darauf, daß ich sterbe, damit er mit dem Bäumefällen anfangen kann. Die ganzen Jahre hat er sich an unsere Abmachung gehalten – er hatte noch einen Rest von Respekt vor der Insel, und vor mir. Aber das ist jetzt vorbei. Er hat sich verändert. Bäume und Affen bedeuten ihm nichts. Für ihn ist die Insel nur eine x-beliebige Immobilie, aber sie gehört ihm genausowenig wie Ihnen oder mir. Sie gehört den Menschen, die seit Jahrhunderten hier leben. Für sie ist sie ein heiliger Ort. Wir anderen sind bloß Besucher.«

»Warum wehren sie sich dann nicht? Ihr solltet euch verbünden! Alle zusammen wärt ihr zehnfach in der Überzahl.«

»Vor vier Jahren hat es eine *huelga* gegeben, einen Streik. Die Einheimischen haben gedroht, wegzugehen, falls er sie nicht zu Weihnachten eine Woche von der Insel läßt. Drei von ihnen wurden am Strand angetrieben, mit Kopfschüssen. Damit war die *huelga* zu Ende. Eines Tages werden sie vielleicht keine Angst mehr haben und wieder rebellieren.«

»Sind sie denn seine Sklaven?«

»Ja.« Sie sah ihn mit festem Blick an. »Genau das sind sie.«
»Und Sie?«
»Ach, schon seit Jahren«, sagte sie. »Gekauft und bezahlt.«
»Dieser Rabbit hat mir ziemlich glaubhaft erzählt, daß Sie und die anderen Nichteinheimischen nur eine Bande von Schwachköpfen sind.« Superman suchte in ihrem Gesicht nach irgendwelchen verräterischen Anzeichen. »Er sagt, er ist Psychoklempner, und Sie sind seine Patientin. Ihr Name sei Emily Lakenfield, und die ganze Earhart-Story sei eine Wahnidee.«
Amelia lächelte schwach, so als hörte sie einen uralten Witz zum zehnten Mal. »Das ist wirklich ein raffiniertes Kaninchen, das der Magier da in seinem Hut hat. Die versuchen, Sie zu desorientieren. Sie sind Ihretwegen beunruhigt, Ben. Sie haben die natürliche Ordnung der Dinge aus dem Gleichgewicht gebracht. Pito hat es von Anfang an gespürt – Sie haben Ihre eigene Macht.«
»Aber warum sollte ich Rabbit nicht glauben? Was er sagt, ist in sich schlüssiger als alles, was Sie mir erzählt haben.«
»Glauben Sie, was Sie wollen«, sagte sie. »Ich habe Sie gebeten, mir zu helfen. Ich werde nicht betteln. Wenn Sie meinen, Sie haben mit Rabbit mehr Chancen, gehen Sie.« Sie wedelte mit der Hand. »Ich will nur noch diesen einen Flug machen und meine Geschichte erzählen. Ich möchte, daß die Welt erfährt, was dieser Mann vorhat. Ich tu's nicht für mich, Ben – ich hab meinen Teil an Ruhm und so weiter gehabt. Ich will ihn nur aufhalten. Wenn wir ihm nicht in den Arm fallen, werden noch mehr Menschen verschwinden, und eines Tages wird diese Insel sterben.«
Er hob den Blick. »Also, worauf warten wir noch?«
»Sie helfen mir?« Ihr Miene hellte sich auf.
»Wenn wir's nicht mehr lange aufschieben«, sagte er. »Und nicht um die ganze Welt fliegen. Wir machen, daß wir hier wegkommen, sobald die Maschine startklar ist. Man wird Ihnen glauben, dafür sorge ich schon. In dem Punkt müssen Sie mir vertrauen.«
»Einverstanden«, sagte sie. »An die Arbeit.«

Er dachte nicht an Daisy.
Er bezog wieder seine Hütte auf dem Hügel. Morgens brach-

te Catalina ihm das Frühstück und beschimpfte ihn höflich. Nachmittags saß er im Cockpit der Electra und übte Starts und Landungen. Er gestattete sich nicht einen einzigen Schritt hinaus vor die rosa Mauer. Er fesselte sich an den Mast. Und er dachte überhaupt nicht an Daisy.

Er stand mit Pito auf der Lichtung neben dem Hangar und sah zu, wie die Männer mit langen Messern eine zwölf Meter breite Schneise in den Dschungel schlugen. Die Reihe der Männer mit den Macheten zog sich quer über den Steilhang, den hinunterzustürzen er einmal einen ganzen Nachmittag gebraucht hatte.

Eine Horde schwatzender und kreischender Springaffen tauchte in den Bäumen auf. Die Männer lachten und warfen Steine nach ihnen.

Pito hakte zwei Finger in die Mundwinkel und pfiff. Die Titis trollten sich.

Die Schneise reichte immer tiefer hinab, genauso breit wie die Flügelspannweite einer Lockheed Electra. Insekten flitzten umher, in einem Tanz zum Lob des ungewohnten Sonnenlichts. Stechender Chlorophyllgeruch erfüllte die Luft, der Geruch zerhackter und niedergetrampelter Pflanzen.

Superman hatte keine Ahnung, wie Pito dieses Flugzeug diesen Hang hinunterschaffen wollte, aber normale Schwierigkeiten wie Schwerkraft und ein vierzig Grad steiler Hang konnten Pito ja nicht beeindrucken. Er wandte seine Magie beiläufig an, so wie man ein Taschentuch aus der Hosentasche zieht. Superman verbrachte Stunden in der Electra, die, einzig angetrieben vom steten Blick des alten Mannes, über der Lichtung schwebte. Wo Pito gerade arbeitete, bevölkerten Schwärme von Sittichen die Bäume. Leguane äugten aus dem Schatten nach ihm. Werkzeug kam aus der Kiste in seine aufgehaltene Hand geflogen.

Superman und Frank brachten drei Tage und Nächte damit zu, den Steuerbordmotor zu reinigen und wieder zusammenzusetzen, und dann drehte er nicht. Stundenlang bosselten sie daran herum. Schließlich kletterte Pito die Leiter hinauf, spuckte einmal in den Luftansaugstutzen und nickte ihnen zu, es noch einmal zu probieren. Der Motor hustete kurz und sprang an.

Zwei Nächte zuvor hatte Superman Geräusche vor seiner Hütte gehört und die Bambustür einen Spaltbreit aufgeschoben. Auf der Treppe saß der Alte, in einem Halbkreis hockender weißgesichtiger Affen – sehniger, wild aussehender schwarzweißer Affen dreimal so groß wie die Titis, und kein bißchen »süß«. Gelegentlich grunzte Pito oder verzog das Gesicht, schob die Unterlippe vor oder rieb sich die Nase. Die Affen sahen ihn an, kratzten sich und fanden das offenbar eher langweilig. So ging das fast zehn Minuten lang.

Schließlich kamen die Affen näher und berührten Pito einer nach dem anderen, scheu, nur ein leichtes Antippen seines Schuhs, und schon verschwanden sie wie die wilde Jagd einen Baum hinauf.

Der alte Mann drehte sich um. »*Buena' noches.*«

»Was hast du ihnen gesagt, Pito?«

»Ich nicht sagen. Die *monos* sagen.«

»Was haben sie gesagt?«

»Bald kommt große Sturm. Dann du fliegen.«

»Sie halten für uns Wache, hm?«

Pito legte Superman die Hand auf die Schulter. »*Tú eres muy importante aquí, entiendes?* Du wichtig.«

»*Gracias*, Pito. Du bist auch wichtig. Du bist ein guter Freund.«

»Nein, ich nicht *Freund*. Du wichtig. Nach Flug«, fragte er, »du wiederkommen?«

»Mal sehen. Vielleicht.«

»Du wiederkommen. *Los monos dicen que sería una guerra aquí. Necesitamos su fuerza. Tienes una fuerza especial.*«

»Du sagst es«, erwiderte Superman. Er hatte die Erfahrung gemacht, daß man, wenn jemand spanisch sprach, nur seine Zustimmung kundtun mußte. Es war erstaunlich, wie gut das funktionierte.

Die Prophezeiung der Affen hatte sich nicht bewahrheitet. Heute war der Tag der Abreise, und es hatte seit Tagen nichts als blauen Himmel und hohe, dünne Wolken gegeben. Die *macheteros* am Fuß des Abhangs waren nicht mehr zu sehen, aber die Hackgeräusche ihrer Klingen pflanzten sich durch die Bäume nach oben fort.

Werkzeug aus dem Hangar klapperte, als Frank von der Verkleidung des Steuerbordmotors herunterstieg. In letzter Zeit hatte er seine Perücken und Nachthemden mit einem Mechaniker-Overall mit Reißverschluß vertauscht. Erst hatte er sich geweigert, auch nur darüber nachzudenken, ob er mitfliegen sollte – er sei zu alt, um noch einmal in die Außenwelt zurückzukehren, sagte er, er habe sich zu sehr an die bestehenden Verhältnisse gewöhnt –, aber dann überlegte er es sich und versprach, doch mitzukommen.

An den meisten Tagen hatte er weithin schallend »*Fly Me to the Moon*« gesungen, aber heute war ihm das Singen vor lauter Arbeit vergangen. Seit Sonnenaufgang war er im Hangar, kontrollierte, korrigierte, stellte in letzter Minuten alle möglichen Listen zusammen. »Mr. Willis, die Leuchtpistolen und die Leuchtkugeln?«

»In die Kiste unter dem Rettungsfloß.«

»Haben Sie sie noch mal überprüft?«

»Dreimal, Frank. Lassen Sie's gut sein.«

»Ich hab ständig das dumme Gefühl, daß wir noch was vergessen haben.«

»Wie denn das, bei den vielen Listen?«

Frank wischte sich die Hände am Overall ab. »Wenn das so ist, wird's wohl langsam Zeit, daß ich mich umziehe?«

»Wozu denn das? Sie sehen doch tipptopp aus.«

»Nein, bitte. Sie glauben doch wohl nicht, daß ich so losfliege?« Er hatte den ganzen Vormittag auf dem Hangarboden gelegen und anhand seiner Flugkarten den Kraftstoffverbrauch berechnet. Superman wandte ein, daß die Karten vierzig Jahre alt seien, aber Frank sagte nur, »Was Besseres haben wir nicht«, und zeichnete weiter Verbindungslinien zwischen Flugfeldern, die es wahrscheinlich schon längst nicht mehr gab.

Das ganze Unternehmen hatte einen leichten Beigeschmack von pittoresker Unwirklichkeit. Auf Amelias Drängen hin hatten sie eine ganze Nacht lang den antiquierten Bendix-Peilempfänger repariert, obwohl Superman ihr begreiflich zu machen versuchte, daß das Fünfhundert-Kilohertz-Band in der Luftfahrt schon seit dem Zweiten Weltkrieg nicht mehr verwendet wurde. Sie hatte trotzdem verlangt, daß sie den Apparat instandsetzten.

Amelia und Frank dachten offenbar, daß sie in dieselbe Welt hinausfliegen würden, der sie 1937 den Rücken gekehrt hatten. Sie hatten noch nie eine Autobahn gesehen. Superman konnte es nicht erwarten, ihre Gesichter zu sehen, wenn sie in L. A. landeten.

Frank ließ die Schlösser der Werkzeugkiste einschnappen. »Ja, das wär's dann wohl. Wie der Dichter sagt: ›Jetzt kann nichts mehr passieren, außer es geht schief.‹ Wir sehen uns am Strand.«

»Und wie soll ich da hinkommen?«

»Sie und ›Häuptling‹ Pito schaffen das Flugzeug runter. Wir kommen im Jeep nach.«

Pito nickte.

Superman sagte: »Mir sagt ja hier keiner was.«

Pito legte die Hand an die Tragfläche und schob die Electra aus dem Hangar. Es waren sieben Tonnen Flugzeug und Kraftstoff, die er da wie einen Kinderwagen ins Freie schob.

Superman inspizierte Franks Kabine hinter dem Reservetank: Flugkarten in einem Fach über Kopfhöhe, eine runde Glasscheibe im Kartentisch über dem aperiodischen Kompaß, drei an das Fenster mit optischem Glas geklemmte Chronometer, daneben eine Art Teleskop, ein sogenannter Peilaufsatz, dessen Anwendung Frank in enervierender Ausführlichkeit erklärt hatte. Kompasse, Winkelmesser und Lineale waren mit breiten Gummibändern an dem Tisch festgemacht.

Superman kroch den Laufsteg über dem Reservetank entlang und versuchte, nicht daran zu denken, auf was für einer Bombe er da sitzen würde: Achtzehn Hektoliter Sprit würden die Explosion seines Bootes wie einen Schuß mit einer Luftpistole erscheinen lassen. Er schwang sich durch die Luke auf den Kopilotensitz und schaute hinaus.

Pito nahm die Hand von der Tragfläche. Das Flugzeug hob wie ein Luftballon vom Boden ab, gierte, schwebte, ohne sich fortzubewegen.

Pito trat an die Kante des Abhangs. Die Nase des Flugzeugs senkte sich abrupt, das Cockpit war auf einmal abschüssig, sie fielen über den Rand der Erde. Der alte Mann tauchte wieder im Gesichtsfeld auf, er stapfte unmittelbar vor der Tragfläche durch die frische Schneise im Dschungel. Die Electra lief hinter ihm her wie ein riesiges, folgsames Tier. Das Schwappen des Sprits im Tank dröhnte durch den ganzen Rumpf.

Superman legte die Hände auf das Steuerhorn und verkeilte seine Füße hinter den Ruderpedalen, um nicht vom Sitz zu rutschen. Er war sich nicht sicher, was seine Anwesenheit im Cockpit zum Gelingen des Manövers beitragen sollte, aber es war eine höchst abenteuerliche Art der Fortbewegung. Die Electra schwebte über einem Teppich welkenden Grünzeugs und hielt mit Pitos Abstieg Schritt.

Nächtelang hatte Superman wachgelegen und sich Sorgen gemacht, ob der Strand auch lang genug war für den Start dieses Flugzeugs mit einer so gewaltigen Ladung Kraftstoff. Sobald die Motoren liefen, sagte Amelia, würde die Magie des Alten nicht mehr wirken, aber sie war zuversichtlich. Sie sei schon mit einer noch schwereren Ladung gestartet, auf einem neunhundert Meter langen Flugfeld in Bangkok, an dessen Ende kein Platz mehr gewesen sei. Superman hatte sie gefragt, ob dort auch an jedem Ende ein Berg gestanden habe.

Sie tätschelte ihm die Hand. »Seien Sie unbesorgt, Ben. Ich werde ja neben Ihnen sitzen.«

Sobald sie abgehoben hatten, würde sie ab und zu selbst fliegen, aber die Starts und Landungen würden Supermans Aufgabe sein. Er war überhaupt nicht darauf erpicht, seine Fähigkeit, ein so großes, plumpes Flugzeug zu fliegen, einem Test zu unterziehen. Die Electra hatte keine der automatischen Vorrichtungen, die das Fliegen mit der Beech Baron fast so leicht wie Autofahren machten. Das Instrumentenbrett der Lockheed war beängstigend spartanisch: vierzehn analoge Meßinstrumente und ein wohlbekannter elektronischer Kreiselkompaß. Superman wußte nicht, warum Amelia so großes Vertrauen in eben das Instrument setzte, das ihn so verhängnisvoll irregeleitet hatte. Lieber hätte er nur Frank mit seinen magnetischen Kompassen und veralteten Karten an Bord gehabt.

Weiter unten tauchten ganze Familien aus dem Dickicht auf und bestaunten die breite neue Straße, die die *macheteros* in den Dschungel gehackt hatten. Als die Kinder die schwebende Electra sahen, hüpften und quiekten sie vor Vergnügen. Spontan bildete sich eine Prozession, Väter holten ihre Macheten und Mütter hielten ihre Kleinkinder hoch, damit sie besser sehen konnten, kleine Jungen, die vor Entzücken jauchzten.

Superman ließ eine Hand auf dem Steuerhorn, als könnte er so dazu beitragen, das Flugzeug in der Luft zu halten. Er merkte, daß er dümmlich grinste und wie wild winkte, aber wenn er dort unten gestanden und gesehen hätte, wie ein Mann in einem Flugzeug durch den Dschungel schwebte, hätte er ganz entschieden auch erwartet, daß dieser Mann ihm zuwinkte.

Zum Strand hin lichtete sich das Unterholz. Mit einem Freudengeheul stürzten sich die *macheteros* auf die letzte noch stehende Baumreihe.

Die Electra glitt in den Sonnenschein hinaus und kam auf dem Sand zur Ruhe. Sofort umringten Menschen die Maschine, und von beiden Enden des Strandes kamen immer noch mehr gelaufen. Pito hatte alle Hände voll zu tun, um die kleinen Jungen von den Tragflächen fernzuhalten.

Superman öffnete die Tür und wurde mit stürmischem Beifall begrüßt. Er sah bekannte Gesichter in der Menge: einen Diener aus dem Großen Haus, einen Barkeeper aus der Discoteca, Catalina, Jimmy Hoffa, die Sherman Brothers, den alten Zauberer, der ihm das Boot überlassen hatte …

Der grüne Jeep preschte mit Vollgas aus dem Dschungel. Amelia klammerte sich mit beiden Händen an den Überrollbügel. Erst auf den zweiten Blick erkannte man, daß die schneidige Gestalt am Lenkrad kein anderer war als Frank, in der Ausgehuniform eines Mitglieds der Pan American Pacific Clipper Crew, verziert mit Epauletten, Tressen und goldenen Schwingen. Der Jeep kam schleudernd zum Stehen. Frank stand auf und salutierte. Die Menge jubelte ihm zu.

Superman drängte sich durch.

Amelia strahlte. »Sehen Sie sich das an!«

»Ihr Abschiedskomitee«, sagte Superman.

»Ich hab noch nie solche Menschenmassen bei einem Start gesehen!« Sie war abenteuerbereit gekleidet: verschlissene lederne Fliegerjacke, kariertes Hemd, frisch gebügelte Khakihose und ihre feuerspeienden japanischen Pantoffeln.

Frank hievte einen Koffer vom Rücksitz des Jeeps. Die Goldknöpfe an seiner Jacke standen unter einer gewissen Spannung, aber ansonsten war er der Inbegriff des properen Militärs aus einer alten Wochenschau. Der Effekt war zugleich überraschend und beeindruckend, so als sähe man sein altes Tantchen als General Patton verkleidet.

Die Menschen umringten ihn, schwatzten, schüttelten ihm die Hand. Superman erblickte den Knaben mit dem Aztekengesicht, Franks jungen Freund aus der Discoteca, und den stets gutgelaunten Spike, der sich durch die Reihen drängte und vermutlich lächelte. »Miss E-mi-ly!« Er kniete nieder, um sie zu umarmen. »Endlich Ihr großer Tag!«

»Oh, Spike, ich kann es kaum glauben«, sagte sie und umklammerte seine winzigen Finger. »Ich wollte, wir könnten Sie mitnehmen.«

»Aber Sie kommen doch zurück?«

»Natürlich, mein Lieber. In ein, zwei Monaten. Ich verlasse mich darauf, daß Sie auf die Insel aufpassen, während ich weg bin.«

»Ich bin da. Wo sollte ich auch hin? Hey, Superman, vergessen Sie nicht, daß Sie uns ein Konzert versprochen haben.«

»Ihr kriegt es, Spike. Sobald ich zurück bin. Passen Sie gut auf sich auf.«

Sämtliche Inselbewohner waren an den Strand gekommen, bis auf die eine, die Superman sich insgeheim erhofft hatte. Der Gedanke quälte ihn, daß sie sich womöglich irgendwo im Schatten verbarg, ihn beobachtete, ihm Glück wünschte. Er lächelte und sagte allen *hasta luego*. Er versuchte, nicht daran zu denken, welche Möglichkeiten er zurückließ.

Rabbit schlich sich vom Rand der Menge her an. »Emily, Sie starten doch nicht etwa schon? Ganz ohne Abschiedsparty?«

»Das war's«, sagte sie kühl. »Wir haben Ebbe und gutes Wetter, und wir fliegen. Ben kennen Sie ja, glaube ich.«

»Ja, sicher, natürlich«, sagte Rabbit. »Ben hat eine Stinkwut auf mich, seit er mal zu einer zünftigen Frischlings-Verscheißerung bei mir zu Hause war. Er hat sich aber nicht unterkriegen lassen. Ein starker Wille.« Lächelnd reichte er Ben die Hand. »Freunde?«

Superman sah die Hand an, drückte sie aber nicht.

»Ach, komm schon, Superman, geh nicht im Zorn. Ich hab mir doch bloß einen kleinen Spaß erlaubt.«

Superman ließ sich erweichen. Er ließ diesen gastlichen Ort für immer hinter sich, warum sollte er sich hier noch einen Feind machen? Rabbit drückte ihm etwas in die Hand – der geheime Handschlag der Drogendealer in aller Welt.

»Was ist das?«

»Red Dot Fifteen. Neu und verbessert. Damit Sie an uns denken, wenn Sie nach Hause kommen.«

»Nein, nein, danke«, sagte Superman und wollte ihm die Pille zurückgeben, aber Rabbit war schon außer Reichweite, und die vollbusigen blonden Zwillinge drängten sich vor, umarmten ihn und flehten ihn an.

»Du kannst nicht einfach abhauen, Superman!« sagte Sandy.

»Wir haben dich ja kaum kennengelernt!« sagte Linda.

»Freut mich, euch zu sehen, Mädels.« Er steckte die Pille ein.

»Bringst du uns was mit, wenn du wiederkommst?«

»Au ja, bring uns Parfüm mit. Chanel.«

»Und Kirschen mit Schokoladenüberzug.«

»Erdnuß-M&Ms.«

In jener rauschhaften Nacht am Strand hätte er geschworen, daß die beiden noch Teenager waren, aber jetzt in der prallen Sonne schätzte er sie auf mindestens Ende Zwanzig. Irgend etwas vermißte er an ihrem Geplapper – so als machten sie beide zusammen noch keine ganze Person aus. Superman dankte ihnen, daß sie ihn bei der Discoteca vor den Typen in den Tarnanzügen gerettet hatten.

»War uns ein Vergnügen«, sagte Sandy.

»Ich hoffe, wir haben dir nicht weh getan«, sagte Linda.

»Manchmal läßt man sich eben hinreißen.«

Er grinste. »Stets gern zu Diensten, die Damen.«

Alle die berühmten verschwundenen Leute kamen sich von ihnen verabschieden. Jimmy Hoffa schleppte drei Beutel mit gegrillten Hähnchen an – »mit leerem Magen fliegt sich's schlecht«, sagte er. Ihre Kaiserliche Hoheit Anastasia wurde im Rollstuhl zum Jeep gefahren und schenkte Amelia ein Straßarmband, das einst ihr Vater, der Zar, getragen hatte. (Warum der Zar ein Frauenarmband getragen haben sollte, war ein Rätsel, über das Superman nicht nachdachte). Michael Rockefeller stieß den Fuß in den Sand und behielt die Hände in den Hosentaschen. D. B. Cooper hielt sich mit seiner Ray-Ban-Sonnenbrille im Hintergrund, rauchte und blickte sich nervös um.

Superman schaute in dieselbe Richtung. Zehn Männer in Tarnanzügen standen im Schatten am oberen Rand des Strandes und gaben sich keine besondere Mühe, die Pistolen in ihren Schulterhalftern zu verstecken.

Pito hob Amelia hoch und trug sie zum Flugzeug. Superman sah, wie die beiden einen Blick tauschten, sah den unverkennbaren elektrischen Funken.

Er kannte diesen Blick. Für einen Moment waren die beiden wieder jung.

»Aber nein, *corazón*.« Amelia strich Pito mit dem Finger über die Wange.

Der alte Mann verbarg sein Gesicht an ihrer Schulter.

Superman wandte sich ab, blinzelnd im Licht seines neugewonnenen Wissens. Wie konnte es anders sein: Zwischen den beiden war etwas. Er sah auf einen Blick, wie sie gewesen sein mußten, als sie noch jünger waren, eine attraktive, hilflose Frau und ein junger Mann mit geheimnisvollen Kräften.

Plötzlich stand Frank neben ihm, mit einem merkwürdigen Lächeln im Gesicht.

»Na, ist das ein Abschied, Frank?«

»Mr. Willis, ich weiß nicht, wie ich es Ihnen sagen soll. Ich komme nicht mit. Es tut mir leid. Ich hab beschlossen, hierzubleiben.«

»Was?«

Frank nickte. Schweiß tropfte ihm von seinen langen Ohrläppchen. Der Aztekenjunge stand da und sah zu. »Ich glaube, ich bin einfach nicht zur Rückkehr bereit«, sagte Frank. »Ja, ja, ich weiß, ich beklage mich oft, aber immerhin ist das hier schon sehr lange meine Heimat. Ich wüßte überhaupt nicht, wie ich woanders leben sollte. Außerdem brauchen Sie mich auch gar nicht.«

»Wie kommen Sie denn darauf? Wer soll denn jetzt navigieren?«

»Fliegen Sie einfach immer nach Norden«, sagte Frank. »Sie können doch einen Kompaß lesen, oder? Es kann Ihnen überhaupt nichts passieren.«

Superman zeigte mit einer Kinnbewegung auf den Jungen. »Der wartet auf Sie, Frank.«

»Darauf würde ich mich nicht verlassen. Ich bin nicht mehr der Jüngste. Nein, nein, ich bleibe lieber hier und versuche, leidlich glücklich zu sein. Viel Zeit bleibt mir nicht mehr.«

Superman sah, wie Pito sich im Cockpit um Amelia bemühte, sie in ihrem Sitz zurechtsetzte. Sie winkte: Schnappen Sie sich Frank und kommen Sie!

»Haben Sie's ihr schon gesagt?«

Frank schüttelte den Kopf.

»Sie haben es gar nicht vor?«

»Ich dachte, ich sag's Ihnen. Ich weiß schon, was sie sagen würde – ›Fort mit Schaden‹.«

»Aber wieso haben Sie sich dann so in ...«

»Viel Glück, Mr. Willis, kommen Sie gut hin.« Er grüßte militärisch und ging.

Das stand nicht auf dem Plan. Superman hatte sich an den Plan geklammert, weil er die einzige Möglichkeit schien, hier wegzukommen, und jetzt wurde er auf einmal über den Haufen geworfen. »Frank, warten Sie!«

Frank legte den Arm um den Jungen und verschwand in der Menge.

Superman kletterte in die Kabine, als Pito gerade über die Laufplanke kam, den knotigen Gehstock in der Hand. »Du hast vergessen.«

»Nein, ich hab ihn nicht vergessen – du hast mir so sehr geholfen, wieder laufen zu lernen, daß ich ihn eigentlich nicht mehr brauche. Weißt du, was Frank mir gesagt hat –«

Pito drückte ihm den Stock in die Hand. »Du brauchst.«

»Wofür?«

Pito drehte sich zum Cockpit um. *»Cómo se dice ›buena suerte‹?«*

»Viel Glück«, rief Amelia.

»Für Vilglick«, sagte Pito.

»Na schön, also dann, danke. Paß auf dich auf, hörst du? Und sag den Leuten, sie sollen aus dem Weg gehen. Wenn wir erst mal gestartet sind, geht's dahin.«

Pito gab ihm die Hand. »Du flieg vilglick.«

»Keine Sorge, Mann. Ich passe schon auf sie auf.«

Der Alte verbeugte sich und stieg aus.

Superman kroch über den Tank, hielt sich mit beiden Händen an der Luke fest, schwang sich mit den Füßen voran hinein und landete mit Wucht auf dem Sitz. »Wissen Sie was? Frank fliegt nicht mit.«

»Ach ja? Das überrascht mich eigentlich nicht.«

»Er sagt, er ist hier zu Hause, und wir brauchen ihn sowieso nicht.«

»Ich wußte, daß er uns irgend so einen Streich spielen würde«, sagte Amelia.

»Aber es war doch alles abgesprochen! Was fällt dem ein, sich im letzten Moment abzuseilen?«

»Er hält es für möglich, daß ich nicht mehr zurückkomme. Er hat schon immer davon geträumt, mich loszuwerden. Er denkt – ach, was soll's, fort mit Schaden. Eigentlich müßten wir beide auch allein nach Nordamerika finden.«

Superman verstaute den Gehstock neben seinem Bein. »Den will ich schon die ganze Zeit loswerden. Pito bringt ihn mir immer wieder zurück.«

»Vielleicht meint er, Sie sollten sich daran festhalten.« Amelias Augen glänzten. »Bestimmt haben Sie inzwischen eingesehen, daß Sie auf ihn hören sollten.«

»Er ist ein guter Mensch. Ich wußte nicht, daß Sie beide sich so nahestehen.«

»Ach, das sind alte Geschichten. Er hat die ganze Zeit gewußt, daß ich das hier eines Tages tun werde.«

»Er möchte nicht, daß Sie fliegen?«

»Und er glaubt nicht, daß ich noch mal wiederkomme.« Sie räusperte sich und betätigte einen Kippschalter. Nadeln zitterten auf Skalen. »Instrumententafel, o.k.«

Superman zog die Klemmtafel an der Schnur hoch. »O.k.«

»Tankanzeige, o.k.«

»O.k.«

Sie gingen die ganze Liste durch. Das Dröhnen der Hydraulik war zuerst tief und leise und steigerte sich dann zu einem lauten, hohen Pfeifen.

Superman legte den Finger auf den Steuerbordanlasser. Der riesige Wasp-Motor machte *tschuk, tschuk, tschuk* und hustete kurz, aber schon bald wurde aus dem Stottern ein gewaltiges Brüllen, ein Donnern wie von fünfhundert galoppierenden Pferden. Er drückte den Backbordanlasser, *tschuk, tschuk, tschuk*, und schon dröhnten von der anderen Tragfläche her noch einmal fünfhundert Pferdestärken, ließen jeden Zentimeter des Rumpfes erzittern.

»Laut!« schrie er und brachte erst den einen und dann den anderen Motor auf Hochtouren, indem er auf vollen Schub ging, um die Ventile von anhaftenden Fettresten zu säubern. Die Motoren machten einen Höllenlärm und stießen blauen Rauch aus. Durchs Seitenfenster sah Superman, wie die Leute sich vor dem Wirbelsturm hinter der Maschine in Sicherheit brachten. So ist's recht, lauft nur, all ihr kleinen Insulaner und ihr Gorillas da hinten, kommt uns ja nicht in die Quere. Uns seht ihr nie wieder.

Amelia beugte sich aus dem Seitenfenster und schaute nach den Baumwipfeln. »Ich würde sagen, zehn Knoten«, rief sie. »Südsüdwest. Heute ist unser Glückstag.«

Superman schaute zu Pito hinaus. Er hob den Daumen und löste die Bremse.

Der alte Mann trat zurück. Die Electra holperte ans Nordende des Strandes. Superman erhöhte den Schub, erst links, dann rechts. Das Flugzeug wackelte, wie es sich gehörte. Die Propeller entfachten einen Sandsturm. Er testete die Seitenruderfußhebel und beugte sich vor, um die Bewegung des Ruders im Rückspiegel zu kontrollieren.

Am Ende des Strandes wendete er und richtete die Maschine parallel zu dem Streifen Sand aus, der jetzt bei Ebbe hart und eben war. Im Geiste machte er noch einen Schnappschuß von Daisy, wie sie, in das Laken gehüllt, in der Küche stand und ihn anlächelte.

Er schüttelte das Bild ab und konzentrierte sich auf das Problem, das vor ihm lag: Er mußte mit hoher Geschwindigkeit auf einer schrägen Rollbahn starten, die außerdem noch einen Bogen nach rechts machte. Die Maschine hochzubringen, würde seine ganze Kraft und mehr fliegerisches Können erfordern, als ihm Mr. Pawley beigebracht hatte. Er schickte ein Stoßgebet zum Himmel und fragte: »Fertig?«

Amelia faßte ihn am Arm, beugte sich herüber. Er spürte staubige Lippen an seiner Wange. »Ben, ich danke Ihnen.«

»Danken Sie mir, wenn wir in L. A. sind.« Er ging auf vollen Schub. Die Motoren heulten auf. Die Electra schauderte und setzte sich in Bewegung, holprig zunächst, doch dann immer ruhiger, als das Tempo zunahm.

Sie rollten immer schneller, der Sand wischte unter dem Flugzeug durch, hell glitzerte das Wasser, während sie an dem großen Felsen vorbei den weißen Strand entlangdonnerten, auf die Menschen zu, die winkten, sich in Sicherheit brachten, unter den Bäumen hervorkamen – und *wusch!* waren sie vorbei. Es roch stark nach Benzin, die Electra fraß eine halbe Meile Sand in sich hinein, die Beschleunigung war so stark, daß Superman in den Sitz gepreßt wurde, während die Motoren die höchste Drehzahl erreichten, der südliche Berg immer höher wurde. Das Flugzeug raste immer leichter und schneller dahin, und als es so aussah, als würde ihnen der Strand zu kurz, schrie Amelia »Hochziehen! Hochziehen!«, und der Steuerbordmotor explodierte.

Durch den Schub des Backbordmotors drehte sich die Maschine nach rechts. Instinktiv trat Superman den Ruderfußhebel in den Boden. Drei harte Schläge, als der Rumpf knitterte und nachgab, dann schnurrte die Welt ein zu einem einzigen verschmierten Lichtfleck, zu einem Ruck in den Eingeweiden. Die Maschine überschlug sich, wirbelte herum, fing Feuer, raste in die Bäume, wurde zerrissen.

Superman versuchte noch, die Absperrventile zu erreichen, aber der g-Druck preßte ihm den Arm an die Seite. Es ging alles viel zu schnell. Er raste auf die grüne Mauer zu, wurde fortgeschleudert wie in einem Scrambler auf dem Rummelplatz, wirbelte noch einmal herum und wurde aus dem Fenster geschleudert. Dann war alles still, bis auf das Knistern der Flammen und – das Schreien von Menschen?

Es waren Vögel.

Er lag im Dschungel auf dem Rücken, noch immer an seinem Sitz festgeschnallt, und sah in den Himmel hinauf, den Gehstock zwischen den zusammengepreßten Knien. Tukane flatterten in den Bäumen umher und kreischten *Wick-itt! wick-itt!*

Die vordere Hälfte der Electra lag auf der Seite, ein Loch in einem Auge, die eine Tragfläche abgerissen, die andere von Flammen verschlungen, die schon am Rumpf leckten, wo der Reservetank – in einem Winkel –

Superman befreite sich von seinem Geschirr. Blut lief ihm ins Auge. Das Flugzeug stöhnte entsetzlich auf.

Er lief zu dem Loch, das sein Körper ins Cockpit geschlagen hatte. Amelia hing zusammengesackt in den Gurten. Er rannte nach hinten. Das Heck des Flugzeugs war glatt abgetrennt worden. Eine Ecke des Reservetanks hatte in die Erde eine Furche gegraben, die sich zusehends füllte –

Mit Wasser, redete er sich ein, es ist nur Wasser, während er knöcheltief hindurchwatete, auf den gefährlich schiefen Laufsteg sprang, hinaufkrabbelte und hinübersprang. Er warf sich ins Cockpit, tastete in fliegender Hast nach den Schließen der Gurte, die Amelia an ihren Sitz fesselten. Er spürte die Hitze im Gesicht – nicht nachdenken jetzt! –, bekam die letzte Schließe auf, packte Amelia an den Armen, zog sie aus der Maschine. Sie rutschten über den Tank auf den Boden. Er hob sie auf. Sie war leicht wie eine Feder. Er platschte durch das Benzin und rannte um sein Leben.

Irgend etwas verfolgte ihn – seine benzingetränkten Fußabdrücke fingen Feuer, das Feuer sprang von einem Abdruck zum nächsten über. Seine Zehen waren naß in den benzingetränkten Schuhen. In hilfloser Faszination mußte er zusehen, wie das Feuer ihn einholte.

In diesem Moment machte jemand eine Blitzaufnahme vom Dschungel. Die Stoßwelle warf ihn zu Boden. Die Erde zitterte und bebte.

Er schützte Amelia mit seinem Körper. Die ganzen achtzehn Hektoliter verbrannten in einem einzigen markerschütternden Knall. Eine Feuerwolke wallte zwischen den Bäumen auf und ließ Teile der Electra kreischend und pfeifend durch die Luft sausen.

Superman behielt den Kopf unten, während es um ihn herum Kühlschränke regnete. Dann ein unheimliches Flattergeräusch. Er schaute auf: ein flammender Vogel, ein Tukan, der wild mit brennenden Flügeln schlug, durch die Luft taumelte, in einen Baumwipfel stürzte und verschwand.

So etwas hatte er nie im Leben sehen wollen, egal, wie alt er wurde.

Er erhob sich auf alle viere. Amelia hatte keine Verletzungen. Sie starrte an ihm vorbei in den Himmel. Er drückte ihr die Augen zu.

Menschen kamen gerannt, schrien. Einer von ihnen war Frank. Völlig entgeistert sah er Superman an, der da auf der Erde kniete. »Mein Gott, Mr. Willis! Sie leben ja!«

»Sie Scheißkerl, was haben Sie mit dem Flugzeug gemacht?«

»Wie bitte?«

»Sie waren als letzter an dem Flugzeug. Geben Sie's schon zu, was haben Sie gemacht, ein Loch in die Benzinleitung gebohrt?«

»Sie müssen einen Schock haben. Sie reden Unsinn.« Dann sah er Amelia. »O nein, ist sie ...?«

»Tot. Das haben Sie doch gewollt, oder?«

»Keineswegs. Das ist schrecklich. Ich hätte doch nie gedacht –«

Superman packte ihn an den Aufschlägen und schleuderte ihn gegen einen Baumstamm. »Verflucht noch mal, Frank – Sie haben sie umgebracht!«

Frank zog seine Uniformjacke zurecht. »Ich habe nichts dergleichen getan. Es ist alles ihre eigene Schuld. Sie mußte ja unbedingt weg von der Insel. Ich habe ihr gesagt, daß ihr das nie gelingen würde.«

»Sie sind in letzter Minute doch nicht mitgeflogen. Sie wußten, was geschehen würde.«

»Versuchen Sie nie wieder, die Insel zu verlassen«, sagte Frank. »Falls Sie es noch nicht gemerkt haben sollten: *Niemand* darf hier weg.«

Und dann kam Pito. Weinend brach er auf dem Sand in die Knie.

16
Das Schlimmste

Sie begruben Amelia in einem Kreis von hochgewachsenem Bambus dicht unterhalb der heißen Quelle. Der Sarg war so leicht, wie wenn sie gar nicht darin läge. Superman ging auf der rechten Seite, weil er seine verstauchte Schulter schonen mußte. Von der ganzen Insel waren Menschen gekommen, um eine Handvoll Erde auf den Sarg zu werfen. Pito sprach ein Gebet in der Sprache der Vögel.

Gyp bellte und jaulte, kam herbeigetrottet und legte den Kopf auf Supermans Füße.

Frank weinte während des Gottesdienstes still vor sich hin. Alle umarmten und trösteten ihn. Seine Trauer wirkte aufrichtig.

Nur Superman blieb skeptisch. Nur er erinnerte sich an Franks verstörenden Gleichmut im Angesicht der Katastrophe.

Sie ist meine Freundin, und sie ist meine Emily.

Ich liebe Frank, aber er liebt mich nicht. Er gibt mir die Schuld an allem Pech, das er je gehabt hat.

Versuchen Sie nie wieder, die Insel zu verlassen.

Die Trauergäste folgten Frank zum Großen Haus. Superman blieb bei Pito und Spike, um das Zuschütten des Grabes zu beaufsichtigen. »Ich glaube nicht, daß sie etwas gespürt hat. Es ging zu schnell.«

»Heute nacht schläft sie«, sagte Pito.

»Ich hatte von Anfang an kein gutes Gefühl«, sagte Spike. »Verdammt noch mal, ich wollte, ich hätte versucht, sie zurückzuhalten. Ich war mir so sicher, daß er sie nicht anrühren würde.« Er schüttelte den Kopf. »Bin ich froh, daß wenigstens Sie es geschafft haben.«

»Danke, Spike, das bin ich auch.« Superman wußte, daß er nur deshalb noch am Leben war, weil er sagenhaftes Glück gehabt hatte. Der knotige Gehstock zwischen den Knien hatte ihn beschützt. Dieser Stock hatte ihn schon mehrmals mit knapper Not entkommen lassen.

Pitos Blick löste sich von der schwarzen Erde. *»Cómo se dice venganza?«*

»Rache«, sagte Spike.

»Gutes Wort zu wissen.«

Superman trat die Erde fest.

Spike sagte: »Das ist nicht deine Art, Pito.«

Die schwarzen Augen blitzten. »Ist gutes Wort zu wissen.«

»Spike, Sie waren mit ihr befreundet. Geht Ihnen die Geschichte nicht ziemlich an die Nieren?«

»Sie hat die Gefahr gekannt«, erwiderte Spike. »Sie war eine Kämpfernatur. Sie starb bei dem Versuch, die Insel zu verlassen, um *ihm* in den Arm zu fallen. Jetzt gibt es kaum noch jemanden, der nicht auf seiner Seite ist. Und Sie? Werden Sie hierbleiben und mit uns kämpfen?«

Superman schüttelte den Kopf. »Ich muß heim. Ich versuche das zwar schon, seit ich hier bin, und irgendwas hat mich immer wieder zurückgehalten. Aber meine Entscheidung steht fest. Das hier ist nicht mein Kampf.«

»Falsch. Sie sind zwar nicht freiwillig zu den Waffen geeilt, aber Sie stecken jetzt genauso drin wie wir alle.«

»Du bleib«, sagte Pito. »Du bleib fliegen.«

»Das hab ich ja schon probiert, Alter. Es war nicht gerade ein Bombenerfolg.«

Spike schnitt eine Grimasse.

»Kommt großer Sturm«, sagte Pito. »Dann du flieg.«

»Nein. Ich muß weg. Meine Frau und mein Sohn werden mich sonst bald für tot halten, wenn sie es nicht sowieso schon längst tun.«

Spike bekam Fältchen um die Augen, ein Ausdruck, der schon an Mitgefühl grenzte. »Ich muß Ihnen was zeigen«, sagte er. »Kommen Sie mit zu mir?«

»Na ja, warum eigentlich nicht, ich halt's ohnehin nicht mehr aus, Frank bei seinen Trauerübungen zu beobachten.«

Sie verabschiedeten sich von Pito, der auf den Knien herumrutschte und Blumen in die frische Erde steckte. Mit diesem Bild vor Augen gingen sie schweigend den Berg hinauf, durch einen Palmenhain und auf einen schattigen Vorsprung, auf dem eine schlichte strohgedeckte Hütte mit Veranda und Ausblick aufs Meer stand. Das war das Haus, das Spike mit Sandy und Linda teilte, die an den Strand gegangen waren, um sich zu Amelias Ehren zu betrinken.

»*Venganza*«, sagte Spike. »Ich hab Pito noch nie so reden hören.«

»Er hat die alte Dame geliebt«, sagte Superman.

»Wer könnte das nicht von sich sagen? Wissen Sie, damit wird jetzt alles anders. Wenn der Magier sogar sie umbringt, dann scheut er vor nichts mehr zurück.« Spike brachte eine Flasche zum Vorschein. Es war *guaro,* der einheimische schwarzgebrannte Zuckerrohrschnaps.

»Ich hab darüber nachgedacht, Spike. Wir haben den Motor im Hangar zwei Stunden laufen lassen, und alles war okay. Frank muß irgendwas gemacht haben.«

»Vielleicht hat er auch nur weggesehen. Der Magier selbst macht sich jedenfalls nie die Hände schmutzig. Dafür hat er seine Leute.«

»Meinen Sie, Frank hat's für Geld getan?«

»Er hat getan, was man ihm aufgetragen hat«, sagte Spike. »Wie alle anderen auch. Der Mago hat jeden einzelnen auf dieser Insel in der Tasche, mit Ausnahme von mir, Ihnen und vielleicht ein paar anderen. Die Gringos reißen die Klappe gegen ihn auf, aber sie nehmen sein Geld und bespitzeln einander in seinem Auftrag. Die Insulaner hassen ihn, aber sie haben auch Angst vor ihm.« Er schenkte *guaro* nach.

Superman nippte daran.

»Nein, nicht kosten, kippen!«

Superman gehorchte. Das Zeug brannte wie Benzin.

»Haben Sie gesehen, wie viele Menschen heute da waren?« fragte Spike. »Die haben Emily geliebt. Sie hat sich für sie eingesetzt. Der Arzt kommt jetzt einmal im Monat aus Gato Negro – das hat sie durchgesetzt. Und die Schule, überhaupt alles Gute, was wir je bekommen haben. Wir haben offenbar gedacht, sie würde uns ewig erhalten bleiben, sie würde den Magier überleben oder was weiß ich. Irgendwie hatte es immer den Anschein, daß sie stark genug war, um das Schlimmste zu verhindern.«

»Manche haben mich angesehen, als wär's meine Schuld gewesen«, sagte Superman.

»Die haben Sie angestarrt, weil Sie so unverschämtes Glück hatten«, sagte Spike und goß sich noch einen ein. »Möchten Sie auch noch einen?«

»Nein, danke, ist noch zu früh für mich.«

»Wirklich?« Spike lehnte sich zurück und nahm einen Ordner vom Fensterbrett. »Das wird Sie interessieren.«

Ein schon leicht vergilbter Ausschnitt aus der *Los Angeles Times* vom 21. September 1972. Unter einem Foto von Crosby, Stills, Nash und Young in der Hollywood Bowl ein altes Publicity-Foto von Superman und eines von Alexa Arm in Arm mit Jimbo. Beide high, beide grinsend wie Idioten.

KONZERT DER SUPERLATIVE VON SKANDAL ÜBERSCHATTET - »MRS. SUPERMAN« HEIRATET WIEDER

EIGENER BERICHT

LOS ANGELES, 21.9.72. Auf das von unzähligen Stars bestrittene Rock-Konzert zu Ehren des mutmaßlich verstorbenen Folk-Rock-Stars Ben »Superman« Willis fiel am vergangenen Wochenende ein Schatten, als bekannt wurde, daß Willis' Frau Alexa bereits wieder verheiratet ist.

Zwei Tage nach ihrem Auftritt vor zehntausend Fans bei einem Gedenkkonzert in der Hollywood Bowl zu Ehren des verschollenen Musikers heiratete Alexa French Willis, 31, in der Chimes of Love Wedding Chapel in Las Vegas, Nev., Harvey James Thurlock, Jr., 28, aus Rattlesnake Springs, Col.

»Natürlich bin ich traurig darüber, daß Ben von uns gegangen ist, aber das Leben geht weiter«, sagte die blonde ehemalige Miss Southwest Louisiana der *Las Vegas Sun*. »Ich hoffe, Jimbo und ich werden sehr glücklich.«

Mitten in ihrer Ansprache bei dem Gedenkkonzert am Freitag geleitete Thurlock Mrs. Willis von der Bühne, nachdem sie abfällige Bemerkungen über ihren vermißten Ehemann gemacht hatte. »Er hat mir das Schlimmste angetan, was jemals ein Mensch einem anderen angetan hat, und er weiß, was ich meine«, sagte sie. »Aber ich werde nie verraten, was es war, denn ich bin ein besserer Mensch als er.«

Die zweimotorige Beechcraft Baron des Sängers verschwand am 14. Juli auf einem Flug von El Paso nach Phoenix, wo Willis bei einem Benefizkonzert für die Zuni-Indianer auftreten sollte. Suchaktionen in sechs Staaten und mehreren lateinamerikanischen Ländern blieben trotz intensiver Bemühungen erfolglos.

Willis, ein Amateurpilot mit etwa 500 Stunden Flugerfahrung in der Baron, war der mit dem Grammy ausgezeichnete Autor und Interpret von Hits wie »Superman's Revenge«, »When Time Stands Still« und »So Nice to Be Home«.

Wie ein Sprecher von A&M Records sagte, arbeitete Thurlock als Privatassistent des Sängers. Nach seinen Worten wollen die Neuvermählten die Flitterwochen in einer Suite des Desert Inn verbringen.

»Ich bin schockiert«, sagte James Perry, 19, ein Fan des vermißten Entertainers. »Niemand weiß, ob er nicht noch lebt, und die geht her und heiratet diesen Kerl. Für mich beweist das, daß sie kein bißchen Respekt vor seinen Fans hat.« Perry war einer von mehreren Dutzend Willis-Anhängern, die sich heute vor einem Plattengeschäft am Sunset Boulevard versammelten, um das Erscheinen des »Greatest Hits«-Albums »Superman's Final Revenge« zu feiern.

Das Rätsel um Willis' Verschwinden hat den Absatz seiner Plattenaufnahmen in die Höhe schnellen lassen. Vergangene Woche waren in den Billboard »Hot 100« allein sechs Willis-Titel unter den Top 20. »Seit seinem Verschwinden sind sämtliche Superman-Titel derart gefragt, daß wir mit der Produktion nicht nachkommen«, sagte der Sprecher von A&M Records. »Hätte er doch so einen Riesenerfolg gehabt, solange er noch unter uns war.«

Von zuständigen Stellen in Nevada verlautet, daß die Legalität von Mrs. Willis' Eheschließung in Las Vegas überprüft werden soll, da Willis amtlich noch immer als vermißt gilt. Die

Federal Aviation Administration führt den Fall als noch nicht abgeschlossen, solange die Ergebnisse noch laufender Untersuchungen nicht vorliegen.

Der elfjährige Sohn von Alexa und Ben Willis, Benjamin Willis, Jr., lebt bei Mrs. Willis' Familie in Louisiana.

Superman schlug mit der Hand an die Wand. »*Jimbo?* Heiliger Strohsack, das ist – das ist ein Blutsauger, ein – also der Kerl ist ein blutsaugendes *Insekt*. Alexa muß ausgerastet sein, einfach total ausgerastet. Ich hab ja gewußt, daß die ausflippen wird, aber mit dem Typen!«

Dieser Eifersuchtsausbruch überraschte ihn genauso wie der Zeitungsbericht. Seit seinen ersten Wochen auf der Insel, als die Trennung zärtliche Gefühle in ihm weckte und er glaubte, er sei dabei, sich wieder in sie zu verlieben, hatte er nur gelegentlich an sie gedacht, und dies auch nur im Rahmen einer vage glimmenden Erinnerung an »zu Hause«. Und jetzt ging er vor lauter Ärger und verletztem Stolz schier an die Decke. Schon wieder verheiratet! Noch dazu mit einem Stück Dreck wie Jimbo! Superman konnte es nicht fassen.

Er war also tot. Da stand es schwarz auf weiß. Sein Tod hatte seiner Karriere den dringend nötigen Auftrieb gegeben. Sechs Hits unter den Top 20. Crosby, Stills, Nash und Young im Gedenken an ihn friedlich vereint. Und dann macht seine Frau vor einem Riesenpublikum »abfällige Bemerkungen« über ihn, heiratet ihren Dealer und wünscht sich noch selbst Glück für ihr weiteres Leben.

Was konnte sie nur dazu getrieben haben, Superman auf seiner eigenen Trauerfeier schlechtzumachen? Er konnte nur hoffen, daß wenigstens Ben Junior nicht dabei gewesen war.

Er sah die Liste der Prominenten durch, die gekommen waren, um seinen Abgang zu feiern. Persönlich kannte er nicht einmal jeden zweiten. Als er las, daß Helen Reddy eingeladen worden war, »When Time Stands Still« zu singen, zerbröselte in ihm etwas Steinähnliches und gab nach.

Das war sein vielleicht bester Song. Alexa wußte das. Alexa hatte ihm das angetan, ihm einen letzten Stich versetzt, noch übers Grab hinaus – wofür? Dafür, daß er sie aus Louisiana geholt hatte, weg von den Spießern von Opelousas, die sie verabscheute? Dafür, daß er ihr ein Traumhaus in Encino gebaut, sich ständig ihr feinsinniges neospirituelles Geseire angehört, sie in einer Limousine herumkutschiert und ohne mit der Wimper zu zucken die absurdesten Kreditkartenrechnungen bezahlt hatte? Wo oder wie hatte er sie enttäuscht? Womit um alles in der Welt hatte er das verdient?

Das Schlimmste, was jemals ein Mensch einem anderen angetan hat, und er weiß, was ich meine.

Er warf die Zeitung von der Veranda. Der Wind packte sie und trug sie davon. Wie sein berühmtes blaues Hemd stellte sich die Zeitung regelrecht auf und tanzte von ihm weg, schwebte über die Lichtung, breitete ihre Seiten aus wie Flügel.

Nicht jeder bekommt Gelegenheit zu lesen, was seine Frau ihm nach seinem Tod antut. In Superman erregte es den übermächtigen Wunsch, alles kurz und klein zu schlagen, zu morden, sich zu rächen.

»Tut mir leid, Mann.« Spike schenkte Superman *guaro* nach. »Emily hat mir das schon vor Monaten gegeben. Ich hab gedacht, Sie kennen es. Ich an Ihrer Stelle hätte es jedenfalls lesen wollen.«

»Na klar«, sagte Superman. »Verfluchte Scheiße!«

»Seien Sie nicht zu streng mit Ihrer Frau. Immerhin waren Sie derjenige, der nicht heimgekommen ist.«

»Ach was, Spike, was wissen Sie schon! Helen *Reddy*, diese dumme Kuh. Ist Ihnen klar, was das bedeutet?« Supermans Augen brannten. Vor langer, langer Zeit hatte er Alexa wirklich geliebt, und er stellte sich vor, wie Jimbo sie betatschte. Respekt, Jimbo. Nicht schlecht, die Masche. Die Lady ist stinkreich, hübsch und leicht rumzukriegen. Dieser haarige Affe mußte sie high gemacht und beschwatzt haben. Wahrscheinlich kutschierten sie in diesem Augenblick in Supermans rotem Spitfire herum und ließen es sich gutgehen.

Wie konnte sie ihm das antun? Was hatte er verbrochen? Sicher, er hatte daran gedacht, sie zu verlassen – einmal, in zwölf Jahren! –, und es stimmte auch, daß er ein bißchen fremdgegangen war. Okay, mehr als ein bißchen. Er hatte sie mit dem Bus fahren lassen (mit Jimbo), während er selbst flog, um wenigstens für ein paar Stunden von ihr wegzukommen. Und wenn sie nach den Zugaben zu ihm hinaufkam, ganz anschmiegsam und mit vor Liebe feuchten Augen, und ihn umschlang, hatte er sie manchmal weggestoßen.

Aber er hatte sie nicht um einer Neuen willen abserviert. Nie hatte er sie angeschrien, nie von ihr verlangt, Essen zu kochen oder beim Kind zu Hause zu bleiben. Sie hatte das herrlichste Leben gehabt. Mit dem Bus zu fahren (mit Jimbo!), das war ihre eigene Entscheidung gewesen. Auch im Bett war sie mit ihm auf ihre Kosten gekommen. Sicher, er hatte auch mit anderen geschlafen, aber das war nie was Ernstes gewesen. Die hatte er nicht geliebt. Und vor allem hatte er sie nicht *geheiratet*, verdammt noch mal.

Das Schlimmste, was jemals ein Mensch einem anderen angetan hat.

Er wußte, was es war.

Es war so schrecklich, daß er es weitgehend verdrängt hatte.

Es war nach Monterey gewesen, als die Leute zum erstenmal scharenweise in seine Konzerte strömten und er auf einer dreißig Meter hohen Welle der Popularität schwamm. Alexa wurde es langweilig, immer nur als Zuschauerin dabei zu sein, und sie wollte plötzlich auch etwas davon abhaben, wollte mit ihm auf die Bühne gehen, Keyboard spielen und als Background-Sängerin auftreten. Sie war irgendwie auf Sonny und Cher fixiert, fand es cool, wie die beiden ihre kleine Tochter hochhielten, damit sie den Fernsehzuschauern gute Nacht winken konnte. »Ich kann mindestens so gut singen wie Sonny Bono«, sagte sie, »und ich sehe besser aus als Cher.«

Superman konnte ihr in beiden Punkten nicht widersprechen. »Ich überleg's mir«, sagte er.

Er hoffte, sie würde es wieder vergessen, aber immer öfter geschah es, daß sie, wenn er am Nachmittag nach Hause kam, im Wohnzimmer mit einem Mikro und einem elektrischen Klavier zugange war und seine Hits spielte und sang. Wenn sie ihn sah, riß sie sich die Kopfhörer herunter und sagte: »Oh, Ben, das ist super. Ich verstehe, warum du das so gern machst! Es ist ein Riesenspaß!«

Schätzchen, schnarrte er dann mit seiner abschreckendsten inneren Stimme, das ist *kein* Spaß. Es ist meine *Arbeit*. Damit verdiene ich mein Geld. Ich lege da mein ganzes Herz hinein. Das hat nichts mit dir und deinem albernen Wunsch zu tun, dich auch auf die Bühne zu stellen und etwas von meinem Applaus abzubekommen. Es ist meine Sache. Ich hab mir das verdient. Und ich *will* es nicht mit dir teilen.

Laut sagte er noch etwas wie »Klingt ja ganz nett«. Dann ging er zum Kühlschrank.

Die Wahrheit war, daß sie schlechter sang als Sonny Bono. Ihre honigsüße Sprechstimme verwandelte sich in ein fürchterlich nasales Gewimmer, wenn sie zu singen anfing. Und sie hatte das Rhythmusgefühl einer Angehörigen der Southern Baptist Church, also gar keins.

Eine Zeitlang konnte er sie hinhalten, aber dann fing sie an, ihre Idee mit den Jungs in der Band zu besprechen, erst eher scherzhaft, dann bitterernst. Die Musiker sagten, sie fänden das eine tolle Idee – was hätten sie auch sonst sagen sollen? Superman sah, wie sie die Augen verdrehten, wenn sie es nicht mitbekam. Und sie merkten, daß er es sah. Sie waren allesamt in den Jux eingeweiht. Es war das typische Verhalten einer Star-Ehefrau, und sie mußten es einfach alle ertragen, bis sie drüber weg war.

Dann rief sie Barney bei A&M Records an, der sofort begeistert war, angesichts von Sonny und Cher, Paul und Linda, John und Yoko etc. Könnte eine richtige Welle bei der Presse auslösen, meinte er, sympathische Storys auf der Unterhaltungsseite. »Laß sie's doch mal versuchen, Ben«, sagte er, »was kann schon groß schiefgehen? Kauf ihr ein paar superkurze Röcke, sie wird klasse aussehen.«

»Barney, sie kann nicht singen.«

»Wen juckt's? Kann Yoko vielleicht singen? Ich sag dir was, wir schließen ihr Mikro an ihren eigenen Monitor an, aber nicht an den PA. Kapiert? Dann hört sie sich selber, aber das Publikum hört nichts.«

»Hm! Klingt mir ein bißchen zu simpel.«

»Ben, wozu bin ich da? Um alle deine Probleme zu lösen. Also, was liegt sonst noch an?«

Superman hoffte, Alexa würde ein- oder zweimal auftreten und dann wieder nach Opelousas zurückgehen, wo sie hingehörte, oder zumindest hinter den Boxenturm. Aber sie war überglücklich, als er es ihr sagte. Sie quiekte und umarmte und küßte ihn und bedankte sich hundertmal. Er hatte ein schlechtes Gewissen, schließlich war es ja eine Art Verrat.

»Brauche ich denn nicht mal vorzusingen?« fragte sie.

»Nö, es ist einstimmig beschlossen. Du bist dabei.«

»Und wie ist es mit Proben?«

»Wann hast du jemals einen Auftritt von mir versäumt, Alexa? Du kennst die Songs besser als wir.«

»Oh, Ben, du bist ein Schatz!« Sie wirbelte an ihm vorbei zum Kleiderschrank. »Was soll ich bloß anziehen?«

Sie kaufte sich für achttausend Dollar superkurze Glitzerfummel, um ihre Beine zur Geltung zu bringen. Drei Tage später kam sie im Peoria Coliseum auf die Bühne und wurde von den Fans stürmisch empfangen. Sie sah toll aus in ihrem roten Kleidchen und schwenkte ihr Haar im Rhythmus der Musik. Sie setzte sich auf ihren Platz hinter den Keyboards. Sie spielte und sang sich die Seele aus dem Leib. Das Publikum war hingerissen. Im fetzigen Lärm des zweiten Sets merkte keiner, daß sie gar nicht zu hören war.

Superman war beeindruckt, wie souverän sie agierte: Sie wußte genau, wie sie das Haar schwenken mußte, um eine Reaktion zu bekommen. In der kurzen Pause vor »Low and Dirty« schaute er hinüber und sah, daß sie mit einem Tamburin in der Hand tanzte und die Leute auf den billigen Plätzen alle aufstanden. Das mißfiel ihm. Das waren *seine* Fans, *seine* billigen Plätze. Er hielt sich etwas darauf zugute, daß er seine Show immer im Griff hatte. Er brachte die Leute dazu, in den Gängen zu tanzen, und führte sie dann sachte wieder ins Land der Balladen zurück, lullte sie mit zwei oder drei sanften Songs ein und riß sie dann plötzlich mit einer rasanten Nummer wieder von den Stühlen. Er konnte darauf verzichten, daß sich seine Frau hinter ihm in einem viel zu kurzen Kleid sexy aufführte.

Als sie in die Garderobe gestürmt kam, setzte er ein gezwungenes Lächeln auf und sagte, sie sei phantastisch gewesen.

»Ach komm, Ben, sag mir die Wahrheit, ja? Ist das deine ehrliche Meinung?«

»Du bist ein Naturtalent. Das Publikum fand dich großartig.«

»Schon, aber wie hast *du* mich gefunden?« bohrte sie weiter. »Du bist der einzige, der zählt.«

»Ehrlich?«

Sie machte ein langes Gesicht.

»Sag Gordon, er soll dein Mikro aufdrehen«, sagte er. »Ich hab dich kaum gehört.«

Sie strahlte. »Echt? Im Monitor hat sich's zu laut angehört.«

Er lächelte. »Überhaupt nicht. Das, was ich gehört habe, war einfach toll.« Mit diesem Lächeln hatte er eine Grenze überschritten. Es war ein Akt kalkulierter Grausamkeit.

Am nächsten Tag rief Barney an. »Na, wie war's gestern abend?«

»Ach, Barney, ich weiß nicht.«

»A. G. sagt, das Publikum war verrückt nach ihr.«

»Stimmt! Da liegt ja das Problem. Sie waren verrückt nach ihr, sie ist absolut high, und sie will weitermachen.«

»Und, was paßt dir daran nicht?«

»Was mir nicht paßt? Es ist unfair! Sie macht sich lächerlich, und ich helf ihr auch noch dabei! Das hast *du* mir eingebrockt, Barney. Irgend jemand muß ihr die Wahrheit sagen.«

Barney schwieg. »Ich nicht.«

»Natürlich nicht. Obwohl ...«

»Nein, Ben. Jetzt hör mir mal zu. Reg dich ab. Sie wird eine Zeitlang ihren Spaß haben, und dann ist sie drüber weg.«

»Du kennst sie nicht so gut wie ich. Diese Frau war bei der Wahl der Miss Southwest Louisiana dreimal unter ferner liefen, bis sie dann endlich gewonnen hat. So schnell gibt die nicht auf.«

»Ich denk mir was aus«, sagte Barney.

Es war ein leeres Versprechen. Am nächsten Abend trug Alexa ein aufreizendes Fähnchen mit blauen Sternen, das aussah, als würde es ihr jeden Moment herunterrutschen, so wie sie sich darin produzierte. In den Applaus mischten sich Pfiffe. Supermans Show, diese komplexe Kreation, an der er ständig arbeitete, diese sorgsam gestaltete Sequenz von Songs, in der er Zehntausenden von Menschen sein Herz offenbarte, sollte jetzt nur noch den Hintergrund für den Ehrgeiz seiner Frau abgeben.

Gordon berichtete, daß Alexa von ihm verlangt hatte, sie lauter zu stellen.

Superman lächelte. »Danke, Gordo. Sag ihr, du hast es gemacht.«

Gordon zwinkerte und ging wieder ans Mischpult.

Von da an führte Alexa sich auf wie ein Mitglied der Band. Sie mischte sich ein, wenn technische Fragen oder die Gestaltung der Sets besprochen wurden. Sie bekam Fanpost (Fanpost!) und beantwortete gewissenhaft jeden Brief. Die Presse reagierte wie erhofft, die Artikel enthielten freundliche Bemerkungen über ihre Miniröcke und ihre Bühnenpräsenz; sie schnitt alle aus und klebte sie in ein Album. Sie strahlte, als eine Zeitung in Memphis ihre »Arbeit am Keyboard« lobte, die »dem patentierten ›Superman‹-Sound einen attraktiven neuen Glanz verleiht«.

Sie ahnte nicht, daß Barney stillschweigend ein professionelles Keyboard-Band in Auftrag gegeben hatte, das über den PA synchron eingespielt wurde und so die Illusion vervollständigte, daß Alexa da oben diese Musik machte. Sie merkte nichts, woran man erkannte, wie unmusikalisch sie war: Sie dachte wirklich, daß sie mit ihrem Tastengeklimper diesen eingängigen, üppigen Sound erzeugte.

Superman lächelte nur und spendete väterliches Lob.

Eines Tages fuhr er nach Pasadena, um ein paar neue Vocals für die Überleitung und die dritte Strophe der Single »Last Bus to Armageddon« aufzunehmen. Er kam zu früh an, trat in die dunkle Kühle des Eagle Rock Studio und hörte schon vor der Tür schallendes, haltloses, hämisches Gelächter.

Er schlich sich zur Tür und riß sie auf. Die Jungs husteten, verschluckten sich und wandten sich ab. Superman grinste: »Okay, ihr Arschlöcher, darf man fragen, was …«

Aus den Monitoren kam ein Live-Mitschnitt von »Take Me Anywhere but Heaven«. Die Band und Supermans Vocals waren gedämpft, aber Alexas Stimme schallte laut und klar durch den Raum.

Sie lag gar nicht so weit daneben, traf aber keinen einzigen Ton ganz richtig. Man hörte, wie sehr sie sich anstrengte – sie war unsicher im Ansatz und bemühte sich krampfhaft um so etwas wie ein Vibrato, und bei hohen Tönen brachte sie nur noch ein jämmerliches Piepsen zustande. Wenn die Band beim Refrain laut wurde, ging sie ebenfalls in die vollen. Je lauter sie wurde, desto falscher sang sie, und dann geriet sie völlig aus dem Rhythmus wie ein Kind, das irgendein Liedchen summt.

»Nicht schlecht«, gratulierte sie sich selbst mit leiser Stimme, als der Applaus losbrach, »gar nicht übel.«

Superman hörte entsetzt zu, aber als er sah, welche Schwierigkeiten die anderen hatten, sich das Lachen zu verbeißen und ernste Gesichter zu machen, prustete auch er los.

Nun gab es für die anderen kein Halten mehr. Sie kreischten regelrecht vor Erleichterung, schlugen sich auf die Schenkel, bogen sich und schnappten nach Luft.

»Gordon, du Mistkerl!« rief Superman.

»Warte, warte, das ist noch nicht – Gordo, spiel doch mal das nächste! Hör dir das an!«

Wie von fern ein Wirbel der Drums, die Einleitung zu »Giving It All Up for You«. Alexa räusperte sich erst einmal ausgiebig – *Krrrr-hm, krrrr-hm* –, wie eine Opernsängerin, die ansetzt, Glas zu zersingen. Die Jungs standen herum und schauten schadenfroh zu den Lautsprecherboxen auf.

Dann säuselte Alexa »ooooohhhhh, baby«. Sie war kilometerweit vom Rest der Band entfernt. Die falsche Tonart erzeugte einen schrägen orientalischen Harmonieeffekt, den alle zum Brüllen fanden.

»Ooooohhhhh, baby!« schrie Lenny, der Drummer. Sie lachten sich halbtot, und dann hörten sie schlagartig alle zu lachen auf, bis auf Superman, der sich kichernd die Tränen aus den Augen wischte. Er schaute zur Tür, um zu sehen, was es da so Interessantes gab, und natürlich war es Alexa.

Sie lächelte unsicher. »Hey, Jungs, was ist denn so lustig?«

Zwei von ihnen wollten das Band noch schnell abschalten, aber es war zu spät. Laut und deutlich hörte sie sich selbst singen: »Ooooohhhhh, baby!«

Sie brauchte einen Moment, um sich alles zusammenzureimen: den Vertrauensbruch, dem das Band seine Entstehung verdankte, die scheinheiligen Komplimente, mit der die Männer sie seit ihrem ersten Auftritt überschüttet hatten, die unsägliche Niedertracht eines Mannes, der seiner Frau zuredete, etwas Neues zu probieren, und sich dann mit seinen Kumpeln zusammensetzte und mit ihnen gemeinsam über sie lachte.

Sie machte zwei Schritte in den Raum hinein und streckte die Hand aus. »Gordon, das Band!«

Er hatte es schon in die Schachtel getan und ein Gummiband darumgemacht. Er brachte es ihr.

»Gibt es Kopien?«

»Nein, Ma'am.«

»Ihr kommt ja sicher auch ohne mich aus«, sagte sie mit einem gekränkten Lächeln, das Superman wie eine Nadel durchs Auge fuhr, direkt ins Gehirn.

Er schlug die Hände vors Gesicht.

Ihre Absätze klickten durch den Vorraum, dann kam der Knall der zufallenden Tür.

»Also weißt du, Boß – sag ihr doch einfach, es war alles meine Idee –«

Er schaute auf, sah in ihre betretenen Gesichter. Zum Teufel mit ihnen! Er rannte ihr nach. Als er zur Tür hinauslief, sah er gerade noch, wie sie mit ihrem Mustang eine rote Ampel überfuhr.

Über so etwas kommt man sein Leben lang nicht hinweg. Alexa fuhr nach Louisiana und blieb zwei Wochen dort. Als sie zurückkam, nahm sie wieder ihren angestammten Platz am Boxenturm ein. Über das, was er ihr angetan hatte, verlor sie nie mehr ein Wort. Aber es hatte die Atmosphäre zwischen ihnen vergiftet.

Manchmal hatte er die ganze Geschichte fast vergessen. Manchmal sagte er sich, es sei eine Verkettung unglücklicher Umstände gewesen, ohne böse Absicht auf seiner Seite. Manchmal erinnerte er sich, wie peinlich es ihm gewesen war, in jenem ersten Moment, als er das Band hörte, bevor er zu lachen anfing.

Aber jetzt konnte er sich nicht mehr selbst belügen. Er hatte es mit voller Absicht getan. Er hatte es nicht ertragen, daß der Applaus auch ihr galt. Er hätte es ja jederzeit abbrechen können, schließlich war es seine Band, aber er wollte zusehen, wie sie scheiterte, wollte es mit eigenen Augen sehen. Nie hatte er gesagt: »Schatz, ich liebe dich, aber du kannst keinen richtigen Ton singen.« Nie hatte er seine wahre Meinung durchblicken lassen, keine Chance hatte er ihr gegeben, sich die Demütigung zu ersparen, die er auf sie zukommen sah. Er ließ alles laufen. Er ermunterte sie sogar, hinterging sie, machte ihr vor, sie sei gut. Er ließ den Jux weiterlaufen, bis sie sich selbst zum Gespött machte, und schlug sich dann auch noch auf die Seite der Lacher.

Er wußte nicht, was er in seinem Leben noch alles anstellen würde, aber das war bis jetzt das Schlimmste, was er je einem anderen angetan hatte. Und er hatte es der Frau angetan, die ihn liebte, der Frau, die er mehr geliebt hatte als jede andere. Sie würde es ihm nie verzeihen, und wer hätte es ihr verdenken können?

Superman hielt sich für einen guten Menschen, aber tief in ihm drin lebte noch ein anderer, und der war grausam. Er sah sich gern als widerstrebendes Objekt von Alexas unverbrüchlicher Verehrung. Er wiegte sich in dem Glauben, sie würde ihn immer und ewig verehren, ganz gleich, wie er mit ihr umging.

Jetzt wurde ihm klar, daß sie ihn haßte, und mit gutem Grund. Bestimmt hatte sie dafür gesorgt, daß sein Sohn ihn inzwischen auch haßte. Er war ihrer nicht würdig, so wenig wie all der anderen guten Dinge, die ihm im Leben widerfahren waren. Deshalb hatte das Schicksal ihm alles wieder weggenommen.

Das traute Familienbild, die Vorstellung, zu der er unbedingt hatte zurückkehren wollen, war nur ein Phantasiegebilde, eine fixe Idee, mit der er sein Gewissen beruhigen wollte. Er konnte sich nichts mehr vormachen – niemand sehnte sich nach ihm. Sie hatten ihn vergessen und lebten ihr Leben weiter. Die Zeit war nach seiner Bruchlandung am Strand nicht stehengeblieben. Die Tatsache seines Verschwindens hatte den Menschen, der er gewesen war, nicht ausradiert. All die miesen, beschämenden Momente seines Lebens holten ihn nun endlich ein, all die Lügen, die Ausreden, die geheuchelten Gefühle, Ambitionen, Obsessionen, all die Rücksichtslosigkeiten, die einen zum Star machen, all die miesen kleinen Geschäfte, die er auf dem Weg nach oben nicht verschmäht hatte.

Er überlegte, ob er sich an einen einzigen Augenblick in seinem Leben erinnern konnte, in dem er wahrhaft etwas gefühlt und dieses Gefühl auch zum Ausdruck gebracht hatte. Einen Augenblick, in dem er gut zu jemandem gewesen war, nicht um seinen Willen durchzusetzen oder seine eigene Situation zu verbessern, sondern einfach nur, um gut zu sein, ohne sich zu fragen: Was bringt es mir? Es fiel ihm kein einziges Beispiel ein.

An jenem ersten Abend, als er bei der Discoteca an einer Palme lehnte, hatte er die Wahrheit geahnt, war aber zu betrunken gewesen, ihr ins Auge zu sehen. Er *konnte* nicht nach Hause fahren. Er war schon da. Das war es. Das hier war das Leben, das er sich verdient hatte. Wenn er es nicht so eilig gehabt hätte, zu dem Rotschopf Becky in Phoenix zu fliegen, hätte er diese gottverlassene Insel nie kennengelernt. Hätte er die Menschen, die ihm nahestanden, geliebt und sich um sie gekümmert, wäre er jetzt noch mit ihnen zusammen. Er konnte sich nicht beklagen, er hatte sein Leben genau so gelebt, wie er wollte; er hatte mit nichts begonnen und war ein reicher, berühmter, egoistischer Mistkerl geworden, der sich nur darauf verstand, andere zu verletzen. Er konnte die Faust gegen Gott schütteln, aber warum sollte Gott Notiz von ihm nehmen? Er hatte auch nie von ihm Notiz genommen.

Das war sein Lohn, seine Strafe: daß er für immer hierbleiben und über seine Untaten nachdenken mußte.

Es war besser für ihn, tot zu sein, besser, hier weiterzuleben, an diesem gefährlichen, berauschenden, verführerischen Ort, als zu versuchen, in ein Leben zurückzukehren, das es nicht mehr gab. Und die Welt war ohne ihn besser dran. Er war als Toter ein größerer Hit denn als Lebender. A&M Records war glücklich. Alexa war glücklich. Ben Junior wuchs in einem anständigen Elternhaus auf, und es mußte Geld genug für sie alle da sein. Superman war zu weit weg, um ihnen jemals wieder etwas antun zu können.

Was sein eigenes Glück anging – das mußte er sich selbst suchen. Er würde ein Mensch werden müssen, der es verdiente, glücklich zu sein.

Als er so auf Spikes Veranda saß und die Zeitungsseiten in den Dschungel davonfliegen sah, lernte Superman die schwerste Lektion seines Lebens: In der großen Ordnung der Dinge war seine Existenz für niemanden wichtig außer für ihn selbst.

»Geben Sie mir noch einen Schluck von dem Zeug, Spike.« Er griff nach der Flasche. »Könnte sein, daß ich noch ein Weilchen hierbleibe.«

17
Schick's ein

Granny French liebte Preisausschreiben, so wie andere Sex lieben, oder Gott. Sie frönte dieser Leidenschaft mit den übertriebenen Hoffnungen und der tödlichen Entschlossenheit echter Fanatiker. »Eines Tages, Benjamin«, sagte sie immer, während sie die Briefmarken anleckte, »eines Tages wird unser Schiff kommen.«

Als ich noch jünger war, beschwor das ein Bild von einem weißen Ozeanriesen herauf, der flußaufwärts nach New Orleans dampfte, wo Granny und ich dann an Bord unseres nagelneuen Lebens gehen würden.

Erst viel später erkannte ich, was für eine hoffnungslose Traumtänzerin sie war. Ihr Name stand praktisch auf jeder Adressenliste der Welt, und sie machte bei jedem Preisausschreiben mit, das ihr ins Haus geschickt wurde: *Good Housekeeping, American Family Home,* 50.000 Dollar pro Jahr auf Lebenszeit, Gewinnen Sie ein Eigenheim, Gewinnen Sie ein reinrassiges Kentucky-Vollblutpferd, Gewinnen Sie einen Winnebago, Gewinnen Sie auf ewig einen jährlichen Sommerurlaub auf Hawaii. Jeden Samstagabend sah sie sich die *Carol Burnett Show* an und füllte nebenbei die Preisausschreiben aus. »Schau dir die an, Benjamin, was die für schrägstehende Augen hat«, sagte sie dann etwa und kreischte vor Lachen. Bei einem Werbeblock putzte sie sich ihre Zweistärkenbrille und sah mit zusammengekniffenen Augen auf das vor ihr liegende Papier. »Also gut, jetzt hilf mir mal. Was meinst du, wie hoch ist der wöchentliche Verbrauch an Kleenextüchern in unserem Haushalt?«

Sie sah nicht, daß ich bei dieser Frage rot wurde.

Montags trabte sie dann mit einem neuen Packen Umschläge zur Post. Sie gewann nie etwas, nicht einmal ein Zeitschriften-Abo, aber diese Pechsträhne spornte sie nur noch mehr an. Mit jedem Jahr, das verging, verbesserten sich ihrer Meinung nach ihre Gewinnchancen.

Zwei Wochen vor meinem sechzehnten Geburtstag setzten wir uns wie schon in den sechs vorangegangenen Jahren vor den alten Admiral-Fernsehempfänger, um zuzusehen, wie Ed McMahon den Hauptgewinn des Publishers' Clearing House an jemand anderen als uns übergab. Der Hauptgewinn des Publishers' Clearing House war die absolute Spitze unter den großen, lebensverändernden Preisen: fünf Millionen Dollar, zahlbar in zwanzig Jahresraten. Wie jedes Jahr war Granny French auch diesmal überzeugt, daß sie die Gewinnerin sein würde.

Am Tag nach Neujahr hatte sie die ganze Forrest Street abgeklappert und sich die Formulare von denjenigen Nachbarn erbeten, denen es nicht der Mühe wert schien, sie auszufüllen und einzusenden. Stunden brachte sie damit zu, die Adressenaufkleber abzuziehen, ihren Namen einzutragen und all die kleinen Kästchen anzukreuzen.

Mir war natürlich klar, daß wir längst benachrichtigt worden wären, wenn Granny das Preisausschreiben tatsächlich gewonnen hätte. Das Kamerateam kommt schon einige Tage vor der Sendung zu dem glücklichen Gewinner nach Hause, um ihn bei der Überraschung seines Lebens zu filmen, und dann fliegt der Glückspilz nach New York, um in der Live-Sendung Fragen von Ed McMahon zu beantworten. (Ich nehme an, sie wollten nicht live senden, wie der Gewinner einen Herzinfarkt bekam.) Granny jedoch vertraute felsenfest darauf, daß das, was sich vor ihren Augen abspielte, Wirklichkeit war. Wenn sie es in diesem Moment miterlebte, tja, dann mußte es auch in diesem Moment stattfinden. Das Prinzip der Bandaufzeichnung einer Fernsehsendung hatte sie nie akzeptiert, so wenig wie die Mondlandung, Rock-and-Roll-Musik und tiefgefrorenes Hühnerfrikassee. Als ich es ihr erklären wollte, sagte sie, ich solle still sein und nachsehen, wie weit das Popcorn sei.

Ich ging in die Küche.

»Ich spüre es«, rief sie mir nach. »Das ist die Nacht der Nächte. Heute läuft unser Schiff ein, du wirst sehen.«

»Wird auch langsam Zeit«, sagte ich.

Statt eines weißen Ozeandampfers, der den Mississippi hinauffährt, entdeckte ich einen Popcorn-Röster, der seinen Deckel abgesprengt und die weißen Kügelchen in der ganzen Küche verstreut hatte. Ich tat neuen Mais in die Pfanne, verschloß sorgfältig die Schnäpper auf beiden Seiten und holte den Besen, um aufzufegen.

»Benjamin, komm schnell, es geht los! Zieh einfach den Stekker raus und komm!«

»Moment noch ...«

»Er ist schon beim dritten Preis, beeil dich!« Wie alle wahren Eiferer nahm Granny French an, daß jeder in ihrer Umgebung ihre Begeisterung teilte. In Wahrheit wollte ich ihr nur nicht den Spaß verderben. Ich hatte zu der Zeit meine eigenen Leidenschaften, vor allem »Never Mind the Bollocks« von den Sex Pistols, Elvis Costellos »My Aim Is True« und den einsamen Sport, den ich in meinem Zimmer mit einer Schachtel Kleenextücher betrieb.

Ich habe eigentlich nie begriffen, wie das zusammenhing, aber etwa zu der Zeit, als ich mich diesen Interessen zuwandte, hörte ich auf, Granny dafür zu hassen, daß sie mich nach Opelousas mitgenommen hatte. Ich merkte, daß der gestrenge kleine Tyrann, der mich großgezogen hatte, sich in eine gebrechliche alte Frau verwandelt hatte, die alles mögliche vergaß und den ganzen Tag müde war.

Sie war jetzt meine ganze Familie. Mein Vater war verschwunden, meine Mutter ebenfalls – es war drei Jahre her, seit ich die letzte Weihnachtskarte aus der Casa San Jacinto bekommen hatte. Wir erhielten einen monatlichen Scheck von den Anwälten, die den Nachlaß meines Vaters verwalteten, aber das war auch alles.

Als ich begriffen hatte, daß ich allein auf der Welt war, fing ich an, im Haushalt mitzuhelfen, ohne daß man mich darum gebeten hatte. Granny fand das anfangs beunruhigend, gewöhnte sich aber daran. Ich machte es mir auch zur Gewohnheit, aus meinem Zimmer zu kommen und einen Teil des Abends mit ihr vor dem Fernseher zu verbringen.

Jetzt stand sie in der Küchentür und drängte mich, schnell zu machen. In ihrer Aufregung merkte sie nicht einmal, daß überall Popcorn herumlag. Ich ließ es mir gefallen, daß sie mich am Arm ins Wohnzimmer zog.

Ed McMahon strahlte die Gewinner des zweiten Preises in Höhe von einer Million Dollar an, ein Farmerehepaar aus irgendeiner kalten Gegend, Minnesota oder Wisconsin. Die beiden waren blaß, und ich fand, daß sie in Anbetracht der glücklichen Umstände nicht sonderlich begeistert wirkten. »Sagen Sie uns«, polterte Ed, »und das ist die eine Frage, die uns alle bewegt: Was werden Sie mit dem Geld anfangen?«

»Na ja, einen Teil davon spenden wir einer wohltätigen Organisation«, sagte die Frau.

»Und zehn Prozent gehen an die Kirche«, sagte der Mann.

»Und dann wollten wir meiner Mutter ein besseres Auto kaufen.«

»Ho, ho, ho«, machte Ed, »das sind ja lauter ehrenwerte Vorsätze, aber werden Sie nicht wenigstens etwas davon auch auf den Kopf hauen, also für sich selbst ausgeben?«

Die beiden sahen sich an, als hätten sie verabredet, das nicht in der Öffentlichkeit zu diskutieren. Der Mann mußte grinsen. »Ich kauf mir einen neuen Traktor«, sagte er. »Der Sitz von meinem alten ist schon ganz durchgerostet.«

Granny French johlte. »Einen Traktor! Gewinnt eine Million und will sich einen Traktor kaufen!«

»Und ich hab mir eigentlich schon immer einen London-Fog-Regenmantel gewünscht«, sagte die Frau.

Ich stöhnte auf. »Denen sollte man die Kohle wieder abnehmen.«

Granny lachte. »Sie zieht ihren neuen Regenmantel an, und dann machen sie eine Spritztour mit dem neuen Traktor.«

Ich legte die Füße auf die Ottomane. »Was kaufst du dir, wenn du gewinnst, Granny?«

»Ein Haus auf Hawaii und eine Reise nach Paris. Und du kriegst ein Auto. Was für eins möchtest du denn, einen Cadillac?«

»Einen Zett.«

»Einen was?«

»Einen Datsun 280-Z. Oder einen Porsche 914.«

»Die kenn ich ja nicht mal«, sagte sie. »Pst, jetzt kommt der Hauptgewinn.«

»Es ist soweit, meine Damen und Herren, jetzt kommt der Moment, dem wir alle entgegengefiebert haben.« Ein Trommelwirbel. Die Regie schnitt von Ed im Live-Studio auf eine Handkamera, die sich wacklig durch ein von Bäumen beschattetes Wohnviertel bewegte. Ich nahm leichten Rauchgeruch wahr: Ob jemand Laub verbrannte?

»Wir sind in Opelousas, Louisiana«, sagte Ed mit Verschwörerstimme, »und werden jetzt gleich einen unangemeldeten Besuch bei unserem Hauptgewinner machen.«

Ich hörte einen leisen Hickser – die erste Hälfte eines Schluckaufs. Ich drehte mich um und sah, daß Granny Löcher in den Fernsehschirm starrte.

Aber das war ja die Forrest Street, unsere Straße! Ed Mc Mahon und ein Kamerateam gingen an Annie Laurie Darlings Haus vorbei in die Richtung, wo wir wohnten. Mrs. Darlings Haus wirkte im Fernsehen klein und ziemlich schäbig.

»Ach du Scheiße!« entfuhr es mir. Dann: »Entschuldigung.«

Granny hatte es gar nicht gehört. Sie machte keinen Muckser und saß unbeweglich da, ohne auch nur mit der Wimper zu zucken.

Ich lief ans Fenster und riß den Vorhang auf. Es war dunkel draußen, wie immer am Abend. In Mrs. Darlings Fenstern brannte Licht, ebenso bei Smithsons und Mrs. Delacroix.

Ich sah wieder auf den Bildschirm. Ein sonniger Vormittag in der Forrest Street. Ed schritt vor seinem Kamerateam her, den Bürgersteig entlang, auf ein kleines weißes Häuschen zu …

Unser Haus. Das war unser Haus! Eine Rabatte mit leuchtend rosa Azaleen, ein schwarzer Briefkasten neben der Tür.

Ich spürte, wie das Gewebe der Zeit einen Riß bekam – ich sah zu, wie es geschah. Aber es war doch schon vor Tagen geschehen. Nur nicht uns. Aber es war unser Haus! Es geschah doch jetzt!

Ed zielte mit dem Finger auf die Türklingel, drückte darauf.

Ich fuhr hoch.

Das *Ding-dong* kam aus dem Fernseher.

Ed drehte sich augenzwinkernd zum Fernsehpublikum um. »Es kommt jemand«, sagte er.

Die Tür ging auf. Louise Delacroix schaute durch den Spalt, das Urbild gutgelaunter, gutgekleideter Korpulenz. Als sie sah, wer vor der Tür stand, riß sie die Augen auf. »Du meine Güte, sind Sie nicht – Sie sind doch nicht –«

»Ed McMahon, Ma'am, vom Publishers' Clearing House. Sind Sie Louise Delacroix?«

»Aber – aber ja, sicher!« Sie legte sich beteuernd eine Hand auf den Busen. Jetzt konnte ich die Hausnummer lesen: 457. Wir hatten 458, genau gegenüber. Bis zu diesem Moment war mir nie aufgefallen, daß die beiden Häuser genau gleich aussahen, bis auf die Hausnummern.

»Mrs. Delacroix, Sie haben soeben *fünf Millionen Dollar* gewonnen!«

»Ohhhhhhhhh«, juchzte sie und fächelte sich mit beiden Händen Luft zu, um nicht in Ohnmacht zu fallen. »O Gott, o Gott. Das ist ja nicht zu fassen.«

Man mußte Mrs. Delacroix kennen, um zu merken, daß sie trotz ihrer ungeheuren Verblüffung den Kopf anhob, damit ihr Doppelkinn nicht so auffiel. Die Überraschung war nichts als Theater. Sie hatte gewußt, daß das Kamerateam unterwegs war, hatte genug Zeit gehabt, sich feinzumachen und Make-up aufzulegen.

In diesem Moment spürte ich eine Erschütterung. Ob es ein richtiges Erdbeben war oder die Folge davon, daß sämtliche Einwohner von Opelousas synchron aufsprangen, weiß ich nicht. Aber ich kann beschwören, daß das Porzellan im Geschirrschrank klirrte.

Auf dem Höhepunkt von Mrs. Delacroix' Verwunderung erstarrte die Aufnahme. Unter dem stürmischem Beifall des Studiopublikums wurde das Standbild in schwungvoll aufsteigendem Bogen auf einen Bildschirm über der Studiobühne gezoomt, auf der Ed McMahon und Mrs. Delacroix standen und sich selbst betrachteten.

Mrs. Delacroix war von gewaltiger Leibesfülle, und in dem teuren saphirblauen Hosenanzug wirkte sie noch unförmiger. Die gewichtige, glückliche Frau riß sich von ihrem eigenen

Anblick auf dem Bildschirm los, wandte sich mit einem strahlenden Lächeln Ed zu und nahm den Jubel entgegen, mit dem das Publikum ihr zu ihrem märchenhaften Glück gratulierte.

Ich hörte ein leises Kratzen. Granny hatte die Hände auf den Knien und kratzte sich mit den Fingernägeln – *kritsch! kritsch!* Ich bezweifle, daß sie es überhaupt merkte.

»Granny«, sagte ich.

Da endlich sah sie mich an. Ihr Gesicht war erschlafft, so als wäre der Mensch dahinter gestorben. Ihre Augen hatten ein merkwürdiges grünes Glimmen. Sie schien mich nicht zu erkennen.

»Granny, es ist alles in Ordnung, hörst du? Alles okay. Das muß ein schlechter Scherz sein. Irgend jemand spielt uns einen bösen Streich.«

Ein lahmer Versuch, zugegeben, aber meine eigene Bestürzung stieß auf absolute Leere in ihren Augen. Endlich war unser Schiff gekommen, mitten nach Opelousas war es hereingedampft und vor Anker gegangen – auf der anderen Straßenseite, bei Mrs. Delacroix. Können Sie sich vorstellen, wie es ist, dazusitzen und zuzusehen, wie Ihre Nachbarin – die Sie ihr Leben lang hochnäsig behandelt hat – den dicken Batzen einstreicht, den fetten Brummer, den größten Hauptgewinn aller Zeiten?

Und zu wissen, daß Sie selbst das Teilnahmeformular dieser Nachbarin ausgefüllt und eingeschickt haben?

Ich kann es mir nur so erklären, daß Granny eines Abends ein bißchen zu sehr durch Carol Burnett abgelenkt war. Sie mußte vergessen haben, den Aufkleber mit dem Namen von Mrs. Delacroix abzulösen und ihre eigene Adresse einzutragen.

Dieses kleine Versehen kostete sie fünf Millionen Dollar, zahlbar in zwanzig Jahresraten.

Vielleicht war auch ich schuld. Vielleicht hatte ich etwas gesagt, was sie genau in dem Moment ablenkte, als sie sich mit dem Formular von Mrs. Delacroix beschäftigte. Ich versuchte, ihr diese Erklärung einzureden, aber das war später, nachdem das unheimliche Glimmen in ihren Augen erloschen war.

Sie blinzelte. »Tja«, sagte sie leise, »schön für sie.«

»Granny –«

»Benjamin.« Noch leiser. »Ich hab ein bißchen Kopfweh. Ich geh schlafen.«

Sie stand auf und wandelte in ihr Zimmer.

Ich trat ans Fenster und sah hinüber zu den hell erleuchteten Fenstern von Mrs. Delacroix. Ein paar Nachbarn waren in ihrem Vorgarten, riefen, lachten, drückten auf dieselbe Klingel wie vorhin im Fernsehen Ed McMahon. Sie torkelten herum wie Betrunkene. Natürlich war sie nicht zu Hause. Sie war in New York, in einer Live-Sendung mit Ed McMahon.

Damals dachte ich, das müsse wohl der traurigste Abend meines Lebens sein.

Geruch nach Verbranntem. Ich lief in die Küche. Eine fettige Rauchwolke quoll mir entgegen. Hustend, gebückt, wedelte ich mir den Weg zur Hintertür frei und riß sie auf.

Der Plastikdeckel des Popcorn-Rösters war geschmolzen und an der Anrichte heruntergesickert und hatte eine gelbe Pfütze ins Linoleum gebrannt.

Später erfuhr ich, daß Ed McMahon schon am Donnerstag zuvor in die Forrest Street gekommen war, während ich in der Schule war und Granny French in ihrem Freundschaftskreis einen Quilt stichelte. Kaum zu glauben, aber in der Nachbarschaft hatte niemand gesehen, wie die Transporter der »Glückspatrouille« an der Ecke Forrest/Maple aufgefahren waren und Ed und sein Kamerateam ausgespuckt hatten.

Mrs. Delacroix hatte am selben Abend Granny angerufen. Nach kurzem Geplänkel hatte sie ihr gesagt, ihre Schwester in New York sei krank geworden, irgend etwas mit der Bauchspeicheldrüse. Sie, Mrs. Delacroix, müsse hinfliegen und nach ihr sehen, und ob Granny so gut sein und ihre Azaleen gießen könnte, bis sie wieder da sei.

»Aber natürlich, Louise«, sagte Granny, die (wie sie mir gestand) fest entschlossen war, diesen Azaleen auch nicht das kleinste Tröpfchen Wasser zu geben. Im Gegenteil, am liebsten wäre sie mit einem Haarfön hinübergegangen und hätte heiße Luft über die Blumen geblasen.

Sie hatte aufgelegt und das Ganze auf der Stelle vergessen.

Bis sie Louise mit Ed McMahon im Fernsehen sah. Da fiel es ihr wieder ein.

Am nächsten Tag stand auf der anderen Straßenseite ein ZU VERKAUFEN-Schild. Mrs. Delacroix flog von New York direkt in ihre neue Heimat Los Angeles und ließ ihre Sachen von einer Speditionsfirma abholen. Offenbar sah sie ihre Millionen als Freibrief an, Opelousas so schnell wie möglich den Rücken zu kehren. Sie kam nie mehr zurück, um ihre Nachbarn zu schikanieren.

In der Stadt galt das als endgültiger Beweis für ihren schlechten Charakter. Die Stadtväter hatten schon einen Festzug für ihren Empfang organisiert. Man wollte gute Miene zu ihrem plötzlichen Reichtum machen, aber sie hatte nicht einmal soviel Anstand, noch einmal zurückzukommen und ihre Unterwäsche selbst einzupacken.

Ich habe keine Ahnung, wie es Mrs. Delacroix später ergangen ist. Ihre Azaleen verwelkten und gingen ein, bevor die neuen Besitzer einzogen. Ich hoffe, sie hat ihre fünf Millionen genossen. Ich wünsche ihr, daß sie jeden Cent davon ausgeben konnte.

Granny French hat nie zugegeben, daß sie das Teilnahmeformular von Mrs. Delacroix aus deren Briefkasten stibitzt hatte, und die glückliche Gewinnerin von fünf Millionen hütete sich natürlich auszuposaunen, daß sie bei dem Preisausschreiben eigentlich gar nicht mitgemacht hatte. Das war etwas, was mir erst Jahre später klarwurde. Aber das seltsamste war, daß Granny French eine gute Christin war, die ihr Leben lang Erbarmen mit den Sündern gehabt hatte, mit den Schwachen also, die sich ohne den geringsten Widerstand von der Sünde packen und auf Abwege führen ließen. Und daß sie dann selbst am Neid starb, der tödlichsten aller Todsünden. Die letzten Monate ihres Lebens verbrachte sie in einer giftgrünen Wolke von Neid. Die Frau, die einst die Sünder bemitleidet hatte, war selbst zur Sünderin geworden, und daran ging sie schneller zugrunde als an ihrem Krebs.

Grannys Cousine Katy kam zu uns aus St. Martinville. Katy war Krankenschwester gewesen, bevor sie geheiratet hatte. Sie wusch Granny mit dem Schwamm, wechselte ihr Bettzeug, stand in der Nacht auf, um ihr Schmerztabletten zu geben. Sie war klein und hübsch wie ein Porzellanpüppchen und hatte eine Himmelfahrtsnase und eine heisere Kinderstimme. Wenn Granny zu stöhnen anfing und unleidlich wurde, sang Katy ihr Lieder vor, die ihr Großvater ihr beigebracht hatte. Diese letzten Monate werden für mich immer den Klang ihrer hohen, dünnen Stimme haben, die »Molly Malone« singt. Das ist ein Song von einem Mädchen, das von einer Krankheit dahingerafft wird, und manche würden ihn sicher als unpassend für eine Sterbende empfinden, aber er beruhigte Granny Frenchs Nerven – und meine.

She died of a fever
And no one could save her
And that was the end of poor Molly Malone

Ich lag auf dem Fußboden im Wohnzimmer und sah mir *Love Boat* an.

»Ich glaube, sie schläft«, sagte Katy. »Es ist schon so weit, daß man das gar nicht mehr so leicht feststellen kann.«

»Sie ist gestern erst sehr spät eingeschlafen. Wahrscheinlich ist sie bloß müde.«

»Benny, sie ist nicht müde. Sie stirbt. Das weißt du doch, oder?«

Ich zog mit dem Finger einen Kreis auf dem Fußboden. »Ja, natürlich.«

»Ich glaube nicht, daß es noch lange dauert. Dr. Eustace war heute da, als du in der Schule warst. Er will sie ins Kreiskrankenhaus einweisen.«

»Granny haßt Krankenhäuser.«

»Ich weiß. Sie meint, Krankenhäuser sind was für eingebildete Kranke, und wenn sie schon sterben muß, dann lieber zu Hause. Aber Dr. Eustace macht sich Sorgen, weil sie – in so schlechter Verfassung ist. Er hat Angst, sie könnte was anstellen.«

»Was denn?«

»Na ja, zum Beispiel, sich das Leben nehmen oder so.«

Bis dahin hatte ich nie an die Möglichkeit gedacht, daß ein Sterbender sich das Leben nehmen könnte. Zuerst kam mir diese Vorstellung absurd vor. Wozu der Aufwand, wenn man doch nur zu warten brauchte?

Aber ich wußte, warum. Granny hatte Schmerzen. Ihr Leben war kein Leben mehr. Wenn sie gerade nicht über die längst entschwundene Mrs. Delacroix herzog, stöhnte, wütete, schluchzte sie. Manchmal wachte ich mitten in der Nacht auf und hörte sie »Mama« rufen wie ein verschrecktes kleines Mädchen.

Katy setzte sich auf die Sofakante und legte mir die Hand auf die Schulter. »Ich weiß, daß das schwer für dich ist, Kind.«

Meine Augen wurden heiß, aber ich war schon so groß, daß ich nicht mehr heulen durfte. »Warum sollte sie sich nicht umbringen?« Meine Stimme klang fremd, halb erstickt. »Sie stirbt doch sowieso.«

»So soll es aber nach Gottes Willen nicht sein«, sagte Katy. »Evvy ist eine gute Christin. Es wäre ein Jammer, wenn sie auf diese Weise von uns ginge. Es ist auch so schon schlimm genug.«

»Aber dann hätte sie keine Schmerzen mehr.«

»Sie muß ins Krankenhaus. Ich bin keine Ärztin, und Dr. Eustace kann nicht alle Naslang kommen.«

»Na gut, dann muß sie eben ins Krankenhaus. Was soll ich dabei tun?«

Katy lächelte. »Sie hat dem Arzt gesagt, du wärst der einzige in der Familie, der ein bißchen gesunden Menschenverstand hat. Deshalb überläßt sie die Entscheidung dir.«

Ich schaute auf. »Echt?« In diesem Moment liebte ich Granny French mehr, als ich jemals einen anderen Menschen geliebt habe. Ich wußte, was sie von mir erwartete. »Wärst du sauer, Katy? Wenn wir sie hierbehalten? Würdest du dableiben und mir helfen, sie zu versorgen?«

»Natürlich, Schatz, ich bleibe hier bis zum bitteren Ende. Aber im Krankenhaus haben sie so Sachen, mit denen sie es ihr leichter machen können.«

»Zum Beispiel?«

Ihr Gesicht bekam einen bitteren Ausdruck. »Na ja, Morphium.«

»Kannst *du* ihr das nicht geben?«

»Das ist verboten, sie muß es im Krankenhaus kriegen. Ich hab dreimal versucht, deine Mutter anzurufen. Die lassen sie in der Anstalt nicht ans Telefon. Ich hab ihnen gesagt, es ist ein Notfall. Angeblich war sie gerade nicht zu erreichen, aber sie wollten es ihr ausrichten. Die waren ziemlich unverschämt, wenn du mich fragst.«

Ich schmierte lauter X auf den Fußboden. »Die ist mir egal.«

»Ach komm, sag doch so was nicht. Natürlich ist sie dir nicht egal.«

»Doch.«

»Sie ist deine Mutter!«

»Was weißt du denn!« Wir erschraken beide über die Wut, mit der ich das sagte.

Katy wollte mich in die Arme nehmen. Ich entzog mich ihr. Ich war seit Jahren nicht mehr umarmt worden. Granny French hatte mich gern, aber sie war nicht der Typ für Umarmungen.

Ich ging an die Tür ihres Zimmers. Die Krankheit hatte sie einschrumpfen lassen, bis sie kaum noch soviel Substanz hatte wie ein zusammengeknülltes Bettlaken. Es sah aus, als könnte sie einfach in der Matratze versinken und verschwinden, noch bevor ihre Stunde kam. Das Zimmer roch nach Wick VapoRub, und außerdem war da noch ein anderer, unangenehm süßlicher Geruch, der schwer zu bestimmen war.

»Was meinst du, wie lange es noch dauert?« fragte ich, den Kopf nach hinten gewandt.

»Das kann niemand wissen.«

»Eine Woche? Einen Monat?«

Katy seufzte. »Das kann dir keiner sagen, Benny. Das liegt in Gottes Hand. Vielleicht sollten wir beten. Willst du?«

Ich schüttelte den Kopf. »Nein. Das brauch ich nicht. Ich glaub, wir sollten sie zu Hause behalten, Katy.«

Ich hatte es noch gar nicht ausgesprochen, da wußte ich schon, daß es das Richtige war. Aber ich wußte nicht, daß es mein Leben für immer verändern würde.

Oder vielleicht doch.

Sieben Nächte später wachte ich auf, weil Granny French meinen Namen rief. Ich zog mir den Bademantel an und tappte über den Flur.

Das Lampenlicht gab den Wänden ihres Zimmers die Farbe einer Kerzenflamme. Katy schlief auf einer Chaiselongue am Fußende von Grannys Bett. Sie hatte die Hände unterm Kinn, und ein Zeh schaute unter der Bettdecke hervor. Granny schlief genauso tief. Wie war das möglich? Sie hatte mich doch gerufen.

Ein Traum? Es hatte sich so echt angehört. »Benjamin?« und dann ein Hüsteln und noch einmal: »Benjamin?«

Sie sah aus, als ob sie seit Jahren schliefe. Ein glitzernder Speichelfaden hing aus ihrem Mund aufs Kopfkissen herab. Aus ihrer Lunge kam ein Pfeifen, wie bei einem Spielzeughund.

Es war schrecklich. Ich konnte mich nicht von dem Anblick losreißen.

Vorsichtig setzte ich mich auf die Bettkante. Granny bewegte sich und leckte sich die Lippen. Ihre wäßrigen Augen gingen auf. Sie sah mich.

»Hallo«, sagte sie.

Seit einiger Zeit erkannte sie mich nicht mehr. Der Arzt sagte, der Krebs habe vom Rückgrat aufs Gehirn übergegriffen. »Hey, Granny«, sagte ich leise, »ich bin's, Benjamin.«

»Ich weiß, wer du bist. Wieso bist du so spät noch auf? Mußt du morgen nicht zur Schule?«

Ich war überrascht, wie kräftig ihre Stimme klang – als hätte ihr jemand eine Ampulle pures Leben in die Adern gespritzt. »Morgen ist Sonntag. Ich dachte, du hättest mich gerufen.«

»Ich hab geschlafen. Das solltest du auch tun. Hast du ein sauberes Hemd für die Sonntagsschule?«

Ich war seit Jahren nicht mehr in der Kirche gewesen, aber ich sagte: »Ja, Granny.«

»Benjamin, was wird jetzt aus dir?«

»Was meinst du damit?«

»Wer wird dir das Frühstück machen?«

»Du. Sobald es dir wieder bessergeht.«

Eine Welle von Schmerz erfaßte sie. Ich schwöre, ich habe es gehört, eine Welle, die sich an einem Felsen bricht. Granny schauderte und schluckte. Die Augen traten aus ihrem Gesicht hervor und starrten ins Leere.

Ich machte die Augen zu, bis es vorbei war.

Granny hielt eines der spitzenbesetzten quadratischen gelben Kissen hoch, die auf dem Bett lagen. »Nimm es.«

»Wozu?«

»Nimm schon.«

Das Kissen roch nach VapoRub. Ich hielt es auf meinem Schoß.

»Es ist Zeit, Benjamin. Es tut so weh. Wenn ich mir nicht Sorgen um dich gemacht hätte, wäre ich schon heimgegangen.«

»Du mußt aber wieder gesund werden, Granny, ich brauch dich doch.« Das Wasser in meinen Augen war nicht warm genug für Tränen.

»Ich brauch mir keine Sorgen zu machen. Du bist fast – erwachsen, du bist fast –« Der Schmerz schnürte ihr die Kehle zu.

»Es tut mir so leid, daß du solche Schmerzen hast.« Ich drückte das Kissen.

»Du mußt mir helfen.«

»Was soll ich tun?«

»*Hilf mir*.« Ihr Blick irrte ab, zu der schlummernden Katy hin.

»Wie? Sag mir, was ich tun soll.«

»Es dauert zu lange. So lange darf's nicht dauern. Hilf mir weg von hier, Benjamin.«

Mir wurde übel.

»Bitte, ich dürfte das nicht von dir verlangen, aber ich kann's – nicht selber tun. Ich hab nicht die Kraft dazu.« Sie atmete keuchend. Ihre Haut war durchscheinend wie Pergament. Nur die Augen glänzten lebendig. »Das Kissen. Halt's mir aufs Gesicht. Es wird gleich vorbei sein.«

Ich kämpfte gegen den Brechreiz an. »Granny. Du weißt, daß ich das nicht tun kann. Du fühlst dich nur schlecht im Moment. Morgen geht's dir wieder besser.«

»Nein. Es ist Zeit. Du bist hier bei mir. Hilf mir.«

»Ich kann nicht.«

»Tu, was ich dir sage.«

»Nein!« Ich wollte das Kissen auf den Boden werfen und weglaufen, aber ich tat auch das nicht. Ich verließ sie nicht.

»Mach schon, halt's mir drauf.« Mit ihren knochigen Fingern griff sie nach mir, zog meinen Arm und das Kissen zu sich. »Diese Louise Delacroix ist ein Scheusal«, murmelte sie. »Sie ist an allem schuld.«

Ich befreite mich aus ihrem Griff.

Ihre Hand fiel aufs Bett herab. Ihr Gesicht verlor seine Bitterkeit, sie lächelte mich voller Weisheit und Liebe an und sah durch mich hindurch. Ich wollte ihr sagen, wie lieb ich sie hatte, wie leid es mir tat, daß ich ihr so viel Ärger gemacht hatte. Dann merkte ich, daß sie mich gar nicht ansah. Ihre Augen waren offen, aber sie war tot. Ihr Kopf sank zur Seite.

»O Gott«, schrie Katy hinter mir, »Benny, was hast du getan!«

Das Kissen hielt ich noch in den Händen.

Katy sprang auf. In ihren Augen war Angst.

Ich warf das Kissen von mir. »Ich hab's nicht getan!«

»O Gott«, jammerte Katy, »o Gott ...«

Bei der Beerdigung starrten mich alle an. Katy schwor Stein und Bein, daß sie niemandem etwas gesagt hatte, aber die ganze Stadt wußte es. Ich hörte es flüstern in den Deckenventilatoren, den zuklappenden Fliegendrahttüren. Ich hatte es nicht getan, aber Granny hatte mich darum gebeten, ich hatte das Kissen in den Händen gehalten und hatte ernsthaft erwogen, es zu tun. Ich war dabei ertappt worden, daß ich es nicht tat, aber es war, als hätte ich es doch getan.

Wir standen auf einem Fleck künstlichem Gras an einem rechteckigen Loch, in Windrichtung eines Berges von Chrysanthemen. Die monotone Stimme des Pfarrers vermischte sich mit dem Zirpen der Zikaden und dem Dröhnen des Verkehrs auf dem Highway. Grannys Sarg war grau und glänzend wie ein neuer Cadillac.

Ich starrte in das Erdloch, schmeckte den Staub in der Luft. Katy weinte leise. Ein Elektromotor surrte, als der Sarg in das Loch sank.

In der gleißenden Nachmittagssonne gingen wir den Abhang hinauf. Eine dicke Frau in Weiß kam von einer Reihe Autos zu uns heruntergerauscht.

Erst dachte ich, es sei Mrs. Delacroix mit einer blonden Perücke – die riesige Sonnenbrille verbarg das halbe Gesicht. Aber dann streckte die Frau die Arme aus und rief »Benny!«. Sie kam schwerfällig auf mich zu, und ich sah, daß es, du lieber Gott, meine Mutter war.

Was immer die mit ihr in der Casa San Jacinto angestellt hatten, zu essen hatten sie ihr jedenfalls genug gegeben. Sie hatte mindestens vierzig Kilo zugenommen. Ihr schönes Gesicht – Miss Southwest Louisiana – war Mittelpunkt eines großen, fleischigen Mondes. In dem fließenden weißen Hosenanzug sah sie aus wie ein Ballon.

Ich fühlte mich angezogen wie ein Trabant von einem Planeten. »Mom?«

»O Gott, ich komme zu spät«, rief sie und schlang die Arme um mich. »Jetzt hab ich keine Mutter mehr …«

Ich erstickte schier in dem großen weichen warmen Kissen, das meine Mutter war. Unverkennbar – es war ihr Geruch, ein süßer Hauch von Patchouli, ein wunderbares, leicht muffiges Aroma, das ihr ganz allein gehörte.

»Doris French, bist du's?« fragte Katy. »Mädel, du siehst so gut aus, daß ich dich gar nicht wiedererkannt habe.«

»Ach was, ich bin ein Koloß«, jammerte meine Mutter und drückte mich noch fester an sich.

»Du bist gekommen«, sagte ich an ihrer Schulter. »Du bist da.«

»Natürlich bin ich da! Ich wäre schon früher gekommen, aber ich hab's eben erst erfahren.« Sie hielt mich auf Armlänge von sich weg. »Mein Gott, Junge, bist du groß geworden. Du bist ja schon ein erwachsener Mann. Ach, das ist einfach alles zuviel.« Sie packte mich und drückte mich wieder an sich.

Eine kleine Zuschauermenge hatte sich angesammelt. In das tröstende Gemurmel mischte sich ein überraschtes Summen, als die Leute meine Mutter erkannten und merkten, wie sehr sie sich verändert hatte. Mir war es egal, wie dick sie war – sie war meine Mutter, und sie war da. Ich war doch nicht allein auf der Welt. Mein ganzer Zorn schien sich in diesem Moment zu verflüchtigen, als sie mich in den Armen hielt. Gibt es auf der Welt irgendein Kind irgendeiner Mutter, das nicht so empfunden hätte?

Alle drängten sich, sie zu umarmen, sie zu Hause willkommen zu heißen.

Mit Katy ging sie das Grab anschauen. Ich hatte genug von weinenden Menschen. Langsam ging ich zum Auto hinüber.

Die mitfühlenden Blicke der Trauergäste prallten an mir ab wie Geschosse. Ich war unverwundbar. Ich behielt die Hände in den Hosentaschen und starrte auf eine Kieferngruppe auf der anderen Seite des Weges.

Wir fuhren zu Grannys Haus zurück, wo ein großes Büffet aufgebaut worden war. In der Küche wimmelte es von Frauen, die mit Alufolie knisterten. Die Nachbarinnen häuften Brathuhn, Bohnengemüse, Götterspeise, Kartoffelsalat und drei Sorten Kuchen auf ihre Teller. Sie strömten hinaus auf die Veranda und in den Vorgarten, aßen und unterhielten sich leise. Wenn ich in ihre Nähe kam, unterbrachen sie ihre Gespräche und redeten dann in anderem Tonfall weiter.

Harvey Loomis, der Nachbar, hockte sich neben mich auf die Verandastufen. »Na, wie kommst du zurecht, junger Mann?«

»Es geht schon.« Ich schaute aufs Gras hinunter.

»Gibt es irgendwas, worüber du reden möchtest?«

»Nein, Sir.«

»So was kann einen ganz schön mitnehmen«, sagte er. »Ich weiß, daß Evvy dich wie ihr eigenes Kind aufgezogen hat.«

»Ja, Sir.« Ich wollte ihn loswerden.

»Also kümmer dich nicht um den Klatsch«, sagte er. »Das ist das einzige, was die den lieben langen Tag tun, übereinander tratschen.«

Ich sah überrascht auf. Mr. Loomis hatte noch nie mehr als fünf Worte hintereinander zu mir gesagt.

»Aber beileibe nichts Nettes, da sei Gott vor«, fuhr er fort. »Was immer du getan hast, ich weiß, es war das beste für die arme Evvy.«

»Ich hab gar nichts getan«, sagte ich.

»Ich weiß. Aber paß gut auf dich auf, ja? Laß es mich wissen, wenn ich was für dich tun kann.« Er klopfte mir auf die Schulter und ging hinein.

Ich wußte, er wollte mich nur aufmuntern, aber auf einmal hatte ich den überwältigenden Drang, aufzustehen und aus dem Garten zu laufen, hinunter zur Bushaltestelle, und diese Stadt so schnell wie möglich zu verlassen. Hier hielt mich nichts mehr.

Die Tür ging auf. Meine Mutter. »Ach, da steckst du! Was machst du denn hier draußen so ganz alleine?«

»Nichts.«

»Komm doch rein, zu den anderen. Onkel Henry erzählt Geschichten aus der guten alten Zeit.«

Typisch meine Mutter. Ihre eigene Mutter war noch nicht einmal eine Stunde unter der Erde, und sie forderte mich auf, mir lustige Geschichten anzuhören.

»Ich bleib lieber hier.«

»Darf ich mich zu dir setzen?«

»Bitte.«

Sie ließ sich in die Verandaschaukel sinken. Die Ketten knirschten bedenklich. »Hast du mich denn nie vermißt, Benny?«

»Was meinst du wohl?«

»Ich würde mich nicht wundern, wenn ich dir gar nicht gefehlt hätte. Wenn du mich hassen würdest. Ehrlich gesagt hab ich mit so was gerechnet.«

Ich schüttelte den Kopf. »Ich hasse dich nicht.«

»Weißt du, ich war nicht gerade auf Urlaub die ganzen Jahre. Ich war richtig krank. Ich hab alle möglichen Schwierigkeiten gehabt, nachdem dein Vater gestorben war – du weißt schon, Drogen und so was, und Jimbo …«

»Ich weiß.«

»Und glaub ja nicht, ich wüßte nicht, wie ich aussehe. Mir gefällt's auch nicht, aber du mußt wissen, daß ich innerlich ein viel besserer Mensch geworden bin. Hundertmal besser.«

»Das ist schön«, sagte ich. Mein Herz war ein kleiner, kalter, radioaktiver Klumpen.

»Vertrau dich mir an, Schatz. Sag mir, was du auf dem Herzen hast.«

»Die denken, ich hab sie umgebracht.«

»Wer?«

»Alle. Katy. Sie denken, ich hab Granny umgebracht.«

»Was soll der Unsinn? Sie hatte Krebs.«

Ich erzählte ihr, wie es gewesen war. Am Ende mußte ich mir mit den Daumen auf die Augen drücken, um die Tränen zurückzuhalten.

»Mein armer Schatz. Gut, daß du darüber reden kannst. Soll ich dich in den Arm nehmen?«

»Nein!« fauchte ich. »Ich brauch keine *Umarmung*.«

»Mir scheint, du hast Schuldgefühle deswegen«, sagte sie. »Offensichtlich fühlst du dich für ihren Tod verantwortlich.«

»Weißt du was? Vergiß es einfach, okay? Tut mir leid, daß

ich davon angefangen habe.« Sie hatte sich kein bißchen geändert.

»Nicht, Benny! Ich finde es wunderbar, daß wir nach so langer Zeit dort weitermachen können, wo wir aufgehört haben, daß wir wie vernünftige Menschen miteinander reden können. Als wären wir die ganze Zeit zusammengewesen. Wenn wir wieder zusammenleben wollen, ist das sehr wichtig.«

»Also mußt du nicht mehr zurück in diese Anstalt?«

»Das ist noch nicht raus. Ich hab von denen ziemlich die Schnauze voll, das kann ich dir sagen. Wir waren in einer geschlossenen Abteilung. Das geht natürlich nicht anders, aber die hätten mir doch wenigstens ausrichten können, daß meine *Mutter* gestorben ist, verdammt noch mal.«

»Bleibst du hier?«

»Eine Zeitlang.« Sie sah sich im Garten um. »Ich hatte gedacht, es würde mir schwerfallen, aber es ist gar nicht so schlimm. Ich fühl mich zu Hause hier.«

Man konnte leicht vergessen, daß sie in diesem Haus aufgewachsen war, vor mir. Sie hatte einen so großen Abstand zwischen sich und Opelousas gelegt, daß ich nie gedacht hätte, sie würde eines Tages zurückkommen.

»Du mußt langsam dran denken, aufs College zu gehen, stimmt's? Hast du dir schon was überlegt?«

»Ich geh aufs Long.« Das Russell B. Long Junior College war die einzige Möglichkeit in Opelousas; ich hatte möglichst nahe bei Granny French bleiben wollen.

»Dafür bist du viel zu intelligent. Ich wette, du schaffst es an einer der alten Universitäten, du mußt es nur wollen.«

Ich gab keine Antwort.

»Na ja, du hast ja noch Zeit. Hast du nicht noch ein Jahr auf der High-School?«

Ich hatte schon meinen Abschluß gemacht, als Drittbester meines Jahrgangs, im Mai. Im August wollte ich ans Long gehen. Meine Mutter war die letzten acht Jahre in einer geschlossenen Anstalt gewesen. Sie wußte nicht mal mehr, wie alt ich war.

»Weißt du was, *Mutter*? Gib's endlich auf, okay? Du kannst das nicht. Vergiß mich einfach. Ich komm schon allein zurecht. Ich hab schließlich jahrelang geübt.«

»Nun mal langsam, ja?« Sie hob die Hände. »Hab ich was Falsches gesagt?«

»Fahr einfach in deine Klapsmühle zurück. Mach dir keine Sorgen um mich. Ich komm schon durch. Wir sind alle ganz gut ohne dich ausgekommen.« Ich ging auf die Fliegentür zu.

Sie packte mich am Arm. »Warte, Benny. Sei nicht so gemein zu mir, bitte, nicht heute.«

Ich schüttelte sie ab. »Rühr mich nicht an.«

»Ich weiß, du bist wütend auf mich. Das ist ganz natürlich, ich war auch manchmal wütend auf meine Mutter. Das gehört zum Erwachsenwerden.«

»Ich bin nicht wütend auf dich«, sagte ich so eisig wie möglich. »Was dich betrifft, hab ich überhaupt keine Gefühle.«

Das saß. Ihre Augen trübten sich. »Das ist nicht dein Ernst.«

»Ich war dir doch die ganzen Jahre völlig egal, oder vielleicht nicht? Nimm deine Hände weg.«

Sie ließ mich nicht los. »Du warst mir überhaupt nicht egal. Aber was konnte ich denn tun? Meinst du, mir hat es Spaß gemacht in der Klinik? Ich war krank – ich hab alles mögliche geschluckt und versucht –, ach, ich weiß nicht. Benny, dein Vater hat mir ja so gefehlt. Ich war nicht mehr ich selbst, als er gestorben ist. Ohne ihn wußte ich nicht mehr, wer ich war. Ich konnte mich nicht um dich kümmern. Deshalb hab ich dich zu Granny geschickt. Siehst du nicht ein, daß es nur zu deinem Besten war?«

»Du hast mich nicht hierher geschickt. Granny hat mich mitgenommen, nachdem du mich bei seiner Beerdigung mit Drogen vollgepumpt hattest.«

»Ich weiß nicht, wovon du redest.«

»Das Gedenkkonzert, weißt du nicht mehr? Wo ich diese Brownies gegessen hab? Oder warst du da so high, daß du dich hinterher an nichts mehr erinnern konntest?«

Der Schatten einer Erinnerung glitt über ihr Gesicht. »Geschieht mir wohl ganz recht. Ich war damals völlig daneben.«

»Tja, so war das eben.« Ich riß mich los. Ihre Tränen rührten mich kein bißchen. »Du bist meine Mutter, und du hast mich vergessen. Genau wie ich dich vergessen werde.«

In diesem Augenblick kam Katy heraus. Sie machte ein

Gesicht, als sei ich dabei, meine Mutter mit einem Stock zu verprügeln. »Benny! Um Himmels willen! Wie redest du denn mit deiner Mutter!«

»Halt du dich da gefälligst raus!«

Katy wich zurück.

Mom sagte: »Benny, warte!« Ich stürmte an ihnen vorbei ins Haus.

Alle sahen von ihren Tellern auf, als ich an ihnen vorbeirannte. Am liebsten hätte ich sie angeschrien, sie sollten sich zum Teufel scheren, mich allein lassen mit meinem Schmerz, meiner Schuld und meinen Gedanken an Granny French. Ich lief in mein Zimmer und schlug die Tür zu.

Die Flugzeugmodelle zappelten an ihren Schnüren. Aus irgendeinem Grund machte mich das noch wütender. Ich schwang die Fäuste, warf die Modelle an die Wand, daß sie zersplitterten, schlug meine blöden, vergeudeten Jahre in diesem Zimmer kurz und klein. Das Schwarzlicht-Poster mit dem Friedenszeichen schmatzte, als ich es von der Wand riß. Ich packte die Lavalampe, die noch eingesteckt war und in überirdischem Orange leuchtete, und knallte sie gegen das Kopfteil des Bettes.

Das Glas zerbrach. Die Lava floß über das Kopfkissen. Das Wasser machte einen dunklen Fleck auf der Bettdecke.

Schwer atmend sah ich mich nach etwas um, was ich auch noch kaputtmachen konnte. Mein Blick fiel auf den Bilderrahmen über dem Bett – zwei Polaroidfotos, eine auf einen blauen Stoffetzen gekritzelte Nachricht.

Ich riß den Rahmen vom Nagel, hob ihn mit beiden Händen hoch und schmetterte ihn auf die Lehne meines Schreibtischstuhls. Glassplitter flogen herum.

Besorgtes Gemurmel draußen vor der Tür. Ich bückte mich und hob die Fotos und den Stoffetzen auf. Ich holte meinen Notgroschen aus dem Versteck hinter dem Bücherregal – dreihundertfünfundvierzig Dollar, viele, viele Meilen grünes Gras unter den Rädern meines Rasenmähers. Ich packte T-Shirts und Socken in meinen Rucksack. Die Wut war wie ein reinigendes Gewitter. Ich war plötzlich ganz klar im Kopf und stark, beinahe glücklich. Ich wußte genau, was ich zu tun hatte.

Ich machte das Fenster auf und kickte das Fliegenfenster hinaus. Mein altes Leben war vorbei. Da draußen war eine riesengroße Welt, eine Welt, von der die Leute von Opelousas nur in ihren Alpträumen und im Fernsehen etwas erfuhren. Irgendwo da draußen waren zwei gleich aussehende Berge, durch einen weiten Bogen Sandstrand miteinander verbunden. Irgendwo da draußen war mein Vater, der letzte Mensch auf Erden, der mich vielleicht liebte.

Jemand rüttelte am Türknauf. Ich stellte einen Stuhl darunter. Meine Mutter sagte: »Benny? Komm schon, mach auf, bitte! Schätzchen?«

Ich schwang ein Bein über den Fenstersims, ließ mich lautlos auf den Rasen fallen. Vermutlich hatte ich schon den halben Weg zur Bushaltestelle zurückgelegt, als sie es endlich schafften, die Tür einzutreten.

18
Die Kirche der Winkerkrabbe

Er hatte Frank gefragt: Warum?

»Mr. Willis, bitte hören Sie auf, sich zu quälen. Sie ist tot. Es war ein Unfall, ein schrecklicher, tragischer Unfall. Niemand ist schuld. Niemand hat es arrangiert. Sie haben die Maschine doch geflogen, oder? Trotzdem werfe ich Ihnen nichts vor.«

»Kommen Sie schon, Frank. Sagen Sie mir, was Sie mit dem Motor angestellt haben.«

Ein angestrengtes kleines Lächeln. »Wenn Sie über diese lächerliche Wahnvorstellung nicht hinwegkommen, sollten Sie sich überlegen, ob Sie nicht lieber woanders wohnen wollen.«

Und so war Superman wieder einmal außerhalb der rosa Mauer.

An dem Abend trank er eine ganze Flasche *guaro* und stolperte den Pfad über den Grat hinauf zum Gipfel des südlichen Berges, fest entschlossen, diesen legendären Magier aufzusuchen und ihm einmal richtig Bescheid zu stoßen. Am Ende des Pfades erblickte er einen Maschendrahtzaun und dahinter eine große, weiß geflieste Fläche, einen überdachten Tanzboden, so groß wie eine Basketballhalle.

Er trat an den Zaun und stellte die Schuhspitze in eine Masche. Grobe Hände packten ihn, rissen ihn zurück, warfen ihn mit dem Gesicht nach unten in den Dreck. Jemand trat ihm mit dem Stiefel gegen den Brustkorb. *Klick-klick!* machten die Pistolen an seinem Kopf.

»Immer mit der Ruhe«, rief Superman. »*Tranquilo!*«

Die Männer schrien ihn an, oder vielleicht auch einander.

Es waren fünf, und weitere kamen von dem Wachhäuschen am Ende des Zauns gerannt.

»*Qué quieres?*« herrschte ihn einer mit barscher Stimme an. »*Qué quieres aquí?*«

»Ich bin bloß spazierengegangen und hab mich um meinen eigenen Kram gekümmert«, sagte er. Ein kalter Eisenfinger preßte sich in seinen Nacken. Er war zu betrunken, um sich mit einem von ihnen zu prügeln, geschweige denn allen auf einmal. »*Yo soy amigo de Pito*«, stotterte er, »*tranquilo,* Jungs, okay? Ich hab mich verlaufen, ich – ich hab ein bißchen zuviel erwischt – *borracho,* kapito?«

Sie warteten, bis etwa fünfzehn von ihnen ihre Taschenlampen auf ihn richteten. Dann stellten sie ihn auf die Beine, stießen ihn den Abhang hinunter und liefen ihm noch ein Stück nach, um zu sehen, ob er auch wirklich verschwand. Er hörte sie leise lachen, während er im Finstern den Pfad hinunterstolperte.

Tags darauf sah man ihn auf einem hügelartigen Vorsprung ein Stück unterhalb von Spikes Haus, mit Pito und fünf *macheteros.* In zwei Tagen hackten sie alle zusammen in schweißtreibender Arbeit eine Lichtung in den Dschungel, machten sich Stangen aus Bambusstämmen und bauten eine Hütte mit einem einzigen Raum, einem Strohdach und einer kleinen Veranda an der Seite.

Am nächsten Abend brachte Pito ihm seine Gibson-Gitarre, instandgesetzt und frisch lackiert und nur leicht verstimmt. Ein Wunder! Superman hatte gedacht, sie sei bei seiner Höllenfahrt den Fluß hinunter in tausend Splitter zerborsten.

Monatelang saß er auf seiner kleinen Veranda, klimperte auf der Gitarre, grübelte nach über die Geheimnisse der Insel und die Fehler, die er gemacht hatte, die falschen Entscheidungen seines Lebens, denen er es verdankte, daß er jetzt hier festsaß. Niemand sah, wie er sich abquälte, immer wieder die schlimmsten Augenblicke vor seinem inneren Auge ablaufen ließ, als könnte er dadurch, daß er sie immer aufs neue durchlebte, erreichen, daß sich von nun an alles zum Besseren wendete. Es war ein lange Liste: Der furchtbare Nachmittag im Eagle Rock Studio. Der Abend im Flor-A-Bama, wo er den Sänger gedemütigt hatte. Der Tag, als er Ben Junior verdroschen und ins Bett geschickt hatte, weil er Grapefruitsaft auf den blöden weißen Teppich verschüttet hatte. Der Tag, an dem er seinen ersten Manager Billy Broward gefeuert hatte, weil der es gewagt hatte, ihm vor den Jungs seiner Band zu widersprechen. Der diesige Morgen in New Orleans, als er im Hotel Monteleone mit drei Nutten und einem Schauermann im Bett aufgewacht war.

In seinem alten Leben hatte er sich wegen dieser Dinge keine grauen Haare wachsen lassen. Das waren Ausrutscher, aus denen man lernte und über die man hinwegkam. Aber jetzt konnte er an nichts anderes mehr denken. Er hatte das Gefühl, in die Tiefe zu stürzen, brennend und völlig hilflos, in den Dschungel hinab, mit nichts, was ihn hätte aufhalten können, nur Luft. Die Tage waren weniger schlimm als die Nächte, wenn das Pochen des Blutes in seinen Adern wilde Stürme der Selbstquälerei auslöste, die ihn als Wrack zurückließen, erschöpft, zerschmettert an den Felsen in seinem Kopf.

Wäre er gläubig gewesen, hätte er fürchten müssen, seine Seele zu verlieren. Kann man seine Seele verlieren, auch wenn es Gott nicht gibt? Wie kann man sich retten, wenn man nicht glaubt?

Er wünschte, er könnte glauben. Er erinnerte sich, wie das Parfüm seiner Mutter die Kabine des Pick-ups auf dem Weg zur Kirche erfüllt hatte. So mußte Gott riechen, hatte er immer gedacht: süß, schwer, überwältigend.

Er fand den Red Dot, den er an dem Tag am Strand eingesteckt hatte, und schluckte ihn. Die nächsten vier Tage und Nächte saß er auf der Veranda, ohne sich zu bewegen. Er sah zu, wie die Sonne auf- und unterging, beobachtete den von Leben strotzenden Dschungel.

Am Ende dieser Zeitspanne hatte er ein neues Gefühl für Gott. Gott ist überall, hatte er gelernt. Gott ist der Frosch, die Spinne, das Glühwürmchen mit seinen zwei winzigen Scheinwerfern, der Falter mit dem fotorealistischen Eulenauge auf dem Flügel. Gott ist der Genius der Ameisen, deren Kundschafter noch die winzigste Krume finden und geschwind ein Heer von Arbeiterinnen herbeiholen, die das Beutestück packen und davontragen, in säuberlicher Marschordnung. Das Gehirn einer Ameise ist sehr klein; wie hätten die Ameisen dieses System je aus eigener Kraft erfinden können? Gott hatte das System erschaffen. Gott ist jede Ameise. Gott ist jede Winkerkrabbe, die am Strand aus ihrem Loch getanzt kommt und wieder darin verschwindet. Wenn die Winkerkrabben hervorkommen, zeichnen sie um ihre Löcher herum Figuren in Form von Hibiskusblüten in den Sand. Gott hat die Krabben gelehrt, Blumen auf den Strand zu zeichnen. Wozu sollten Krabben Blumen zeichnen, wenn nicht Gott zu Gefallen?

Wenn Gott eine Winkerkrabbe ist, dann ist er auch in uns. Wenn Gott in uns ist, müssen wir eine Seele haben, denn wozu wäre das Ganze sonst gut? Wenn ein Mensch eine Seele hat, kann diese Seele vielleicht gerettet werden. Wenn ein Mensch lange genug seine Sünden bereut, wenn er sich einem Leben widmet, das rein und leer und sauber ist, vielleicht findet er dann eines Tages einen Weg, sich zu retten.

Superman lernte, die sieben Leguane auseinanderzuhalten, die seinen Garten bewohnten und jeder auf seinem eigenen sonnigen Ast Wache hielten. Er streute auf der Lichtung Obstschalen aus für die Nasenbären, die tagtäglich gegen Mittag hindurchzogen.

Wenn er Affen in den Bäumen rascheln hörte, pfiff er zur Begrüßung immer dieselbe Tonfolge C-A-F. Er hoffte, sie würden eines Tages antworten oder zumindest nicht mehr so scheu sein, aber sie spähten stets nur aus dem Schutz des Blätterdachs nach ihm; bisweilen schauten zwanzig verschlagene, mißtrauische Augenpaare gleichzeitig zu ihm herüber.

Der gute alte Pito gab ihm das Geld zurück, das er ihm einmal als Trinkgeld hatte aufdrängen wollen, und so konnte er sich in der *pulperia* mit Lebensmitteln versorgen. Er schlief auf einem Feldbett. Kaffee kochte er sich auf einem Benzinkocher. Er aß Mangos, Papayas, Thunfisch aus der Dose und gesalzene Crakker. Er badete im Meer. Große rote Ameisen ließen sich in seinen Schuhen nieder.

Gyp tauchte eines Tages schwanzwedelnd auf und blieb von da an bei ihm, als wüßte sie, wie einsam er war.

Er lieh sich Spikes Transistorradio aus und saß stundenlang da und begleitete auf der Gitarre die *música romántica*, die traurigen Gesänge, die es Catalina so angetan hatten: alte Männer, die sich ihre Sehnsucht von der Seele sangen, Frauen mit kehliger Stimme, die klagend von ihrer vergeblichen Leidenschaft erzählten. Er probierte sogar, ein paar Songs zu schreiben, aber sein Gehirn war noch stärker eingerostet als seine Finger auf den Saiten. Die Texte klangen sentimental, wie die Lieder im Radio, oder wie die Albernheiten, mit denen er manchmal im Studio die Aufnahmepausen überbrückt hatte. Er hängte die Gitarre an einen Nagel neben das Bett.

Einmal hatte der Mond am Abend einen Hof, in den der Polarstern wie ein Diamant eingesetzt war. Aus einem unerfindlichen Grund ließ ihn das an Ben Junior denken. Und hoffen, daß er in diesem Moment auch hinaufschaute.

Von da an war es ein allnächtliches Ritual, über den Polarstern gute Wünsche an jenen anderen Fixpunkt im Universum zu schicken. Man konnte nie wissen.

Nach Monaten der Meditation stellte er fest, daß die Stille und die Seelenerforschung ihn auch nicht besser machten. Nur noch einsamer.

Er ging an den Strand. Die Winkerkrabben flohen vor seinem Schatten. Er fand den Pfad wieder und ging ihn hinauf ins schattige kühle Grün.

Sie wässerte gerade den Garten zwischen den beiden Häusern. Anscheinend hatte sie etwas gestrichen, denn ihr Hemd und das getüpfelte rote Kopftuch waren mit Farbe verschmiert. Sie war so liebreizend, so rührend zerzaust, daß er sie am liebsten auf der Stelle in die Arme genommen hätte. Sie war etwas weicher, etwas rundlicher, als er sie in Erinnerung hatte. Sie lächelte sogar, als sie ihn sah. Gemächlich musterte sie ihn von oben bis unten. »So eine Überraschung«, sagte sie.

»Hallo, Daisy.«

»Wer ist denn das? Mein Gott, das ist doch Gyp! Hallo, Süße, lange nicht gesehen!« Sie kniete sich hin und streichelte die Hündin. »Was macht die denn hier?«

»Sie ist jetzt bei mir«, sagte Superman. »Sie gehört jetzt mir.«

Daisy kraulte Gyp den Nacken und wurde mit einem feuchten Nasenstüber belohnt. »Sie sieht gut aus. Du sorgst gut für sie.«

Daisys Garten stand in üppiger Blüte, Sturzbäche von Blumen

ergossen sich durch Farne und Philodendren, die groß genug waren, einen Baum zu überwuchern. Eine der Hütten war in knalligem Rosa gestrichen, die andere in einem hellen, kalkigen Gelb. Ein Springbrunnen sprudelte in einer grasbewachsenen Mulde zwischen den beiden Hütten, einer Art Wohnzimmer im Freien mit schmiedeeisernen Stühlen und einer Chaiselongue.

»Hey, das ist ja gemütlich.« Er setzte sich unaufgefordert auf einen Stuhl. »Du hast wirklich einen grünen Daumen.«

»Ich liebe das Gärtnern im Dschungel. Man sieht so schnell das Ergebnis.« Sie setzte sich auf den Rand der Chaiselongue. »Bist du hier, um meine Blumen anzuschauen?«

»Na ja, eigentlich nicht … Ich bin hier, weil ich dich besuchen wollte. Ich habe mich schon gefragt, ob ich dich noch jemals wiedersehen würde.«

Sie breitete die Arme aus. »Hier bin ich. Nicht zu übersehen.«

»Du siehst schön aus.«

»Ach, ihr Männer. Ihr seid alle gleich.«

»Wie ist die Lage an der Fledermausfront?«

Sie überlegte einen Moment, dann zauberte die Erinnerung ein schwaches Lächeln auf ihr Gesicht. »Ach ja. Ich hab die Fenster verglasen lassen. Problem gelöst.«

Es lief nicht ganz so, wie er es sich erhofft hatte. Sie war höflich, aber auch nicht mehr. »Du bist immer noch böse auf mich«, sagte er, »weil ich damals am Abend einfach weggerannt bin.«

»Oh, bitte, Ben, das ist doch Schnee von gestern.« Sie schlug die Beine unter.

»Ich wollte dir sagen … Also, ich hab dir nicht nachspioniert.« Er sah zu dem gelben Haus hinüber. »Als ich dich da mit Jack gesehen habe – ich wollte das gar nicht sehen. Es war Zufall.«

»Das war eine schwere Zeit für mich«, sagte sie und legte den Kopf schräg. Gott, was für ein Gesicht. Man konnte jedes Wort ihrer Geschichte von diesen violetten Augen ablesen.

»Das war sehr nett von dir. Daß du dich so um ihn gekümmert hast.«

»Ich bin keine Florence Nightingale. Ich hatte keine Wahl.«

»Spike hat mir erzählt, daß er gestorben ist. Ich wollte, ich hätte ihn kennengelernt.«

»Das wäre möglich gewesen«, sagte sie, »aber du bist ja weggelaufen und nicht wiedergekommen.«

»Mir tut auch das leid.«

Ihre Augen blitzten. »Ich hab lange darauf gewartet, daß du das sagst. Aber du solltest vielleicht noch ein bißchen mehr sagen. Noch *nie* ist jemand einfach so von mir weggerannt.«

Er holte tief Luft. »Also, ich war zu Tode erschrocken«, sagte er, »über die ganze Situation. Es war einfach – du warst so phantastisch. Es war wunderschön. Noch nie war es für mich mit einer Frau so gewesen. Und dann – du hattest mich überhaupt nicht gewarnt, ich war völlig unvorbereitet. Ich hab ihn gesehen und bin ausgeflippt, das gebe ich zu, es hat bei mir einfach alles auf den Kopf gestellt. Ich mußte weg. Nichts von dem, was ich zu wissen glaubte, stimmte mehr. Er war am Leben, er war da. Um Himmels willen, Daisy, wie war das möglich?«

»Warum hast du mich das damals nicht gefragt? Anstatt einfach davonzulaufen?«

»Ich hatte nicht den Mumm dazu«, sagte er.

»Und jetzt hast du ihn plötzlich? Beeindruckt mich nicht.«

»Ich will dich nicht beeindrucken. Ich wollte dich sehen.«

Eine Brise wehte über ihre Schulter, trug Lavendelduft zu ihm. »Nicht einmal das bißchen, was ich weiß, ist schlüssig. Also, sie haben versucht, ihn zu ermorden. Sie haben es verpfuscht. Er war kräftig, er wollte und wollte nicht sterben. Sie konnten ihn dem Volk so nicht zeigen. Als sich abzeichnete, daß er nie mehr gesund werden würde, brachten sie ihn hierher.«

»Aber wer? Wer hat das getan? Wer sind diese Leute?«

»Ich weiß es nicht.«

»Aber wie haben sie –«

»Frag mich nicht, Ben. Besser, du erfährst es nicht.«

»Hast du ihn geliebt?«

»Auf einer Skala von eins bis zehn?«

Superman mußte unwillkürlich lächeln.

»Jack war eine Zehn.« Sie rieb sich zerstreut einen Moskitostich. »Aber das Ende war grauenhaft. Du hast ihn ja gesehen.«

Er nickte. »Du hast mir so leid getan, und ich wollte es dir auch sagen – aber ich hab's nicht gesagt. Ich bin weggeblieben.

Ich hatte Angst. Jetzt kommt mir das ziemlich dumm vor. Ich meine, es tut mir wirklich leid.«

»Na gut, du hast genug gesagt.«

»Was, meinst du, würde passieren, wenn die Öffentlichkeit jemals dahinterkäme?«

»Wie das mit Jack war?« Ihre Augen trübten sich. »Er ist tot. Das würde nichts ändern.«

»Aber sie haben uns belogen!«

»Wach auf, Ben. In welcher Welt lebst du eigentlich? Die Menschen wollen nicht die Wahrheit hören. Sie wollen nur die Lügen bestätigt bekommen, die sie schon kennen.« Sie griff nach ihrem Päckchen Emus.

»Wie bist du hierhergekommen?«

Sie knipste ein Feuerzeug an, blies Rauch aus. »Auf Einladung, wie alle anderen auch.«

»Dieser Magier – ist das ein Freund von dir? Hast du ihn schon vorher gekannt?«

»Ich – nehme an, er ist mein Freund, obwohl ich ihn nie kennengelernt habe. Eins muß ich dir allerdings sagen: Ich respektiere ihn. Ich bin nicht wie manche von den Leuten hier, ich bin nicht darauf aus, hier wegzukommen. Ich wußte, worauf ich mich einlasse, als ich herkam. Was ich aufgegeben habe, fällt dagegen kaum ins Gewicht. Mein Leben war die Hölle, und er hat mich da rausgeholt. Du mußt wissen, ich hatte jahrelang versucht, mich umzubringen. Das hier hat mich gerettet.«

»Du weißt, daß er Menschen tötet. Nicht nur Amelia hat er auf dem Gewissen. Mich hätte er auch fast erwischt.«

»Ich weiß. Ich war dort.«

Er sah sie an. »Du warst da?«

»Auf dem Felsen am Ende vom Strand.«

Dieses Eingeständnis freute ihn. »Du bist gekommen, um bei unserem Start zuzusehen?«

»Ja, sicher.«

»Ich hätte nicht gedacht, daß dich das interessiert.«

Sie zuckte die Achseln. »Amelia war meine Freundin. Dich hab ich ja kaum gekannt. Ich kenne dich immer noch nicht.«

»Wenn du jemals möchtest, daß wir ...«

Sie dachte kurz nach. »Ich glaube, wir sollten es lassen, wie's ist, Ben. Es ist eine schöne Erinnerung.«

»Die schönste, die ich habe«, sagte er. »Wohnt jemand in dem anderen Haus?«

»Du meinst, ob ich jemanden habe?«

»Ja.«

»Das geht dich zwar nichts an, aber die Antwort ist ›nein‹. Niemand mehr seit dir. Was meinst du, warum mein Leben so ein Chaos war? Ich hab mich immer wieder in den falschen Mann verliebt. Das hat viel Schauspielerei erfordert, und die Schauspielerei hab ich schon vor langer Zeit an den Nagel gehängt. Ich war sowieso nie besonders gut.«

»Was soll das heißen? Du warst der größte Star der Welt!«

»Das hatte nichts mit meiner Schauspielkunst zu tun.«

Er wußte nicht recht, ob er mit ihr streiten sollte. Er dachte an *Niagara*, ein ganz gewöhnliches Melodram – bis *sie* auf der Leinwand erschien, in einem Kleid von zu grellem Technicolor-Rot. War es schulterfrei gewesen? Er konnte sich nicht mehr erinnern; jedenfalls schien es der Schwerkraft zu spotten. Sie strahlte puren Sex aus. Die Aura von Unwirklichkeit, die sie verbreitete, war geradezu unheimlich – wie ein glühendes außerirdisches Wesen. Die anderen Darsteller wirkten neben ihr kläglich, grau, leblos, als bloße Statisten. Vielleicht war das keine Schauspielkunst, aber es war etwas viel Großartigeres: das gehauchte Flüstern, der Nimbus von Sex, der sie umgab.

Es war ein langer Weg von der Sirene im roten Kleid zu dieser schönen achtundvierzigjährigen Frau in dem mit Farbe beklekkerten Hemd. »Du warst umwerfend«, sagte Superman. »Ich hab deine Filme geliebt.«

»Danke«, sagte sie und schaute ihn forschend an. »Was ist mit dir passiert, Ben? Du kommst mir verändert vor.«

»Verändert? Inwiefern?«

»Nicht mehr so großspurig. Du bist irgendwie – ich weiß nicht, trauriger? Irgend so was.«

»Ich hab viel nachgedacht«, sagte Superman. »Als ich dich kennenlernte, hatte ich nur eins im Sinn – hier wegzukommen, mit meiner Karriere weiterzumachen. Deswegen hab ich mich von dir ferngehalten. Du hast keine Ahnung, wie oft ich mir gewünscht habe … Ich hatte Angst, dich wirklich kennenzulernen, weil ich dann nie mehr von hier fortgewollt hätte. Aber dann hab ich erfahren, daß es gar nichts mehr gibt, zu dem ich zurückkehren kann. Deshalb bin ich hiergeblieben.«

»Das mußt du mir mal erzählen«, sagte sie, »aber jetzt muß ich wieder an meine Arbeit.«

Sie schaute zum gelben Haus hinüber. »Was für Arbeit?«

Sie lächelte. »Ach, albernes Zeug. Um mich zu beschäftigen. Möchtest du's sehen?«

Er folgte ihr die Stufen hinauf, durch die Fliegendrahttür. Auf dem Fußboden im leeren Wohnzimmer lag ein Haufen rundgeschliffener Steine vom Strand. Sie machte das Licht an. »Das ist jetzt mein Atelier. Ich weiß nicht, ob ich mit der Zeit besser werde, aber es macht mir Spaß.«

Er starrte auf den Haufen Steine und dachte: Das muß Concept Art sein. Lächle und sag irgendwas. »Sehr hübsch.«

»Nein, das sind doch bloß Steine. Da drin.«

Er ging in den größeren Raum und sah mit fassungslosem Staunen in Dutzende und Aberdutzende von Gesichtern, gemalte Steingesichter in Reihen vom Boden bis zur Decke, eine riesige Versammlung lächelnder, gähnender, singender, augenverdrehender, zungenbleckender Gesichter.

Jedes Gesicht war anders, und jedes war penibel ausgemalt: blaues Lockenhaar und grüne Lippen, schwarze Haut mit schmalen, silbernen Augen, zebragestreiftes Haar mit roten Augen. Die Form jedes Steins bestimmte den Charakter der Person, die Daisy daraufgemalt hatte, vom pausbäckigen Kleinkind bis zur runzligen alten Vettel.

Superman ging um einen Tisch herum, der mit Farben, Lappen und Terpentindosen beladen war. Er merkte, daß Daisy ihn beobachtete, um festzustellen, welche Gesichter ihn besonders faszinierten, welche ihn schmunzeln ließen. Eine merkwürdige Scheu hinderte ihn, sich von einer Wand abzuwenden und die nächste zu betrachten, so als könnten die Gesichter ihn auslachen, kaum daß er ihnen den Rücken gekehrt hatte.

Das war der Raum, in dem Jack gelebt hatte. Superman wußte nicht, was gespenstischer war: die Erinnerung an den Blick durchs Fenster oder das Unbehagen, das er jetzt empfand, inmitten dieser Riesenschar gemalter Gesichter. Er wußte nicht, sollte er froh oder entsetzt sein. Wie viele Stunden mochte sie gebraucht haben, um diese Steine zu sammeln, sie heimzuschleppen und jedem mit dem Pinsel seine eigene Identität zu geben?

»Mein Gott, Daisy, ich weiß gar nicht, was ich sagen soll. Wer sind denn all diese Menschen?«

»Meine Fans.« Sie setzte sich auf einen Bürostuhl. »Ich hab sie gern um mich. Stell dich mal in die Mitte – ist das nicht wie eine Premiere? Mann, das war mir das liebste, die vielen Gesichter, und die Blitzlichter … Erinnerst du dich noch an das Geräusch dieser altmodischen Blitzbirnchen? Wie Champagnerkorken. Ein wunderbares Geräusch.«

»Du hast die alle selber bemalt?«

»Angefangen hab ich damit, als sie mir Jack brachten. Ich hab damit die Zeit totgeschlagen. Schau dir den hier an.« Sie griff in den Eimer neben ihrem Stuhl und nahm einen unbemalten Stein heraus, ein glattes, graues Oval mit einer Ausbuchtung an einem Ende. »Schau, da ist ein Mann drin, Typ leitender Angestellter, er hat die Stirn eines bösen Genies und irgendwie schräggeschnittene Augen, einen wirklich fiesen Ausdruck. Wie Darryl F. Zanuck.« Ihr heiteres Lachen ließ alles harmlos erscheinen: die mit ihren Farben hantierende Filmschauspielerin, das von der Wand herabgaffende Publikum. Sie nahm den Pinsel und tauchte ihn in eine Dose mit roter Farbe.

»Sei mir nicht böse«, sagte Superman, »aber ich glaube, du solltest öfter aus dem Haus gehen.«

Sie fixierte ihn. »So, glaubst du das?«

»Versteh mich nicht falsch, die Eierköpfe sind toll, aber – du mußt auch mal tanzen gehen oder so. Ich weiß, was diese Insel mit einem anstellen kann. Es ist nicht gut, hier zuviel allein zu sein.«

»Ich bin glücklich, wenn ich allein bin«, sagte sie. »Ich habe endlich was gefunden, was mich glücklich macht.«

»Gehst du mal mit mir aus, wenn ich dich darum bitte?«

»Ein Rendezvous?«

»J-ja.«

»Nein«, sagte sie.

»Auch nicht, wenn ich Gyp als Anstandswauwau mitbringe?«

Sie lächelte. »Lieber nicht, danke. Ich muß wirklich hierbleiben und arbeiten.«

Er warf einen Blick in das dritte Zimmer, in dem ein neues Publikum an den oberen Rändern der Wände Gestalt anzunehmen begann. »Wie viele sollen es werden?«

»Ich hab diesen Haufen hier, und dann noch alle, die im vorderen Zimmer liegen«, sagte sie, »und jeden Tag werden wieder welche am Strand angespült. Ich komme kaum nach.« Sie setzte sich eine unförmige Lupenbrille auf, knipste eine Lampe an und beugte sich über den Stein. »Nett, daß du vorbeigekommen bist, Ben. Mach dich nicht wieder so rar, ja?«

»Danke, ich werd's mir merken.« Er verabschiedete sich und ging. Er war schon außerhalb des Gartens, als er plötzlich stehenblieb.

Bist du wahnsinnig?

Er rannte zum Haus zurück, nahm die Stufen mit einem Satz, stieß die Tür auf, sprang über den Steinhaufen. Daisy schaute auf, den Pinsel in der erhobenen Hand. »Hast du was vergessen?«

Er stand vor ihr, schwer keuchend, und sein erregtes Gesicht spiegelte sich in ihren Brillengläsern.

»Was ist mit dir?«

»Ich – du –«, sagte er zitternd. »Ich will dich.«

»Was fällt dir ...«

»Du willst gar nicht, daß ich gehe. Du spielst Theater.« Er riß ihr den Pinsel aus der Hand und warf ihn auf den Boden, packte sie an den Handgelenken und zog sie hoch. »Du willst, daß ich dich küsse.«

Sie versuchte sich loszureißen. »Laß mich auf der Stelle los, oder ich schreie.«

»Du kannst nicht schreien, während ich dich küsse.« Er zog sie an sich und brachte ihrem Mund das ganze Feuer seiner Sehnsucht, die ganze lange nasse Zunge seiner Lust. Er küßte sie und küßte sie, und wenn es sonst einen Teil von ihm gab, der immer etwas zurückhielt, wenn er eine Frau küßte, so öffnete er sich diesmal ganz. Er hatte einen einzigen Kuß, um sie zu überzeugen. Wenn er versagte, das wußte er, war er verloren.

Er nahm ihr die Brille ab und schmiß sie auf den Boden. Er

nahm sie in die Arme und gab ihr den seelenzerfetzenden ausufernden verstandraubenden schlundtiefen Kuß, den er sich die vielen einsamen Monate hindurch aufgespart hatte.

Daisy löste sich von ihm.

Superman öffnete die Augen.

Sie lächelte. Ihre Lippen waren naß. »Ganz schön lange hast du gebraucht«, sagte sie.

Und dann war es genau wie beim ersten Mal.

19
Destino

Eines Morgens wachte er auf, und Daisys Schlafveranda war von weißgesichtigen Affen umzingelt. Auch die Bäume waren voll von ihnen. Sie maunzten leise, wie Kätzchen oder Babys. Raschelnd rührten sie sich, als er die Beine auf den Boden schwang. »Morgen, Jungs«, sagte er und kratzte sich. »Was schaut ihr so, ich hab euch doch nichts getan.«

Er zog Shorts an und ging hinaus. Starker Regen hatte in der Nacht alles blankpoliert. Zu irgendeiner gottlosen Zeit hatte er den Sturm toben gehört; er hatte sich fester in die Decke gewickelt und war wieder eingeschlafen. Jetzt lagen überall im Garten abgebrochene Äste, das steinerne Vogelbad war umgestürzt, und ein Baumstamm lag quer über dem Pfad zum Strand.

»Sieht aus, als hätten wir einen kleinen Hurrikan gehabt«, rief er. »Daisy?«

Die Affen miauten.

Normalerweise war sie um diese Zeit schon auf und malte Gesichter im gelben Haus, aber manchmal ging sie auch schwimmen, bevor es in der Sonne zu heiß wurde. Superman hörte, wie jemand geräuschvoll den oberen Pfad herunterkam. »Daisy, bist du's?«

»Buenos días.« Es war Pito, der sich mit seiner Machete den Weg freischlug. Gyp lief zu ihm hin und wedelte mit dem ganzen Hinterteil.

»He, Alter, lange nicht gesehen. Was machst du hier unten?«

Pito schaute zu einem Baum voller Affen hinauf. »War große Sturm in der Nacht.«

»Ja, ich hab's gehört. Hat anscheinend ganz schön gepustet.«

»Jetzt du flieg«, sagte Pito.

»Was?«

»*Como dicen los monos*«, sagte Pito. »*Despues de la tormenta, se vuela. Vámonos.*«

»Da hast du recht«, sagte Superman. »Was kann ich für dich tun?«

»*Vámonos*«, sagte er. »Ist Zeit. Komm gehen.«

So kletterte denn Superman auf einem Pfad, den er noch nie gesehen hatte, den südlichen Berg hinauf, ein senkrechter Anstieg von einer Stunde, während Pito auf die Büsche klopfte, um die Schlangen zu verjagen. Es trieb ihn zur Verzweiflung, daß sich der alte Mann durch den dampfenden Dschungel schlagen konnte, ohne einen Tropfen Schweiß zu vergießen, während ihm selbst das Wasser nur so herunterlief. »Vielleicht sagst du mir mal, wo wir eigentlich hin wollen.«

Pito drehte den Kopf nach ihm um. »*Aquí. Ya.*«

»Von wegen *ya*«, beschwerte er sich. »Ich möchte mal wissen, warum wir ...« Hinter ein paar Schmetterlingspalmen tat sich ein magischer Ort auf.

Ein Wasserfall stürzte über einen fünfzehn Meter hohen überhängenden Felsen herab und ergoß sich in glitzernden Kaskaden in einen seichten Tümpel. Das Wasser war von einem überirdischen milchigen Blau, schöner als Türkis, schöner als Aquamarin. Es leuchtete und erhellte die Grotte mit seinem blauen Schein.

Superman sträubten sich die Nackenhaare. Pito mußte lächeln, als er sein Gesicht sah. »*Preciosa, verdad?*«

»*Si*«, sagte Superman. »*Preciosa.*« Er kniete am Rand des Tümpels nieder und trank eine Handvoll. Es schmeckte süßer als Wasser.

»Du weißt was ist *lágrimas*?« Pito machte eine trauriges Gesicht und führte eine Fingerspitze vom Auge nach unten.

»Tränen?«

Er nickte. »Das ist Tränen von El Mago. Du trink. Ist gut für trinken.«

»El Mago?«

»Er schlaft im Berg.«

Superman ging in die Hocke. »Warum hast du mich hier raufgeschleppt?«

»Du wichtig«, sagte der alte Mann.

»Ja, ich weiß, das sagst du mir schon seit Monaten, und ich fühl mich ja auch geschmeichelt, aber –«

»Trink mehr.« Pito griff hinter einen Felsbrocken und brachte eine lange Schöpfkelle aus Messing zum Vorschein.

»Danke, ich hab eigentlich …«

»Trink.«

»Na schön, wenn du drauf bestehst.« Er hob die Kelle an den Mund. Könnte man die Farbe des Morgenhimmels zu einer Flüssigkeit destillieren, würde sie so schmecken wie dieses Blau.

»Destino!« sagte der Alte. »Du weißt was ist *destino*?«

Superman kannte das Wort aus den Liedern im Radio. »Ja, es bedeutet ›Schicksal‹.«

Der alte Mann sagte: »Das ist Magie. Was du sag, Magie.«

»Versteh ich nicht.«

»Ist nicht Zaubern. Du Gringo, du sehen Magie, aber ist – wie du sag, Schricksall?«

»Schicksal.«

»Schick-sall.« Pito schmeckte das Wort ab.

»Willst du mir sagen, das war keine Magie, als du das Flugzeug hochgehoben hast und es den Berg hinabgeschwebt ist?«

»Ist Flugzeug«, sagte er. »Ist *destino* für Flugzeug, daß fliegt. Ich helfe Flugzeug finden sein *destino*.«

»Aber es ist nicht geflogen. Es ist abgestürzt.«

Pito zuckte die Achseln. *»Destino.«*

»Also jetzt mach mal halblang, Pito. Wenn jeder Dreck *destino* ist, warum soll ich dann morgens überhaupt noch aufstehen?«

»No sé«, sagte er. Ich weiß nicht. »Trink mehr.«

»Ich hab genug.« Superman gab die Kelle zurück. »Trink lieber auch was, bevor Gyp dir alles wegschlabbert.«

»Ist nicht für mich«, sagte Pito. »Ist für dich, helfen finden dein *destino*.«

»Ich geb mir ja Mühe, aber ich versteh's einfach …«

»Warte. Du versteh's.« Pito versteckte die Kelle wieder hinter dem Felsen. Das seltsame Blau des Wassers spiegelte sich in seinen Augen. »Du flieg.«

Im selben Moment spürte Superman, wie seine Knie vom Boden abhoben. Der ganze Körper schwebte auf einmal, als hätte jemand auf der Lichtung die Schwerkraft abgestellt. Er kniete in der Luft, levitierte einen Meter über der Erde. »Halt!«

Gyp bellte und wedelte mit dem Schwanz.

Superman fuchtelte mit den Händen in der Luft, drehte sich auf den Bauch, streckte die Arme aus wie der Comic-Superman. Was fliegt denn da? Kein Vogel! Kein Flugzeug! Er stieß sich vom Boden ab. Die Erde versank unter ihm. Er stieg in die Bäume hinauf. »He, he, he. Das ist ja phantastisch!«

Da er weder Antrieb noch Lenkung hatte, war es mehr ein Schweben als ein Fliegen. Er winkte mit Händen und Füßen, schwamm durch die Luft. Er sank wieder zu dem leuchtenden Tümpel herab und imitierte dabei die schwerelosen Saltos der Astronauten in ihrer Kapsel auf dem Weg zum Mond. Er zog die Beine an und stieß sich wieder ab.

Er schoß in die Höhe, streifte Zweige, flog über die Baumwipfel hinaus, senkrecht hinauf an dem überhängenden Felsen vorbei, bewegte sich mühelos wie ein Taucher. Vielleicht träumte er, vielleicht hatte etwas in diesem leuchtenden Wasser ihm diesen schönen Traum eingegeben. Er breitete die Arme aus und blickte hinunter auf das entschwindende grüne, zum Meer abfallende Blätterdach. Er sah den Strand, die Lücke in den Bäumen, wo das Große Haus stand, die ganze Insel und über die Meerenge bis nach Gato Negro, wo Kipper, Bulldozer und Sattelschlepper das Ufer säumten. Er dachte: Ich träume doch nicht von Lastwagen. Ich fliege wirklich. Der alte Mann macht mich mit seinen Augen fliegen. Das blaue Wasser ist in mir, hilft mir, mein *destino* zu finden. Ich bin Superman. Das ist mein *destino*: Fliegen.

Mit den Händen rudernd, drehte er sich um. Er erwischte eine Brise und segelte auf ihr zu einem Ast hinab, stieß sich ab und schwebte durch das Geäst einer Eiche. Richtungsänderungen waren nur möglich, wenn er sich abstieß und in gerader Linie flog, bis er an ein Hindernis geriet. An einem Ast schürfte er sich den Arm auf, er fiel in ein Dickicht von Schlingpflanzen und schlug um sich, bis er Hals über Kopf rückwärts stürzte und Pito vor die Füße fiel.

»Mann, das ist ja *sagenhaft*.« Er schnellte wieder hoch, schwerelos, und schwebte zwei Meter über dem Boden. Gyp bellte und sprang nach ihm. Er schnippte mit den Fingern. »Na komm, komm rauf!«

»Ist nur für gut«, sagte Pito. »Wenn für böse, funktioniert nicht.«

»Es ist das Wasser, stimmt's? In dem Wasser ist was drin.« Er schwang sich um einen Ast und segelte mit den Füßen voran auf die Felswand zu. Er stieß sich von einem Vorsprung ab und erreichte als Querschläger einen anderen Baum. Nicht lange, und er flog im Zickzack hin und her wie eine Flipperkugel, hangelte sich mit Klimmzügen und Umschwüngen durch die Bäume. Er juchzte und lachte und flog unter dem Wasserfall hindurch, wurde pudelnaß, kam herausgetaumelt, segelte rückwärts und stieß mit dem Hinterkopf gegen einen Baum.

Mit Sternchen vor den Augen sank er der Erde entgegen.

»Ist gut«, sagte Pito. »Du flieg gut.«

»Ich finde das noch besser als gut.« Er rieb sich den Kopf. »Mann, wie machst du das nur?«

»*Yo no. Tú*.«

Superman drehte sich auf den Rücken. Besser als jede Hängematte. »Du meinst, wenn ich wieder mal fliegen will, muß ich bloß hierherkommen und von dem Wasser trinken? Das wär natürlich praktisch. Weißt du eigentlich, wieviel Geld du machen könntest, wenn du das Zeug auf Flaschen ziehen würdest?«

»Ist nicht für Geld«, sagte Pito beleidigt. »Bei euch immer Geld. Geld nicht wichtig. *Du* wichtig. Du flieg. Versteh?«

Superman fügte der ständig wachsenden Liste seiner Charakterfehler »krasser Materialismus« hinzu. »Nein, Mann, ich versteh so gut wie gar nichts. Warum ich? Was soll das bringen?«

»Manchmal kein warum«, sagte Pito. »Manchmal einfach *ist*.«

Superman stieß sich von einem Stein ab und bewegte sich träge rückenschwimmend durch die Luft. Es war einfach herrlich. Er wünschte, Ben Junior könnte ihn in diesem Moment sehen. »Pito, was tut sich denn da drüben in Gato Negro? Sieht aus wie eine Großbaustelle.«

»Erst kommt Brücke, dann kommt Krieg.«

»Krieg? Was für ein Krieg?«

»Jetzt lernen. Später wissen.«

»Warum mußt du immer so furchtbar geheimnisvoll tun? Kannst du nicht zur Abwechslung mal Klartext reden?«

»Was bedeutet ›furchtbar geheimnisvoll‹?«

»Na ja, zum Beispiel ›Jetzt lernen. Später wissen‹. Was soll das denn heißen?«

»Paciencia«, sagte Pito. »Du immer *todo* will wissen. Aber ich nicht weiß. Du lernen müssen. Ist, warum du wichtig.«

»Warum fliegst du nicht, Pito?«

»No es mi destino. Es el tuyo.«

Superman schlug in der Luft einen Salto rückwärts. »Und was ist dein *destino*, alter Mann?«

»Ich lange leben«, sagte Pito.

»Ach ja. Und ich?«

»Du flieg«, sagte er.

»Da, da! Siehst du, das ist ›furchtbar geheimnisvoll‹.«

»Si.« Beinahe hätte Pito wieder einmal gelächelt, aber er beherrschte sich.

Superman stieß sich mit den Füßen vom Boden ab und sprang in den Himmel.

20
Davongekommen

Ich fuhr mit einem Greyhound-Bus nach New Orleans, dann mit einem Trailways Express nach El Paso. Texas ist ein sehr großer Staat mit viel Platz zum Nachdenken. Zweimal stieg ich aus dem Bus, um zu Hause anzurufen und wenigstens Cousine Katy wissen zu lassen, daß es mir gutging. Mom hätte nur versucht, mich zur Umkehr zu überreden, und wer weiß, vielleicht wäre ich schwach geworden… Zweimal stand ich da und starrte das Münztelefon an, bis der Fahrer wieder zum Einsteigen aufforderte.

Ursprünglich hatte ich vorgehabt, so weit von Opelousas, meiner Mutter und dem Andenken an Granny French wegzufahren, wie meine dreihundertfünfundvierzig Dollar reichten. Wenn ich am Ende dieses Weges meinen Vater finden sollte, wäre das etwas Bedeutendes, etwas, was ich ganz allein geschafft hätte. Und dann konnte ich mit meinem eigentlichen Leben anfangen.

Sollten sie leiden, ich hatte schließlich auch gelitten. Ich würde sie erst anrufen, wenn Umkehren wegen der Entfernung nicht mehr in Frage kam. Wegen Katy tat es mir leid, weil sie sich bestimmt Sorgen um mich machte, aber wegen meiner Mutter nicht, denn die sorgte sich wohl kaum. Wenn sie erst einmal begriffen hatte, daß ich wirklich weg war, würde sie sicher erleichtert aufatmen und einfach weiterleben.

Der Bus kam am späten Nachmittag des zweiten Tages in El Paso an. Nach den endlosen Meilen leerer, flacher texanischer Landschaft war ich überrascht, eine Großstadt vorzufinden, die sich zwischen kahlen braunen Bergen ausbreitete. Ein Maschendrahtzaun lief im Zickzack die staubigen Hänge auf und ab. Die Stadt kroch bis an den Zaun hinauf; die andere Seite sah verödet aus. Der Mann neben mir sagte, da drüben sei Mexiko.

Ich nahm einen Stadtbus zum Civic Auditorium. Der Fahrer sagte, das Konzert der Statler Brothers sei erst morgen abend. Ob ich wirklich aussteigen wolle?

Ich wußte nicht, was ich mir vom Civic Auditorium erwartete, aber immerhin war das die letzte Station meines Vaters gewesen, bevor er verschwunden war. Ich hielt es für den besten Ausgangspunkt.

Der Bus fuhr in einer Wolke von heißem Qualm weiter. Ich überquerte einen riesigen Parkplatz, drei Hektar Asphalt ohne ein einziges Auto darauf. Das Gebäude war monströs und stand mitten in der menschenleeren Teerwüste wie eine Filmkulisse, die man mit einer Hand umkippen kann.

Wie ich feststellte, waren die Mauern doch aus handfesten Ziegeln und die Spiegelglastüren alle verschlossen. Das Gebäude war von einem Kordon hüfthoher, mit Ketten verbundener Betonpfosten umgeben. Ich setzte mich auf eine der Ketten, kramte in meinem Rucksack nach einem Nutty-Buggy-Riegel und dem alten, mit Zeitungsausschnitten vollgestopften Umschlag.

In den Jahren seit dem Verschwinden meines Vaters hatte ich diese Ausschnitte immer wieder gelesen, als könnte ich zwischen den Zeilen etwas darüber finden, was wirklich geschehen war. Ich zog einen langen Artikel mit der Überschrift »Der letzte Flug von Superman Willis« von einem Mann namens Cy Hegborn heraus, der im *Fort Worth Star-Telegram* erschienen war. Ich biß in den Schokoriegel und überflog den mittleren Abschnitt:

> Das letzte Konzert des Stars im scheunenartigen Civic Auditorium von El Paso verlief nicht viel anders als die achtunddreißig Konzerte, die ihm auf der Tour 1972 vorangegangen waren. Das Publikum unterhielt sich gut und erklatschte sich drei Zugaben. Leute aus der engeren Umgebung des Sängers meinten hingegen, Willis wirke deprimiert, ganz im Gegensatz zu seinem sonst so überschäumenden Temperament. Der Ton-

ingenieur Mike Witherspoon sagte, Willis' Leistung habe an diesem Abend sehr zu wünschen übriggelassen. »Ich glaube nicht, daß es ihm viel Spaß gemacht hat«, sagte Witherspoon. »Er war ausgepumpt. Er war schon das ganze Jahr auf Tour. Aber er war ein Profi. Er wußte, wie man so tut, als hätte man Spaß, auch wenn man keinen hat.«

Hinter mir räusperte sich jemand. Ich drehte mich um und sah einen älteren Mann in einer grauen Uniform mit einem aufgenähten Schild, auf dem MEKESSLE SECURITY stand. »Heute abend ist keine Vorstellung, junger Mann.«

»Ja, ich weiß, ich seh mich nur ein bißchen um. Meinen Sie, ich könnte da mal einen kurzen Blick hineinwerfen?«

»Das Auditorium ist geschlossen«, sagte er und beäugte mißtrauisch meinen Rucksack, als könnte der eine tödliche Waffe enthalten. »Du bist doch kein Landstreicher, oder?«

»Nein, Sir.« Ich sagte ihm, wer ich sei, von wie weit ich gekommen sei und warum ich das Auditorium gern von innen gesehen hätte.

»Wir haben hier ein Gesetz gegen Landstreicherei«, sagte er. »Verschwinde lieber, bevor die Polizei dich wegschafft.«

Ich zeigte ihm den Ausschnitt. Er warf einen Blick darauf und gab ihn mir zurück. »Ich wär dir ja gern behilflich, aber Vorschrift ist Vorschrift.«

»Aber könnten Sie nicht wenigstens ...«

Er klopfte auf seinen Pistolengurt und empfahl mir noch mal, weiterzugehen. Aus seinem Hörgerät kam ein irrsinniger Pfeifton. Wahrscheinlich war seine Pistole gar nicht geladen, so wie die von Barney Fife. Der Mann war so von seiner Wichtigkeit überzeugt, als hinge das Wohlergehen der Bürger von El Paso von seiner Fähigkeit ab, mich am Eindringen in das Auditorium zu hindern. Bis er die Geschichte seiner Frau erzählte, hatte ich mich bestimmt schon in eine ganze Bande Herumtreiber verwandelt, die er im Alleingang vertrieben hatte.

Ich trottete über den Parkplatz. Der Blick des Wachmanns brannte mir ein Loch in den Rücken. Plötzlich wurde mir bewußt, wie groß die Welt ist und wie wenig Hinweise ich auf den Verbleib meines Vaters hatte. So einfach würde es nicht sein, daß ich nur an seinen letzten Auftrittsort zu fahren brauchte und dort eine Landkarte fand, die mich zu ihm führte.

Ich mußte lange auf einen Bus warten. Ich stand an der Haltestelle und studierte den Stadtplan von El Paso. Die Sonne versank hinter den braunen Bergen, in der Stadt gingen die Lichter an, und immer noch beobachtete mich dieser alte Mann über den riesigen Parkplatz hinweg.

Das stank mir gewaltig. Ich war höflich gewesen, hatte um Erlaubnis gefragt und ihn mit »Sir« angeredet, und trotzdem behandelte er mich wie einen Hippie aus *Easy Rider*.

»Du stirbst doch bald, du altes Arschloch«, schrie ich, weil ich wußte, daß er mich nicht hören konnte. Aber vielleicht trägt der Wind in El Paso Stimmen weiter als anderswo. Er kam über den Parkplatz auf mich zu.

Er ging schnell für so einen alten Sack. Ich sah den Bus kommen, aber er war noch ungefähr fünfzehn Blocks entfernt. Der Wachmann würde mich eher erreichen.

Ich überlegte, ob ich den Boulevard entlangrennen, in einem der Lagerhäuser auf beiden Seiten untertauchen sollte. Dann dämmerte mir, wie fern der Heimat ich war, und wie frei. Mein Leben war eine leere Seite, die darauf wartete, daß ich den ersten Satz auf sie schrieb.

Der Wachmann keuchte über den Asphalt. Ich hörte schon die Schlüssel an seinem Gürtel rasseln. Wenn er jetzt einen Herzschlag bekommen hätte, wäre er mein zweiter Toter innerhalb von weniger als einer Woche gewesen.

Ich verließ die überdachte Haltestelle und ging auf ihn zu, die Arme wie zur Entschuldigung ausgebreitet.

Daraufhin ging er langsamer. »Hast du – mir was – zugeschrien, junger Mann?« fragte er.

»Aber nein, Sir«, sagte ich und ging leicht in die Knie. »Ich hab kein Wort gesagt.« Unversehens rannte ich auf ihn los und wedelte dabei mit den Armen. Ich riß ihm das Funksprechgerät vom Gürtel und machte seinen Schlüsselbund ab.

Er war alt und kurzatmig, ich war jung und schnell. Ich sprintete über den Parkplatz und überzeugte mich durch einen Blick zurück, daß er nicht so blöd war, mir nachlaufen zu wollen. Sein Funksprechgerät knatterte in meiner Hand.

An der Tür geriet ich für einen Moment in Panik, als ich feststellte, daß etwa fünfzig Schlüssel an dem Bund waren, aber irgend jemand mußte seine schützende Hand über mich halten: Schon der dritte paßte.

Ich schlüpfte hinein, schloß die Tür hinter mir ab und warf das Funksprechgerät in eine Abfalltonne. Ich rannte durch den langen Vorraum und riß die letzte Türe auf.

Der Knall hallte durch den riesigen dunklen Raum. Es war eine rechteckige Halle mit ansteigenden Sitzreihen und einer Art Bühne an einem Ende, und durch die winzigen Fenster an der Dachkante fiel trübes Zwielicht herein. Die Luft roch schwach nach Bier. Ich rannte über die riesige Fläche, ganz erfüllt von meiner neugewonnenen Kühnheit. Meine Tennisschuhe dröhnten wie Elefantenfüße, als ich die Stufen zur Bühne hinaufpolterte.

Ich lief in die Bühnenmitte, dorthin, wo mein Vater gestanden haben mußte. Ich stellte ihn mir vor, mit Barhocker und Mikro, von den vielen Spotlights geblendet. Ich stellte mir die Halle voller Menschen vor, die vor Begeisterung trampelten und schrien.

In der Ferne hörte ich Barney Fife an die Tür donnern.

Als ich die Stufen hinuntersprang, überkam mich blitzartig eine Vorstellung vom Leben meines Vaters. Er hatte diese riesige Halle mit Menschen gefüllt, die ihm zujubelten. Egal, wie ausgepumpt er vielleicht war, das mußte jedesmal wie ein Wunder gewesen sein. Er mußte seinen Beruf geliebt haben. Ich konnte mir nicht vorstellen, daß er das alles freiwillig aufgegeben hatte. Es war ein Unfall gewesen. Davon war ich jetzt überzeugt.

Der erste Schlüssel, den ich ausprobierte, paßte gleich. Ich trat in die Dämmerung hinaus. Hinter dem Bau war ebenfalls ein riesiger Parkplatz, begrenzt von einer niedrigen, mit kümmerlichen Büschen bewachsenen Böschung.

Ich machte einen Schritt in diese Richtung. Eine ganze Batterie von Flutlichtern flammte vor meinen Füßen auf. Eine Alarmglocke schrillte.

Zunächst einmal war ich geblendet. Taumelnd wich ich vor dem gleißenden Licht zurück, und als ich mich umdrehte, sah ich meinen Schatten in hundertfacher Lebensgröße an die Wand des Auditoriums projiziert. Der Schatten zeigte eine unbewegliche Gestalt mit ausgebreiteten Armen. Ich winkte, um mich zu überzeugen, daß das wirklich ich war.

Während ich so dastand und die Hand bewegte, sah ich, daß sich von der Straße her Blaulichter näherten. Ich setzte über die Scheinwerfer hinweg und flitzte über den Parkplatz.

Drei Autos voller Polizisten rasten mit quietschenden Reifen auf den Haupteingang zu. Ich kletterte die Böschung hoch und kauerte mich hinter die Büsche, um zuzusehen. Sechs Polizisten sprangen heraus, zogen die Pistolen und rannten in das Gebäude.

Unbeschreiblich, wie spannend es war, aus dieser sicheren Entfernung den Schauplatz zu beobachten, während die Männer nach mir suchten. Sie suchten sehr lange. Ich sah ihre Autos, die mit blinkenden Blaulichtern kreuz und quer vor dem Eingang standen. Ich hätte längst in den Canyon hinter mir laufen und mich aus dem Staub machen müssen, aber es war einfach zu faszinierend, die von mir selbst verursachte Staatsaktion zu beobachten.

Schließlich kamen sie wieder heraus, sechs Cops und der alte Barney, der den Kopf schüttelte und gestikulierte. Geduckt lief ich zwischen den Büschen davon und fand einen Pfad, der in den Canyon hinabführte und weiter unten an einem Maschendrahtzaun und einem vielleicht sechs Meter breiten Flüßchen endete. Der Zaun war kein ernstzunehmendes Hindernis. In fünf Sekunden hatte ich ihn überstiegen und watete durch den Fluß.

Hastig erklomm ich den gegenüberliegenden Abhang, mit pochendem Herzen und immer wieder einmal ausgleitend. Den Gipfel des Hügels bildete ein Haufen glatter Felsen. Ich kletterte auf den höchsten und schaute auf den Parkplatz hinab. Die Polizisten hatten ihre Blaulichter abgestellt und fuhren langsam zum Boulevard zurück.

Ich zog den riesigen Schlüsselbund heraus und warf ihn im hohen Bogen in den Fluß. Ein Klirren, dann ein Platschen.

Schweißgebadet und völlig erschöpft legte ich mich auf den Felsen. Es drängte mich nicht, meine Mutter anzurufen und mich von ihr überreden zu lassen, nach Hause zurückzukommen. Ich war jetzt ein Guerillero, ein Gesetzloser, mit einem klar definierten Auftrag. Ich würde tun, was ich tun mußte.

Das diesseitige Ufer war mit dürrem Strauchwerk bewachsen. Die Fabriken, Rangierbahnhöfe und Schnellstraßen waren alle auf der anderen Seite, und die Straßenlaternen folgten dem gewundenen Lauf des Flusses. Ich brauchte eine Weile, um in meinem Versteck diese Aussicht mit meinem Stadtplan zu vergleichen und mich damit abzufinden, daß es sich bei dem Fluß um den Rio Grande handelte. Das lächerlichste, enttäuschendste Flüßchen, das man sich denken kann. Aber so war es nun einmal, und aus dieser Erkenntnis ergab sich die Tatsache, daß ich mich in Mexiko befand.

Ich war immer ein braver, folgsamer Junge gewesen, mit ein paar geringfügigen Ausnahmen, von denen keine mit dem zu vergleichen war, was ich mir eben geleistet hatte. Das war eine echte Pistole gewesen, die der Mann am Gürtel getragen hatte. Wieso war ich so sicher gewesen, daß sie nicht geladen war und er keinen Gebrauch davon machen würde? So was Hirnverbranntes. Ja, wenn ich es mir genau überlegte, grenzte es an ein Wunder, daß ich entkommen war, ohne angeschossen oder eingebuchtet zu werden.

Aber es war einfach herrlich! Ich war ungeschoren davongekommen! Jetzt war ich kein braver, folgsamer Junge mehr. Ein Tor hatte sich vor mir aufgetan, und ich war ohne zu zögern hindurchspaziert.

Als die Sonne aufging, sah ich, daß ich mich in den Hügeln oberhalb einer Stadt mit lauter niedrigen Häusern befand, auf der mexikanischen Seite. Eigentlich hatte ich vorgehabt, ein bis zwei Tage in El Paso zu bleiben, mir einen Paß zu besorgen und auf dem Flughafen nach jemandem zu suchen, der sich vielleicht noch an den Abend erinnerte, an dem mein Vater hier abgeflogen war. Aber das war, bevor ich Barney gesagt hatte, wie ich hieß und warum ich hier war. Ich mußte damit rechnen, daß ein Einbruch ins Civic Auditorium von El Paso als schweres Vergehen geahndet wurde. Möglicherweise wurde ich von der Polizei gesucht. Und den Flughafen würden sie als erstes kontrollieren.

Es war besser, in Mexiko zu bleiben und ständig den Ort zu

wechseln. Ich ging nach Juárez hinunter und fand den Busbahnhof gegenüber der Kathedrale. Ein Mann wechselte mir ein paar Dollar in Pesos. An einem Stand am Straßenrand kaufte ich mir etwas zu essen, eine Art Pfannkuchen, von dem mir leicht übel wurde. Zwanzig Minuten später saß ich eingeklemmt in meinem ersten von vielen mexikanischen Bussen, unterwegs in Richtung Süden.

Der Bus war langsam, unbequem und glühendheiß, aber als mein Magen sich wieder beruhigt hatte, machte die Fahrt mir allmählich Spaß. Ich war im Ausland, soviel stand fest. Die Leute unterhielten sich auf spanisch. Ich schaute auf die dürren braunen Berge hinaus und genoß mein Anderssein.

In dem Bus saßen auch drei Landsleute von mir, zwei pausenlos plappernde College-Tussis aus Chicago, die sich in ihrem trompetenden Midwestern-Akzent über alle anderen lustig machten – »Ich krieg mich nich ein, der Typ da drüben sieht aus wie 'ne Bulldogge!« –, und zwei Reihen vor mir ein Junge ungefähr in meinem Alter, ein schlanker, langhaariger Teenager. Als die alte Frau neben mir ausstieg, setzte er sich zu mir.

Wir gaben uns die Hand. Er hieß Jeff Wiesenblatt. Er war ohne Abschluß von der Oklahoma State abgegangen und wollte nach Südamerika, um sich selbst zu finden. Ich stellte mich als Jim vor und sagte, ich sei in El Paso mit dem Gesetz in Konflikt geraten und im Dunkeln über die Grenze gegangen.

Er mußte lachen. »Wahrscheinlich bist du der erste illegal eingereiste Ausländer in Mexiko.«

Er ließ sich meine ganze Geschichte erzählen. Ich schmückte sie großzügig aus. Ich ließ die Grenzpatrouille in den Bergen mit Taschenlampen und Spürhunden nach mir suchen, während ich mich in einem verrosteten Wassertank versteckt hielt. Jeff war beeindruckt. Ich entdeckte an mir ein gewisses Fabuliertalent, von dem ich noch nichts gewußt hatte.

Eines der beiden Mädchen aus Chicago kniete sich auf den Sitz und drehte sich zu uns um. »Hey, Jungs, wir haben gewettet. Seid ihr Brüder?«

Wir sahen uns an und grinsten. Die Ähnlichkeit war unverkennbar. Jeff war zwar dünner als ich, aber wir waren beide hohlbrüstig und hatten beide langes, schmutzigblondes Haar und braune Augen. Jeff war genau wie ich eher einer von der unscheinbaren Sorte.

Er stellte sich neben die beiden und unterhielt sich mit ihnen, wobei er sich mit einer Hand an der Stange unterm Dach festhielt und dauernd hin und her schwankte. Als er zurückkam, hatte ich einen Plan.

Die beiden aus Chicago flirteten noch ein bißchen mit uns und dösten dann ein. Jeff und ich erzählten uns Storys von unseren wildesten Abenteuern. Bei seinen ging es meistens darum, daß er betrunken das Auto seiner Eltern zu Schrott gefahren hatte. Meine waren pure Erfindung und wurden im Lauf des Nachmittags immer besser. Ich machte ihm weis, ich sei mit zwölf Jahren verhaftet worden, weil ich über den Zaun vom Weißen Haus geklettert sei und versucht hätte, Richard Nixon mit Steinen zu bewerfen. Ich hatte angeblich drei Jahre in einer Erziehungsanstalt verbracht, bis ein zu Besuch weilender berühmter Dirigent mich singen hörte und mir ein Stipendium für ein Gesangsstudium an der Juilliard anbot. Meine Mutter beschrieb ich als psychotische Mörderin, die, zu dreimal lebenslänglich verurteilt, in einem kalifornischen Gefängnis einsaß.

Jeff glaubte mir jedes Wort. Ich war verblüfft, wie leicht es war, ein ganz anderer zu werden; man brauchte nur ein bißchen zu flunkern.

Irgendwann fing der Kühler zu kochen an. Alle stiegen aus und verteilten sich über den Straßenrand, bis der Motor sich wieder abgekühlt hatte.

Ich erbot mich, auf Jeffs Rucksack aufzupassen, als er mal mußte. Die zwei Mädchen aus Chicago saßen unter einem Baum und fächelten sich Luft zu. Niemand sah, wie ich meine Hand unter die Klappe von Jeffs Rucksack gleiten ließ.

Ich fand, was ich suchte, und steckte es ein.

Es war schon spät, und Jeff schlief gerade, als der Bus nach Monterrey hineinfuhr. Ich murmelte »Bis dann, Kamerad« und sprang ab, bevor der Bus hielt.

Der Busbahnhof war genauso chaotisch, wie ich gehofft hatte – schreiende Straßenhändler, hupende Autos, Menschen über Menschen. Ich ging zu einer Reihe gelber Autos mit Taxischildern, sprang ins erste und fuhr auf und davon.

Der Fahrer sprach Englisch. Er sagte, bis zum Flugplatz koste es fünf Dollar, hin und zurück. Ich lehnte mich zurück und holte meinen neuen Paß hervor. Ich hieß Jeff Harold Wiesenblatt. Geboren am 14. August 1962 in Miami, Oklahoma. Das Bild sah Jeff nicht besonders ähnlich, mir aber sehr.

Wiesenblatt. Ich mußte üben, den Namen auszusprechen.

In fünf Minuten waren wir aus der Stadt draußen und rasten durch die dunklen Berge. Das Armaturenbrett war mit Abziehbildern von Frauen in schlüpfrigen Posen verziert. Auf einem stand MÖPSE UND MÖSEN. Der Mann fuhr halsbrecherisch schnell, schleuderte in den Kurven und ging bei geraden Strecken voll aufs Gas. Etwa achtzig Prozent der Schlaglöcher umfuhr er, durch die anderen bretterte er mitten durch. Ich war ganz benommen von der fremdartigen Landschaft, dem Schlafmangel und dem plötzlichen Ausbruch meiner kriminellen Neigungen. Wir holperten über ein schmales Sträßchen auf ein großes Feld. Ich brauchte eine Weile, bis ich es an den blauen Lichtern als Landebahn erkannte.

Die Piste war der Rio Grande unter den Flugplätzen.

»Willst du mit Flugzeug fliegen, Mann?« fragte der Fahrer.

»Nein, ich muß hier nur mal mit irgendwem reden.«

»Wenn du brauchst Shit, reden mit mir. *Me llama* Jorge. Wie heißt du, Mann?«

»Jeff«, sagte ich. »Jeff Wissenblatt. Weißenblatt.«

»Hast du Geld, Tscheff?«

Ich dachte nach, bevor ich antwortete. »Nicht viel.«

»Wenn du hast, reden mit mir. Ich bring dir den besten. Ich geb dir mein Telefon, bei meiner Mutter, du frag nach Jorge.«

Wir rumpelten über die Rollbahn auf eine Wellblechhütte zu. Auf einem Schild stand BIENVENIDOS, was in meinem *diccionario* mit »willkommen« übersetzt war. Ein runzliger alter Mann begrüßte uns mit zwei glänzenden Goldzähnen in seinem Lächeln. Er schüttelte mir begeistert die Hand und fing an, eine Meile pro Minute zu reden.

Ich hob die Hände zum internationalen Zeichen für »Warten Sie« und überredete Jorge, auszusteigen und zu dolmetschen. Ich sagte dem kleinen Mann, ich sei auf der Suche nach meinem Vater, der möglicherweise am Abend des 14. Juli 1972 mit seiner

Beechcraft Baron auf diesem Flugplatz gelandet sei, um aufzutanken.

Achselzuckend sagte der Alte: »*Hace mucho tiempo.*«

»Ist lange«, dolmetschte Jorge.

Ich holte meine Zeitungsausschnitte und die Fotos von meinem Vater und dem Flugzeug hervor. Die Miene des alten Mannes erhellte sich. Er gackerte und zeigte mit dem Finger auf das Foto. »Superman!«

»Ja, genau! Wann war er hier? Haben Sie ihn gesehen?«

Nach und nach kam die ganze Geschichte heraus. Der Gringo war gelandet und hatte sich als Superman vorgestellt. Ein liebenswürdiger Gringo, *muy amable*, er schien ganz guter Laune, hatte sich aber offenkundig total verflogen. Ließ sich den ganzen Tank vollmachen und gab ein Trinkgeld von zweihundertsechzig Dollar. Und fragte immer wieder, in welcher Richtung die Vereinigten Staaten lägen.

»Er komm von Norden, von da«, übersetzte Jorge, »aber wann gestartet, ist da geflogen.« Er zeigte über meine Schulter.

»Nach Süden?«

Jorge und der alte Mann nickten einträchtig.

»Hat er gesagt, wo er hinwollte?«

»*A los Estados*«, sagte der Mann. In die Staaten.

Jorge übersetzte mir, was er als nächstes sagte: »Ein paar Männer sind gekommen hinterher, Federales. Der *señor* ihnen gesagt, was passiert. Hat Angst. Denkt, vielleicht dein Vater ein *narco*.«

»Ein was?«

»*Narcotraficante* – ein Drocken ..., wie heißt? Drockensmuckler.«

»Und warum hat er das gedacht?«

»Wegen Geld, Mann. Und hat ihm geben Shit für rauchen. Dann die Federales.«

Ein paar Reporter hatten vermutet, das Verschwinden meines Vaters hänge irgendwie mit Drogen zusammen, aber ich hatte das nie geglaubt. Jeder wußte, daß er jede Menge Gras rauchte, er und meine Mutter, beide, wie alle Rockstars damals. Aber sie verkauften das Zeug nicht; warum auch? Sie waren wohlhabende Konsumenten. Sie kauften und rauchten es. Die Reporter waren schließlich zur selben Schlußfolgerung gelangt.

Jorge erzählte weiter, während wir davonbrausten: Der alte Mann sei nervös, wolle keinen Ärger. Er habe nichts übrig für die Federales. Er liebe seine Enkelkinder.

Das Taxi raste über Kuppen, kreischte durch Kurven. Auf der ganzen Fahrt zurück in die Stadt versuchte Jorge, sich mir als Chauffeur und Führer anzudienen. »Zwanzig Dollar der Tag, Mann, nirgends billiger. Ich fahre für dich, ich rede für dich, wir finde dein Vater vill snell.«

Ich geriet in Versuchung, aber bei dem Tagessatz wäre ich in zwei Wochen pleite gewesen, und außerdem war Jorge ein miserabler Fahrer. Einmal wären wir fast im Graben gelandet, als wir einem Laster ausweichen mußten, der uns plötzlich unbeleuchtet in einer Kurve entgegenkam. Ich hielt mich so krampfhaft fest, daß ich Dellen ins Armaturenbrett drückte, und beschloß, doch lieber wieder den Bus zu nehmen.

Ich fuhr mit unzähligen Bussen, das ganze lange Rückgrat Mexikos hinunter, ernährte mich von Coca Cola und Schokoriegeln, schlief im Bus oder in irgendeiner billigen Absteige in der Nähe des Busbahnhofs, wo man für zwei Dollar pro Nacht soviel Krach und Kakerlaken bekam, wie das Herz begehrte. Manchmal, wenn ich ein ruhiges Zimmer fand, bei einer Wirtin, die ihre Gäste mit Schüsseln voller Reis, Huhn und Tortillas verwöhnte, nahm ich ein, zwei Tage Urlaub von der Straße, um mich auszuschlafen und sattzuessen.

Der Grenzübergang nach Guatemala war der erste Test für meine neue Identität. Ich hielt den Atem an, während der mürrische Uniformierte von mir auf das Bild und wieder zurück sah … Dann legte er den Paß flach auf die Theke, griff nach einem Stempel aus Edelstahl und begrüßte mich, Jeffrey Harold Wiesenblatt, mit einem emphatischen *Ka-tschonk* in seinem Land.

Auf dem ganzen Weg zur Grenze von El Salvador war ich deshalb fast ein bißchen zu sorglos. Am Grenzübergang mußte ich dann zwei Stunden warten, während der Einwanderungsbeamte immer wieder mein Gesicht mit Jeffs Foto verglich. Er war sichtlich nicht überzeugt. Der Bus fuhr ohne mich weiter. Schließlich hatte er dann doch genug von meiner sorgenvollen Miene und ließ mich durch die Schranke. Wir spielten Dame, bis der nächste Bus kam. Ich ließ ihn gewinnen.

Überall, wo ich hinkam, zeigte ich den Leuten das Polaroidfoto von der Insel mit den zwei gleichen kegelförmigen Bergen und dem Strand dazwischen. Alle schüttelten den Kopf, bis eines Tages der Besitzer eines winzigen Cafés im Norden Nicaraguas nickte. *»Si«*, sagte er, *»la isla.«*

Mein Spanisch war nicht besonders, aber *isla* bedeutete »Insel«, das wußte ich. Mein Herz machte einen Satz.

»Sie kennen sie?«

Er nickte.

»Wo liegt sie?«

Er zuckte die Achseln.

Ich fragte, ob sie weit weg oder in der Nähe sei, ob sie einen Namen habe. Ich blätterte in meinem *Berlitz Spanish Handbook for Travellers* und zeigte mit dem Finger auf den Satz: »Könnten Sie mir bitte helfen, diesen Ort zu finden?«

Wieder schüttelte er den Kopf.

»Por qué no?«

Der Mann musterte mich eine Weile, während ich meinen Reis mit Bohnen aß. Ich bestellte noch eine Tasse Kaffee – das Zeug, das sie einem da unten vorsetzen, ist süß und so stark, daß der Puls schlagartig auf hundertvierzig raufgeht. Ich richtete auf diesen Mann meinen starrsten, unbeweglichsten Blick, jenen Blick, den ich von Granny French gelernt hatte, die es als Verhörexpertin bei der Gestapo weit hätte bringen können, wenn sie ihre Zeit nicht mit Preisausschreiben vertan hätte.

Der Mann kam hinter der Bar hervor, setzte sich gewichtig neben mich und breitete eine Landkarte aus. Er legte seinen dicken Finger auf einen Fleck vor der Antlantikküste Nicaraguas – auf der gegenüberliegenden Seite des Landes und meiner geplanten Reiseroute genau entgegengesetzt.

»Isla Pescador«, sagte er.

Ich gab ihm drei Dollar Trinkgeld und lief in die Nachmittagshitze hinaus, wie beschwipst vom Koffein und von meiner Begeisterung. Endlich wußte ich, wohin die Reise ging.

Ich schlug *pescador* im Wörterbuch nach: Insel der Fischer. Ich hatte keine Ahnung, wie lange ich bis dorthin brauchen würde. Die meisten Menschen in diesen kleinen Ländern waren freundlich und fast zu hilfsbereit. Ich war noch keinem begegnet, der zugegeben hätte, daß er irgendeinen Weg nicht kannte. Wenn ich sie fragte, ließen sie alles stehen und liegen, machten einen Umweg von fünf Blocks und führten mich prompt in die Irre.

Tagelang juckelte ich im Bus durch ganz Nicaragua, bis ich endlich einen fand, der tatsächlich nach Osten fuhr, an die Karibikküste. In Nicaragua herrschte Krieg. Manchmal hielt der Bus, weil dem Fahrer ein Blatt oder ein Felsbrocken auf der Straße nicht geheuer war oder weil eine Horde Soldaten die Passagiere kontrollieren wollte. Die Fahrer fuhren vorsichtig und drehten das Radio voll auf, um böse Geister zu bannen. Es gab Millionen von Müttern, Vätern, Kindern und alten Leuten in diesem Land, und alle schienen auf Achse zu sein. An Kontrollpunkten stellten sie sich folgsam in einer Reihe neben dem Bus auf und ließen sich die rüden Untersuchungsmethoden mit einer gequälten Ruhe gefallen, der ich nacheiferte.

Eines Vormittags stand ich in der Nähe von Tipitapa in einer solchen Reihe, als eine winzige alte Indiofrau in Wut geriet, weil ein junger Soldat nachsehen wollte, was sie in ihrer Strohtasche hatte. Sie riß ihm die Tasche wieder aus der Hand und fing an, ihn damit zu schlagen, hieb ihm die Tasche, die wohl Töpfe und Pfannen enthielt, mit voller Wucht um die Schultern. Der junge Mann warf die Arme hoch und nahm Reißaus, zum Gaudium seiner *compadres* und der Zuschauer.

Die alte Frau war zusammengekrümmt und vertrocknet wie eine alte Maiskolbenpuppe. Ein Offizier griff ein, um sie zu besänftigen. Sie ging auch auf ihn los und schwang drohend ihre Töpfe und Pfannen. Auch er mußte den Rückzug antreten. Bald war sie von Soldaten umringt, die immer wieder lachend Scheinvorstöße unternahmen und sie wie spielende Kinder als *abuelita* verspotteten, als Oma. Einer von ihnen schlich sich von hinten an, entriß ihr die Tasche und leerte den Inhalt auf die Straße: eine Bratpfanne, einen Teekessel, drei Backförmchen und eine grüne Maschinenpistole.

Uns befahlen sie, wieder einzusteigen. Ich sah durch das verdreckte Fenster, wie der Offizier die alte Frau kurzerhand schulterte und sie davontrug. Wir ratterten weiter. Ich drehte mich nach den anderen Fahrgästen um. Ich war der einzige, der hinausschaute.

Ich verbrachte neunundzwanzig Stunden in diesem Bus, der *Maria Alejandra*. Wir kamen an zwei riesigen Seen und drei qualmenden Vulkanen vorbei. Wir holperten meilenweit durch dichte Wälder und endlose Bananenplantagen, wo das Land zum Atlantik hin abfiel. Der Bus leerte sich allmählich, denn niemand stieg mehr zu. Am zweiten Tag bekam ich eine Sitzbank für mich allein. Wir fuhren durch einen endlosen öden Landstrich. Ich war der einzige Passagier, als wir in Boca de Pescado ankamen, einem verdreckten Dorf, das sich am Ende der Straße an einer Lagune entlangzog.

Der Fahrer sah mich im Rückspiegel an.

»*Gracias*«, sagte ich und stieg aus.

Vier baufällige Läden drängten sich an einer Kreuzung zusammen. Eine Ansammlung von Hütten überzog wie ein Ausschlag das Gelände bis an den Rand der Lagune. Am Ausgang der Lagune fing die grüne Karibik an. In der dunstigen Ferne sah ich den bläulichen Umriß einer Insel.

Der Busfahrer schloß die Tür. Schnaufend fuhr der Bus davon.

Ich betrat den einzigen Laden, der nicht verrammelt war. Ein alter Chinese saß hinter dem Ladentisch. »Sprechen Sie Englisch?« fragte ich.

Er runzelte die Stirn.

Ich sah mir die Regale an: ein paar Säcke Reis, Bohnen, Schweinefett, Thunfischdosen, ein Stapel Geschirrtücher. Ich wollte ihn über die Isla Pescador ausfragen, aber sein chinesisch gefärbtes Spanisch war unauslotbar. Er sah das Polaroidfoto an und schüttelte gereizt den Kopf, als hätte er tausend wichtigere Dinge zu tun. Ich dankte ihm und ging hinaus.

Ein Schwarzer kam zu dem wackligen Landungssteg herabgeschlendert. Ich nahm meinen Rucksack und ging eilig auf ihn zu. Der Mann sah aus wie die Schwarzen bei uns in Louisiana. Er lächelte breit und betrachtete das ausgebleichte Foto. »Pescador sieht überhaupt nich aus wie das da, Mann, hat keine Hörner.«

»Sind Sie sicher?«

»Außer sie sind ihr gewachsen, seit ich letztes Mal hingesehn hab.« Er ging mit mir ans Ende des Landungsstegs. »Na? Hat die vielleicht Hörner?« Er zeigte auf die blaue Linie am Horizont.

»Das ist sie?« Mir wurde flau.

Er nickte.

Ich wedelte mit dem Foto. »Das hier haben Sie also noch nie gesehen?«

»Nee, Mann, nich hier rum jedenfalls. Sieht aber gut aus. Fährst du da hin?«

Mir pochte das Blut in den Schläfen. »Ich hab gedacht – also da war so ein älterer Typ, der hat gesagt, das ist die Insel! Isla Pescador, hat er gesagt! Ich hab eine Woche gebraucht, um hierherzukommen!«

»Hmm. Na, dann bist du ja da, wo du hingewollt hast.« Er lachte und stieg in sein Boot.

Mein erster Impuls war, die ganze Strecke quer durch Nicaragua zurückzufahren, zu dem Mann zu gehen, der mich hierhergeschickt hatte, und ihn mit bloßen Händen zu erwürgen.

Mein zweiter Impuls war, mich in Boca de Pescado umzusehen, da ich nun schon einmal hier war und sicher kein zweites Mal herkommen würde. Ich brauchte fünf Minuten dafür. Ich hockte mich bei dem Chinesen auf die Stufen und wartete auf den nächsten Bus.

Ein dunkeläugiges junges Mädchen in einem Lynyrd-Skynyrd-T-Shirt und mit einem Korb am Arm näherte sich. Sie schlug die rote Stoffserviette zurück, und zum Vorschein kam ein ganzes Gelege ofenfrischer Empanadas. Ich kaufte ihr zwei ab und schlang sie hinunter. Köstlich. Die Pastetchen waren anscheinend mit scharf gewürztem Hackfleisch gefüllt. Ich rief das Mädchen zurück und erstand noch vier davon.

»*Tiene hambre*«, sagte sie mit kratziger, alt klingender Stimme wie eine Raucherin, die drei Schachteln am Tag qualmt. Sie gab mir das Wechselgeld und bedankte sich mit einem Knicks.

Ich aß noch zwei und wickelte die anderen in ein Stück Zeitungspapier, für später. Mein schwarzer Freund ging vom Landungssteg zu seiner Hütte zurück. Er, der Chinese und das Empanada-Mädchen waren anscheinend die einzigen Menschen in Boca de Pescado. Ich fragte mich, wann der nächste Bus kommen würde.

Ungefähr dreißig Sekunden später hatte ich auf einmal ein Pfeifen in den Ohren. Alle Farben verblaßten zu Grau. Ich stand auf, torkelte zwei Schritte zur Seite und fiel mit dem Gesicht nach unten ins Gras.

Meine erste Reaktion war ungläubiges Staunen. Ich sah mich um, ob irgend jemand mein Mißgeschick bemerkt hatte. Ich wollte mich aufrappeln, aber es ging nicht. In meinem Bauch grollte es bedrohlich, gewaltige Kräfte waren da drin am Werk und stiegen im Nu wie Lava durch die Schichten meines Körpers an die Oberfläche. Dann kam es zur Explosion.

Ich lag lange Zeit im Gras, gebeutelt von Brechanfällen und Schüttelfrost. Der Chinese kam heraus und schrie mich an. Ich hob als Entschuldigung den Kopf. Ein neuer Vulkanausbruch schnitt mir das Wort ab.

Er packte meinen Rucksack, der auf seiner Treppe lag, und warf ihn in den Dreck zu meinen Füßen.

Als ich so dalag und auf den nächsten Übelkeitsanfall wartete, spürte ich, wie Ameisen an meinen Armen hochkrochen. Ich war außerstande, sie wegzuschnippen. Die Übelkeit wühlte mit tausend Zangen in meinen Eingeweiden. Ich dachte: Das muß der Tiefpunkt sein. Von jetzt an kann es nur noch aufwärtsgehen.

Ein Schatten fiel auf mein Gesicht. Mühsam hob ich den Kopf. Das junge Mädchen stand, von der Sonne umrahmt, vor mir und beugte sich mit ihrem Korb zu mir herunter: »*Quiere más, señor?*« Der Geruch der Empanadas stieg mir in die Nase. Es gelang mir noch, den Kopf wegzudrehen, so daß ich ihr wenigstens nicht auf die Füße kotzte.

Sie schnappte sich meinen Rucksack und rannte hinter dem Chinesenladen vorbei in den Wald.

Stundenlang lag ich da, zitternd und stöhnend. Das Mädchen kam nicht zurück. In dem Rucksack waren so gut wie alle meine Habseligkeiten: Jeffs Reisepaß, fast mein ganzes Geld, die Zeitungsausschnitte …

In der Ferne hörte ich einen Bus. Irgendwie schleppte ich mich in die Straßenmitte. Der Fahrer machte eine Notbremsung. Ich torkelte die Stufen hinauf. Es war derselbe, der mich vorher abgesetzt hatte. Er streckte die Hand nach dem Fahrgeld aus, aber als er mein Gesicht sah, schluckte er nur, gab mir eine Plastiktüte und sagte »*Pase*«. Ich taumelte nach hinten zum letzten Sitz, brach zusammen und starb.

Als ich wieder zum Leben erwachte, war es dunkel, und der Bus war voll. Ein Mann rempelte mich an, damit ich mich aufsetzte. Ich stieß seine Hand weg, verbarg mein Gesicht und wurde wieder ohnmächtig.

Die Nacht war ein böser Traum. Einmal hoben mich ein paar Männer an den Armen hoch und trugen mich aus dem Bus. Sie setzten mich auf eine rohgezimmerte Holzbank. Ich saß in der Neon-Dämmerung vornübergebeugt da, ein in fettiges Zeitungspapier gehülltes Päckchen zwischen den Knien.

Der nächste Bus rumpelte ächzend und stöhnend über die Straße. Ich sackte am Fenster zusammen. Die kühle Glasscheibe an meinem Gesicht hielt mich am Leben.

Lange Zeit war ich bewußtlos. Irgendwie wurde es dann doch Tag, dann wieder Nacht, und dann holperten wir über die löchrigen Straßen von Managua.

Schwach und zittrig wankte ich aus dem Bus in das Gewühl auf der Plaza de la Revolución zur besten Stoßzeit. Das Kreischen der Autohupen vermischte sich mit dem Röhren von Motorrollern ohne Schalldämpfer. Überall in Schutt und Asche gesunkene Gebäude, in Hauseingängen hockende Pennbrüder, Soldaten mit Gewehren, verwahrloste Kinder, die mich am Arm zogen. Managua roch nach Pisse, Pommes und Dieselabgasen.

Ich suchte Halt an einem Betonpfosten. Ich hätte mich nach dem nächsten Bus erkundigen müssen, aber ich hatte keine Ahnung, in welche Richtung ich fahren sollte. Ich besaß neun Dollar, keinen Paß und ein Päckchen mit todbringenden Empanadas, das sich unerklärlicherweise auf dem ganzen weiten Weg von Boca de Pescado an mich geklammert hatte. Der Verkehrslärm rief dröhnende Echos in meinem Kopf hervor. Vor Erschöpfung war mir ganz schwindlig. Autos rasten vorbei, hupten mich an.

Jemand rief »Jim! Jim!«, aber ich kannte keinen Jim. Mein Blick war auf einen Laden gerichtet, dessen Fassade mit dicken Weintrauben behängt war. Diese Trauben lockten mich über den Bürgersteig. Sie waren rot und glänzten trotz ihres dünnen Überzugs aus Straßenstaub. Ich nahm eine vom Nagel und gab dem Mann einen Dollar.

Jemand packte mich am Arm. Sofort fühlte ich mich noch schlechter. »Jim! Ist denn das die Möglichkeit? Die Welt ist ein Dorf, was?« Jeff Wiesenblatt grinste mich an. Ich wurde fast ohnmächtig. Wahrscheinlich schwankte ich ein bißchen, denn Jeff sagte: »Mann, Jim, du siehst ja furchtbar aus. Was ist denn passiert?«

Er hielt mich am Arm, damit ich nicht umfiel – oder weglief? War ihm klar, daß ich als Jeff Wiesenblatt durch Zentralamerika gefahren war? Verärgerte Botschaftsangestellte, Abschiebeverhöre, ein nicaraguanischer Kerker erschienen vor meinem inneren Auge.

»Mir ist schlecht geworden«, sagte ich. »Ich bin Bus gefahren. Welchen Tag haben wir?«

»Donnerstag«, sagte Jeff. »Wie hat's dich denn nach Managua verschlagen?«

Ich sei im Kreis gefahren, erklärte ich ihm, und irgendwie hier gelandet. An die letzten zwei Tage könne ich mich kaum erinnern.

Ich ging mit Jeff zu einem kleineren Platz mit Parkbänken. Wir setzten uns. Ich aß eine Traube. Die beste Weintraube aller Zeiten.

Ich wartete. Als ich nach einer Weile nicht gestorben war, aß ich noch eine.

Ich zwang mich, die Trauben einzeln zu essen, das Fruchtfleisch auf der Zunge herumzuwälzen und die Kerne auszuspucken.

»Ich bin auch gerade erst angekommen«, hörte ich Jeff sagen. »Ich bin in Mexiko hängengeblieben. Ich hab sagenhaftes Pech gehabt. Erinnerst du dich an den Bus, in dem wir gesessen haben?«

»Ja.« Ich befürchtete das Schlimmste.

»Irgend jemand hat mir da meinen Paß geklaut, als ich geschlafen hab. Da oder auf dem Busbahnhof in Monterrey. Ich hab fast eine Woche in Mexiko-Stadt rumgehockt und darauf gewartet, daß meine Mom mir eine Kopie meiner Geburtsurkunde schickt.«

»Hast du einen neuen Paß?«

»Zweihundert Dollar hat er mich gekostet, alles in allem«, sagte er. »Eine Wahnsinnspleite.«

Ich biß in eine Traube. *Da oder auf dem Busbahnhof in Monterrey.* Er ahnte nichts. Ich mußte ihn sofort abschütteln und Nicaragua verlassen, mit irgendeinem Bus Richtung Süden fahren, bloß weg hier.

Aber Jeff ließ sich nicht so leicht abschütteln. Meins war das erste freundliche Gesicht, das er seit Wochen gesehen hatte, und er freute sich wie ein Schneekönig, wieder einmal englisch sprechen zu können. Er ignorierte meinen lahmen Protest und schleifte mich in ein Straßencafé.

Er trank Bier. Ich trank Kaffee. Jeder Schluck dieses heißen, milchigen Gebräus schoß mir wie ein Lebenselixier in die Adern. Jeff erzählte von seinen Abenteuern in Mexiko-Stadt, Acapulco, Guatemala, San Salvador. Seine Abenteuer hörten sich genauso an wie meine – schlechte Busse, schlechte Hotels, schlechtes Essen, alles in allem eine schöne Zeit. Ich schlürfte meinen Kaffee und las die Namen der Zielorte an den vorüberfahrenden Bussen.

»Hör zu, ich sterbe vor Hunger, und der Laden hier sieht aus, als ob die mit Leichengift kochen«, sagte Jeff. »Komm, wir gehen was essen.«

»Ich glaub, mir reichen die Trauben. Willst du auch welche?« Er schüttelte den Kopf.

Ich hatte eine Idee. Es war keine gute Idee, keine nette oder menschenfreundliche Idee, aber es war nun mal die einzige Idee, die ich hatte. Ich legte das Zeitungspapierpäckchen auf den Tisch. »Hier, die hab ich vorhin im Bus gekauft. Sind gut.«

Er wickelte das Papier ab, roch an den zwei Tage alten Empanadas und erklärte sie für genießbar. »Macht's dir auch wirklich nichts aus?«

»Nein, iß nur.«

»Danke, Mann«, sagte er und biß in eine. Ich mußte mich zurückhalten, um nicht »Halt! Das ist ein übler Trick!« zu schreien, aber ihm schmeckte es. Er verdrückte die Dinger in Null Komma nichts.

Ich mußte dann nur noch etwa eine Minute Konversation machen, bevor ihm die Augen übergingen und er auf seinem Stuhl vornüberkippte. »Uff«, machte er, »mir ist auf einmal kotzübel.«

»Wieso denn das?«

»Ich weiß – ich muß – paß bitte auf meine ...« Er bahnte sich einen Weg durch das Dickicht aus eisernen Stühlen und rannte auf eine Tür zu, über der CABALLEROS stand.

Gerade als sich meine Hand um die Gurte seines Rucksacks schloß, sah ich zwei Blocks entfernt einen Bus, ein schnittiges Gefährt im Greyhound-Stil mit einem beleuchteten Schild, auf dem COSTA RICA stand.

Ich warf einen Vierteldollar auf den Tisch und rannte hin. Es ging mir wirklich gegen den Strich, Jeff derart zu linken. Er sah mich ja als Freund, als Landsmann. Bis ihm die wahre Natur unserer Freundschaft dämmerte, war ich bestimmt längst über alle Berge.

Vielleicht war es die Hand meines Vaters auf meiner Schulter, die mich lenkte und leitete. Ich begriff allmählich, wie leicht es hier war, sich selbst abhanden zu kommen, alles zu vergessen, was man bisher erlebt hatte, und sich in einen anderen Menschen zu verwandeln.

21
Concierto

Als er wie mit Siebenmeilenstiefeln den Pfad von dem magischen Tümpel hinabstürmte, spürte Superman, wie die Schwerkraft allmählich zurückkehrte. Am Strand angekommen, stand er wieder mit beiden Beinen fest auf der Erde.

Mit der Zeit, sagte Pito, werde er es beherrschen lernen: Die Tränen des Magiers auf dem Berg werden dich lehren, was du insgeheim schon immer gewußt und gekonnt hast. Wenn Fliegen dein Schicksal ist, wirst du fliegen. Du mußt dein Schicksal zum Wohl der Menschen einsetzen … Irgend etwas in der Art; Pitos Englisch war nicht das beste, und Superman war noch viel zu begeistert von seiner neuen Fähigkeit, um ihm aufmerksam zuzuhören. Es war ihm eigentlich egal, warum ihm diese Magie offenbart worden war. Daß er durch die Luft fliegen konnte, war schon aufregend genug. Die Magie war kein Zaubertrick. Sie wurzelte in der Insel. Er hatte eine Beule am Hinterkopf, die es bewies.

Er wollte es bald wieder probieren.

Amelia hatte ihm eine Tür geöffnet, und er war hindurchgegangen. Dann hatte ihm auch Daisy eine geöffnet, und jetzt Pito. Hinter jeder dieser Türen hatte sich ein neuer Ausblick aufs Leben aufgetan.

Mindestens einmal in der Woche stieg er zu dem magischen Tümpel hinauf, um das leuchtende Wasser zu trinken und durch die Bäume zu fliegen. Nachmittags schwamm er im Meer. Nachts lag er mehrmals pro Woche in den Armen einer Frau, die jedesmal noch ein bißchen rätselhafter und schöner wurde. Er widmete sein ganzes Leben dem Fliegen, dem Schwimmen, der Liebe mit Daisy. Wenn er eines davon tat, kam der Rest der Welt offenbar ganz gut ohne ihn aus.

Die Monate zerrannen ihm zwischen den Fingern und wurden zu Jahren.

Das Flugvermögen blieb ihm nach jedem weiteren Besuch am Tümpel immer länger erhalten. Tagsüber hatte er es unter Kontrolle, doch nachts wachte er manchmal auf und stellte fest, daß er über dem Bett schwebte, und dann mußte er einfach weiter bis an die Decke steigen und dort hängen wie eine Fledermaus, bis der Zauber verging und er wieder herabsinken konnte. Einmal wurde Daisy wach, als er gerade wieder landete. Nur durch ein schauspielerisches Meisterstück konnte er sie überzeugen, daß sie alles geträumt hatte.

Er hielt seine Flugübungen geheim, sogar vor ihr. Er flog nur auf der Lichtung am Wasserfall und nur unterhalb der Baumwipfel. Pito hatte das nicht angeordnet – es erschien ihm einfach als die richtige Art, mit einer so enormen Gabe umzugehen.

Pito brauchte ihm auch nicht zu sagen, daß ein Krieg bevorstand. Er hatte es schon bei seinem Jungfernflug geahnt, als er zum erstenmal den Maschinenpark auf der anderen Seite der Meerenge gesehen hatte. In aller Stille setzte der Magier die Pläne in die Tat um, die Amelia vor Jahren so sehr beunruhigt hatten. *Es heißt, er will Bäume fällen, den Berggipfel abtragen und etwas bauen, was, weiß ich nicht.*

Superman glaubte allmählich, was die Affen und der alte Indio ihm immer wieder sagten: Seine Anwesenheit auf der Insel war kein Zufall. Miss Emily hatte ihm weismachen wollen, er sei auf die Insel gelockt worden, um sie, Emily, auszufliegen, aber jetzt dachte er, es müsse etwas Wichtigeres sein. Sein Verschwinden war kein zufälliges Ereignis gewesen. Er war hierher gebracht worden, um für die Insel zu kämpfen.

Als die ersten Gerüchte über die Brücke auftauchten, frohlockten die Insulaner, denn sie dachten, das bedeute Freiheit: Die Mauer würde fallen, und sie würden kommen und gehen dürfen wie die Menschen überall auf der Welt. Wie alle Sklaven wollten sie daran glauben, daß ihr Herr letzten Endes doch gütig sei; darauf richteten sich ihre ganzen Hoffnungen.

Dann wuchs an der Küste bei Gato Negro ein Wachhaus aus dem Boden, und ein entsprechendes Wachhaus wurde auf der dem Festland zugewandten Seite der Insel gebaut. Die Männer in den Tarnanzügen gaben an alle Inselbewohner Personalausweise aus. Der Jubel verstummte.

Nach außen hin blieb die Insel so verschlafen wie immer. Gelegentlich wurde am Strand ein Toter angeschwemmt, ein Insulaner, der bei einem Fluchtversuch erschossen worden war. Oder ein Mann, der sich betrunken und zuviel geredet hatte, verschwand einfach, und man sah seine Familie wochenlang jeden Morgen am Strand nach einem Leichnam Ausschau halten, der nie angetrieben wurde. Immer wieder einmal inszenierten die Männer in den Tarnanzügen Kriegsspiele, bei denen sie in ganzen Schwadronen ihre Waffen schwenkend am Strand herumrannten. Dann zogen die Insulaner die Köpfe ein und hielten sich vom Strand fern, bis die Luft wieder rein war.

Dem Anschein nach war die Insel noch immer ein Paradies, aber Superman konnte sie nicht mehr so sehen. Er ahnte jetzt die dunkle Macht hinter all den Naturschönheiten, dieselbe Macht, die sein Boot in die Luft gesprengt und die Electra heruntergeholt hatte. Der Magier saß nach wie vor in seinem Versteck auf dem Gipfel des südlichen Berges, alles dirigierend, Pläne schmiedend.

In klaren Nächten suchte Superman stets den Polarstern und schickte seinem Sohn einen guten Wunsch, aber es war jetzt ein müßiger Wunsch. Er konnte nie mehr zurück. Er war nicht mehr derselbe Mensch. Sein Leben war jetzt hier. Er hoffte, daß Ben Junior ihn nicht allzusehr haßte. Er hoffte, daß Alexa mit Jimbo glücklich war (aber nicht allzu glücklich). Er hoffte, daß es ihnen gutging, aber eigentlich kümmerte es ihn kaum noch. Mehr und mehr sah er sein altes Leben als einen Traum, der bei Tagesanbruch verblaßt war.

Er hielt sich gerader. Er lernte wieder, schnell zu laufen, mit den Wellen zu spielen, einen ganzen Tag mit Nichtstun zu verbringen und sich trotzdem zufrieden ins Bett zu legen. Er hörte auf, sich Vorwürfe zu machen, und konzentrierte sich darauf, kräftiger zu werden.

Schuten tauchten auf, und Arbeiter begannen, im Wasser Pfeiler zu errichten. Von beiden Küsten her wuchs die Brücke ins Meer hinaus.

Sechs Jahre versuchten sie, diese Brücke zu bauen. Wenn sie monatelang Betonpfeiler gegossen hatten, kam ein tropischer Sturm und machte alles wieder zunichte, aber schon Tage danach waren sie wieder draußen und fingen von vorne an. Flutwellen rissen die Schuten in die Tiefe, neue Lastkähne erschienen. Entnervte Arbeiter kündigten, ganze Busladungen neuer Arbeiter ersetzten sie. Alle paar Wochen schwebte Superman um den Berg und sah sich an, wie die Brückenenden aufeinander zuwuchsen, das Heer der Arbeitsameisen Balken schleppte, Versorgungsschiffe weiße Kielwasserlinien durchschnitten. Er dachte daran, wie er einst über die Meerenge geschaut und sich danach gesehnt hatte, auf die andere Seite zu kommen. Jetzt wußte er, wie es den Indios zumute gewesen sein mußte, als sie aus dem Schutz der Bäumen heraus die erste spanische Karavelle erblickten: *Kehrt um. Laßt uns in Frieden.*

Er war jetzt auch ein Insulaner. Endlich hatte er den Zustand erreicht, den er sich in jener lange zurückliegenden Nacht in seinem Flugzeug erträumt hatte: ein Leben ohne Verpflichtungen, vollkommene Freiheit. Er war niemandem Rechenschaft schuldig. Jeder Augenblick gehörte ihm ganz allein, er konnte tun und lassen, was ihm beliebte – nur an einem Tag im Jahr nicht, am 24. August.

Das war die Nacht, in der alle Gringos den südlichen Berg zu dem Tanzsaal hinter dem Maschendrahtzaun hinaufströmten, zur Geburtstagsfeier des Magiers. Die berühmten Verschwundenen waren natürlich alle eingeladen, außerdem ein paar von den prominenten Einheimischen. Alle waren ebenso würdig wie unbequem gekleidet und sagten, »Schön, Sie hier zu treffen«, obwohl sie einander fast täglich sahen. Die Jimenez Brothers spielten Mariachi-Musik, Kamerateams folgten den Gästen auf Schritt und Tritt und nahmen ihre Gespräche für den unsichtbaren Jubilar auf Videoband auf.

Die Leute gingen ins Freie und sahen sich die Gärten an, die Swimmingpools, das zweistöckige, weiß getünchte Gebäude, das nur eine Tür und keine Fenster hatte. Hinter dem Hubschrauberlandeplatz lagen die Kasernen für die Männer in den

Tarnanzügen, die sich während der Geburtstagsfeier die ganze Nacht nicht blicken ließen. Jimmy Hoffa verteilte gegrillte Hähnchen, D. B. Cooper rauchte Kette und schaute auf seine Uhr. Anastasia beglückte alle zum tausendsten Mal mit der Geschichte, wie sie den Bolschewiken entkommen war und sich achtundzwanzig Jahre lang bei den Zigeunern versteckt hielt. Michael Rockefeller erzählte seine Geschichten von den Sexualpraktiken der Eingeborenen Neuguineas, die bei Frank jedesmal einen hysterischen Anfall auslösten. Old Harry, der Zauberer, ließ sich in Ketten legen, damit jeder zusehen konnte, wie er sich von ihnen befreite. Normalerweise war die halbe Geburtstagsfeier um, wenn es ihm endlich gelang, sie abzuschütteln und sich, rot angelaufen und sichtlich erschöpft, aufzurappeln und den spärlich plätschernden Applaus einzuheimsen.

Spike ging umher und schenkte den Gästen Veuve Clicquot aus dem großzügig bemessenen Eiskübel in der Ecke nach. Rabbit stand abseits im Schatten und drehte Joints. Die Sherman Brothers gaben wie immer »What's the Matter with Grandma« zum besten, den Sketch, der sie berühmt gemacht hatte, eben den, der dann später ihrer Karriere ein so jähes Ende gesetzt hatte, als Lou einen Hänger hatte und Stu in seiner Wut ein Wort sagte, das man in einer landesweit übertragenen Live-Sendung einfach nicht sagen durfte.

Wie alle Jahre waren die Zwillinge schon bald voll wie die Strandhaubitzen und machten vor laufender Kamera schlüpfrige Bemerkungen, dann stellten sich alle auf und sangen »Happy birthday to you«. Daisy blies die Kerzen aus.

Superman haßte diese Partys, aber er ging hin, weil Daisy sich gern einmal im Jahr schön machte, mit Frisur und Lippenstift und allem Drum und Dran, so daß allen der Mund offenblieb. Er selbst hielt sich gern abseits, sah zu, wie sie glänzte, und wußte, daß er sie heimbringen mußte, sobald sie ein bißchen beschwipst war.

Wenn er selbst sich gehenließ, spürte er, wie er langsam abhob, und dann hielt er sich an einem Tisch fest, um auf dem Boden zu bleiben. An diesem Abend fühlte er sich leicht wie eine Seifenblase. Die Zwillinge hatten den größten Teil ihrer Kleider abgelegt und tanzten zu Stu Shermans Ukulele einen Go-Go

Dance in Zeitlupe. Anastasia war in einem Sessel eingeschlafen. D. B. Cooper tanzte Wange an Wange mit Lou Shermans Frau. Daisy saß in einer Ecke mit Michael Rockefeller zusammen und machte sich über alle Anwesenden lustig. Superman hielt sich am Rand der Menge.

»Großer Gott, wenn das nicht unser Erbsünder ist!« Eine große, fleischige Hand kam aus dem Nichts und ergriff ihn. »Hallo, Superman, wo steckst du denn immer?«

»Ich war die ganze Zeit hier. Wie geht's?« Er ging ihm nach Möglichkeit aus dem Weg, aber manchmal führte eben kein Weg an Rabbit vorbei.

»Laß dich mal anschauen, alter Junge. Schon nach dem ersten ausgiebigen Blick auf dich, der mir seit langem vergönnt ist, würde ich sagen, daß du nicht nur blühst und gedeihst, nein, du schießt regelrecht ins Kraut. Das Insulanerleben bekommt dir.«

»Was soll ich sagen?« sagte Superman. »Wenn das nicht das Paradies ist, dann kann man's jedenfalls von hier aus sehen.«

»Also hast du wohl keinen Bedarf an spirituellem Rat, mein Sohn? Ich habe eine neue Generation von Red Dots.«

»Nein, danke, Rabbit. Ich heb auch so schon fast ab.«

Rabbit ließ seine winzigen Zähnchen blitzen. »Schon wieder enttäuschst du mich, mein …«

Eine Trompetenfanfare, ausgehende Lichter, an einem Ende der Tanzfläche flackernder Kerzenschein. Ein Trupp von Männern in roten Hemden karrte einen riesigen Geburtstagskuchen herbei, die Insel in Kuchenteig nachgebildet, der Dschungel in grünem, der Ozean in blauem Zuckerguß, eine Schokoladenbrücke von Küste zu Küste, ein Meer brennender Kerzen. Der Gipfel des südlichen Berges war in eine riesige Pyramide aus Karamelglasur verwandelt.

»Daisy!«-Rufe ertönten, und sie erschien, um ihres alljährlichen Amtes zu walten. Sie sah mit ihrem berühmten Schmollmund samt Schlafzimmerblick in die Videokamera und blies auf eine Art und Weise die Kerzen aus, daß sämtlichen Männern die Luft wegblieb.

Die Lichter flammten wieder auf, und Frank erschien am Kuchen, richtig vornehm in seinem Smoking. Er trug das Haar jetzt länger, in silberweißen Wellen, nach einer Seite gekämmt.

Er war weit über Siebzig, aber man hätte ihn auf fünfundfünfzig geschätzt, die Jahre hatten seinem Aussehen nichts anhaben können. »Meine Damen und Heringe!« rief er. »Meine Damen und Heringe, darf ich um Ihre Aufmerksamkeit bitten? *Atención, por favor!* Es ist mir ein großes Vergnügen, Sie im Namen unseres Gastgebers willkommen zu heißen. Er bedauert zutiefst, heute abend nicht unter uns sein zu können.« So so, Frank. Jetzt spielst du also schon die Dame des Hauses. »Er hat mich gebeten, Ihnen allen für Ihr Kommen zu danken und die Ankündigung zu machen, auf die wir alle schon warten.«

»Mach mal Pause, Frank«, schrie Stu Sherman. Er war voll bis obenhin.

»Der Smoking, Frank«, rief Lou, »was ist mit dem Smoking?«

Frank ließ sich nicht beirren. »Was Sie da vor sich sehen, liebe Freunde, ist mehr als ein Geburtstagskuchen. Heute in einem Jahr werden wir die festliche Eröffnung eines neuen, sehr exklusiven, sehr aufregenden Hotels feiern, genau hier, wo wir jetzt stehen. Wir haben alle gewußt, daß es etwas Spektakuläres sein wird, und der Magier hat uns nicht enttäuscht. Na, was meint ihr, Leute, wie wär's mit einem Hoch auf die bisher größte Errungenschaft der Menschheitsgeschichte, das fabelhafte Jungle Inn!« Er streckte mit grandioser Gebärde den Arm aus. Ein paar Leute klatschten. Alle blickten wie gebannt auf den Kuchen.

Michael Rockefeller brach das Schweigen. »Eine ägyptische Pyramide in der Neuen Welt? Wie absurd!«

»Will er die wirklich bauen?«

»Was hast du damit zu tun, Frank?«

»Ich bin leitender Direktor des Projekts«, sagte Frank mit einem selbstgefälligen Schmunzeln. »Ich weiß. Ich kann's ja selbst noch kaum fassen. Aber er setzt sein Vertrauen in mich, und ich werde mein Möglichstes tun, ihn nicht zu enttäuschen. Ich hoffe, Sie werden alle mithelfen, damit es ein großer Erfolg wird. Die Einzelheiten besprechen wir bei einem kleinen Umtrunk bei mir zu Hause. Am Donnerstag um drei. Alle sind herzlich willkommen.«

Was war nur in den alten Frank gefahren? Noch nie hatte er das geringste Interesse an der Hotelbranche gezeigt. Vielleicht hatte der Navigator zu lange im Heck des Flugzeugs gesessen. Er mußte sich danach gesehnt haben, einmal im Leben Pilot zu sein. Die vielen Jahre in Amelias Schatten mußten bei ihm den unstillbaren Drang hervorgerufen haben, einmal hervorzutreten und selbst eine Großtat zu vollbringen, und jetzt gab der Magier ihm diese Chance.

Halbherzig sangen die Gäste noch einmal »Happy birthday to you«, dann zerstreuten sie sich in angeregt diskutierenden Grüppchen. Superman trat neben Daisy. »Na, was meinst du?«

Ihre Augen glänzten. »Ich meine, ein Jahr ist lang genug, wenn man wirklich zu leben versteht.«

»Daisy, was ist denn?«

Sie drückte seine Hand. »Nichts. Ich freue mich für Frank. Holst du mir ein Stück Kuchen?«

Er brachte ihr die oberste Spitze der Pyramide, eine in Schokolade gefaßte Macadamianuß mit Karamelüberzug. Er selbst nahm ein Stück von der Brücke.

Frank kam herüber. Er umarmte Daisy und nickte Superman höflich zu.

»Gratuliere, Frank. Tolle Idee. Eine Pyramide. Schade nur, daß Sie sie nicht bauen werden.«

»Wie darf ich das verstehen?«

»Richten Sie Ihrem Boß von mir aus: Da wird nichts draus. Er hat Emily versprochen, nie etwas zu tun, was die Insel zerstören würde. Wir werden Mittel und Wege finden, ihn aufzuhalten.«

Frank lächelte. »Ach, du lieber Himmel, das ist ja eine wichtige Neuigkeit. Wollen Sie ihm das nicht lieber selbst sagen? Sprechen Sie einfach ins Mikrofon.« Er zeigte auf das Kamerateam, das gerade die Jimenez Brothers filmte.

»Ich sag Ihnen, wie es ist. Wenn er das wirklich durchziehen will, gibt's Krieg.«

Franks Lächeln erstarb. »Was soll das heißen?«

»Es heißt, daß wir uns zusammenrotten und ihn in den Arsch treten werden.« Spike mischte sich ein, mit brennenden Augen. »Seine Tage sind gezählt, Frank. Komm lieber zu uns, denn wenn du nicht für uns bist, dann bist du gegen uns. Und das würde ich dir nicht raten.«

»Ich muß mich wirklich über euch wundern«, sagte Frank,

»offener Aufruhr gegen unseren liebenswürdigen Gastgeber, und das auf seiner eigenen Geburtstagsfeier.«

»Wieviel zahlt er Ihnen, Frank?«

»Die Zeiten ändern sich, Mr. Willis. Ein schönes großes Schiff liegt im Hafen, und Sie können entweder an Bord kommen oder mit Ihrem kleinen Boot Schiffbruch erleiden.«

Rabbit räusperte sich. »Hört zu, Jungs, vielleicht hat Frank gar nicht so unrecht. Der Mann hat säckeweise Geld; ich weiß nicht, ob es klug ist, sich gegen ihn zu stellen. Vielleicht sollten wir uns doch mit ihm zusammensetzen und uns anhören, was er zu sagen hat. Es muß ja nicht der Weltuntergang sein.«

»Schön gesagt«, sagte Frank.

Die Zwillinge stießen zu ihnen, prickelnd vor Übermut in ihren knappen blauen Cocktailkleidern. »Auf Partys über Geschäfte zu reden ist verboten!« rief Sandy.

»Will jemand tanzen?« fragte Linda.

»Hi, Mädels.« Spike legte die Arme um sie. »Wollt ihr uns helfen, den Bau dieses Monstrums zu verhindern?«

»Na klar doch, wir finden es scheußlich!« sagte Sandy. »Was sollen wir tun?«

»Sagt Frank, daß er den Arsch offen hat.«

»Frank«, sagte Sandy, »du hast – ich kann das nicht sagen, Spike!«

»Wißt ihr was, Kinder«, sagte Frank, »überlegt euch gut, auf wessen Seite ihr stehen wollt. Dann bis Donnerstag …« Er ging und mischte sich unter seine Bewunderer.

Daisy starrte ins Leere. Superman drückte ihre Hand. »Alles okay?«

»Komm, wir gehen zum Strand runter«, sagte sie. »Ich will mich richtig betrinken und am Strand tanzen.«

Er küßte sie vor aller Augen.

Männer in Tarnanzügen bewachten das Große Haus, und die Gehwege waren jetzt mit schwarzem vulkanischem Gestein gepflastert, aber der Hof und der Pool waren noch genauso, wie Superman sie in Erinnerung hatte. Heisere peruanische Flötenmusik kam von dem Pavillon, wo Amelia in der Regenzeit immer gespeist hatte. Die Springrollos waren alle heruntergezogen.

Als er eintrat, ließ er einen hellen Schein in den Raum, und alle Köpfe drehten sich von der Leinwand weg zu ihm hin.

»Da ist er ja«, sagte Spike.

»Mr. Willis.« Eine bekannte Stimme. »Wir haben uns schon gefragt, wo Sie bleiben.«

Er blinzelte in der Düsternis. Zwei Dutzend Leute saßen um einen langen Tisch und sahen sich einen Diavortrag an. Die meisten Gäste von der Geburtstagsfeier waren da, und ein paar Einheimische.

Superman glitt langsam an der Wand entlang und stellte sich hinter Spike und die Zwillinge. Auf der Leinwand verwandelte sich ein Hubschrauber auf einem beleuchteten Landeplatz in eine Zeichnung von einem extravaganten Heilbad: über einen sanften Abhang verteilte Thermalbecken, Saunen und Schwitzbäder mit Glaswänden, blau und golden gestreifte Badezelte wie aus Tausendundeiner Nacht. Der Zeichner hatte gesund aussehende Leute in entspannter Haltung und vor einem Hintergrund sich wiegender Bambusrohre dargestellt.

»Wie Sie sehen, nutzen wir die natürlichen Thermalquellen, wodurch abermals Energie eingespart wird«, sagte Frank. »Auf diesem Bild ist es nicht zu erkennen, aber der Betrieb ist so ausgelegt, daß etwa achtzig Prozent des Wassers aufbereitet und wiederverwendet werden. Den Überschuß setzen wir in der Landschaftsgestaltung ein.«

Zustimmendes Gemurmel lief um den Tisch.

Was für eine schöne Welt wurde da auf die Bildwand projiziert! Luxuriöse Suiten, Glasschiebewände, unendlich weite Ausblicke aufs Meer, schmucke Ober, die auf gutaussehende Paare herablächelten. Die Schau war kunstvoll aus Archivfotos, Grundrißplänen und Zeichnungen zusammengemixt, und die beiden Projektoren waren so miteinander synchronisiert, daß jedes Bild allmählich ins nächste überblendet wurde, alles untermalt von den hauchenden peruanischen Flöten und Franks seriös wirkendem Kommentar.

Eine Seersucker-Hose, rote Hosenträger und eine Fliege verliehen Frank einen Anstrich von schäbiger Würde – ein Mark Twain ohne Schnurrbart. An einer Wand aufgereiht standen mehrere junge Männer von der Insel in ihrer aus roten Polohemden und Hosen bestehenden Uniform. Lauter hübsche Kerle. Der junge Azteke war einer von ihnen. Auch Pito war da. Er lehnte an einer Wand und nickte zur Begrüßung. Superman lächelte.

Eine junge Frau am Tisch dachte, er lächle ihr zu. Sie war eine hübsche Blondine um die Dreißig, wirkte ein bißchen spießig mit ihrer an eine altmodische Schulmeisterin erinnernden Schildpattbrille und konnte es sich natürlich nicht gestatten, das Lächeln eines wildfremden Mannes zu erwidern. Mit erhobener Nase drehte sie sich wieder zur Leinwand um, wie um ihn aufzufordern, es ihr gleichzutun.

»Insgesamt vierzehn Suiten«, sagte Frank gerade, »von der Standardausstattung für zweitausendachthundert pro Nacht bis zur über vier Stockwerke reichenden Präsidentensuite, fünftausendfünfhundert alles inklusive.« Er betätigte die Fernbedienung, und eine Zeichnung von einem riesigen Raum mit einer Bühne blendete sich ein. »Eine Innenansicht vom Ballsaal, für Veranstaltungen mit bis zu zweihundert Gästen.«

Superman fragte sich gerade, wo um alles in der Welt Frank gelernt hatte, so zu reden, als die Schulmeisterin sich einklinkte. »Ich denke, wir können in etwa eine Belegung von neunzig Prozent garantieren«, sagte sie. »Anlagen mit derart gehobenem Anspruch finden Sie nirgendwo sonst, auf Hawaii ebensowenig wie in der exklusivsten Karibik. Sie leisten da in der Tat Pionierarbeit im obersten Marktsegment.«

»Danke«, sagte Frank. »Übrigens wird man aus jeder Suite eine hinreißende Aussicht in mehrere Richtungen haben.«

Superman meldete sich zu Wort. »Wie wollen Sie das denn erreichen, Frank? Immerhin bauen Sie ja auf einem Berg mit zweihundert Jahre alten Bäumen.«

»Da muß natürlich einiges zurückgeschnitten werden. Von oben her. Der eine oder andere Baum wird weichen müssen, aber wir planen, drei neue Bäume für jeden zu pflanzen, den wir fällen.«

»Phantastisch«, sagte Superman. »Und in zweihundert Jahren wachsen sie dann alle zu voller Größe heran.«

»Hey, Superman«, sagte Rabbit, »du verstößt gegen die Tagesordnung.«

»Rabbit hat recht«, sagte Sandy. »Wir haben uns geeinigt, erst Franks Präsentation anzusehen, bevor wir zu diskutieren anfangen.«

»Schon gut, ich bin später gekommen«, sagte Superman. »Tut mir leid.« Er stellte sich an die Wand und sah zu.

Die Flöten flüsterten. Auf einem Dia sah man ein gutgekleidetes Paar Arm in Arm auf einem Balkon die spektakuläre Aussicht genießen. Das nächste Bild zeigte dasselbe Paar, aber aus größerem Abstand, so daß mehr von der Pyramide zu sehen war. Dann zoomte die Kamera noch weiter zurück, bis die beiden nur noch zwei Pünktchen auf einem fernen Balkon waren und das Bauwerk sich in seiner ganzen pyramidalen Pracht präsentierte, als Krönung des Berggipfels.

»Einmal im Jungle Inn«, sagte eine einschmeichelnde Stimme auf dem Soundtrack, »und Sie werden nie wieder abreisen wollen.«

Die Leinwand wurde dunkel. Die Flöten stimmten einen tiefen Ton an und hielten ihn. Zwei von Franks Schönlingen machten das Licht an.

Schwacher Applaus am Tisch. Nur die Schulmeisterin und die jungen Kerle mit den Polohemden klatschten wie wild. Spike sah Superman an und verdrehte die Augen. Linda gähnte.

»Wie Sie sehen«, sagte Frank, »sind wir auf etwas ganz Besonderes aus – ein *Erlebnis,* nicht ein Hotel wie jedes andere. Ich möchte, daß unsere Gäste hier die schönsten Stunden ihres Lebens verbringen. Und daran kann jeder auf der Insel mitwirken, nicht wahr, Melanie?«

»Ganz recht, Frank.« Die Schulmeisterin berührte die Schleife an ihrem Kragen und warf einen Blick auf ihre Unterlagen. »Unsere Umfragen in der Branche zeigen eine hohe Korrelation zwischen dem zufriedenen Urlaubskonsumenten und dem, wie wir es nennen, ›lokalen Ambiente‹ des Zielorts. Das ist ein Begriff, über den wir ad infinitum diskutieren könnten«, sagte sie und spreizte sich ein bißchen, »aber es läuft auf eine Frage hinaus: Werden die Einheimischen freundlich zu unseren Gästen sein?«

»Das kommt doch ganz darauf an«, sagte Sandy, »wie die Einheimischen von den Gästen behandelt werden. Wie du mir, so ich dir.«

»Frank, wer ist eigentlich diese Frau?« fragte Linda.

»Oh, Entschuldigung«, sagte Frank, »ich dachte, ich hätte alle vorgestellt. Das ist Melanie Llewellyn von Destination Strategies in San Diego. Melanie fungiert bei dem Projekt als Sonderberaterin.«

»Du *bezahlst* die doch nicht etwa?« fragte Linda.

Melanie ergriff selbst das Wort: »Mein Honorar geht nur mich und meinen Auftraggeber etwas an, aber wenn Sie wissen wollen, ob ich mein Geld wert bin – also das kann ich nur ganz entschieden bejahen.«

»Wer hätte das gedacht.« Linda schlug die Beine übereinander.

»Mein Job ist es, einem Unternehmer zu helfen, seine Ressourcen so zu plazieren, daß er zufriedene Kunden bekommt«, sagte Melanie. »An einem kostenintensiven Standort wie diesem ist Kundenzufriedenheit ein absolutes Muß. Frank geht mit mir darin einig, daß die Involvierung des Gemeinwesens entscheidend ist für die Aufrechterhaltung unseres Ambiente-Niveaus.«

Superman hörte leises Murren am spanischsprachigen Ende des Tisches. »Könnten Sie bitte etwas langsamer sprechen?« sagte er. »Nicht alle Anwesenden sind mit Ihrer Ausdrucksweise vertraut.«

»Oh, Verzeihung – ich vergesse manchmal, wo ich mich befinde.« Sie schenkte ihm das Lächeln, das sie ihm während der audiovisuellen Präsentation vorenthalten hatte, wandte sich den Inselbewohnern zu und redete sie an wie Drittkläßler: »Wenn – ich – zu – schnell – spreche, dann sagen Sie es bitte. *Digame.*«

Superman sagte: »Sie wollen also das Gemeinwesen in das Projekt einbeziehen, um das Ambiente-Niveau oder was immer zu erhöhen. Hab ich das richtig verstanden?«

»Exakt«, sagte Melanie.

»Aber Sie wissen doch sicher von Frank, daß wir alle dagegen sind.«

»Natürlich sind Sie das. Sie leben in einer landschaftlich reizvollen Umgebung. Da ist es nur logisch, daß Ihre erste Reaktion auf jede Erschließungsmaßnahme negativ ausfallen muß. Unsere Aufgabe ist es, aus diesem ›Nein‹ ein ›Ja‹ zu machen.«

»A smile is just a frown turned u-hupside down«, sang Spike, Superman fiel mit der zweiten Stimme ein – *»my friends – lemme tell you again«* –, und ehe man sich's versah, sangen sie fingerschnippend eine Strophe von »Smiling Faces«. *»Someti-himes – ohhh, they don't tell the truth!«* Alles lachte und klatschte mit.

Melanie lächelte geduldig und klopfte mit dem Kugelschreiber auf ihre Unterlagen. Frank wirkte gereizt, aber er war zu bekannt dafür, daß er bei jeder Gelegenheit zu singen anfing, um sich einen Einspruch leisten zu können.

Melanie griff ein. »Frank hat mir gar nicht gesagt, daß wir so überragende musikalische Talente auf der Insel haben. Wollen Sie nicht in unserem Nightclub auftreten?« Dieser Versuch wurde mit dem höflichen Kichern quittiert, das ihm gebührte, aber sie hatte wieder das Heft in der Hand. Superman gab ihr zehn Punkte für Courage. Es war lange her, seit er zum letztenmal eine echte amerikanische Karrierefrau bei der Arbeit gesehen hatte.

»Nein, im Ernst«, sagte sie, »wir möchten ein System einführen, das sich auf einigen unserer Inseln mit kleinerer Einwohnerzahl sehr bewährt hat. Wir nennen es unser Botschafterprogramm. Wir laden hiermit alle Anwesenden ein, Botschafter des Jungle Inn zu werden. Dafür zahlen wir ein Gehalt, zwar nicht so viel, daß man davon reich werden kann, aber wir verlangen ja auch keine Arbeit als Gegenleistung.«

Frank strahlte von seinem Ende des Tisches her wie Daddy Warbucks.

Ungläubig fragte Lou Sherman: »Sie wollen uns ein Gehalt zahlen?«

»Wofür?« wollte sein Bruder wissen.

»Wen interessiert das denn?« sagte Lou. »Wieviel?«

»Hundert Dollar pro Monat«, sagte Melanie.

»Pro Nase?«

»Ja, pro Kopf.«

»Wofür?«

»Wir erwarten von Ihnen nur, daß Sie, wenn Sie unseren Gästen begegnen, hilfsbereit und freundlich sind – was Sie natürlich sowieso wären. Wir bezahlen Sie, damit Sie zur Entstehung einer positiven Mundpropaganda beitragen. Sie sollen diese Insel zum freundlichsten Urlaubsort der Welt machen.«

»Die wollen uns dafür bezahlen, daß wir nette Menschen sind«, sagte Lou Sherman.

»Ich glaub, ich kann das nicht«, sagte Stu, »nicht mal für hundert Eier.«

»Mit euch beiden hab ich noch was anderes vor«, sagte Frank. »Wenn die Bauarbeiten abgeschlossen sind, schmeißen wir eine Einweihungsfeier, wie die Welt sie noch nicht gesehen hat. Und dafür will ich die Sherman Brothers als Stars. Und das Comeback von Superman Willis.« Er zwinkerte Superman zu.

»Ich hab gedacht, der ist tot«, sagte die liebreizende Melanie Llewellyn.

Superman lächelte. »Er hat sich ins Privatleben zurückgezogen.«

»Hast du das gehört, Stu?« begeisterte sich Lou. »Als Stars!«

»Na wenn schon, auf so einer drittklassigen Veranstaltung«, sagte Stu.

»Alle Botschafter erhalten uneingeschränktes Nutzungsrecht für Hotel und Heilbad und beteiligen sich an der Organisation besonderer Veranstaltungen …« Melanie wandte sich mit einem gewinnenden Lächeln Catalina zu und sah auf ihre Notizen. *»Queremos que todos ustedes se sientan aquí como en su casa«*, sagte sie. (Sie alle sollen sich hier wie zu Hause fühlen.)

Catalina verzog das Gesicht über diese Manifestation interkultureller Gastfreundschaft. *»Sí, pero esta es nuestra casa, gringa más fea«*, sagte sie. *»Y ustedes quieren cortar todos nuestros árboles.«* (Ja, aber das *ist* unser Zuhause, du häßliche Gringa. Außerdem wollt ihr alle unsere Bäume umhauen.)

Die Insulaner murmelten zustimmend. Melanie schwatzte weiter über die projektierten Auswirkungen auf das Einkommen der Inselbevölkerung, den geschätzten Geldwert der Verbesserungen an der Infrastruktur und so weiter, bla-bla-bla, bis ihre Worte wie Gummibälle von Supermans Ohren absprangen. Aber ihm fiel auf, wie hellhörig alle geworden waren, seit von Geld die Rede war.

Sandy nahm einen Stift und kritzelte Zahlen auf einen Schmierblock.

»Wir wollen Sie auf unserer Seite haben«, sagte Melanie, »und wir sind bereit, dafür zu zahlen. Ein gutes Geschäft für alle. Das Leben ist doch viel angenehmer, wenn wir alle unser Auskommen haben.« Superman sah, daß ihr Schweißtropfen vor den Ohren herabliefen.

»Und wann kriegen wir das erste Gehalt?« erkundigte sich D. B. Cooper. »Ich bin nämlich völlig pleite.«

Frank war anscheinend überzeugt, daß er jeden an diesem Tisch für dreißig Silberlinge kaufen konnte, und allmählich sah es so aus, als könnte er recht behalten. Die ganze Veranstaltung erregte Supermans Widerwillen: die ebenso hübsche wie knallharte Immobilientante mit ihrer Diaschau, die Jungs mit den roten Hemden, säuberlich an der Wand aufgereiht, linke Hand über der rechten, die lautlosen Diener, die Kaffee und Zimtplätzchen servierten. Kein Zweifel, Frank sorgte dafür, daß sein Laden lief wie geschmiert.

Sandy sagte: »Ich bin ja keine Geschäftsfrau, Frank, aber da müßtest du dreißigtausend im Jahr ausgeben, nur für diese – Freundlichkeitsversicherung. Könnt ihr euch das leisten?«

Frank sagte: »Melanie?«

»Nein, Frank«, sagte Sandy, »ich hab dich gefragt, nicht sie.«

»Von der haben wir genug gehört«, giftete Linda.

»Aber liebe Leute.« Frank hob die Hände. »Bitte. Einer nach dem anderen.«

»Laß mich das machen, Frank«, sagte Melanie.

Das war ein Fehler. Linda packte ihren Jungle-Inn-Notizblock und warf ihn flach über den Tisch. Er streifte Melanie an der Schulter und fiel zu Boden.

Melanie machte ein Gesicht, als wäre sie von einem Meteoriten getroffen worden. »Was fällt Ihnen ein, mich mit einem – einem Schmierblock anzugreifen!«

»Aber ich bitte Sie, meine Damen«, sagte Frank. »Melanie hat mein vollstes Vertrauen. Wir machen Ihnen allen ein faires Angebot, Sie dürfen nur nicht zu dickköpfig sein, es anzunehmen.«

Spikes Augen funkelten. »Also du willst uns kaufen, Frank?«

»Keineswegs.«

»Wie würdest du's dann nennen?«

»Eine PR-Investition«, sagte Frank. Aha, da war es, das Zeichen, auf das Superman die ganze Zeit gewartet hatte: Frank bekam rote Ohren und hatte Mühe, nicht aus der Haut zu fahren. »Verdammt, begreift ihr denn nicht, was wir hier auf die Beine stellen wollen? Wir bringen Verbesserungen aller Art auf die Insel, stecken Millionen in ihre Zukunft – und zum Dank kriegen wir nichts zu hören als Sperrfeuer von euch, ihr faules, undankbares Volk.«

»Frank ...«

»Was hast du denn jemals für diese Menschen getan, Spike? Hast du auch nur für einen von ihnen einen Arbeitsplatz geschaffen?«

»Nein, Frank, aber ich bin auch kein Industriekapitän wie du, ich lebe hier nur.«

»Vergiß nicht, du wohnst hier nur, weil man es dir gestattet«, sagte Frank.

Jetzt war es heraus, die Drohung lag auf dem Tisch. Nehmt das Geld und haltet den Mund, oder haut ab. Daß keiner von der Insel durfte, verstand sich von selbst.

Stu Sherman brauchte nicht lange zu überlegen. »Wenn der Mann mich dafür bezahlen will, daß ich nett zu seinen Gästen bin, dann sage ich danke, Frank. Wo muß ich unterschreiben?«

»Dito«, sagte Lou.

»Also wirklich, Leute, meint ihr nicht, daß ihr ein bißchen zu ruppig mit Frank umgeht?« Das kam von D. B. Cooper.

Die meisten Gringos äußerten sich in dem Sinne, daß sie zwar einige Bedenken hätten, im großen und ganzen aber das Jungle Inn für eine tolle Idee hielten und sich freuen würden, als Botschafter dienen zu können. Bedingungslose Kapitulation ohne Gegenwehr.

So heruntergekommen sind wir also schon, dachte Superman. Jeden von uns kann man mit ein paar hübschen Bildchen, ein paar Keksen und hundert Dollar im Monat kaufen. Diese Leute sind geradezu darauf erpicht, sich zu prostituieren. Er spürte, wie er von seinem Stuhl in die Höhe schwebte. Er hakte die Füße hinter die Stuhlbeine.

»Das ist doch nicht zu fassen!« platzte Sandy heraus. »Frank, ich sag, zur Hölle mit deiner Pyramide! Hast du den Verstand verloren? Kapierst du denn nicht, daß das eine Katastrophe wäre? Genau das hat Emily verhindern wollen. Es ist schädlich für alles, was hier gut ist.«

»Der Eigentümer dieser Insel kommt mit den besten Absichten auf uns zu. Deine Nachbarn räumen zumindest ein, daß wir möglicherweise zusammenarbeiten können. Ich muß sagen, ich fühle mich bestätigt durch das, was sie sagen.«

»Meinetwegen, aber auf mich kannst du nicht zählen«, verkündete Sandy. »Und deine hundert Dollar kannst du dir da hinstecken, wo die Sonne nicht scheint.«

»Gut gebrüllt, Löwe«, sagte Linda.

»Na schön, dann spende ich euren Anteil meiner liebsten gemeinnützigen Organisation«, sagte Frank. »Hysterische Weiber in verzweifelter Notlage.«

Superman stand auf. »Das hör ich mir keine Minute länger an. Ihr könnt alle noch bleiben, wenn ihr wollt. Ich hab genug.«

Er zog den Vorhang auf und trat auf den Hof hinaus. Er wartete auf das Scharren von Stühlen, das Gemurmel von Menschen, die zur Besinnung kommen. Er hörte nur ein paar Stühle scharren. Sandy und Linda kamen heraus, gefolgt von Spike.

»Das ist alles?« fragte Superman.

»Das Häuflein der Aufrechten«, sagte Spike.

»Wo ist eigentlich Daisy?« erkundigte sich Linda.

»Sie will sich mit uns am Strand treffen«, sagte Superman. »Sie möchte sich da nicht reinziehen lassen. Sie hat ein schlechtes Gefühl dabei.«

»Ich auch«, sagte Sandy. »Aber wir müssen was unternehmen. Ich rede mit ihr.«

Sie gingen über den schwarz gepflasterten Weg, vorbei an ganzen Reihen von Männern in Tarnanzügen. Linda machte gekonnt Melanie Llewellyn nach. »Was fällt Ihnen ein, mich mit einem – einem Schmiiierblock anzugreifen!« Dabei rollte sie die Augen wie Frankensteins Braut. Lachend kamen sie an die Weggabelung.

Superman sagte: »Und, was machen wir?«

»Was wir machen?« sagte Spike. »Wir gehen einen trinken.«
Die Discoteca war gesteckt voll mit tanzenden und trinkenden Insulanern und herumtollenden Kindern. Aus Gewohnheit wandten sich die Leute nach Westen und sahen aufs dunkle

Meer hinaus. Keiner dachte an das, was sich auf der anderen Seite der Insel abspielte.

Bei seiner zweiten Margarita wurde Superman klar, daß er das Problem die ganze Zeit wie durch ein sehr kleines Schlüsselloch betrachtet hatte. Es gab nur ein paar Gringos auf der Insel, aber bestimmt mehrere hundert Einheimische, die Kinder nicht mitgezählt – eine ganze Armee braunhäutiger Menschen.

Das waren sie immer noch für ihn, nach so vielen Jahren: die Braunen. Er hatte versucht, sich mit einigen von ihnen anzufreunden, aber bei aller Nähe blieb immer eine unüberbrückbare Kluft. Egal, wie genau er zuhörte, wie viele Stunden er sein *diccionario* wälzte, er verstand nach wie vor höchstens die Hälfte von dem, was sie sagten. Wenn er den Mut aufbrachte, einen oder zwei Sätze auf spanisch zu sagen, lachten sie immer, ob er es nun lustig meinte oder nicht. Er kannte sie alle beim Namen: Carlos, Beto, Cinthia, Alvaro, Mariela, Alejandra, Juan Carlos, Jorge, Susana, Dennys, Pepino und Quique und Ronaldo und Estefan, Isabel, Lita, Cecilia, Maria Elena, Paco und Flaco und Merlyn, Memo, Diego, Manuel. Er winkte und lächelte ihnen immer zu und sagte *hola*, und sie taten es ihm gleich. Aber er war noch nie bei einem von ihnen zu Hause gewesen, hatte nie einen zu sich eingeladen. Er hatte acht Jahre unter diesen Menschen gelebt, ohne auch nur einen von ihnen wirklich gut kennenzulernen.

Es war wie Alabama in seiner Kindheit. Die Weißen hatten zwar »Freunde« unter den Schwarzen – meist ehemalige Hausmädchen oder Gärtner –, aber beide Seiten blieben unter sich, aus Mißtrauen und aus Gewohnheit. Auf dieser Insel sprachen die beiden Welten verschiedene Sprachen, weshalb der Graben noch tiefer war. Superman wußte, daß die Inselbewohner ihn genauso sahen: bloß einer von den Gringos.

Aber jetzt mußte er mit ihnen reden. Sie mußten ihm zuhören, ohne über ihn zu lachen.

Er sagte Daisy, er sei gleich zurück, müsse nur schnell zum Haus hinauf, etwas holen. Er joggte heim, schnappte sich, weswegen er da war, und lief wieder zum Strand hinunter. Er wollte nicht außer Atem sein, wenn er ankam, aber er wußte, wenn er stehenblieb, um nachzudenken über das, was er vorhatte, dann würde er es nie tun.

Vom Meer her wehte eine steife Brise, die Brandung donnerte, ein Gewitter feuerte weit draußen über der See seine Kanonen ab. Superman hängte sich die Gibson über die Schulter und ging durch den Kokoshain, den Lichtern und der Salsamusik entgegen und hinter der Bar vorbei. Sein Herz pochte, so wie es früher gepocht hatte auf dem langen Weg aus der Limousine auf die Bühne.

Freddy, der Barkeeper, schaute überrascht auf: Gringos kamen nie hinter die Bar. Superman krümmte den Zeigefinger. Freddy neigte den Kopf, hörte aufmerksam zu und ging die Erlaubnis einholen.

Superman stellte sich zwischen die Bierkühler, um den hektisch hantierenden Barkeepern nicht im Weg zu sein. An den Fenstern standen die Menschen in Dreierreihen, versuchten sich vorzudrängen, winkten, warfen Geld und riefen nach Bier. Aus diesem Blickwinkel sah die Flugzeugattrappe an der Decke fast echt aus, obwohl Ananas und Zwiebeln vom Fahrwerk herabhingen.

Señor Rodriguez, Presidente y Gerente General del Restaurante Discoteca Amor Y Mar Y Sol Y Blues, war ein rundlicher, schnurrbärtiger Mann in den Fünfzigern, ein Doppelgänger des alten *caballero* auf dem Bild neben dem von Einstein. »*Que necesitas, Señor Beng?*« fragte er – so sprachen die Einheimischen »Ben« aus.

Superman erläuterte sein Anliegen. Erst mußte der Mann über sein unbeholfenes Spanisch lächeln, aber dann wurde er ruhig und hörte zu. Schließlich zuckte er die Achseln und sagte: »*Por qué no?*« Sie schlugen ein.

Superman ging durch die Küche hinaus. Die Gibson war verstimmt, aber das machte nichts; das monotone *Whanka-whanka* des Salsa ließ sowieso jeden Ton falsch klingen. Er stand im Schatten und hatte Lampenfieber. Er war drauf und dran, etwas zu tun, was er sich geschworen hatte, nie und nimmer zu tun: sich einfach hinstellen und ohne Vorbereitung singen. Es gibt kein größeres Risiko für einen Interpreten, keine wirksamere Art, sich das Wohlwollen seines Publikums zu verscherzen, als vor sich hin zu stümpern wie auf einer Probe.

Aber er mußte ihre Aufmerksamkeit erringen. Und dafür wußte er nur ein Mittel: sich hinstellen und singen.

Als der DJ die Salsamusik abstellte, kam von der Tanzfläche ein vielstimmiger Schrei, wie bei der Fahrt über den Gipfel einer Berg-und-Tal-Bahn. Die Discokugel drehte sich weiter, die farbigen Lichtflecke liefen weiter im Kreis, aber die plötzliche Stille ließ alle ratlos stehenbleiben, benommen und ein wenig taub.

Superman ging zwischen den Tänzern hindurch, den Barhocker, den Freddy ihm geborgt hatte, hinter sich herschleifend, die Gitarre hoch über dem Kopf, um niemanden aufzuspießen.

An einem Ende des Tanzpodiums war gerade genug Platz. Der DJ brachte ihm grinsend ein Mikrofonstativ. *»Concierto! Pura vida!«*

Von der Bar her rief jemand: »Ja, bravo!« Spike drängelte sich zu einem der vorderen Tische durch. »Mann, das wurde aber auch Zeit!«

Daisy und die Zwillinge kämpften sich gegen den Strom der enttäuschten Tänzer, die zur Bar strebten, zu ihm durch. Die Gäste an den äußeren Tischen überbrückten die Pause mit Gesprächen.

Superman kletterte auf den Barhocker. Gyp rollte sich zu seinen Füßen zusammen. Der DJ schaltete das Mikrofon ein und murmelte »Wau, wau, wau, *hola, hola*«, um es auf Rückkopplung und Quietscher zu testen. Beides war zur Genüge vorhanden. Er nickte und ging an sein Pult, um die Spotlights auf Superman zu richten.

»Buenas noches …«, dröhnte Supermans Stimme aus den rings um die Tanzfläche angeordneten Boxen. »Test, Test, eins zwei drei vier – hallo, Leute, tut mir leid, daß der Salsa abgebrochen wurde, aber keine Sorge, nachher geht's weiter.« Er schlug einen Akkord an und unternahm einen letzten Versuch, die D-Saite zu stimmen, während er im Kopf noch einmal den Text von »Contigo en la distancia« durchging.

Das war eine der alten, traurigen, romantischen Balladen, die er aus den abendlichen Radiosendungen kannte. »No me platiques mas«, »La barca«, »Estrellas en sus ojos«, »Inolvidable« … Diese Lieder waren so einfach und so langsam, daß sogar Superman die Texte verstand, die voller Küsse, Umarmungen, Lippen,

Herz und Schmerz waren, Wörter, die man in einem amerikanischen Song nicht verwenden konnte, weil einen das Publikum sonst von der Bühne gelacht hätte. »Contigo en la distancia« war sein Favorit:

No existe un momento del dia en que pueda apartarme de tí
El mundo parece distinto cuando no estás junto a mí …

Er sah, wie sich die Mienen erhellten. Langsam kamen die Leute näher. Er sang leise, langsam, tastete sich durch das *español*, verweilte auf den Breaks in der schönen, traumverlorenen Melodie. Der Text war voller Sehnsucht, Leidenschaft, hatte etwas Verträumtes, Untröstliches:

Más allá que tus labios, del sol y las estrellas
Contigo en la distancia, amada mía, estoy.

Jenseits deiner Lippen, über Sonne und Sterne, über die Entfernung hinweg bin ich, Liebste, bei dir. Als er beim letzten Vers angelangt war, blickte er von seiner Gitarre auf und schaute in ein Meer lächelnder Männer- und tränenfeuchter Frauengesichter. Auf der Tanzfläche wiegten sich dicht an dicht die Paare. Superman klopfte während des Gitarrenbreaks den Takt mit dem Fuß mit und wiederholte die letzten beiden Verse mit hoher Stimme, in der Art des Altmeisters Cesar Portillo de la Luz.

Als der letzte Ton verklungen war, brach stürmischer Applaus los, in dem sogar das Rauschen der Wellen unterging. Superman hatte dieses Prasseln seit seinem letzten Konzert in El Paso nicht mehr gehört. Es fuhr ihm in die Glieder, bis hinab in die kleinen Zehen.

»Danke«, sagte er. *»Muchas gracias! Muy amable.«*

Sie hörten nicht auf zu klatschen. Spike hüpfte auf und ab und schrie »Ho! Ho, ja!« Daisy lächelte unter Tränen, die Zwillinge warfen ihm Handküsse zu – sogar Jimmy Hoffa war sichtlich beeindruckt. Nur Gyp döste ungerührt vor sich hin.

Superman beugte sich zum Mikro vor. »Vielen Dank, Leute. Das ist leider das einzige, das ich auf spanisch singen kann, also müßt ihr jetzt leider vorliebnehmen mit –«

Er schlug drei harte Akkorde an, spielte die kunstvolle Einleitung und sang »Superman's Revenge«:

When he's up in the sky, do you know how he feels
Not a bird, not a plane, just a man of ideals
Watching people go bad in their usual ways.

Es war wie Fliegen, wie Radfahren. Er hatte es nicht verlernt. Er würde es nie verlernen.

Zum ersten Mal seit der Flor-A-Bama Lounge sang er nicht, um Geld zu verdienen, sondern um zu *kommunizieren*, um die Mauer zwischen sich und diesen Menschen einzureißen – damit sie vergaßen, was sie gerade getan hatten, und nur noch ihm zuhörten. Und es klappte. Sie kamen vom Strand und aus den hintersten Ecken der Discoteca, schoben von hinten nach, tanzten und klatschten mit.

You better run – it's time for
Superman's revenge
Superman's revenge

Sie schrien und pfiffen und ließen den Fußboden beben. Supermans Stimme klang gut – und warum auch nicht? Er hatte sie acht Jahre lang geschont. Er gab ihnen keine Gelegenheit, mit dem Klatschen aufzuhören. Er sagte: »Okay, als nächstes ein Song über Jesus«, und fiel in einen synkopierten Cowboy-Singsang:

Talkin' to the dog
You keep trying to tell him what to do
Just a stupid little dog
But he's wearing the same gold watch as you
If you ain't got time to stop what you're doing
and give that dog a bone
Then you won't be seeing JEE-sus when he calls
the dogs back home.

In den Applaus mischte sich lautes Gelächter von den Gringos. Superman saugte die Atmosphäre auf wie ein Schwamm; wie ein Heroinsüchtiger, der seit acht Jahren clean ist, sich den Arm abbindet und die Nadel hineinschiebt, sich mit erleichtertem Herzen entspannt in die vertraute Euphorie gleiten läßt, während eine innere Stimme kreischt: *O Gott, was hab ich getan!*

Aber es war zu spät für Reuegedanken. Die Droge war in seinen Adern. Am liebsten hätte er den ganzen Abend auf dem Hocker gesessen und jeden Song gespielt, den er kannte, um das Gefühl bis zur Neige auszukosten. Jetzt fiel es ihm wieder ein: Das ist das Schönste dran. Man trennt sich von seinem Publikum – geht auf die Bühne, läßt sich von den Schweinwerfern herausheben, läßt die anderen im Dunkeln stehen und zuhören –, und wenn man sein Handwerk versteht, bekommt man Kontakt zu jedem einzelnen Zuhörer. Belohnt wird man mit einer Flut von Beifall, die einen überschwemmt wie die wärmste, weichste Welle des Ozeans.

Er schob die Zehen unter die Streben des Barhockers, um nicht davonzuschweben. Fast hatte er vergessen, warum er überhaupt hier saß, aus einem Grund, der nichts mit Applaus und der wundersamen Überraschung in Daisys Gesicht zu tun hatte.

»Vielen Dank, Leute«, sagte er, »das war's. Genug. *No más!*« Aber sie klatschten und pfiffen weiter. Er grinste. »Danke, dankeee ... *muchas gracias*. Okay. Vielen Dank. Hört zu, Leute, ich möchte was sagen –«

»›When Time Stands Still‹«, rief Spike und schwenkte sein brennendes Feuerzeug. »›Take Me Anywhere But Heaven!‹, ›Statutory Romance!‹«

»Hey, Spike, halt den Mund und komm mal einen Moment her, ja?«

Spike sah sich um, als könnte da noch ein zweiter Spike sein.

Superman nickte: Ja, du.

Die Leute verlangten eine Zugabe, klatschten rhythmisch, wie Football-Fans. Spike schlängelte sich zu ihm durch.

Superman nahm das Mikro vom Stativ und gab es ihm.

»Was soll das? Ich kann nicht singen.«

»Ich hab genug gesungen. Ich will mit ihnen reden. Du mußt dolmetschen.«

Spike nickte. Seine Mundwinkel bogen sich nach oben. »Gib's ihnen«, sagte er.

Superman blieb einfach stehen, bis der Applaus verebbte. Dann fing er an zu sprechen. In der Discoteca wurde es still, man hörte nur noch seine Stimme, Spikes verstärkte Übersetzung, das rhythmische Rauschen der Brandung und das *Wapp-wapp* eines unrund laufenden Deckenventilators.

Er stellte ein paar Fragen: Wißt ihr, wem diese Insel gehört? Wem die Bäume gehören? Die Affen? Das Meer? Die Luft?

Er stand ruhig da, während Spike Satz für Satz übersetzte.

Vielleicht denkt ihr, diese Dinge gehören eigentlich niemand, sagte er. Ihr denkt, man kann sie nicht einfach kaufen und verkaufen wie Reis und Bohnen. Aber da irrt ihr euch. Einer besitzt das alles. Er enteignet euch, so schnell er kann. Und ihr helft ihm noch dabei.

Einzelne Zuschauer begannen zu murren, wurden unruhig.

»Ich bin ein Gringo. Ihr steht hier und hört zu, wie ich singe, und ihr klatscht, und ich weiß das zu schätzen, ehrlich. Aber ihr klatscht, obwohl ihr nicht einmal wißt, worüber ich singe.

Sicher habt ihr schon von dem neuen Hotel gehört, das auf dem Berg gebaut werden soll. Ihr habt gehört, daß dadurch jeder auf der Insel in Lohn und Brot kommen wird, daß ihr alle reich werdet, wenn ihr nur mitspielt und tut, was die euch sagen. Alles wird viel lockerer sein, ihr werdet kommen und gehen dürfen, wie es euch gefällt. Klingt doch gut, denkt ihr vielleicht. Aber das denkt ihr nur, weil ihr nicht wißt, was das alles wirklich bedeutet.

Es gibt nur einen auf dieser Insel, der reich werden wird. Er ist auch jetzt schon reicher, als ihr oder ich es uns jemals erträumen könnten. Er denkt gar nicht daran, euch mehr Freiheit zu lassen.

Er wird alles tun, was er für richtig hält.

Er wird die Bäume fällen.

Er wird den Gipfel des Berges sprengen.

Die Insel gehört dem Magier. Jeder Affe, jede Eidechse, jeder Vogel gehört ihm. Ihr habt sie ihm verkauft.

Was ich gern wissen möchte – hat er die Menschen auch gekauft? Miss Emilia hat mir einmal gesagt, daß ihr seine Sklaven seid.«

Spike blickte warnend über die Schulter zurück, aber Superman sagte: »Nur zu, Spike. Wort für Wort.«

Spike gehorchte. Als er das Wort *esclavos* aussprach, wurde das Murren lauter.

»Ich bin erst ein paar Jahre hier«, sagte Superman. »Aber ihr seid hier zu Hause. Wollt ihr ihm helfen, eure Heimat zu zerstören, oder wollt ihr mit uns einen Weg finden, ihn daran zu hindern?«

Es wurde still. Direkte Konfrontation war nicht der Stil der Einheimischen. Superman wurde klar, daß er sie beleidigt hatte, als sich die Menge teilte und Señor Rodriguez, der Presidente der Discoteca, erschien und sich wie ein Wahnsinniger gebärdete.

Er sprach stoßweise Schnellfeuer-Spanisch, und seine Augen funkelten. Superman verstand hier und da einen Ausdruck – *orgullo de la gente*, der Stolz des Volkes, und *trabajos nuevos*, neue Arbeitsplätze –, kam aber nicht dahinter, ob der Mann ihn angriff oder ihm zustimmte. Spike versuchte zu dolmetschen, kam aber nicht mit, verstummte schließlich und hörte wie alle anderen nur mit offenem Mund zu, wie der Presidente sich mit den Armen fuchtelnd immer mehr in Rage redete und schließlich sogar mit der Faust auf einen Tisch schlug, daß die Bierflaschen flogen.

Das Klirren von splitterndem Glas löste Jubelrufe der Zuschauer aus. Superman bekam Gewissensbisse: Was hab ich da nur angerichtet!

»Er sagt, die Gringos haben die Inselbewohner seit jeher enteignet«, sagte Spike, »sie schon immer bestohlen und wie Sklaven behandelt, für nichts und wieder nichts. Er sagt, du kannst dich ja leicht da hinstellen und deinen Song singen und deine – impertinenten Fragen stellen, aber du bist genau wie alle anderen Gringos, du führst was im Schilde. Du siehst zwar aus wie *buena gente*, wie ein anständiger Mensch, sagt er, aber ein Gringo sagt nie, was er wirklich will.«

»Was soll ich tun?« fragte ihn Superman.

Spike zuckte die Achseln. »Keine Ahnung. Du hast ja damit angefangen.«

Superman holte tief Luft und sagte ihnen genau, was er wollte. Spikes Übersetzung wurde mit unbehaglichem Schweigen aufgenommen.

Der Presidente musterte ihn mit einem wilden, abschätzigen

Blick, als dächte er daran, ihn zu einem Ringkampf herauszufordern, doch dann grinste er breit, streckte die Arme aus, ging auf Superman zu und klopfte ihm auf beide Schultern. *»Que buen' idea«*, sagte er. Eine sehr gute Idee.

»Wie sagt man das denn auf spanisch, Spike?«

»Huelga«, sagte Spike.

Superman reckte die Faust und rief: *»Huelga!«*

Der Lärm, der jetzt losbrach, riß sogar Gyp aus dem Schlaf. Sie sprang auf und stimmte ein.

22
El Mango Jesus

Der Busfahrer spielte langsame, verträumte Liebeslieder auf seinem Kassettenrecorder. Die Musik trug uns auf sanften Schwingen über die Schlaglöcher.

Kurz nach Tagesanbruch hielten wir vor einem Café an der Grenze zu Costa Rica. Ich schulterte Jeff Wiesenblatts Rucksack und ging hinter den anderen verschlafenen Passagieren her die Treppe hinunter. Wir stellten uns bei der Zollkontrolle an. Der Mann warf nur einen Blick auf Jeffs Bild und winkte mich durch das Loch im Zaun.

Das also war Costa Rica: ein einfacher Maschendrahtzaun an der Grenze, ein grünes Tal, durch Hecken ordentlich in Felder eingeteilt, Kühe auf der Weide. Auf der anderen Straßenseite ein Schulhof voller Kinder in weißen Hemden und blauen Hosen oder Röckchen. Die Mauer des Schulhofs war mit einem Wandgemälde geschmückt.

Die anderen Passagiere gingen Kaffee trinken, aber ich fühlte mich von dem Wandbild so angezogen, daß ich die Straße überquerte. Es war ebenso naiv-ungelenk wie schön: phantastische Darstellungen von Delphinen und Walen, schwimmenden Schildkröten, segelnden Vögeln, Jaguaren, Schlangen, mit kugeligen roten Früchten beladenen Bäumen und ganzen Trupps von Affen mit albernen Gesichtern. Was aber mein ganz besonderes Interesse erregte, war der Mittelteil, in dem man grüne Dschungelberge sah, die zu einem blauen Meer abfielen, und, dicht vor der Küste, eine kleine Insel mit zwei kegelförmigen Bergen.

Zwillingsberge, durch einen geschwungenen Höhenzug und einen breiten Strand miteinander verbunden.

Die Schulkinder spielten Fußball, sprangen herum, spielten Fangen, schwatzten und machten soviel Lärm dabei, daß es fast schien, als freuten sie sich über meine Entdeckung.

Ich ging auf eine dicke ältere Frau zu, die in der Ecke des Schulhofs stand, eine Lehrerin, die den Tumult mit dem Ausdruck wohlwollender Gleichgültigkeit beaufsichtigte. *»Señora?«*

Sie lächelte mich an. *»Si, mi amor.«*

»Sprechen Sie Englisch?«

»Ay, no, amorcito.«

»La isla«, sagte ich und zeigte auf die Mauer. »Die mit den zwei Bergen. *Dónde?«*

Sie schüttelte ratlos den Kopf.

Ich machte ihr mit den Händen ein Zeichen, mir zu folgen, und sie kam aus dem Hof, um zu sehen, auf was ich zeigte – den Mittelteil des Bildes.

»Ah, la isla«, sagte sie. *»Qué linda, verdad?«*

»Ja, aber wo ist sie? *Dónde está?* In Nicaragua?«

Ihre saure Miene verriet mir, wie sie über Nicaragua dachte.

»Costa Rica?«

»Mas abajo.«

Ich zog meinen Berlitz-Sprachführer zu Rate: *abajo*: unten, herunter. »Panama?«

»No, Panama no.« Sie ließ den Blick über den Schulhof schweifen. Sie war es gewöhnt, sich an die Jungen und Unwissenden zu wenden, und sprach mit so klarer, ausdrucksvoller Stimme, daß ich verstand, was sie sagte. Die Insel gehöre eigentlich zu keinem Land. Die Einheimischen nannten sie Isla del Mago. Sie lag vor der Pazifikküste, nicht weit von der Grenze zwischen Costa Rica und Panama, einem abgelegenen Landstrich, der den Namen El Indio trug. Offenbar gab es schon lange Meinungsverschiedenheiten darüber, welches Land El Indio für sich beanspruchen könne, aber das Gebiet war zu abgelegen, als daß es zum Anlaß ernsthafter Auseinandersetzungen hätte werden können. *La tierra de nuestros antepasados*, nannte sie es. Das Land unserer Vorfahren. Zumindest glaubte ich das verstanden zu haben.

Sie widmete sich wieder ihren Schützlingen, und ich schlug *mago* nach: Magier, Zauberer. Insel des Magiers. Ein leichter Schauder überlief mich.

Hinter mir rief jemand: »Jim!«

O Gott. Ich drehte mich um. Da stand er, an einen Zaun am anderen Ende des Schulhofs gedrückt.

Ich hätte mich ohne weiteres abwenden, wieder in den Bus steigen und weiterfahren können. Ich hatte es wirklich vor. Aber er sah so flehentlich zu mir her. Er stand auf der anderen Seite des Grenzzauns, in Nicaragua, weil ich ihm verdorbene Empanadas zu essen gegeben und mich mit seinem Rucksack aus dem Staub gemacht hatte.

Ich bedankte mich bei der *señora* und ging an der Mauer entlang zu dem Zaun hin. »Hi, Jeff.«

Seine Augen brannten. »Ich glaub, du hast was von mir.«

»Das stimmt.«

»Das war fies von dir«, sagte er. »Mir war die ganze Nacht kotzübel.«

»Tut mir leid. Ich hab deinen Paß gebraucht.«

Der Busfahrer hupte. Ich warf Jeff den Rucksack über den Zaun und rannte zum Bus.

Jeff holte mich im Busbahnhof von San José ein. Er sagte kein Wort, sondern stellte sich nur ans Ende der Schlange zu dem Bus nach Corcovado. Ich setzte mich auf einen Fensterplatz. Er saß drei Reihen hinter mir. Die nächsten einundzwanzig Stunden bohrte er mir mit den Augen Löcher in den Hinterkopf. Wir fuhren durchs Talamanca-Gebirge, die Pazifikseite von Costa Rica hinunter, durch die Dschungel von Corcovado und ins Reich von El Indio. Wir redeten kein Wort miteinander. In den Essenspausen setzte sich Jeff immer an einen anderen Tisch und starrte zu mir herüber.

Sie haben wahrscheinlich noch nie davon gehört, aber El Indio versteht sich als ein Land für sich. Es gibt sogar eine Grenzstation, eine Hütte mit einem Dach aus Palmstroh, und eine Flagge, ein hellblaues Feld mit einer Seeschildkröte und einem Affen, die nach außen gewandt in zwei gegenüberliegenden Ecken sitzen. Ein alter Indio mit steinerner Miene stieg ein, sah jeden kurz an, verneigte sich tief und winkte den Bus durch.

Wir rollten über ungezählte Wellen dschungelbedeckter Höhenzüge, Täler mit Bäumen, die so alt und so riesig waren, daß kein Licht bis zur Erde drang. Ab und zu hielt der Bus in einem

Dorf, aber meistens sahen wir nur den Urwald und die tückische Straße.

Ich saß eingeklemmt zwischen einem Mann mit einem Käfig voller Hühner und einer Frau mit zwei plärrenden Kleinkindern und sah deshalb das Pferd nicht, bevor wir mit ihm zusammenstießen. Die Leute auf den vorderen Sitzen hatten noch genügend Zeit, entsetzt aufzuschreien, während der Fahrer auf die Bremse stieg, der Bus ins Schleudern kam und dann mit dem Pferd zusammenprallte. Ich war zu fest eingekeilt, um nach vorn zu fliegen, aber Jeff segelte über mich hinweg und landete auf einer Lehne drei Reihen vor mir.

Bei dem Aufprall fiel mir ein Baby in den Schoß. Ich packte es und hielt es fest, während der Bus zitterte und auf einer Seite einsackte. Ich wußte nicht, womit wir zusammengestoßen waren. Angefühlt hatte es sich wie eine Wand. Das Baby gickste einmal und brüllte noch lauter. Der hintere Teil des Busses füllte sich mit flatternden Hühnern und Federn und dem Stöhnen derer, die sich den Kopf angeschlagen hatten. Die Mutter entriß mir das Baby, als hätte sie Angst, ich würde mich mit ihm davonmachen.

Jeff blutete aus einer bösen Wunde am Oberschenkel und entschuldigte sich wortreich bei den Leuten, die sich auf die Sitze stellen mußten, um ihn durchzulassen.

Der Bus leerte sich allmählich. Nach mehreren Wochen in solchen Bussen wußte ich, daß bei einem unplanmäßigen Aufenthalt jeder das Recht hatte, auszusteigen und selbst nachzusehen, was passiert war. Ich packte Jeffs Rucksack und ging mit der Herde zum Ausstieg.

Das Pferd war eigentlich nicht groß genug, um einen ganzen Bus aufzuhalten. Es lag auf der Seite im Straßendreck, die Augen offen und alle viere steif von sich gestreckt. Es war tot, aber den größeren sichtbaren Schaden hatte der Bus davongetragen: Die Windschutzscheibe war gesprungen, das Vorderende eingedrückt, ein Reifen platt. In stiller Verzweiflung betrachtete der Fahrer die Bescherung.

Es war ein aufgemotzter Schulbus, blutrot mit silbernen Streifen, mit psychedelischen Szenen auf beiden Seiten (Sonnenuntergänge, Pfauen, knackige Bikinimädchen) und einem in flammengekrönten Buchstaben geschriebenen Namen: EL MANGO JESUS.

Jeff saß auf einem Stein und blutete. Keiner beachtete ihn. Sein Gesicht war weißer als der Jockey-Slip, den er auf die Wunde drückte, um die Blutung zu stoppen. Das Blut lief an seinem Bein hinunter, in die Schuhe, in den Staub.

Ich ging zu ihm hin. »Na, wie geht's, Jeff?«

»Ach, ich werd's schon überleben.« Er blinzelte zu mir hoch. »Ziemlich starker Blutverlust, aber es könnte schlimmer sein.«

»Immerhin bist du noch besser dran als das Pferd«, sagte ich. »Tut's weh?«

»Geht schon. Weißt du, bei uns in Oklahoma haben wir Zäune, damit die Scheißpferde nicht auf die Straße rennen.«

»Hab dir deinen Rucksack mitgebracht«, sagte ich. »Behalt ihn lieber im Auge, sonst wird er dir noch geklaut.«

»Arschloch«, sagte Jeff.

Dagegen war nichts zu sagen.

Ich ging zum Fahrer hinüber und fragte ihn, wie lange er noch da stehen und den Bus anschauen wolle.

Er warf mir einen Blick zu, als hätte ich ihm auf die Schuhe gespuckt.

Ich gab mir Mühe, höflich zu sein. Ich zeigte auf den sich verbreiternden Blutstrom an Jeffs Bein, auf sein wachsbleiches Gesicht. Ich schaute zum Himmel und dann auf die Uhr. Meine Körpersprache wurde immer besser. Der Fahrer verstand und war sichtlich vergrätzt.

»Ay, Dios«, sagte er und hielt die Hände wie zum Beten gefaltet unters Kinn. *»Dame la paciencia!«*

Ich hätte mich wohl entschuldigen müssen, aber Jeff drohte zu verbluten, und dem Fahrer war sein Bus wichtiger.

»Soll er vielleicht sterben?« sagte ich mit leicht erhobener Stimme. »Wollen Sie ewig hier Däumchen drehen wie ein Idiot, oder fahren Sie ihn jetzt zu einem Arzt?«

Bei dem Wort »Idiot« verhärtete sich das Kinn des Fahrers. *»Hale«*, sagte er.

Ich blätterte in meinem Berlitz-Sprachführer. *Hale* war mittelamerikanischer Slang für »Schau, daß du weiterkommst«.

»Das will ich ja gerade, *señor*, ich würde liebend gern weiterkommen«, sagte ich. »Lassen Sie doch einfach den Bus wieder an, und dann *hale*!« Ich gestikulierte unmißverständlich Richtung Bus. Ich drehte einen imaginären Zündschlüssel, legte die Hände auf ein Lenkrad, fuhr los.

Der Busfahrer ging hoch wie einer dieser Feuerwerkskörper, die sich Funken sprühend erst langsam und dann immer schneller drehen, bis man nur noch einen Feuerkreis sieht, der abhebt und himmelwärts schießt, wo er mit einem lauten Knall explodiert. Er fuchtelte mir mit dem Zeigefinger vor der Nase herum. Er scharrte mit dem Fuß im Staub und ließ eine Kette von Flüchen los, die mir wahrscheinlich die Ohren versengt hätten, wenn ich sie verstanden hätte.

Jeff rappelte sich auf und humpelte auf uns zu, um unseren Streit zu schlichten. Er machte fünf Schritte, wurde kalkweiß und brach ohnmächtig zusammen.

Der Fahrer stellte sein Gebrüll ein und eilte wie viele andere zu Jeff hin. Im Bus hatte Jeffs blutendes Bein keinerlei Eindruck gemacht, aber seine Ohnmacht brachte sie alle auf Trab.

Der Fahrer half, Jeff zum Bus zu tragen. Sie legten ihn auf den vordersten Sitz und hielten ihm Riechsalz aus dem Verbandskasten unter die Nase. Alle stiegen wieder ein. Der Fahrer ließ den Motor an und lavierte um das tote Pferd herum. Jeff kam wieder zu sich. Wir rumpelten los, mitsamt dem platten Reifen.

Eine Frau mit einem freundlichen Gesicht half Jeff, sein Bein mit einem Ledergürtel abzubinden. Ich war beeindruckt, wie ruhig er trotz seiner schweren Verletzung blieb.

Endlich ein Dorf. Vor einem Haus stiegen wir alle aus. Der Arzt, ein junger Typ in Boxershorts, kam heraus, gähnte, kratzte sich am Bauch. Er warf nur einen Blick auf Jeff und ließ ihn schleunigst ins Haus bringen.

Der Fahrer suchte sich vier Männer aus, die ihm helfen mußten, den Wagenheber anzusetzen und den Reifen zu wechseln. Ich erbot mich auch, aber ein einziger Blick ließ mich zurückweichen.

Ohne meinen wort- und gebärdenreichen Einsatz hätten wir womöglich immer noch an der Straße gehockt und das tote Pferd angestarrt – und wahrscheinlich einen toten Gringo dazu. Ich wartete darauf, daß mich jemand zu meiner Umsicht beglückwünschte. Keiner tat es. Ich ging zur Eingangstreppe des Hauses hinüber, auf der die jüngeren Passagiere saßen, sich unterhielten und Zigaretten rauchten. Sie standen auf und gingen beiseite.

Du bist der Ausländer hier, sagte ich mir. Du bist ausgeflippt. Das ist nicht dein Land. Bleib ruhig.

Endlich kam der Arzt heraus und hielt Jeff und seinen Krükken die Tür auf. Jeff hatte ein Schmerzmittellächeln im Gesicht und einen Verband, der das halbe Bein bedeckte. Ich weiß nicht, was für Pillen der Arzt ihm gegeben hatte, aber er sah aus, als ginge es ihm prächtig. Die Passagiere applaudierten. Jeff kicherte und humpelte zum Bus.

Der Fahrer mußte noch mit einem Hammer den Kotflügel vom Reifen wegklopfen. Dann stiegen alle wieder ein. Als ich an der vordersten Sitzreihe vorbeiging, packte mich jemand am Arm. »Hey, hey, du hast mir das Leben gerettet, Mann! Ohne dich würde ich immer noch da hinten liegen und vor mich hin bluten! Komm, setz dich her.«

Ich setzte mich neben ihn. Jeff war überglücklich und verzieh mir alles. Er legte mir den Arm um die Schulter und sagte noch einmal, ich hätte ihm das Leben gerettet und wir Gringos müßten zusammenhalten. Er war absolut high.

Er fragte mich, wo ich hinwolle. Isla del Mago, sagte ich.

»Da hab ich was drüber gelesen. Die ist in Privatbesitz, glaub ich – eine Stiftung oder so was. Warum willst du da hin?«

Ich sagte ihm, ich sei auf der Suche nach jemandem. Jeff wollte mitkommen – ein paar Tage ausruhen und erst mal wieder gesund werden. »Achtzehn Stiche, und ich fühl mich besser als je zuvor«, sagte er. »An allem bist nur du schuld, du Mistkerl.«

Zwei Minuten später war er wieder bewußtlos. Er lehnte zusammengesunken am Fenster, und ein Speichelfaden hing ihm von der Lippe herab.

Ich war froh, daß ich ihm das Leben gerettet und ihn damit wenigstens ein bißchen für alles entschädigt hatte, was ich ihm angetan hatte.

Der Fahrer machte das Radio an: Salsa und atmosphärisches Knistern, zu gleichen Teilen. Der Bus quälte sich durch Kurven und über Serpentinen und brauchte eine volle Stunde bis auf eine Paßhöhe, von der aus man auch wieder nur auf das nächste Tal und den nächsten Berg blickte. Wir fuhren durch Gegenden, wo ein Bus eigentlich nichts verloren hatte. An einer Stelle war die halbe Straße weggebrochen, und wir schlichen am Rande des Abgrunds dahin und lösten mit den Rädern weitere Erdrutsche aus. Wir überquerten schäumende Flüsse auf gebrechlichen, mit Draht umwickelten Brücken; daß sie diesmal noch hielten, war sicher nur den Gebeten der Fahrgäste zu verdanken, die sich vor jeder einzelnen bekreuzigten.

El Indio war ein phantastischer Landstrich mit Wolken, die an den Flanken jadegrüner Berge hingen, dicht neben der Straße herabstürzenden Wasserfällen, Riesenfarnen und Hängen voll blühender Sträucher. Allerdings konnte man die Landschaft nicht so recht genießen, weil hinter jeder Kurve ein jäher und schrecklicher Tod lauern konnte.

Jeff war noch immer komatös, als wir über den letzten Paß fuhren, von dem aus man einen atemberaubenden Blick über den unendlich weiten, blauen Pazifik hatte. Ich rüttelte ihn am Arm: »Wach auf, ich glaub, wir sind da.«

Wir fuhren einen steilen Berg hinab. Auf einem Schild stand BIENVENIDOS A GATO NEGRO, darunter hatte jemand eine grinsende schwarze Katze gezeichnet. Auf einer großen Wiese standen kreuz und quer durcheinander lauter Sattelschlepper. In Grüppchen hoher, eichenähnlicher Bäume sah man kleine, weiß verputzte Häuschen. Die Straße führte im Bogen um ein Fußballfeld herum, vorbei an einer kleinen weißen Kirche und einer Reihe von Läden mit Schindelwänden zum Wasser hinunter, wo sich eine große Menschenmenge angesammelt hatte.

Ich half Jeff aus dem Bus. Er war verwirrt und völlig fertig. Auf meine Schulter gestützt, schleppte er sich bis zur Kaimauer, wo ich ihn an seinen Rucksack lehnte.

An der Auffahrt zu der noch nicht ganz fertigen Brücke, die das Festland mit der Insel verband, drängten sich die Menschen. Irgend etwas mußte da los sein, denn die Leute waren in Unruhe, und man hörte laute Stimmen.

Ich entfernte mich über den körnigen grauen Sand. Ich schaute erst hinüber, als ich das Polaroidfoto hervorgeholt hatte. Ich hielt es vor mich hin, neben die echte Insel.

Die kegelförmigen Berge paßten genau. Der Strand mußte auf der anderen Seite liegen. Freude durchströmte mich, nahm mir den Atem, und ich fühlte mich plötzlich leicht wie eine Feder. Zum erstenmal sah ich die Insel, die ich mir so lange vorgestellt hatte. Dieser Anblick entschädigte mich für die Jahre des Wartens und die Tage und Wochen, die ich gebraucht hatte, um hierherzukommen. Ich boxte in die Luft und vollführte auf der Stelle einen kleinen Freudentanz. Der Bus fuhr wieder ab.

PS Du solltest die Gegend hier sehen.

Okay, Dad. Ich sehe sie. Ich bin da. Wo bist du?

23
Erdbewegung

Seit der Geburtstagsfeier weinte Daisy oft, ohne ersichtlichen Grund. Sie blieb den ganzen Tag im Bett oder verkroch sich allein in dem gelben Haus. Superman ging durch den Garten, die Stufen hinauf. Er hörte – das Radio? Oder sang da jemand?

Die Tür war von innen verriegelt. »Daisy? Bist du da drin?«

Was war das für ein Geräusch? Ein leises Summen – Weinen? Er rüttelte an der Tür. »Daisy?« Es fühlte sich so an, als könnte man den Riegel mit einem – kräftigen – *Ruck!* – abreißen, und tatsächlich, die Tür ging auf.

Die Steingesichter waren alle von den Wänden verschwunden, als hätte ein Erdbeben das Haus durchgeschüttelt. Daisy hockte im zweiten Zimmer vornübergebeugt auf dem Boden und summte »That Old Black Magic«. Sie hatte ein Steingesicht auf dem Schoß, ein schmales, asiatisch wirkendes Geschöpf mit violetten Augen und weiß gesprenkelten Lippen.

Sie tunkte einen Lappen in den Eimer und rieb damit über das Gesicht, wodurch die Farbe verschmiert wurde. In dem Eimer war Terpentin. Sie wischte das Gesicht von dem Stein.

Sie mußte schon ungefähr hundert ihrer Werke zerstört haben, nach den vielen verschmierten Steinen zu schließen, die um sie herumlagen.

Leise sagte Superman: »Daisy, was machst du denn da?«

Sie tauchte den Lappen in den Eimer und wischte den Stein ab.

Er kniete sich neben sie. »Du machst sie ja alle kaputt. Die sind doch so schön. Warum tust du das?«

Sie schaute mit einem zerstreuten Lächeln auf, als wäre Ben ein dummes kleines Kind, das nichts versteht. Auf der Wange hatte sie einen hellroten Streifen. »Sie stimmen alle nicht«, sagte sie. »Du findest sie scheußlich, das weiß ich. So eine blöde Zeitverschwendung.«

»Was redest du da? Ich finde sie nicht scheußlich! Mein Gott, wieviel Arbeit da drinsteckt! Und jetzt gehst du her und … Was ist eigentlich los mit dir?«

»Schrei mich nicht an.«

»Ich schreie nicht.«

»Meinst du, ich sehe nicht, wie du sie anschaust? Und du hast ganz recht. Du bist nicht schuld.«

»Daisy, hör auf damit.« Er nahm ihr den Stein aus der Hand.

Sie griff an ihm vorbei nach einem eiförmigen Soldaten mit aufgerissenen weißen Augen. »Wenn du mir helfen willst«, sagte sie, »dann hör auf, mich so anzusehen.« Sie tränkte den Lappen mit Terpentin und beugte sich über den Stein.

Superman stand auf. »Bist du betrunken?«

»Nein.«

»Hat Rabbit dir wieder diese Pillen gegeben? Ich hab dir doch gesagt, du sollst ihm aus dem Weg gehen.«

»Ich laß mir von dir keine Vorschriften machen.«

»Warum sagst du mir nicht, was passiert ist?«

»Wahrscheinlich bin ich verrückt. Das haben sie schon immer von mir gesagt.« Sie wischte dem Soldaten die Augen ab. »Alles läuft schief, Ben. Es wird nie gut werden. Man will tapfer sein und kämpft, aber man gewinnt nie. Es ist stärker als man selbst. Es werden noch mehr Menschen sterben. Verstehst du nicht? Es ist aus mit unserem Leben hier.«

»Daisy, du hast noch nicht gesehen, mit welchem Feuereifer die Einheimischen jetzt dabei sind! Sie wehren sich, endlich! Komm mit, ich wollte sowieso mal zur Barrikade rüber. Du wirst staunen.«

»Ich hab zu arbeiten. Ich kann das hier nicht so zurücklassen. Ich ertrage den Gedanken nicht, daß man mich auslachen könnte.«

»Komm doch mit. Du mußt mal raus hier.«

»Nein, *du* mußt hier raus. Geh weg, und laß mich in Frieden. Ständig hängst du hier rum. Nie bin ich für mich allein.«

Er seufzte. »Ich bin in ein paar Stunden zurück. Ich liebe dich.«

»Ich hab zu arbeiten«, sagte sie, mehr zu sich selbst.

Superman musterte die Passagiere, die aus dem Bus stiegen. Einwohner von Gato Negro, die aus San José zurückkamen, und ein paar Touristen: dickliche ältere Paare, eine Gruppe eleganter Latinos, ein schlanker junger Amerikaner auf Krücken und ein zerzauster Junge, der ihm die Stufen hinunterhalf.

Ihr erwartungsvolles Lächeln schlug in Verwirrung um, als sie die Menschenmenge an der Brückenauffahrt sahen. Es war die vierte Woche der *huelga*. Das Wort bedeutet eigentlich »Streik«, umfaßte jetzt aber auch die Barrikaden, die Demonstrationen und die Streikposten – den ganzen fröhlichen Widerstandsgeist, der die Insel ergriffen hatte. Jimmy Hoffa hatte es übernommen, die *huelguistas* zu organisieren. Seit dreiundzwanzig Tagen durfte sich keiner der Arbeiter der Lücke in der Brückenmitte nähern. Boote, die an der Insel anlegen wollten, wurden von Strandpatrouillen zurückgeschickt. Am Tag Achtzehn war ein Hubschrauber bei der Discoteca gelandet, um eine festsitzende Gruppe von Arbeitern auszufliegen, mußte aber sofort wieder abheben, weil er von einer Horde Kinder mit Mangos beworfen wurde.

Eine dreieinhalb Meter hohe Bambuswand blockierte in Gato Negro die Auffahrt zur Brücke, dicke, gelbe Rohre, die übereinandergelegt und mit Stacheldraht verbunden worden waren. Um an der Sperre vorbeizukommen, mußte man an der Seite über das Geländer klettern, sich an einem Träger entlanghangeln, die Beine über das Wasser hinausschwenken, einen Pfosten hinaufklettern und sich wieder über das Geländer schwingen.

Superman stellte mit Erleichterung fest, daß die *huelguistas* auf der anderen Seite so zahlreich und so entschlossen waren wie am ersten Tag. Es war wie ein Straßenfest – Salsa aus Transistorradios, Familien beim Picknick, alte Frauen mit aufgespannten Sonnenschirmen. Es war bekannt, daß die Streikposten ihre

Freunde bei Nacht durchließen. Seit dreiundzwanzig Tagen war Gato Negro jetzt Schauplatz tränenreicher Vereinigungen von Verwandten, die einander jahrelang nicht mehr gesehen hatten. Die Männer drängten sich um ihren Kommandoposten, die überdachte Ladepritsche eines Pick-ups, der mit Funksprechgeräten und Bierkühlern ausgestattet war. Ein Transparent hing vom Brückenaufbau herab: NUESTRA ISLITA PARA NUESTRO PUEBLITO. »Unser Inselchen unserem Völkchen.«

Die Blockade würde den Magier vielleicht nicht aufhalten, aber sie kostete ihn jedenfalls eine Stange Geld. Drei Arbeiterkolonnen saßen bei vollem Lohn in Gato Negro, und sechzehn Sattelschlepperladungen Baumaterial für das Jungle Inn lagen nutzlos herum. Ein ganze Flotte Schuten dümpelte in der Meerenge.

Zum ersten Mal hielt Superman es für möglich, daß sie den Sieg davontragen würden. Er hätte sich nie träumen lassen, daß die Inselbewohner die Aktion mit solcher Entschlossenheit durchführen, daß sie lange Tage und Nächte hindurch trotz fürchterlicher Regengüsse und schwülheißer Nachmittage bei der Stange bleiben würden. Die *huelga* war jetzt ihre ureigenste Angelegenheit; seit Hoffa sie organisiert hatte, ernannten sie ihre eigenen Gruppenführer und teilten selbst die Schichten ein. Wenn sie noch ein bis zwei Wochen durchhielten, glaubte Superman, würden die Sattelschlepper mit ihrer Ladung wieder kehrtmachen und die Arbeiter ihre Sachen packen und heimfahren. Dann mußte der Magier klein beigeben.

Zumindest war es dies, was er gerade den *huelguistas* an dem Pick-up in seinem besten gebrochenen Spanisch klarzumachen versuchte. Wenn es sich um einen echten Notfall handle, sagte er, also zum Beispiel jemand in die *clinica* müsse, sollten sie das Fahrzeug durchlassen. Im übrigen keinerlei Ausnahmen. Wenn man auch nur ein paar Leute durchläßt, fällt die ganze Mauer. Wir müssen ihm so viel Ärger machen wie irgend möglich. Wir müssen stark sein. *»Con fuerza!«*

Sie lachten und klopften ihm auf den Rücken – *»Tranquilo, Beng, tranquilo!«* – keine Sorge!

Er aß ein Stück Wassermelone und spuckte die Kerne auf den

Boden. Ein drahtiger junger Mann mit dicken Brillengläsern kam und meldete, zwei Gringos hätten um die Erlaubnis gebeten, zur Insel hinüberzufahren.

Aller Augen richteten sich auf Superman.

Er schüttelte den Kopf. »*Nadie.*«

Aber das sind noch halbe Kinder, sagte der junge Mann. Einer von ihnen hat sich am Bein verletzt. *No puede caminar.* Er kann nicht laufen.

»Aber er kann denselben Weg zurückfahren, den er gekommen ist«, sagte Superman. »*No excepciones.* Wir stehen nicht hier, um die Insel für Touristen zugänglich zu machen.«

Achselzuckend entfernte sich der junge Mann, um die schlechte Nachricht zu überbringen.

Die Männer um Superman wurden ernst. Sie hatten nicht erwartet, daß er einem Gringo den Rücken kehren würde. Jeder wußte doch, daß Gringos immer zusammenhalten.

Noch ein bis zwei Wochen, sagte er ihnen. Bleibt stark. Wir werden siegen.

Er gab allen die Hand und kletterte auf das Geländer an der Barrikade. Der Rückweg war noch mühsamer – man mußte wie ein Trapezkünstler die Beine schwingen, um den kleinen Sims zu erreichen. Es wäre leichter gewesen, über die Bambuswand und die Lücke in der Mitte zu fliegen, aber hier hätte man ihn ja beobachtet. Er packte das Geländer und zog sich hinüber.

Der Wind vom Meer her wurde stärker und zauste sein Haar.

Plötzlich wurde ihm bewußt, daß er eben zum erstenmal seit seiner Bruchlandung mit der Baron die Insel verlassen hatte. Er hätte einfach in den Bus steigen und wegfahren können. Aber er hatte mit dem Gedanken nicht einmal gespielt.

Früher hatte er nur das eine im Sinn gehabt, irgendwie von der Insel wegzukommen. Jetzt, da es ohne weiteres möglich gewesen wäre, dachte er gar nicht daran. Er stellte fest, daß sich seine Schritte beschleunigten. Er wollte nach Hause, zu Daisy.

Plötzlich hatte sich sein ganzes Leben auf das eine Problem konzentriert, die Insel gegen eine unsichtbare Macht zu verteidigen. Er wußte, daß es ein aussichtsloser Kampf war, etwa so, als wollte man die Ozeane dem Einfluß des Mondes entziehen. Aber er fühlte sich verpflichtet, zumindest den Versuch zu unternehmen, Amelias Andenken und dem Zauber zuliebe, den er auf der Insel entdeckt hatte, den Affen und den Insulanern zuliebe, die unter einem bösen Bann lebten. Das erschien ihm als das Wichtigste, was er tun konnte. Selbst wenn er Amelia keinerlei Versprechungen gemacht hätte, wenn ihn nie jemand umzubringen versucht, wenn er Daisy nie kennengelernt und nie fliegen gelernt hätte – die systematische Zerstörung eines so schönen Fleckchens Erde war ein schreckliches Unrecht.

Superman war hier glücklich – endlich, nachdem er sein Leben lang auf der Suche gewesen war. Seine Bekehrung war vollständig. Diese Insel hatte ihm genommen, was er besaß, Stück für Stück, ihm aber auch etwas dafür gegeben: Liebe und Magie, nie gekannten Seelenfrieden, ein paar Gedanken über Gott und einen Maßstab für die Vergebung seiner Sünden.

Und jetzt wollte jemand das alles zunichte machen. Es war undenkbar, daß der Club der berühmten Verschwundenen ein Geheimnis bleiben konnte, wenn erst einmal Touristen über die Insel ausschwärmten, obwohl Daisy meinte, wenn sie wolle, könne sie sich sogar zur Stoßzeit auf der Fifth Avenue unsichtbar machen. Ein Kopftuch und eine große italienische Sonnenbrille, und keiner erkennt einen mehr.

Die Barrikade auf der Inselseite der Brücke war mit Frauen, Kindern und Hunden besetzt, darunter Gyp. Die Frauen winkten Superman durch und riefen: »*Cantese!*« Sing!

Er lächelte und winkte. Sein Blick fiel auf einen chromgelben Jeep auf der anderen Straßenseite, dessen Fahrer auf die Hupe drückte – ein wohlbekannter alter Jeep mit frischer Lackierung und einem neuen Logo: THE JUNGLE INN. Am Steuer saß Franks aztekischer Freund Raul, wie immer in einem roten Polohemd.

Superman sagte: »Gilt das Hupen mir?«

»Frank will mit Ihnen reden.«

»Worüber, übers Wetter?«

»*La huelga.*«

Superman stieg ein. Gyp kletterte über den Kotflügel auf den Rücksitz. Raul fuhr an den stillgelegten Erdbewegungsmaschinen und der Hüttensiedlung der Bauarbeiter vorbei. Vielleicht war der gelbe Jeep ja eine weiße Flagge. Vielleicht war

Frank zur Kapitulation bereit. Es war möglich, aber Superman glaubte nicht daran. Noch nicht.

Frank saß im Schatten des Pavillons und sprach in ein futuristisch gestaltetes schnurloses Telefon mit ausziehbarer Antenne – das erste Telefon, das Superman seit acht Jahren sah. Raul verschwand ins Haus. Aus den Fenstern kam Musik aus »Oklahoma«.

I'm just a girl who cain't say no
I'm in a turrible fix!

Superman trat an den Rand der Terrasse. Die Wolken leuchteten golden in der Abendsonne, und das Meer war glatt wie eine Glasscheibe, aber er konnte den Blick nicht von der häßlichen geraden Linie der Brücke abwenden, die wie eine Injektionsspritze in der Flanke der Insel steckte.

Frank sprach lauter: »Warum fragen Sie mich überhaupt, wenn meine Meinung Sie nicht interessiert? Ich habe Besuch. Ich rufe zurück.« Er schaltete das Telefon aus und erhob sich. »Mr. Willis. Tut mir leid, daß Sie warten mußten. Danke, daß Sie gekommen sind.«

»Ich bin immer dankbar, wenn mich jemand den Berg hinauf mitnimmt.«

Frank wirkte sehr seemännisch in seiner weißen Hose und dem mit blauen Ankern bedruckten roten Hemd. »Bitte setzen Sie sich doch. Kann ich Ihnen etwas anbieten? Einen Cocktail? *Cerveza?*«

»Nein, danke.«

»Ah, *por favor*. Es ist fünf vorbei. Was sagen Sie zu einer *limonada con vodka*? Das trinke ich auch gerade.«

»Nein, ich möchte nichts, danke.«

»Sie haben sich die Brücke angesehen«, sagte Frank. »Was meinen Sie?«

»Ich bin heute auf die andere Seite rübergegangen. Schöne Aussicht von der Mitte aus. Drüben feiern sie ein kleines Fest.«

»Hab ich gehört … Ich weiß nicht, wie Sie das angestellt haben, Mr. Willis, aber es ist Ihnen tatsächlich gelungen, das faulste, friedfertigste Volk auf Erden in eine ziemlich schlagkräftige kleine Armee zu verwandeln. Meinen Glückwunsch.« Frank nippte an seinem Drink. »Ich hab Sie nie für eine Führerpersönlichkeit gehalten. Eher für einen Einzelgänger.«

»Ich hab gar nichts gemacht«, sagte Superman. »Außer auf ein paar offenkundige Dinge hinzuweisen. Den Rest haben die Leute alleine besorgt.«

»O nein, Sie sind äußerst raffiniert, Sie nutzen geschickt die besonderen Stärken der Leute aus. Die sind ja Meister in der Kunst, *nada* zu tun.« Er zeigte auf ein Fernrohr, das auf ein Stativ montiert war. »Ich hab die da drüben gesehen, wie sie mit ihren Funksprechgeräten angeben. Wahrscheinlich können die damit ihre Freundinnen beeindrucken, mich aber nicht.«

»Frank, Sie irren sich in diesen Menschen. Sie sind nicht faul. Sie haben es nur nicht ganz so eilig wie Sie, diese Insel zu versauen. Dieses eine Mal haben sie beschlossen, für das einzutreten, was ihnen gehört.«

»Blasen Sie es ab«, sagte Frank. »Jetzt gleich. Reden Sie, mit wem Sie wollen, sagen Sie, was Sie zu sagen haben, aber jetzt muß Schluß sein.«

»Ach, Frank.« Superman seufzte und schüttelte den Kopf. »Sie wissen, daß ich das nicht tun kann. Sagen Sie Ihrem Boß, er soll sich eine andere Insel suchen.«

»Ich will Ihnen mal eine wahre Geschichte erzählen, Mr. Willis.« Frank straffte sich. »Als die Amerikaner die erste Atombombe bauten, gab es eine geheime Debatte, wie das Ding über Japan abgeworfen werden sollte. Sollten sie die Bombe ohne Vorwarnung werfen, wie sie es eigentlich vorhatten, oder zu Demonstrationszwecken ein abgelegenes Gebiet bombardieren? Schließlich wurde beschlossen, ein Flugblatt über Hiroshima abzuwerfen, mit dem folgenden Ultimatum: ›Es wird etwas Schreckliches geschehen, wenn Sie nicht sofort kapitulieren.‹ Das Dumme war nur, solche Flugblätter hatten sie schon seit Jahren abgeworfen, niemand beachtete sie mehr. Sie wurden einfach in den Gully gefegt. Und deshalb wurden achtzigtausend Menschen eingeäschert.«

»Eine sehr interessante Geschichte, Frank.«

»Na ja, sie wäre interessant, wenn Sie in Hiroshima gelebt hätten. Wenn Sie ein solches Ultimatum bekommen und es nicht ernstgenommen hätten.«

»Ist es das, Frank? Ein Ultimatum?«

»Sehen Sie es als ein vom Himmel herabsegelndes Flugblatt. Wenn Sie diese alberne *huelga* nicht abblasen, wird es Verletzte geben. Und ich werde nichts dagegen tun können. Ich bin nur der Projektleiter, mit Sicherheitsfragen habe ich nichts zu tun.«

»Was, Sie haben eine Atombombe? Wo ist sie?« Superman schaute unter seinen Stuhl, unter den Tisch.

»Das ist kein Scherz, Mr. Willis. Ich gebe Ihnen die Chance, eine Katastrophe zu verhindern. Sie stecken ja ständig mit diesen Wilden zusammen – können Sie mir sagen, was die eigentlich wollen? Pito will nicht mit der Sprache raus.«

»Stellen Sie den Brückenbau ein. Schreiben Sie das Hotel ab. Geben Sie ihnen ihre Insel zurück.«

»Das ist ja absurd«, sagte er. »Die Insel gehört ihnen nicht. Ich bin mir natürlich bewußt, daß wir ihnen eine Geste schuldig sind. Wir sehen ein, daß sie das Gesicht wahren müssen – von mir aus können sie sich da wie die Japaner aufführen. Wie wär's, wenn wir ihnen ein Freizeitzentrum bauen? Sie wissen schon, Schwimmbad, Tennisplätze ...«

Superman mußte lächeln. »Polofeld?«

»Oder eine Schule. Wir können eine kleine Schule für den Nachwuchs bauen. Wäre das nicht entzückend, ein kleines rotes Schulhaus unten bei der Brücke? Ich wüßte auch schon, wo.«

»Geben Sie's auf, Frank. Sie können diese Menschen nicht kaufen.« Aber noch während er das sagte, wurde er schon mutlos. Solche Versprechungen – Schwimmbad, Schulhaus – waren genau das, was die *huelguistas* dazu bringen konnte, frohgemut nach Hause zu gehen, in der Überzeugung, gewonnen zu haben.

Franks Ohren glühten. »Ich will nur in aller Freundschaft mit Ihnen verhandeln, Mr. Willis. Ich stehe hier ganz schön unter Druck, und Sie machen mir die größten Schwierigkeiten.«

»Sie könnten sich uns anschließen, Frank. Helfen Sie uns, die Insel zu retten.«

»Machen Sie sich nicht lächerlich.«

»Meinen Sie, Sie können sie zerstören, und kein Mensch macht auch nur einen Mucks? Glauben Sie das wirklich?«

»Niemand zerstört hier irgend etwas«, sagte Frank. »Das hier ist Privatbesitz. Der Mann hat das Recht, auf der Insel zu bauen, was er will. Also blasen Sie's ab.«

»Frank, das kann ich gar nicht. Verstehen Sie denn nicht, das hat nichts mehr mit mir zu tun. Ich bin nicht der Anführer dieser Leute. Hoffa ist auch nicht mehr dabei. Das ist jetzt ihr eigener Kampf. Wenn ich ihnen sagen würde, sie sollen aufhören, jetzt, wo sie schon Oberwasser haben, würden sie mir ins Gesicht lachen.«

»Sie denken, die haben Oberwasser?« Franks Augen verengten sich zu Schlitzen. »Sie haben offenbar keine Ahnung, mit was für Mächten Sie sich angelegt haben.«

»Sie und eine Handvoll loyaler Mitarbeiter stehen gegen die ganze Insel. Sie sind in der Minderzahl, Frank. Sie können nicht gewinnen, es sei denn, Sie bringen alle um.«

Das Telefon gluckerte. Frank drückte auf einen Knopf. »Ja.« Er hörte eine Zeitlang zu. »Sind Sie sicher?« Er legte das Telefon mit der Tastatur nach oben auf den Tisch; das rote Licht war noch an. »Ja, das wär's dann wohl. Machen Sie das mit Ihrem Gewissen ab. Die Brücke wird nächste Woche eingeweiht, und wir können jederzeit mit den Erdarbeiten für das Hotel beginnen. Werden Sie denen sagen, sie sollen den Streik abblasen?«

»Nein.«

Frank drehte sich mit seinem Stuhl so, daß er zum südlichen Berg hinsah, nahm das Telefon und sagte: »Die bewegen sich keinen Millimeter.«

Eine Sekunde lang hielt die Welt den Atem an, dann blühte zwischen den Bäumen auf dem südlichen Berg ein gleißender Blitz auf. Eine Erdfontäne schoß gen Himmel, begleitet von einer Stoßwelle wie von fünfzig Donnerschlägen, einem gewaltigen RUUUUMS, der Superman in seinen Stuhl preßte. Die Erde bebte. Ganze Bäume wirbelten durch die Luft. Eine Erdwolke quoll auf, wurde immer höher und breiter. Der Knall pflanzte sich über die Meerenge bis zu den Bergen auf dem Festland fort und kam als dumpfes, bedrohliches Grollen zurück.

Superman machte den Mund auf und wollte gerade *Heilige Mutter G…* sagen, aber ein zweiter Blitz, eine zweite Druckwelle stopften ihm den Fluch in den Schlund zurück. Die Ladungen wurden automatisch gezündet, in Abständen von zehn Sekunden. Blauer Rauch erfüllte die Luft, Baumriesen wurden zu Zahnstochern zerfetzt, feiner Staub ging nieder wie Regen. Und jeder Explosion antwortete aus der Ferne ein Echo.

Dann kamen die Affen. Wie die Windsbraut rauschten sie durch die Baumwipfel. Sie quiekten, maunzten, kreischten nicht. Sie flohen in Todesangst.

Frank sagte: »Sehr gut. Das hat ja anscheinend funktioniert. Ich rufe zurück.« Er stieß die Antenne in den Apparat zurück. »Mr. Willis, ich rate Ihnen: Ziehen Sie sofort die Leute von der Brücke ab.«

24
Der Doktor ißt

Ich sah einen Blitz und eine dichte Qualmwolke und dachte, *O Gott, ein Vulkan!* Dann zerriß ein Explosionsknall die Luft. Die Leute schrien auf. Ich zog Jeff beiseite, damit die zur Kaimauer stürmende Menge ihn nicht niedertrampelte.

Die ersten Schreie waren noch kaum verklungen, als eine zweite Erdwolke aus dem Berg aufstieg, gefolgt von einem »Ooh« der Menschenmenge und einem weiteren Donnerschlag.

Die Leute schüttelten die Fäuste gegen die Insel.

Ich half Jeff, sich die Krücken unterzuklemmen und näher an die Barrikade heranzugehen. Keiner beachtete uns. Im rastlosen Auf- und Abgehen hatte ich vorhin gesehen, wie drei oder vier Männer das Geländer überstiegen und auf der anderen Seite der Barrikade wieder zum Vorschein kamen. Rasch ging ich mit Jeff zu dieser Stelle.

Ich sah, wie man die Lücke überwinden, sich dann auf den gegenüberliegenden Sims schwingen konnte – aber Jeff würde das unmöglich schaffen.

Eine dritte Explosionswelle rollte über uns hinweg, dann eine vierte. Die Abstände waren so regelmäßig, daß die Explosionen von Menschen ausgelöst worden sein mußten. Komisch, aber anscheinend hielt jemand es für richtig, meine Ankunft dadurch zu feiern, daß er der Isla del Mago die Spitze absprengte.

Jeff schaute auf das grüne Wasser hinunter.

»Meinst du, du schaffst es?« fragte ich.

Er schüttelte den Kopf.

Ich wartete darauf, daß er »Na, geh schon ohne mich« sagte,

aber er schwieg. Drei Männer kamen plötzlich auf uns zu. Sie packten uns und schleppten uns unter Schreien und Stößen von der Brückenauffahrt. Ich stellte mich an den Rand der Menschenmenge und sah mit allen anderen zu, wie der Berg explodierte. Jeff humpelte hinter mir her.

Die Sprengungen gingen noch ein paar Minuten weiter. Jede Explosion ließ eine neue Staubwolke aufbrodeln, und jedesmal hallte der Donner übers Wassers. Die Leute sahen mich und Jeff an, als wären wir irgendwie dafür verantwortlich.

»Die bombardieren die Insel, verdammt noch mal«, sagte Jeff. »In meinem Reiseführer steht, daß hier Frieden herrscht.«

»Das ist Dynamit«, sagte ich. »Die sprengen. Und die Leute hier haben was dagegen. Sieht aus, als hätte uns der Busfahrer mitten in einem Kampfgebiet abgesetzt.«

»Mann, ich glaub, du hast recht. Wann geht der nächste Bus zurück?«

»Ich rühr mich hier nicht mehr weg«, sagte ich, »außer, sie lassen mich über die Brücke.« Das war eine nüchterne Feststellung und keine der prahlerischen Äußerungen, die ich in letzter Zeit so oft gemacht hatte. Ich war so weit gekommen, daß es mir gar nicht einfiel, auch nur einen Schritt zurückzuweichen. Keine Barrikade, keine noch so breite Meerenge konnte mich von dieser Insel fernhalten. Ich war entschlossener als all die anderen Menschen hier. Ich würde an dieser Stelle sitzen bleiben, bis sie es satt hatten, mich anzuschauen. Dann würde ich über die Brücke gehen und meinen Vater finden.

Ich setzte mich mit untergeschlagenen Beinen hin, lehnte mich an die Kaimauer und wartete.

Jeff sagte: »Ich finde, wir sollten mit denen reden«, und humpelte zu den Männern an der Barrikade hinüber. Sie tranken Bier und schickten Flüche zu der von der Insel wegtreibenden Wolke hinüber.

Der Berg war nicht mehr bewaldet und kegelförmig, sondern oben kahl und abgeplattet. Die Sonne sank als staubige rote Scheibe an einer Rauchwand entlang.

Jeff reichte ein Päckchen Marlboro herum. Sechs der Streikenden nahmen eine, also mußte er auch mit dem Feuerzeug herumgehen. Als sie alle pafften, erzählte er ihnen einen Witz.

Ihr Gelächter hallte über die Straße, aber es klang in meinen Ohren nicht freundlich, sondern eher wie Spott. Jemand stellte ihm eine Frage. Jeff nahm beide Krücken in eine Hand und bückte sich, um etwas aus seinem Rucksack zu holen – eine Polaroidkamera. Er ging drei Schritte zurück und winkte den Mann am Rand weiter in die Mitte. Alle grinsten mit gebleckten Zähnen. Der Blitz ging los. Sie stellten sich um ihn herum auf und warteten darauf, daß das Bild entwickelt wurde.

Jeff drehte sich um und schaute zu der Stelle, wo sein Rucksack gestanden hatte.

Er fing an zu fluchen und zu schreien und fuchtelte mit den Armen. Ein Kerl mit verrückten Augen tanzte auf ihn zu, fotografierte ihn mit einer imaginären Kamera und lachte wie ein Irrer.

Jeff verlor das Gleichgewicht und fiel hin.

Ich lief zu ihm hin. Er stieß mich weg. »Hast du gesehen, wer meinen Rucksack gestohlen hat?«

»Es ist alles viel zu schnell gegangen.« Es tat weh, mit anzusehen, wie er sich mühselig an seinen Krücken hochzog.

Sein Gesicht war hellrot wie verwässerter Tomatensaft. »Ihr verdammten Idioten! Warum lacht ihr denn so blöd?« schrie er und ging auf sie los. »Findet ihr das lustig? Ja? Dann fahrt zur Hölle.«

Die Männer grinsten und stießen sich an.

»Also kommt, Leute«, sagte ich, »das ist gemein. Gebt ihm seinen Rucksack zurück!«

Sie sahen einander an, als wüßten sie nicht, worum es ging.

»Gebt mir mein Geld und meinen Paß wieder, ihr Idioten!« tobte Jeff. *»Idiotas! Idiotas!«*

Hätte ich ihn einfach zurückgelassen und die Barrikade überklettert, wäre ich jetzt schon auf der Insel gewesen.

»Okay, Leute«, sagte ich, »jetzt tut mal nicht so, irgendeiner muß hier doch Englisch können.«

Der Trottel, der den Fototanz aufgeführt hatte, sagte: »Ich spreck Englis, Mann! Was will? Lecka mick!«

Die anderen fanden das lustig.

»Du sprichst also Englisch«, sagte ich. »Dann sag deinen Kumpels, sie sollen ihm seine Sachen zurückgeben, sonst ...« Ja, was? Hol ich die Polizei? Die U.S. Marines? Meine Drohung löste sich in Nichts auf. Die Ortspolizisten standen ganz in der Nähe, dicke Kerle in Khakihemden, die Reis mit Bohnen von Papptellern aßen. »Wer ist hier der Boß?« fragte ich und blätterte hastig in meinem Sprachführer. *»Dónde está el jefe?«*

Die Männer schüttelten ratlos den Kopf. Ein junger Mann mit dicken Brillengläsern trat vor, derselbe, der uns schon einmal verboten hatte, über die Brücke zu gehen. »Mein Name Marcos. Ich sprecken bißken Englis. Was los?«

Jeff brüllte ihn sofort an, aber das brachte uns nicht weiter. Ich nahm den Mann beiseite. Er erklärte mir, was ich mir schon zusammengereimt hatte: Hier herrschte Generalstreik, eine totale Blockade, niemand durfte auf die Insel oder von dort aufs Festland herüber. Sie wollten verhindern, daß ein Gringo drüben auf dem Berg irgend etwas baute.

»Soll mir recht sein«, sagte ich, »aber du *mußt* mich rüberlassen. Ich bin bis von Louisiana gekommen. Hast du eine Ahnung, wie weit das ist?«

»Mich fühle leid«, sagte er. »Kein Passieren.«

Jeff stand da und sah die Streikposten böse an. Alle paar Sekunden stieß er eine Kette wüster Flüche aus. Die Einheimischen beachteten ihn gar nicht mehr. Die Nacht brach herein. Eine steife Brise wehte vom Meer her und ließ die Palmen rascheln.

»Wenn du uns rüberläßt«, sagte ich zu Marcos, »komme ich wieder und helfe euch bei eurer Blockade. Ich versprech's.«

»Tut leid«, sagte er. »Sag dein Freund, nix ist gut reden laut.«

»Er ist nicht mein Freund«, sagte ich. »Ich hab ihn nur im Bus kennengelernt. Komm schon, laß mich durch – nur mich, okay? Wir sagen's auch keinem. Ich bin weg, bevor du es gemerkt hast.« Es war Verrat, aber ich hatte keine andere Wahl.

Marcos legte mir die Hand auf die Schulter und lächelte. »Gringo, go ome.«

Sein herablassendes Lächeln gefiel mir gar nicht. Es erinnerte mich an den aufgeblasenen alten Wachmann in El Paso.

Ich nahm seine Hand von meiner Schulter. »Hör zu«, sagte ich. »Du hast kein Recht, mich hier festzuhalten. Mein Vater ist da drüben auf der Insel, okay? Und er ist krank. Er hat einen

Herzfehler. Er braucht mich. Verstehst du? Er stirbt vielleicht. Vielleicht ist er schon tot. Und wenn das der Fall ist – hör mir zu! –, wenn ich rüberkomme und feststelle, daß das passiert ist, dann komm ich zurück und knöpf mir *dich* vor.«

Er fing an zu stammeln. »Nein, nein, ist nix nur ich, ist ganze Leute von Insel, alle Leute arbeitet zusammen …«

»Nein.« Ich sah ihm in die Augen. »Die anderen sind mir egal. Ich hol mir *dich!*« Ich stieß ihm meinen Zeigefinger in die Brust. »Darauf kannst du dich verlassen! Kapiert?«

»Warten.« Er ging weg und beriet sich mit den Männern an dem Pick-up.

Ich zitterte vor gerechtem Zorn und schämte mich für das, was ich getan hatte. Wenn es so etwas wie eine höhere Gerechtigkeit gab, würde ich auf der Insel ankommen und feststellen müssen, daß ich mit meiner lästerlichen Lüge meinen Vater getötet hatte. Ich hatte das Unvorstellbare ausgesprochen und es als Tatsache hingestellt, um mir selbst einen Vorteil zu verschaffen.

Was, wenn es sich bewahrheitete? Was, wenn ich auf die Insel gelangte und feststellte, daß er tot war?

Dann wäre ich schuld, weil ich es mir vorgestellt hatte. Die ganzen Jahre hatte ich mich an den Traum geklammert, daß er am Leben war, auf einer geheimnisvollen Insel, und darauf wartete, daß ich ihn rettete. Nun aber, mit der Insel in greifbarer Nähe, hatte ich den Traum zerstört. Wenn wir uns auch nur einmal ernsthaft vorstellen, daß ein bestimmter Mensch tot sein könnte, bleibt von da an sein Tod für immer in einem Winkel unseres Herzens gegenwärtig. Ich wußte, ich hatte etwas Böses getan, und ich bereute es jetzt schon.

Marcos kam mit Jeffs Rucksack zurück, der bis auf fünf Dollar und seinen Paß leer war, und sagte uns, man würde uns über die Barrikade bringen, der Streikausschuß habe es mit Mehrheit so beschlossen und so weiter. Meine erfundene Geschichte hatte gewirkt.

Ich drängelte mich durch die Menschen. Sie hatten inzwischen alle von meinem leidenden Vater gehört, das sah ich den Männern an, die mir zunickten, und den alten Frauen, die mir den Arm tätschelten, als ich an ihnen vorbeiging. Tief im rücksichtslosen Teil meiner Seele verschaffte es mir Genugtuung, daß ich sie alle getäuscht hatte.

»Jim, ist ja sagenhaft!« Jeff schleppte sich auf seinen Krücken neben mir her. »Was hast du ihnen denn gesagt?«

»Spar dir deinen Atem und beweg dich.« Marcos führte uns vorbei an einem Grillplatz, ein paar Kindern, die auf Reissäcken schliefen, und einem Grüppchen Erwachsener, die um ein Radio herumstanden. Sechs oder sieben Teenager lagen ausgestreckt auf dem Asphalt der Brücke und schauten zu den Sternen hinauf.

Ich drückte Marcos die Hand. »Danke, Marcos. Ich mein's ehrlich.«

»*Con mucho gusto.* Ich hoffen, daß dein Vater ist okay.«

»Ja, danke«, sagte ich voller Gewissensbisse. »Das hoffe ich auch.«

Marcos kehrte zu seinen Leuten zurück. Ich trat an den Rand der Lücke. Im Dunkeln sah es so aus, als befände sich das Wasser hundertfünfzig Meter unter uns. »Jeff, das mußt du ohne die Krücken schaffen.«

»Ach je«, sagte er. Wir versuchten abzuschätzen, wie weit man springen mußte. Ich fürchtete, die Streikposten könnten es sich anders überlegen. Schließlich verkündete Jeff, er würde lieber über den Brückenaufbau klettern, eine Route, die mir doppelt so gefährlich vorkam wie ein Sprung über die Lücke. Jeff meinte aber, mit seinem Bein wäre das einfacher.

Er gab mir seinen Rucksack und die Krücken und humpelte zu der Schräge hinüber, stellte sich mit dem gesunden Bein auf eine Strebe, packte den Träger und arbeitete sich keuchend und fluchend zentimeterweise aufwärts wie ein Kletterer an einer Felswand. Als er oben angelangt war, setzte er sich auf einen Querträger.

Nach dieser Glanzleistung blieb mir auch keine Wahl mehr. Ich schulterte den Rucksack, warf die Krücken auf die andere Seite und stieg ihm nach.

»Mann, ist das hoch ...« Ich hielt mich krampfhaft fest und kämpfte tapfer gegen meine Angst an. Aus dieser Höhe hatte ich einen guten Blick auf die wie Volksfestbesucher über den Platz vor der Auffahrt verteilten Einheimischen. Eltern mit Kindern zeigten zu uns herauf. Direkt unter uns war die mit Stacheldraht bewehrte Barrikade, und darunter nur noch dunkles Wasser.

Ich zwang mich, nach oben zu schauen. Der Stahlträger erstreckte sich vor mir ins Leere, wurde immer länger und verjüngte sich scheinbar auf die Stärke eines Drahtseils. Ich kroch auf allen vieren zu dem Träger auf der anderen Seite hinüber. »Okay, Jeff, es war deine Idee. Los geht's!« Ich holte noch einmal tief Luft und stand auf.

Der Wind war bald schwach, bald blies er stärker. Ich streckte die Arme seitlich aus und machte ein Schrittchen. Noch ein Schrittchen, mit den Armen ausbalancieren, und noch eins ... Ich erreichte den ersten Querträger, bückte mich und hielt mich mit beiden Händen fest.

Jeff rutschte Stückchen für Stückchen auf dem Gesäß über den Träger. »Ich weiß wirklich nicht, warum ich mir das antue«, sagte er. »Ich wollte ja gar nicht auf die blöde Insel.«

»Komm, beeil dich, damit wir hier wieder runterkommen.« Ich sah stur geradeaus und richtete mich mit ungeheurer Willensanstrengung wieder auf. Der Träger war genau doppelt so breit wie mein Fuß. Ich versuchte, ihn mir als zwanzig Zentimeter breiten Streifen auf einem Parkplatz vorzustellen. Durch die Schuhsohlen spürte ich ein Zittern: Wellen, die tief drunten gegen die Pfeiler anrannten.

Ich blieb stehen, damit Jeff aufholen konnte. In der Ferne hörte ich Motoren dröhnen, und daneben, anfangs undeutlich, ein rhythmisches Wummern, das lauter wurde, während zwei Sterne über dem Horizont zusehends heller zu leuchten begannen.

Eine gleißende Lichtsäule kam von dem größeren Stern herab und zeichnete einen hellen Kreis aufs Wasser, und dann schickte auch der zweite Stern eine Lichtsäule aus.

Ihre Lichtkegel schwenkend, donnerten die zwei Hubschrauber so tief über uns hinweg, daß der Wirbelwind von ihren Rotoren uns von der Brücke zu fegen drohte. Ich klammerte mich an den Träger. Sie flogen eine Schleife, um über dem Brückenende in der Luft stehenzubleiben und die Menschenmenge mit ihren Scheinwerfern und ihrem ohrenbetäubenden Krach in Angst und Schrecken zu versetzen.

Die Brücke vibrierte. Ich sah vierzig bis fünfzig Männer in Tarnanzügen und mit Waffen in den Händen von der Insel her über die Brücke kommen und auf unser Ende der Brücke zustürmen.

Die Streikposten stoben auseinander wie Ameisen aus einem zerstörten Ameisenhaufen, Campingstühle und Sonnenschirme rutschten über das Pflaster, Kinder schrien nach der Mutter. Ein Grill stürzte funkenstiebend um. Die Hubschrauber tauchten alles in gespenstisches Licht.

Jeff saß unbeweglich da, wie gelähmt von diesem Spektakel. Meine Rufe gingen im furchtbaren Lärm der Helikopter unter. Ich beschloß, ihn zu verlassen – nein, stimmt nicht; ich beschloß es nicht, ich dachte nicht einmal daran, ich ging einfach. Ich lief über den Eisenträger, so schnell meine Hände und Füße mich trugen. Von dem Trupp rennender Männer hörte ich Knallgeräusche wie von Kanonenschlägen.

Ich schaute nicht zurück, bis ich das Ende des Trägers erreicht hatte. Die Soldaten feuerten in die Luft.

Ich schrie nach Jeff.

Diesmal hörte er mich. Quälend langsam rutschte er auf dem Hintern den Balken entlang.

Die vorderste Reihe der Männer in den Tarnanzügen machte sich mit Äxten und Pickeln über die Bambuswand her.

»Steh auf, verdammt!« rief ich Jeff zu. »Steh auf und renn!«

Jeff zerrte an seinem Verband, um den Fuß auf den Balken zu kriegen. Aus vierzig Metern Entfernung sah ich, wie sich sein Gesicht vor Schmerz verzerrte. Er erhob sich auf alle viere, als die Soldaten die Barrikade durchbrachen und von der Brücke stürmten. Wieder hörte man die Kracher, und ich sah Mündungsfeuer von Gewehren aufblitzen, während die Männer vorrückten und unter Johlen und Schreien in die Luft ballerten. Kugeln prallten von der Eisenkonstruktion ab und pfiffen mir um die Ohren. Ich machte mich so klein wie möglich und hielt mir die Arme über den Kopf.

Durch den Spalt zwischen meinen Ellenbogen hindurch sah ich, daß ein Geschoß Jeff in die Seite traf. Er richtete sich auf, streckte die Arme von sich. Eine zweite Kugel erwischte ihn am Bein und warf ihn von der Brücke.

Ich starb tausend Tode, während Jeff in die Tiefe stürzte und mit einem harmlosen Plätschern tief unter mir ins Wasser fiel.

Die Brücke zitterte unter den Stiefeltritten laufender Männer. Ich klammerte mich an und betete, sie sollten mit der Knallerei aufhören. Sie verteilten sich über die Straßen von Gato Negro.

Ich schlitterte auf den Schuhsohlen die schräge Strebe hinab und landete hart auf den Händen. Ein weiterer Trupp Soldaten kam im Laufschritt über die Brücke auf mich zu.

Ich hangelte mich auf das Geländer hinunter und warf Jeffs Rucksack weg. Dabei muß ich auch die Schuhe weggeschlenkert haben, obwohl ich mich daran nicht erinnern kann, so wenig wie daran, daß ich auf das Geländer stieg und ins Wasser sprang. Im nächsten Moment schnappte ich nach Luft, ein Spielball der Wellen, die viel höher waren, als es von oben ausgesehen hatte. Das Wasser war salzig und warm wie Blut.

Dann blendendes Licht und ein fürchterlicher Sturm, der die Wellenkämme zerriß – ein Hubschrauber war über uns und ging tiefer. Ich schwamm zu Jeff hinüber, legte mir seine Arme um den Hals, hob sein Gesicht aus dem Wasser.

Der Hubschrauber blieb genau über uns. Es war, als wollte man durch einen Tornado schwimmen, während drei Meter über einem eine blendend blaue Sonne schwebt. Jeff rutschte von meinem Rücken und trieb wie ein toter Mann im Wasser.

Ich nahm sein Kinn in meine Armbeuge und schwamm wie besessen in Seitenlage Richtung Ufer. Endlich spürte ich Boden unter den Füßen.

Ich brauchte eine Ewigkeit, um ihn auf die Felsen zu hieven. Der Hubschrauber drehte ab, als könnte er den Anblick nicht ertragen. In der plötzlichen Stille hörte ich jemanden jammern. »Nicht sterben, nicht sterben.« Ich war es selbst. Es war alles so furchtbar ungerecht. Ich hatte Jeff zweimal bestohlen und ihm dann das Leben gerettet, und jetzt starb er mir weg. Schwarzes Blut kam stoßweise aus einem Loch an seiner Seite und einem zweiten Loch in seinem Oberschenkel.

Ich weiß nicht, woher ich die Kraft nahm, vielleicht war es einer dieser Adrenalinstöße, von denen man immer liest, oder ich war tatsächlich so stark. Jedenfalls schob ich den Kopf unter ihn, lud mir seinen langen, schlaffen Körper auf die Schultern und stolperte über die Felsen zur Kaimauer hinauf.

Vor der Brücke hatten Männer in Tarnanzügen die Streikenden zusammengetrieben.

»Hilfe, ich brauche Hilfe!« Strauchelnd schleppte ich mich auf sie zu. »So helft mir doch!«

Sie wirbelten herum und richteten die Waffen auf mich – in diesem Moment durchlebte ich meinen eigenen Tod, die Kugeln schlugen in meinen Körper ein, ich spürte, wie es wäre, an dieser Stelle umzufallen und zu sterben –, aber sie schossen nicht. Jeffs Blut lief mir über die Brust.

Marcos löste sich aus der Gruppe. »Es gibt Arzt, eine *clinica* –« Die Gewehre richteten sich auf ihn. Er ging weiter.

Die Soldaten schrien etwas auf spanisch, aber Marcos ging einfach weiter, führte mich an den Waffen, den zu Tode erschrokkenen Menschen und den Soldaten vorbei.

In meinem überdrehten Zustand hätte ich Jeff wohl bis Oklahoma getragen, wenn ich ihn dadurch hätte retten können. Wir gingen an einem Weinkeller und einer dunklen Häuserreihe vorbei. Die Menschen standen hinter den Fliegendrahttüren und sahen uns nach.

Ein weißes Gebäude aus Hohlblockziegeln, ein aufgemaltes rotes Kreuz. Wir drängten uns durch die Menge der Verletzten: alte Frauen mit verstauchten Knöcheln, Kinder mit blutenden Schnittwunden, ein Mann, dessen Arm in einem grotesken Winkel herabhing. Die Menschen machten uns Platz, als sie sahen, daß ich von Jeffs Blut überströmt war.

Ein dickes Mädchen in Weiß stand an der Tür des kleinen Gebäudes und kaute wie verrückt auf einem Kaugummi herum, die Arme über dem Busen verschränkt, wie um die ganze Welt abzuwehren. Irgendwie raubte mir der Anblick dieser menschlichen Barriere alle Kraft. Ich ging in die Knie und ließ Jeff ins Gras rollen.

Marcos redete mit dem Mädchen und kam wieder zurück. »Wir warten.«

»Was soll das heißen, wir warten?«

»Der Doktor essen Abend«, sagte er. »Er komm bald.«

»Was?«

Er nickte.

»Er *ißt?*«

»*Sí* …«

»Bist du wahnsinnig? Los, hol ihn her! Der Junge *stirbt*!«

»Nix ist gut sprechen laut«, sagte er. »Arzt komm bald.« Er setzte sich ins Gras und tätschelte Jeff die Schulter.

Jeff schaute auf. Er atmete flach wie ein hechelnder Hund … Ich weiß nicht, ob er mich sah. Wahrscheinlich gab es nichts, was ich hätte tun können. Wahrscheinlich wäre es sowieso zu spät gewesen, auch wenn der Arzt nicht gerade beim Abendessen gesessen hätte.

Ich wollte nicht darüber nachdenken, daß ich Jeff aufgefordert hatte, sich von seinem Hintern zu erheben und zu *rennen!*

Ich hatte mir so gewünscht, wie mein Vater zu sein: unverwundbar. Ich war aufgebrochen, um ihn zu suchen und zu beweisen, daß auch ich ein Mann aus Stahl war. Ich dachte, ich könnte Konflikte lösen, Leben retten, die Welt für die Menschheit sicherer machen. Ich dachte sogar, ich könnte Jeff Wiesenblatt vor dem Sterben bewahren.

Ich hatte mich geirrt.

Es war nicht wie bei Granny French, die ganz plötzlich gestorben war. Bei Jeff dauerte es lange. Seine Augen trübten sich, bevor er zu atmen aufhörte. Dann sah ich zum zweitenmal, wie der Tod aussieht: nach nichts. Die Abwesenheit von Leben, das ist alles. Kein Lebender kann so stillhalten.

Der Arzt kam aus seinem Haus neben der *clinica* und wischte sich den Mund mit einer Serviette ab.

Die Männer in den Tarnanzügen hoben mich hoch, auf jeder Seite einer, und führten mich ab.

25
Daisy

Du weißt, warum ich hier bin, Daisy, nicht wahr?
Muß es schon jetzt sein?
Ja, leider.

Ich dachte, wir hätten noch Zeit bis zum nächsten Geburtstag.

Die Pläne haben sich geändert. Durch Umstände, die sich unserem Einfluß entziehen.

Aber so war es ausgemacht. Daß wir bis zur großen Eröffnung bleiben dürfen.

Ich habe das nicht entschieden. Er erträgt diese Ungewißheit nicht. Er will diese Phase des Projekts vorantreiben.

Wohin bringt er uns?

Du weißt, daß ich dir das nicht sagen darf. Deshalb mußt du vorher einschlafen. Damit du an dem neuen Ort aufwachst.

Ich mag's nicht, wenn die mich ansehen. Schick sie raus.

Hale, Flaco. Espérese fuera.

Ich bin aber noch nicht bereit zu gehen. Warum kann er seine blöde Pyramide nicht woanders bauen?

Wir haben hier ein wundervolles Leben geführt, Daisy. Wir sollten dankbar sein, daß wir so lange bleiben durften. Du kennst die Regeln. Du weißt, was wir vereinbart haben. Er hat jetzt eine andere Verwendung für die Insel. Deshalb müssen wir weiterziehen. Wir haben immer gewußt, daß dieser Tag einmal kommen wird.

Wann bringt ihr Ben hin?

In ungefähr einer Woche sind alle dort.

Ben kann fliegen, weißt du. Er fliegt im Schlaf.

Ich hab davon gehört. Wie fühlst du dich?

Ich bin schläfrig.

Das ist gut. Kann ich dir noch was bringen?

Lippenstift.

Du brauchst keinen. Du siehst reizend aus. Vielleicht solltest du jetzt die Pillen einnehmen.

Ich will nicht.

Du willst doch nicht, daß ich dir eine Spritze gebe, oder? Natürlich nicht. Warte. Na also. Gut. Hast du beide hinuntergeschluckt?

Ja.

Leg dich jetzt zurück, schließ die Augen und denk an den schönsten Sonnenuntergang, den du je gesehen hast. So ist's gut. Mach die Augen zu. Entspann dich.

Rabbit?

Ja, Daisy?

Ist es auch bestimmt eine schöne Gegend?

Wunderschön. Ich hab Bilder davon gesehen. Es wird dir dort gefallen. Es ist dort noch schöner als hier.

Ich bin so schläfrig.

Das ist gut. Du schläfst einfach ein. Du gehst einfach durch diese Tür, und ich erwarte dich auf der anderen Seite.

Rabbit, bitte mach das Tonbandgerät aus.

Sobald du eingeschlafen bist.

26
Vertrau dem Affen

Die Zikaden schwiegen. Das Zirpen der Grillen klang zaghaft. Die Insel zitterte noch immer von der Gewalt der Explosionen. Rastlos flatterten Vögel in den Bäumen umher. Superman roch Dynamit in der Luft.

Noch bevor er den höchsten Punkt erreicht hatte, sah er den roten Widerschein an den Palmen und hörte das Knallen und Knistern, das bedrohliche Prasseln. »O Gott, nein!«

Er rannte das letzte Stück bergan und sah Spikes kleines Haus lichterloh brennen. Die Hitze glühte auf seinem Gesicht wie die Mittagssonne am heißesten Tag des Jahres, und es wurde immer noch heißer. Er kam nicht näher heran. Er roch Benzin. Brennende Palmwedel rissen sich vom Stamm los und stiegen mit der heißen Luft in die Höhe.

Wieder gähnte unter ihm eine Falltür. Er stürzte hinein, auf eine andere Ebene der Hölle. *Die bringen uns alle um.*

Dann durchfuhr es ihn: Daisy!

Er kehrte dem Brand den Rücken.

Er rannte zum Strand hinunter. Zwei Jeeps voller Männer in Tarnanzügen rasten vorbei in Richtung Discoteca.

In den beiden Häusern brannten sämtliche Lichter. Gyp kam nicht herausgesprungen, um ihn zu begrüßen. Superman blieb auf dem Pfad stehen, um Luft zu holen, unmittelbar vor dem Rand des Lichtscheins aus dem gelben Haus.

Die Ruhe war verdächtig.

Er sprang auf die Veranda, die Fliegentür stand offen. Er hatte den Riegel selbst aus dem Holz gerissen. »Daisy?« Ihre Steine lagen auf dem Boden. Sie hatte alle Gesichter abgewischt.

Er lief zum rosa Haus hinüber. Die Tür stand sperrangelweit offen.

Er schaute in die Küche und sah Gyp auf der Seite liegen, die Schnauze zu einem Lächeln geöffnet, um den Kopf einen Kranz roter Gehirnspritzer.

Die Szene auf der Schlafveranda war ein Meisterstück, authentisch bis ins Detail. Daisy lag mit dem Gesicht nach unten auf dem Bett, nackt, die Beine angewinkelt. Die Augen geöffnet, mit starrem Blick. Ein leeres Pillenfläschchen gerade außerhalb ihrer Reichweite. Die Fingernägel knapp über dem Boden.

Superman sank neben ihr auf die Knie. Ihm war, als müßte sein Kopf explodieren. Ihre Hand war kühl. Er wollte weinen, aber es kamen keine Tränen. Nach einer Minute oder zwanzig Minuten stand er auf und sah sich nach etwas um, womit er sie zudecken konnte, nach einem Laken oder einer Decke.

Mitten auf dem Küchentisch lag ein Kassettenrecorder in einer braunen Lederhülle.

Das Band war zurückgespult. Superman drückte auf PLAY.

Du weißt, warum ich hier bin, Daisy, nicht wahr?

Muß es schon jetzt sein?

Ja, leider.

Superman hörte die Aufnahme bis zum Ende ab.

Dann hörte er hinter sich ein seltsames elektronisches Gluckern.

Ein Telefon. Der Handapparat eines schnurlosen Telefons, gut sichtbar auf dem Nachttisch. Daisy hatte kein Telefon, aber da lag es. Ihr Mörder rief an, in diesem Moment.

Superman zog die Antenne heraus und drückte den Knopf, auf dem TALK stand.

»Da bist du ja.« Eine bekannte Stimme. »Ich hab schon auf dich gewartet.«

»Rabbit, du mieses Schwein. Warum hast du das getan?«

»Was denn, Superman? Den Hund erschossen? Den Filmstar umgebracht? Alles in einem Aufwasch, mein Sohn. Hast du dir die Zeit genommen, das Band abzuhören?«

»*Warum?*«

»Sie hat gewußt, warum. Ich erklär's dir gern.«

»Ich bring dich um, verlaß dich drauf.«

»O nein, Superman, reg dich ab. Ich glaub nicht, daß du das Besondere dieser Situation verstehst. Ihr seid hoffnungslos in der Minderzahl. Komm doch mit rauf zu Frank, und wir unterhalten uns ein bißchen. Wir finden bestimmt eine Lösung. Deine kleine *huelga* ist vorbei. Aber dir will niemand was tun.«

In diesem Moment flog Superman ein Splitter von der Tür an den Knöchel. Begriffsstutzig starrte er das Stückchen Holz an und dachte: *Was um alles in der …* Dann dämmerte es ihm. Alle Lichter an. Draußen pechschwarze Finsternis. Das Telefon, das ihn auf die Schlafveranda locken und ihn dort festhalten sollte.

Mit einem Hechtsprung warf er sich auf den Boden.

Die Wand bekam eine Reihe von Löchern, gleichzeitig knallten draußen Schüsse. Der Geisteratem über seinen Kopf fliegender Kugeln. Er kroch auf allen vieren in die Küche.

Er wollte zur Tür – *nein, warte* –, riß einen Teekessel vom Herd und warf ihn durch die Türöffnung nach draußen. Geschosse klatschten und schepperten. Der Topf kollerte von der Veranda, von Kugeln durchsiebt.

Er preßte sich an die Wand, spähte über die Türschwelle und musterte die Schatten hinter dem Springbrunnen. Einer der Schatten bewegte sich. Superman duckte sich, während abermals eine Salve über ihn hinwegfegte.

Er lag ohne Waffe in einem Haus ohne Tür.

Dann fielen ihm die Fledermäuse ein.

Er robbte in die Küchenmitte. In einer einzigen Bewegung schnellte er in die Höhe und schlug mit der Faust gegen die Falltür, die krachend aufflog. Er fiel herab, sprang noch ein zweites Mal hoch und klammerte sich an den Rand der Luke. *Schießt jetzt nicht, schießt mir nicht in die Beine, bitte.* Er zog sich hoch.

Keine Fledermäuse. Er rannte an den Giebel, trat das Fenster ein und zog sich blitzschnell zurück, als er Schüsse fallen hörte. Er lief zum anderen Fenster und warf sich durch die Scheibe. Das Dach der Veranda brach zusammen und milderte seinen Sturz.

In der nächsten Sekunde war er auf den Beinen und rannte den Pfad entlang, rannte um sein Leben. Hinter sich hörte er lautes Rascheln.

Sinnlos, zum Strand runterzulaufen: keine Deckung.

Er konnte nur bergauf laufen.

Er rannte die knorrige Wurzel des alten Feigenbaums hinauf, sprang zum untersten Ast hoch und zog sich in die Gabelung hinauf.

Rabbit kam angerannt, blieb stehen und schwenkte eine Maschinenpistole.

Superman erstarrte. Er zwang seinen Körper, mit dem Baum zu verschmelzen. Nicht raufschauen, Rabbit. Nicht – schauen.

Rabbit trottete direkt unter ihm vorbei. »Hey, Suuuuupermaaaan, zeig dich, ich finde dich doch!«

Er lief weiter.

Superman atmete nur noch durch die Poren. Er kroch den Ast entlang, suchte einen Weg nach unten. Wochen waren seit seinem letzten Besuch am Wasserfall vergangen. Für diesen einen Augenblick hatte er fliegen gelernt – für die Chance, sich zu retten –, und er hatte seine Gabe für so selbstverständlich gehalten, daß er nicht einmal darauf vorbereitet war, im Ernstfall davon Gebrauch zu machen.

Er hörte Rabbit zurückkommen und kehrte schleunigst in sein Versteck zurück.

Es war nicht Rabbit. Vier oder fünf Männer in Tarnanzügen, alle bewaffnet.

Ich bin ein Teil dieses Baumes, betete Superman. Wenn ihr heraufschaut, seht ihr nur einen Baum.

In dem Moment schaute einer der Männer herauf. Ihre Blicke trafen sich, aber die Augen des Mannes glitten über Superman hinweg. Der Mann joggte hinter seinen Kameraden her.

Superman kletterte von Ast zu Ast, immer höher und höher. Das ist also das Ende, dachte er. Explodierende Berge, brennende Häuser, Bewaffnete, die die ganze Insel durchstreifen. Wie albern war doch meine halbherzige kleine *huelga!* Ihr seid Profis. Ihr versteht euer Handwerk.

Er erinnerte sich, wie er Franks Warnung in den Wind geschlagen hatte. Die schwarze Galle stieg ihm in der Kehle auf, stärker als Haß, mächtiger als eine Tonne Dynamit, mit der man auf einen Schlag eine ganze kegelförmige Bergkuppe wegblasen konnte. Schau! Da oben im Baum! Das ist …

Superman.

Er wollte weinen, aber es kamen keine Tränen.

Jemand legte ihm die Hand auf die Schulter.

Vor Schreck wäre er fast vom Baum gefallen. Er schluckte, rutschte seitwärts, den Ast umklammernd, und drehte sich blitzschnell zu seinem Feind um.

Ein ernster weißgesichtiger Affe betrachtete ihn vom nächsthöheren Ast herab und hielt sich, Supermans Reaktion imitierend, die Hand vor den Mund. Er gab leise Maunzgeräusche von sich. Sein Gesicht war eine weiße Maske, umgeben von schwarzem Fell, und die Augen glänzten in einem noch tieferen Schwarz. Er hatte einen fragenden, nachdenklichen Ausdruck. Superman sah Sympathie in diesen Augen – beinahe Mitleid.

Noch nie war er einem Affen so nahe gekommen. Er roch wie ein ungewaschener Hund.

Er streckte den Arm aus, berührte Superman mit seiner kleinen schwarzen Hand leicht an der Schulter und zog die Hand gleich wieder zurück, um seine Reaktion abzuwarten.

Superman bewegte sich nicht.

»Rrr«, sagte der Affe.

Er hörte Männer in beiden Richtungen über den Pfad laufen, einander etwas auf spanisch zuschreien. Er spitzte die Lippen und pfiff drei Töne, so leise, daß sie nur dem Ohr des Affen vernehmlich waren: C-A-F!

Der Affe blinzelte, streckte abermals den Arm aus, tippte ihn an, zog sich zurück, um sich zu kratzen. Sein uraltes Gesicht drückte leichte Mißbilligung aus.

Lautlos pfiff Superman: C-A-F!

»Ürm?« kam das leise Maunzen. Der Affe lief ein paar Schritte auf dem Ast entlang und drehte sich dann um. »Mrrn?«

Superman hatte entschieden den Eindruck, daß der Affe ihn auffordern wollte, ihm zu folgen.

Auf den unteren Ästen raschelten noch mehr Affen. Sie hatten sich herbeigeschlichen und erfüllten den Baum mit ihrem leisen Wimmern, dem Rascheln von Blättern.

Einer der Männer blieb im Vorbeilaufen stehen und schrie: *»Vea! Allá. Allá.«* Dann kam ein kurzer Feuerstoß aus einer Maschinenpistole, ein kurzes Aufblinken von Licht. Etwas plumpste vom Baum und schlug dumpf auf dem Boden auf.

Der Baum war plötzlich voller kreischender Affen.

»Car'epicha, maje, 'vay puta, tu'stas matando monos?«

Die Männer lachten und richteten ihre Taschenlampen auf den toten Affen.

»Callénse! Vámonos!« Sie liefen weiter.

Die Affen kreischten und schwatzten, rüttelten an den Zweigen – alle bis auf Supermans Affe, der über den Ast zu ihm herunterkam. Diesmal hatte der Klaps schon einen Anflug von Ungeduld. Er rannte drei Schritte voraus, drehte sich um – *na komm schon!*

Superman hob das Gesäß an und ging Hand über Hand den Ast entlang. Ein anderer Ast bog sich ihnen aus dem großen ahornähnlichen Baum auf der anderen Seite des Pfades entgegen. Hätte er jemals ernsthaft darüber nachgedacht, wäre er bestimmt zu dem Schluß gekommen, daß ein erwachsener Mann sich unmöglich durchs Blätterdach eines Dschungels fortbewegen kann. Es kann keine Straße aus dicken Ästen geben, die sich zwölf Meter über der Erde ununterbrochen durch die Bäume schlängelt. Aber er vertraute dem Affen. Der Affe zeigte ihm den Weg. Die anderen Affen kreischten und schwärmten aus. Supermans Affe blieb zurück und ging immer nur bis zum nächsten Ast, wartete, bis er nachkam.

Er glitt Baumstämme hinab und rutschte bis ans Ende bedenklich schwankender Äste … Es war immer ein anderer Ast da, gerade stark genug, um ihn zu tragen, oder eine dicke Liane, die wie ein Kletterseil herabhing. Sie durchquerten einen Hain gigantischer alter Weißeichen mit Ästen, die so dick und so sanft geneigt waren, daß er aufrecht auf ihnen gehen konnte, ohne sich festzuhalten.

Vor ihm flackernde Lichter – Feuer in den Bäumen? – nein, der Tanzboden der Discoteca.

Superman tastete nach Halt, arbeitete sich langsam durch einen Hain von Lorbeerbäumen. Der Affe eilte ihm behende voraus.

Aus dieser Höhe war die Discoteca eine Ansammlung von Blechdächern und bunten Lichtern. Alles wirkte ganz normal. Pärchen schlenderten vom Strand herüber. An einem Tisch tranken Insulaner ihr Bier und lachten. Man hätte nicht gedacht, daß zur selben Zeit Menschen sterben mußten, Häuser abbrannten, Männer mit Maschinenpistolen in der Gegend herumballerten.

Daisy tauchte vor seinen Augen auf – die schönste Frau, so elend zugrunde gegangen.

Und seine Freunde, allesamt tot. Alle, die bei Franks kleiner Besprechung vom Tisch aufgestanden waren.

Das Böse ging um auf der Insel. Er sah das System hinter diesen scheinbar wahllosen Morden, bis zurück zu Emily. Jeder Tod hatte ein individuelles Schicksal abgerundet.

Emily starb bei einem Flugzeugabsturz, wie die Welt schon immer angenommen hatte.

Daisy starb mit dem Gesicht nach unten auf einem Bett in einem Bungalow, mit einem leeren Pillenfläschchen neben ihrer Hand. Spike starb den Feuertod.

Sie alle waren Opfer eines üblen Scherzes, eines unvorstellbaren Aktes der Grausamkeit – ein Scherz, den man nur verstand, wenn man wußte, warum sie hier gewesen waren.

Er würde sie alle irgendwie rächen.

Der Affe maunzte und sprang davon.

Superman blieb keine Wahl. Er mußte ihm folgen.

27

Wie der Vater, so der Sohn

»Ich sag dir, Mann, das war nicht immer so hier, mit den Gewalttätigkeiten und so«, erzählte mir der Mann im Big-Smith-Overall. Seine Augen funkelten hinter der Goldrandbrille. »Es war einfach irre. Wir hatten die ganz Großen hier – sogar Amelia Earhart, stell dir mal vor. Ich meine, wir hatten echt sagenhaft berühmte Leute hier. Es war wie im Paradies. Hier konnte man herkommen, wenn man für immer verschwinden wollte. Aber dann haben gewisse Leute gemeint, sie müßten unbedingt Ärger machen, und seitdem ist hier der Teufel los.«

»Du hörst mir ja gar nicht zu!« Ich brüllte die Worte praktisch hinaus. »Die haben den Mann *umgebracht*. Meinst du nicht, das könnte wen interessieren? Ich mein, sollten wir es nicht melden?«

»Wo melden?«

»Was weiß ich, bei der Polizei, bei der Botschaft, irgendwo.«

»Dieser Typ, dieser Jeff, war der – Amerikaner?«

»Ja.«

»Na also, reg dich ab. Sollen sich doch die Amerikaner drum kümmern. Für eine Nacht hast du weiß Gott genug Wirbel gemacht. Nimmst du noch einen von diesen – wie heißt das Gesöff überhaupt?«

»Tom Collins«, antwortete ich. »Ja, warum nicht?« Ich hatte mir vorgenommen, jeden Gedanken an Jeff Wiesenblatt im Alkohol zu ertränken, und mir den einzigen Cocktail bestellt, dessen Namen ich mir merken konnte und der noch dazu gut schmeckte: Fruchtsaft mit einem Schuß Feuerzeugbenzin.

Ich wußte zwar nicht, warum er mich gerettet hatte, aber egal. Ich war blank, und er zahlte, und so ließ sich dieser Abend viel besser an, als ich noch vor einer Stunde zu hoffen gewagt hätte.

Als mich die Soldaten über die Brücke führten, war von Jeffs Rucksack und seinen Krücken und überhaupt von dem ganzen Überfall keine Spur mehr zu sehen. Ich ging hocherhobenen Hauptes zwischen zwei Männern in Tarnanzügen und versuchte, mir meine Angst nicht anmerken zu lassen, während Szenen aus »12 Uhr nachts – Midnight Express« vor meinem geistigen Auge vorüberzogen. Ich bot den beiden meine Armbanduhr an, aber sie lachten nur über den Bestechungsversuch und bugsierten mich auf den Rücksitz eines schwarzen Land-Cruiser. Dann fuhren sie mit mir zu dieser Stranddisco auf der anderen Seite des Berges, wo die vielen Lichter und der Lärm sie erst einmal von ihren Plänen, meine Person betreffend, ablenkten. Sie parkten neben der Tanzfläche, blafften noch kurz, ich solle mich gefälligst nicht vom Fleck rühren, und gingen ein Bier trinken.

Es war heiß in dem Auto. Trotzdem fröstelte ich in meiner feuchten Jeans, meinem feuchten T-Shirt und mit meinen bloßen Füßen. Meine Entschlußkraft war inzwischen gleich Null. Ich war mir sicher, daß ich den Tiefpunkt meiner Reise noch längst nicht erreicht hatte. Und während ich so auf dem Rücksitz des Wagens saß und den Menschen draußen beim Trinken und Tanzen zuschaute, wünschte ich mir nichts sehnlicher, als irgendwo anders zu sein.

Der Mann im Overall sah mich und kam herüber. »Was sitzt du denn da so allein in dem Wagen, Sonnyboy? Komm doch zu uns!«

»Die haben gesagt, ich soll hier sitzen bleiben«, antwortete ich durch die Scheibe. »Ich glaube, ich bin verhaftet oder so was.«

»Ach was, kümmer dich nicht um diese Typen«, sagte er. »Komm raus, ich spendier dir einen Drink.«

Ich wollte zunächst nicht, weil ich mir dachte: Klar, du bist es ja nicht, der in der Scheiße steckt. Doch er ließ nicht locker, und schließlich hatte er mich überredet.

Meine Wachhunde saßen an einem Betontischchen und zeigten ein paar Mädchen ihre Revolver. Als sie mich mit dem großen Typen vorbeigehen sahen, winkten sie mir zu, als seien wir alte Freunde, die einander schon länger nicht mehr gesehen hatten.

Er stellte sich als Rabbit vor. Dann kam er mit der alten Leier von Gott und den Sünden, die einem nur dann vergeben werden, wenn man bereit ist, Buße zu tun. Mit dieser pseudoreligiösen Masche wollte er mich einlullen; irgend etwas an ihm war nicht ganz sauber. Man konnte es förmlich riechen. Mir kam eine Idee: Ich könnte meinen Drink in den Sand schütten, wenn er gerade nicht herschaute. Er würde dann jedesmal neue Drinks für sich und mich bestellen und schließlich so abgefüllt sein, daß ich ihn mit irgendeinem dummen Trick um ein paar Scheinchen erleichtern konnte. Ich nippte ein paarmal an meinem Glas, um ihn in Sicherheit zu wiegen. »Amelia Earhart«, sagte ich, »das ist ja toll.«

»Du denkst bestimmt, ich will dich verkohlen«, sagte Rabbit, »aber es ist die reine Wahrheit, und wenn du willst, kann ich's dir beweisen.«

»Nein, Mann, ich glaub dir ja – es ist eben einfach kaum zu glauben, verstehst du?«

Er blickte auf mein Glas. »Mann, für so einen dünnen Hering gluckerst du ganz schön was weg.«

Ich stieß lässig mit ihm an, wie man es immer im Film sieht. »*Cheers*.«

»Zum Wohl«, sagte er und hob zwei Finger in Richtung Barkeeper. »Wir brauchen frisches Blut hier, mit den Einheimischen ist nicht viel anzufangen. Trink aus, Mann, am ersten Abend geht alles auf mich. Das ist die Feuertaufe für alle Neuen.«

»Danke, Rabbit.«

Ein Telefon dudelte. Rabbit griff in die Tasche und zog ein schnurloses Telefon hervor. »Ja.« Er hörte eine Zeitlang zu. »Woher soll ich denn das wissen? Dafür sind die doch hier, Frank. Keine Panik. Wir haben gewonnen, oder? Der kommt nicht weit. Ich ruf dich zurück.« Er beendete das Gespräch. »Mann, ich hasse diese Dinger«, sagte er und fuchtelte mit dem Apparat in der Luft herum. »Demnächst pflanzen einem diese

Mistkerle bei der Geburt einen Mikrochip ins Hirn ein und verfolgen einen auf Schritt und Tritt.«

»Was machst du so, beruflich mein ich, Rabbit?«

»Ich bin Wissenschaftler«, antwortete er, »freiberuflich, das heißt, eigentlich bin ich schon mit einem Bein im Ruhestand. Ich leite hier im Auftrag eines Kunden ein Projekt. Ich bin da an einer ganz spannenden Sache dran: organische Konservierung.«

Über uns raschelte es, sicher ein Tier, das von Ast zu Ast sprang. Rabbit tippte auf einen Affen. Ich rannte zum Strand, um einen Blick nach oben zu werfen, konnte aber nichts erkennen.

In den Wochen, die ich unterwegs gewesen war, hatte ich viel von der Welt gesehen, aber nichts, was mit der üppigen tropischen Vegetation der Isla del Mago vergleichbar gewesen wäre. Nie zuvor hatte ich eine so von Düften gesättigte Luft geatmet – es roch nach Grün, nach Grün und Feuchtigkeit, ziemlich säuerlich, wie ein Löwenzahnstengel, den man zwischen den Fingern zerreibt, oder wie ein Haufen feuchtes Gras in der Sonne, versetzt mit dem süßen Duft der Blumen und der salzigen Brise, die vom Meer herüberwehte. Und sogar noch am Abend, wenn sich die schwarzen Konturen der Insel vom Nachthimmel abhoben, hing der Geruch von sattem Grün in der Luft.

Das bißchen Alkohol war mir bereits zu Kopf gestiegen, hatte jedoch die Erinnerungen an Jeff nicht verdrängt. Wieder einmal hatte ich dem Tod ins Auge gesehen, und wieder einmal hatte ich die Hand im Spiel gehabt. Ich wußte, daß ich meinen Teil der Schuld tragen mußte – genaugenommen war ich mehr oder weniger unmittelbar schuld an Jeffs Tod –, und trotzdem überwog die Freude, noch am Leben zu sein und nicht mehr in dem Land-Cruiser zu sitzen. Vor mir lag eine breite Sandbucht. Lange Reihen weißbekrönter Wellen rauschten an den Strand. Es war eine mondhelle Nacht. Kleine Wolken schwebten wie Watteballchen über den Himmel. Ich streckte die Arme nach den Bergkegeln aus, bevor ich mich wieder den Lichtern der Disco zuwandte.

Auf dem Tresen standen inzwischen auf Rabbits Geheiß zwei Gläser mit einer goldgelben Flüssigkeit, daneben Zitrone und Salz. Rabbit beobachtete mich aus ruhigen grauen Augen, während ich das Zeug hinunterkippte.

Der Alkohol brannte wie Feuer. Es war wie eine Stichflamme in meiner Brust. Die Zitrone verstärkte die Wirkung noch. Teufel noch mal! Mmm. Ich schüttelte mich, *brrrrrrrr*.

»Hier, Mann, zum Löschen.« Er ließ einen weiteren Tom Collins über den Tresen schlittern.

Ich japste ganz fürchterlich und rang mir mühsam ein Lächeln ab. »Mann, was war denn *das*?«

»Hast du etwa noch nie Tequila getrunken? Das muß gefeiert werden! Freddy! *Dos más!*«

Rabbit trank und trank und trank, doch der Alkohol zeigte keinerlei Wirkung. Er war bestenfalls ein bißchen fröhlicher und lauter als vorher. Er schlug mir auf die Schulter und erzählte mir von den fünf Gewürzen, die den besonderen Geschmack von Jimmy Hoffas Grillhähnchen ausmachten. »Ein chinesisches Geheimrezept«, sagte er, »das Schlitzohr muß davon eine ganze Tonne von zu Hause mitgebracht haben.«

»Hast du eigentlich schon mal was von einem Typen namens Superman gehört?« fragte ich. »Superman Willis. Sein richtiger Name war Ben.«

In Rabbits Augen blitzte es kurz auf. »Rocksänger?«

»Ja …« Ich setzte mich gerade hin.

»Ja, Moment mal – da war doch was. Ist der nicht mit dem Flugzeug abgestürzt oder so?«

»Sein Flugzeug ist 1972 spurlos verschwunden. Also hier hast du ihn nie gesehen?«

Er dachte so angestrengt nach, daß seine Stirn Falten schlug. »Nicht daß ich wüßte. Aber dafür hatten wir so ungefähr jeden anderen hier. John F. Kennedy wird dir ja wohl ein Begriff sein.«

»Ich könnte mir vorstellen, daß Superman Willis hier auf der Insel gelandet ist«, sagte ich.

Ich war mir nicht sicher, ob das Aufblitzen in seinen Augen bedeutete, daß er etwas wußte, oder ob er bloß beleidigt war, weil ich ihm seine gequirlte Kacke nicht abgenommen hatte. »Was soll die Fragerei eigentlich? Bist du ein Fan von ihm?«

»Ich bin sein Sohn.«

»Ehrlich?« Er blickte mich mit ganz neuem Interesse an. »Superman Willis war echt dein Vater?«

»Jawoll.« Ich fühlte mich angenehm beschwipst und dementsprechend stark.

»Und weiter? Du bist hier, um ihn zu suchen?«

Ich nickte. »Wie lange bist du schon hier?«

»Schon ewig. Weißt du, jetzt, wo ich drüber nachdenke – da war mal ein Typ – ist schon länger her –, der hat behauptet, er wär Musiker oder so was. An ein Flugzeug kann ich mich allerdings nicht erinnern. Wie kommst du überhaupt darauf?«

»Er hat mir ein Foto von der Insel geschickt.«

»Ach ja? Und wann war das?«

»Ein paar Jahre, nachdem er verschwunden ist.«

»Und wann genau? Vor sieben, acht Jahren? Da war ich jedenfalls schon hier. Der war doch ziemlich berühmt, oder?«

»Heute ist er noch berühmter«, sagte ich. Es stimmte. Das plötzliche Verschwinden hatte seinen Ruhm noch vergrößert. *Superman's Final Revenge* stand auf der Liste der meistverkauften Alben aller Zeiten an neunter Stelle, noch vor Bing Crosbys *White Christmas*, und irgendwo in Los Angeles wurde ein Konto allmählich immer dicker.

»Der war also dein alter Herr? Wahnsinn. Und du bist jetzt den ganzen Weg von – wo sagtest du doch gleich? Mississippi? – hierher gekommen?«

»Louisiana.«

»So eine weite Reise, um ihn zu suchen? Wie um alles in der Welt bist du überhaupt bis hierher gekommen?«

»Mit dem Bus.«

Rabbit pfiff anerkennend. »Dann mußt du ja fix und fertig sein. Laß mich dir was für die Seele geben, mein Sohn. Etwas, was Farbe in den Abend bringt.«

»Und was soll das sein?«

Er hielt mir die Faust mit dem Handrücken nach oben hin. Ich hielt meine Hand darunter, und er ließ eine gelbglänzende Pille von der Größe einer Aspirintablette mit einem roten Kern hineinfallen.

»Was ist das?«

»Red Dot Number Forty-Four«, antwortete er, »das Ergebnis zwölfjähriger Forschung. Damit hast du den Himmel auf Erden, zumindest heute abend. Nur zu. Das wird dir guttun.«

Nun hatte meine Mutter allerdings keinen Idioten zum Sohn. Sie selbst mochte ja verrückt sein, aber werden wir nicht mit jeder Generation ein bißchen gescheiter? Ich jedenfalls würde den Teufel tun und eine Pille schlucken, die mir ein Fremder in einer Disco irgendwo in Mittelamerika anzudrehen versuchte. »Danke«, sagte ich und ließ sie in meine Brusttasche fallen. »Ich heb sie mir für später auf.«

»Du solltest sie lieber jetzt gleich nehmen, bei der Luftfeuchtigkeit hier weiß man nie.«

»Wird schon gehen – einen Drink würde ich dagegen schon noch vertragen, wenn du immer noch zahlst.«

Er grinste. »Kluges Kerlchen«, sagte er, »klüger als – als ich in deinem Alter. Nimm niemals Süßigkeiten von einem Fremden an. Aber Ehrenwort, das Zeug ist in Ordnung. Keine unangenehmen Nebenwirkungen. Du wirst dich einfach nur gut fühlen. Du kannst jeden hier nach dem alten Rabbit fragen. Ich bin einer von den Guten.«

»Später vielleicht«, sagte ich, »ich bin ja gerade erst angekommen.«

Wild zuckende Lichtkegel tanzten zu der nun wieder aus den Lautsprechern wummernden Musik. Die Tanzfläche füllte sich mit hopsenden, wild herumwirbelnden Gestalten. Noch vor zwei Stunden hatte ich vor dem Haus des Arztes neben Jeff gekniet, und jetzt war ich hier, inmitten all dieser ausgelassenen Menschen. Mein Blick fiel auf eine Flugzeugattrappe in Originalgröße, die über der Bar in die Decke eingebaut war.

Das Flugzeug war rosa lackiert. Von der Fahrwerksverstrebung baumelten Ananas und Zwiebeln herab. Die Form des Bugs erinnerte mich an ein Flugzeug, das ich irgendwo schon einmal gesehen hatte.

»Es muß ja niederschmetternd für dich sein, nach dieser langen Reise mit leeren Händen zurückfahren zu müssen«, sagte Rabbit. »Hör mal, ein Freund von mir baut gerade ein Hotel oben auf dem Berg, so einen tollen Fünf-Sterne-Palast, in Pyramidenform auch noch. Die können clevere Burschen wie dich immer gebrauchen. Würde dich das nicht interessieren?«

»Ja, vielleicht …« Ich stieg von meinem Barhocker herunter. »Wo kann ich hier mal pinkeln?«

»Geh einfach in den Dschungel«, antwortete er. »Mach aber schnell. Ich glaube, wir beide sollten uns mal geschäftlich unterhalten.«

Hinter dem Gebäude lehnte eine wacklige Leiter an der Dachrinne, als ob jemand mein Vorhaben erraten hätte. Ich kletterte eilig hinauf und ging zwischen Palmwedeln und fauligen Kokosnüssen über das Dach bis zum Rumpf des Flugzeugs. Mit dem Fuß schob ich den herumliegenden Dreck beiseite, bis das flossenförmige Teil ganz freigelegt war.

Das war kein nachgebautes, sondern ein echtes Flugzeug, das beim Absturz auseinandergebrochen war. Jemand hatte den Bug rosa lackiert, ihn über der Bar aufgehängt und mit Platten der Heckverkleidung ein Loch im Dach abgedeckt. Mit dem Schuh kratzte ich den bräunlichen Moosbewuchs ab. Darunter kam eine Ziffer zum Vorschein: 4.

Die Musik war so laut, daß niemand hörte, wie ich aufschrie, auf die Knie fiel und hektisch mit beiden Händen zu scharren begann.

494 AD.

Rasch stieg ich die Leiter hinab, zitternd vor Erregung. Ich schlug mich zum Pinkeln in die Büsche, aber meine Hände zitterten so sehr, daß ich den Reißverschluß nicht aufbekam. Als ich wieder im Hellen stand, sah ich, daß meine Jeans von oben bis unten braun verschmiert war.

Mein Vater war hier auf dieser Insel. Zumindest war er hier gewesen. Das Flugzeug war seins.

Rabbit wußte das. Er hatte mich belogen. Er hatte sich Mühe gegeben, seine Überraschung zu verbergen, als ich den Namen nannte, aber er war ein schlechter Schauspieler. Wahrscheinlich kannte er die ganze Geschichte. Aber warum log er? Er mußte einen Grund dafür haben.

Nun war Vorsicht geboten. Ich beschloß, das Spiel mitzumachen, mich an Rabbit zu halten, aber trotz allem den nötigen Abstand zu wahren, um herauszufinden, was hier vorging.

»Was ist denn mit dir passiert?« fragte Rabbit.

»Ich bin ausgerutscht. Ganz schön glitschig da hinten.«

»Und ganz nüchtern bist du auch nicht mehr, mein Sohn. Was meinst du, trinken wir noch einen? Na, was ist?«

Und so schaffte es Rabbit, daß ich mich zum erstenmal im Leben richtig betrank. Er redete die ganze Zeit auf mich ein, ich solle doch die Pille schlucken – »Komm schon, *vertrau* mir!« –, aber selbst in angeheitertem Zustand würde ich auf solche schönen Worte, egal von wem sie kommen, niemals hereinfallen. Ich ging auf die Tanzfläche, rockte im Rhythmus des Clash-Hits »Rock the Casbah«, ließ die Pille fallen und behauptete, ich hätte sie verloren.

Rabbit reagierte zunächst leicht verärgert, beruhigte sich dann aber wieder. Er erzählte von der guten alten Zeit, von den ehemaligen Berühmtheiten, die hier ihren Lebensabend verbrachten. Ich berichtete von meiner Reise. Rabbit war ein dankbarer Zuhörer. Er lachte über alles, selbst wenn es nur mäßig lustig war. Als die Discobesucher allmählich nach Hause gingen, sagte er, ich sei ein wirklich guter Sohn, weil ich solche Strapazen auf mich genommen hatte, um meinen Vater zu suchen. Es sei die traurigste Geschichte, die er seit langem gehört habe. Er habe eine Idee, wo ich übernachten könnte, gratis, noch dazu in einer Hütte für mich allein.

An das Ende dieses Abends kann ich mich nicht mehr genau erinnern. Wir gingen erst eine Meile – vielleicht waren es auch zehn – am Strand entlang und dann einen glitschigen Weg durch dichten Dschungel bergauf. Ich mußte zweimal stehenbleiben und mich übergeben. Wir kamen auf eine parkartig angelegte Lichtung mit einer hohen, von Lampen sanft beleuchteten rosa Mauer. Ich war schweißgebadet und konnte mich kaum noch auf den Beinen halten.

Ein alter Indio führte mich zu einer Bambushütte mit einem bequemen Bett, weißer Bettwäsche und einem richtigen Daunenkissen. Ich ließ mich hineinsinken und fiel in einen traumlosen Schlaf.

Als ich am nächsten Morgen aufwachte, fühlte ich mich wie im Himmel. Meine Kleidung lag gewaschen und ordentlich zusammengelegt am Fußende. Eine Frau mit klassisch schönen Gesichtszügen führte mich zu einem Pavillon über der Steilküste mit herrlichem Blick aufs Meer und servierte mir das Frühstück auf einem Silbertablett.

In der Meerenge wimmelte es von Lastkähnen, auf der Brücke

sah man schwere Fahrzeuge und emsig umherlaufende Arbeiter. Der Angriff auf der Brücke, Jeffs tiefer Fall und überhaupt meine ganze alptraumhafte Reise schienen Lichtjahre von dieser Oase der Ruhe entfernt zu sein.

Rabbit erschien mit einer Tasse Kaffee in den Händen, gefolgt von Frank, seinem Freund, der das Hotel baute. Frank musterte mich eingehend von oben bis unten und fragte mich dann, was für eine Art von Arbeit ich übernehmen könnte und ob ich Erfahrung hätte.

Natürlich hatte ich die: Ich hatte Dutzende von Modellflugzeugen zusammengebaut, hatte im Zeugnis einmal eine Eins minus in Chemie gehabt und war Inspizient bei unserer Oberstufeninszenierung von »Elvis – Die Männer des King« gewesen, doch das sagte ich ihm natürlich nicht. Ich log und erzählte ihm, ich hätte schon einmal an der Rezeption eines Hotels in New Orleans gearbeitet. Das schien ihm zu genügen.

»Wir hatten einige Probleme mit unseren Arbeitern«, sagte Frank, »aber das ist jetzt vorbei. Wir arbeiten in zwei Schichten, um die verlorene Zeit wieder aufzuholen. Eröffnung ist am 24. August. Sie scheuen sich hoffentlich nicht, hart anzupacken, oder?«

»Nein, Sir.«

»Ausgezeichnet. Sie arbeiten fürs erste zusammen mit den anderen. Wenn Sie sich bewähren, gibt's vielleicht einen besseren Job, wenn das Hotel erst einmal eröffnet ist. Arbeitserlaubnis haben Sie sicher keine, oder? Wenn Sie irgendeinen Fremden sehen, der nach Einwanderungsbehörde aussieht, verschwinden Sie am besten ganz schnell von der Bildfläche.« Er sagte, ich würde zusammen mit den anderen Arbeitern auf der Baustelle wohnen und für den Anfang hundert Dollar die Woche bekommen.

Ich war Granny Frenchs lumpige fünf bis zehn Dollar gewohnt, und so erschien mir das Angebot ungeheuer großzügig. »Mein Gott, was soll ich dazu sagen? Danke.«

»Erzählen Sie den anderen nicht, wieviel Sie bekommen, und wenn Sie Probleme haben, kommen Sie einfach zu mir.«

Diesen Leuten war es tatsächlich ernst mit ihrem Hotel. Eine Woche, nachdem sie die Blockade gebrochen hatten, war die

Brücke bereits fertig und befahrbar. Laster donnerten Tag und Nacht über die Brücke und schafften tonnenweise neues Baumaterial heran.

Ich arbeitete zum erstenmal auf einer Baustelle, aber ich lernte schnell. Dem Polier kroch ich in geradezu vorbildlicher Weise in den Hintern: Ich zündete ihm die Zigaretten an und lachte über seine blöden Witze.

Frage: Was ist so häßlich wie ein Coyote bei Nacht?

Antwort: Eine dermaßen häßliche Alte, daß man sich am Morgen danach freiwillig den Arm abbeißt, um abhauen zu können, ohne sie aufzuwecken.

Nach einer Woche hatte ich bereits acht Einheimische unter mir, die Gräben ausschachteten und Schubkarren vor sich herschoben. Den ganzen Tag stand ich dabei und erklärte ihnen in meinem kümmerlichen Spanisch, was sie zu tun hatten. Abends aß ich eine riesige Portion Reis mit Bohnen, ging in meine Wellblechhütte, legte mich mit *501 Vollständig konjugierte spanische Verben* in die Hängematte und schlief den Schlaf des gerecht Verdienenden.

Samstagsabends trafen sich die Inselbewohner in der Discoteca. Sonntags kurierten meine Arbeiter und ich unseren Kater am Strand aus. Wir planschten im Wasser und pfiffen den Mädchen nach – *tst tst, chica rica!* Ihre gespielte Gleichgültigkeit war einfach süß.

Die Insel zog mich allmählich in ihren Bann. Jeder Meter Strand lebte und war in ständiger Bewegung. Muscheln wanderten dank der tatkräftigen Unterstützung unsichtbarer Krebse über den Sand. Meeresschildkröten kamen nachts an Land, um ihre Eier zu legen. Es gab riesige Schmetterlinge mit leuchtendblauen Flügeln, drei verschiedene Arten von Affen und Tausende von Vögeln, die im ersten Morgengrauen alle zugleich ihr Lied erklingen ließen. Mittags war die Sonne ein glühender Hochofen, aus dem geschmolzenes Licht herabströmte. Nachts wehte eine himmlisch kühle Brise über die Insel.

Die ganze Zeit über suchte ich ihn. Einmal dachte ich schon, ich hätte ihn in einer Gruppe betrunkener Gringos in der Discoteca gesehen, aber als ich näher kam, stellte sich heraus, daß ich mich geirrt hatte. Der Fremde merkte, wie ich ihn anstarrte, ich nickte ihm zu und ging weiter. Ich machte immer meine Runde von der Bar zum Strand, unter den Kokospalmen entlang, hinter der Tanzfläche vorbei und wieder zurück zur Bar, und immer hielt ich Ausschau nach ihm. Meine Arbeiter dachten, ich sei hinter den Mädchen her. Sie gaben mir den Rat, nicht mehr zu suchen, sondern mir einfach eine zu *nehmen*.

Ich fand ihn zwar nicht, spürte aber irgendwie seine Anwesenheit. Stück für Stück trug ich seine Geschichte zusammen, aus Einzelgesprächen, die sich zufällig ergaben. Ich achtete sehr genau darauf, wen ich ausfragte – überwiegend Einheimische, allerdings erst, nachdem ich genug Spanisch gelernt hatte, um verstehen zu können, was sie mir erzählten.

Mein Vater hatte auf dem Strandabschnitt vor der Discoteca eine Bruchlandung hingelegt. Schwerverletzt wurde er in Franks Großes Haus gebracht und von einer alten Dame, Doña Emilia, gesundgepflegt. In den letzten Jahren hatte er sich bester Gesundheit erfreut, war fröhlich, hatte eine Schwäche für die hiesigen Mondnächte und stets ein allseits gerngesehenes Lächeln auf den Lippen. Er hatte eine Freundin, eine hübsche *gringa* namens Daisy. Er konnte traumhaft Gitarre spielen und singen. Einmal gab er ein improvisiertes Konzert. Danach hatte ihn die gesamte Inselbevölkerung ins Herz geschlossen.

Dann kam der Ärger, die *huelga*, das Ende der *huelga*. Danach hatte ihn nie wieder jemand gesehen.

Es hieß, eine Menge Menschen seien in dieser Nacht verschwunden: Aufrührer, Gringos. Supermans Freundin Daisy, ein von Verbrennungen entstellter junger Mann namens Spike und zwei bildhübsche junge Frauen, Zwillinge, angeblich uneheliche Kinder eines amerikanischen Politikers. Ronald Reagan? Nein, der nicht. Richard Nixon? Ja, genau.

Alle diese Gringos hatten in der bewußten Nacht ihre Häuser angezündet und waren verschwunden.

Niemand redete gern über diese Nacht. Die Inselbewohner hatten immer noch Angst. Nur wenige Männer in Tarnanzügen hielten an der Brücke Wache, aber man hätte meinen können, es seien tausend. An Protest oder Blockade dachte niemand mehr. Das Jungle Inn war ein Segen für die Insel, ein *Segen* – das war schon immer ihre Meinung gewesen. Einige Gringos hatten versucht, Unfrieden zu stiften, aber das sei jetzt vorbei. Wozu diese alten Geschichten wieder aufwärmen?

Immer, wenn ich solche Gespräche führte, war Rabbit ganz in der Nähe und tat so, als höre er nicht zu. Bisweilen war es auch Franks kräftiger Laufbursche Raul oder einer der anderen Polohemd-Typen aus dem Großen Haus. Sie hielten mit ihren schnurlosen Telefonen untereinander Kontakt. Ich merkte, daß sie mich beobachteten.

Geld strömte auf die Insel wie Wasser aus einer nie versiegenden Quelle. Riesige Betonplatten wurden in Lastkähnen über die Meerenge auf die Insel geschafft. Die Baustelle entwickelte sich allmählich zu einer Monumentalszenerie, wie aus einem DeMille-Film auf Cinerama-Leinwand: Zehntausend Sklaven, die im Schweiße ihres Angesichts mit der widerspenstigen Materie kämpfen, um dem Pharao ein Grabmal zu errichten.

Als erstes trugen wir mit Sprengungen die Bergkuppe noch weiter ab. Jeden Morgen stießen meine Arbeiter und ich zu den Trupps mit Hacken und Schaufeln, die auf dem zu sprengenden Gelände Löcher für das Dynamit in den Boden hacken mußten. Nachmittags hatten die Sprengtrupps dann die Ladungen plaziert. Vom Rand der riesigen Baugrube sahen wir zu, wie alles in die Luft flog.

Eines Nachmittags vertrieben wir uns am nordwestlichen Grubenrand die Zeit damit, uns gegenseitig mit Wasser aus der Leitung zu bespritzen, während die Sprengtrupps unten in der Grube die letzten Sprengsätze anbrachten. Meine Leute tauschten wüste Beschimpfungen mit Juan Carlos' Arbeitern aus. Plötzlich schrie Juan Carlos laut auf und fiel zu Boden. Ich bewunderte seine glänzend inszenierte Überreaktion, da riß mich plötzlich eine heiße Druckwelle von den Füßen. Als ich mich wieder aufrichtete, hatte sich die Grube in einen riesigen qualmenden Kessel verwandelt. Die Sprengsätze waren zu früh hochgegangen. Männer rannten schreiend um ihr Leben.

Defekter Zeitzünder, erklärte der Chefingenieur am nächsten Tag. Wahrscheinlich hätten die Schalter versagt. Die durch Zündschnüre miteinander verbundenen Sprengsätze waren unmittelbar nacheinander explodiert. Vielleicht infolge statischer Aufladung … Fünf Tote, dreizehn Verletzte. Alles deutete auf menschliches Versagen hin.

Für eine Woche wurden die Sprengarbeiten unterbrochen. Meine Leute wurden vom Betongießen abgezogen. Statt dessen mußten sie fünf Gräber ausheben. Das behagte ihnen gar nicht. Ich selbst legte auch mit Hand an. Schweigend erledigten wir unsere Arbeit.

Wir bekamen eine Lohnerhöhung, und die Sprengarbeiten wurden wieder aufgenommen.

Eines Tages kam aus heiterem Himmel ein Sturm auf und machte das Arbeitercamp dem Erdboden gleich. Die nächsten zwei Tage war jeder damit beschäftigt, seine Kleidung und seine sonstigen Habseligkeiten aus dem allgemeinen Chaos herauszufischen. Aus herumliegenden Einzelteilen nagelten wir unsere Hütten wieder zusammen.

Werkzeuge verschwanden oder fanden sich in Schlammpfützen irgendwo im Dschungel wieder. Die Armada der Versorgungsfahrzeuge wurde durch einen grassierenden Reifenpannenvirus schachmatt gesetzt. Zehn Kisten Dynamit verschwanden aus dem Lager. Ein Lastkahn ging in einer klaren, windstillen Nacht aus unerfindlichen Gründen auf Grund. Meine Leute luden zweihundert Kisten, in denen eigentlich Bodenfliesen hätten sein sollen, von einem Sattelschlepper ab. Mir kamen die Kisten gleich auffallend leicht vor. Ich dankte Gott im stillen für diesen glücklichen Umstand und sagte nichts weiter. Als dann der Polier den Deckel von einer der Kisten riß, stellte sich heraus, daß sie, wie alle anderen auch, voller Tennissocken war.

Seltsame, unerklärliche Vorkommnisse. Ein Heer von Spinnen fiel in die Duschen ein. Bulldozer explodierten und brannten aus. Kleidungsstücke verschwanden von den Wäscheleinen. Ein gelber Jeep des Jungle Inn rollte von allen unbemerkt über die Klippe. Als ein *machetero* die Tür zu einem Lagerschuppen öffnete, schwappte ihm eine Welle flüssiger Farbe entgegen: zweihundert Liter Himmelblau.

Immer wieder wurden Waren geliefert, die niemand bestellt hatte: dreitausend Exemplare des *Praktischen Haushaltsratgebers*, achthundert Kisten mit rotem Nagellack der Marke Maybelline und ein ganzer Kühlwagen mit Zimtkrapfen.

Eines Morgens schmeckte der Orangensaft irgendwie komisch, und bereits am Mittag bot sich oben auf dem Berg ein Bild des Jammers: Kreidebleiche Männer standen vor den Klos Schlange. Wer die Warterei nicht aushielt, schlug sich in die Büsche. Meine Leute tuschelten bedeutungsschwer, aber wenn sie so leise redeten, verstand ich kein Wort mehr.

Schließlich waren wir mit den Ausschacht- und Sprengarbeiten fertig und konnten damit beginnen, das klaffende Loch wieder aufzufüllen. Der Arm eines riesigen Krans schwenkte hin und her und hievte Doppel-T-Träger an ihren Platz. Wir füllten lange Rohre mit einer gräulichen, tonartigen Plastikmasse, die als Schutz vor Erdbeben gedacht war. Die Betonmischmaschinen ratterten den ganzen Tag. Schweißer rannten umher und ließen an allen Ecken und Enden ihre grellblauen Funken stieben. Dreißig Männer waren nötig, um die riesigen Betonplatten zu Wänden aufzurichten. Innerhalb von sechs Monaten gelang es uns, eine elfstöckige Pyramide aus Stahl, Glas und Beton auf die abgeplattete Bergkuppe zu setzen.

Ich mochte die Männer in meiner Gruppe und hatte meinen Spaß daran, zuzusehen, wie die Pyramide allmählich aus dem riesigen Loch wuchs. Und es war schön, abends nach Hause zu kommen, sich in die Hängematte zu werfen und zu wissen, daß man zwanzig Dollar im Schweiße des Angesichts anderer Leute verdient hatte. Als Vorarbeiter schob man eine ruhige Kugel. Der Strand war herrlich. Ich hatte meine Ruhe, und es ging mir gut.

Jeder Tag brachte mich ihm näher.

Manchmal sagte ich mir, er müsse tot sein, ohne jedoch jemals wirklich daran zu glauben.

Vielleicht hatte er gemerkt, daß ich hier war, und war weitergezogen. Nach all der Energie, die ich darauf verwandt hatte, ihn zu vermissen, mich nach ihm zu sehnen, ihn zu suchen, war der Gedanke, er könnte mich womöglich nicht vermißt haben und wollte vielleicht gar nicht gefunden werden, alles andere als aufbauend. In all den Jahren des Grübelns war dies genau das Szenario gewesen, das ich immer verworfen hatte.

Er hatte hier acht Jahre einfach weitergelebt, als hätte es mich nie gegeben, als hätten meine Mutter und ich ihm nie etwas bedeutet. Er hatte uns verlassen, vergessen und ein völlig neues

Leben begonnen. Gut, wir waren vielleicht nicht das Gelbe vom Ei, aber immerhin waren wir seine Familie. Welcher Mensch ist zu so etwas fähig? fragte ich mich. Und welcher Sohn ist blöd genug, seine Zeit damit zu vergeuden, nach so einem Vater zu suchen?

Er war entweder tot oder weg oder wollte nichts mit mir zu tun haben. Aber selbst wenn er mich nicht gern hatte – selbst wenn er mich *haßte* –, hätte er doch zumindest einmal anrufen können. In den ganzen acht Jahren hatte er sich einen Dreck um uns geschert.

Zugegeben, auch ich hatte mich bisher kein einziges Mal in Opelousas gemeldet.

Dieser Gedanke spukte mir einen ganzen Nachmittag im Kopf herum. Selbst die Konjugation des Verbs *hacer* (ich mache, ich machte, ich habe gemacht, ich hätte machen können) konnte ihn nicht vertreiben. Ich ging zum *teléfono público* beim Wachhaus an der Brücke und wartete, während ein junges Mädchen mit drei verschiedenen Typen nacheinander ausgiebig Süßholz raspelte. Als ich endlich die Kabine betrat, war ich fast mit den Nerven am Ende.

War es meinem Vater genauso ergangen? War er auch bis hierher gekommen? Hatte er vielleicht nach dem Hörer gegriffen und dann den Mut verloren? Die Nerven zu verlieren war immerhin kein Verbrechen, oder?

Ich drückte mich gegen die Scheibe, während ich ein Knistern und Rauschen sowie diverse »Bitte warten« in der Leitung hörte, bis schließlich das wohlbekannte zweimalige scheppernde Klingeln der Vermittlung in Opelousas ertönte.

Am anderen Ende meldete sich meine Mutter.

»Auslandsvermittlung. Wir haben ein R-Gespräch von Benjamin. Nehmen Sie an?«

»*Natürlich* nehm ich an!«

»Sie können jetzt sprechen.«

»Hallo, Mom.«

»Benny? Mein Gott, bist du's? *Bist du's wirklich*?«

»Ja, ich bin's.« Ich hörte den Nachhall ihrer Stimme und den blechernen Nachhall meines eigenen *Ja, ich bin's*.

»Mein Gott, Benny, das ist vielleicht komisch. Das muß

Gedankenübertragung sein. Ich hab gerade an dich gedacht! Wo bist du? Du klingst, als wärst du auf dem Mond.« *Auf dem Mond.*

»Ich bin in Mittelamerika.« *Amerika.*

»Mittel ... Junge, ich hab mir solche Sorgen gemacht! Warum bist du so Knall auf Fall verschwunden? Ich hab die Polizei alarmiert, aber die wollten nichts unternehmen, weil du schon über achtzehn bist.« *Achtzehn bist.*

»Es geht mir gut«, sagte ich, »ich bin viel am Strand. Ich hab jetzt auch Arbeit.« *Jetzt auch Arbeit.*

»Wo bist du? Wann kommst du nach Hause?« *Nach Hause?*

»Ich weiß nicht.« *Ich weiß nicht.* »Noch nicht.« *Noch nicht.* »Du, hier wollen noch andere telefonieren. Ich wollte dir auch nur sagen, daß es mir gutgeht.« *Mir gutgeht.*

Kein Mensch wollte telefonieren.

»Warte mal. Leg nicht auf! Sag mir noch, wo du bist, Junge, bitte!« *Junge, bitte.*

»Ich suche Daddy.« *Daddy.* »Er war hier. Ich weiß es. Ich hab ihn noch nicht gefunden, aber ich bin nahe dran.« *Nahe dran.*

Einen Moment lang dachte ich, die Verbindung sei unterbrochen, aber dann hörte ich ihr Hüsteln und den Nachhall. »Armer Benny, ich wußte nicht, daß er dir immer noch so sehr fehlt. Mir fehlt er auch, weißt du? Jeden Tag. Ich hätte mich wohl ein bißchen mehr um dich kümmern sollen, hmmm?« *Hmmm?*

»Quäl dich nicht unnötig, Mom. Ich muß jetzt Schluß machen. Wann ich wieder da bin, weiß ich nicht. Aber mach dir keine Sorgen, okay?« *Okay?*

»Benny, ich glaub, wir kriegen das schon hin, wir beide –«

Als ich auflegte, redete sie immer noch.

28
Ihr richtiges Leben

Alexa sagte der Frau in der Vermittlung, sie müsse unbedingt wissen, woher das R-Gespräch aus Mittelamerika, das sie gerade geführt hatte, genau gekommen sei. Ja, natürlich handle es sich um einen Notfall. Die Frau faselte etwas über bundeseinheitliche Vorschriften, aber Alexa klemmte sich ihren Besen zwischen die Beine, drehte ein paar Runden um den Kopf der Frau und wurde zu einer netten Vorgesetzten durchgestellt, die etwas in ihren Computer eintippte und sagte, der Anruf sei aus einem Ort namens Isla del Mago gekommen.

Er war hier. Ich weiß es. Ich hab ihn noch nicht gefunden, aber ich bin nahe dran.

Alexa notierte sich »Isla del Mago«.

Bennys unerwarteter Anruf hatte sie völlig aus der Fassung gebracht. Sie hatte sich solche Mühe gegeben, nichts Falsches zu sagen, aber er hatte trotzdem aufgelegt. Anscheinend wirkte sie so auf andere. Sie ging allen auf die Nerven, sogar denen, die sie mochten. Sie konnte nichts dafür, aber sie schlug sich mit diesem Problem schon ihr Leben lang herum. Sie hatte gedacht, acht Jahre in der Casa San Jacinto hätten eine Besserung bewirkt, aber in Wirklichkeit war es anscheinend nur noch schlimmer geworden.

Zumindest war sie nicht mehr ganz so verrückt. Immer noch nervtötend vielleicht, aber tausendmal weniger verrückt.

Wenn man so durchgeknallt ist, wie Alexa es gewesen war, wenn man jahrelang versucht hat, normal zu erscheinen, während einem schreckliche kleine Männchen in die Ohren kreischen, einem mit ihren ekligen Fingern ins Gesicht fassen, einem das Augenlid anheben, um darunterzuspähen, wenn man schlafen will – KOMM schon, Alexa, wach AUF, Zeit, auf die PARTY zu gehen! –, kann es durchaus eine Erleichterung sein, wenn einen die Psychiater schließlich für geistesgestört erklären und einen wegschließen.

Keine Beruhigungsspritze der Welt kann die kleinen Männchen weniger furchterregend oder weniger real machen, aber wenn man in einer Anstalt ist, wird einem wenigstens im Ansatz klar, daß nicht die ganze Welt den Verstand verloren hat, sondern nur man selbst – und die anderen Insassen. Die geschwätzigen kleinen Männchen existieren nur im eigenen Kopf; sie sind nicht draußen, setzen nicht all den normalen Menschen zu, die frei herumlaufen. Denken zu müssen, man sei verrückt, ist schon beängstigend genug, aber zu denken, daß man der letzte geistig gesunde Mensch auf der Welt sein könnte, daß die Erde tatsächlich mit diesen gedrungenen kleinen, auf der Schulter hockenden Kreaturen verseucht ist, die nur sonst niemand wahrnimmt – also das ist der Weg, an dessen Ende der pure Wahnsinn steht. Der dazu führt, daß man in den nächsten durchgehend geöffneten Laden geht und nach einem Päckchen altmodischer Gillette-Rasierklingen greift.

Alexa hätte nicht versucht, sich umzubringen, wenn sie irgendeine andere Möglichkeit gesehen hätte, diese abscheulichen kleinen Männchen zum Schweigen zu bringen. Sie empfand vor ihrem früheren Ich eine Art selbstverständlicher Achtung, hegte eine mit Nostalgie gefärbte Zuneigung zu ihm. Sie hätte dieser früheren Person, die unschuldig und ziemlich nett gewesen war, wenn sie auch manchmal zu unklugen Entscheidungen neigte, nie etwas antun können. Aber diese Person gab es schon seit einer ganzen Weile nicht mehr.

Vielleicht wäre es einfacher gewesen, in den Gelben Seiten unter »Psychiatrische Kliniken« nachzusehen, die Nummer zu wählen und still sitzen zu bleiben, bis sie einen holen kamen. Aber Alexa hätte für diesen Anruf von sich aus nie die Kraft aufgebracht. Die Illusion, normal zu sein, war die letzte Schicht ihres Panzers, das letzte, was sie nie preisgeben durfte.

Sie zog ihren hübschen gelben Seidenslip mit dem handgeklöppelten Spitzenbesatz und den dazu passenden BH an. Sie wartete einen Zeitpunkt ab, zu dem das Haus voller Menschen war und das ganze Parterre nach Jimbo und seinen Bong rauchenden Kumpanen stank. Damit zumindest eine gewisse Chance bestand, daß man sie noch rechtzeitig fand.

Sie versuchte, mit Kerzen und Sandelholz-Räucherstäbchen eine gewisse Stimmung herzustellen. Ein warmes Bad, ein Bier und ein paar Pillen – blaue und rote. Billie Holiday über die Stereoanlage.

Zwischen die Shampooflaschen am Ende der Badewanne stellte sie zwei silbergerahmte Bilder: Benny in der vierten Klasse, mit Stirnlocke und Sommersprossen, und die glückliche Familie am Rand des Grand Canyon, in dem Jahr, als Benny vier wurde. Ein freundlicher Tourist hatte die Aufnahme gemacht. Ben drückte Frau und Kind mit seinen langen Armen an sich, beschützte sie vor dem diesigen Abgrund hinter ihnen; drei Gesichter Wange an Wange, lächelnd in der Gewißheit, daß sie nie abstürzen können.

Die kleinen Männchen hockten in der Seifenschale, platschten vom Duschvorhang ins Wasser, schlitterten mit Hallo das glatte Ende der Wanne hinab.

»Ich fürchte, ich muß euch jetzt allen Lebewohl sagen, Jungs«, sagte Alexa und ließ sich ins Wasser gleiten. »Es war nett, aber ich halt's nicht mehr aus.«

Eine ganze Horde von ihnen balgte sich um das Gillette-Päckchen. Alexa schnappte es sich und vertrieb die Männchen, indem sie einmal kräftig ausholte. Sie waren schlüpfrige kleine Teufelchen. Sie hatten keine Substanz. Man konnte eines mit der Hand plattschlagen, und im nächsten Moment tauchte es woanders wieder auf, als ob nichts gewesen wäre. Manches Mal schon hatte Alexa gedacht: Wenn man ihnen beibringen könnte, sich anständig aufzuführen, wären sie die nettesten Haustiere.

Aber es wurden ihrer immer mehr, und sie hatten nur das eine Ziel, sie in den Wahnsinn zu treiben. Sie war entschlossen, ihnen ein Schnippchen zu schlagen. Sie hoffte, Totsein wäre besser, als so zu leben; auf alle Fälle geruhsamer.

Sie forschte in Bennys Schulfoto nach einem Anzeichen dafür, daß er Verständnis für das aufbringen würde, was sie jetzt gleich tun wollte. Er grinste: Schau mich an, Mom! Schau mich an!

Ihr Mann würde es nie verstehen, aber wenn Ben Willis sich nur einmal um jemand anderen als sich selbst gekümmert hätte, hätte er gemerkt, daß mit seiner Frau etwas nicht stimmte. Er hätte gemerkt, wie zerrissen sie war, wie schwer es ihr fiel, ein normales Gespräch zu führen, während die kleinen Männchen an ihren Ohrringen zerrten und ihren ekelhaften Unsinn sabberten.

Sie hatte nie so recht glauben können, daß Ben wirklich tot war. Sie liebte ihn so sehr, da hätte sie doch irgend etwas spüren müssen, als er starb, oder? Wenn er noch am Leben und irgendwo da draußen war, wenn er abgehauen war und sie ganz allein ins Chaos abrutschen ließ, dann sollte er leiden. Er verdiente es nicht mal zu wissen, warum.

Arme Billie, warum denn immer so verzagt? Kopf hoch, Mädel.

Alexa fuhr mit dem Daumennagel unter die kleine Lasche und zog daran. Kerzenlicht schimmerte auf der Schneide der Klinge. Dank ihrer symmetrischen Form fühlte es sich gut an, sie so zwischen zwei Fingern zu halten.

Ohne auf das Geheul der bösen kleinen Männchen zu achten, machte sie den ersten Schnitt. Das Blut trat als dünne dunkle Linie aus und sammelte sich in einer Träne, die *plopp!* im Wasser zerplatzte und sich wie eine Quellwolke ausbreitete, nur nach unten.

Jimbo fand sie, rettete sie, schaffte sie in die Casa San Jacinto. Während Alexa noch sediert war, räumte er alle Bankkonten ab und verschwand auf Nimmerwiedersehen. Die nächsten acht Jahre versuchte sie herauszukriegen, wie es jemals so weit hatte kommen können.

Ihr richtiges Leben begann am Abend des 14. Oktober 1959, als die scheidende Schulkönigin der Opelousas High ihr einen Strauß roter Rosen überreichte und ihr das Krönchen ins toupierte, von Spray glänzende Haar drückte. Alexa hatte sich als Teenager überwiegend unansehnlich, linkisch, wertlos gefühlt. Sie und Betsy Campbell hatten sich nur für den Wettbewerb angemeldet, weil sie sich gegenseitig dazu aufgestachelt hatten, und machten sich ständig über die hochnäsigen anderen Mädchen lustig, die sich alle ihres Sieges gewiß waren. Alexa (damals noch Doris French) absolvierte wild entschlossen die Proben und rechnete mit dem Schlimmsten. Ihr Vater hatte sie in dem Glauben erzogen, daß man nie enttäuscht werden kann, wenn man immer mit dem Schlimmsten rechnet. Aber manchmal, so fand sie mit der Zeit heraus, kommt das Leben auf einen zu und schenkt einem einen Strauß roter Rosen.

Die Band spielte den »Tennessee Waltz«. In der hohen Turnhalle klang der Applaus wie der Beifallssturm von Tausenden. Alexa weinte nicht vor Glück, nicht aus einem so simplen Grund, nein, sondern weil sie jetzt wußte, daß ihr Vater sich geirrt hatte: Wer mit dem Schlimmsten rechnet, bekommt es auch. Das Leben bietet schönen Mädchen so manche Chance, und Alexa war jetzt schön. Anne Marie Snodgrass mochte eine bessere Staatsbürgerin sein, Betsy Campbells Zeugnis war so makellos wie ihre Zähne, aber Alexa war die Siegerin, hatte es schwarz auf weiß, daß sie die Schönste der ganzen Schule war. Sie war überglücklich und betrübt zugleich, als sie die bedauernswerten Verliererinnen umarmte. Aber ihre Mitleidstränen waren kaum aufrichtiger als die geschluchzten Glückwünsche der Unterlegenen.

Beim Verlassen der Turnhalle drängelte sich Mr. Timmons vom Haushaltwarenladen zu ihr durch. »Schätzchen, ist dir klar, daß die anderen Mädels neben dir wie häßliche Entlein ausgesehen haben?«

»Also wissen Sie«, sagte sie, »das ist aber nicht sehr nett – ich meine, Betsy Campbell –«

»Nein, du kannst mir's glauben«, sagte er. »Lauter häßliche Entlein, quak, quak, quak.« Er bot ihr an, sie bei der Wahl der Miss Cottonseed Oil am folgenden Wochenende in St. Martinville zu sponsern, und so fand Alexa zu ihrer Berufung.

Nacheinander wurde sie Miss Cottonseed Oil, Miss All-Dixie Tractor Pull, Miss Natchez Pilgrimage, Miss Bon Coeur Motor Speedway, Miss Louisiana Farm-Raised Catfish fillet – sie errang insgesamt achtunddreißig lokale und regionale Titel, gewann jede mittlere Schönheitskonkurrenz zwischen Vicksburg und Beaumont, bis zum krönenden Abschluß in der Stadthalle von Lafayette, wo sie sich dreimal um den Titel der Miss Southwest Louisiana bewarb, gegen die Konkurrenz hinreißender dunkelhäutiger Cajun-Mädchen, die sie wegen ihrer strahlenden Blondheit nicht ausstehen konnten.

Alexa war nur selten das schönste Mädchen in einem Wettbewerb, aber sie hatte gelernt, auf eine Art zu stehen und sich zu bewegen, die offenbar alle Preisrichter faszinierte. Sie schlenderte hocherhobenen Hauptes über die Bühne, eine Königin unter gewöhnlichen Sterblichen, und in ihrem Goldhaar funkelte ein imaginäres Diadem. Aus einschlägigen Zeitschriften lernte sie alle möglichen Tricks: Vaseline, damit die Zähne glitzern, heißes Kerzenwachs zum Entfernen unerwünschter Behaarung, ein Büstenhalter mit Bügel für den Badeanzug-Wettbewerb.

Ihr besonderes Talent war die Rezitation. Was sie vortrug, war ein von ihr selbst verfaßter poetischer Monolog eines Baumes. »An kalten Wintertagen sehe ich die Menschen unter meinen dürren Ästen vorbeigehen«, lautete der Anfang, »aber sie wissen nicht, daß ich sie sehe.« Der Rest war genauso schlecht, zeichnete sich aber durch barmherzige Kürze aus, und niemand sprach sie jemals darauf an. Sie trug ein Tüllkleidchen, rezitierte unter einem grünen Spotlight und bog die Arme wie Äste im Wind.

Beim Interview spielten die Preisrichter ihr die Bälle zu. »Was würden Sie in Anbetracht der bewaffneten Konflikte überall in der heutigen Welt unternehmen, wenn Sie für eine Woche Präsidentin der Vereinten Nationen wären?«

Alexa faßte die Preisrichter ins Auge, überwiegend alte, halb kahle, dicke Männer, und sagte: »Ich würde alle Atombomben auf eine Rakete packen und sie ins Weltall schießen. Dann würde ich dem Kommunismus den totalen Krieg erklären.«

Und die neue Miss Southwest Louisiana ist … Miss Opelousas, Doris Marie French!

Der nächste Schritt konnte jetzt nur noch nach New Orleans führen, zur Wahl der Miss Louisiana, dem Tor zu Atlantic City. Als sie in den Wochen vor diesem großen Ereignis ein paar Pfund herunterzuhungern versuchte, hatte Alexa die erste Halluzination ihres Lebens, einen lebhaften Tagtraum, in dem sie auf dem Heck eines roten Kabrios saß, als Schönheitskönigin von ganz Amerika. Da kam ihr zum erstenmal der Verdacht, sie könnte ein bißchen verrückt sein.

Sie hörte nicht auf die Stimme des Zweifels, die Stimme ihres Vaters, des alten Leland French. (»Mach dir keine übertriebenen Hoffnungen.«) Sieh mich an, du sauertöpfischer alter Geist – ich mache mir Hoffnungen, jawohl, und sie sind *nicht* übertrieben.

Ihrer Mutter war Alexas Schönheitskarriere bisher herzlich gleichgültig gewesen, aber bei der Aussicht, eine Miss Louisiana als Tochter zu haben, erwärmte sie sich doch zusehends. Sie spendierte Alexa zwei Monatslöhne für die glitzernde blaue hautenge Robe von Roth für die Abendkleid-Konkurrenz. »Wer weiß, Doris«, sagte sie, »vielleicht lernst du ja bald den Mann deines Lebens kennen. Und da mußt du doch gut aussehen.«

Alexa fand das rührend.

Ihre Mutter wollte mit ganzen Wagenladungen von Fans nach New Orleans kommen und jubeln, aber Alexa meinte, das würde sie zu sehr ablenken. »Du kannst dir's ja im Radio anhören, Mama. Manche bringen ihre Anhänger mit, aber die Preisrichter sehen das nicht gern.«

»Wie du meinst«, sagte ihre Mutter. »Aber es wär schon schade, wenn du gewinnst und ich bin nicht mit dabei.«

»Wenn ich gewinne, kannst du nach Atlantic City mitkommen.«

Sie umarmten sich. Es war ein glücklicher Abend.

Alexas erster Eindruck von New Orleans war das laute Hotel im French Quarter, wo Betrunkene die Straßen unsicher machten und die Häuser sich windschief aneinanderlehnten. Sie lockerte ihre Turmfrisur auf und zwängte sich in das Kleid aus getupftem Schweizermusselin, das sie sich für den Kennenlern-Empfang ausgesucht hatte. Die Damen vom Lafayette-Komitee kamen in ihr Zimmer geströmt und gackerten und fummelten, korrigierten ihr Make-up und steckten sie in das graukarierte Tweedkostüm mit dem echt wirkenden Perlenkettchen.

Der Ballsaal war mit Zigarettenrauch und Parfümduft vernebelt, vollgestopft mit Mädchen und ihren Komitee-Damen und ein paar älteren Männern, die offenbar die Aufgabe hatten, herumzustehen und die Teilnehmerinnen lüstern anzuglotzen. Alexa erkannte in ihnen auf Anhieb die Preisrichter und steuerte schnurstracks auf sie zu. Eine ganze Stunde lang ließ sie ihren Charme spielen, schwatzte, schmeichelte und lächelte, schritt graziös von einem zum anderen, lachte, zierte sich, hörte zu, nickte, tat entrüstet, tat so, als sei sie es nicht, gab Komplimente postwendend zurück. Die Lafayette-Ladys hielten sich im Hintergrund und beobachteten sie in Aktion. Sie war eine königliche Erscheinung, einen Kopf größer als jedes andere Mädchen im Saal, völlig unbefangen und sich ihrer Wirkung scheinbar überhaupt nicht bewußt. Sie war vollkommen.

Und dann ließ sie den Blick über die spiegelnde Glatze von Mr. Sammy Rubino, der von seinen italienischen Restaurants erzählte, nach oben wandern.

Der junge Mann sah sie wie gebannt an.

Er war der schönste Mann, den sie je gesehen hatte. Er war einundzwanzig, vielleicht zweiundzwanzig. Schon allein diese wunderbaren hellbraunen Welpenaugen, die eine Welle aussandten, warme Schwingungen, viel stärker als irgendein anderes Augenpaar in dem Raum. Alexa merkte, daß sie einfach in diese Augen schauen mußte, tief in sie hineinschauen, bis in den Menschen dahinter. Der Lärm im Saal verplätscherte zu einem angenehmen Summen. Diese Augen sahen nur sie, und er lächelte, und das Lächeln traf sie wie der süßeste silberne Pfeil, der je von einem Bogen abgeschossen wurde.

Sie ließ den Blick wieder auf Mr. Rubinos kahlen Kopf sinken. Er sagte gerade irgend etwas über Käse: Auf seine Pizzas komme nur echter Mozarella, man sollte nicht glauben, was manche Leute einem so alles als Käse andrehen wollten. Sie sagte: »Das ist ja hochinteressant«, und dachte, Mein Gott, wer ist dieser schöne Mann? Sie spürte seinen Blick wie eine Wärmelampe auf der einen Seite ihres Gesichts. Einen herrlichen Augenblick lang vergaß Alexa, wer sie war, warum sie hier war, alles, was sie sich von jeher gewünscht hatte. Sie verliebte sich. So schnell.

Mit seinen verblichenen Levis, seinen Sandalen, seinem blauen, tintenfleckigen Jeanshemd fiel er auf unter den vielen Smokings. Er hätte ein Hotelangestellter sein können, der die Klimaanlage reparieren sollte, *Ist wirklich heiß hier drin* ... Aber nein, er war jemand. Die Komitee-Damen scharwenzelten um ihn herum und lachten glockenhell über seine geistreichen Bemerkungen.

Wie konnte er es wagen, sein die Seele streichelndes Lächeln einer anderen zu schenken? Schon in diesen ersten Augenblikken, noch bevor sie wußte, wie er hieß, verspürte Alexa den ersten Stich der Eifersucht. Und so war es seit damals geblieben.

Er hieß Ben Willis, erfuhr sie, ein aufstrebender Folksänger aus Alabama, Zeremonienmeister für den Galaabend der Miss-Wahl. Die ganze Woche flirteten die anderen Teilnehmerinnen mit ihm bei den Proben, weil sie dachten, er hätte einen gewissen Einfluß auf die Preisrichter. Hinter seinem Rücken sagten sie, er ist süß, aber hat er denn nichts Anständiges anzuziehen? Alexa behielt ihre Gedanken für sich. Sie versuchte, ihn nicht anzustarren, aber das wäre wie der Versuch gewesen, die einzige brennende Kerze in einem dunklen Raum nicht anzuschauen.

Bei der Generalprobe am Freitag mußten die jungen Damen sittsam im Zuschauerraum sitzen, während Ben Willis mit den Beleuchtern seinen Auftritt durchging. Er fühlte sich offenbar wohl in seiner Haut, wie er so mit der Gitarre auf dem Knie da oben saß, sich mit dem Daumen das zottelige Haar zurückstrich und geduldig wartete, während die Techniker an den Geräten herumdokterten. Er spielte ein paar einleitende Akkorde und sang mit einer Stimme so weich wie Wasser:

There's the moment when you see her standing there
All the sunlight in the world is shining down upon
her shoulders
And the wind is making music in her hair,
And the world you thought you knew is something better,
something newer,
She's my candy girl
My true love song
The only one I see
And now I don't know
If it's right or wrong
But she's the one for me.

Er suchte sie mit den Augen, als er die ersten Zeilen sang. Er sang den Song ganz für sie, nur sie und er waren noch in dem Raum. Alexa spürte, wie sie zu glühen begann, während sie ihn ansah. Die Mädchen links und rechts von ihr starrten sie an.

Sie zwang sich, auf ihre Hände zu sehen, aber dann war es einfach zu stark – sie mußte wieder aufschauen. Er sang immer noch für sie. Sie errötete am ganzen Körper.

Ihr Leben hatte sie an diesen Ort gebracht: Alles, wofür sie gearbeitet hatte, alles, was sie sich erträumt hatte, jeder Moment des Hoffens und Strebens hatte sie zu ihrer großen Chance an diesem Abend geführt. Da saß sie nun und war bereit, alles hinter sich zu lassen und sich diesem Fremden in die Arme zu werfen. Er merkte es. Er machte das absichtlich. Er kannte die Macht seiner Augen, sah, daß sie noch nie geliebt, nicht mal an die Liebe geglaubt hatte, wenn sie in Büchern davon las. Ihr Herz war ein kleines kühles Ding, das auf die erste menschliche Berührung wartete, und bei Gott, wenn dieser Mann sie jemals berührte, würde sie nie mehr zu brennen aufhören.

Sein Song war zu Ende, die Mädchen klatschten wie verrückt. Alexa stolperte an den Knien ihrer Nachbarinnen vorbei, durch den Gang hinaus und hinunter in den Damenwaschraum. Sie schüttete sich kaltes Wasser ins Gesicht und sank zitternd auf die mit grünem Plüsch bezogene Ohnmachtscouch.

Was ist los mit dir, Doris? Reiß dich zusammen! Was würden die Preisrichter denken, wenn sie dich so hätten davonlaufen sehen?

Sie stand vor ihrem Spiegelbild: atemlos und aufgelöst, mit aufgerissenen Augen, als hätte sie ihn geküßt, statt ihm nur zuzusehen. Oben begannen sie mit der Aufnahme, man hörte die Zurufe der Choreographen, das Klacken von Steppschuhen, als die Mädchen sich an ihre große Sing- und Tanznummer »Saturday Night in Old New Orleans« machten.

Du bist in niemanden verliebt, sagte Alexa in den Spiegel. Du wirst Miss Louisiana.

Sie machte sich wieder zurecht und ging zu der Probe zurück. Ben Willis war nirgends mehr zu sehen.

Sie war in ihrem Hotelzimmer, umgeben von den Lafayette-Ladys, als es klopfte. Ein Page brachte ein Dutzend Rosen, eine Schachtel Pralinen und ein Kärtchen: »Wollen Sie meine Zuckerprinzessin sein? Herzlichst, Ben W.«

Das warf sie von neuem um. Es war doch nicht bloß eine alberne einseitige Geschichte, ein Produkt ihrer überhitzten Phantasie. Er wußte, wer sie war. Er schickte ihr Rosen.

»Laßt ihr mir bitte noch einen Moment Zeit?« sagte sie.

»Schätzchen, dir fehlt doch nichts?« fragte Mrs. Bouchard. »Schaut sie euch an, ist sie nicht richtig blaß? Doris?«

»Ach was, sie will bloß ihren Süßen anrufen«, sagte Mrs. DeShields.

»Ich muß mich nur mal kurz verschnaufen, okay? Es war so ein hektischer Tag.«

»Natürlich – kommt, Mädels, lassen wir ihr ein bißchen Luft.«

Die Tür klickte ins Schloß. Alexa rief die Rezeption an und hörte es kurz darauf dreimal klingeln.

Er nahm ab. »Ja, hallo?«

»Ist da Ben Willis?«

»Ja.«

»Ja, also hier ist Doris French.«

»Wer?«

»Doris French. Miss Southwest Louisiana.«

»Oh ...« Seine Stimme klang plötzlich viel liebenswürdiger. »Ach ja, hi. Hallo. Mann, bin ich froh, daß Sie mich anrufen.«

»Mr. Willis, was machen Sie mit mir?«

»Was meinen Sie?«

»Na ja, ich will diese Wahl gewinnen«, sagte sie. »Das ist der einzige Grund, warum ich hier bin. Ich will mein Bestes geben, und dabei krieg ich kaum Luft, wenn Sie mich so anstarren. Schon die ganze Woche. Und heute, wie Sie den Song gesungen und die Mädchen mich alle angesehen haben wie – wie – ach, ich weiß nicht. Und jetzt die Blumen und die Pralinen ...«

»Moment mal«, sagte er.

»Ich weiß ja nicht, warum Sie sich ausgerechnet mich ausgesucht haben«, fuhr sie fort, sie kam richtig in Fahrt, »aber mir wär's lieber, Sie würden sich eins von den anderen Mädchen anlachen. Ihnen kommt dieser Wettbewerb vielleicht albern vor, aber mir ist er sehr wichtig. Ich will nicht Ihretwegen verlieren.«

»Hey, Doris French, könnten Sie mal einen Moment die Klappe halten?«

Vor Schreck blieb ihr die Stimme weg.

»Also erstens einmal hab ich Ihnen keine Blumen und keine Pralinen geschickt. Da hat sich jemand einen Scherz erlaubt.«

»Ach so«, sagte sie geknickt.

»Und zweitens, Miss Southwest Louisiana: Ich wollte, ich hätte Ihnen Blumen geschickt. Und Pralinen. Und Diamanten und einen hübschen kleinen Nerz. Tut mir leid, daß ich Sie angestarrt habe, aber ich kann einfach nicht anders. Sie sind das hübscheste Mädchen von allen da draußen. Wenn ich Preisrichter wäre, hätten Sie den Titel schon in der Tasche. Sie sind das Schönste, was ich je gesehen habe. Okay? Also, das war mein Geständnis.«

»Sie haben sie mir nicht geschickt?« Sie berührte die samtigen roten Blütenblätter. »Aber wer sollte denn – Ihr Name steht auf der Karte.«

»Nein, tut mir leid«, sagte er. »Nicht mein Stil.«

»Aber Sie haben mich angestarrt.«

»Sagen wir mal, wir haben einander angestarrt, ja? Diese Woche hat sich zäh wie Leder angelassen, aber dann hab ich Sie gesehen.«

»Na, jedenfalls lenkt mich das furchtbar ab«, sagte sie. Sie klammerte sich an ihren Ärger trotz der Wärme seiner Stimme, dieses Wärmevorhangs, der so nahe bei ihr war, daß sie die Hände hätte hineinstecken können. »Es tut mir leid, wenn ich – wenn Sie gar nicht ...«

»Hören Sie, was machen Sie heute abend? Nach der Show.«

»Also – ich weiß nicht. Das kommt drauf an.«

»Ob Sie gewinnen?«

»Ich gewinne auf alle Fälle. Trotz Ihnen.«

»Na bravo«, sagte er. »Sie haben Mumm. Das gefällt mir. Es gibt da einen, der spielt Stride piano, in einem Lokal am Stadtrand. Professor Longhair, der Beste. Wir könnten Austern essen gehen und uns das zweite Set anhören.«

»Dafür hab ich heute abend keine Zeit. Und wie wär's, wenn Sie Ihre Augen bei sich behalten?«

»Ich kann nichts versprechen«, sagte Ben Willis. »Viel Glück, Doris. Bis später.« Er legte auf.

Die Lafayette-Ladys packten sie ins Taxi, eine holprige Fahrt über regennasse Straßen, dann hinter der Bühne das Gemurmel des Publikums, Mädchen mit Lampenfieber, die sich um Platz vor dem Spiegel rangelten. Die Illusion von Kameradschaft, die während der ganzen Woche vorgeherrscht hatte, machte hilfloser Nervosität und eisiger Höflichkeit Platz. Einige Mädchen bekamen Weinkrämpfe, andere stürmten wutentbrannt davon. Ganze Scharen von Komitee-Damen waren überall im Weg.

Alexa stand abseits, betastete zerstreut ihr Haar und dachte an seine Stimme am Telefon. Die Stimme kuschelte sich in ihr zusammen und wärmte sie.

Sie reihte sich hinter Miss Natchitoches ein.

»Ich hab gehört, du hast Rosen bekommen, Doris«, sagte Miss Ponchatoula.

Miss Natchitoches bekam einen Lachanfall, ebenso andere Mädchen. Offenbar hatten sie für die Rosen und die Pralinen zusammengelegt, einer der lustigen Streiche, die sich die Teilnehmerinnen im Geiste schwesterlicher Liebe gegenseitig spielten.

Alexa lächelte tapfer weiter. Ha, ha, ha, ich versteh schließlich Spaß! Mich kann nichts erschüttern! Ich werde gewinnen!

Der Vorhang ging hoch. Das Orchester spielte. Ben Willis fühlte sich sichtlich unbehaglich in seinem geliehenen Smoking. Er las Witze von Kärtchen ab, die er in der Hand hielt.

Alexa stöckelte im Badeanzug über die Bühne, schwebte in ihrer Abendrobe von Roth dahin und hüpfte mit allen anderen zur Musik von »Saturday Night in Old New Orleans«. In ihrem grünen Tüllkleidchen trug sie ihren Monolog vor und schwankte im Wind. »Die Brise, die warm und sanft durch meine Äste streicht, wird meine Blätter forttragen, wenn der Herbst ins Land geht«, rezitierte sie.

Ben fing sie hinter den Kulissen ab und grinste übers ganze Gesicht. »Als Baum sind Sie unschlagbar«, sagte er. »Haben Sie das selbst geschrieben?«

»Machen Sie sich nicht lustig über mich.«

»Wer macht sich denn lustig? Sie waren phantastisch.«

»Sie sehen in Ihrem Smoking übrigens auch ziemlich albern aus.«

»Danke für die Blumen.«

Sie wollte an ihm vorbei, aber seine Hand hielt sie auf – nur seine Finger, ganz leicht, am Arm. O Gott. Die Berührung, die sie so gefürchtet hatte. »Bitte …«

»Bitte was?« Seine Lippen, dicht an ihrem Ohr.

Ihre Blicke trafen sich. Mein Gott, es war schon aus der Entfernung schön, aber so aus der Nähe war es noch einmal eine ganz andere Dimension. Er blendete sie, man konnte es nicht anders sagen, er schlug sie in seinen Bann, hier an Ort und Stelle, im Saenger Theater hinter der Bühne.

»Bitte, gehen Sie«, murmelte sie.

»Gehen wir doch zusammen. Jetzt gleich. Sie und ich.«

»Wohin?«

»Irgendwohin hier in der Nähe. Ich möchte Sie so gern küssen und nicht mehr aufhören.«

»Und was wird morgen sein?«

»Da küsse ich Sie noch ein bißchen mehr.«

Das war der Moment, in dem Alexa den Schönheitswettbewerb verlor. Sie verlor ihn auf einen Schlag. Alles, was sie bis jetzt im Leben getan hatte, schien unwichtig, verglichen mit der Aussicht, diesen Mann küssen zu dürfen. Sie küßte ihn. Sie brannte nicht sofort mit ihm durch, obwohl das eigentlich ihr stärkster Drang war. Wie sich herausstellte, hätte sie es ruhig tun können – sie kam noch nicht einmal unter die ersten Zehn. Sie war nicht einmal enttäuscht, jedenfalls nicht gleich, erst später, als sie daran zurückdachte. Sie ging mit Ben Willis in ein Lokal namens Tipitina's. Sie blieb bei ihm und heiratete ihn, und von da an war nichts mehr so, wie es früher einmal gewesen war.

Sie liebte ihn. Sie hörte nie auf, ihn zu lieben, von dem Moment an, als sie über Sammy Rubinos Glatze geschaut und ihn dort oben hatte stehen sehen. Kaum waren sie verheiratet, fing sie an, ihm auf die Nerven zu gehen. Sie wollte es nicht, aber sie merkte, daß es geschah. Sie widmete sich ihm und ihrer Liebe zu ihm mit derselben zielgerichteten Energie, mit der sie auf ihren Erfolg als Schönheitskönigin hingearbeitet hatte. Sie vergraulte ihn durch die Intensität ihrer Hingabe. Sie versuchte, sich in das zu verwandeln, was ihm ihrer Meinung nach gefallen würde: ein fetziges Partygirl, die ideale Frau eines Rockstars. Sie versuchte sich mit den Jungs in der Band anzufreunden. Sie wurde schwanger und bekam Benny, und das funktionierte eine Zeitlang – Ben war in das Baby vernarrt, mußte also auch mit Alexa zusammensein. Aber dann nahm seine Karriere verrückte Ausmaße an, und im selben Tempo wurde auch Alexa verrückt.

Im tiefsten Herzen, glaubte sie, liebte Ben sie wirklich, aber manchmal haßte er sie auch. Mit Entsetzen stellte sie fest, daß Liebe und Haß in einem Menschen einfach nebeneinander existieren konnten. Manchmal spürte sie, wie die beiden Gefühle gleichzeitig aus ihm hervorbrachen. Sie nahm zu viele Drogen und dachte zu oft und zu lange darüber nach, daß sie auf den Titel der Miss Louisiana verzichtet hatte, diesem Mann zuliebe, der sie nicht einmal um sich haben wollte, außer auf Partys, als Ornament an seinem Arm. Die kleinen Männchen fingen an, ihr ins Ohr zu flüstern.

Sie startete eine regelrechte Kampagne, um ihm wieder wichtig zu werden. Sie trat sogar in die Band ein, obwohl sie wußte, daß sie überhaupt nicht singen konnte, weil sie dachte, er würde sie nicht mehr hassen, wenn sie sich irgendwie in das einfügte, was ihm das wichtigste im Leben war. Das führte zur schlimmsten Demütigung ihres Lebens, in einem Studio in Pasadena, und dem niederschmetternden Gefühl, daß er sie nie geliebt hatte.

Sie verließ ihn, aber natürlich ging sie zu ihm zurück. Sie konnte einfach nicht anders. Sie war süchtig. Als sie schon dachte, es würde sich alles wieder einigermaßen einrenken, verschwand Ben, machte sich einfach davon und ließ sie sitzen.

Ohne ihn hatte sie kein Gefühl mehr dafür, wer sie überhaupt war. Sie stellte fest, daß sie ihn zugleich liebte und haßte. Zum erstenmal begriff sie, daß man tatsächlich diese beiden Gefühle gleichzeitig haben konnte. Der Haß schmälerte die Liebe nicht, sondern machte sie nur noch stärker und unerträglicher. Die kleinen Männchen kamen und setzten sich ihr auf die Schulter. Alexa zerfiel. Acht lange Jahre und tausend Schachteln Little Debbie Snack Cakes waren nötig, damit sie wieder ganz wurde.

Ich hab ihn noch nicht gefunden, aber ich bin nahe dran.

Vielleicht sollte sie alles auf sich beruhen lassen. So ungern sie es sich eingestand, Benny war alt genug, um auf sich selbst aufzupassen. Sollte er doch versuchen, seinen toten Vater zu finden, wenn er das brauchte, um mit seinem Leben zu Rande zu kommen. Alexa machte schöne Fortschritte hier in Opelousas. Sie lebte tatsächlich aus eigener Kraft, ohne ihn, was sie immer für unmöglich gehalten hatte.

Aber am Abend fand ihre Hand den Weg zum Telefon. Sie rief das Reisebüro an, das von Betsy Robicheaux, geborene Campbell, geleitet wurde. »Betsy«, sagte sie. »Hier ist Alexa Willis. Doris French.«

»Du meine Güte, Mädel, wo steckst du? Ich hab gehört, daß du wieder da bist, ich denke schon die ganze Zeit an dich«, sagte Betsy. »Was kann ich für dich tun?«

»Ich denke dran, mir eine kleine Urlaubsreise zu gönnen«, sagte Alexa.

29
Die Höhle

Der Affe führte Superman zu dem großen schwarzen Felsen an der Steilwand oberhalb des magischen Tümpels. Superman war schon fünfzigmal an diesem Felsen vorbeigeschwebt, aber noch nie war ihm der Vorsprung aufgefallen, hinter dem sich der Eingang zu einem engen Gang befand. Auf allen vieren kroch er in den Berg hinein. Der Gang weitete sich zu einer geräumigen Höhle, die vom blauen Licht einer Quelle erhellt wurde. Das magische Wasser sprudelte hier mit solcher Kraft hoch, daß sich die Oberfläche wie ein kristallenes Auge wölbte. Das leuchtende Wasser stürzte durch einen natürlichen Schacht zum Wasserfall hinab.

Die Höhle war ein perfektes Versteck. Bei Tage kam Sonnenlicht durch Löcher im Gestein der Höhlendecke. Dutzende kleiner grüner Eidechsen liefen herum, niedliche Eidechsen mit intelligentem Kopf auf schlankem Hals, wie winzige Dinosaurier. Manchmal sprangen sie Superman aufs Gesicht, während er schlief. Er tötete nie eine von ihnen absichtlich.

Er badete in dem Tümpel und trank ausgiebig von dem leuchtenden Wasser. Jeden Abend nach Einbruch der Dämmerung schwebte er zu dem violett blühenden Baum mit dem Namen *orgullo de la India* auf dem Gipfel des Felsens hinauf und startete zu seiner mitternächtlichen Wanderung über die Blätterdachstraße. Er stattete seinen Schlupfwinkel mit Sachen aus, die er auf diesen nächtlichen Ausflügen sammelte: einer Machete, einer Taschenlampe, Decken, einem Kopfkissen, einem Weinglas, einem Teller. Er aß, was er fand oder stehlen konnte. Er schlief auf dem blanken, flachen Fels oder knapp darüber schwebend. Jeden Tag saß er am Höhleneingang und lauschte dem Wasserfall. In klaren Nächten trieb er sich in den Wipfeln des Dschungels herum und suchte nach einem Weg, sein tiefes Verlangen zu stillen.

Rache. Allein das Wort klang süß in seinen Ohren, viel süßer als »Gerechtigkeit«. Gerechtigkeit hätte damit geendet, daß Rabbit, Frank und der Magier ins Gefängnis gewandert wären und den Rest ihres Lebens damit zugebracht hätten, ihre Verbrechen zu bereuen. Rache hörte sich besser an – unerträgliche Qualen, furchtbare Schreie, hämisches Gelächter im Dunkeln.

Allerdings fehlte etwas, irgend etwas Entscheidendes, das ihm partout nicht einfallen wollte. Rache bedeutet, daß man es denen, die einem Unrecht getan haben, heimzahlt, indem man ihnen etwas tausendmal Schlimmeres antut. Rache schreit nach einer Antwort dessen, dem sie gilt, nach der Bestätigung, daß er weiß, warum ihm dieses Schreckliche widerfährt. Er sieht zu, wie man Rache übt, und darin liegt ihre Befriedigung, aber auch ihr verhängnisvoller Makel. Man begibt sich auf eine Stufe mit dem, der einen drangsaliert. Indem man Rache übt, wird man das, was man haßt.

Wahre Rache müßte durch etwas Subtileres geschehen, einen Akt höherer Gerechtigkeit etwa, Blitzschlag, einen umstürzenden Baum oder etwas so perfekt Geplantes und Ausgeführtes, daß das Opfer nicht weiß, wie ihm geschieht.

Bevor man sich wirklich rächen kann, muß man seinen Feind kennenlernen, und in dieser Hinsicht hatte Superman große Wissenslücken. In jener panischen Nacht, nachdem er Daisy auf ihrem Bett gefunden hatte, wußte er noch nicht, daß nicht nur Spike und die Zwillinge verschwunden waren, sondern auch Jimmy Hoffa, Ihre Hoheit, Großfürstin Anastasia, Michael Rockefeller, D. B. Cooper, die Sherman Brothers … Erst später, als er aus den Bäumen über der Discoteca Gespräche belauschte, erfuhr er, daß das ganze Sortiment verschwunden war, alle in ein und derselben Nacht. Es gab sie einfach nicht mehr. Ihre Häuser waren alle niedergebrannt worden.

Der Krieg war aus. Der Magier hatte gewonnen. Superman mußte allein weiterkämpfen.

Die Augen wollten ihm übergehen, aber er konnte sich den

Tränen nicht hingeben. Manchmal erinnerte er sich an irgendwelche konkreten, sinnlichen Einzelheiten im Zusammenhang mit Daisy – wie sie sich die Lippen leckte, bevor sie sich küssen ließ, wie ihre Augenwinkel Fältchen bekamen, wenn sie lächelte –, und dann mußte er die Hände vors Gesicht schlagen.

Es war ein so einsames Geschäft, sie ganz allein zu betrauern. Für alle übrigen Menschen war sie schon lange tot. Sie hatten sie als leicht gemütskranken Filmstar gekannt; was sie nicht gekannt hatten, war die herzliche, erotische, halbverrückte, wunderschöne Frau, als die sie sich entpuppt hatte. Superman ärgerte sich darüber, daß seine Trauer armselig war, seicht und halbherzig – diese jähen Ausbrüche trockenen, würgenden Grams, gefolgt von einer Benommenheit wie von einer Novocainspritze.

Er betrauerte die Zwillinge mit ihren eineiigen Seelen – und natürlich Spike. Guter alter Spike. Seine Mama hatte ihn verbrannt, weil wir alle denken sollten, er sei häßlich, aber wir wußten es, Spike, wir wußten, wie schön du warst.

Im Innersten wußte Superman jedoch, daß seine Trauer rein und tief war, auch ohne Tränen. Er liebte seine Freunde. Er würde Daisy ewig lieben. Er liebte sie so, wie er noch niemanden geliebt hatte: wild, schnell, intensiv, wortlos, unaufhörlich – so viele Nächte waren es gewesen, daß er sich sein Leben ohne sie nicht mehr vorstellen konnte.

Warum mußte sie sterben?

Vielleicht hatten die Affen ihn an diesen Ort gebracht, damit er eine Antwort darauf fand.

Er war nicht mehr derselbe wie früher. Der alte Superman hätte sich aus der Höhle geschlichen, den ersten Bus nach Gato Negro genommen und das Weite gesucht. Jetzt war er dazu nicht mehr imstande. Er mußte weiterkämpfen, bis sein Kampfgeist versiegte. Bis seine wahre Rache vollendet war oder er bei der Ausführung starb.

Er machte sich eine Liste:

1. 10 kg Dachnägel
2. 20 0,25-l-Flaschen Brechwurzel
3. 40 Flaschen Visine-Augentropfen

4. 100 m 0,2 mm starker Kupferdraht
5. 3 m Watte
6. 25 l Benzin
7. 20 Weinflaschen (leer)

Er legte sich einen Plan zurecht, wie er sich diese Artikel beschaffen und sie in die Höhle bringen konnte, ohne sich zu verraten. Er mußte davon ausgehen, daß jeder Mensch auf der Insel ihn ohne mit der Wimper zu zucken festnehmen würde.

Er hörte ein Geräusch am Höhleneingang, das Kratzen von Schuhsohlen auf Gestein.

Blitzschnell knipste er seine Taschenlampe aus – das Licht erlosch, aber das rote Lämpchen blinkte weiter. Er schob sie unter die Decke, ging in die Hocke und tastete nach seiner Machete.

Wer immer da hereinwollte, mußte sich auf alle viere niederlassen und durch den engen Eingang kriechen. Das verschaffte Superman etwa fünf Sekunden, in denen er aufstehen und sich an der Höhlenwand entlang Stückchen für Stückchen zu dem Sims über dem Eingang vorarbeiten konnte.

Ein Kopf erschien, der Eindringling stand auf –

Superman hob die Machete. Er wollte gerade mit aller Kraft zuschlagen, als eine weibliche Stimme *»Hola«* sagte.

Er fuhr zusammen. Sie schrie auf. Er ließ die Machete fallen. Sie hielt sich die Hände über den Kopf. Er tastete nach der Lampe, knipste sie an, richtete sie auf die Frau und sah Catalina, die kreischte und abwehrend die Hände ausstreckte – Tu mir nichts!

O Gott. Um ein Haar hätte er es getan. Noch eine Sekunde, und er hätte ihr den Schädel gespalten wie eine Kokosnuß.

Vor Schreck taumelte er stöhnend rückwärts. Catalina weinte jetzt, kniete sich hin und sammelte die Dosen ein, die aus ihrem Korb gefallen waren.

»Lo siento«, sagte er, *»lo siento*, Catalina, *'sculpe, 'sculpe, una gran sorpresa.«* Entschuldige, entschuldige. Ein große Überraschung. Er wußte nicht, wie man auf spanisch »Ich hätte mir vor Angst fast in die Hosen gemacht« sagte.

Es dauerte eine Weile, bis sie zu weinen und Supermans Herz zu hämmern aufhörte. Sie kam zu ihm herüber und zeigte ihm, was sie mitgebracht hatte: Sardinen, Thunfisch, Oliven, Cracker, Graubrot, Reis mit Bohnen, Tortillas, Zitronenkekse.

»Woher weißt du, daß ich hier bin?«

»Perdón?«

»Wie *sabe usted* daß *yo aquí* bin?«

»Los monos me lo dijeron«, sagte sie. Die Affen haben es mir gesagt.

Er mußte ihr entweder trauen oder sich ein neues Versteck suchen. Er war nicht bereit, irgendwem zu trauen. Catalina hatte nie ein freundliches Wort für ihn gehabt, warum sollte sie ihm jetzt auf einmal helfen wollen? Das konnte eine Falle sein.

Er packte seine Machete fester. »Wer hat dich geschickt?«

»Cómo?«

»Wer – dich – geschickt – *aquí*?«

»Los monos, como te dije«, sagte sie, gereizt, weil sie sich wiederholen mußte.

»Ich glaube dir nicht«, sagte er. *»No te creo.* Du arbeitest für den Magier, stimmt's? Ich weiß, was du vorhast! Verschwinde hier, bevor ich –« Er fuchtelte mit der riesigen Klinge.

Sie schüttelte angewidert den Kopf. *»Qué idiota más tonto. Baje eso!«* Du blöder Idiot – leg das Ding da weg! Sie riß ihm die Machete aus der Hand und warf sie ihm vor die Füße. *»Estoy aquí para ayudarle, hijo de puta!«* schrie sie – ich bin hier, um dir zu helfen, du Mistkerl. Sie ließ eine gestenreiche Tirade los, in der das Wort *idiota* auffallend häufig vorkam. Superman wich vor ihr zurück und immer weiter zurück, bis er an der Höhlenwand stand und sie ihm mit dem Zeigefinger vor der Nase herumfuchtelte.

Er mußte ihr vertrauen, zumindest so lange, bis er eine Möglichkeit fand, sie aus der Höhle zu entfernen. Er wich ihrem Finger aus und fing wieder mit dem *lo siento* an.

»Escucha«, sagte sie. Sie sprach langsam und übertrieben artikuliert, wie mit einem Schwachsinnigen. Sie sind wichtig, sagte sie. Die Affen sagen, Sie sind wichtig. Ich weiß nicht, warum sie sich gerade einen *idiota más tonto* ausgesucht haben, damit er uns von diesen *gringos horribles* erlöst, Sie sind ja selber nichts weiter als ein *gringo más horrible*, aber Sie sind nun mal der Auserwählte. *El eligido.* Die Affen haben es schon gewußt, als Sie auf die

Insel kamen. Die haben uns gesagt, wir sollen Sie retten. Sie hierbehalten. Warum, glauben Sie, haben wir Sie gefüttert und gebadet und für Sie gekocht? Weil wir Sie so gern haben? Nein. Wir hassen Sie. Weil wir Ihre Sklaven sind? Nein. Im Herzen sind wir freie Menschen. Es ist, weil die Affen Sie auserwählt haben.

Die Offenheit dieses Ausbruchs verblüffte ihn. Natürlich hatte er gewußt, daß Catalina ihn haßte, aber sie hatte es ihm noch nie ins Gesicht gesagt.

»*Ahora viene la guerra*«, sagte sie. Jetzt kommt der Krieg.

»Ich dachte, er wär vorbei«, sagte er. »Ich dachte, wir haben verloren.«

Catalina verdrehte die Augen. Sind Sie nicht ganz bei Trost? Sehen Sie nicht, was die direkt über Ihrem Kopf bauen? Während Sie hier herumsitzen und nichts tun! Das ist der Grund, warum wir Sie gerettet haben. Wissen Sie nicht mehr, welche Frage Sie an jenem Abend gestellt haben, in der Discoteca? Ich frage Sie jetzt dasselbe: Wollen Sie einfach dasitzen und zusehen, wie sie die Insel zerstören? »*Papi dice que's el diablo*«, sagte sie. »*El dice que están construyendo una casa para el diablo.*« Papi sagt, die bauen ein Haus für den Teufel. »*Es la profecía*«, sagte sie.

»*Profecía*. Was für eine *profecía*?«

Pito hatte es von seinem *abuelo* erfahren, seinem Großvater, der es von seinem eigenen Großvater wußte. *Cuando a la gente no le sirva el mono, al mono no le servirá la gente.* Wenn der Mensch keine Verwendung für den Affen hat, wird der Affe keine Verwendung für den Menschen haben.

Superman blieb skeptisch. »Du willst mir wirklich helfen? Deswegen bist du hier?«

Sie nickte.

Er suchte in den Decken nach seiner Liste. »Beschaff mir diese Sachen. Leg sie irgendwohin, wo ich an sie rankomme – an den großen Baum mit den gelben Blüten, da drüben am Tümpel? Dahinter ist ein großer Felsbrocken. Weißt du, welchen ich meine?«

»*Si, no soy estupida.*« Sie faltete die Liste zusammen und schaute mit einem Glitzern in den Augen auf – Moment! Was war das? War das möglich? Ein Glitzern der Zuneigung von Catalina, der Frau mit dem Herzen aus Stein?

»Sie helfen?« fragte sie plötzlich, erstaunlicherweise auf englisch. »Sie helfen *mi Papi*?«

»Ja«, sagte er. »Ich helfe deinem Papi. Ich bin froh, daß er noch weiterkämpft. Ich weiß aber nicht, was wir tun können. Vielleicht können wir denen irgendwie die Suppe versalzen.«

Die Mauer aus Stein schmolz. Catalina kam mit ausgebreiteten Armen auf ihn zu – eine hastige Umarmung, ihre Lippen streiften seine Wange – und zog sich dann mit züchtig niedergeschlagenen Augen zurück, als hätten sie sich leidenschaftlich geküßt.

»Aha! Wir sind doch nicht alle gleich, was, Catalina? Wir sind nicht alle miteinander *idiotas más tontos*. Ein paar von uns sind ganz in Ordnung. Komm schon, gib's doch zu. Du magst mich.«

Sie schnitt eine Grimasse. *»Usted es el hombre más feo del sistema solar«*, sagte sie. Sie sind der häßlichste Mann im Sonnensystem.

Er mußte lachen. »Ach ja? Komm schon, gib mir einen Kuß.« Er spitzte die Lippen und machte Kußgeräusche.

Catalina sagte »Pah!«, als hätte sie noch nie soviel Begriffsstutzigkeit auf einmal erlebt. Aber er kannte jetzt die Wahrheit. Er ging hinter ihr her zum Eingang der Höhle und tätschelte ihr dort die Hand. *»Gracias*, Catalina.«

»Con mucho gusto«, sagte sie. *»Beng.«*

Und so wurden sie doch noch Freunde.

Catalina fütterte ihn gut, während er übte, sich so flink und unauffällig durch die Baumwipfel zu bewegen wie ein baumbewohnendes Tier. Ein Viertelmond beleuchtete den Pfad um den Berg herum, zu einem großen Mangobaum, dem Teil des noch vorhandenen Dschungels, der der Baustelle am nächsten war.

Wenn es spektakulär ist, einen Berggipfel abzuplatten und eine zwölfstöckige Pyramide darauf zu errichten, war das Jungle Inn eine spektakuläre Angelegenheit. Es war riesig, und, noch erstaunlicher, es war *da*. Will man einen Berggipfel ersetzen, muß man schon etwas Größeres bauen. Gott, die Natur und die Magie sind große, unauslotbare Mächte, aber wie leicht waren sie hier besiegt worden, von vierhundert Arbeitern mit Dynamit und Erdbewegungsmaschinen! In einem einzigen Tag, zwischen Sonnenauf- und Sonnenuntergang, schlugen diese Männer eine Schneise so breit wie ein Fußballfeld in die Flanke des Berges, nur um freie Sicht zu schaffen. Sie schichteten die Bäume auf, gossen Diesel über die Stapel und zündeten sie an. Die Bäume schwelten noch tagelang.

Superman hatte die eine oder andere Idee.

Er fing mit kleinen Nadelstichen an, mit psychologischer Kriegführung gegen die Arbeiter. Schuljungenstreiche: Er ließ Kleidung von der Wäscheleine verschwinden, versah das Trinkwasser mit Zusätzen, den einen Tag mit Brechwurz, den anderen mit Visine. (In beiden Fällen konnten die Arbeiter ihr Essen nicht bei sich behalten, nur die Richtung der Abfuhr war unterschiedlich.) Er streute Dachnägel auf die Zufahrtsstraße. Er schlich sich an einen gelben Jeep an, stemmte sich gegen die Stoßstange und ließ das Fahrzeug in die Tiefe stürzen. Er spannte dünnen Draht zwischen den Bäumen aus, so daß die bergauf zum Hotel rasenden *motociclista*-Boten abgeworfen wurden.

Catalina brachte ihm einen Stoß Bestellformulare vom Jungle Inn. Er füllte sie aus, und sie schickte sie ab.

Niemand sollte ernstlich zu Schaden kommen. Er wollte die Leute nur so lange ärgern, bis sie die Nase voll hatten und aufgaben.

Jeder, der nach oben schaute, hätte ihn da im Sternenlicht, unter dem hellen Mond, durch die Wipfel wandern sehen. Er war überrascht, wie selten die Menschen nach oben schauen. Sie gehen mit gesenktem Kopf durchs Leben und schauen nur nach oben, wenn sie Angst haben, etwas könnte auf sie herabfallen.

Superman erinnerte sich an die Zeit, als er auch so gewesen war. Jetzt war er auf die Dunkelheit eingestellt, empfänglich für den leisesten Laut. Jetzt sah er, wie viele von den hängenden Ästen in Wirklichkeit Schlangen waren. Er schaute durch das Zielfernrohr des Gewehrs und plante seine nächtlichen Aktivitäten aus dem sicheren Abstand des Mangobaums. Er lernte, einen Transformator mit einem einzigen Gewehrschuß lahmzulegen. Gelbe Transporter kamen jeden Morgen, um den Schaden zu beheben, aber zu dem Zeitpunkt war er schon wieder in seiner Höhle und träumte von einer richtig großen Bombe.

Die Bauarbeiten gingen weiter. Nichts und niemand vermochte sie aufzuhalten oder auch nur merklich zu verlangsamen. Die Insel wehrte sich tapfer gegen die Pyramide, so wie sie auch versucht hatte, die Brücke abzuschütteln. Superman sah die Hand Gottes, der Natur oder Pitos in dem Sturm, der aus heiterem Himmel hereinbrach und die Hütten der Arbeiter umblies. In der unerklärlichen Kettenreaktion, der fünf Mann vom Sprengtrupp zum Opfer fielen. In der Invasion von Spinnen, Ameisen und Wespen, in dem Wirbelsturm, der im Mai sämtliche Königspalmen knickte und jede Fensterscheibe an der Westfassade zu Bruch gehen ließ.

Aber die Macht des Magiers war größer. Jeden Abend bei Sonnenuntergang, wenn Superman in den *orgullo de la India* geschwebt war, um seine nächtlichen Streifzüge zu planen, sah er als erstes dieses große, widernatürliche Monument über sich auf dem Berggipfel hocken. Aus der Ferne, beleuchtet von den letzten Strahlen der Abendsonne, wirkte das Jungle Inn unbestreitbar eindrucksvoll.

Ein gräßlicher Gedanke. Superman schüttelte ihn ab. Dieses Ding war die Materialisierung eines viel zu reichen Mannes und seines Größenwahns.

Er hörte Stimmen, dort wo der Tanzboden abgetragen worden war, um dem Heilbad Platz zu machen. Er kroch auf die andere Seite des Mangobaums, stieß sich ab und steuerte auf eine ausladende Weißeiche zu. Seine Technik der lautlosen Landung wurde immer perfekter. Er arbeitete sich vor bis an eine Stelle, von der aus er direkt auf die Männer hinabschaute.

»Ich weiß nicht, warum Sie uns die Schuld geben«, sagte Frank gerade. »Wir haben uns genau an Ihre Vorschriften gehalten.« Er saß mit den Händen auf den Knien da und blickte nervös auf die Lautsprecherbox auf dem Tisch.

Rabbit streckte die Beine aus, als hätte er überhaupt keine Sorgen. »Du bist schuld, weil du der Chef bist, Frank. Weiß der Himmel, was er mir vorwirft. Ich tue nur meine Arbeit.«

»Ich gebe euch allen die Schuld, dem ganzen jämmerlichen Haufen«, sagte eine blecherne Stimme aus der Box. »Ich habe noch nie gesehen, daß etwas so schnell zum Teufel geht. Wer ist eigentlich der Verantwortliche da unten bei euch? Ist überhaupt jemand verantwortlich?«

»Ich bin nur für meine Abteilung verantwortlich«, sagte Rabbit. »Wir sind sogar dem Plan voraus. Sie werden begeistert sein, wenn Sie es sehen.«

»Und Sie, Frank?«

»Wir liegen zwei Tage zurück, haben aber diesen Monat schon drei Tage aufgeholt. Wir werden rechtzeitig fertig. Ich habe alles im Griff.«

»Wieso krieg ich dann einen Anruf von diesem idiotischen US-Botschafter, der mir irgend etwas von Unruhen auf der Insel erzählt?« Eine tiefe, sonore Stimme, ein leichter Südstaaten-Akzent.

»Es hat keine Unruhen gegeben«, sagte Rabbit. »Vor Monaten hatten wir einen Streik, und den haben wir gemäß Ihren Anweisungen beendet. Geringe Verluste an Menschenleben. Jetzt ist alles ruhig. Das Bauwerk ist wunderbar, Sie werden beeindruckt sein.«

»Ich werde nervös, wenn mir jemand sagt, wie beeindruckt ich sein werde.«

»Kommen Sie her und sehen Sie sich's an«, sagte Frank. »Rabbit hat recht, es ist wunderbar.«

»Und was ist mit diesen Sabotageakten? Wie lange wollen Sie noch zulassen, daß ein Zwanzig-Millionen-Dollar-Projekt von einem einzelnen Mann aufgehalten wird, diesem verrückten Sänger, der sich mit einem Gewehr im Dschungel herumtreibt?«

»Er hält uns nicht auf«, sagte Frank. »Und er ist nicht allein. Er hat Helfer.«

»Wer hilft ihm? Ich dachte, Sie hätten alles im Griff, Rabbit, waren das nicht Ihre Worte?«

»Ganz recht, wir haben reinen Tisch gemacht, wir haben alle erwischt. Ich hab die Liste hier, falls Sie sie sehen wollen. Wir wissen nicht, wen er bei sich hat, wahrscheinlich den einen oder anderen Eingeborenen. Er ist ziemlich geschickt darin, sich versteckt zu halten.«

»Was unternehmen Sie, um ihn aufzustöbern?«

»Wir unternehmen regelmäßige Streifzüge«, sagte Frank. »Und alle halten die Augen offen.«

Superman auf seinem hohen Ast mußte lächeln.

»Wir treiben sie in die Enge«, fuhr Frank fort. »Im Moment

macht mir allerdings die Speisenfolge für die Einweihung mehr Kopfzerbrechen.« Der gute alte Frank.

»Sie sollen die nicht in die Enge treiben«, sagte die Box. »Ich will, daß sie eliminiert werden. Und zwar unverzüglich. Ich habe meine Pläne für diesen Abend, und ich will nicht, daß mir irgend jemand dazwischenfunkt. Haben Sie mich verstanden?«

»Laut und deutlich«, sagte Rabbit. »Die Verbindung ist erstklassig. Wo sind Sie überhaupt?«

»Verflucht noch mal! Sie bringen mich noch dazu, daß ich runterkomme und selbst nach dem Rechten sehe!«

»Machen Sie sich nicht soviel Sorgen«, sagte Rabbit. »Das schadet Ihrer Gesundheit.«

»Wer hat das gesagt?« wollte die Box wissen. »Sie, Frank?«

»Nein, Rabbit«, sagte Frank.

»Ich wollte damit nur sagen«, sagte Rabbit, »daß Sie sich nicht grundlos aufregen sollten. Frank hat recht. Wir haben alles im Griff.«

»Bruder Rabbit«, sagte die Box, »kümmern Sie sich lieber um Ihre eigene Gesundheit. Es ist nicht sehr bekömmlich, eine so große Klappe zu haben.«

»Ich werde Ihren Rat befolgen, Sir.«

»Und Frank, Sie Feigling.«

»Ja, bitte«, sagte Frank mit betont forscher Stimme.

»Finden Sie den Mann und beenden Sie das Trauerspiel.«

»Wir locken ihn aus der Deckung«, sagte Frank. »Ich hab was, was er haben will. Er weiß noch gar nicht, daß ich es habe. Sozusagen ein As im Ärmel.«

»Keine Extratouren, Frank. Tun Sie, was ich Ihnen sage. Ich rufe morgen wieder an, um dieselbe Zeit.« In der Box klickte es.

»Na, das ist doch ganz gut gelaufen«, sagte Frank.

»Von wegen«, widersprach Rabbit. »Er ist stinksauer.«

»Das mit dem ›Machen Sie sich nicht soviel Sorgen‹ war nicht gerade hilfreich. Was hast du dir denn dabei gedacht? Hast du sie noch alle?«

»Ich wollte ihn zum Lachen bringen. Manchmal funktioniert's ja.«

»Diesmal ist es in die Hose gegangen.«

»Du mußt den Kerl finden, Frank«, sagte Rabbit. »Finden und fertigmachen.«

Superman hätte zu gern gewußt, was für ein As Frank im Ärmel hatte, aber er wollte kein Risiko eingehen. Er schwebte davon und kehrte in die Höhle zurück.

Am nächsten Abend schwebte er über der Discoteca, als ihm ein schräg geparkter gelber Jeep auffiel. Er sah den Fahrer in seinem Tarnanzug mit dem Rücken zum Jeep an einem Tisch hocken und auf eines der Partygirls *de la playa* einreden. In zwei Minuten war das Mädchen auf dem Weg zu einer Nacht in den Armen des Gesetzes und Superman stolzer Besitzer eines Gewehrs mit Zielfernrohr und eines vollen Patronengürtels.

Er wollte niemanden töten, aber auch keine Gelegenheit auslassen, sich selbst zu verteidigen.

Mit dem neuen Gewehr war es einfacher, schwere Maschinen zu zerstören. Er durfte nur möglichst kurze Zeit am Boden bleiben, mußte also vom Baum herunterkommen, um alles vorzubereiten, und sich dann schleunigst wieder im Baum verstecken, bevor die Leute wegen des Lärms angerannt kamen. Er stellte eine Flasche Benzin neben einen Bulldozer auf den Boden, führte einen Streifen benzingetränkten Mull zum Tank hinauf und zog sich auf seinen Baum zurück. Ein einziger sauberer Schuß zerriß die Flasche und schlug Funken aus dem Schotter, so daß das ganze Ding in die Luft flog, während er sich in aller Ruhe verdrücken konnte.

Aber immer war schon nach ein paar Tagen ein neuer Bulldozer, ein neuer Kipper, ein neuer Trupp Arbeiter zur Stelle. Superman war eine Mücke, die ein riesiges, nicht aufzuhaltendes Tier ins Fell stach. Er wurde immer besser, aber auch immer verzweifelter.

Er begann, mit höherem Risiko zu arbeiten.

Eines Abends beschloß er, zwei Löffelbagger auf einmal in die Luft zu sprengen. Er hatte seine Molotowcocktails plaziert und brachte gerade die Zünder an, als er Stimmen hörte. Er machte sich flach und hielt den Atem an. Die Schritte kamen näher. Er drückte sich in die Reifenspur des Baggers. Die Männer in Tarnanzügen gingen dicht an ihm vorbei. Der eine mußte sogar über die Flasche steigen – und ging nichtsahnend weiter.

Wie der Blitz war Superman auf dem Baum, feuerte zwei Schüsse ab und sah zu, wie die beiden Bagger in die Luft flogen. Die Männer rannten schreiend zurück. Hätten sie trotz des Explosionslärms etwas gehört, so hätte es sich wie triumphierendes Gelächter hoch oben in den Bäumen angehört.

Superman schulterte sein Gewehr und stieg höher hinauf. Er plante, hoffte und probierte weiter, hatte auch manchmal Erfolg, richtete aber im großen und ganzen herzlich wenig aus.

Monatelang hatte er sich wie ein guter liberaler Bürgerrechtler an das Prinzip der Gewaltlosigkeit gehalten, aber allmählich verhärtete sich sein Herz. Catalina hatte recht: Diese Menschen richteten die Insel zugrunde. Ab wann würde es unumgänglich werden, Menschen zu töten? An einsamen Nachmittagen ging er in der Höhle rastlos im Kreis und dachte nach, wie er doch noch gewinnen könnte. Er dachte an Robert E. Lee bei Petersburg, im letzten Winter des Bürgerkriegs: wie er sich angesichts eines weit überlegenen Feindes immer noch verzweifelt an eine längst verlorene Sache geklammert hatte. Supermans letzte Hoffnung war ein kühner Schlag in eine unerwartete Richtung, ein einziger umfassender Offensivschlag, bei dem er alles aufs Spiel setzen würde, um vielleicht doch noch zu gewinnen.

Genau das hatte Lee natürlich auch probiert – und die Quittung bei Appomattox bekommen. Wahrscheinlich hätte er in jenem Winter besser kapituliert und sich ein furchtbares Frühjahr erspart.

Superman konnte nicht einfach aufgeben, solange er noch eine Chance hatte. Das ging ihm gegen den Strich. Ihn dürstete nach Rache, er gierte danach, brauchte sie.

Das war das stärkste Gefühl, fand er. Stärker als Liebe, als Durst oder Begehren, stärker sogar als der Ehrgeiz, der stets für den göttlichen Funken in Supermans Seele gesorgt hatte. Wenn jemand einem Menschen weh tut, den man liebt, kann man nicht mehr schlafen, bis man den Schmerz dieses Menschen nachempfunden hat.

Bei Tagesanbruch saß er wieder in dem Mangobaum und inspizierte die Ergebnisse einer arbeitsreichen Nacht: Noch ein Jeep den Abhang hinuntergestürzt, drei Transformatoren außer Gefecht gesetzt, vierzehn Reifen zerstochen. Er hatte sein möglichstes getan, aber jetzt herrschte bereits wieder normaler Betrieb; die Jeeps hatten neue Reifen, die Transformatoren waren durch neue ersetzt. Das Jungle Inn war fertig, bis auf tausend Kleinigkeiten. Selbst aus der Ferne spürte er das Summen der bevorstehenden großen Eröffnungsfeier. Vorarbeiter liefen mit ganzen Kolonnen von Malern und Schreinern umher. Trupps von Arbeitern pflanzten Palmen, rollten Rasen aus, betonierten in letzter Minute Gehwege. Kellner probten auf dem Tennisplatz Kunststücke mit vollen Tabletts. Rote Polohemden sausten in gelben Jeeps herum und verteilten Ratschläge.

Das war er also, der wahr gewordene Traum des Magiers: eine in den Himmel ragende Pyramide mit einer silbernen Spitze. Eine Pyramide aus Disneyland. Sie war atemberaubend in ihrer schieren Größe, in der hochmütigen Nichtachtung ihrer Umgebung. Eine nagelneue Flagge wehte an einem Mast vor dem Eingang: JUNGLE INN in weißen Lettern auf ultramarinblauem Feld.

Er brachte das Gewehr in Anschlag und musterte die Fenster des Südflügels – ein Mädchen auf der Leiter, das Vorhänge aufhängte, ein junger Mann, der mit einem Wischer ein Fenster putzte, eine Frau, die sich lachend aus dem Fenster lehnte und einem Mann unten im Garten etwas zurief.

Er nahm die lachende Frau ins Visier, schwenkte hinunter zu dem Mann und legte das Fadenkreuz in die Mitte seines Schädels. Peng, du bist tot.

Irgendwo bewegte sich etwas – er schwang das Gewehr herum und hoppla, wen haben wird denn da? Wenn das nicht Mr. Frank Napier ist, der Generaldirektor des Jungle Inn, an der Spitze einer Horde von Polohemden unterwegs zum Swimmingpool.

Na gut. Hallo, Frank.

Superman hätte Schluß machen können, hier und jetzt. Einfach abdrücken und Frank erledigen. Plötzlicher Tod. Das wäre Gerechtigkeit. Aber war es auch Rache?

Nein. Frank würde nicht leiden. Er würde nie erfahren, was ihm zugestoßen war. Er gestikulierte, ließ seine jungen Kollegen teilhaben an seiner Weisheit. Sie standen in einer Reihe da, die Hände hinterm Rücken verschränkt, und lauschten seinen Worten.

Superman verlagerte sein Ziel nach rechts, auf den jungen Mann gegenüber von Frank. Sein Hinterkopf füllte das Gesichtsfeld des Zielfernrohrs aus. Strähniges blondes Haar, eher lang.

Damit konnte er Frank den Tag verderben. Wenn einem seiner jungen Angestellten vor seinen Augen der Kopf zerrissen wurde.

Das wäre Rache.

Superman legte den Finger an den Abzug.

Er konnte töten. Er war dazu fähig.

Die Zielperson bewegte sich – er fand sie wieder und nahm sie ins Visier, stützte den Arm auf einem Ast ab.

Ein Krümmen des Zeigefingers. Bumm. Na, wie gefällt dir das, Frank?

Die Zielperson bewegte sich ständig, ging zurück, drehte sich um – ach. Ein so junges ehrliches offenes amerikanisches Gesicht. Sein Lächeln ging Superman zu Herzen, auf zweihundert Meter Entfernung.

Superman ließ das Gewehr sinken.

Seine Hände zitterten. Er lehnte den Kopf an den Baum.

Er hätte es tun können. Er hätte den Jungen töten können. Das Jungle Inn war etwas Böses, ein unverzeihliches Verbrechen gegen die Natur, aber nichts daran machte Superman so sehr angst wie das Bewußtsein, daß es ihn beinahe zum Mörder gemacht hätte.

30
Hektik in letzter Minute

Frank war ein Nervenbündel. Ihm mißfiel die Gestaltung der Grünflächen um den Pool – er hätte am liebsten all die teuren Rosen herausgerissen und durch »etwas Schönes, etwas Tropisches« ersetzt. »Meine Güte, wir sind doch hier nicht in Pasadena.« Die Farbe der Stützmauer unterhalb des Hubschrauberlandeplatzes erinnerte ihn an vorverdauten Babybrei. Was sprach eigentlich gegen das in den Plänen vorgesehene Tannengrün? Er hatte auch etwas gegen die originellen Schilder, die der Schildermaler überall aufgestellt hatte: aus Metall ausgesägte Frösche mit Sprechblase, die in Richtung Pool, Heilbad, Clubhaus und Lobby quakten. »Ist das hier vielleicht das Frog Inn?« fragte er gereizt. »Wer hat diese Schilder in Auftrag gegeben? Die sind ja lächerlich. Weg damit.«

Er rannte wild gestikulierend auf und ab. In seinem Eifer, möglichst schnell an Ort und Stelle ein Machtwort zu sprechen, war Frank in seinen rosa Plüschpantoffeln mit Hasenohren und aufgesetzten Plastikaugen aus dem Haus gehetzt. Als der Blick meines Chefs auf Franks quietschrosa Füße fiel, konnte ich mich gerade noch schnell genug umdrehen, um mein Lächeln zu verbergen.

Mein Chef nickte immer wieder zustimmend. »Ja, natürlich, Frank«, »Sofort, Frank«, »Ganz wie Sie meinen«. Seine Augen waren blutunterlaufen. Die Zeit wurde knapp. In sechsunddreißig Stunden würde der extra für die große Eröffnungsfeier gecharterte Luxusliner mit den geladenen Gästen ankommen, und da stand nun der Big Boss und warf die gesamte Arbeit der letzten zwei Tage über den Haufen. Frank mischte sich nur selten ein, normalerweise nahm er einfach nur freundlich nickend die fertige Arbeit ab und überließ das Nörgeln seinen Untergebenen. Aber heute war er in höchsteigener, noch dazu stinksaurer Person erschienen, und selten hatte er seine Mitarbeiter so beflissen katzbuckeln sehen.

Dann pfiffen sie, und wir mußten springen. Zu diesem Zeitpunkt hatte ich bereits eine einmonatige Ausbildung zum Assistenten des Nachtportiers hinter mir und trug ein rotes Polohemd mit dem Logo des Jungle Inn, um das mich alle meine alten Kumpels von der Baustelle beneideten. Es war das Zeichen, daß man zum Hauspersonal gehörte und nicht etwa zu den Feldarbeitern. Aber jetzt, in dieser Hektik so kurz vor Torschluß, blieben sogar wir Polohemdträger nicht von den niederen Arbeiten verschont – Wände streichen, Lkw abladen oder Kisten mit Lebensmitteln in den Kühlraum schleppen. Ich zum Beispiel mußte mit einem Handwagen losziehen und irgendwo tannengrüne Farbe auftreiben.

Also ging ich in den düsteren Keller. Dort stapelten sich Kartons mit Bettwäsche, Handtüchern, Seife, Küchenutensilien und ganze Kanister mit Reinigungsmitteln bis zur Decke. Ich war überrascht, wieviel Krempel in so einem Hotel Platz hatte. An einer Wand stapelte sich das Zeug, das niemand bestellt hatte: Kugellager, Toaster, Beißringe, Antibiotika.

Ich kam zu dem Raum, wo die Farbeimer standen. Natürlich war ausgerechnet Tannengrün ausgegangen, aber der Typ sagte mir, ich könnte im Geräteraum im sechsten Stock eventuell Glück haben. Der Lastenaufzug war besetzt, und der Personenaufzug mit der sündhaft teuren Mahagonitäfelung war für Leute mit Handwagen tabu. Etwas abseits des zentralen Aufzugschachts gab es noch einen Privataufzug, der direkt zum siebten Stock hinauffuhr, der untersten Etage der Präsidentensuite. Normalerweise stand eine Wache neben der Aufzugtür – zum Penthouse hatte nicht jeder Zugang –, aber heute war niemand zu sehen. Ich beschloß, mit diesem Aufzug in den siebten Stock zu fahren und dann mit dem Handwagen die Treppe bis zum sechsten hinunterzurumpeln. Bis dahin mußte der Lastenaufzug eigentlich wieder frei sein.

Das von außen so gewaltig wirkende Jungle Inn war im

Innern gar nicht so geräumig, wie man gemeint hätte. Die unteren Etagen nahmen der Tanzsaal und die verschiedenen Aufenthaltsräume ein, und naturgemäß wird in einer Pyramide die Grundfläche der Stockwerke nach oben hin zusehends kleiner. Insgesamt gab es in dem ganzen Hotel nur vierzehn Suiten. Die billigste war für dreitausend Dollar pro Nacht zu haben. Ich konnte mir beim besten Willen nicht vorstellen, daß es auf der ganzen Welt vierzehn Reiche gab, die bei solchen Preisen auch nur eine Nacht gut schlafen konnten. Die sich über mehrere Stockwerke erstreckenden Suiten waren aber auch wirklich einmalig. Zur besonderen Ausstattung gehörten künstlich angelegte Bäche und Wasserfälle, Schiebewände, Käfige mit seltenen Vögeln, kostbare Gemälde, im Fußboden versenkbare Fernsehgeräte, massive Möbel im ägyptischen Stil und ein atemberaubender Meerblick. Und jede Suite hatte ihr eigenes Personal.

Ich schob meinen Handwagen in leere Totenstille. Der siebte Stock. Eigentlich hatte ich mir eine luxuriösere Variante der unteren Etagen vorgestellt. Auf diese kraß weiße Kahlheit war ich nicht gefaßt gewesen. Keine Möbel, keine Zwischenwände, lediglich ein glänzender weißer Fußboden und etwas, was ich noch nie zuvor gesehen hatte: eine Wendelrolltreppe.

Wäre es eine normale Treppe gewesen, hätte ich vermutlich nicht den Drang verspürt, meinen Handwagen stehenzulassen und sie zu inspizieren. Ich mußte einfach einen Blick auf diese geniale Konstruktion nach dem Gewindeprinzip werfen. Kaum hatte ich die Treppe betreten, wurde ich auch schon nach oben geschraubt.

Von der Treppe gelangte ich in einen weißen Raum mit einer Tür und einem Wandgemälde, das eine bis zum Hals im Sand steckende Sphinx zeigte. Ich drückte die Türklinke hinunter. Die Tür war offen. Dahinter war ein Flur, der in einen weiteren, sich mehrmals verzweigenden Flur mit vielen Seitengängen führte und schließlich wieder am Ausgangspunkt mündete. Ein Labyrinth. Ich wünschte, ich hätte einen Sack Brotkrumen bei mir gehabt, mit denen ich eine Spur hätte legen können.

Nach drei oder vier Gängen, die nirgendwo hinführten, kam ich zu einer sandsteinverkleideten Tür mit aufwendiger Hieroglyphenverzierung. Ich versuchte, sie aufzudrücken.

Plötzlich leuchteten die Wände und die Decke des kleinen Raums rot auf. Es war unheimlich. Ich durfte ja eigentlich auch gar nicht hier sein. Ich rannte durch das Gängegewirr zurück zur Rolltreppe, die sich diesmal nach unten schraubte. Was war das für ein Ort, an dem Rolltreppen die gewünschte Richtung automatisch wußten, den man nur nach erfolgreichem Passieren eines Labyrinths erreichte und wo die Wände zu leuchten begannen, wenn man eine Tür berührte?

Die Aufzugtür öffnete sich. »Sieh an, wer hätte das gedacht?« sagte Frank. »Der kleine Willis auf Entdeckungsreise! Genau Sie suche ich.«

Ich war überrascht, daß er sich noch an meinen Namen erinnerte. Wir hatten seit meiner Einstellung nicht mehr miteinander geredet. »Ich wollte nur nach tannengrüner Farbe schauen.«

»Aber natürlich. Wie sind Sie an der Wache vorbeigekommen?«

»Da war keine Wache.«

»Und da haben Sie sich gedacht, warum sich nicht mal da oben umschauen? Wußten Sie nicht, daß hier der Zutritt verboten ist?«

»Äh, doch, Sir – ich war gerade auf dem Weg nach unten ...«

Er nahm mich am Arm und führte mich in einen leeren weißen Raum. »Das ist jetzt doch egal. So können wir uns wenigstens mal wieder unterhalten. Wie geht's mit der Arbeit, Mr. Willis Junior? Werden Sie gut behandelt?«

»Klar.« Nach einer kurzen Pause schob ich noch ein »Sir« nach, überlegte nochmals kurz und sagte dann: »Danke der Nachfrage.«

»Man hat mir gesagt, Sie machen sich gut. Denken Sie nur nicht, wir nehmen das nicht zur Kenntnis. Wir haben Sie genau beobachtet. Das haben Sie vielleicht bemerkt.«

»Nein, Sir«, log ich.

»Einem jungen Burschen wie Ihnen wird sich immer eine Chance bieten, seine Fähigkeiten unter Beweis zu stellen. Uns beeindrucken vor allem Ihr Scharfblick, Ihre Dynamik und die Art und Weise, wie Sie mit Ihren Leuten zurechtkommen.«

»Ich mache nur meinen Job«, sagte ich, »Sir.«

»Nein, nein. Das ist echtes Engagement, positives Denken. Wir sind auf dem laufenden.«

Dies war nicht mehr der polternde General, der noch kurz zuvor seiner Wut freien Lauf gelassen hatte. Inzwischen hatte er seine rosa Häschenpantoffeln durch Huarache-Sandalen ersetzt. Wir standen am Panoramafenster, zu unseren Füßen erstreckte sich die Insel in ihrer ganzen Herrlichkeit. »Wie lange haben Sie vor, bei uns zu bleiben, Mr. Willis?«

»Wahrscheinlich so lange Sie wollen.« *So lange, bis ich ihn gefunden habe. Ich bin nahe dran. Manchmal spüre ich, wie er mich beobachtet. Ich drehe mich um – niemand.*

»Rabbit hat mir erzählt, Sie seien hierher gekommen, um Ihren Vater zu suchen.«

Mir krampfte sich der Magen zusammen. »Wissen Sie, wo er ist?«

»Ich hab ihn seit Monaten nicht gesehen«, sagte Frank, »aber er ist hier.«

Ich zitterte vor Aufregung – er ist hier! Er lebt!

»Wenn Sie ihn getroffen hätten«, sagte Frank, »würden Sie es mir sagen?«

»Sobald ich ihn finde, hält uns hier nichts mehr.«

»Wieso sind Sie da so sicher?« fragte Frank. »Er ist seit Jahren hier. Niemand hat ihn gehindert, die Insel zu verlassen.«

»Aber wo ist er dann?«

»Tja, das ist die Preisfrage! Ich glaube, er ist ganz in der Nähe, aber ich werde ganz bestimmt nicht den Dschungel nach ihm absuchen. Machen wir uns nichts vor, mein junger Freund: Ihr Vater ist *weg*. Wie gut kennen Sie ihn?«

Gute Frage. »Er ist mein Vater«, antwortete ich.

»Hat er jemals irgendwem weh getan?«

»Natürlich nicht.«

»Sie wissen wahrscheinlich, daß einige Einheimische unser Projekt stoppen wollten. Ihr Vater war der Rädelsführer. Aber es lief nicht wie geplant. Dann hat er sich verändert. Er wurde gefährlich und hat sogar Menschen umgebracht.«

Ich wußte nur von einem einzigen Mord, von dem an Jeff Wiesenblatt auf der Brücke. »Das glaube ich Ihnen nicht. Wen soll er umgebracht haben?«

»Seine Kameraden. Seine Freunde. Anfangs konnte er sie noch für seine Sache gewinnen, bis sie merkten, was für ein sinnloses Spiel er spielte, und sich auf unsere Seite schlugen. Das kam alles ganz plötzlich. Vorher waren wir alle Freunde gewesen – er war glücklich hier –, er sagte immer, er ...«

»Was?«

»Er sei froh, seine Verpflichtungen loszusein.«

Von allem, was Frank bisher erzählt hatte, klang dies am glaubhaftesten.

»Wir wissen, daß er ein Gewehr hat. Er steckt hinter den ganzen Sabotageakten«, fuhr Frank fort, »aber er ist nicht allein. Er kann unmöglich an zwei Orten gleichzeitig sein. Sind Sie sicher, daß er nicht versucht hat, Kontakt mit Ihnen aufzunehmen?«

»Sie haben doch hinter mir herspioniert. Sie wissen doch, daß er es nicht getan hat.«

»Komisch ist das aber trotzdem. Mag er Sie nicht?«

»Er weiß nicht, daß ich hier bin.« Aus der Art, wie seine Augen aufblitzten, wurde mir klar, daß ich das vielleicht nicht hätte sagen sollen.

»Er weiß es nicht? Rabbit hat doch gesagt, er hat nach Ihnen geschickt.«

»Ein Foto von der Insel hat er mir geschickt. Ist schon lange her – in einer Flasche. Aber er kann ja nicht wissen, ob es überhaupt jemals angekommen ist.«

»Glauben Sie nicht, daß er Sie gerne sehen würde?«

»Doch, sicher. Deswegen suche ich ihn ja.«

»Warum haben Sie nie mit mir darüber gesprochen? Wir hätten ihn gemeinsam suchen können. Ich habe Ihnen doch gesagt, daß Sie jederzeit zu mir kommen können.«

»Rabbit hat mich von Anfang an belogen«, entgegnete ich. »Er hat behauptet, mein Vater hätte nie einen Fuß auf diese Insel gesetzt. Ich hab mir schon gedacht, daß Sie wissen, wo er ist, und nur nicht wollen, daß ich ihn finde.«

»Wer hat hier eigentlich wen ausspioniert?«

»Ich niemanden – ich hab doch nicht –«

»Waren Sie nicht eben da oben? Und was haben Sie da Schönes gesehen?«

»Wissen Sie was: Ich kann ja einfach hier aufhören, oder?« Ich wollte an ihm vorbei. »War nett, für Sie zu arbeiten.«

»Reden Sie keinen Quatsch, Sie können jetzt nicht weg! Das Fest steigt morgen abend. Wir werden uns alle prächtig amüsieren. Das haben wir uns verdient. Immerhin haben wir hart gearbeitet. Kommen Sie, ich muß Ihnen was zeigen.«

Er fuhr mit mir die Rolltreppe hoch, ließ die Tür zum Labyrinth links liegen und steckte einen nadelartigen Schlüssel in das rechte Auge der Sphinx. Die Wand glitt zur Seite. Dahinter war ein Lastenaufzug mit grau gepolsterten Wänden.

Ich hatte beim Bau des Hotels mitgeholfen, wußte aber nicht, daß es außer den Zentralaufzügen noch andere gab. Einige Teile des Gebäudes hatte ich nicht mehr gesehen, seit die Balken eingezogen und diese Bereiche durch Zwischenwände abgetrennt worden waren. Frank hielt mir die Tür auf: »Nach Ihnen.«

»Ich muß noch die Farbe besorgen.« Es war einen Versuch wert.

»Das kann warten.« Er nahm mich am Arm und schob mich in den Fahrstuhl. Ihn niederschlagen und abhauen wäre wohl der einzige Ausweg aus dieser brenzligen Situation gewesen. Rumpelnd setzte sich der Fahrstuhl in Bewegung. Es ging abwärts. Ich hörte gedämpfte Hintergrundmusik, das gleiche Rodgers-und-Hammerstein-Gedudel, mit dem sämtliche Aufenthaltsräume beschallt wurden.

»Wir meinen, Ihr Vater wird versuchen, uns die Party morgen zu verderben«, sagte Frank. »Dem wird er nicht widerstehen können. Niemand will ihm etwas tun, aber wir können natürlich nicht zulassen, daß er uns ständig alles versaut. Und jetzt haben wir den Köder für unsere Falle.«

»Welche Falle?«

Die Aufzugtür ging auf. »Nach Ihnen, Willis Junior.«

Ich verließ den Fahrstuhl.

Frank blieb drinnen. Die Tür ging wieder zu.

Ich war gefangen in einem winzigen Raum mit Wänden aus Hohlblockziegeln. Die Tür hatte keine Klinke, lediglich ein kleines vergittertes Fenster.

Erst machte es *klack*, dann trat irgendwo mit einem hörbaren *Pfssch!* Druckluft aus. Die Tür schwang auf.

Ich betrat einen dunklen, kühlen Raum voller Apparaturen. Aus versteckten Lautsprechern dröhnte »Bad Moon on the Rise« von Creedence Clearwater Revival. Ich war in einer Art Labor mit spärlicher Beleuchtung: glänzendweiße Fliesen, Metallgestelle mit blinkenden Geräten, ganze Reihen von Stahlbehältern mit Glasdeckel, die überdimensionierten Geschossen glichen, grün flackernde Computer-Monitore. Zwei Männer saßen vor einer Reihe kleinerer Bildschirme, über die die Aufzeichnungen der überall im Hotelkomplex angebrachten Überwachungskameras flimmerten, darunter auch ein Standbild, das mich bei dem Versuch zeigte, die Sandsteintür zu öffnen.

Durch die getönte Glasscheibe sah ich im Nachbarraum vier Gestalten mit Mundschutz, die sich über einen der Stahlbehälter beugten. Der Glasdeckel war hochgeklappt.

Ich erkannte den Vollbart und die Goldrandbrille. Als Rabbit mich sah, winkte er mir zu. »Bin gleich da. Faß nichts an.«

Ich hatte irgendwie das Gefühl, daß ich hier gegen meinen Willen festgehalten wurde, ging diesem Gedanken aber nicht weiter nach, denn es hätte ja auch sein können, daß Rabbit mich mit einer Ermahnung wegen unbefugten Herumschnüffelns gehen lassen würde. Ich ging hinüber zu den Stahlbehältern. Sie hatten eine glatte, stromlinienförmige Edelstahlhülle, waren fast zwei Meter hoch und sahen aus wie eine Kreuzung aus einem schnittigen Wohnwagen und einer eisernen Lunge. Zuerst dachte ich, sie seien leer, doch dann sah ich an einem der Behälter Lichter blinken. Ich schaute durch den Glasdeckel und sah eine Frau, die bis auf die Himmelfahrtsnase durchaus hübsch war. Sie trug einen roten Pullover und einen kurzen weißen Rock. Die Fußnägel waren rot lackiert. Sie schien zu schlafen. Die Hände waren auf der Brust gefaltet.

Well now don't go out tonight
Cause they're bound to take your life

Ich preßte die Hand gegen die Scheibe und starrte die Frau so eindringlich an, als wollte ich sie dadurch zum Atmen bringen, aber sie atmete nicht. Sie war tot. Wie war das möglich? Sie sah doch so lebendig aus – ihre Haut so rosig und frisch, und dieses sanfte Lächeln auf ihrem Gesicht. Ich war dem Tod bereits mehrmals begegnet, aber so hatte er nie ausgesehen. Die Frau schien etwas Schönes zu träumen. Eine Augenbraue war leicht hochgezogen. Andererseits konnte kein Lebender so reglos daliegen.

Ich wünschte plötzlich, an einem anderen Ort zu sein. Was auch immer die hier taten, ich wollte nichts mehr davon sehen. Ich konnte mir beim besten Willen nicht vorstellen, warum ein Hotel Tote in Edelstahlbehältern aufbewahren sollte. Abhauen wäre jetzt wohl angezeigt gewesen, aber die elektrische Tür hatte sich längst wieder geschlossen.

Ich hatte gerade den roten Türöffner entdeckt, da kam Rabbit herein. »He, hiergeblieben, warum willst du denn gerade jetzt abhauen, wo der gute alte Rabbit unsere Bekanntschaft wieder ein bißchen auffrischen will. Wozu die Eile?«

»Ich hab hier wohl nichts zu suchen, aber ich hab auch nichts gesehen.«

»Wirklich? Was hast du nicht gesehen? Hast du unsere ausgesprochen blühend aussehende Linda nicht gesehen? Na los, riskier doch mal einen Blick. Nicht so schüchtern, Junge. Sehr lebensecht, nicht wahr?«

Ich starrte entsetzt nach unten und schaffte es irgendwie zu nicken.

Er packte mich an der Schulter. »Würdest du sie nicht für lebendig halten?«

Ich schüttelte den Kopf.

»Also, jetzt enttäuschst du mich aber, Junior. Diese Arbeit ist nobelpreisverdächtig, und du weißt sie nicht zu würdigen. Du stehst vor einem wissenschaftlichen Durchbruch, dem größten Fortschritt bei der Verzögerung des organischen Zerfallsprozesses seit der Erfindung des Formaldehyds. Was du da siehst, ist eine Frau, die schon seit dreiundvierzig Wochen tot ist, und sie ist nicht einmal tiefgefroren. Ihre Temperatur liegt bei fünfzehn Grad Celsius.«

»Woran ist sie gestorben?«

»Das ist doch unwichtig«, sagte Rabbit. »Was zählt, ist der Konservierungszustand.«

»Wie hast du – was hast du mit ihr gemacht?«

»Es ist mir gelungen, einen synthetischen Oxidationshemmer

mit Langzeitwirkung für organische Gewebe zu entwickeln«, sagte Rabbit. »Es war nicht leicht, aber sieh dir das Ergebnis an! Der Oxidationshemmer bremst den natürlichen Zerfallsprozeß. Wir ersetzen die Körperflüssigkeiten durch anorganische Lösungen und lassen keinen Sauerstoff an den Körper. Die hier wird in fünfzig oder hundert Jahren noch genauso gut aussehen.«

»Aber wa … Warum tust du so was?«

»Denk doch mal nach, Junge! Wenn man den Verwesungsprozeß stoppen kann, wirkt da der Tod nicht gleich ganz anders? Man braucht seine Lieben nicht mehr zu begraben. Man behält sie einfach bei sich, und sie sehen noch dazu wie lebendig aus. Damit eröffnen sich uns ungeahnte Möglichkeiten.«

»Und du – du verdienst daran?«

»Aber nein. Das hier dient einem rein wissenschaftlichen Zweck, dem Wohle der Menschheit. Das kannst du mir glauben. Andere werden vielleicht versuchen, Kapital daraus zu schlagen, mir ist ausschließlich an der empirischen Forschung und den Ergebnissen gelegen. Mein Boß ist ein Sammler, weißt du, ich bin mehr so eine Art Kurator.«

»Ihr habt sie umgebracht, um sie als – als Versuchskaninchen zu benutzen?«

»Über das Versuchsstadium sind wir längst hinaus«, sagte Rabbit. »Was du da siehst, ist der neueste Stand der Technik. Komm, wirf doch mal einen Blick auf Sandy.«

Er führte mich nach nebenan zu dem einen Behälter, dessen Glasdeckel geschlossen war. Darin lag eine Frau, die der ersten so ähnlich sah, daß ich erschrocken nach Luft schnappte. Die beiden waren identisch. Diese hier trug einen weißen Pullover und einen roten Rock und hatte ebenfalls rotlackierte Fußnägel.

»Ist das nicht phantastisch?« fragte Rabbit.

»Ist sie ein – ein Klon?«

Rabbit grinste. »Es sind eineiige Zwillinge. Wir mußten allerdings ein bißchen an den Gesichtsmuskeln herumbasteln. Es ist wirklich eine Leistung, die Ähnlichkeit so hinzubekommen.« Er wühlte in den Schubladen, während ich vergeblich versuchte, den Blick von der so lebendig wirkenden Toten abzuwenden.

Im Türrahmen pflanzten sich die Typen auf, die eben noch vor den Bildschirmen gesessen hatten. Rabbit drehte sich um. Er hatte eine Spritze in der Hand. Auf der Kanüle steckte ein Wattebausch. Er kam auf mich zu. »Es piekst nur ein bißchen ...«

Ich tauchte unter seinem Arm durch – und rannte genau in die Männer im Türrahmen. Sie packten mich. Ich kratzte, trat und schlug um mich und versuchte, Creedence Clearwater mit meinem Gebrüll zu übertönen. Der eine hielt mich fest, während der andere mir den Ärmel hochschob.

Rabbit kam mit der Spritze. Er hatte recht gehabt. Ich spürte fast nichts.

31
Das Gesetz des Dschungels

Superman ließ die Beine in den leuchtenden Tümpel baumeln und die Eidechsen über seine Hände laufen. Ihm war schwindlig und ein bißchen übel. Es war der größte Schreck seines Lebens gewesen. Er war bereit gewesen, diesen unschuldigen Jungen zu töten, nur um den Ausdruck auf Franks Gesicht zu sehen. Gab es überhaupt noch etwas, wozu er nicht fähig war?

Er mußte sich diesem Krieg entziehen. Er trieb ihn in den Wahnsinn.

Er hatte sich immer für einen friedfertigen Menschen gehalten. Woher kam dieser Drang, einen jungen Mann zu erschießen? Warum hatte sich die Waffe in seiner Hand so sehr nach einer Chance angefühlt? Superman warf einen Blick in seine Seele und stellte fest, daß dort ein Killer lauerte: ein Raubtier auf einem Baum, das einen Menschen reißen wollte. Er hatte diesen Drang, dieses Verlangen, es war so selbstverständlich wie das Atmen, so natürlich wie das Zusammenlegen der Hände, wenn er von dem leuchtenden blauen Wasser trank. Es war kein Spiel, es war bitterer Ernst, in dem Gewehr waren echte Kugeln. Superman hielt die Befähigung zum Töten in Händen. Jeder Muskel seines Körpers sehnte sich danach, diese Fähigkeit anzuwenden.

Das Lächeln hatte ihn zur Besinnung gebracht.

Dieses Lächeln.

Das Bild ließ ihn nicht los. Es war so faszinierend gewesen, wie der Junge sich gerade im richtigen Moment umgedreht, ins Fadenkreuz gelächelt und sich damit gerettet hatte.

Er hatte auch Superman gerettet.

Wie hätte man nach so etwas noch weiterleben können? Dieses Lächeln würde einen bis in den Traum verfolgen. Wenn man einmal diese Grenze überschritt, war man nie mehr derselbe. Womöglich würde man sogar neuerlich töten, wenn das nötig wäre, um dieses Lächeln aus dem Gedächtnis zu tilgen.

Ein Mann ist nichts weiter als ein Tier, in dem ein noch wilderes Tier angekettet ist.

Aus der Ferne sah Superman wie ein friedlicher Mensch aus. Aus der Ferne wirkt auch der Dschungel friedlich, aber wenn man oben in den Bäumen ist und die Augen offenhält, sieht man tagtäglich tausend kleine Morde. Ein Ameisenheer verspeist einen Falter, unter einem Baum, der langsam von einem Philodendron erwürgt wird, auf dem ein Hellroter Ara sitzt, der nur darauf wartet, auf eine Libelle hinabzustoßen. Von den hohen Ästen des *orgullo de la India* aus sieht man zehn Milliarden Pflanzen, die sich abmühen, sich winden, ihre Nachbarn verdrängen, ihre schlängelnden Arme ausbreiten, aneinander vorbei die Köpfe zur Sonne hinaufrecken, kämpfen, um nicht zurückzubleiben, um die Konkurrenz auszustechen, um am Leben zu bleiben.

Es ist in uns allen: fressen oder gefressen werden, am Leben bleiben oder sterben. Der gute alte Mr. Darwin hat das Gesetz formuliert. Bestimmt sind die besseren Engel unserer Natur entsetzt über das, was sie sehen.

Superman dachte, er hätte das größte Geheimnis schon vor Jahren entdeckt, als ihm klargeworden war, daß alles im Universum miteinander zusammenhängt, Gott in allen Wesen ist. Aber jetzt sah er die Schattenseite dieser Gleichung. Auch das Böse ist in allen Wesen. Selbst im Herzen eines friedfertigen Menschen. Wir sind verbunden durch das Leben – und durch den Trieb, Leben zu vernichten. Wenn ein Kind entdeckt, daß es töten kann, tötet es – vielleicht nur eine Schnecke oder einen Wurm, vielleicht lernt es, daß zivilisierte Menschen nicht alles töten, was klein oder wehrlos ist, und dann verbirgt es seinen Trieb, bis es groß ist und in eine Armee eintritt und fortan das Töten als Geschäft betreibt. Oder es wächst auf und hält sich für einen friedfertigen Menschen, bis dieser Mensch sich eines Tages mit einem Gewehr in einem Mangobaum wiederfindet.

Superman wußte, daß dies der Grund war, weshalb er seine magische Fähigkeit verloren hatte. Er hatte sich immer getreulich an Pitos Anweisungen gehalten: Nütze deine Macht zum Guten. Phantasiere über Rache, soviel du willst, aber wenn du deine Macht zum Bösen gebrauchst, verlierst du sie. In dem Moment, als Superman das Gewehr auf den unschuldigen Jungen richtete, hatte er gespürt, wie sein ganzer Körper schwer wurde. Sofort fühlte er sich nicht mehr sicher auf seinem Baum. Er ließ das Gewehr zurück und hangelte sich über die Blätterdachstraße zurück, klammerte sich mühselig an Äste, über die er vorher sicheren Schrittes gelaufen war.

Er rutschte von einem Ast ab und stürzte sechs Meter tief auf die Erde, im Fallen Blätter und Zweige mitreißend. Der Aufprall war so hart, daß ihm die Luft wegblieb. Mühsam schleppte er sich in die Höhle zurück.

Er legte sich an der leuchtenden blauen Quelle nieder, trank sich satt und setzte sich auf, um darauf zu warten, daß die Schwerelosigkeit zurückkehrte. Er meinte, etwas zu spüren, und machte probehalber ein paar Sprünge. Nichts. Er zwang sich, noch mehr zu trinken. Okay, tut mir leid, ich habe die Macht zum Bösen verwendet – das heißt, ich hab's nicht getan, aber ich war drauf und dran, ich wollte es tun, verdammt, und es ist eine bittere Erkenntnis, daß die Strafe dieselbe ist, wie wenn ich es wirklich getan hätte.

Aber Jammern änderte auch nichts. Es war nicht mehr sein *destino*, fliegen zu können. Er hatte seine Macht mißbraucht und sie eingebüßt, und er mußte sich damit abfinden. Seine Freunde waren alle tot, aber das Böse lebte noch immer auf der Insel. Er mußte weiterkämpfen.

Er zog die Füße aus dem Wasser. Er blinzelte und sah noch einmal hin.

Seine Füße waren nicht da.

Sie *waren* da, er spürte sie, aber dort, wo seine Füße hätten sein müssen, sah er nichts.

Seine Füße waren verschwunden.

Der Teil seiner Beine, der im Wasser gesteckt hatte, war

unsichtbar, hatte sich einfach in Luft aufgelöst. Er krümmte die Zehen. Er schlug mit einem Fuß an den anderen. Es war, als seien ihm die Füße eingeschlafen, aber statt gefühllos zu werden, hatten sie die Fähigkeit verloren, Licht zu reflektieren.

Er mußte lachen über diese Halluzination: eine Spätwirkung von Red Dot? Eine optische Täuschung? Ein Gehirntumor? Es war kein fröhliches Lachen.

Er zog das Bein an und tastete mit beiden Händen nach der Stelle, wo er sein Fußgelenk spürte, es aber nicht sah.

Sie müssen lernen, in Möglichkeiten zu denken, Ben. Sie sind total auf das fixiert, was Sie schon wissen.

Vielleicht kriege ich einen Schlaganfall, dachte er. Vielleicht fängt es so an. Gleich werden meine Gesichtsmuskeln erschlaffen.

Er drehte die Füße hierhin und dorthin, probierte, ob er nicht doch einen Schimmer, einen kleinen Wirbel in der Luft sah. Nichts. Er richtete den Strahl seiner Taschenlampe auf seine unsichtbaren Füße. Das Licht ging durch sie durch und schien auf den Boden.

Aber das ist physikalisch unmöglich, dachte er, also spielt mir mein Gehirn einen Streich. Irgendwas ist hier faul. Vielleicht habe ich einen Schlaganfall. Wahrscheinlich bin ich nur noch ein paar Minuten bei Bewußtsein. Ich muß jemanden finden, der mir hilft.

Aber es ging ihm eigentlich ganz gut. Jedenfalls vom Kopf bis etwa zur Mitte der Schienbeine.

Es sind nicht die Menschen. Es ist der Ort. Er hat eine besondere Kraft. Jeder kann aus dem Brunnen trinken.

Wenn jemand wirklich verschwinden will, braucht er nur hierherzukommen.

Ist es das, was ich will? fragte er sich. Ist das der Grund, warum ich hierhergekommen bin – daß ich vollends verschwinden will? Ist das mein wahres *destino*?

Es hätte gewisse Vorteile gehabt.

Superman zog sich aus und tauchte ganz in den Tümpel ein.

32
Gala-Eröffnung

Es war schon eine glanzvolle Szene: der weiße Luxusliner, der glitzernd und funkelnd in der Bucht vor Anker lag, die große Pyramide, von allen Seiten angestrahlt, Scheinwerfer, die mit schlanken Fingern den Himmel absuchten, wie Libellen einschwebende Hubschrauber. Superman hätte sich nie eine solche Nacht im Dschungel vorstellen können. Damen in eleganten Abendkleidern schwebten vorüber. Diener in weißen Jacken trugen Tabletts mit Champagner. Die Gehwege waren von Kerzen in blauen Glaskästchen gesäumt. Die Jimenez Brothers gaben auf einem grell beleuchteten Rasenstreifen eine Probe ihres Könnens. Und was sangen sie? Natürlich »Guantanamera«, was sonst?

Ehre, wem Ehre gebührt. Frank und die Macht des Geldes hatten es geschafft: Genau ein Jahr war vergangen, seit man die Pyramide zum erstenmal erblickt hatte, auf dem Geburtstagskuchen des Magiers, und hier stand sie nun in voller Größe und von Menschen wimmelnd. In einem Jahr hatte Frank diese Monstrosität aus dem Nichts erschaffen, und für diesen Abend hatte er auf dem Luft-, dem Land- und dem Seeweg alles auf die Insel geholt, was für die festliche Einweihung nötig war – die Speisen, die Gäste, die Entertainer und den ganzen übrigen Krempel, von den Suchscheinwerfern bis zum Champagner und den dazu passenden französischen Kelchen aus feinstem Kristall. Veuve Clicquot, sagte jemand. Seeehr schön.

Superman huschte ungesehen zwischen den weißen Zelten im Garten unterhalb der Nordfassade der Pyramide umher. Die Gäste knabberten Shrimps, während sie vom Zelt zum Pool wandelten, zwischen zwei imposanten Sphinxen hindurch, die den Eingang flankierten. Die meisten sahen wie Amerikaner aus, aber es waren auch ein paar Deutsche, Franzosen und Latinos darunter. Vorwiegend ältere Semester, obwohl es auch ein paar mondäne jüngere Paare gab. Daß sie reich waren, erkannte man am dezenten Summen ihrer Gespräche. Superman glaubte ein paar mindere Figuren aus dem Showbusineß zu erkennen, aber vielleicht bildete er sich das auch nur ein.

Er war sich seiner Nacktheit unter all diesen gutgekleideten Menschen ständig bewußt. Um völlig unsichtbar zu sein, so hatte er entdeckt, muß man nackt gehen. Kleider verschwinden nicht. Der Abend war weiß Gott warm genug, aber der Drang, sich zu bedecken, war trotz seiner Unsichtbarkeit nicht weniger ausgeprägt als sonst. Immer wieder wanderten seine Hände zur Körpermitte, obwohl dies zwar einen gewissen vordergründigen, aber keinerlei rückwärtigen Schutz bot: Seine Kehrseite war jedem neugierigen Blick preisgegeben, wenn denn jemand imstande gewesen wäre, ihn zu sehen.

Er hatte keine Ahnung, wie lange die Wirkung anhalten würde. Er war den ganzen Nachmittag im Wasser geblieben, bis zum letzten möglichen Moment, hatte sich dann hastig abgetrocknet und war zur großen Einweihungsfeier den Berg hinaufgeeilt. Unbemerkt war er durch den Kordon der Männer in Tarnanzügen am Tor geschlüpft, hatte sich in den Strom der Gäste eingereiht und war so zwischen den Zelten und den Sphinxen hindurch die große Freitreppe hinauf ins Foyer gelangt.

Drinnen ragte der glitzernde Sarkophag des Pharaos Chephren auf, der mit gleichgültiger Miene auf das Treiben hinabschaute. Das Pharaonenmotiv zog sich durchs ganze Hotel – Skarabäen und schwarze Granitobelisken, Papyrusmatten, ägyptische Teppiche. Sogar die Cocktailserviererinnen trugen diesen Kleopatra-Kopfputz mit herabhängenden Kettchen im Haar.

Eine attraktive junge Frau blickte durch Superman hindurch in den Spiegel, um ihre Wimperntusche zu erneuern. Sie mußte seine Anwesenheit spüren, ließ sich aber nichts anmerken. Man hat nicht oft Gelegenheit, mit anzusehen, wie sich das Gesicht eines Menschen verändert, wenn er sich unbeobachtet glaubt:

Die Augen bekommen einen leeren Blick, die Züge verschließen sich, man sieht, daß er über sich selbst nachdenkt. Superman wedelte mit der Hand vor dem Gesicht der Frau. Nichts. Sie streckte den Kopf vor, um schräg in den Spiegel zu sehen, und hätte ihm fast die Wange geküßt.

Noch etwas Besonderes an der Unsichtbarkeit: Man kann nicht optisch feststellen, wo genau man sich befindet. Man muß nach dem Gefühl gehen und den richtigen Abstand zwischen sich und allen Personen und Gegenständen schätzen. Mehrmals murmelte einer der Gäste »Verzeihung« ins Leere.

Hätte Superman mit neunzehn eine solche Tarnkappe gehabt, wäre keine Frau mit Rock vor ihm sicher gewesen. Jetzt aber mußte er der Versuchung widerstehen, Lustgewinn aus seiner neuen Fähigkeit zu ziehen, die ja trotz des Schamfaktors eindeutige Vorteile gegenüber der alten hatte. Er war schließlich nicht zum Vergnügen hier. Er mußte sich auf sein Vorhaben konzentrieren. Er konnte jederzeit in einen Kürbis zurückverwandelt werden.

Er ging mit allen anderen über den dicken weinroten Teppich die Treppe hinauf. Die sanften Klänge von Jerry Vales Orchester kamen durch die Türen des Ballsaals. Jerry höchstpersönlich stand in der Bühnenmitte, silberhaarig und sichtlich wohlhabend, und schnulzte »Sunrise, Sunset«, während seine Streicher die Luft zersägten. Die Klimaanlage kämpfte gegen das Gemisch aus Parfüm, Zigarettenrauch und menschlichen Ausdünstungen an. Jerry Vale wischte sich die Stirn ab.

Superman schlängelte sich durchs Publikum, inspizierte die Smokings der Altreichen, die Toiletten aus tropisch leichten Leinen- und Seidenstoffen. Ein Kamerateam richtete seine Lampen auf zwei begeisterte Gäste, die sich gar nicht genugtun konnten. »So ein erlesener Geschmack!« sagten sie. »Und das hier am Ende der Welt!«

Dafür also hatte der Magier den Inselbewohnern den Krieg erklärt, seine Sammlung berühmter Verschwundener aufgelöst, den Berggipfel gesprengt und eine Pyramide gebaut – damit eine Schiffsladung langweiliger Reicher Champagner trinken und ihn bewundern konnte. Es war eine so pompöse, übertriebene, abstoßende Geste, daß Superman schon der ersten Gelegenheit, die sich ihm bot, nicht widerstehen konnte: Melanie Llewellyn, höchst mondän in schwarzem Krepp, das Haar korkenzieherförmig hochgedreht, wollte gerade den Weg eines Kellners mit einem Tablett voller Sektgläser kreuzen. Superman stellte dem Mann ein Bein, so daß dieser einen höchst sehenswerten Zeitlupensturz hinlegte. Das Splittern der Gläser platzte in den zärtlichsten Moment von Jerry Vales Darbietung hinein. Noch im Aufstehen traf den Kellner ein vernichtender Blick von Melanie. Schallendes Gelächter erhob sich im Saal.

Superman sprang auf die Bühne und stellte sich vor Jerry Vale. Er bemerkte, wie Jerrys Nasenhaare jedesmal mitvibrierten, wenn er einen hohen Ton sang. Allerdings mußte er bald feststellen, daß Grimassenschneiden nicht viel Spaß macht, wenn der andere einen nicht sieht.

Er ging Jerrys Mikrofonkabel nach, bis zum Mischpult links hinter der Bühne. Er lenkte den Tontechniker mit einem Klaps auf die Schulter ab, zog das Kabel heraus und stopfte es in ein Dickicht von Drähten.

Jerry sang weiter »Little Green Apples«, ohne zu wissen, daß man ihn nicht mehr hören konnte. Der Tontechniker stocherte hektisch in seinem Kabelsalat. Superman schob sämtliche Regler in die höchste Stellung, so daß ein ohrenbetäubendes Rückkopplungspfeifen den Ballsaal elektrisierte.

Das Orchester brach ab. Jerry Vale sah fuchsteufelswild zu dem Tontechniker hinüber, der in panischer Hast an seinem Pult hantierte. Kaum hatte er einen Regler zurückgestellt, schob Superman ihn wieder hoch. Der Mann bekam immer größere Augen. Er trat einen Schritt zurück und ging in Verteidigungsstellung, so als könnte das Mischpult ihn tätlich angreifen.

Jerry Vale marschierte mit dem Mikro in der Hand hinüber, machte lauthals seinem Unmut über den Tontechniker Luft und gebrauchte dabei auch ein gar nicht stubenreines Wort. Er wußte nicht, daß eine unsichtbare Hand ihn wieder eingestöpselt hatte. Jedes seiner Worte schallte laut und deutlich durch den Saal. Das Publikum tobte.

Danach fand Jerry einfach nicht mehr zu der Stimmung von »Little Green Apples« zurück. Er sang noch schnell eine verkürzte Fassung von »Happy Days Are Here Again«, stürmte von der Bühne und schrie dabei, daß er den, der ihn in dieses gottverlassene Dritte-Welt-Kaff vermittelt hatte, auf der Stelle feuern werde; er gehöre vielleicht nicht zu den Top 40, aber SO tief sei er NOCH NICHT gesunken!

Die Sherman Brothers hasteten an ihm vorbei auf die Bühne. Ihre glänzenden Anzüge wiesen die Knitterfalten von einem fünfzehnjährigen Aufenthalt im Koffer auf. Lou Sherman hatte sich das Haar kurz und auf der Oberseite bretteben scheren lassen, um den Look wiederherzustellen, der ihn berühmt gemacht hatte. Er war der doofe Clown mit dem Bürstenschnitt, sein Bruder Stu der elegantere, smartere von beiden. Er trug das Haar lang und weich herabhängend im späten Beatles-Stil der ausgehenden sechziger Jahre; allerdings nicht sein eigenes – es handelte sich um ein ziemlich verlaust wirkendes Toupet. »Na ja, Stu« war 1967 etwa drei Wochen lang ein Modeausdruck gewesen, mit der Bedeutung »Ich hab nicht den leisesten Schimmer«.

»Applaus für Jerry Vale und sein Orchester!« rief Stu. »Sind die Jungs nicht phantastisch? Unglaublich. Wunderschön.«

Lou nahm seine patentierte Schwachkopf-Pose ein. »Na ja, Stu. Jerry hat aber ein schlimmes Wort gesagt.«

»Ach ja? Was für ein Wort denn, Lou?«

»Na, du weißt schon. Hast du's nicht gehört?«

»Ich kann mir denken, welches Wort du meinst, Lou. Aber was bedeutet es eigentlich?«

»Na ja, Stu, so genau weiß ich es auch nicht.« Lou kratzte sich seinen Bürstenschnitt.

»Wenn du nicht weißt, was es bedeutet, woher willst du dann wissen, daß es ein schlimmes Wort ist?«

»Na ja, Stu, es *muß* was Schlimmes sein. Wenn Mama das früher gesagt hat, hat sich Daddy vor Angst sofort im Bett verkrochen.«

Lou erntete ein paar höfliche Lacher aus dem Publikum und eine nachdenkliche Grimasse von Stu. »Lou, mit dem Wort kannst du dir großen Ärger einhandeln. Paß lieber auf, zu wem du das sagst.«

»Wieso, ich hab's sogar mal zu meiner Lehrerin, Miss Pringle, gesagt«, sagte Lou.

»Nein – das glaub ich nicht! Großer Gott, was hat sie denn geantwortet?«

»›Erst nach Schulschluß, Mr. Sherman‹«, erwiderte er mit hoher Lehrerinnenstimme.

»Also, das ist ja interessant«, sagte Lou ungerührt. »Aber ich glaube, die Leute hier wollen nichts über dich hören, Lou, schau sie dir doch an. Alle piekfein, weil sie heute abend ausgehen – zur Eröffnung des fabelhaften Jungle Inn. Ist das nicht wunderbar? Applaus für euch alle, ihr ganz besonderen Menschen.«

Folgsam beklatschten die Gäste sich selbst.

»Happy Halloween, Stu«, sagte Lou.

»Jetzt ist nicht Halloween, wir haben August. Halloween ist im Oktober.«

»Na ja – warum hat sich dann aber der Mann da verkleidet? Schau, da drüben – das ist Superman.«

»Superman?« Stu riß die Augen auf. »Wo?«

»Da, in der Ecke.«

Ein Spotlight wanderte über die Köpfe des Publikums zu einem gut gepolsterten Superman mit Cape und Strumpfhosen und einer Gummimaske zur Vervollständigung der Illusion. Er verschränkte die Hände über dem Kopf wie ein siegreicher Boxer und drehte sich nach allen Seiten, um sich für den Applaus zu bedanken.

Unversehens war er von jungen Männern in roten Polohemden umgeben. Einer von ihnen riß ihm die Maske herunter, und zum Vorschein kam –

Freddy, der Barkeeper aus der Discoteca.

Sie lachten. Es war ein Scherz für die Einheimischen. Sie hatten sich zusammengetan und Superman in ihren Auftritt eingebaut. Sehr witzig. Ha ha.

»Superman!« schrie Stu. »Schön dich zu sehen, Mann, wo warst du denn? Wir dachten schon, du bist ausgeflogen.«

Unterdessen kletterte der echte Superman über eine Strickleiter auf den Schnürboden. Er stellte sich über die Bühnenmitte, legte Hand an sich und drückte einzelne Urintropfen heraus, die mitten in Lou Shermans Bürstenschnitt fielen.

Lou faßte sich an den Kopf, trat einen Schritt zur Seite. Superman schlich über die Arbeitsbrücke und zielte sorgfältig.

Lou verplapperte sich und schaute verärgert in die Lampen. »Ich glaub, hier regnet's rein«, improvisierte er.

»Was redest du da?« fauchte Stu. »Das ist nicht dein Text.«

»Mir tropft's auf den Kopf.«

»Du mußt jetzt sagen: ›Ich hab auch Superkräfte.‹«

»Ich hab auch Superkräfte«, sagte Lou.

»Aha. Was für Superkräfte hast du denn?«

»Na ja, also erstens einmal hab ich Röntgen... Mist verdammter!«

»Was hast du denn?«

Lou schnupperte an seiner Hand. »Ich mach keine Witze! Mir pinkelt jemand auf den Kopf!« Er spähte wieder nach oben.

»Mann Gottes, Lou, was soll denn das?« kreischte Stu. »Willst du dich hier in Wohlgefallen auflösen? Tu mir das nicht noch mal an. Ich hab dich gewarnt ...« Er ging drohend auf seinen Bruder zu. »Sag deinen Text!«

Lou sagte: »Ach, hau doch ab«, und Stu stürzte sich auf ihn, schlug ihn *popp!* mit der Faust, und dann rissen sie sich gegenseitig zu Boden und prügelten sich.

Die Zuschauer drängten an die Bühne, um besser zu sehen.

Superman schüttelte den letzten unsichtbaren Tropfen ab und ging zur Strickleiter zurück. Im Hinunterklettern sah er den alten Indio im Schatten stehen und das Chaos ruhig betrachten. Er schlich zu ihm hin und flüsterte ihm ins Ohr: »Pito. Nicht bewegen. Ich bin's, Ben.«

Pito zuckte nicht einmal zusammen. Die Arme verschränkt, schaute er weiter auf die Bühne. »Du gehen jetzt«, sagte er leise. »Kein sicher für dich hier.«

Die Shermans rollten ineinander verkeilt über die Bühne.

»Keine Sorge, niemand kann mich sehen.«

»Du gehen«, sagte der Alte. »Ist schlecht hier. Etwas Schlechtes wird passieren.« Er drehte sich um und stellte fest, daß er ins Leere gesprochen hatte. Hätte man den Alten jemals mit verblüffter Miene ertappen wollen, wäre dies der aussichtsreichste Moment gewesen. Aber er blinzelte nur. *»El ojo«*, sagte er.

»Was?«

»El ojo del Mago«, sagte er. Das Auge des Magiers. »Du hast schwimm da drinnen.« Es war keine Frage. Die Augen des alten

Mannes blickten traurig, so als hätte Superman etwas getan, was er noch bereuen würde.

»Vom Schwimmen hast du nichts gesagt. Wie lange, meinst du, wird es anhalten? Ich bin schon über eine Stunde so.«

»*No sé*«, sagte Pito.

Ein paar von den Polohemden versuchten die Sherman Brothers zu trennen, die, vom Publikum angefeuert, aufeinander einschlugen.

»Also, ich meine – das vergeht doch wieder, oder?«

»Tränen von Magier trinken. Nicht schwimmen. Ich dir nicht sag schwimmen. Das für anderes *destino*.«

»O Gott! Das sagst du mir jetzt erst?« Superman schluckte seine Angst hinunter. »Hör zu, Alter, du mußt mir hier helfen. Ich kann das nicht alles allein machen. Ich hab zehn Kisten Dynamit unter einem Reisighaufen an dem großen Mangobaum, an der Südwestecke.«

»Nein!« zischte Pito. »Du versteh *nada*. Du will töten. Ist nicht für töten, ist für leben. Ist, warum wir kämpfen.«

»Nein, ich – hör mir zu. Ich hab's jetzt verstanden. Ich will niemanden umbringen. Alles, was du darüber gesagt hast, daß die Macht zum Guten gebraucht werden muß – das hat alles gestimmt. Ich hab's vermasselt. Ich kann nicht mehr fliegen. Aber wir müssen was unternehmen. Ich treib die hier alle raus. Geh du und hol das Dynamit.«

»Ich was mache«, sagte Pito.

Von hinten kam ein Rascheln, ein durchdringender Schrei wie der Ruf des schrillsten Vogels im Dschungel. Eine unglaubliche Vogelfrau rauschte japsend und kieksend an ihnen vorbei. Lupe »Chita« Malanota bot einen seltenen Anblick: ein imposanter Federbusch, ein superknappes, flitterbesetztes Top, aus dem ihr riesiger Busen herauszuspringen drohte, Netzstrumpfhosen, zwanzig Zentimeter hohe Plateausohlen. Chita hatte sich ihre Karriere um diese voluminösen Brüste und ihre schrille Vogelstimme herum aufgebaut. Sie war ein gerngesehener Gast in spätabendlichen Talkshows, wo man sich darauf verlassen konnte, daß sie sich auf dem Sofa räkelte und in ihrem komischen puertoricanischen Akzent leicht laszive Bemerkungen machte. Jetzt stieß sie eine Kette von *Ay-ay-ays* aus und scheuchte die Sherman Brothers von der Bühne, indem sie ihre pechschwarzen Augenbrauen hochzog und mit den Füßen aufstampfte wie eine Flamencotänzerin.

»Guuuuute nabbeeeend!« heulte sie in den Saal. »Mein Name ist Chiiiiiiii-ta! Ay-ay-ay-ay-ay-ay-ay!«

Die Rhythmusgruppe von Jerry Vales Orchester stimmte einen galoppierenden Bossa Nova an. Chita schlenkerte mit den Beinen und schwenkte ihren Atombusen, und es gelang ihr tatsächlich, die Gäste so mitzureißen, daß sie aufstanden und ebenfalls tanzten – keine leichte Aufgabe nach dem enttäuschenden Abgang der Sherman Brothers.

Superman hätte nichts lieber getan, als den Hakenverschluß zu öffnen, der zwischen Chitas berühmtem Busen und ihrem Publikum stand. Aber sie war unter all dem Make-up offenbar ein nettes, hart arbeitendes Mädchen. War er wirklich hier, um sie in Verlegenheit zu bringen? War es mit seinem Krieg so weit gekommen? Chita zuckte und zappelte, schnalzte mit den Fingern und schwenkte ihre Titten mindestens einmal für jedes männliche Wesen im Publikum. Sie sang, aber Singen war eigentlich zuviel gesagt. Es spielte keine Rolle. Sie sah toll aus, wie sie so über die Bühne fegte und ihre schimmernden Lungenflügel schwenkte.

Superman verlegte sich statt dessen darauf, im Saal Unruhe zu stiften. Hier fiel eine brennende Kerze um, und Männer sprangen auf und schlugen nach den Flammen, dort wurde eine Tischdecke vom Tisch gerissen, flog in die Luft und drapierte sich um die Köpfe zweier alter Damen, die entsetzt aufkreischten; Kellner stießen frontal zusammen, Hühnerbeine lernten fliegen, eine ganze Reihe Flaschen segelte von der Bartheke gegen die Wand. Die Menschen stolperten, strauchelten, fielen hin. Die Gesellschaft glich allmählich einem Ringkampf mit zweihundert Teilnehmern.

Superman schlängelte sich durch. Er leckte seinen Zeigefinger an und steckte ihn einer Frau ins Ohr, worauf diese einen Schrei ausstieß, der Chita mitten in einem *Ay-ay-ay!* unterbrach.

»Was solln das, he? Willst mir meine Nummer versaun oder was?« keifte Chita von der Bühne herab. »Komm rauf und schwenk dein fettn Arsch! Na los, hopp! Wirst schon sehn, wer dir da was zahlt für! Kein Schwein zahlt dir was, kein Schwein!«

Als es schon aussah, als könnte Chita dasselbe Schicksal erleiden wie Jerry Vale und die Sherman Brothers, kam ihr die Band mit einer halsbrecherisch schnellen Version von »Tequila« zu Hilfe. Chita machte mit ihrer Show weiter. Die dicke Frau raffte sich schnaubend auf und marschierte unter Mitnahme von sechs erzürnten Begleiterinnen hinaus.

So sah Supermans Angriffsplan aus: Er mußte einen derartigen Tumult provozieren, daß die Veranstaltung platzte und diese unschuldigen Leute auf ihr Kreuzfahrtschiff flüchteten. Dann galt es, die Kreation des Magiers irgendwie ernstlich zu beschädigen.

Chita räumte die Bühne, und das Orchester spielte ein Medley aus Hits von 5th Dimension. Superman schlich sich an der Wand entlang. Er konnte es nicht fassen, wie dickfellig diese Leute waren. Er hatte erwartet, daß sie sich allesamt schreiend vor seinen bösen Streichen in Sicherheit bringen würden, aber sie blieben einfach sitzen. Womit konnte man heutzutage überhaupt noch Leute erschrecken?

Das gespenstischste Ereignis im Saal war die Wiedergabe von »Aquarius« durch das Orchester. Als endlich der Mond im siebten Haus und Jupiter in Konjunktion zum Mars stand, stimmten die Trompeten eine Fanfare an. Spotlights tasteten den Saal ab und fanden eine blendende Gestalt in Weiß, die gerade die Stufen zur Bühne hinaufstieg.

Diese Frau war in jeder Hinsicht eine extravagante Erscheinung: eine zwei Fuß hohe gepuderte Perücke, stachlige falsche Wimpern, die in einem Feld von weißem Make-up klimperten, Schnüre funkelnder Diamanten auf dem gepuderten Busen, eine juwelenbesetzte Lorgnette in der Hand, das wallende Kleid von Millionen Straßsteinen glitzernd. Es war Marie-Antoinette. Sie war fabelhaft.

Diese Marie-Antoinette war Frank.

Sie rauschte in die Bühnenmitte und nahm mit züchtig gesenktem Kopf die Ovationen entgegen. Frank hatte endlich auch den letzten Schritt getan: Er hatte sich seinen Schnurrbart abgenommen. Seine blauen Augen strahlten vor Freude. Er war die Queen, Hauptperson in seinem Schloß, von seinen Untertanen bejubelt. Bestimmt einer der glücklichsten Augenblicke seines Lebens.

Nur daß er irgendwo in diesem Saal einen Feind hatte. Und daß dieser Feind gewisse Vorteile hatte, von denen Frank nichts ahnte.

Er nahm ein Mikrofon. »Guten Abend, Freunde! Hallo! *Buenas noches! Bon soir! Bienvenidos!* Wie geht's euch denn so heute abend?« Das Publikum tobte. Die Leute amüsierten sich jetzt. Der viele teure Champagner tat allmählich seine Wirkung. »Dann sollen sie Kuchen essen!« schrie er und wirbelte herum, um sein Kleid zur Geltung zu bringen. »Runter mit ihren Köpfen! Sollen sie Kuchen essen!« Das Publikum raste.

»Nein, Spaß beiseite – willkommen, Freunde.« Er machte eine Pause, damit sich die Leute beruhigen konnten. »Ich kann euch gar nicht sagen, was für ein wichtiger Abend das für mich ist. Seit Jahren hatte ein Mann einen ganz besonderen Traum, diese Insel betreffend, einen Traum über alles hinaus, was einer von uns je zu träumen gewagt hätte. Seine Vision war das feinste Hotel der Welt, in das die feinsten Leute kommen würden, um die Wunder dieser schönen Insel zu genießen. Er vertraute mir seinen Traum an, und nun – ist er wahr geworden! Ist das zu fassen? Ich weiß, daß das alles hier Wirklichkeit ist, aber für mich ist es einfach – reine Magie. Ich danke euch. Danke. Runter mit euren Köpfen!« Er knickste, wedelte mit der Lorgnette. »Wenn ich mich nicht irre, hatten wir heute abend schon recht – interessante Auftritte. Ich weiß, ihr werdet begeistert sein von unserer nächsten Künstlerin, einer Sängerin, die ich euch nicht vorzustellen brauche ... Meine Damen und Herren, das Jungle Inn präsentiert Ihnen die unvergleichliche, großartige First Lady der Popmusik ...«

Ein Trommelwirbel von Jerry Vales Drummer. Ein Spotlight tanzte zögernd zur Bühnengasse und erfaßte ein Mäuschen in einem wadenlangen braunen Strickkleid. Ihr Haar war braun. Sie sah aus wie eine Sekretärin einer Versicherungsgesellschaft. Sie kam mit einem Fingerschnippen und einem breiten Lächeln auf die Bühne, als erwartete sie Ovationen. Keiner kannte sie, bis Frank sagte:

»*Damas y caballeros* … Miss – Helen Reddy!«

Das Leben ist voller Überraschungen.

Das Publikum klatschte einigermaßen begeistert, aber bei einer Abstimmung hätte Marie Antoinette haushoch gewonnen.

Superman konnte sich nicht zurückhalten. Er sprang auf die Bühne und schlenderte an Helen vorbei zum Mischpult. Sie roch gut: französisches Parfüm. Sie hatte Augen wie ein kleines Nagetier.

Pito war nirgends zu sehen. Superman ging mit dem Mund ganz nahe ans Ohr des Tontechnikers heran und sagte: »Gleich kommt der Bi-ba-Butzemann und zündet dir den Kittel an. Lauf!«

Der Mann ließ sich das nicht zweimal sagen.

Superman setzte sich auf den Stuhl, stöpselte Helens Mikro aus und schloß eines für sich selbst an. Das Orchester spielte die ersten Takte von Helens berühmtestem Lied, dem Song, der neunzehn Wochen hintereinander bei den Billboard Hot 100 Platz eins gehalten und damit Supermans einzigen Superhit blockiert hatte. Wieder einmal wurde ihm klar, daß doch etwas dran sein mußte an Gott, am Universum und daran, wie alles miteinander zusammenhing: War das nicht die schönste Gelegenheit, die sich jemand im Leben wünschen konnte? Er beugte sich zu dem Mikrofon vor und sang in seinem tiefsten Bariton den Song, der Helen berühmt gemacht hatte:

I am woman, hear me roar
In numbers too big to ignore …

Er kannte den Text nicht, aber er erfand einen neuen. Helen schien überrascht von dem, was sie aus den Monitoren hörte, aber sie sang weiter, und das Orchester spielte weiter. Die Musiker hörten nicht das Gelächter, das in Wellen über die Rampe schwappte.

I am woman, hear me bitch
Buy my record, make me rich

Das Publikum lachte immer lauter. Helen war sichtlich verdutzt über den Beifallssturm, der ihr am Ende des Songs entgegenschlug. Sie sprach mit einem weichen, monotonen australischen Akzent. »Vielen Dank für diesen herzlichen Empfang. Ich hoffe, mein nächster Song gefällt Ihnen auch.«

Die Musiker spielten die Einleitung. Superman ließ Helen bis zum Refrain singen und schaltete dann sein Mikrofon ein:

Delta Dawn,
Please take off what you've got on

Es war nicht so gut wie »I Am Woman«, aber das Publikum freute sich. Ungefähr in der Mitte des Refrains erstarrte Helen Reddy und hörte zu singen auf. Sie tippte dem Bandleader auf die Schulter. Die Musik brach ab. Gemeinsam gingen sie zum Mischpult.

Marie Antoinette kam wieder auf die Bühne gerauscht, an der Hand einen Jungen. Es war ein magerer, benommener, hungrig aussehender, etwa achtzehnjähriger Junge mit langem, strähnigem Haar und leerem Blick. Er hatte Schweißflecken unter den Ärmeln seines Polohemdes. Sein Gesicht war blaß, fast wächsern.

Frank führte den zitternden jungen Mann in die Bühnenmitte.

Superman kannte diesen Jungen. Es war der Junge, den er fast erschossen hätte. Derselbe, der in sein Zielfernrohr gelächelt und damit ihnen beiden das Leben gerettet hatte.

Irgend etwas an dem Jungen ließ das Publikum mucksmäuschenstill werden.

Frank klopfte ans Mikrofon. »Na schön, ja, hm! – Gleich kommt Miss Reddy wieder, aber erst wollte ich euch unseren tüchtigsten Angestellten hier im Jungle Inn vorstellen. Sag den Leuten hallo, mein Junge.« Er versetzte dem Jungen einen kleinen Stoß.

»Dad?« Die dünne Stimme hallte durch den Saal. »Bist du da? Daddy?«

»Wie heißt du denn, mein Sohn?« sagte Frank. »Sag ihnen, wie du heißt.«

»Ben.«

»Ben, und weiter? Na?«

»Willis.«

»Also Ben Willis Junior?« fragte Frank.

Der Junge nickte. Er schaute ins Licht.

Es war unmöglich, aber doch, er mußte es sein.

»Wir hoffen, Mr. Willis Senior beehrt uns mit seiner Anwesenheit«, sagte Frank. »Wenn er die Freundlichkeit hätte.«

»Daddy, nein, tu's nicht! Das ist eine Falle! Die ...«

Frank riß ihn an der Hand. Der Junge verstummte, machte einen wackligen Schritt rückwärts.

Superman kannte diesen Jungen. Er hätte ihn beinahe umgebracht.

Er ging in die Bühnenmitte und sah ihn sich genau an, sicherheitshalber.

Irgend etwas brach in ihm auf. Er legte die Arme um den Jungen. Er wollte sagen: »Ich bin hier.« Seine Stimme versagte. Ein schmerzhaftes Kribbeln überlief ihn, wie wenn das Blut in ein eingeschlafenes Bein zurückkehrt, und dann sah jeder im Saal Superman nackt und weinend, die Arme um seinen einzigen Sohn geschlungen.

33
Chaos

Ich stehe also auf der Bühne, Lichter blinken wie die Blaulichter auf einem Polizeiauto, und jemand packt meine Hand – *Mom? Bist du's, Mom?* – und zieht mich in das helle Licht vor all diesen Menschen. In meinen Ohren dröhnt es *Tut-TUUT, Tut-TUUT*, ein großes, klagendes Nebelhorn mitten in meinem Kopf. Das Horn tutet jetzt schon seit dreiundzwanzig Stunden, seit dreiundzwanzig Jahren. *Es ist genug, Mom, die wollen nichts mehr von dir hören.* Moment mal, das ist ja gar nicht Mom. Das ist Marie Antoinette. Die Lichter pulsieren im Takt mit meinem Blut.

Diese vielen Leute! Ob die echt sind? Schwer zu sagen.

Lange Zeit ließen mich Rabbit und seine Leute zusammengesunken auf einem Stuhl in dem Raum mit den Stahlbehältern sitzen. Ich war nicht gefesselt oder eingesperrt, ich hätte einfach aufstehen und hinausgehen können, wenn sich die Muskeln nur hätten überreden lassen, dem Gehirn zu gehorchen.

Ich schrumpfte zu einem Däumling und kletterte meinen Arm hoch, durch mein Ohr, in mein Gehirn. Ich stellte mich den Leuten vor, die für die einzelnen Abteilungen zuständig waren: Sie saßen an Steuerpulten wie die Leute in *Raumschiff Enterprise* und überwachten meine Körperfunktionen. Sie sagten, sie könnten nichts tun, bevor nicht die Wirkung der Drogen nachließ.

Echte Menschen in Arztkitteln kamen herein und fühlten mir den Puls.

Dann ist es auf einmal später, und eine Dame mit glitzernden Diamanten packt mich an der Hand, zerrt mich in einen Aufzug und zwischen vielen Menschen hindurch auf die Bühne. *Mom, bist du's?* Sie flüstert mir ins Ohr, was ich sagen soll.

Wir stehen auf der Bühne. Das Nebelhorn klagt *Tut-TUUT, Tut-TUUT*. Marie Antoinette zerrt mich ins Licht. »Sag den Leuten hallo.« Sie gibt mir einen Schubs.

»Dad?« DAD DAD DAD DAD DAD DAD

»Bist du da?« DA DA DA DA DA DA

»Daddy?« DADDY DADDY DADDY DADDY DADDY DADDY

Sag ihnen, wie du heißt, sagt Marie Antoinette. Sag ihnen, wie du heißt.

Ich sag's ihnen und sag's ihnen und sag's ihnen. Meine Stimmen kommen als Echos wieder. Ich habe so viele Stimmen. Lichter scheinen mir in die Augen, aber nur eines ist so hellblau und schön, daß ich weinen möchte. Es scheint durch die Löcher in meinen Augen.

Marie Antoinette stellt mir Fragen. Ich erinnere mich, wer sie ist was sie gesagt hat warum die mich hierhaben wollen. Ich rufe: »Daddy, nein, tu's nicht! Das ist eine Falle!«

Marie reißt mich am Arm.

Ich taumle zurück, fast breche ich zusammen. Jemand nimmt mich in die Arme, hält mich. Es ist niemand da, aber ich spüre den Druck, die Wärme. Ganz schwach rieche ich – Old Spice? Ich schließe die Augen. Als ich sie wieder aufmache, hält mich ein Mann in den Armen. Er ist nackt. Und weint.

Wer sind Sie?

Männer in Tarnanzügen umringen uns. Der Mann schreit: »Ben Junior!«

Allmächtiger, niemand nennt mich Ben Junior.

Der Mann ist mein Vater.

Die Soldaten schleifen uns von der Bühne. »Ben Junior!« Er lebt. Ich habe ihn gefunden. Wir haben einander endlich gefunden.

Sie reißen uns auseinander, führen uns im Laufschritt an einander gegenüberliegenden Wänden entlang, vorbei an den vielen aufgeregten, den hälsereckenden Menschen. Das Orchester fängt an zu spielen. Helen Reddy kommt heraus und singt. Das muß ein Traum sein. Ich hab sie schon einmal singen gehört, auf dem Gedenkkonzert für meinen Vater. Und jetzt ist sie hier, um seine Auferstehung von den Toten zu feiern. Ihre Stimme durchdringt das Nebelhorn in meinem Kopf:

She was forty-one Tut-TUUT
And her daddy still Tut-TUUT

Auf einmal gehen *rumms!* die Türen zu. Wir sitzen in der Falle.

Ich schau auf, suche nach diesem ganz besonderen blauen Licht, aber statt dessen sehe ich nur Nebel, der aus der Decke kommt, sich zu uns herunterkräuselt. Das ist kein Nebel, der da zischend aus den Löchern der Sprinkleranlage kommt. Das ist kein Nebel.

Jetzt rieche ich es – süßlich, wie Mandeln –, und die anderen riechen es auch; vor mir sinkt eine Frau ohnmächtig zu Boden, vielleicht liegt das an dem perlweißen Nebel, der aus der Decke strömt. Schreie und durch die Luft fliegende Gläser, ein plötzlicher Ruck, als die Leute hinauswollen. Es staut sich an den Türen, die Leute ächzen und rempeln. Ein paar Männer benutzen einen Tisch als Rammbock. Die Türen sind stark. Die Leute husten und halten sich Servietten vors Gesicht.

Ein leises Geräusch von splitterndem Glas, *plitsch!*, hoch über uns in den unterteilten Fenstern, dann noch mal *plitsch!*, und die Scheiben gehen zu Bruch, *plitsch! plitsch!*, die ganze Reihe, eingeschlagen von winzigen Fäusten.

Kleine rötliche Affen strömen kreischend durch die gezackten Öffnungen, gefolgt von großen schwarzen Affen mit bösen Gesichtern, die sich an den Vorhängen herabhangeln, auf Leuchter springen, über Tische setzen, kreischen, auf Schultern, Nacken und die Frisuren der Frauen einschlagen. Eine Tür gibt nach. Panik setzt ein.

Der Nebel verzieht sich durch die kaputten Fenster. Jemand legt mir die Hand auf den Kopf und schiebt mich unter einen Tisch. *Bitte, Sir, sind Sie der Zauberer von Oz? Ich möchte nach Hause.*

Ich krieche über den Boden. Eine Herde Füße donnert vorbei, das Nebelhorn macht *Tut-TUUT*, und die Affen keckern erbittert.

Ein alter Indio hilft mir auf. Ich kenne den Mann. Er hat mich mal schlafen gelegt, in der Bambushütte hinter dem Großen

Haus. Ich bleibe dicht hinter ihm. Im Ballsaal herrscht ein Tohuwabohu wie im Zirkus – Lüster schwingen hin und her, Menschen mit Affen auf den Köpfen taumeln umher. Zehn oder zwölf rote Affen springen auf die Bühne. Helen Reddy läßt ihr Mikrofon los und flieht hinter die Bühne.

An der Tür gerät der Strom der Menschen ins Stocken: Der Fußboden ist mit schleimigen Fröschen bedeckt: gesprenkelte braune Frösche, so groß wie eine Menschenhand, winzige grüne Frösche, rote Frösche, hellgelbe Pfeilgiftfrösche, ein Meer quakender, hüpfender Frösche.

Die Frösche machen dem alten Indio einen Weg frei. Ich folge ihm die mit Fröschen bedeckte Treppe hinunter, durch die von springenden Fröschen wimmelnde Lobby.

Auch auf den Stufen im Freien wimmelt es: Die fliehenden Gäste gleiten auf zerquetschten, zertretenen Fröschen aus. Eine Frau taumelt vorbei, deren Hals ein Affe umklammert; sie hat den Mund zu einem lautlosen Schrei geöffnet. Suchscheinwerfer blenden mich, das Nebelhorn tutet furchterregend.

»Die *monos* sind kommen«, sagt der alte Mann. »Ist *profecía*.«

Hinter mir sagt jemand: »Ben Junior, gib mir deine Hose.«

Mein Vater, mit einer Jungle-Inn-Fahne um die Hüften.

»Meine Hose?«

»Du hast doch was drunter?«

»J-ja, aber –«

»Was ist los mit dir? Bist du – schau ihn dir an, Pito, schau dir seine Augen an. Was haben die dir gegeben? Haben sie dir gesagt, was es ist?«

»Red Dot«, sage ich. »Red Dot Ninety-nine.«

»Na, kein Wunder, da mußt du ja durchdrehen. Okay, bleib ganz ruhig, das wird schon wieder, es kann allerdings eine Weile dauern. Ich kenne das. Also keine Panik. Aber jetzt gib mir deine Hose.«

Ich gehorche. Er verschwindet hinter einem Busch und kommt mit der Fahne um die Schultern zurück. Er muß den Bauch einziehen, damit der Knopf an den Shorts nicht abplatzt.

Seine Haut ist braun und runzlig von der Sonne. Sein Gesicht hat sich verändert, die Knochen sind anders als früher, und er hat einen struppigen Bart. Die Nase krümmt sich nach links.

Er hat die Augen eines Mannes, der zu lange im Wald gelebt hat.

»Mein Gott«, sagte er, »die wollten uns alle umbringen.«

»Die *monos* haben offen die Fenster«, sagt der alte Indio. »Warum du nicht fliegen?«

»Ich kann nicht, Pito. Ich kann's nicht mehr. Ich hab's verloren.« Mein Vater wendet sich mir zu und schaut mich lange prüfend an. »Schön, dich zu sehen, mein Sohn.«

»Ich weiß, was die vorhaben«, sage ich. »Wir müssen sie aufhalten.«

34
Dies ist keine Übung

Nach dem ersten Schock des Wiedererkennens sah der Junge ganz anders aus als der, den Superman die ganzen Jahre im Kopf gehabt hatte. Ben Junior war einsachtzig groß, schlank, aber kräftig, mit gut ausgebildeten Schulter- und Armmuskeln. Auf den ersten Blick ähnelte er dem jungen Mann, der einst in der Flor-A-Bama auf die Bühne gegangen war, um einen Song von Hank Williams zu singen.

Jetzt waren sie hier vereint und kämpften beide auf derselben Seite. Das hätte Superman nie für möglich gehalten. Er hatte jahrelang Zeit gehabt, die Fehler zu bereuen, die ihn auf diese Insel gebracht hatten, Zeit, über seine Charakterfehler nachzudenken und mit derselben Intensität Nabelschau zu betreiben, mit der er sich früher seiner Karriere gewidmet hatte. Unterdessen war sein Sohn herangewachsen und hatte einen weiten Weg zurückgelegt, um ihn zu suchen. Das war sehr viel mehr, als er jemals für seinen Sohn getan hatte.

Der Junge hatte hervortretende Augen. Er konnte nicht stillstehen. Er sagte, er sei schon seit Monaten hier, habe auf der Baustelle gearbeitet und sich nebenbei ständig nach Superman erkundigt. Er wollte erzählen, was er gesehen hatte, bevor man ihn eingesperrt und unter Drogen gesetzt hatte, aber es kam alles ziemlich wirr heraus – eine konfuse Geschichte um Frank, Rabbit und ein geheimes Labor, in dem Frauen unter Glas lagen …

»Schon gut, mein Sohn, zeig's uns einfach. Kannst du uns zeigen, wo das ist?«

Er führte sie gegen den Strom der flüchtenden Festgäste über eine Rampe ins Untergeschoß. Im Augenblick war das Jungle

Inn ungeschützt. Die Männer in den Tarnanzügen hatten als erste vor der Affen- und Froschinvasion Reißaus genommen. Superman schlug das Herz bis zum Hals. Das war die Chance, die Lee bei Petersburg nicht bekommen hatte, die Chance, über einen verwirrten Feind herzufallen und den größten Überraschungssieg aller Zeiten zu erringen.

Der Junge führte sie in einen leeren weißen Raum, zu einer Wendelrolltreppe und einer Sphinx auf einem Wandbild, durch ein Labyrinth von Gängen und zu einer in Hieroglyphen gefaßten Tür. Pito legte die Hände auf die Tür. Wände und Decke blinkten rot. Die Tür ging auf.

Sie betraten einen schwach beleuchteten Tunnel. Die Tür schloß sich hinter ihnen.

Der Tunnel verzweigte sich. »Wohin?«

»Ich weiß nicht«, sagte der Junge. »So weit bin ich nicht gekommen.«

Pito führte sie nach rechts. Der Tunnel änderte mehrmals abrupt die Richtung, und schließlich gelangten sie wieder in den leeren weißen Raum.

Sie fuhren wieder mit der Rolltreppe hinauf, gingen durch das Labyrinth und die Sandsteintür. Diesmal wandten sie sich an der Gabelung nach links – und landeten abermals in dem weißen Raum. Das Ganze war ein Spiegelkabinett, ein Irrgarten, durch den man immer wieder zum Ausgangspunkt zurückkehrte.

»Vielleicht sind wir irgendwo falsch abgebogen«, sagte Ben Junior.

»Sie sind dahin gegangen, wo Sie hingehen sollten«, erschallte es laut vom oberen Ende der Rolltreppe. Die Spirale summte und setzte sich abwärts in Bewegung. Ein hochgewachsener alter Mann in einem grauen Anzug mit roter Schleife kam herabgefahren. Ihn als »adrett« zu bezeichnen wäre eine Untertreibung gewesen; er war die Verkörperung übertriebener fünfundsiebzigjähriger Eleganz, ein großer, schlaksiger Mann mit penibel gekämmtem weißem Haar, perfekt gestutztem Schnurrbart und einer weißen Orchidee im Knopfloch. »Ich wollte die Leute kennenlernen, die meine Einweihungsfeier verdorben haben.«

Pitos Augen blitzten. »Sind Sie.«

»Ja, Pito, ich bin's. Dein Englisch ist nicht besser geworden, aber du siehst gut aus. Wie geht's denn der kleinen Catalina?«

»Ist groß«, sagte Pito.

»Und Sie sind der, den man Superman nennt.« Der Mann streckte die Hand aus. »Freut mich, Sie kennenzulernen. Howard Hughes.«

Superman gab ihm die Hand und wiederholte den Namen. »Der Magier. Sie?«

Hughes lachte, ein trockenes, rasselndes Lachen. »Ich hab mir zwar schon länger keine neuen Kunststücke mehr ausgedacht, aber es stimmt, so nennt man mich hier. Früher hatten wir einen echten Magier auf der Insel. Sind Sie ihm mal begegnet?«

»Ein kleiner alter Mann«, sagte Superman. »Er hieß Harry.«

»Houdini. Erstaunlicher Mann. Wir sollten alle hundertvier Jahre alt werden.«

Superman drehte sich der Kopf. War das die Möglichkeit? Howard Hughes? Jane Russell, die Spruce Goose, Hughes Aircraft, RKO Pictures? Milliardär, Einsiedler, Erbauer von Hotels? Der Magier?

Aber natürlich!

Das große, rechteckige, an Errol Flynn erinnernde Gesicht war unverwechselbar, trotz der tiefen Furchen und des gesprenkelten, sonnenverbrannten Teints. Hughes sprach mit einem leichten Texas-Akzent und im Tonfall selbstbewußter Macht, obwohl er unter seinen Altersflecken irgendwie blaß und kränklich wirkte. Superman erinnerte sich an alles, was er jemals über den Magier gehört hatte, und erkannte blitzartig, daß sich dies alles zu diesem Mann summierte – bis hin zu der Tatsache, daß nie jemand seinen Namen auszusprechen gewagt hatte. Es war ein mächtiger Name.

»Das kann nicht sein«, sagte Ben Junior. »Howard Hughes ist tot.«

»Das ist hier kein ernstzunehmendes Argument«, sagte Superman.

»Nein, aber er ist wirklich tot. Er ist verrückt geworden. Er hatte fünfundzwanzig Zentimeter lange Fingernägel und mußte Windeln tragen. Nach seinem Tod hat ein Gebrauchtwagenhändler ein Testament gefälscht, um an sein Geld ranzukommen.«

Hughes lächelte. »Ihr Sohn?«

»Er heißt Ben.«

»Was ist mit seinen Augen?«

»Ihre Leute haben in seinem Kopf rumgepfuscht«, sagte Superman. »Sie haben ihn mit Drogen vollgepumpt und ihn eingesperrt, um an mich ranzukommen. Ich bin derjenige, der Sie bekämpft hat, Mr. Hughes. Ich wußte nicht, daß Sie so ein Feigling sind. Wenn Sie an mich rankommen wollten, hätten Sie sich nicht an diesem unschuldigen Jungen vergreifen müssen.«

»Ich bin nicht unschuldig«, sagte Ben Junior.

»Doch, bist du.«

»Und Sie hätten natürlich auch zu mir kommen können«, sagte Hughes, »anstatt Bulldozer in die Luft zu sprengen und sich im Wald zu verstecken oder wo immer Sie sich aufgehalten haben. Ich weiß alles über Sie, Superman, ich weiß alles, was Sie getan haben. Haben Sie gedacht, ich könnte mir ein paar Bulldozer nicht leisten? Haben Sie wirklich geglaubt, Sie könnten mich mit Ihrem Knallerbsen-Feldzug aufhalten?«

»Ich glaube es immer noch«, sagte Superman.

»Sie haben keine Macht, und die von Pito wird immer schwächer. Meine ist jetzt stärker. Hab ich recht, Pito?«

»*Sí.*« Pito sah zu Boden.

»Hat er Sie zu dem Wasserfall geführt, Superman? Haben Sie Ihr *destino* gefunden?«

»Ja. Zweimal.«

»Mich hat er auch hingeführt, als ich das erstemal hier war. Überhaupt, Pito hat mir die Insel verkauft – für wieviel, Pito? Vierundzwanzig Dollar und eine Handvoll Glasperlen? Wir haben aus dem blauen Tümpel getrunken. Ich habe mein *destino* gefunden. Möchten Sie wissen, was ich gefunden habe?«

»Ja, was?«

»Ich bin zum König geboren«, sage Hughes. »Von den Göttern zum Beherrscher der Erde auserwählt. Das war nicht meine Idee. Pito hat mir den Weg gewiesen. Bist du stolz auf mich, Pito, jetzt, wo ich mein Ziel erreicht habe? Mein *destino* hat sich erfüllt.«

»Sie schlechter Mensch«, sagte Pito. »Sie viel Menschen töten.«

»Ein König muß das manchmal tun. Sonst riskiert er, daß seine Untertanen Amok laufen.«

»Wollen Sie mir erzählen, das alles war Pitos Idee?«

»Er hat mich zur Erkenntnis geführt«, sagte Hughes. »Die volle Tragweite begriff ich erst, als ich in den fünfziger Jahren in Giseh war. Ich stand an der Nordostecke der Chephren-Pyramide, und plötzlich wußte ich, daß ich früher einmal hier gelebt hatte. Sie müssen wissen, mein leiblicher Vater wurde mir entrissen, als ich noch ein sehr junger Mann war. Das hätte mich zerstören können. Ich hatte immer das Gefühl – ich hätte etwas tun können, um ihn zu retten. Aber dann wurde mir klar, daß es keinen Sinn hatte, ihn zu betrauern. Er war gar nicht mein Vater. Er war nur ein Sterblicher. Blitzartig erkannte ich, warum ich diese Insel gekauft hatte, warum die Götter mir diese unglaubliche Fähigkeit gegeben hatten, Geld anzusammeln – das hatte ich mich schon immer gefragt, wissen Sie. Weshalb es mir einfach so zufloß. Also ich erkannte, daß ich die Reinkarnation von König Chephren bin, dem Sohn des Chufu. Das wurde mir offenbart. Ich wurde geboren, um die Welt zu beherrschen. Und um eine Pyramide zu Ehren meines Vaters zu errichten.«

Das alles berichtete er in sachlichem Tonfall, so als teilte er mit, daß er früher einmal Mitglied des Rotary Club gewesen war. Superman hatte noch nie etwas derart Irrsinniges aus dem Mund eines scheinbar so vernünftigen Mannes gehört. »Mr. Hughes, ganz egal, für wen Sie sich halten, Sie haben nicht das Recht, Menschen umzubringen. Auch nicht im Namen irgendeiner verrückten Idee.«

»Richtig«, sagte er. »Ich habe mir dieses Recht genommen. Ich habe es noch nie für nötig gehalten, mich an Regeln zu halten. Davon haben mich die Götter auf Lebenszeit entbunden. Das ist einfach eine Tatsache, Superman. Manche Menschenleben sind mehr wert als andere. Wenn ich mich immer an die Regeln gehalten hätte, meinen Sie, ich wäre dann der reichste Mann der Welt?«

»Na ja –«

»Sie halten es für eine verrückte Idee, aber wissen Sie, es ist mir *gleichgültig*, was Sie denken. Ich habe meine eigenen Vorstellungen davon, wer ich bin. Oh, ich höre förmlich, wie alle sagen, typisch, der alte Hughes hat sich wieder so eine Verrücktheit ausgedacht, jetzt, wo er sich für König Tut-ench-Amun hält. Und *wenn* es verrückt ist – na und? Ich besitze acht Milliarden Dollar! Ich kann mir das eine oder andere exzentrische Hobby leisten. Können Sie sich eine solche Summe überhaupt vorstellen? Begreifen Sie auch nur ansatzweise, welche Macht einem soviel Geld verleiht?«

»Ja, die Macht, Bäume umzuhauen und sich selbst ein Denkmal zu errichten.«

»Noch mehr. Die Macht, seine Träume auszuleben und jeden Menschen zu kaufen, den man haben will. Ich habe Könige und Präsidenten gekauft, und Frauen, die schönsten Frauen auf Erden. Ich habe einen Mann gekauft, der meinen Tod spielen mußte, zum Ergötzen der Öffentlichkeit und meines Aufsichtsrats. Ich habe diese Insel mit ihren sämtlichen Bewohnern gekauft. Mir stellt sich niemand in den Weg. Sie am allerwenigsten. Sie könnte ich auch kaufen, einfach so.« Er schnippte mit den Fingern.

»Das glaube ich kaum, Mr. Hughes.«

»Menschen sind billig. Amelia? Ich habe den Japsen hunderttausend in Gold für sie gegeben. Frank hab ich als Dreingabe bekommen. Ihre alte Freundin, Madame Monroe? Fünfzigtausend und ein Anruf beim Coroner von L. A. Anastasia habe ich zehntausend gegeben, wenn ich mich nicht irre. Kennedy war ein Gefallen, den ich einem alten Freund erwiesen habe. Jimmy Hoffa hat *mich* bezahlt. Ich habe die beste Menschensammlung der Welt aufgebaut, und alle zusammen haben mich nicht mal soviel gekostet wie ein einziger heruntergesetzter Renoir.«

»Sie haben sie gekauft«, sagte Superman, »und dann umgebracht.«

»Das gehörte zur Abmachung. Die waren alle schon so gut wie tot, bevor sie hierher kamen. Sie hatten alle ein Manko gemeinsam – sie waren zu berühmt. Sie sind hierher gekommen, weil sie verzweifelt waren, nicht mehr wußten, wohin. Ich habe ihnen ein neues Leben geschenkt. Sie wußten, daß es nicht ewig dauern würde. Sie haben meine Bedingungen akzeptiert. Ich habe sie jahrelang durchgefüttert. Von mir haben sie Privatsphäre und jeden Luxus bekommen, den sie sich wünschten.«

»Als Gegenleistung wofür?«

»Kommen Sie mit. Ich zeig's Ihnen.« Nichts im Auftreten dieses Mannes entlarvte ihn als Geisteskranken. Allenfalls, daß er ein bißchen zu penibel gekleidet war, als sei ihm daran gelegen, alle Welt von seiner geistigen Gesundheit zu überzeugen. Sie fuhren hinter ihm die Wendeltreppe hinauf, die er, wie er beiläufig erwähnte, selbst konstruiert hatte, nach einem Entwurf von Leonardo da Vinci für eine Flugmaschine. Er spielte den jovialen Gastgeber, führte sie durch das Labyrinth bis an eine Stelle, wo es scheinbar nicht weiterging. Eine Geheimtür führte in einen Gang, durch den sie zu einer sich verbreiternden Treppe zwischen Wänden mit pulsierenden roten Lichtern gelangten.

»Kennen Sie sich aus mit den ägyptischen Königen, Superman?«

»Jedenfalls wär ich nicht drauf gekommen, daß Sie einer von denen sind, wenn Sie das meinen.«

»Wenn der König zur ewigen Ruhe gebettet wird, ist er von seinen kostbarsten Besitztümern umgeben, einschließlich all seiner Ehefrauen und Höflinge, seiner berühmtesten Untertanen. Sein Leben lang sammelt er die fähigsten, geachtetsten Menschen seines Reichs, und gemeinsam treten sie dann die Reise an, um ihren himmlischen Lohn zu empfangen. Für mich war das schon immer ein höchst verführerischer Gedanke, die Vorstellung, daß alle interessanten Menschen zusammen mit mir ihr Dasein beschließen. Es lindert irgendwie den Abschiedsschmerz.«

Sie betraten eine runde Kammer mit einer roten Decke, die wie ein schlagendes Herz pulsierte. Die Wand versank lautlos im Boden, und sie befanden sich in einem großen, dämmrigen Raum, umgeben von Reihen kapselförmiger, stählerner Behälter mit ovalen Glaskuppeln. Jede Kapsel stand in einer von oben kommenden Lichtsäule. »Das ist mein Sprungbrett zur Ewigkeit«, sagte Hughes. »Wenn die Götter Gefallen an meinen Taten finden, müßte ich in etwa dreitausend Jahren zurückkehren.«

»Mr. Hughes«, sagte Superman, »was soll das?«

Ben Junior sagte: »Das wollte ich dir ja schon die ganze Zeit sagen.«

Ein großer dreieckiger Raum an der Spitze der Pyramide, ein Trophäenraum voll glänzender, summender Särge, Menschen unter Glas. Die Sammlung des Sammlers. Es mußten etwa hundert Leichen sein, die hier in Reihen an den Zacken eines sechseckigen Sterns aufgebahrt waren.

Eine leere Kapsel stand auf einem Sockel in der Raummitte. Es war nicht schwer zu erraten, für wen sie gedacht war.

Der erste Leichnam wirkte durchaus lebendig, wenn auch ein bißchen zu elegant gekleidet im Nadelstreifenanzug mit einer perlengeschmückten Anstecknadel im Revers. Der Mann hatte glatt nach hinten gekämmtes Haar und ein breites Bulldoggengesicht. Auf einer Tafel zu seinen Füßen stand JAMES RIDDLE HOFFA, AMERIKANISCHER GEWERKSCHAFTSFÜHRER.

»Ich hab ihn durch Momo Giancana kennengelernt«, sagte Hughes. »Jimmy war eine Seele von Mensch, aber ein zäher Brocken, wenn er etwas haben wollte.«

Auch Anastasia lag hier in friedlicher Haltung, angetan mit einem antiken Gewand aus Staubperlen und Spitze, mit einem Sträußchen vollkommen weißer Lilien. Auf ihrer Tafel stand: IHRE KAISERLICHE HOHEIT, GROSSFÜRSTIN ANASTASIA VON RUSSLAND. Superman ging die Reihe entlang.

Hughes beobachtete voller Genugtuung sein Gesicht. »Unser Freund Rabbit kann Wunder wirken, nicht wahr? Man erwartet fast, daß sie sich aufsetzen und zu reden anfangen.«

»Sie haben sie auf die Insel geholt«, sagte Superman, »um sie wie Jagdtrophäen aufbauen zu können. Für Ihre schwachsinnige Idee.«

»Sie gehören mir. Sie sind mein Eigentum.« Hughes errötete unter seinen Leberflecken. »Sie haben sich mir *geschenkt*. Sie hatten einen schmerzlosen Tod. Begreifen Sie nicht, daß das die größte Ehre ist, die ich ihnen erweisen konnte? Ich werde ihren Ruhm erben und ihn in die andere Welt mitnehmen. Ich verrate Ihnen ein Geheimnis, junger Freund. Ich habe soviel Geld und Ruhm erworben, wie man sich auf dieser Welt nur wünschen kann, und es ist trotzdem nicht genug. Ich will noch mehr. Ich will auf ewig berühmt sein. Die Ägypter sind als einzige dahintergekommen, wie man das erreicht. Sie hätten mich zu würdigen gewußt. Erst in unserer Zeit ist die große Geste aus der Mode gekommen.«

Pito kniete neben einer Kapsel in der nächsten Reihe, das Gesicht an das Glas gepreßt. Superman sah das rissige Leder einer Fliegerjacke, eine silberne Haarsträhne. »Ach du lieber Himmel, Pito, kein Wunder, daß ihr Sarg so leicht war. Sie war gar nicht drin.«

Amelia war unverändert: das leicht überhebliche Lächeln, der entschlossene Zug ums Kinn. »Heute abend sie schlafen«, sagte der alte Mann leise.

Superman schritt alle Zacken des Sterns ab. Er fand alle Vermißten: die Zwillinge, Rockefeller, Danny Cooper, den König von Siam, Madame Olgowa und – o Gott – den armen Spike. Neben den Leichen seiner Freunde lagen ältere Leichen in fortgeschrittenem Stadium der Verwesung: Chaplin. Churchill. Disney. Auden. Will Rogers. Nijinsky. Diese verstaubten Bündel eingesunkener Kleider waren die Überreste großer Männer. Der Magier war nicht nur ein Sammler. Er war auch ein Grabräuber. Er hatte zwei Barrymores, sämtliche Dionne-Fünflinge, den kleinen Charles Lindbergh Jr. Jedenfalls stand das auf den Tafeln. Superman würde nie erfahren, ob diese Personen tatsächlich in den Särgen waren.

Am Ende der Reihe sah er ein weißes Kleid mit einer um die Hüfte geschlungenen goldenen Kordel. Das Kleid war tief ausgeschnitten. Rote Lippen. Eine Wolke platinblonden Zuckerwattehaars. Sie war zu schön, um tot zu sein. Sie sah aus, als könnte sie sich jeden Moment die Lippen lecken, gähnen und die Augen aufschlagen.

Superman konnte sich nicht von ihr losreißen. So nahe würde er ihr nie mehr sein. Sie sah so vollkommen aus, so lebendig … Am liebsten hätte er den Glasdeckel angehoben, wäre hineingestiegen und hätte sich neben ihr ausgestreckt. Vielleicht war es nicht die wahre Liebe gewesen, aber er hatte es als so wunderschön und verzehrend wie die Liebe empfunden, und es hatte einen besseren Menschen aus ihm gemacht. Es verletzte ihn, all ihre Wärme und Ausstrahlung auf dieses statische Schaustück reduziert zu sehen, einen Schmetterling unter Glas, aber aus irgendeinem Grund war es nicht beängstigend, sie so zu sehen. Er war froh, daß sie immer noch schön war. Das wäre ihr auch wichtig gewesen.

»Wir können nicht auf natürliche Todesursachen warten, wissen Sie«, sagte Hughes. »Man muß das Verfahren sofort anwenden, um solche Ergebnisse zu bekommen.«

Superman packte ihn an den Aufschlägen. »Der da drüben ist für Sie, stimmt's? Dann gehen wir doch hin, und Sie legen sich gleich rein.«

»Nehmen Sie Ihre Hände weg«, sagte Hughes. »Sie können mir jetzt nichts mehr tun. Sie haben sich selbst zerstört.«

Superman packte noch fester zu, erfüllt vom Drang zu töten und zugleich von der Gewißheit, daß er es nie fertigbringen würde.

»Ich habe einen rapid fortschreitenden Krebs, eine unheilbare Knochenerkrankung«, sagte Hughes, »und eine Arrhythmie der linken Herzkammer. Die Ärzte haben mich angelogen, das sind lauter Betrüger, aber ich kenne jetzt die Wahrheit. Ich sterbe. Und Sie werden mit mir sterben.« Er schüttelte Supermans Hände ab. »Die Sequenz ist bereits gestartet. Man kann sie nicht mehr anhalten. Alle Ausgänge sind hermetisch verschlossen.«

»Was reden Sie da?«

»Im Fundament und längs der vier Achsen der Pyramide sind Titanröhren eingebaut. Die Röhren sind mit Plastiksprengstoff vollgepackt. Der Zünder wird per Fernsteuerung von einem Computer ausgelöst. Der Countdown läuft. Warum, meinen Sie, hat Sie niemand auf dem Weg hierher aufgehalten? Ich habe auf Sie gewartet.«

»Was bedeutet?« fragte Pito.

»Es bedeutet, daß dieses Gebäude eine Bombe ist. Schon bald werden wir alle in unseren Urzustand zurückkehren, so wie wir kurz nach dem Urknall waren. Wir werden wieder zu Atomen.«

»Sie sind verrückt«, sagte Superman. »Sie bluffen.«

»Nein, es stimmt«, stammelte Ben Junior. »Meine Jungs und ich haben das Zeug in die Röhren gepackt. Wir haben nicht gewußt, was es ist.«

»Es ist an der Zeit, daß ich sterbe«, sagte Hughes, »und ich beabsichtige, es auf höchst spektakuläre Weise zu tun. Ich habe alles getan, was mir aufgetragen war – jedenfalls für diesmal. Heute ist die Nacht der Nächte.«

»Komm, wir müssen hier raus«, sagte Ben Junior.

»Nein«, sagte Hughes, »ihr kommt mit mir. Ihr habt meine Geburtstagsfeier verdorben. Alles war so sorgfältig vorbereitet, ich hatte die Hälfte der Fortune 500 in einem Saal versammelt. Es war vorgesehen, daß wir alle zusammen sterben. Können Sie sich die Schlagzeilen vorstellen? Aber Sie mußten sie ja mit Ihren blöden Affentricks verjagen. Schande über Sie. Ich sehe den Ausdruck in Ihrem Gesicht, Superman. Sie halten mich für böse. Ich bin nicht böse. Ich bin *Sie*. Ich bin das, was Sie werden wollten. Sie wollten doch reich und berühmt werden, nein? Sie haben einen guten Vorgeschmack darauf bekommen. Sicher verstehen Sie es, wenn ein Mann versucht, den Weg bis zum Ende zu gehen.«

»Ich habe nie jemandem etwas getan«, sagte Superman – eine Lüge natürlich, aber was waren seine lumpigen Verbrechen verglichen mit den Verbrechen dieses Mannes?

»Aber Sie sind nicht besonders weit gekommen. Obwohl ich annehme, daß Sie alles nur für sich selbst getan haben. Schauen Sie sich den dort am Ende an. Den hab ich für Sie aufgehoben.«

Der Sarg war leer. Auf der Tafel stand BENJAMIN »SUPERMAN« WILLIS, AMERIKANISCHER FOLKSÄNGER.

»Na los, dann tun Sie's doch«, sagte Superman. »Sprengen Sie uns alle in die Luft, Sie schwachsinniger Greis. Sie haben ja gar nicht den Mumm dazu.«

»Wir reden«, sagte Pito. »Nicht gut sterben.«

»Sag ich doch«, sagte Ben Junior.

»Du gehen.« Pito machte Superman ein Zeichen. »Ihr beide gehen. Wir reden.«

»Ich habe dir nichts zu sagen, Pito«, sagte Hughes. »Keiner verläßt das Gebäude.«

»Wenn Sie unbedingt sterben wollen«, sagte Superman, »dann bringen Sie sich um, aber lassen Sie uns aus dem Spiel.«

»Ich will nicht sterben«, sagte Hughes. »Verdammt noch mal, denken Sie, ich will? Stellen Sie sich vor – *ich* und sterben! Ich bin noch nicht mal alt. Schauen Sie mich an! Eigentlich müßten mir noch fünfzehn, zwanzig Jahre bleiben. Ich habe mir die teuersten

Ärzte der Welt gekauft! Mein Vater ist gestorben, als ich neunzehn war, zum Teufel! Wozu sind Ärzte gut, wenn sie einen nicht am Leben erhalten können?«

Superman sah echten Schmerz in seinen Augen, und den Hauch einer Chance. »Vielleicht werden Sie ja wieder gesund«, sagte er.

»Nein. Die Veränderungen sind irreversibel.«

»Aber es gibt spontane Heilungen«, sagte er. »So was kommt vor.«

Hughes schüttelte den Kopf. »Ich weiß, was Sie vorhaben. Es wird nicht funktionieren.«

»Sie erbärmlicher alter Mann.« Superman überließ sich seiner Empörung. »So viel Geld, so viel Macht – alles nutzlos. Gala-Eröffnung, und Sie hocken allein hier oben, weil Sie zuviel Schiß haben, um hinunterzugehen und Ihre Bewunderer zu begrüßen. Auf dem Bildschirm sehen Sie sich alles an, ganz allein. Sie können jeden kaufen, aber es ist Ihnen nicht gelungen, sich auch nur einen einzigen Freund zu kaufen, stimmt's? Kein Wunder, daß Sie sterben. Wofür sollten Sie weiterleben? Sie *mußten* sich ein Denkmal errichten, weil Sie wissen, daß Ihnen in der Hölle keiner eins bauen wird.«

»Dad, schau!« hauchte Ben Junior. »Da ist Marilyn Monroe.«

»Ich weiß, mein Sohn. Aber jetzt geh raus hier. Geh runter.«

Hughes starrte durch das Glas. »Wir hatten fünf wunderbare Jahre miteinander. Sie hat wieder einen jungen Mann aus mir gemacht.«

Superman mußte an sich halten, um Hughes' Schleife nicht als Garotte zu benutzen. »Sie lügen«, sagte er. »Sie haben sie überhaupt nicht gekannt.«

»Doch. Fünf Jahre lang hat sie mir gehört.«

Superman dachte, er habe nicht fest genug gestoßen, um ihn umzuwerfen, aber Hughes stürzte hin und rutschte sogar ein Stückchen über den Boden. Superman war sofort über ihm und riß ihn wieder hoch. »Halten Sie den Mund!«

»Zurück.« Hughes zog eine kleine Blaumetall-Pistole aus der Jacke. Seine Hand zitterte.

Superman wich zurück.

Die stahlblauen Augen funkelten. »Ich schicke ein Video in die Staaten. Zwanzig Geburtstagsfeiern, ein kleiner Rundgang durch diese Kammer, und die Geschichte des Jungle Inn, bis zum großen Eröffnungsknall. Und es wird ganz hübsch knallen, das verspreche ich Ihnen. Man wird uns nie vergessen. Ich wollte nur, ich könnte dabei sein.« Er wedelte mit der Waffe. »Wollen Sie als erster abtreten?«

»Nicht gut sterben«, sagte Pito.

»Ach, halt die Klappe, du alter Narr.« Hughes ging rückwärts zu der Kapsel in der Raummitte und öffnete mit der freien Hand den Glasdeckel. »Sie haben recht, Superman. Mein Leben ist zu einsam. Trotzdem bin ich nicht verbittert. Irgendwann müssen wir alle gehen. Aber ich habe wenigstens die Chance, zurückzukehren.«

»Ben, raus mit dir«, sagte Superman ruhig. »Lauf. Wenn er die Pistole auf dich richtet, erwürge ich ihn eigenhändig.«

Pito richtete den Blick auf die Pistole.

Der Junge bemühte sich sichtlich, das alles zu verstehen. Sein Blick sprang von einem zum anderen. »Nein, du mußt mitkommen.«

»Geh! Mach schon!«

Ben Junior rannte zur Treppe.

Hughes drehte sich um – die Pistole flog ihm aus der Hand, prallte von einer Glaskuppel ab und fiel klappernd auf den Boden.

»Ah, Pito, deine Kraft hat doch nicht so sehr nachgelassen.« Hughes grapschte nach der Waffe. Er war schnell für einen sterbenden alten Mann. Er packte die Pistole mit beiden Händen. Superman starrte in das kleine schwarze Loch.

Eine strenge Stimme kam aus der Wand: »Bitte verlassen Sie das Hotel. Dies ist keine Übung. Bitte verlassen Sie das Hotel. Dies ist keine Übung.«

Hughes schaute auf die Uhr. »Pünktlich auf die Minute.«

Superman schlug ihm die Pistole aus der Hand. Sie schlitterte über den Boden. Er sprang hin und hob sie auf. Als er sich umdrehte, sah er, wie Hughes in die Kapsel stieg und sich auf dem Rücken ausstreckte.

Superman schwenkte die Pistole. »Schalten Sie's ab.«

»Das geht nicht mehr. Für jede Aktion gibt es eine entsprechende Gegenaktion.«

»Bitte verlassen Sie das Hotel …«

»Gehen Sie. Lassen Sie mich in Frieden.« Hughes zog den Glasdeckel herunter und zupfte dann die Orchidee in seinem Knopfloch zurecht.

»Dies ist keine Übung …«

Er faltete die Hände, schloß die Augen. Ein alter Mann, der seinen Vater zu sehr vermißt hatte, der nicht genug Liebe im Leben bekommen hatte – in einem Leben, um das ihn die halbe Menschheit beneidete.

Superman schaute zu Pito hin. Sie rannten beide zur Tür, die Treppe hinunter, durch das Labyrinth. Sie kamen in dem weißen Raum heraus. Ben Junior versuchte, mit dem stumpfen Ende eines Feuerlöschers ein Loch in die Glaswand zu schlagen. »Der Aufzug ist kaputt. Auf dieser Etage gibt es keine Treppe. Hilf mir!«

»… Sie das Hotel. Dies ist keine Übung …«

»Was soll das, Ben, wir sind im achten Stock!«

»Jetzt hilf mir schon!« Ben Junior schwang den Feuerlöscher mit aller Macht. Das Glas sprang und zersplitterte. Superman packte seinen Sohn am Arm, damit er nicht hinausfiel. Gemeinsam schauten sie in die Tiefe.

Die gläserne Oberfläche der Pyramide fiel in einem sehr steilen Winkel ab, nicht viel besser als freier Fall.

Manchmal muß ein Mann sich zwischen einer klugen und einer dummen Möglichkeit entscheiden. Und manchmal hat er überhaupt keine Wahl. Superman trat die letzten Glassplitter aus dem Rahmen.

»Bitte verlassen Sie das Hotel. Dies ist …«

»Denk nicht drüber nach«, sagte Superman. »Halt dich an mir fest.«

Er rief sich den Geschmack des magischen blauen Wassers ins Gedächtnis, das Gefühl der Schwerelosigkeit, des Hinaufschnellens in den Himmel. Er legte einen Arm um Pito und den anderen um seinen Sohn und sprang mit ihnen aus dem Fenster.

Es war eigentlich kein Fliegen, eher ein Schweben. Seine Kraft war nicht so stark wie früher, aber stark genug, um die beiden fest in den Armen zu halten. Zu dritt rutschten sie die Glaswand hinunter, bekamen Stöße von Kanten und Querstreben ab, segelten in gerade Linie schnell nach unten, aber nicht zu schnell, denn Supermans Levitationskraft kehrte zurück und verlangsamte ihren Sturz wie ein Fallschirm, acht Stockwerke in die Tiefe bis zur sanften Bauchlandung in einem Lilienbeet.

Sie rappelten sich auf und liefen los. Sie waren schon fast an der Umzäunung, als Superman merkte, daß Pito nicht bei ihnen war. Er drehte sich um.

Der erste Blitz tauchte den Berggipfel in blendendes Licht.

Die Erde bebte. Die asphaltierte Zufahrt kräuselte sich wie das Meer. Ben Junior ließ sich auf ein Knie nieder.

Der Berg explodierte – sechzehn Detonationen in einer Kettenreaktion.

Die Pyramide fiel in sich zusammen, ein einstürzender explodierender Vulkan.

35

Superman überdenkt seine Verpflichtungen

Die Brücke war verstopft mit Flüchtlingen, die nach Gato Negro strömten, ganzen Familien, die ihre Habseligkeiten auf Schubkarren und Handwagen transportierten. Hier und da kroch ein Pick-up voll älterer Leute im selben Schneckentempo dahin wie die Fußgänger. Kinder hüpften umher, froh darüber, noch so spät auf sein zu dürfen. Ihre Eltern wirkten verbittert, erschöpft. Während die Gringos oben auf dem Berg zu den Klängen von Jerry Vales Orchester tanzten, hatten die Inselbewohner in aller Stille ihre Sachen gepackt, um den Horden wildgewordener Affen zu entfliehen. Die Bogenlampen auf der Brücke zeichneten harte Schatten auf ihre Gesichter. Hin und wieder kam noch ein Grollen aus den brennenden Überresten des Jungle Inn.

Pito und Catalina lösten sich aus der Menge. Sie zogen einen Handwagen.

»Gott sei Dank, Alter, ich dachte, du hättest es nicht geschafft!«

»*Detrás de tí*«, sagte Pito. (Ich war dicht hinter dir.)

»*Por lo que recuerdo, él cada vez es más feo*«, sagte Catalina. (Der ist jedesmal noch häßlicher, als ich ihn in Erinnerung hatte.)

»Ach, Catalina, wir wissen doch, daß du mich magst.« Er zeigte zur Brücke. »Wo wollen die denn alle hin?«

»Ist wegen *profecía*«, sagte Pito. »Die *monos* haben kein Verwendung für Mensch. Diese Nacht Mago wach werden. Er ist zornig. Wir gehen warten.«

»Der Mago?«

»Er schlafen in Berg. Diese Nacht wach werden.« Er zeigte

über die Meerenge auf den von Glut und Flammen gekrönten Gipfel des südlichen Berges. »Er nimmt wieder Insel, für die *monos*. Für die *animales*. So sie können Freiheit.«

»Was habt ihr vor?«

»Wir warten hier. Etwas Zeit Mago wieder schlafen. Die *monos* vergessen. Dann wir gehen zurück.«

Ben Junior sah sich die schlurfende Prozession an. »Wo kommen die alle her?« rief er, das verwunderte Schweigen brechend, das ihn auf dem ganzen Weg den Berg hinab in Bann gehalten hatte. »Wo wollt ihr hin?« Er grinste, eine dümmliche Abart des Lächelns, das ihm das Leben gerettet hatte. »Schau sie dir an, wie albern die aussehen mit dem ganzen Zeug auf dem Kopf. Warum gehen die alle in dieselbe Richtung?«

»Beruhige dich, mein Sohn, und sprich nicht so laut. Die Wirkung wird bald nachlassen.«

»Sag du mir nicht, was ich zu tun hab. Wer bist du überhaupt?«

»Ben Junior ...«

»Nenn mich nicht so!« Er stieß ihn weg. »Niemand nennt mich so. Mein Vater ist tot! Du bist nicht mein Vater!«

»Weißt du was? Es ist zwar kaum zu fassen, aber ich glaube, ich bin's doch.«

Die Stimme des Jungen wurde tonlos. »Und, wo warst du dann die ganze Zeit?«

»Ich war hier«, sagte Superman. »Aber ich hab versucht, zu dir zurückzukommen.«

»Das ist doch Quatsch. Wenn du gewollt hättest, wärst du auch heimgekommen.«

»Es war schwierig.«

»Du hättest wenigstens anrufen können oder – in einen Bus steigen, aber du bist lieber hiergeblieben. Du hast mich vergessen. Faß mich nicht an! Du bist *tot!*«

»Was soll ich denn sagen? ›Tut mir leid‹ klingt ein bißchen lahm.«

»Allerdings«, sagte der Junge. »Du hast dich in sie verliebt, gib's doch zu.«

Superman sagte: »Ich hab wirklich versucht, hier wegzukommen, Ben. Ziemlich lange sogar. Auf die verschiedensten Arten.

Dann hab ich hier festgesessen, aber ich hab nie aufgehört, an dich zu denken.« Er schaute über die Köpfe der Flüchtlinge hinweg, über den Brückenaufbau: der Polarstern. Jahrelang hatte er immer wieder denselben Wunsch dort hinaufgeschickt. Heute war der Wunsch in Erfüllung gegangen, sein Sohn war bei ihm.

Aber es war anders, als er es sich vorgestellt hatte. In seinem Traum war Ben Junior immer ein kleiner Junge gewesen, der in seine Arme gerannt kam. Nicht dieser maulende Teenager, der die Augen nicht stillhalten konnte.

Er kann doch nichts dafür. Rabbit hat an ihm rumgepfuscht, um an dich ranzukommen. »Wie hast du mich überhaupt gefunden?«

»Du hast mir doch ein Bild geschickt.«

Superman schüttelte den Kopf. »Was für ein Bild?«

»In einer Flasche. Und du hast was auf einen Fetzen von deinem Hemd geschrieben.«

Superman hatte die Flaschenpost vergessen, kaum daß er sie aus dem Flugzeug geworfen hatte. Er merkte, daß er zu lächeln anfing. Das beste Hemd, das ein Mann jemals hatte. »Soll das heißen, sie ist angekommen?«

Der Junge lächelte nicht. »Du siehst ganz anders aus. Anders als auf dem Bild.«

»Viel Zeit ist vergangen. Du siehst jetzt auch anders aus.«

Der Junge trat aus dem Menschenstrom heraus und stellte sich ans Geländer. Er sah ins Wasser hinunter. »Ich hab einen kennengelernt, Jeff hat er geheißen«, sagte er. »Er ist hier gestorben. Ich hatte das Gefühl, daß ich schuld war. Das passiert mir oft.«

Superman legte ihm leicht die Hand auf die Schulter. »Ich wollte immer zu dir zurück. Anfangs ging es sowieso nicht. Ich war schwer verletzt. Dann hab ich's versucht, aber – die haben mich nicht gelassen. Nach einer Weile hab ich angefangen, darüber nachzudenken, was zwischen deiner Mutter und mir schiefgelaufen war. Und ich hab begriffen, daß es alles meine Schuld war. Ich war nicht der Richtige für sie. Ihr wart alle beide ohne mich besser dran. Also hab ich nicht mehr versucht, von der Insel wegzukommen. Ich weiß, ich war kein guter Vater. Ich hatte zuviel andere Dinge im Kopf.«

»Das hat *sie* auch gesagt. Sie war die letzten acht Jahre in der Klapsmühle und hat versucht, sich selbst zu finden. Dann ist sie heimgekommen und hat gesagt: ›Oh, tut mir leid, ich hab deine Kindheit verpaßt, aber jetzt geht's mir schon viel besser.‹«

»Deine Mom?«

»Ich glaub, die hast du auch vergessen.«

»Ich hab nicht gewußt, daß sie – ich hab gedacht, sie ist mit ihrem – ihrem Mann zusammen.«

»Jimbo? Die haben sich scheiden lassen, ein paar Tage nach der Heirat. Auf deiner Trauerfeier ist sie ausgeflippt. Jimbo hat dein ganzes Geld mitgehen lassen. Da hat sie dann endgültig durchgedreht. Ich hab sie dann nicht mehr gesehen, bis Granny French gestorben ist.«

»Das hab ich nicht gewußt, daß sie gestorben ist. Es tut mir leid.«

»In Opelousas denken alle, ich hab sie umgebracht.«

Eine Welle klatschte an die Brückenpfeiler.

»Wieso denn das?«

»Sie hatte Schmerzen. Sie hat von mir verlangt, daß ich es tue. Ich hab darüber nachgedacht. Ich hab's nicht getan, aber – ich hab darüber nachgedacht. Ich hätte es tun können. Dann ist sie gestorben. Und es war meine Schuld. Also bin ich losgezogen, um dich zu suchen. Ich hab mir gedacht, du wirst das verstehen.« Er drehte sich um, das Gesicht tränenüberströmt. »Als du gestorben bist, hab ich eine solche Wut auf dich gehabt – mein Gott! Ich hab dich unheimlich gehaßt, weil ich deinetwegen den Klavierwettbewerb verpaßt hab. Und dann hab ich gedacht, ich bin schuld an deinem Tod, weil ich dich so gehaßt hab.«

Superman schluckte den Kloß im Hals hinunter. »Das hätte nicht sein dürfen, daß du das alles mit dir herumschleppst, Ben. Ich schwöre dir, ich hab wirklich versucht, zurückzukommen. Aber ich hab's nicht ernsthaft genug versucht.«

Die Wahrheit war, daß sein Sohn für ihn schon lange nicht mehr existiert hatte, daß er ersetzt worden war durch den imaginären Jungen, den er im Kopf hatte. Superman hatte sich ein neues Leben auf der Insel aufgebaut, war ganz in seinen Lüsten und Obsessionen und Kriegen aufgegangen, während die übrige Welt sich sinnlos weitergedreht hatte. Nie hatte er sich die

Zeit genommen, darüber nachzudenken, daß ja Ben Junior vielleicht schon sein eigenes Leben lebte, daß der kräftige, schlanke Junge womöglich schon fast zum Mann herangewachsen war, der wie jeder Erwachsene Schuld, Liebe, Schmerz und Trauer empfand.

Er hätte sich nicht träumen lassen, daß sein Sohn ihn noch so sehr liebte, daß er eine solche Odyssee auf sich nahm, um ihn zu finden.

»Ich kann durch dich durchsehen«, sagte Superman Junior.

Superman steckte die Hände in die Taschen. »Glaub ich dir sofort.«

»Nein – ich kann echt durch dich durchsehen, auf das, was hinter dir ist. Das ist richtig unheimlich.«

Superman sah seine Hand an. Sie war nur ein ganz klein wenig durchscheinend.

»Das sind die Drogen, die sie dir gegeben haben«, sagte er sanft. »Das gibt sich bald wieder.«

Sie schlossen sich den letzten Flüchtlingen an, die über die Brücke gingen. In Gato Negro verstopften Insulaner und ihr Hab und Gut die Straßen. Ben Junior ging zur Kaimauer und starrte zu dem Feuer auf dem Berg zurück.

Superman nahm den alten Mann beiseite. »Ich bin schon wieder dabei zu verschwinden«, sagte er.

Pito musterte ihn. *»Sí, señor.«*

Catalina sagte: *»Te parece mejor así.«* (So siehst du besser aus.)

»Kann ich irgendwas dagegen tun?« fragte Superman.

Pito schüttelte traurig den Kopf. »Ist der *destino*«, sagte er. »Nach Fliegen du – verschwinden.«

Superman dachte daran, auf wie viele verschiedene Arten er hätte sterben können, seit er auf die Insel gekommen war: bei der Bruchlandung tödlich verletzt, am Strand an seinem ersten Abend mit Sandy und Linda ertrunken, in dem reißenden Fluß an Felsen zerschmettert, bei lebendigem Leib in dem orange-grünen Boot verbrannt, von der Strömung aufs offene Meer hinausgetragen, bei der zweiten Bruchlandung mit der Electra ums Leben gekommen, in Daisys Haus erschossen, in der Pyramide in Stücke zerfetzt. Jedesmal hatte ihn irgend etwas am Jenseits vorbeigeführt.

Es mußte einen Grund geben. Gott (oder Pito, oder Magie, oder das Schicksal) hatte ihn am Leben erhalten, damit er noch da wäre, wenn sein Sohn kam, um ihn zu retten. Und jetzt hatte dieselbe Macht beschlossen, daß es für ihn an der Zeit sei zu verschwinden.

Ein gelber Jeep bahnte sich langsam einen Weg durch das Gewühl. Am Steuer saß Frank in den verrußten Resten von Marie Antoinettes Ballkleid, und Rabbit, ohne Hemd in Big Smiths, scheuchte die Leute aus dem Weg und brüllte dann Frank an: »… aber nein, du mußt ja den großen Macker spielen und das beschissene Cairo Hilton bauen! Ich hab immer wieder versucht, dir klarzumachen, daß es kein richtiges Hotel ist!«

»Ach ja, jetzt wär ich wieder an allem schuld«, verteidigte sich Frank, »nachdem du mich mit Drogen so weit gekriegt hast! Woher sollte ich wissen, was dieser hirnverbrannte Idiot vorhatte? Das hat mich ein ganzes Jahr meines Lebens gekostet. *Du* hast ihm doch geholfen, die –«

»Halten Sie doch endlich die Klappe, alle beide!« Das war Melanie Llewellyn auf dem Rücksitz, das Haar lose bis auf die Schultern, das elegante schwarze Abendkleid in Fetzen.

Superman stellte sich ihnen in den Weg. Frank mußte anhalten oder ihn überfahren. Frank hielt an. »Mr. Willis, Sie müssen mir glauben. Er hat mir die Pläne für ein Hotel gegeben, und ich hab's gebaut. Das ist alles. Ich wußte wirklich nicht, was er vorhatte.«

»Jetzt reicht's aber wirklich, Frank. Du steckst da bis zum Hals mit drin«, sagte Rabbit. »Tu wenigstens so, als wärst du ein Mann, und gib's zu. Ein Hotel mit einer halben Tonne Plastiksprengstoff in den Grundmauern? Was soll der Blödsinn?«

»Dafür war ich nicht zuständig.«

»Du hast die Hosen gestrichen voll gehabt, genau wie ich«, sagte Rabbit. »Du hast gewußt, daß er verrückt ist, aber du hast dich nicht getraut, nein zu sagen.«

»Jedenfalls hab ich nicht gewußt, daß er uns alle vergasen und das Ding in die Luft jagen wollte. Nicht den leisesten Schimmer hab ich gehabt.«

»Schauen Sie mich nicht an«, sagte Melanie. »Ich bin nur in beratender Funktion tätig geworden.«

»Was spielt das jetzt noch für eine Rolle, Leute?« Superman schlug mit der Faust auf die Kühlerhaube. »Er ist weg. Sie sind alle weg. Er hat uns durch sein kleines Museum geführt. Ich hab dein handwerkliches Können bewundert, Rabbit. Sehr eindrucksvoll.«

Rabbit hatte plötzlich eine Maschinenpistole im Anschlag. »Aus dem Weg.«

Superman straffte sich. »Willst du mich abknallen? Nur zu. Hast du Angst vor mir? Denkst du, ich bin auf ein bißchen *venganza* aus?«

»Fahren Sie weiter, Frank«, sagte Melanie.

»Ja, Frank, fahren Sie weiter. Vergessen Sie Amelia. Vergessen Sie Daisy. Und Spike. Und alle anderen. Fahren Sie weiter und machen Sie sich ein schönes Leben, Frank. Ich hoffe, ihr drei werdet glücklich miteinander.« Er trat zur Seite und schwenkte übertrieben den Arm: Weiterfahren.

»Mr. Willis, ich hab niemanden umgebracht. Ich hab nur Befehle ausgeführt. Mr. Hughes hat einen Mann geschickt, der sich die Electra vorgenommen hat. Der Steuerbordmotor sollte schon kaputtgehen, solange das Flugzeug noch am Boden war, so daß Sie beide sich hätten in Sicherheit bringen können. Es war nicht meine Schuld.«

»Aber Sie haben gewußt, was passieren würde.«

»Wenn ich versucht hätte, Sie zu warnen, hätte er mich umbringen lassen. Er ist ein mächtiger Mann.«

»Gewesen.«

»Ja.« Frank schaute über das Wasser, zu einem tiefstehenden, blinkenden Stern hin, der immer heller wurde. »Wir haben uns wohl ins Bockshorn jagen lassen. Eins muß ich aber sagen: Sie waren sehr ungalant zu Helen Reddy.«

»Das war nicht ich, Frank, das waren die Affen.«

Der Stern kam knatternd über die Meerenge – ein beleuchteter Hubschrauber. Er flog einen Bogen über die Brücke, steuerte aufs Ufer zu und fegte ein Loch in die Menschenmenge auf der Straße.

Ben Junior starrte zu dem Licht hinauf. »Ist das schön«, rief er.

»Rabbit, was hast du mit meinem Sohn angestellt?«

»Er ist ein guter Junge«, sagte Rabbit. »Wir wollten nur den

Abend ein bißchen auflockern. In ein, zwei Wochen ist er wieder wie neu.«

»Jetzt fahren Sie schon, Frank«, drängte Melanie.

Frank trat aufs Gas, und der Jeep setzte sich in Bewegung. Der Hubschrauber landete auf einem asphaltierten Platz.

Superman legte seinem Sohn den Arm um die Schulter.

Pito sagte: »Du glicklich deinen Sohn haben.«

»Ja, sehr glücklich.«

»Vielleicht will meine Catalina kennen?«

Superman drehte sich um. Pitos Miene war so unergründlich wie immer. »Ich weiß nicht, Pito, meinst du nicht, er ist ein bißchen zu alt für sie?«

»Ist okay«, sagte Pito. »Catalina auch bißchen jung.«

»Pito, du hast schon lange gewußt, daß das eines Tages passieren würde. Die Affen haben es dir gesagt. Du hättest es verhindern können.«

»Ist nötig für Brücke, für Menschen von Insel kommen«, sagte der Alte. »Ist nötig du fliegen, für aufwachen der Mago. Und kommen dein Sohn, für uns zeigen Weg.«

Die Tür des Hubschraubers ging auf, und heraus kam eine etwas dickliche Frau mit langen, schönen Beinen. Sie hatte Mühe, im Rotorwind ihren großen Schlapphut festzuhalten. Erstaunt sah sie auf die vielen Menschen mit ihren beladenen Wägelchen hinab.

»Mom?« Ben Junior zögerte, dann lief er zu ihr hin. »Mom!«

»Benny?« Sie breitete die Arme aus. »Überraschung!«

Sie umarmten sich. Superman war stehengeblieben und sah zu. Alexa hatte zehn Kilo zugelegt, wodurch ihre eckige Figur Rundungen bekommen hatte. Ein paar Fältchen um die Augen vermochten das strahlende Lächeln der Miss Southwest Louisiana nicht zu trüben.

Der Junge kam mit ihr herüber. »Sieh mal, Mom, wen ich gefunden habe.«

Alexa blinzelte, wich zurück. »Ben?«

»Ja, ich bin's. Ich dachte, du hast Angst vorm Fliegen.«

»Da bin ich drüber weg.« Ihre Augen wurden feucht. »Du lebst?«

»Sieht so aus.«

»Aber – was ist denn los mit dir? Du bist ja ganz *ausgebleicht*.«

»Ja, ich weiß.«

Sie zuckte kurz mit den Schultern, so als wollte sie ihn umarmen, wüßte aber nicht so recht. Er nickte, und da wußte sie, daß es okay war. Nach so vielen Jahren konnten sie sich immer noch wortlos verständigen. Er nahm sie in die Arme. Sie weinte.

Bei dem Hubschrauber war irgend etwas los. Rabbit bedrohte den Piloten mit der Maschinenpistole. Melanie schnallte sich an, Frank kletterte mit einem braunen Koffer und einer platinblonden Perücke in einer Plastiktüte an Bord. Der Pilot brachte den Motor auf Touren. Der Helikopter hob ab.

»He, Moment mal«, schrie Alexa. »Was fällt denn dem ein? Das ist mein Hubschrauber! Ich hab hin und zurück bezahlt.«

Der Hubschrauber raste über die Meerenge, flog eine Schleife über der brennenden Ruine und entschwand in südlicher Richtung.

Pito fragte: »Dein Frau?«

»Pito, das ist Alexa.«

Pito kramte in den Sachen auf Catalinas Handwagen und brachte einen knotigen Gehstock und ein himmelblaues kurzärmeliges Hemd zum Vorschein. Das Hemd war so gefaltet, daß man die Tintenflecken unter der Tasche sah. Er überreichte die Sachen Alexa. »Du behalten«, sagte er. »Für Vilglick.«

36
Blauer Himmel

Sie lagen in den flauschigen Sitzen der ersten Klasse. Auf einem hoch angebrachten Bildschirm lief ein Film mit dem Titel »Animal House«. Die Stewardeß servierte Champagner und geräucherte Mandeln.

Superman hatte eine Hand auf seinem Gehstock. Er trug eine Sonnenbrille, schwarze Handschuhe und einen tief in die Stirn gezogenen Panamahut. Er flippte regelrecht aus in dieser schnittigen Metallröhre, die durch die Stratosphäre schoß, auf die guten alten USA zu. Er hatte schon fast vergessen, wie die Luft in einem Jet roch: kühl, muffig und durch Filter von allem gereinigt bis auf einen schwachen, unausrottbaren Duft nach Lasagne.

Ben Junior fand den Film langweilig und ging nach hinten, um sich die Mädchen in der Touristenklasse anzusehen.

»Okay, also du hast sie gemocht«, sagte Alexa, das unterbrochene Gespräch wiederaufnehmend. »Aber würdest du auch sagen, daß du sie geliebt hast?«

»Ja, das würde ich wohl sagen müssen.« Seine neue Strategie totaler Ehrlichkeit bereitete ihm hin und wieder Unbehagen, aber Lügen war ihm noch unangenehmer.

»Aha. Na gut. Das macht's nicht leichter, falls es wirklich stimmt.«

»Ja.«

»Hast du sie mehr geliebt als mich?«

»Anders«, sagte er. »Sie war anders.«

»Hübscher? Klüger?«

»Einfach anders, Alexa.«

»Hältst du es nach menschlichem Ermessen für möglich, daß du sie irgendwann vergißt?«

»Irgendwie bezweifle ich es«, sagte er. »Aber das soll nicht heißen, daß wir nicht versuchen sollten – du weißt schon, es noch mal miteinander zu probieren. Ohne alle fünf Minuten Fieber zu messen. Im Moment ist es einfach toll. Damit hatte ich eigentlich nicht gerechnet. Ich hab gedacht, du würdest mich hassen oder ich würde dich hassen.«

»Na ja, mit einem Geist kann ich es allerdings nicht aufnehmen«, sagte Alexa.

»Wie's aussieht, bist du sogar mit einem verheiratet.«

»Du bist zusehends am Verblassen.« Sie schüttelte den Kopf. »Wenn du ganz verschwindest, kann ich dich nicht mehr im Auge behalten.«

Er lächelte. »Wenigstens etwas Gutes.«

»Hast du eigentlich viel an mich gedacht, Ben? Oder hast du mich einfach vergessen?«

»Beides ein bißchen. Komisch, aber das hab ich mich umgekehrt auch gefragt.«

»Ah, ich hab dich nie vergessen, keine Minute. Dafür war ich viel zu wütend auf dich. Ich hatte immer das Gefühl, daß du lebst, daß du irgendwo da draußen bist und es krachen läßt, während ich langsam verrückt wurde. Moment mal – so war's ja auch!«

»Na ja, krachen lassen hab ich's nicht gerade. Jedenfalls nicht die ganze Zeit. Übrigens – kannst du dich an damals erinnern, als du versucht hast, in der Band zu singen?«

Sie schlug die Augen nieder. »Natürlich.«

»Ich hab gelesen, was du in der Hollywood Bowl über mich gesagt hast, und ich kann nur sagen, du hast recht gehabt. Es *war* das Gemeinste, was ein Mensch einem anderen antun kann.«

»Es war grauenhaft«, sagte sie.

»Es hat mir leid getan, von dem Moment an, wo's passiert ist. Aber ich hab's dir nie gesagt. Ich hab mich dir gegenüber wie ein Schwein benommen, Alexa. Ich weiß nicht, ob ich heute so viel anders bin, aber ich kann's ja mal probieren.«

»Doch, du bist anders.«

»Findest du?«

»Früher hat dir nie was leid getan.«

»Stimmt«, sagte er.

»Du weißt, daß ich damals Jimbo geheiratet hab und er uns um achthunderttausend Dollar bestohlen hat? Das hat *mir* leid getan.«

»Glaub ich dir.«

»Aber wir haben Glück gehabt. Wir sind nicht bettelarm. Du bist größer im Geschäft als je zuvor. Wir haben einen Haufen Geld. Hast du das gewußt?«

»Ben Junior hat's mir gesagt, aber irgendwie kommt mir das irreal vor.« Er biß sich auf die Lippe. »Ich weiß nicht, ob mir das noch was bringt, der ganze Zirkus. Ich sehe die Dinge jetzt anders. Der Ruhm verdreht einem ganz schön den Kopf, verstehst du? Mir ist das alles einfach nicht mehr so wichtig.«

»Was willst du dann machen?«

»Ich weiß nicht, vielleicht ein paar Songs für Ben schreiben. Hast du ihn schon mal singen gehört?«

»Nein.«

»Ich schon. Unter der Dusche. Mann, was für eine Stimme. Unglaublich. Du solltest mal hören –« Er brach ab, als ein kleiner Mann in einem braunen Anzug an ihnen vorbei zur Toilette ging und Ben Junior zurückkam. »Na, was Nettes gesehen?«

»*Nada.* Aber rate mal, wer da hinten sitzt.«

»Wer?«

»Kannst du dich an das Kamerateam erinnern? Die sitzen alle drei da hinten und trinken Tequillas.«

»Nicht möglich.«

»Doch, und schau, was ich im Gepäckfach gefunden hab.« Er zog einen gelben Umschlag aus seinem Hemd und nahm eine Vidiokassette heraus. Auf dem Etikett stand HH – Meine Geschichte.

Superman drehte und wendete die Kassette. »Wo hast du stehlen gelernt?«

»In Mexiko«, sagte Ben Junior.

»Was ist das?« wollte Alexa wissen.

»Heimkino.« Er besah sich die Kassette immer noch von allen Seiten. »Und was fangen wir mit dem Ding an, Sohnemann?«

»Na, wegschmeißen, zum Beispiel.«

»Eine phantastische Idee. Aber es gibt natürlich auch kein Gesetz, das uns verbieten würde, es uns vorher anzuschauen. Hast du eine Ahnung, wo man so ein Gerät herkriegt, mit dem man diese Bänder abspielen kann?«

Ben Junior verdrehte die Augen. »Na klar, Dad. So was nennt sich Videorecorder. Hat heutzutage jeder.«

»Oh, Verzeihung, wie hinterwäldlerisch von mir.«

»Zeig mir mal deine Hand.«

Superman zog den Handschuh einen Fingerbreit zurück.

»Sieht bös aus«, sagte der Junge. »Du bist schon fast glasklar.«

»Ich weiß. Die Höhe macht's wahrscheinlich noch schlimmer.«

»Das paßt. Endlich stöber ich dich auf, und schon verschwindest du wieder.« Superman Junior setzte sich den Kopfhörer auf und schaute zum Bildschirm hinauf.

Superman grinste. Der Junge war der geborene Klugscheißer. Genau wie sein Vater.

Das LAVATORY OCCUPIED erlosch. Die Kunststofftür ging auf, und Superman stellte fest, daß er einem kleinen alten Mexikaner in die Augen schaute. Der Mann trug einen braunen Anzug, eine teure Krawatte und einen elfenbeinfarbenen Filzhut. Er grinste, wobei man zwei glänzende Goldzähne sah. »Bienvenidos«, sagte er. Er hob die Hand, um den Hut zu lüften, einfach so, als Gruß, während er auf dem Weg in den hinteren Teil des Flugzeugs an Superman vorbeiging.

37

Supermans Rache

Das El Paso Civic Auditorium war innerhalb von neunzig Minuten nach der ersten Ankündigung in der »Today«-Show ausverkauft. Einzelheiten waren kaum zu erfahren. Das Konzert sollte von NBC landesweit live übertragen werden, Beginn neunzehn Uhr Ortszeit, zwanzig Uhr an der Ostküste. »Bestimmt eine der interessantesten Comeback-Storys in der Geschichte der Popmusik«, sagte Bryant Gumbel.

»Da hast du recht, Bryant«, sagte Jane Pauley. »Und jetzt zeigt uns Connie Chavez, wie man ein sommerliches Abendessen mit raffiniert zubereiteten gegrillten Hähnchen aufpeppt. Connie?«

»Das Ding ist große Klasse«, sagte Superman und drückte auf die Fernbedienung. Seit seiner ersten Begegnung mit einer Fernbedienung für Fernseher samt Videorecorder mußten sie ihm das Ding immer mit Gewalt entreißen. Er spulte *sipp sipp* das Band zurück, und schon sagte Bryant Gumbel wieder: »… interessantesten Comeback-Storys in der Geschichte der Popmusik.« *Sipp sipp.* »… Comeback-Storys in der Geschichte der Popmusik.« *Sipp.* »… Popmusik.«

»Gib das Ding her.« Alexa schnappte sich die Fernbedienung. »Dein Sohn ist schon nervös genug, merkst du das nicht? Sag was zu ihm.«

»*Tranquilo*, mein Sohn, du kommst ganz groß raus.« Superman erhob sich aus dem Sessel. »Findest du das Wort ›Comeback‹ nicht auch scheußlich? Klingt, als ob ich Judy Garland wär.«

»Die ist tot«, sagte Alexa, »und überhaupt, du bist größer, als sie jemals gewesen ist, jedenfalls heute abend.«

Superman Junior drückte sich die Nase an der Fensterscheibe platt und starrte auf die Horden hinab, die durch die Tore des Auditoriums strömten, auf die weißen, mit Pfauen bemalten Transporter auf dem Parkplatz. Er trug einen silbernen Raumanzug und glitzernde, rubinrote Stiefel.

Superman legte ihm den Arm um die Schultern. »Na, was meinst du?«

»Ich weiß nicht. Wahrscheinlich muß ich kotzen oder so was.«

»Ich würde dich nicht da raus lassen, wenn ich nicht wüßte, daß du deine Sache gut machen wirst.«

»Und wenn ich kotzen muß?«

»Ben. Hör mir mal zu. Bist du sicher, daß du das hier wirklich willst?«

»Ich glaub schon, ja.«

»Du kannst es dir immer noch überlegen. Du brauchst es nur zu sagen.«

»Jetzt ist es zu spät. Schau dir die vielen Leute an.«

»Es ist nie zu spät für irgendwas. Das hab ich von dir gelernt.« Er gab seinem Sohn einen Kuß auf die Wange.

Ben Junior verdrehte die Augen, ließ es sich aber gefallen.

»Du bist ein Naturtalent, Benny«, sagte Alexa. »Hör wenigstens auf deinen Dad, wenn du schon nicht auf mich hören willst.«

»Mom ...«

»Alexa, du gehst ihm auf die Nerven.«

»Ich weiß, tut mir leid«, sagte sie. »Das ist diese Diät, die macht mich so kribbelig.«

»Ich weiß nicht, warum du meinst, dich so kasteien zu müssen«, sagte Superman. »Mir gefällst du besser, wenn du ein bißchen Fleisch auf den Rippen hast. Du bist viel netter als früher, wo du so dünn warst.«

»Danke«, sagte sie.

Ein vereinbartes Klopfzeichen an der Tür: *Ta-ta-TAM ta-ta-TAM*. Barney Kleber kam hereingestürmt, so aufgeregt, daß er fast Funken sprühte. »Nicht zu fassen! So was hab ich meiner Lebtag noch nicht gesehen. Gerade hab ich Barbara Walters eine

Abfuhr erteilt. Wißt ihr, wie lange ich schon von diesem Tag träume?«

Superman lächelte. »Da kann ich nur Vermutungen anstellen.«

»ABC hat ein Team in der Luft, aus Dallas, sie flehen uns an, erst um neun anzufangen. Kommt natürlich nicht in die Tüte, Brokaw geht in fünf Minuten live über Satellit. Die Sache hat sich irgendwie verselbständigt.«

»Wie aufregend«, sagte Alexa. »Dann geh ich jetzt mal runter und paß auf, daß mir keiner meinen Stammplatz wegnimmt. Benny? Hals- und Beinbruch, Schatz. Keine Sorge, ich bin da und seh dir zu.«

»Danke, Mom.«

Sie küßte ihn und ging hinaus.

Superman sagte: »Mich hat das zum Wahnsinn getrieben, wenn sie mir beim Singen zugeschaut hat.«

Ben Junior sagte: »Macht mir nichts aus.«

»Du bist ein besserer Mensch als ich. Du willst das wirklich, oder?«

Er nickte. »Ja.«

»Okay, Barney, was liegt noch an?«

Barney begann mit einer Aufzählung von Dingen, die *auf der Stelle* entschieden werden mußten.

Ben Junior trat ans Fenster und drückte Gesicht und Hände an die Scheibe.

Superman hörte nur mit halbem Ohr hin. Ja, Barney, sicher, mach, was du für richtig hältst. Der Junge war immer noch ein bißchen komisch, das sah jeder. Red Dot Ninety-nine hatte noch nicht ganz zu wirken aufgehört. Er war launisch, verträumt und zog sich oft zurück, um mit geschlossenen Augen zu meditieren. Vielleicht war das mit dem Konzert doch keine so gute Idee gewesen. »Ben? Alles okay?«

»Mir geht's prima.«

»Was machst du denn da?«

»Mit den Leuten reden, die in meinem Gehirn arbeiten.«

Superman sah Barney an, der die Augenbrauen hochzog: Können wir uns auf ihn verlassen? »Und, was sagst du ihnen?«

»Daß ich nicht kotzen will.« Er machte die Augen auf. »Also, können wir?«

»Los geht's.« Superman zog den Gürtel seines weißen Boxermantels straff und setzte sich die Kapuze auf.

A&M Records hatte die neunzehnte Etage des Hyatt El Paso absperren lassen. Mit Barneys Aufzugschlüssel fuhren sie unbehelligt ins Untergeschoß. Ein Versorgungsgang führte unter dem Parkplatz hindurch ins Auditorium. Als es darum ging, den Ort der Veranstaltung auszuwählen, war von Anfang an klar gewesen, daß Superman dort weitermachen würde, wo er aufgehört hatte. Endlich würden seine Fans in El Paso etwas für ihr Geld bekommen. Vom anderen Ende des Ganges hörte man ein hohles Dröhnen.

»Dad?«

»Ja?«

»Hast du jemals Angst gehabt, bevor du auf die Bühne gegangen bist?«

»Jedes Mal, Ben. Jedes einzelne Mal.«

»Hast du jetzt Lampenfieber?«

»Es geht. Ich hab ja dich dabei. Weißt du, wenn du keine Angst hast, *lebst* du nicht.«

»Na gut«, sagte Ben Junior, »ich glaub, ich lebe.«

Superman grinste. Er wußte, daß der Junge seine Sache gut machen würde. Er hatte noch nie so eine Stimme gehört: eine Engelsstimme. Wie Supermans eigene, aber durch ein feineres, selteneres Instrument gefiltert. Ben Junior war jünger, sah besser aus, hatte einen Stimmumfang von drei Oktaven und ein schöneres Timbre, als es sein Vater je gehabt hatte. Er hatte das Zeug zum Superstar. Das war sein *destino*. Er brauchte nur noch einen kleinen Schubs.

Superman war sich noch immer nicht sicher, ob ein Leben als Star etwas war, was er seinem einzigen Sohn wünschen sollte. Aber er würde immer für ihn da sein, ihm mit Rat und Tat zur Seite stehen. Und ihn wissen lassen, daß es in Ordnung war, aufzuhören, zu jeder Zeit. Du hast die Aufgabe, nur das zu tun, was du tun mußt, um deine Seele zu retten. Bleib auf dem Teppich. Vergiß nicht, wer du bist. So kannst du überleben, und wer weiß, vielleicht macht's dir sogar Spaß.

Sie absolvierten den Spießrutenlauf durch die Sicherheitskontrollen und gingen in das Tohuwabohu des halb abgedunkelten Auditoriums hinaus. Spotlights schwenkten über das Publikum, ein Meer von Menschen, die tobten und in die Luft sprangen und die Fäuste reckten.

»Nicht hinschauen«, schrie er dem Jungen ins Ohr. »Stell dir einfach vor, es wär ein etwas lauter Klavierabend.«

Die Scheinwerfer beleuchteten die Bühnenmitte. Das Brüllen der Menge drohte das Dach zum Einsturz zu bringen. Superman stieg hinter seinem Sohn die Stufen hinauf. Er merkte, daß die Roadies unter seine Kapuze spähten.

Die Lichter gingen aus, alle auf einmal. Ein Protestschrei der Menge.

Superman Junior trat ans Mikrofon.

»Meine Damen und Herren«, sagte der Ansager, »begrüßen Sie bitte Benjamin Willis Junior.«

Ein greller Lichtfinger zeigte auf den gutaussehenden, schlanken jungen Mann in dem silbernen Anzug und den roten Stiefeln. Der Applaus klang ein bißchen nach höflicher Enttäuschung.

Alexas Lächeln erhellte vom Boxenturm aus die Bühne.

Superman Junior hob die Hand und wartete, bis es still wurde. Nur sein Vater war nahe genug bei ihm, um zu sehen, daß seine Hand zitterte.

Der Junge sang die erste Zeile mit klarer, tragender Stimme, die den Saal bis in den letzten Winkel füllte.

When he's up in the skyyyyyy …

Er hielt den Ton zwei volle Takte lang aus. Die Band spielte einen düsteren Akkord.

Do you know how he feeeeeels …

Der Ton wurde nie schwächer, das reine Vibrato stieg in die Höhe, und das Publikum änderte seine Meinung über ihn. Er ging einen Ton höher:

Not a bird, not a plaaaaaane …

Jetzt setzte der dumpfe Trommelwirbel ein, und im dunklen Bühnenhintergrund sah man ein schwebendes Podest.

Just a man of ideeeeeeals …

Das Publikum sah den Drummer auf seinem Thron, in einen weißen Bademantel gehüllt, sah die wirbelnden Schlegel. Das Publikum raste.

Watching people go bad …

Der Drummer stand auf, ohne auch nur einen Schlag auszulassen.

In their usual way …

Raketen wurden am Bühnenportal gezündet, spien Funken und weißes Feuer. Die Lichter gingen an, alle auf einmal. Das Publikum sah den jungen Mann im Raumanzug, die Mitglieder der Band und hinter ihnen, auf dem Podest, den Drummer, der seinen Bademantel abwarf.

Ein blaues Hemd tanzte in der Luft. Ein himmelblaues Hemd mit Tintenflecken und einem handgroßen Loch am unteren Rand.

Man konnte den Mann, der das Hemd trug, gerade noch sehen, wenn man sehr nahe heranging und starkes Licht von der Seite kam, aber die Menschen im Publikum und zu Hause im Wohnzimmer sahen nur ein blaues Hemd, das in der Luft tanzte.

Das Brüllen erstarb in zehntausend Kehlen. In der Stille packte Superman seine Schlegel, klopfte eins-zwei-drei auf den Rand der Drum und stürzte sich in puren Rock and Roll. Ben Junior machte einen Luftsprung.

You better run – it's time for
Superman's revenge
Superman's revenge
Superman's revenge …

Superman wußte nicht, wie lange sich die Welt für einen unsichtbaren Rockstar interessieren würde, und es war ihm auch egal. Er saß jetzt zu seinem Vergnügen hier oben. Er genoß es nach wie vor, Musik zu machen, aber er hatte nicht mehr das Bedürfnis, im Rampenlicht zu stehen. Damit war jetzt sein Sohn an der Reihe.

Er hatte nur noch den einen Ehrgeiz, den Rest seines Lebens zu genießen, gleichgültig, wie viel oder wie wenig Zeit das noch sein mochte. Die beste Rache, so stellte sich heraus, ist gar keine Rache. Die beste Rache ist, sich zurückzulehnen und zuzusehen, wie die bösen Menschen in aller Welt unter der Last ihrer Bosheit zusammenbrechen, ohne daß man selbst etwas dazu tut. Das beste ist, sein eigenes Leben zu leben, seine eigenen Siege zu erringen, so gut zu sein, wie man kann, die Menschen zu lieben, die einen lieben, und staunend zu erleben, wie magisch die Welt manchmal sein kann. Such dein *destino*. Nimm die Zeichen, wie sie kommen, deute sie, wenn du weißt, wie. Überlaß es Gott, das Gute vom Bösen zu scheiden, jedes nach seiner Art zu behandeln. Das ist schließlich sein Job, und wenn wir Menschen uns einmischen, bringen wir fast immer nur alles durcheinander.

Superman schaute zum Boxenturm hinüber. Alexa glühte vor Stolz und schwenkte ihr langes, blondes Haar im Rhythmus der Musik. Sie ist jetzt eine andere Frau, dachte er, noch besser als zu der Zeit, als ich mich in sie verliebte. Und ich bin ein besserer Mensch. Vielleicht klappt es diesmal.

Es war ein neues Gefühl, wieder bei Alexa zu sein.

Es war ein neues Gefühl, hier im Hintergrund am Schlagzeug zu sitzen und für Superman Junior die zweite Stimme zu singen.

Ein gutes Gefühl.